BLT
Mit der Welt
auf Buchfühlung

Mirjam Wilhelm wurde 1967 in Ludwigshafen geboren. Mit ihrem ersten Roman »Bildersturm« begann die Journalistin und Absolventin der Henri-Nannen-Schule in Hamburg ihre Laufbahn als Autorin. Mit ihren Romanen »Der Mann, mit dem ich fortging« und »Die Liebenden des Lichts« machte sie sich beim deutschen Lesepublikum einen Namen. Wie »Die Liebenden des Lichts« ist auch »Die Theaterprinzessin« Liebesgeschichte und Zeitgeschichte zugleich. Mirjam Wilhelm lebt heute in der Nähe von Hamburg und schreibt derzeit an ihrem fünften Roman

Von Mirjam Wilhelm sind bei BLT lieferbar:

92158 Der Mann, mit dem ich fortging
92222 Die Liebenden des Lichts

Ulrike Mirjam Wilhelm

# Die Theaterprinzessin

Roman

BLT

BLT
Band 92244

1. Auflage: März 2007

BLT in der Verlagsgruppe Lübbe

Die Originalausgabe erschien 2002 im
Aufbau Taschenbuch Verlag GmbH, Berlin

Umschlaggestaltung: Gisela Kullowatz
unter Verwendung eines Gemäldes von G. Clairin,
akg-images/Erich Lessing
Satz: Aufbau Taschenbuch Verlag
Druck und Verarbeitung: GGP Media GmbH, Pößneck
Printed in Germany
ISBN 978-3-404-92244-4

Sie finden uns im Internet unter
www.luebbe.de

Der Preis dieses Bandes versteht sich einschließlich
der gesetzlichen Mehrwertsteuer.

# Prolog

Kairo, 30. November 1856

Ich war eine Frau, die alles hatte: Schönheit, Ruhm, Geld, Männer. Nun bedrängen Schatten mein Bett, und ich fürchte, daß ich sterben muß. Die Zeit zerrinnt. Sechs Stunden des Tages verbringe ich mit Hoffen, den übrigen Tag mit Verzweiflung. Aber ich will nicht klagen; mein Fieber ist gefallen.

Man schob mich auf den Balkon, wo ich die herrliche Aussicht genießen konnte. Wir wohnen im »Hotel d'Orient«, dem prunkvollsten Haus in Kairo. Es liegt hinter dem westlichen Tor Bab-el Guenéné, am berühmten Platz Esbekieh. Von meiner Suite blicke ich hinunter auf das dichte Laubdach der Akazien und auf Paläste wie aus einem morgenländischen Märchen. Dort drüben hat Napoleon gewohnt, der hier als Abu-Napartu oder Sultan Kebir verehrt wird. Sein Enkel ist mein Sohn – was mir wie ein Wunder erscheint!

Noch in meiner Kindheit gehörte ich zu den Verbannten. Überall wurde ich beschimpft und verjagt, und nun residiere ich hier wie eine Königin. Hinter dem Horizont, irgendwo östlich, liegt das Land meiner Väter. Ein türkischer Korvettenkapitän, den ich hier im Hotel getroffen habe, erzählte mir, daß der Anblick von Jerusalem sehr traurig sei. Eine arme, siechende, dem Ansturm der Winde preisgegebene Stadt. Vielleicht hätte ich nach Jerusalem reisen sollen, um dort zu sterben.

In diesen dunklen Tagen ist Sarah bei mir. Sie belagert mich mit ihrer Fürsorglichkeit, doch ihr Lächeln kaschiert kaum ihre Unruhe. Sie hat Heimweh, sehnt sich zurück in den Lichterglanz von Paris. Dabei wird sie leben können; sie wird das junge Grün im Bois de Boulogne, den silbernen Glanz der Seine sehen.

Am liebsten möchte ich nicht denken müssen; ich wünsche mir lautes Leben um mich, sehne mich hinaus in die Basare, in die Düfte des Orients, den Überschwang Kairos. Ein sagenhaftes Getümmel herrscht in den Gassen: Fußgänger, Wasserträger, Händler, dazwischen die Reiter mit dem golddurchwirkten Sattelzeug, die Kamelführer, die ihre stolzen Tiere durch die engsten Gassen zwängen und dabei alles Volk an die Wand drücken. Einmal sah ich sogar einen ganzen Harem, unterwegs ins Bad, die Damen schwarz verhüllt und vor dem Gesicht eine Maske mit weißer Leinwand.

Wie gerne würde ich dort unten sein! Für eine Weile würde ich die dunklen Gedanken und Erinnerungen vergessen können. Was für eine Aufregung, wenn der schwere Samtvorhang aufging, wenn im Saal das Geflüster vor dem ersten Akt verstummte, und später dann der brausende Applaus, an dem ich mich berauschte! Blumen, die mir zu Füßen fliegen, das Blinken der Kristalle und Lüster und Diamanten, Abendroben, tausend Männeraugen, die sehnsüchtig zu mir hin auf die Bühne blicken.

Paris, die grausame Stadt, wird mich womöglich schon vergessen haben. Ich mag nicht wissen, was meine Verehrer in meiner Abwesenheit tun. Umschmeicheln sie nun La Ristori, während sie mir verlogene Worte schreiben? Aber was nützen ihre schmachtenden Briefe, ich habe kein Lächeln, keine Worte mehr zu verschenken. Ich bin eine Frau von 37 Jahren, mein Ruhm und mein Leben verblassen. Und was die Liebe betrifft … ja, sie war groß und golden und ging doch so traurig zu Ende …

Vorhin kam Sarah ins Zimmer. Ich erkannte sie gleich am Takt ihrer Schritte, hörte es an der Art, wie sie den linken Fuß nachzog. Ganz leise öffnete sie die Tür, und als sie sah, daß ich wach war, stellte sie mir einen Teller auf den Nachttisch. Unter der Damastserviette kamen Milchbrötchen zum Vorschein, herrlich duftend und ofenfrisch.

»Für den Hunger.« Sarah schüttelte meine Bettdecke auf. »Du siehst aus, als könntest du einen Bissen vertragen.«

Der Duft der Brioches, den die französische Köchin mir

als petite douceur bereitet hat, umschmeichelte meine Nase. Trotzdem kann ich nicht essen. Traurigkeit stieg in mir auf, wie eine innere Säure, die mich zerfrißt.

»Mon Dieu, was hätte ich dafür gegeben, als ich ein Kind war. Sarah, weißt du noch, wieviel Hunger wir hatten?«

Ich weiß selbst, wie brüchig meine Stimme klingt, die, tief und dunkel, vor kurzer Zeit noch ganz Paris und halb Europa verzaubert hat. Nein, es ist nicht mehr viel übrig von der Grande Tragédienne. In meinen besseren Momenten versuche ich, mich mit fremden Augen zu sehen: ein Bündel Knochen, in den Faltenwurf einer weißen Robe gehüllt, und darüber schwarzes Haar, kunstvoll unter einem Turban verborgen. Kein sehr erhebender Anblick.

Das Bettlaken entglitt Sarahs Hand. Sie ging ans Fenster. Ich sah ihren blonden Nackenknoten, die knisternde schwarze Seide, ein trotz der Hitze immer noch zu eng geschnürtes Mieder. Meine Schwester ist eine Frau von fast vierzig Jahren, aber selbst hier am Krankenbett kann sie sich und mir die Eitelkeit nicht ersparen.

Sarah blickte über die Minarette und Kuppeln von Kairo hinaus, stützte sich schwer auf dem Fensterbrett ab. Möglich, daß der Ansturm der Bilder von damals auch sie traurig stimmt. Wir waren so arm, und unser Leben schien so trostlos, als es begann.

»Weißt du noch?« fragte ich. »Es war deine Idee. Ohne dich wäre alles ganz anders geworden.«

Dreißig Jahre ist es her, daß ich zum ersten Mal vor Publikum sang. Was waren das für Zuschauer gewesen! Fischhändler und Dirnen, kaum reicher als wir. Zwei hungrige jüdische Straßenkinder, die in ihren zerrissenen Kleidern und den wirren Haaren dürren, verwilderten Kätzchen glichen. Eine Ewigkeit trennt mich von damals, und doch kommt es mir vor, als wäre es gestern gewesen, als wäre dazwischen ein Loch in der Zeit.

Ein neuer Fieberschub plagte mich gestern nacht. Die Pyramiden von Gizeh, die ich fern im Licht des Sonnenuntergangs am Horizont sehe, werde ich nicht mehr erreichen können. Die Reise wäre zu strapaziös. Um so entschlossener bin ich, die Wunder von Theben zu erblicken. Morgen werden wir aufbrechen, werden in zwei Nilbarken, unter Geleit der Garden von Suleiman-Pascha, dem Tal der Toten entgegengleiten.

Ich hoffe, auf der langen, beschaulichen Reise nach Oberägypten neue Kräfte zu finden. Das Klima sei sehr heilsam, hat mir der arabische Arzt Suleiman-Paschas versichert. In jedem Fall werde ich viel Zeit haben und abgelenkt sein. So habe ich einen neuen Plan gefaßt: Kann ich schon mein geliebtes Théâtre français nicht regieren, so möchte ich doch einen kleinen Fingerabdruck in der Ewigkeit hinterlassen. Ich will mein Leben aufschreiben.

Mon cher Alexandre, geliebter Sohn und Enkel des großen Kaisers, du sollst meine Memoiren erben. Ich wünsche dir gesunde Kinder. Wenn ein Mädchen dabei ist, so Gott will, sollt ihr es nach mir Elisabeth nennen. Sie soll diese Aufzeichnungen erhalten, die Tragödie einer Frau und Künstlerin.

Vielleicht wird es eine Enkelin geben, eine Urgroßtochter, eine entfernte Verwandte in irgendeiner fernen Zeit, die meine Memoiren lesen kann und daraus etwas lernt. Ein Mädchen, das meinen Namen tragen wird, das vielleicht die Wende zum nächsten Jahrhundert oder sogar Jahrtausend erlebt. Wie wird die Welt dann sein? Wird es noch Theater geben?

Ein eisiger Luftzug streift meinen Arm. Ja, gewiß, ein Engel ging durchs Zimmer. Tränen steigen in meinen Augen auf. Vielleicht hat *sie* meinen Ruf gehört. Dann wäre möglich, daß im nächsten Jahrhundert, im nächsten Jahrtausend jemand sich an mich erinnert. Man lebt ja nur fort, solange die Erinnerung besteht. Wenn ihr meiner gedenkt, tut es mit einem Lächeln. Ich habe meinen Namen so weit getragen, wie mir möglich war. Ich bin Elisabeth Félix, genannt Rachel. Und das hier ist mein Leben.

# I

Meine erste Erinnerung: Ich bin unterwegs. Rote Ziegeldächer, Zwiebeltürme, Weizenfelder, Weinberge. Verwischende Gesichter, Dörfer, Landschaften, der Rhein, ein breites blaues Band, das in der Sonne glitzert. Mandelbäume, die in Blüte stehen, Kirschen, die wir in den Feldern finden, süße blaue Trauben, die wir im Herbst von den Reben pflücken.

Im Winter hausten wir in Frankfurt. Die Fachwerkhäuser waren so schief, als verneigten sie sich. Jeder kannte jeden in den Gassen, und es gab Männer in langen schwarzen Mänteln, die mir angst machten. Sie hatten lange Bärte und lange Locken und beteten viel. Ihre Frauen erzählten uns Kindern von großen Feuern, die im Osten brannten.

»Fromme«, nannte Maman sie andächtig.

»Danach haben die Kosaken auch nicht gefragt«, murmelte Papa.

Er konnte es kaum erwarten, Frankfurt zu verlassen. Wenn der Frühling kam, schirrte er den Esel an, und wir zogen in die entlegenen Dörfer der Nordpfalz oder des Taunus. Sarah und ich hockten in Papas Eselskarren, zwischen dem Trödelkram, den mein Vater verkaufte, zwischen Töpfen, Wäsche und unseren viel zu dünnen Decken. Sarah zwickte und knuffte mich, und wenn ich dann aufschrie, war ich es, die Papas harte Hand ins Gesicht bekam, während die hübsche Sarah feixte.

Unterwegs begegneten wir Ochsenkarren und Händlern mit Bauchladen, die noch ärmer waren als wir. Sie grüßten Papa mit seinem Karren. Im Vergleich zu ihnen seien wir reich, erklärte Maman. Wenn wir in die Dörfer kamen, warteten die Bauern schon auf uns. Ihre Teller waren voll, meinte Papa immer, aber ihre Köpfe leer. Auf ihren Höfen waren sie abgeschnitten von den Postkutschen und den Nachrichten, die in der Rheinebene kursierten. Daher gaben sie ein dankbares Publikum für Papa ab, der aus seinem Auftritt ein Kunstwerk machte. Er wartete ab, bis die Bäuerin ein Tablett mit einer Flasche brachte. Papa hob sie an den Mund, tat so, als ob er trinken würde, und stöhnte so komisch, daß Sarah und ich kichern mußten.

»Ah, wunderbar! Habt ihr gehört?! Es gibt Najes in der Welt!«

Papa scheuchte Sarah und mich aus dem Karren, und wir drückten uns am Rücken der Bäuerin vorbei in die Küche, um dort einen Teller Suppe, ein Stück Brot zu erbetteln. Manchmal blieben wir auch hinter dem Karren sitzen und sahen zu, wie Papa zum Zauberkünstler wurde. Mit seinen behaarten Händen löste er die Seile und Ösen, dann endlich hob er die Plane an. In der Sonne glitzerten Ketten aus falschen Steinen und die Schnallen guter Ledergürtel; Lavendelseife und Jasminessenz verströmten ihren Duft, und in einer Schatulle lag eine Auswahl scharfer Messer.

Der Bauer trat näher, ließ den Finger über die Klinge fahren.

»Ein Silberstück, und es ist deins!« rief mein Vater und hörte sich an, als könne er sich nicht davon trennen. Dabei sagte er sonst, daß es Tinnef sei.

Aber die Bauern in der nördlichen Pfalz waren auch nicht dumm.

»Ganeff!« schimpfte Papa, wenn er sich wieder einmal hatte herunterhandeln lassen. »No, was soll man machen! Wir brauchen das Geld!«

Manchmal konnten wir zum Schabbes ein ganzes, fettes Hühnchen kaufen und dazu noch einen Krug roten Wein für meinen Vater.

»Jacob«, verkündete Maman dann stets mit vollem Mund, »wir sind zwar nicht reich, aber wir haben uns. Und das ist ein Glück.«

Später, wenn der Mond sein bleiches Licht über die Felder strömen ließ, schickte sie Sarah und mich zurück in den Karren und verschwand mit Papa im Gebüsch. Irgendwann spät kehrten sie flüsternd und kichernd zurück zum Wagen, in dessen Schutz sie sich auf dem Boden ein paar Decken gebreitet hatten.

Manchmal fuhren wir über die »Kaiserstraße« durch die Pfalz nach Mainz, ein ganz gerader Weg, auf dem unser Karren angenehm rollte. Nur einmal gab es eine Kurve, um ein Schloß herum, wo Kaiser Napoleon mit Joséphine übernachtet hatte. Deshalb wollte man später die Bäume im Park nicht für eine gerade Straße fällen lassen.

»Das ist große Liebe, Kinder!« erklärte uns Papa.

Maman redete auch oft über die Liebe, vor allem im Winter. Dann ging es uns allen sehr schlecht. Es war sehr kalt, und wir hatten nie so viel auf dem Tisch, daß dieser dumpfe Schmerz in meinem Magen aufgehört hätte. Oft blieb mir nur ein Zipfel meiner Decke, an der ich kauen konnte, um wenigstens etwas im Mund zu haben.

Maman fielen die Haare stumpf und wirr ins Gesicht.

»Wärst du doch weiter zur Schule gegangen, Jacob. Du hättest das Zeug gehabt zum Rabbiner.« Sie hob die Hände zum Himmel. »Wie geehrt wir hätten sein können!«

Papa murmelte dann etwas in seinen zottigen schwarzen Bart, und bald darauf knallte die Tür, und er verließ in übler Laune das Zimmer. Wenn Maman mit ihm streiten wollte, redete er tagelang nicht mit ihr. Meine Mutter saß dann auf ihrem Hocker und wiegte ihren Oberkörper vor und zurück, als wäre sie verrückt geworden.

»Alewaj! Wir haben aus Liebe geheiratet. Ich sag euch was: Nehmt euch in acht vor der Liebe! Ich habe gedacht, wir wären füreinander bestimmt. Was hab ich gekriegt? Einen verrückten kleinen Handelsmann, der die Finger nicht von mir läßt. Und das, wo euer Vater doch gar keinen Geschäftssinn hat. Er wollte ja das Geld von meinen Leuten nicht. Gutes Geld. Und ein guter Name, große Gelehrte.

Berühmt von Lissabon bis Odessa, habt ihr gehört? Ihr dürft nie vergessen, daß ihr was ganz Besonderes seid. Habt ihr gehört? Ihr seid Prinzessinnen! Deshalb müßt ihr immer das Kinn hochtragen! Immer! Egal, was kommt! Der Stolz der Prinzessin ist ihre Zierde. Merkt euch das!«

Mein Vater durfte solche Reden nicht hören. Vielleicht, weil er sich nicht gern unterlegen fühlte. Bei uns hatte nur einer das Sagen, und das war Papa. Meine Mutter zitterte vor ihm, wenn er die Stimme hob. Doch immer häufiger war es nicht nur die Stimme, die er hob, denn bald sollten die Zeiten immer schlechter werden.

Der Winter 1825 ist mir in schmerzlicher Erinnerung. Papa wurde damals immer gereizter. Wenn Sarah und ich nur einen Mucks machten, setzte es schon Ohrfeigen. Einmal, am Schabbes, als Maman die Kerzen angezündet hatte, verdunkelte auf einmal der Zorn sein Gesicht. Er sprang auf und blies die Lichter aus.

»Schluß damit – einmal und für immer! Was für ein Gott!« Papa lachte in einer sonderbaren Stimme, die mich schaudern machte. »Ein Gott, der uns zwingt, von ihm abzufallen!«

Maman war einen Kopf kleiner als er, aber der Zorn machte sie riesengroß. »Jacob! Setz dich hin! Stör nicht den Frieden!«

Ich traute mich kaum zu atmen. Bestimmt würde gleich etwas Schreckliches passieren! Wir hatten viel zu selten erlebt, daß Maman ihm zu widersprechen wagte. Meist brauchte er nur die Augenbrauen zu heben, dann wurde sie rot, schwieg und senkte den Blick. Nun allerdings starrte sie ihn mit wilder Entschlossenheit an.

Eine lange Weile verging, dann geschah das Wunder: Mein Vater gab nach. Während Maman die Kerzen wieder anzündete und erneut den Segen spach, stützte er sein Kinn in den Handflächen ab und starrte ins Leere.

»Jeden Tag einer weniger. Aus Wolf wird Wilhelm, aus

Enoch wird Eduard, der Löb nennt sich Louis. Soll ich mich Jacques nennen? No, dann wird vielleicht alles besser werden.«

»Jacob! Was für eine Rede führst du da? Genügt es nicht, daß sie uns zwingen, uns Félix zu nennen? Baruch war doch ein guter Name!«

»Die Frage ist, ob wir uns taufen lassen. Dann könnte unser Sohn vielleicht studieren. Ein ordentlicher Christ und Professor werden.«

Ich verstand nicht, worum es ging, doch ich sah, daß Maman diesen gewitterblauen Blick bekam, mit dem sie sogar Sarah immer zum Schweigen brachte. Ein paar Sekunden geschah nichts. Schließlich griff sie nach dem Krug mit dem roten Wein, für den sie die ganze Woche gespart hatte, und schüttete ihn meinem Vater ins Gesicht.

»Da hast du deine Taufe!«

Bald kam jener Tag, dessen Bilder mir noch so lebendig vor Augen stehen, daß ich sie mit in den Tod nehmen werde.

Es war im Mai, und die Sonne schien, als wir in einer langen Reihe von Ochsenkarren und eleganten Einspännern den Rhein bei Speyer passierten. Der Kaiserdom glänzte über der Rheinebene; eine leichte Brise strich über die Felder. Eine seltsame Stille lag in der Luft. Maman war es, die als erste die Rauchsäule aufsteigen sah. Ein weißes Menetekel am Sommerhimmel.

»Jacob! Es brennt! Vielleicht sollten wir umkehren! Denk an den Sohn, den du von mir willst!«

Sarah und ich drängten uns an den Rand des Wagens. Mamans Tonfall machte uns angst. Sie klang so schrill, was meinem Vater nie gefiel. Stirnrunzelnd ließ er die Peitsche knallen.

»Wir können uns nicht ständig aufhalten lassen. Das hier ist der Weg, den wir ziehen wollen? No, wir werden ihn ziehen!«

Ich konnte sehen, wie Maman ein Gebet murmelte. Es laut zu sprechen, wagte sie wohl nicht.

Kurz bevor wir den Ort erreichten, kam ein Bursche durch die Felder. Papa zügelte den Esel und fragte, was im Dorf da vor sich gehe. Der Bursche musterte uns argwöhnisch.

»Ich glaube, es ist wegen der Juden.«

»Juden kennen wir nicht«, krähte ich dazwischen. Maman hatte mich den Spruch gelehrt und immer wieder aufsagen lassen. Doch Papa hatte ihn offensichtlich noch nicht gehört. Denn er drehte sich zu mir um und verpaßte mir eine Ohrfeige, die mir den Atem nahm. Heulend verkroch ich mich im Wagen. Mir blieb der Trost, daß wir bald bei Onkel Geminder sein würden. Er und die Tante hatten eine Geflügelhandlung und stopften Sarah und mich wie ihre Gänse.

Als wir das Dorf erreichten, hörte ich lautes Gelächter, beißender Rauch ließ mir die Tränen in die Augen steigen. Leise, um Papas Aufmerksamkeit nicht zu erregen, setzte ich mich im Karren auf. Was ich sah, wollte ich nicht glauben. Das Haus von Onkel und Tante brannte lichterloh. Flammen, Funken, überall Feuer. Die hohlen Fenster sahen aus wie schreiende Münder.

»Geminder!« sagte Papa in einem Ton, der mir einen kalten Schauer über den Rücken laufen ließ.

»Mach, daß keiner im Haus ist!« betete Maman.

»Noch mehr Judenpack!« schrie ein Mann, und die Menge wich vor uns zurück. Auf einmal war eine unsichtbare Mauer um uns gezogen.

Juden? Wir kennen doch keine Juden, dachte ich. Die Zeit verlangsamte sich. Ich starrte in diese wilden, wütenden Gesichter und glaubte, das Hämmern meines Herzens in meinem Kopf zu hören. Was wollten sie von uns? Warum waren sie so böse?

Dann spürte ich am Kopf einen furchtbaren Schlag. Ein greller Blitz flammte vor meinen Augen auf, und ich sah Sarah nur noch durch einen Schleier. Etwas Feuchtes lief meine Stirn herab. Ich blickte in meine offene Hand und sah, daß sie voller Blut war, und irgendwo, ganz weit weg, hörte ich Sarahs schrilles Lachen.

In diesem furchtbaren Moment muß irgendeine uralte Kraft über mich gekommen sein. Trotz meiner Schmerzen sah ich alles ganz kalt und ganz klar. Ein Mann zerrte Maman am Ärmel, so daß der Stoff zerriß. Ein Stein traf unseren Wagen, die Brillen und Operngläser und Uhren zerbarsten, die Flaschen mit Duftessenz zerbrachen, und die Luft roch seltsam nach Jasmin.

Ich sah, wie Papa die Peitsche gegen die Angreifer knallen ließ, während meine Mutter mit verzweifelter Wut nach den Glasscherben griff und sie in die Menge warf. Ich sah, wie ein Spaten in der Sonne blitzte, bevor er den Kopf unseres Esels traf, und das zahnlose Grinsen des Mannes, der dem schreienden Tier in die Flanken trat.

»Maman!« weinte ich und klammerte mich an Sarah fest, aber meine Mutter konnte uns nicht beschützen. Ich machte die Augen zu, wollte die bösen Männer, die auf uns eindrangen, nicht sehen müssen.

Dann geschah das Wunder. Es wurde still. Ich wartete einen Moment, bis ich es wagte, die Augen zu öffnen. Die haßerfüllten Gesichter wichen zurück. Ich hörte ein lautes Rufen, hörte, wie Maman dem Himmel dankte. Ein grauhaariger Mann hatte sich vor der Menge aufgebaut. Er trug ein langes schwarzes Kleid, das im Wind flatterte, und sah sehr zornig aus.

»Aufhören! Sofort Schluß im Namen Gottes! Was seid ihr nur für ein Pöbel! Ich hole die Grenadiere!«

Wie von ferne hörte ich Mamans Stimme, die mich immer wieder rief, aber mir war schwarz vor den Augen. Ich ließ mich in einen dunklen Sog fallen …

Im Schlaf, so erzählten sie später, schlug ich um mich, weinte und schrie. Was hatten wir getan? Warum haßten sie uns? Wir kannten sie doch gar nicht! Im Traum sah ich das

Blut, sah den Esel sterben, die Flammen, das Feuer und hörte diesen markerschütternden Schrei: »Judenpack!«

»Maman, was ist ein Jude?«

Der Pfarrer hatte uns bei sich aufgenommen. Zum ersten Mal im Leben lag ich in einem Bett; es war wunderbar warm und weich. Noch immer schmerzte die Wunde, doch ich sah in lauter freundliche Gesichter. Alle hatten betend an meinem Lager gewacht.

»Dieses Kind kann dumme Fragen stellen«, seufzte Maman.

»Ein Jude«, sagte Papa, »ist ein Mensch, den man totschlagen kann, ohne dafür ins Gefängnis zu müssen.«

»Oft«, Onkel Geminder nickte, »kann man für einen toten Juden sogar eine Belohnung bekommen.«

»Was für ein Glück«, sagte ich zufrieden, »daß wir keine Juden kennen.«

»Alewaj«, seufzte Maman, und mein Vater bekam einen Blick, als hätte er mir am liebsten schon wieder eine Ohrfeige gegeben.

Geminders hatten eine Fahrt zu Kunden unternommen und bei ihrer Heimkehr die rauchenden Trümmer ihres Hauses vorgefunden. Nun würde es kein Hähnchen geben, mit dem Sarah und ich uns vollstopfen könnten.

»Wir sind, Gott sei Dank, am Leben«, sagte die Tante.

Papa kaute auf einem Strohhalm. »Das Leben ist so ziemlich das einzige, was einem bleibt.« Niemand fiel in sein schroffes Gelächter ein. »No, ich sag euch was, wir werden nach Frankreich gehen. Dort ist alles besser. Hier werden bald Pogrome kommen.«

»Ich hab es immer gewußt«, seufzte Tante Geminder. »Die Leute sind neidisch. Sie neiden uns immer das Geschäft. Hab ich es nicht immer gesagt, Daniel? Wenn sie neidisch werden, kommt die Gefahr. Sie sind überall gleich. Einmal Kosak, immer Kosak.«

»Wenn's Spaß gibt, sterben die Leut«, meinte Onkel Daniel. »Trotzdem geht es uns hier gut. Wir werden eben wieder von vorn anfangen. Und es gibt ja die anderen. Die Mehrzahl der Leute will so etwas nicht. Sie haben euch gerettet, vergeßt das nicht.«

»Totgeschlagen hätten sie uns, wäre der Pfarrer nicht gekommen.«

»Gott sei Dank, daß er gekommen ist.«

»Wir verlassen dieses Land. Wir gehen nach Frankreich, Therese.«

»Du sollst mich nicht mehr so nennen, Jacob. Habe ich keinen guten jüdischen Namen? Ich will den alten Namen zurück. Wenn sie einen totschlagen, fragen sie auch nicht, wie man heißt. Ich will jetzt Esther Haya heißen.« Auf einmal fuhr meine Mutter wütend zu mir herum. »Und was dich betrifft, Elisa, du brauchst nicht zu sagen, daß du keine Juden kennst. Es wird uns doch nichts nützen. Du bist eine Jüdin, merk dir das!«

Eine Woche lang wanderten wir durch die Rheinauen, Wolken aus Mücken schwirrten um uns herum und stachen mich. Maman band mir die Hände fest, damit ich mir die Stiche nicht aufkratzte. Der Weg war schrecklich; ich stolperte mehr, als ich ging. Sarah und ich mußten helfen, unsere letzten Habseligkeiten zu tragen, denn unser Esel war unter den Schlägen verendet. Die Riemen der Tragegurte schnitten in unsere Schultern ein, unsere Füße schmerzten von der harten Erde und den Dornen. Wir wimmerten und weinten, doch Papa trieb uns unbarmherzig weiter.

Wir schliefen am Wegesrand und in Scheunen. Später folgten wir dem Lauf des Flüßchens Daub. Kähne treidelten durchs glitzernde Wasser, es gab auch Obstgärten, in denen wir Kirschen auflasen. Und in all dieser Zeit wuchs und wuchs Mamans Leib, als ob sie bald platzen würde. Papa legte eine Hand auf ihren Bauch.

»Mach, daß es diesmal ein Sohn wird.«

Wenn er von seinem Sohn sprach, hatte seine Stimme eine Zärtlichkeit, die ich sonst gar nicht kannte. Ich haßte diesen Sohn, schon bevor er das Licht der Welt erblickte. Was sollte an ihm so Besonderes sein? Und was hatte mein Vater gegen mich und Sarah? Eines Tages fragte ich Maman danach.

»Der Herr hat die Menschen verschieden erschaffen. Das Weib, damit es dem Mann zu Gefallen ist.«

»Könnte es nicht auch andersherum sein?«

»Das merk dir für dein Leben: Der Klügere gibt nach.«

»Aber dann würde ja immer die Dummheit siegen.«

»Elisa, wenn du nicht sanfter wirst, kannst du es schwer haben. Männer mögen nicht, wenn man ihnen widerspricht«, erklärte meine Mutter.

Eines Abends machte Papa einen Fehler: Wir hatten versucht, eine Abkürzung zu nehmen. Doch nun war keine Scheune, kein Haus, kein Licht in Sicht. Die Dämmerung legte sich wie ein dunkler Schleier über die Felder; irgendwo rief ein Käuzchen. Papa zündete die Laterne an.

»Gefällt mir gar nicht, daß wir jetzt noch weiter müssen.« Er zeigte zu den Bergen hinauf, gewaltige schwarze Schatten. »Man sagt, daß es da oben noch Wölfe gibt.«

»Jacob! Du machst den Kindern angst.«

»Das will ich auch! Damit sie die Beine unter den Arm nehmen.«

Furchtsam griff ich nach Sarahs Hand und stolperte mit schweren Beinen dem Lichtschein der Laterne hinterher. Mein Magen knurrte, ich war müde, und doch lief ich weiter. Dabei sah ich kaum noch, wohin ich trat. Es war so dunkel, als habe der Himmel den Mond und die Sterne verschluckt. Bis wir auf einmal in der Ferne ein großes Glitzern sahen.

»Endlich«, seufzte Maman. »Ein Dorf.«

Aber das Dorf bewegte sich, kroch auf uns zu wie eine Schlange.

»Jacob! Eine Karawane!? Wenn es Räuber sind?«

»No, wenn wir uns verstecken, glauben sie nur, daß wir etwas zu verbergen haben.«

Wir gingen noch ein Stück, dann schwenkte Papa die Laterne, und in diesem Augenblick riß der Himmel auf: Der bleiche Mond schien auf eine Weide, die sich zu einem Bach hinabsenkte.

»Hier bleiben wir und warten, bis sie vorüber sind.«

Nun wurden Stimmen laut. Lichter schwankten den Hügel herauf.

»Wie ein Drache«, murmelte ich.

Maman stöhnte auf: »Alewaj! Hoffentlich ein friedlicher Drache.«

»Vielleicht sind es rechtschaffene Leute. Und wer weiß, vielleicht kaufen sie mir sogar ein paar Messer ab.«

»Ach, Jacob, doch nicht mitten in der Nacht!«

Papa griff nach der Laterne und ging zum Weg zurück, ein schwankendes Licht in der Dunkelheit.

Ich konnte Mamans Atem an meinem Ohr spüren. »Euer Papa ist ein hoffnungsloser Träumer.«

Bald darauf hörten wir seine Stimme durchs Tal schallen: »Esther! Es sind Theaterleute! Sie wollen Rast mit uns machen. Hierher, Leute! Hier ist das Wasser!«

Es war wie ein Traum. Ich sah Ochsenkarren, die schwerfällig auf die Wiese rumpelten, bis sie einen Kreis um uns gebildet hatten. Ich sah Männer mit großen Schnurrbärten und ihre Frauen mit bunten, bauschigen Röcken. Bald hatten sie ein großes Feuer in Gang, und fettes Fleisch brutzelte an Spießen.

»Hier ist es warm, Kinder! Und es gibt auch etwas zu essen! Landsleute müssen doch zusammenhalten!«

Die Leute stammten aus Matzenberg, einem Pfälzer Dorf, das Papa von seinen Handelsreisen kannte. Wortreich tauschten sie Neuigkeiten aus. Sarah und ich duckten uns unterdessen in die Dunkelheit, damit Maman uns nicht sah. Mit beiden Händen stopften wir das Fleisch in uns hinein, das eine Frau uns gegeben hatte. Es war verbotenes Fleisch, erklärte mir Sarah. Schweinefleisch. Doch es schmeckte wunderbar.

»War eine gute Saison für unser Theater.« Der Matzenberger wischte sich über den Mund. »Sind durch das Rhonetal gekommen. In Lyon ist es am besten gelaufen. Ich sage dir was, mein Freund: Dort steckt Geld. Die Bourgeois haben gutes Geld in den Taschen. Gutes Geld, das locker sitzt.«

Der Widerschein der Flammen warf huschende Schatten über Papas Gesicht. »Eigentlich wollten wir nach Paris.«

»Theater«, fragte ich aus meiner Dunkelheit. »Was ist das?«

»Leise, Elisa! Wer hat dich gefragt?«

Der Matzenberger griff nach einem brennenden Holzscheit und hielt es vor mein Gesicht. »Was für eine Stimme! So dunkel und doch so grell. Kann sich gut Gehör verschaffen, die Kleine.«

»Das konnte sie schon immer«, murmelte Papa. »Aber das ist auch das einzige, was sie kann.«

»Das Theater, meine Kleine, ist ein wunderbares Spiel. Du bringst die Menschen zum Weinen und zum Lachen. Du legst die ganze Welt in ihr Herz. Und du selbst kannst die ganze Welt erfassen. Weil du auf der Bühne immer ein anderer bist: heute Prinz, morgen Bettler oder Bauer.«

Ich nickte. Denn ich kannte ja dieses Prickeln, wenn ich mir vorstellte, eine andere zu sein; nicht die häßliche Elisa, die ständig Hunger hatte, Ohrfeigen bekam oder fror, sondern eine Prinzessin mit vielen Kleidern und dicken Locken, die so herrlich blond waren wie Sarahs.

»Wenn ich groß bin, will ich auch zum Theater.«

»Mit deiner ausdrucksvollen Stimme würde das gehen, doch mußt du noch hübscher werden. Du hast so magere Schultern, so ein spitzes Gesicht. Auf dem Theater wollen sie Fleisch und Brüste sehen. Aber im Ernst …« Er beugte sich weit vor, faßte mein Kinn und hob es grob hoch. »… da ist ein Feuer in diesen Augen, Flammen im Blick.«

»Setz ihr keine Flausen in den Kopf«, murrte Papa. »Am Ende glaubt sie dir noch. Elisa ist ein häßliches Entlein.«

Ich biß mir auf die Lippe, um nicht weinen zu müssen. In diesem Augenblick betete ich, daß mein Vater sterben würde. Ich haßte ihn!

»Jacob!« rief Maman warnend von ihrer Decke. »Wir müssen schlafen. Du denkst doch an unseren Sohn?!«

»Weiber!« Der Matzenberger drückte sich eine Flasche aus Büffelfell an den Mund. »Warum können sie nicht ohne Zunge geboren werden? Wieviel schöner wär das Leben dann!«

Ich starrte ins Feuer: Theater ... Eine andere Person sein ... Auf einmal hatte meine Sehnsucht einen Namen, aber mein Glück währte nicht lange. Dann riß mich eine stählerne Hand aus meinen Träumereien.

»Elisa! Komm!«

»Ich will aber nicht!«

»Wenn du nicht kommst, werde ich dich prügeln müssen.«

Ich starrte Papa an, entschlossen, mich zu widersetzen, doch das nützte mir wenig, denn er schleppte mich einfach fort.

Der Matzenberger lachte. »Alles Feuer der Hölle im Blick. Und vergiß Paris, Jacques Félix! Bald wird Paris im Aufruhr sein. Bleib in Lyon, mein Freund. Da bist du sicher. Und die Bourgeois haben Geld in den Taschen.«

Wie so viele Künstler muß der Matzenberger die Gabe der Hellsicht besessen haben. Ein Jahr nachdem wir den fahrenden Leuten aus der alten Heimat begegnet waren, brannte Paris. Das Volk ging im Juli 1830 auf die Barrikaden, besiegte die Truppen Marmonts und stürzte Charles X., den letzten der Bourbonen. Louis-Philippe wurde von der Bourgeoisie zum König deklamiert, unruhige Zeiten, die für die armen Leute nichts wirklich besser machten.

Ich sitze in meiner Kabine auf unserer Kangsche und blicke hinaus über die Ufer des Nils, die an mir vorübergleiten. Längst ist Kairo hinter uns im Flirren des Dunstes verschwunden. Hustend nahm ich Abschied vom Meer der Welt, wie man die Stadt im Morgenland nennt. Schon seit Tagen ist nichts mehr zu sehen von den herrlichen Kuppeln und Minaretten Al-Quahiras, von den herrlichen Gärten von Schubra und den Feueressen der Dampfmaschinen. Sarah, die sich in einen Leutnant verliebt und vor der Abreise Durchfall bekommen hatte, ließen wir im Palast des Pascha zurück.

»Ein solcher Gast wird mir eine Freude sein«, sagte der alte Soldat.

Suleiman-Pascha hat meine Kangsche mit jedem Komfort ausstatten lassen. Ich ruhe gemütlich auf den Kissen meiner Ottomane, umsorgt von meiner guten Rose und dem Rais, dem Schiffsführer, der gehalten ist, mir jeden Wunsch von den Augen abzulesen. Die ägyptische Dienerin bringt mir die herrlichsten Spezialitäten, sogar Bananen, die himmlischste aller Früchte, deren Fleisch einem auf der Zunge zergeht. Ich möchte jedoch am liebsten nichts davon anrühren. Ich möchte alles mit den armen Menschen dort draußen teilen.

Der Anblick draußen ist trostlos. Weil der Nil hier so oft über die Ufer tritt, wurden ihre Dörfer auf Hügel aus grauem Sand erbaut. Die Häuser sind meist klein und schwarz, aus Erdziegeln errichtet. Sie erinnern mich an die rußgeschwärzten Häuser meiner Kindheit, und vermutlich ist es trotz der ägyptischen Hitze im Inneren genauso feucht wie in unseren Mansarden.

Es macht mich frösteln.

Am meisten schockiert mich jedoch der Anblick der Sakis am Ufer. Die Schaufelräder fördern laut knarrend Wasser zutage und begleiten den Nil auf seiner ganzen Reise. Seit Minieh hinter uns liegt, sieht man aber kaum noch Tiere vor den Rädern. Nein, es sind Menschen! Halbnackte, abgemagerte Männer, die nichts als ein zerschlissenes blaues Gewand am Leib tragen. Fellahs, wie mir mein Schiffsführer erklärte. Unter stechender Sonne ziehen sie den ganzen Tag wie stumpfsinnig vor dem Rad ihre Kreise. Die Kinder sehen zerlumpt und mager aus.

Der Anblick dieser Armut deprimiert mich. Wie gut kenne ich den Hunger! Und wie habe ich früher die feinen Damen gehaßt, die alles hatten und doch nichts abgeben wollten! Das Herz Frankreichs gehörte der Börse, und dem Wesen der Spekulation ist die Mildtätigkeit fremd. Um ein Stückchen Brot habe ich mich mit Gassenjungen prügeln müssen; oft bin ich blutend und weinend nach Hause gekommen, wo es dann noch weiteren Ärger gab. Wenn ich die erbärmlichen Kinder am Ufer winken sehe, dann glaube ich, in mein eigenes Elend von damals zu blicken.

## 2

Ich sah die Stadt und wußte, daß ich sie haßte. Lyon war grau und trostlos, voller Ruinen alter Adelspaläste, die von den Revolutionstruppen 1789 niedergebrannt worden waren. Niemand machte sich die Mühe, sie wieder herzurichten. Wir zogen auf den Speicher eines verkommenen Palais am Ostufer der Rhone. Die Bretterverschläge bildeten kleine, enge Räume, in denen es ständig laut wurde. Unter anderem auch, weil unsere Familie Zuwachs bekommen hatte: Citoyen Raphael Félix war zur Welt gekommen, Vaters ersehnter Stammhalter, sein Goldkind. Ich haßte dieses Bündel wimmerndes Fleisch vom ersten Moment an und hätte es am liebsten ertränkt. Seit Raphael auf der Welt war, hatte Papa kaum noch einen Blick für mich. Und mit Maman ging es nicht viel besser. Sarah war zwar kein Sohn, hatte aber das Glück, hübsch und blond zu sein. Mir blieb nur die Wahl, mit schlechtem Benehmen auf mich aufmerksam zu machen. Bald war ich diejenige in der Familie, die am lautesten heulen und kreischen konnte.

Das einzige, was mir an Lyon gefiel, war unser Haus. Ich

liebte den verblichenen Glanz: die breite Marmortreppe, die steinernen Gesimse und bröckelnden Arkaden. Wenn ich durch das Entree zu unserem Speicher schritt, konnte ich mir vorstellen, wirklich eine Prinzessin zu sein, wie Maman es früher immer erzählt hatte. So wie die beiden in schwarze Seide gehüllten Damen, die in ihrem abgedunkelten Salon saßen und die vergangenen Tage in Erzählungen auferstehen ließen, die ich heimlich belauschte.

Ich wollte wissen, worüber die beiden Damen redeten! Dabei merkte ich zuerst gar nicht, wie das Lauschen mein Französisch verbesserte. Ich hatte die Sprache in der Gosse gelernt. Die Prinzessinnen sprachen vollkommen anders, nicht so hart wie mein Vater, der aus Metz kam. Von Maman ganz zu schweigen; sie redete ohnehin nur Jiddisch.

Manchmal hatte ich das Gefühl, Jiddisch sei nur für den Streit erfunden worden. Wenn ich die Treppe zu uns emporging, sank meine Laune mit jedem Schritt. Das letzte Stück zu unserem Speicher führte eine hölzerne Stiege hinauf. Schon am letzten Treppenabsatz hörte ich die bösen Worte aus unserer Wohnung. »Von Luft können wir nicht leben«, keifte Maman.

»No, ich hab keine Frau, ich hab eine Quetsch geheiratet!«

»Und was bist du für ein Mann?«

Mein Vater machte einen schnellen Schritt auf sie zu. Es kam vor, daß ihre Streitereien handgreiflich wurden. Warum konnte Maman ihren Mund nicht halten? Ich wollte nicht hinsehen, verbarg das Gesicht in meinen Armen und weinte.

Wenn Papa bei seinem Goldkind wachte, verhielt er sich ganz anders. Ich glaube, für Raphael hätte er alles getan. Stundenlang saß er bei der Stoffwiege, die Maman aus einem Kopftuch genäht hatte, sang Raphael Kinderlieder vor und schaukelte ihn.

»Es ist schön, wenn ein Vater sein Kind liebt«, giftete Maman. »Aber noch schöner, wenn er es auch ernähren kann.«

»Das schönste Geschenk ist eine Frau, die schweigt.«

Wir hatten nur dünne Suppe auf dem Tisch, die nach Wasser schmeckte, und Maman hielt Gott lange Vorträge, daß er uns vor dem Hungertod erretten möge. Papa, der es im Gegensatz zum Allmächtigen vielleicht vermocht hätte, unternahm in dieser Hinsicht wenig. Er war ein »elender Luftmensch«, wie Maman sich ausdrückte.

»Lyon ist die Stadt Molières, eine kultivierte Stadt!« verkündete Papa. »No, gebildete Leute wie wir werden unser Auskommen finden.«

Im ersten Winter in Lyon hatte Maman angefangen, Litzen und Bänder anzufertigen, die sie verkaufte. Sie nähte am Tag und halbe Nächte hindurch. Am Donnerstag ging sie dann zu einer reichen jüdischen Kaufmannsfamilie, um dort die Böden zu schrubben und das Silber zu polieren. Nachts backte sie die Challe für den Schabbes. Oft hatte sie Augen, die vor Müdigkeit so groß wie Murmeln waren.

Eines Abends warf sie auf einmal ihr Nähzeug auf den Tisch.

»Ich weiß nicht mehr, wie es gehen soll, Jacob. Bald kommt der Winter. Wir müssen heizen und das Essen für die Kinder zahlen. Es gibt doch so viele Manufakturen in dieser Stadt. Unsere Leute kommen sogar aus dem Osten, um hier Arbeit zu finden. Kannst du dich nicht in einer Seidenspinnerei verdingen? Es ist doch keine Schande!«

»No, und mir die Gesundheit ruinieren? Ist es das, was du willst? Du hast keine Ahnung, wie giftig die Luft in diesen Schinderstätten ist. Wer sich dort verdingt, hat sein Todesurteil unterschrieben. Außerdem flüstert man überall, daß sie dabei sind, einen mechanischen Webstuhl zu erfinden. Dann wird es blutige Unruhen geben!«

Während mein Vater sich in Rage redete, beobachtete ich Maman: Ihr Blick bekam einen feuchten Schimmer. Papa konnte ihr alles antun – wenn er so glutvoll sprach, würde sie ihm alles verzeihen, immer und immer wieder.

Später trommelte Regen auf das Dach. Papa kam nicht nach Hause. Von Stunde zu Stunde verlor Mamans Gesicht an Farbe. Sie jammerte nicht, sondern schwieg, und das war am schlimmsten. Im Schein der Öllampe saßen wir um den zerschrammten Küchentisch. Ich sah, daß ihre Lippen bebten, vermutlich wollte sie ihre Tränen vor uns verbergen.

Schließlich waren seine Schritte auf der Treppe zu hören; die Tür flog auf, und eine Wolke aus Whisky wehte ihm voraus.

Maman starrte ihn an wie eine Erscheinung.

»Jacob, du Schlemihl!«

Dann machte sie drei Schritte auf ihn zu und fiel ihm um den Hals. Lachend wirbelte er sie durch die Luft, schob sanft ihre Hände fort und überhäufte Sarah und mich mit Küssen.

»Die Stadt Molières wird uns nicht verhungern lassen! Ich habe Arbeit gefunden. Beim Theater!«

»Du wirst Schauspieler?«

»No, dafür ist mein Französisch zu schlecht. Dennoch«, er richtete sich zu voller Größe auf, was in Anbetracht seiner Körpermaße immer etwas seltsam wirkte, »liegt das Wohl des Theaters in meinen Händen.«

Wie sich herausstellte, war er einem alten Bekannten begegnet, dem er früher einmal in einer Notlage geholfen hatte und der den Concierge des Théâtre des Celestines kannte. Der Concierge wiederum hatte Papa eine Stelle als Kulissenschieber und Feuerwehrmann verschafft.

»Ich sage euch, gute Taten lohnen sich immer. Gutes kommt immer zurück! Gleich morgen kannn ich anfangen!«

Von da an bekamen wir Papa kaum noch zu sehen. Abend für Abend, so schwärmte er, könne er durch sein Guckloch die Vorstellungen sehen. »Was für ein Spektakel! Was für ein Glanz! All die feinen Leute! Und wie begeistert die Zuschauer sind!«

Immer wieder erzählte er voller Stolz, wie man ihm Mademoiselle Déjazet vorgestellt habe, die berühmte Pariserin, deren Bild an allen Wänden Lyons hing. »Lyon ist Geschichte«, habe sie gesagt. »Aber Paris ist Gegenwart.« Das wurde zu Papas Lieblingssatz.

Meine Mutter konnte es bald nicht mehr ertragen. »Ich kann es nicht mehr hören. Man könnte diese Déjazet für eine Halbgöttin halten.«

»Halbgöttin? Sie ist eine Göttin! Nicht ganz von dieser Welt!«

»Jech! Dann sieh besser zu, daß du auf der Erde bleibst, Jacob. Vergiß nicht, du bist ein verheirateter Mann.«

Früher war meine Mutter sanft und weich gewesen. Nun hatte sie scharfe Falten um Mund und Nase. Sie nähte, putzte, kochte, wusch Windeln aus, wiegte das Baby, kaufte und verkaufte, und in den Nächten, wenn er vom Theater zurückkam, verlangte mein Vater dann noch nach seinem Recht. Oft hörte ich, wie sie versuchte, ihn fortzuschieben. »Jacob, du bringst mich um.«

Bald erwartete sie wieder ein Kind. Bitte, nicht noch ein Sohn, hoffte ich. Maman klagte unablässig über ihre Müdigkeit, und eines Abends war sie früh schon eingeschlafen. Papa saß mit mir am Küchentisch, während Sarah neben Raphael döste. Auf einmal legte er seine Bibel weg und musterte mich. Ich weiß nicht, was in ihm vorging. Vielleicht hatte er ein schlechtes Gewissen, weil er mich immer links liegenließ. Jedenfalls muß er einen Entschluß gefaßt haben. Denn er griff erst nach seinem Spazierstock und dann nach meiner Hand.

»Komm mit, Elisa, ich will dir was zeigen.«

Ich fühlte mich, als ob ich träumte. Ich, die kleine häßliche Elisa, durfte abends an Papas Hand ausgehen. Die ganze Zeit hindurch hatte ich Angst, ich könnte aus meinem Traum erwachen.

Wir gingen durch die Stadt, bis zum Hintereingang des Théâtre des Celestines, das hell und einladend glänzte wie ein Palast in einem Märchen. Soviel Licht hatte ich noch nie auf einmal irgendwo gesehen. Mein Vater stieß eine Tür auf, und wir tauchten in einen dunklen Gang ein.

»Hier sind die Künstlergarderoben«, erklärte er mir. »Hier spart man an der Beleuchtung.«

Am Ende des Flurs öffnete er eine weitere Tür. Eisige Luft schlug mir ins Gesicht. Es war ein unermeßlich großer Raum, so groß, wie ich nie zuvor einen Raum gesehen hatte. Darin stand ein riesiges Holzpodium, zu dem eine eiserne Treppe hinaufführte. Ein Ofen verströmte den Geruch von Kohle, Gips und Ammoniak.

»Papa! Darf ich raufgehn, bitte?«

»Das ist die Bühne, Elisa! Aber tu, was du nicht lassen kannst.« Vorsichtshalber blickte er sich um; der Bühnenraum war leer, nur draußen, aus den Garderoben drangen vereinzelte Stimmen. »Mach schon! Sie werden bald kommen.«

Bei jedem meiner Schritte machte die Eisentreppe ein tönendes Geräusch. Es war herrlich. Doch als ich oben angekommen war, fing ich erst wirklich an zu staunen. Eine ganz andere Welt lag vor mir, eine Welt ohne Dunkelheit und Armut, eine Welt, die aus einem herrlichen Palast bestand und sonderbaren Bäumen und riesigen weißen Säulen. Ich streckte die Hand nach ihnen aus.

»Nicht!« rief mein Vater. »Das ist nur Pappmaché, Elisa!«

Dann sah ich einen schweren rubinroten Vorhang. Was konnte sich dahinter befinden? Wahrscheinlich ein großes Geheimnis!

»Nicht weiter!« befahl Papa von unten.

Aber ich konnte nicht gehorchen. Ich ging durch den Staub und über das zerriebene Harz, das die Bretter bedeckte. Ich mußte den rubinroten Stoff berühren und sein Geheimnis entdecken. Doch wie enttäuscht war ich dann! Vor mir war nichts als Dunkelheit und lange Reihen schwarzer, leerer Stühle.

Weiter kam ich mit der Erkundigung nicht, denn erst riß mich ein Arm von der Kante weg, dann prasselten die Ohrfeigen links und rechts auf mich herab. Mein Vater zerrte mich zurück und die Treppe hinunter, durch finstere Gänge und über knarrende Treppen, bis wir den Raum des Feuerwehrmannes erreichten: die soffitte, wie er mir erklärte. Dort setzte er sich auf einen strohgeflochtenen Stuhl und nahm mich auf den Schoß. Ungeduldig wartete ich ab, bis er mich zu dem Fenster treten ließ. Es war vergittert und von einem rötlichen Lichtschein umgeben.

»Das da unten ist der Orchestergraben. Und da oben sind die Logen. Dort sitzen die feinen Leute.«

Bald schritt eine Dame dort hinauf: Riesenhut mit einem ganzen Blumengarten darauf, Paillettenkleid und Perlen.

»Die Gräfin de Montgelas«, flüsterte Papa ehrfürchtig. Das grüne Licht ließ sie blaß wie eine Puppe aussehen. Dann schrillte eine Glocke, das Gemurmel aus den Rängen verstummte. Das Licht erlosch.

»Was ist das, Papa!«

»Leise, es beginnt.«

Ich umklammerte die Lehnen, starrte auf die bunten Frauen, die wie Schmetterlinge über die Bühne tanzten, und versuchte, jedes Wort der lauten Stimmen aufzunehmen. Ich verstand nicht, worüber sie sprachen, verstand aber sehr wohl, daß über der Welt auf der Bühne ein wunderbarer Zauber lag, der mir ein Hochgefühl verschaffte.

»Na?« fragte Papa später, als wir über das regennasse Kopfsteinpflaster nach Hause gingen. »Wie hat es dir gefallen?«

»Oh!« sagte ich andächtig. »Darf ich morgen wieder mit, Papa, bitte?«

Am zärtlichen Druck seiner Hand konnte ich spüren, daß dieser Abend ein Band zwischen uns geknüpft hatte, wenn er auch nicht sehr zuversichtlich wirkte. »Wir müssen deine Maman fragen.«

Meine Mutter stemmte ihren schweren Leib aus dem

Bett, als wir strahlend und glücklich auf den Speicher zurückkehrten. Anscheinend gefiel es ihr nicht, Vater und Tochter so miteinander vereint zu sehen.

»Das fehlte noch, Jacob. Erst packt dich der Wahnsinn. Und jetzt setzt du deiner Tochter noch Flausen in den Kopf. Kommt nicht in Frage, Elisa. Das Theater ist kein Ort für Töchter aus gutem jüdischem Hause!«

Der Winter 1828 war stürmisch und kalt und ohne jeden Zauber. Ich erinnere mich nur an Kälte, steife, schmerzende Gliedmassen und an Sarah, die sich eng an mich kuschelte, um sich zu wärmen. An unserem Speicher zerrte und rüttelte unablässig der Wind. Aus unzähligen Ritzen, die wir mit unseren Lumpen nicht abdichten konnten, regnete und schneite es herein. Ganze Tage verbrachten wir im Bett, wo wir vor dem eisigen Zug wenigstens ein bißchen geschützt waren. Maman nähte und jammerte, Raphael wimmerte, und mein Vater hüllte sich in Schichten aus zerschlissenen Überkleidern.

Bei Wind und Wetter stapfte er zu seinem geliebten Theater. Spät in der Nacht brachte er Einkäufe und Feuerholz mit, was er in seiner Pause besorgt hatte. Denn Maman war wegen ihrer neuerlichen Schwangerschaft kaum fähig, sich von ihrer Pritsche zu rühren. Sarah und ich mußten vom vereisten Brunnen Wasser holen, mußten kochen und das Feuer schüren. Vom Bett aus überwachte Maman, ob wir alles richtig machten: Eier durften nicht gegessen werden, wenn sie Blutflecken hatten, und von dem wenigen Teig, den wir hatten, mußte immer ein Stückchen für die Vögel übrigbleiben.

»Warum?« fragte ich.

»Weil meine Mutter es auch so gemacht hat.«

Manchmal beschwerte ich mich auch, daß ich soviel helfen mußte.

»Elisa, du bist schon acht Jahre alt. Andere Kinder müssen in den Manufakturen arbeiten.«

Wenn wir aus dem Bett kamen, schlug uns draußen die Kälte um so härter ins Gesicht. Eine von uns war eigentlich immer krank. Zu allem Überfluß fing mein Vater zum Jahreswechsel 1829 mit dem Husten an.

»Es ist nichts«, beruhigte er Maman. »Nur ein kleiner Zug. Es wird rasch besser werden.«

Aber nichts wurde besser. Bald klang sein Husten wie ein dumpfes Dröhnen. Papa versuchte, es abzutun, und lachte mit verzerrtem Gesicht.

»No, wir sind ein altes Volk, wir können kämpfen!«

Maman wiegte Raphael in den Armen, als könne sie sich damit selbst beruhigen. »Ich weiß nicht, was mit eurem Vater ist! Was soll aus uns werden? Wenn ich doch bloß nicht mehr aufwachen müßte!«

Schließlich setzte sie sich doch jeden Morgen auf und nähte an ihren Litzen, die sie im Frühjahr in den Gassen verkaufen würde. Während ihr Bauch von Tag zu Tag dicker wurde, verlor mein Vater von Tag zu Tag an Farbe. Die wenigen Stunden, die er zu Hause verbrachte, saß er, in eine Decke gehüllt, vor dem kümmerlichen Feuer und klapperte mit den Zähnen.

Am 28. März 1829 kam Rébecca auf die Welt. Ich weiß noch, wie ich mich zum ersten Mal über das zerbrechliche Geschöpf beugte. Gott sei Dank kein Junge, dachte ich und sah den schwarzen Flaum auf dem Kopf und die meerblauen Augen. Mich rührte der Anblick. Vielleicht, weil sich niemand sonst darüber freute. Niemand sonst kniete vor ihr nieder. Liebevoll wiegte, fütterte und hütete ich sie, genau wie Papa es bei Raphael getan hatte, während Maman im Bett lag und jammerte und mein Vater mit seiner Krankheit beschäftigt war.

Eines Tages, Anfang April, kam er schwankend nach Hause.

»Schwindlig«, flüsterte er. »Kann nicht mehr.«

Sarah lief unter Mamans besorgten Blicken nach dem Doktor.

»Meschugge!« krächzte Papa. »Wird uns die Ersparnnisse kosten.«

»Und wie teuer würde uns dein Tod zu stehen kommen?« Maman hatte die Hände wie ein Fischweib auf den Hüften abgestützt. »Der Tod ist auch nicht umsonst!«

Als der alte kauzige Doktor seinen Medikamentenkoffer wieder zusammenpackte, verkündete er mit schnarrender Stimme, daß Papa über Wochen, wenn nicht Monate im Bett bleiben müsse.

»Gebt acht, daß er keinen Zug abbekommt. Und päppelt ihn mit Milch und Hühnerbrühe. Dann wird er vielleicht den Winter noch erleben. Wenn nicht, behüte ihn Gott.«

Nach einer kurzen Musterung unseres Speichers weigerte sich der Doktor, von Maman eine Münze anzunehmen.

»Du würdest dein Geld besser sparen!« schimpfte der alte Mann, der einen haselnußbraunen Spenzer mit silbrigen Metallknöpfen trug.

»Bonapartist«, keuchte Papa von seinem Krankenbett, als der Arzt gegangen war.

»Ein Bonapartist?« fragte Maman. »Mir schien, er wäre ein gottesfürchtiger Mann. Da sieht man, wie man sich täuschen kann.«

Mein Vater war zu schwach, um ihr zu widersprechen, was vor allem zeigte, wie schlecht es um ihn stand. Drei Tage nach seinem Schwächeanfall schickte das Theater einen Boten vorbei, der uns ein Silberstück übergab und verkündete, daß Papa entlassen sei. Maman stand noch erstarrt an der Tür, als der Bursche längst verschwunden war.

»Alewaj! Von ein paar Lumpen kann ich keine drei Kinder und einen kranken Mann ernähren!« rief sie. »Was soll mit uns werden?«

Für uns begann die dunkelste Zeit des Hungers. Hin und wieder schenkte der Schochet unserer Mutter ein Hühnerbein oder ein paar Innereien für eine dünne Suppe, die dann mein Vater bekam. Für uns Kinder reichte es nicht mehr.

Wochenlang bekamen wir nichts als Kartoffeln zu essen, und am Schabbes manchmal einen Heringskopf.

Eines Abends hatten Sarah und ich überhaupt nichts abbekommen. Ich kauerte in einer Ecke und versuchte an etwas anderes zu denken als an Essen, aber es gelang mir nicht. Der Hunger war wie ein Loch, wie eine Wunde.

Am nächsten Morgen schickte Maman Sarah und mich in die Kälte hinaus. Wir sollten zum Schochet gehen, um ein paar Knochen zu bitten. Folgsam zogen wir unsere alten Mäntel aus Jutestoff an und stapften los. Draußen wehte trotz des Frühlings noch ein eisiger Wind, der uns durch die Kleider fuhr. Die Kälte trieb mir die Tränen in die Augen.

»Ich will nach Hause.«

Sarah griff nach meiner Hand. Auch ihre Finger waren steif vor Kälte. »Laß uns zu der Backstube gehen. Da ist es wärmer .«

Sie hatte recht. In dem Schwall warmer Luft und feiner Gerüche, die aus der Backstube drangen, spürte ich erst, wie hungrig ich war.

»Ich will ein Brioche!«

Auch Sarah stand so dicht vor dem Fenster zur Backstube, daß ihr Atem auf der Scheibe einen blassen Dunstfleck hinterließ.

»Du weißt doch genau, daß wir kein Geld haben.«

Sarah schaute auf ihre abgetragenen Schuhe, die vorn ein großes Loch hatten. Sie preßte die Lippen zusammen, wie Papa es manchmal tat, wenn er über den Schriften brütete. Dann zog sie mich auf einmal am Ärmel. Sie hatte einen Geistesblitz gehabt. Mit dem Kinn zeigte sie zum Hauptportal der Kathedrale. Feine Leute strömten ein und aus.

»Du willst Brioches? Dann komm mit!«

Natürlich schlurfte ich mit, halb ängstlich, halb gespannt, um zu sehen, was meine Schwester da wieder ausgeheckt hatte. Eigentlich immer, wenn sie eine Idee hatte, bekam ich hinterher Prügel.

Vor dem Eingang zur Kathedrale zog Sarah ihre Mütze ab. Das schwere blonde Haar, um das ich sie so beneidete, fiel wie flüssiges Gold auf ihre Schultern. Sie sah wie ein kleiner Engel aus.

Sie drückte mir ihre Mütze in die Hand. »Da! Die streckst du den Leuten entgegen!«

Sarah fing an zu singen. Sie sang ein altes deutsches Kinderlied, das von Sommer und Sonne handelte. Die Passanten stutzten, dann blieben einige stehen. Ein paar Matrosen gingen vorbei und machten derbe Witze, aber dann hörte ich das herrliche Geräusch, als die erste Münze in die Mütze fiel. Eine Dame im Pelzjackonett zog ihre Hand zurück, strich mir über den Kopf und schritt anmutig die Stufen hinauf zur Kathedrale.

Sarah sang, bis ihre Stimme heiser wurde. Sie sang auf deutsch und auf französisch, sie sang alle Kinderlieder, die Maman uns beigebracht hatte, und auch die traurigen Melodien, die meine Mutter immer summte, wenn sie Streit mit Papa hatte. Ihr Gesang erweichte sogar den Matrosen das Herz; einer kehrte um und schenkte uns eine Münze. Schließlich riß Sarah mir die Mütze aus der Hand.

»Das reicht, Elisa! Komm mit!«

Vor der Backstube zählte sie unsere Münzen und zerrte mich in den Verkaufsraum. Ich war betäubt von der Wärme und den herrlichen Düften. Für unser Geld bekamen wir eine ganze Tüte weicher Milchbrötchen. Mit beiden Händen stopften wir sie in uns hinein. Erst dann machten wir uns auf den Heimweg. Bei jedem Schritt dachte ich daran, wie wunderbar es sein würde, Maman von unserem Abenteuer zu erzählen!

Doch vor der Haustür blieb Sarah stehen. Sie betrachtete mich mit einem bösen Blick: »Du willst doch morgen wieder Brioches? Dann sag kein Wort zu den Eltern! Morgen singen wir wieder!«

Dabei hätten wir uns denken müssen, daß es schlimm für uns enden würde.

»Habt ihr gar keinen Hunger?« fragte Papa uns von seiner Pritsche aus. »Warum eßt ihr denn nicht?«

Vermutlich befahl er Maman in der Nacht, uns nachzuspionieren. Als wir am nächsten Morgen wieder sangen, stand sie auf einmal vor uns.

Mit einer heftigen Bewegung riß sie mir die Mütze aus der Hand und schlug sie uns um die Ohren, daß die Münzen auf die Gasse klirrten. »Wenn das euer Vater hört! Ihr könnt was erleben!«

Bien, das war nicht zuviel versprochen: Zu Hause spielte sich zum ersten Mal das Drama ab, das er später ständig mit einem von uns aufführte. Mein Vater sprang vom Krankenbett auf, langte nach seinem Ledergürtel, packte Sarah und verpaßte ihr eine Tracht Prügel. Dann kam ich dran. Es war schlimmer als alles, was ich mir ausgemalt hatte.

In der Nacht lagen Sarah und ich auf dem Bauch. Vor Schmerzen konnten wir nicht einschlafen. Wir hörten, wie die Eltern beratschlagten.

»Besser als verhungern«, flüsterte Maman. »Oder erfrieren.«

»No, ich lasse mich doch nicht von meinen Kindern ernähren.«

»Denk an deinen Sohn!«

»Jech«, seufzte mein Vater. »Hätte ich sie auch nicht prügeln müssen.«

»Daran ist noch keiner gestorben. Ein Klop vergeht, ein Wort besteht«, sagte Maman. »Laß die Mädchen singen!«

»Singen kann man das Krächzen kaum nennen. Aber gut, wenn ich sie unterrichten würde und wenn sie Gitarre spielen könnten, wer weiß …?«

Von nun beherrschte der Unterricht unser Leben. Jeden Morgen mußten Sarah und ich vor der Pritsche meines Vaters antreten. Wenn sein Husten nicht zu schlimm war, summte er uns französische Lieder vor und zeigte Sarah, wie sie in seine geheiligte alte Gitarre greifen mußte. Mir brachte er traurige Reime über das Leben und die Liebe bei.

»Es ist nämlich so«, verkündete er, »daß Sarah sehr hübsch und sehr blond ist und dazu noch musikalisch. Aber du, Elisa, brummst wie ein Baß und siehst aus wie eine Vogelscheuche. Außerdem hast du diese seltsamen Augen. Aber du kannst die Leute zum Weinen bringen.«

Er zeigte, wie ich mir an die Brust fassen mußte, wie ich traurig die Augen verdrehen sollte, und beschwor mich, mehr Schmerz in meinen Blick zu legen. Ich übte es immer wieder, aber niemals war er zufrieden. Als es mir eines Morgens wieder nicht gelang, griff er nach seinem Gürtel und legte mich übers Knie.

»So! Und jetzt sag das Gedicht noch mal auf!«

Weinend gehorchte ich, und Papa kreischte triumphierend: »No! Da siehst du, daß du Gefühl zeigen kannst. Gefühl ist alles, Elisa!«

Eine grausame Methode, doch sie funktionierte. Bald konnte ich auf Befehl die Tränen in meine Augen zwingen. Mein Vater begann sich auf Sarahs Sangeskunst zu konzentrieren. Immer öfter bekam sie den Gürtel zu spüren, weil sie beim Singen ständig ins Jiddische zurückfiel.

»Zwei kleine Idioten hat mir die Frau geboren! Eins ist sicher, von mir haben sie die Blödheit nicht! Blöd geboren, blöd gestorben und dazwischen nichts dazugelernt!«

»Jacob! Ist das mein Mann, der da so eine Rede führt?«

»Wer hat dich dazu gefragt? Kannst du uns nicht in Ruhe lassen?«

Doch eines Morgens, als wir schon nicht mehr daran glaubten, war mein Vater schließlich zufrieden.

»Eine Maria Malibran seid ihr nicht, aber einen Versuch könnt ihr jetzt ruhig machen.«

Papa hatte uns so gut geschult, daß wir selbst die hartgesottenen Absinthtrinker in den Cafés erweichten, und Sarah konnte so gut fluchen und spucken, daß sie uns gegen alle Übergriffe von Gassenjungen zu verteidigen wußte. Es war ein langer, harter Tag. Uns schmerzten alle Glieder, als wir am Abend endlich nach Hause kamen. Sarah war ganz heiser vom Singen, und ich hustete vom langen Stehen in der Kälte, aber Papa hatte uns schließlich beigebracht, zäh zu sein. Wie stolz wir waren, als wir die Beutelchen vorzeigten, die uns Maman an den Schürzen angenäht hatte! Sie zählte die Münzen darin, küßte uns, lief los und kaufte Brot und Hähnchen.

Mit der Zeit verlor das Singen seinen Glanz. Es war harte Arbeit, oft lohnte uns niemand die Mühe. Dann halfen auch meine flehenden Blicke nichts, dann mußten wir den Platz wechseln oder aufgeben und hungrig schlafen gehen. Ich fror auch im Sommer, und mitunter litt ich an quälendem Husten. An manchen Tagen konnte selbst der Beifall mich nicht aufheitern, ich sah dann wohl so unglücklich aus, daß es den Damen ans Herz griff und sie mir nicht aus Dank für die Musik, sondern aus Mitleid eine Münze gaben.

Eines Spätnachmittags, als der Wind die Blätter von den Bäumen wehte, näherte sich uns ein hochgewachsener Mann mit weißem Haar. Er trug einen Frack mit schwarzem Samtkragen über den seidenen Beinkleidern und wirkte so vornehm, daß ich ganz durcheinander war, als er bei uns stehenblieb. Er gab uns ein Silberstück.

»Singt mir noch ein Lied!« Der fremde Herr wirkte seltsam aufgeregt. Ich griff nach der Gitarre, gab uns den Ton an, und während wir sangen, blitzte und blinkte das Silberstück in der Sonne. Wir hatten den Refrain erreicht, als er die Hand hob und uns Schweigen gebot.

»Aufhören! So ein Talent, so eine Gabe Gottes an die Gosse zu verschwenden! Wie heißt ihr, Kinder? Nennt mir eure Namen.«

»Sarah!« Meine Schwester tippte sich an die Brust. »Und das«, fügte sie mit der ganzen Überheblichkeit der älteren hinzu, »ist die kleine Elisa.«

»Sarah!« Der Mann zückte sein Lorgnon und betrachtete sie. Ich konnte mir vorstellen, was er dachte: ein richtiger kleiner Engel.

»Und Elisa.« Sein Blick war freundlich, aber so unduldsam, daß ich mich unbehaglich fühlte.

»Gut, meine Kleinen. Ich heiße Monsieur Choron und bin beim Herrn Kardinal zu Besuch. Denn wißt ihr, ich habe in Paris eine Schule für Kirchenmusik. Ich will euch in meine Schule aufnehmen!«

»Schule?« fragte ich etwas widerwillig, da ich meine Altersgenossen nicht um ihre strengen Hebräischlehrer beneidete.

Auf einmal schimmerten seine Augen, die vorher grün ausgesehen hatten, in einem unergründlichen Blau. »Bringt mich zu eurem Vater!«

Wir gingen durch die Herbstsonne. Obwohl die Gassen Lyons belebt waren, sah und hörte ich die Passanten kaum. Fast, daß ich in Monsieur Chorons Worten ertrunken wäre: eine Schule! In Paris!

Unterdessen fragte uns Monsieur Choron über unsere Eltern aus. Einmal blieb er stehen. Er runzelte die Stirn.

»Wäre es möglich, daß ihr Juden seid?«

Sarah nickte, und auch ich wußte ja inzwischen, daß es stimmte.

»Nun, auch ihr seid Geschöpfe Gottes. Wer zum Lobe des Herrn singt, das ist ihm gleich.«

Als wir schließlich unser Haus erreicht hatten, blieb Monsieur Choron stehen. »Seltsam«, er zückte sein Lorgnon, »mir ist, als hätten hier einmal Freunde von mir gewohnt. Ach, sie sind bestimmt auf die Guillotine gegangen. Was für eine grausame Zeit!«

Wir gingen die Treppen hinauf zu unserem Speicher. Ich weiß noch genau, wie ich mich für jedes einzelne Detail schämte. Am Küchentisch saßen Maman und Papa und stritten sich; sie bemerkten uns kaum. Ängstlich beobachtete ich, wie Monsieur Choron den ärmlichen Raum musterte. Als meine Eltern uns endlich zu bemerken geruhten, deutete er eine Verbeugung an, stellte sich vor und unterbreitete sein Anliegen.

Ich könnte heute noch Wort für Wort wiedergeben, was er damals sagte: Seit einigen Jahren führe er eine Schule für geistliche Musik für Kinder aus armen Familien. Gewiß hätte niemand etwas gegen unseren Glauben, es gehe allein um die Musik.

»Glaube ist eine gute Sache«, mischte Maman sich ein. »Aber leben kann man davon nicht. Der Mensch braucht seinen Parnaß.«

»Nun, Seine Majestät hat mir ein stattliches Legat ausgesetzt. Ich werde Ihre kleinen Engel nicht nur unterweisen, ich werde sie auch nähren und kleiden und ihnen ein kleines Taschengeld aussetzen können. Ich erwarte die beiden im Frühling in Paris!«

Paris, das Zauberwort. Von Paris träumte Papa, als wir Kinder waren, und von Paris träumt selbst in Ägypten jeder. Mit welchem Glanz bin ich hier in Alexandrien und Kairo aufgenommen worden. Alles stürmte zur Mole, um die Ankunft der »Indus« zu sehen, mit der Grande tragédienne an Bord, die doch nur noch ein Schatten ihrer selbst ist.

Der französische Konsul nahm mich wie eine alte Freundin auf. Ich mußte ihm alle Neuigkeiten aus Paris erzählen. Erstaunlich, wieviel Heimweh solch ein Weltmann hat. Dabei leben die kaiserlichen Gesandten hier in orientalischem Glanz. Auch Louis de Montaut bat mich in sein Haus, er ist Militärberater von Suleiman-Pascha. In Ägypten setzt man darauf, französische Experten ins Land zu holen; Napoleon gilt noch immer als Held.

Auch in Al-Quahira, der Unbesiegbaren, wie Kairo auf arabisch heißt, stand ich bald im Mittelpunkt aller Aufmerksamkeit. Wie charmant die Herren und Damen vom französischen Konsulat sich gaben! Selbst die preußischen Offiziere waren ganz comme il faut. Ich folgte hingerissen den Erzählungen des Grafen d'Escrayac de Lauture, der zu einer Expeditionsreise zu den Nilquellen aufbrechen wollte und mir die wundersamsten Anekdoten von der Entschlüsselung der Hieroglyphen erzählte.

Doch in einer dieser warmen Mondnächte von Kairo, als wir mit einer lärmenden Gesellschaft durch die Gärten von Schubra lustwandelten, muß ich meine Lungen über Gebühr strapaziert haben. Ich bekam Hustenkrämpfe. Rose weinte, und mein guter, weiser Arzt mahnte zur Bettruhe. Ich wünschte, ich hätte auf ihn gehört und einmal den guten Rat angenommen. Doch die Einladung lag auf der Konsole und kam einem Befehl gleich. Wer könnte es wagen, den großen Suleiman-Pascha zu beleidigen und es ihm abzuschlagen, wenn er sich dazu herabläßt, die kranke Grande Tragédienne aus Paris in seinen Palast einzuladen?

Suleiman-Pascha, der alte Wüstenlöwe, wie ihn die Araber nennen, heißt eigentlich Joseph Sève und stammt aus Lyon, der Stadt meiner unglücklichsten Jahre. Schon als jungen Mann lockte ihn das Abenteuer: Mit 19 Jahren zog er unter Napoleon in den Krieg nach Ägypten, diente sich bis zum Oberst hinauf und wurde schließlich von Méhémet-Ali zum Ausbilder der ägyptischen Truppen ernannt, Truppen, die er zur modernen Armee formte.

Inzwischen ist der Pascha längst im Ruhestand und langweilt sich, wie mir scheint. Sein größtes Glück sind Besucher aus Europa. Sarah und mich empfing er in seinem herrlichen Palast, einer Mischung aus Orient und Okzident: überall schwere Teppiche, kunstvolle Marmorarbeiten, farbenfrohe Fliesen, die an die Moscheen erinnern. Die Säle sind schwindelerregend hoch, weitaus höher noch als in den Salons des Faubourg Saint-Germain. Die Wände sind wie in Paris mit heller Seide bespannt. Ich versank in einem dieser Diwane und hatte das Gefühl, von meinem Kissenlager ewig auf die fernen Pyramiden von Gizeh blicken zu wollen.

Dann kündigte der Oberkawaß des Paschas seine Ankunft an. Suleiman-Pascha ist auf den ersten Blick ein freundlicher alter Mann, der ein über und über besticktes

Gewand trägt und dazu den roten Tarbusch. Niemand würde in ihm den verwegenen, abenteuerlustigen, mitunter auch grausamen Soldaten vermuten. Dafür muß man erst in seine Augen blicken, muß diesen raschen, unberechenbaren Wechsel aus Lauern, aufblitzendem Sarkasmus, unerbittlicher Härte und dann auch wieder überraschender Güte erkennen.

Suleiman-Pascha behandelte uns ganz wie Europäer. Duftender arabischer Kaffee wurde uns von den Lakaien in mit Edelsteinen besetzten Tassen aufgetragen. Dann, nachdem wir die ersten Höflichkeiten ausgetauscht hatten, ließ der Weltmann sich seine Pfeife bringen, kreuzte die Beine auf seiner Ottomane, und bald waren wir in das vertraulichste Gespräch vertieft. Suleiman-Pascha gestand mir, als alter Landsmann habe er meinen sagenhaften Aufstieg verfolgt, und wenn er dem Leben etwas übelnehme, dann daß er mich nie auf der Bühne gesehen habe.

Er fragte mich nach Paris, nach dem Theater und auch nach meiner Familie.

»Juden, eh? Ein begabtes Volk! Ich habe immer viel von der Proklamation Napoleons gehalten, man möge der jüdischen Nation in Jerusalem eine Heimstatt geben. Es ist doch die Heimat Ihrer Väter.«

Ich nickte ernst. »Jedes Jahr wünscht man sich: Nächstes Jahr in Jerusalem! Na ja, warum soll der Traum nicht eines Tages Wahrheit werden?«

Über siebzig Jahre zählt der Wüstenlöwe, und doch ist er wacher als viele junge Männer. Er lachte, als ich es ihm sagte.

»Ein alter Soldat muß wachsam bleiben. Angst und Neugier sind wichtig, wenn man überleben will.«

Ich gestand ihm, daß es in der Schauspielkunst nicht anders sei. »Wer sich ausruht, wer glaubt, daß er alles verstanden hätte, ist zum Stillstand verdammt, das Ende der Kunst, ihr Tod.«

Er legte seine Fingerspitzen gegeneinander. »Ein paar

Fragen, Mademoiselle, wenn Sie gestatten. Wie wird man ein großer Künstler?«

»Ganz einfach: üben, üben, üben!«

»Da bleibt vom Leben nicht viel.«

»Ich habe die Kunst letztlich doch immer vorgezogen.«

»Hm, so ging es mir auch. Was war Ihre schwerste Vorstellung?«

»Immer die nächste.«

»Hätte nicht gedacht, daß Kunst und Krieg soviel gemeinsam haben.«

Darüber mußte ich lachen, obwohl das kleine Verhör mich traurig stimmte. Muß ich wirklich in der Vergangenheit über meine Kunst reden? Was bin ich ohne mein Theater? Die Schauspielkunst ist doch der Sinn meines Lebens!

»Wo hatten Sie das beste Publikum?«

»Da, wo ich am besten gespielt habe. Im Ernst, das Publikum merkt ganz genau, wenn man nicht bei der Sache ist oder eine Rolle nicht tief genug durchdrungen hat. Am schlimmsten ist es, wenn man während der Vorstellung nervös wird oder an die Technik denkt. Dann geht der Ausdruck verloren. Man braucht Siegeswillen. Oft ist man am besten, wenn diese gräßlichen Kritiker einen so wütend machen und verletzen, daß man es ihnen zeigen will. Insofern tun sie einem mit der Bosheit noch einen Gefallen.«

Suleiman-Pascha sah nachdenklich aus. »Es erinnert mich an eine Geschichte aus meiner Jugend. Die Grande Armée stand mit 10000 Mann den 60000 Soldaten des Sultans gegenüber. Wir wollten uns nach Frankreich absetzen. Aber der englische Gouverneur befahl, wir sollten uns statt dessen in Kriegsgefangenschaft begeben. Da trat General Kléber vor uns: ›Soldaten! Auf eine solche Unverschämtheit kann man nur mit dem Sieg antworten! Bereitet euch vor auf die Schlacht.‹«

Wieder mußte ich lachen, General Kléber, der tapfere Elsässer, hörte sich wie mein unverbesserlicher Vater an.

»Die Wut hat uns Kraft gegeben. Die Araber haben wir vom Erdboden gefegt.«

Wir sprachen den ganzen Abend lang. Über Bonaparte und meine Reisepläne, über die Unruhe des alten Soldaten, dem die Zeit lang wurde in seinem Palast, und der Pascha erzählte uns von jenem wunderbaren Moment im Jahre 1828, als es Champollion gelungen war, das Geheimnis der Hieroglyphen zu entziffern. Der Abend hätte endlos dauern können, und auch der Pascha hatte ihn genossen: Er wollte uns wieder im Palast begrüßen dürfen. Und was meine Krankheit betraf, so solle ich alle Sorge seinem Leibarzt überlassen, dem besten Mediziner Arabiens, wie er mir versicherte.

Man konnte sich schnell gewöhnen an die überwältigende Gastfreundschaft dieses französischen Orientalen: Bevor wir einen Wunsch nur äußern konnten, lasen uns die Lakaien ihn schon von den Augen ab. Man brachte uns Datteln und Fächer und schmeichelnde Stoffe. Ich wurde mit Ziegenmilch und wunderlichen Tränken versorgt, und tatsächlich wurde mein Husten gelindert. Hin und wieder konnte ich sogar zum Diner im Diwan erscheinen. Wir genossen erlesenste französische Küche. Mehr noch aber genossen wir Geist und Ironie des Paschas, den unendlichen Schatz seiner Anekdoten. Dennoch entging mir nicht, wie sich in seine wachen Augen Traurigkeit einschlich, kurze Momente einer tiefen Melancholie, vielleicht Heimweh, vielleicht eine Sehnsucht, von der niemand etwas wissen konnte.

»Bevor ich sterbe«, vertraute er mir eines Abends an, »will ich noch einmal nach Paris. Vielleicht werden wir uns dann dort wiedersehen.«

»Wenn ich noch lebe«, entfuhr es mir.

Suleiman-Pascha war zu alt und zu weise, als daß er mir widersprochen hätte. Er blickte mich nur ernst und traurig an. Am nächsten Morgen untersuchte mich sein Leibarzt mit dreifacher Sorgfalt. Wenig später verordnete er mir die Nilreise zur Kur.

Zum Abschied bat mich der alte Wüstenlöwe um einen Gefallen. Ich sollte ihm »la folle« singen, ein kleines, rührseliges Lied aus seiner Jugend, das von unerfüller Liebe und Sehnsucht handelt. Immer und immer wieder habe ich dieses Lied in meiner Kindheit gesungen. Also gab ich nach, ließ mir eine Gitarre bringen, schloß die Augen und gab mich dem Kummer des Liedes hin. Am Ende sank ich erschöpft in den Diwan, erschöpft von der Lunge, die schmerzte, erschöpft aber auch von der Erinnerung.

Suleiman-Pascha saß regungslos in seinem Stuhl. Der alte Soldat bedankte sich bei mir mit einer Träne, die ganz langsam sein Gesicht hinunterrollte. Die Höflinge versicherten mir später, den Wüstenlöwen hätte man niemals vorher weinen sehen. Wer weiß, um wen er weinte; vielleicht um sich und um mich und Paris.

## 3

Das Paris, das ich 1832 kennenlernte, war ohne jeden Zauber. Alles war voller Schmutz, feucht, verkommen. Wir bezogen Quartier im Marais. Das jüdische Viertel bestand aus verwinkelten Gassen und dunklen Höfen und rief die Kindheitsbilder aus Frankfurt wach. In den verkommenen Adelsquartieren wohnten viele deutsche Juden, die gleich uns vor der zunehmenden Judenfeindlichkeit geflohen waren. Sie hatten die alte Welt im Herzen und sprachen immer noch Jüdisch-Deutsch. Meine Mutter blühte regelrecht auf. Wenn mein Vater es nicht hörte, hatte sie immer über Heimweh nach Frankfurt geklagt. Nun hatte sie es in gewisser Weise zurück.

In den Hinterhöfen gab es Sauerkrautfässer und Bretterverschläge für die Laubhütten, die Fenster waren meistens verhängt, und wo sie es nicht waren, sah man Gläser mit Petersilie und eingelegten Gurken. So verschlafen die Wohnungen von außen wirkten, so lebendig war es in den Gassen. Überall Händler, koschere Geschäfte und selbst eine Bibelschule, ein Cheder. Der Rabbiner, den Papa mit uns aufsuchte, nannte uns eine billige Absteige, das Hotel des Trois Balances, gleich gegenüber der Morgue, dem Leichenschauhaus. Ein Gedanke, der Maman schaudern ließ. Sie sagte, sie stamme von Priestern ab und ihnen sei die Berührung von Toten verboten.

»Habe ich gesagt, daß du hingehn sollst?« fragte Papa.

»Alewaj! Schlimm genug, wir wohnen in der Nähe!«

Der Rabbi hatte uns von der Cholera erzählt, einer fürchterlichen Seuche, die Abertausende von Parisern das Leben gekostet hatte. Sie starben unter schrecklichen Qualen, und oft waren es so viele Tote, daß die Soldaten sich nicht mehr zu helfen wußten und die Leichen in den Straßen verbrannten.

»Nur im jüdischen Quartier gab es keinen einzigen Toten. Denn«, der Zeigefinger des Rabbiners schoß in die Höhe, »ich gebe euch den warmen Rat, das Trinkwasser abzukochen.«

»Als würde eine gute jüdische Hausfrau das nicht immer tun«, grummelte Maman später.

Die Gegend um die Morgue war abscheulich. Ich weiß noch heute, was für ein Gesicht Maman machte, als wir vor dem Haus ankamen. Es war ganz schmal und ganz hoch. In der dunklen Gasse stank es nach Urin und Ammoniak wie überall in Paris. Eine gefährlich steile Treppe führte empor, die nur von winzigen Fenstern an den Absätzen beleuchtet wurde. Ganz oben stieß Papa eine Tür auf, Maman unterdrückte einen Schrei. Wir würden zwei winzige Kammern haben. Verwitterte Ziegel, Schimmelflecken an der Wand, ein zerschlagenes Fenster, das mit einer Zeitung verklebt war, Wasser gab es nur im Ausguß ein Stockwerk tiefer.

»Hier ist doch gar kein Platz, Jacob? Wo sollen die Kinder schlafen?«

»No, von mir aus kannst du sie stapeln.«
»Was für ein Glück, daß Elisa und Sarah in der Schule unterkommen!«

Nachdem mein Vater noch am Tag nach unserer Ankunft die Schule in der Rue Vaugirard aufgesucht hatte, kehrte er mit langem Gesicht zurück.

»Monsieur Choron ist aus der Stadt verschwunden, seit Louis-Philippe an der Macht ist. Er hat irgendwo in der Auvergne noch Güter. Monsieur Choron stand hoch in der Gunst Charles des Zehnten.« Ein Seufzen, dann atmete er tief durch. »No, man soll die Hoffnung nicht aufgeben, vielleicht wird er bald wiederkommen. Möglich, daß auch Louis-Philippe ihn unterstützt. Ich habe mich umgehört. Es soll eine gute Schule sein.«

In uns allen wuchs eine tiefe Verzweiflung: So lange hatten wir der Reise nach Paris entgegengefiebert und auf Monsieur Choron und die Schule gehofft. Nun würden Sarah und mir keine Wahl bleiben, als wieder hinauszugehen und zu singen. Von irgendwas mußten wir leben, wenn wir nicht verhungern wollten.

Aber Paris war nicht Lyon, und so kam Papa zu unseren Auftritten mit. Natürlich hatte es keinen Sinn, im Marais zu singen, wo jeder jeden kannte. Wir schrieben ohnehin schon beim Bäcker und beim Schochet an und holten uns Suppe von den Wohltätigen. Essen und abgetragene Lumpen konnten wir von den wohlhabenderen Glaubensgenossen bekommen, denn die Wohltätigkeit gehörte zum Gesetz. Doch Geld hatte im Marais niemand zu verschenken.

So zogen wir an Papas Hand ins Paris der feinen Leute hinaus.

Mir machte fast alles angst: die vielen Kutschen und Droschken, die sich durch die schmalen Straßen zwängten, die hohen, strengen Häuser, die mit ihren schwarzen Schieferdächern feindselig wirkten, der unglaubliche Luxus der Geschäfte, die Menge der Gesichter, die auf mich zuflutete.

Wir zählten gar nicht. Aus dem Glanz der prächtigen Passagen wurden wir immer wieder vertrieben.

»Weg hier, Lumpenpack!« brüllte man uns nach.

Das einzige, was ich damals schon liebte, waren die Abende von Paris, wenn der Lampenanzünder durch die Gassen ging. Ich bewunderte die glänzenden Gaslampen, das Licht ergoß sich aus gläsernen Kugeln, sanft schimmernd wie der Mond, aber viel heller. Man vergaß den Schmutz und die Armut, denn die Stadt verwandelte sich in ein glitzerndes Märchenreich. Manchmal standen wir vor der Oper und hofften auf Almosen: Es war ein Spektakel, den eleganten Besuchern zuzuschauen, wenn sie sich ins Vergnügen stürzten. Unter den Säulen hielt Wagen um Wagen, ein Bediensteter mit seidenen Strümpfen klappte die Trittbretter der Coupés herunter, und dann entstiegen die Damen mit ihren Kleidern aus Samtbrokat und den englischen Spitzen und den Diamanten, die im Gaslicht wie Sterne glitzerten.

Papa starrte die feinen Damen andächtig an. In seinem zerschlissenen Frack, zwei bettelnde Kinder an der Hand, konnte er sich nur irgendwelchen Träumen hingeben.

»Überall in den Gassen redet man von Meyerbeers großen Erfolgen, von den Gagen, die Tambourini und Rubini verdienten«, erzählte er Maman. »Eins der Kinder muß Opernsängerin werden. Dann sind wir gerettet!«

Jeden Abend, wenn wir vom langen Tag erschöpft nach Hause kamen, ließ er uns Oktaven singen. Sarah wurde immer gelobt; meine Stimme hingegen klang tief und heiser. Maman, die so stolz darauf war, aus einer musikalischen Familie zu kommen, verspottete Papa, daß er auch mich üben ließ.

»Elisa kräht wie ein Hahn«, rief sie lachend. »Aber meine Tochter, mein schajnele, Sarah, die kann singen.«

»No, ich sage doch schon immer: Sarah ist hübsch und gefällt, doch Elisa kann die Menschen zum Weinen bringen. Und das ist auch was wert!«

Eines Abends führte mein Vater uns in ein Café an der Place Royale, in einen Salon mit Spiegelwänden zwischen vergoldeten Säulen. Die Empfangsdame saß hinter einem prächtigen Tisch mit Silberzeug, Früchten, Blumen und Zucker. Wie gerne hätte ich einmal davon probiert!

»Komödianten seid ihr?« Die Comptoirdame musterte Papa, der sein charmantestes Lächeln aufgesetzt hatte. Zecher lärmten, Männer mit roten Gesichtern, die über etwas stritten, das sie Literatur nannten; andere spielten Schach und tranken Absinth. »Wenn ihr singen könnt, versucht euer Glück. Die Männer da sind alle so betrunken, die kriegen ohnehin nichts mehr mit.«

Mein Vater stieß uns ins Licht zwischen den vielen Spiegeln. Mir war ganz schwindlig von der Müdigkeit und dem Rauch, aber auf einmal erfaßte mich eine stille Wut. Ich würde die Zecher zum Schweigen bringen, die so taten, als gäbe es uns nicht. Sie würden zuhören, während ich sang. Von irgendwo tief in mir stieg eine Stimme aus der Vergangenheit auf, eine Stimme, von der ich bis heute nicht sagen kann, woher sie kam. Ich streckte mein Kinn in die Höhe und begann. Ich war so versenkt in mein Lied, daß ich kaum merkte, wie die Zecher verstummten. Als ich fertig war, meinte ich mein eigenes Herz klopfen zu hören, so still war es in dem Salon. Und dann erklang tosender Applaus. Ich hatte das Gefühl, ein paar Zentimeter über dem Boden zu schweben und mit einer besonderen Macht über die Menschen beschenkt zu sein.

»Was für ein begnadetes Kind!« rief ein glattrasierter Mann im Frack. Er trug eine Nelke im Knopfloch, sein dunkles Haar glänzte. »Ein Elend, daß diese miserablen Kinder nachts in den Kaschemmen singen müssen!« Er strich mir ganz zart mit dem Handrücken übers Gesicht, hob mich hoch und küßte mich unter Sarahs neidischen Blicken sanft auf die Stirn. Dann drückte er mir eine Münze in die Hand und verließ mit federnden Schritten das Lokal.

»Wer war das?« fragte ich Papa.

»Victor Hugo«, sagte die Comptoirdame. »Er schreibt Bücher.«

Ich blickte ihm lange nach, und mir kam es so vor, als wäre ein Hauch von seinem Glanz bei mir zurückgeblieben.

## 4

Der Winter 1832, so sagte man im Marais, werde kalt und hart werden. Maman jammerte den lieben langen Tag, sie konnte sich nicht vorstellen, wie wir den Frost in unseren beiden Kammern überleben sollten. Sie nähte unentwegt und sparte Münze um Münze für das Brennholz, das wir dringend brauchen würden. Sarah und ich mußten ihr helfen, den Haushalt zu führen. Meine Schwester war dreizehn, ich war elf, und in diesem Alter gab es keine Schonzeit mehr. Putzen, schrubben, einkaufen – mir war, als gäbe es überhaupt keine Hoffnung für uns. Die Schule des Monsieur Choron war schon fast vergessen, ein ferner Traum, der nach und nach verblaßte.

Doch irgendwann im November kam die erlösende Nachricht: Mein Vater kehrte mit vor Freude glühenden Wangen aus der Rue Vaugirard zurück: »Er ist wieder da. In drei Tagen sollt ihr zu ihm kommen!«

Maman murmelte still ein Gebet. »*Gott ze danken*, Jacob. Wir wären verhungert.«

Noch am selben Abend mußten Sarah und ich die alten, eingefärbten Unterröcke ausziehen, die uns als Kleider dienten, und Maman nahm Maß an unseren Brüsten und Hüften. Dann breitete sie ihre Schätze auf dem Fußboden aus: braune, blaue und rosafarbene Kleider aus Samt und Musselin, die schon zerschlissen und an manchen Stellen auch fleckig waren; abgetragene Sonntagskleider, die Maman ihren feinen Kundinnen abgeschwatzt hatte. Nun trennte sie die Nähte auf.

»Ich sag euch was! Ihr werdet richtige kleine Damen werden!«

Sie zerschnitt die Kleider so, daß die abgetragenen Stellen unter den Nähten und Litzen verschwanden, dann schmückte sie den Stoff mit weißen Litzen und Paspeln aus.

Bis in die Nacht saß sie im schwachen Schein der Öllampe an ihrem Tisch, Meter um Meter glitt unter ihrer Nadel durch.

»Komm ins Bett, Esther!«

»Es geht nicht, Jacob. Die Kleider müssen doch fertig werden.«

Wie groß war unser Glück, als wir die bauschigen Krinolinen sahen! Sarah spazierte in einem königsblauen Samtkleid vor dem Spiegel auf und ab und freute sich an den Puffärmeln und dem weißen Spitzenkragen. Die Farbe paßte herrlich zu ihrem goldblonden Haar und vertiefte den Ton ihrer wasserblauen Augen. Mich dagegen betrachtete Maman mit dem etwas enttäuschten Blick eines Künstlers. Sie hatte mir das mokkabraune Samtkleid angepaßt, in dem ich mich wie eine Prinzessin fühlte. Hélas, Maman war mit dem Anblick nicht zufrieden. Sie zupfte an mir herum, hieß mich gerade stehen und schüttelte schließlich doch den Kopf. »Elisa, du bist so blaß und mager. Man müßte dich ausstopfen lassen.«

Auch mein Haar machte ihr Kummer. Sarah konnte ihre schweren blonden Locken zu einem Haarkranz geflochten tragen. Bei mir dagegen rutschten die feinen Strähnen immer wieder heraus und ließen mein langes blasses Gesicht noch länger und blasser wirken.

»Wir binden dir ein weißes Band in die Zöpfe. Damit sie ein bißchen dicker werden.«

Schließlich standen wir Hand in Hand vor dem wasserfleckigen Spiegel.

»Bin ich schön?« Sarah betrachtete kokett ihr Gesicht.

»Wunderschön! Die hellen Farben hast du von mir geerbt«, sagte Maman. »Und das mit Elisa wird auch noch werden. Sie kommt nach ihrem Vater.«

Ich blickte mir ernst ins Gesicht: Ja, ich war dünn und blaß, und mein Haar war struppig. Neben der hübschen Sarah sah ich aus wie eine Kranke. Obwohl ich dagegen ankämpfte, kamen mir die Tränen. Im nächsten Moment schlug mein Vater mir ins Gesicht.

»Elender Krippel! Ist das der Dank für Mamans Mühe?«

Die Rue Vaugirard war eine hübsche Straße mit kleinen Geschäften und großen Restaurants. Männer mit Baskenmützen saßen in den Cafés und diskutierten. Als ich Monsieur Chorons Villa sah, konnte ich kaum glauben, das etwas so Schönes unser neues Zuhause sein sollte. Die Fenster blitzten und blinkten, die schmiedeeisernen Balkons waren mit Geranien geschmückt, und aus einem der Säle, dessen Fenster weit aufgeklappt waren, wehte der neueste Walzer von Strauss heraus. Trotzdem schlug mir das Herz bis zum Hals, als Papa an die mächtige Eichentür klopfte.

Eine Dame mit grauem Dutt öffnete.

»Monsieur Felix?« Sie musterte uns mit einem strengen Blick.

Mein Vater versetzte uns einen Stoß, der uns bedeuten sollte, daß wir vortraten und uns verbeugten. Dann zog er seinen Hut; neben sich hatte er, wie ein Pfand aus der Vergangenheit, unsere speckigen Koffer.

»Danke, Monsieur Félix. Unser Bursche wird die Koffer nach oben tragen. Am besten verabschieden Sie sich möglichst rasch. Wenn es schnell geht, wird es den Mädchen nur helfen, sich einzuleben.«

Mir kam es fast so vor, als zögere mein Vater einen Moment, als überlege er, die Koffer und uns zu nehmen und einfach wieder zu gehen. In diesem Moment wurden seine Züge weich, doch gleich darauf kehrte die alte Härte zurück. Seine buschigen Augenbrauen zogen sich zusammen. Er bückte sich und schloß uns kurz und heftig in die

Arme. An meiner Wange konnte ich seine Bartstoppeln spüren.

»Daß ihr mir schön artig seid. Und denkt daran – kein Schweinefleisch!«

Dann drehte er sich auf dem Absatz um und schlug die Tür hinter sich zu. Die Diele versank im Dämmerlicht, und ich hatte das Gefühl, als ob etwas in mir zerspringen würde.

»Papa!« wollte ich schreien, brachte aber keinen Ton heraus.

»Sarah! Elisa!« Die Stimme klang schneidend in der Stille. »Kommt bitte mit. Und übrigens – ich bin Mademoiselle Alexandrine.«

Während wir hinter ihr die Treppe hinaufschritten, gab ich ihr einen anderen Namen: Mademoiselle Drachine.

Wir betraten einen Dachboden mit blankgeschrubbten Dielen.

»Das Dormitorium«, erklärte Drachine.

Vor zwei Betten aus Messing, die mit gestickter Wäsche bedeckt waren, blieb Drachine stehen.

»Ein eigenes Bett! Nur für mich alleine?«

»Träum nicht, Elisa! Hier ist euer Schrank. Die Wäsche packt ihr hier herein! Kante auf Kante! So, und jetzt kommt mit.«

Sie führte uns zu einer Kommode, wo ein Waschgeschirr stand, weißes Porzellan mit Rosenblüten. Der Anblick war so hübsch, daß ich lächelte.

»So gefällst du mir schon besser. Jetzt wascht euch Hände und Gesicht, dann gehen wir zu Monsieur Choron.«

Monsieur erwartete uns in seinem Kabinett. Es roch nach Tabak und herber Seife. In seinem burgunderroten Frack lehnte er am Fenster und blickte hinaus. Als Drachine sich räusperte, drehte er sich um; seine Augen wirkten so blau und warm wie der Sommerhimmel.

»Da sind ja meine kleinen Gassenkinder!«

Er zückte sein Lorgnon und musterte uns. Auf mir verweilte sein Blick nur flüchtig, dann betrachtete er Sarah und nickte freundlich.

»Nun, ihr beiden«, sagte er in einem eleganten Französisch, »ich freue mich, daß ihr gekommen seid. Gott hat euch mit einer großen Gabe gesegnet. Aber eine Gabe ist auch eine Aufgabe. Ich erwarte, daß ihr fleißig daran arbeitet, um so vollkommen wie möglich zu werden. Und jetzt wollen wir ins Refektorium gehen. Ihr sollt eure neuen Kameradinnen kennenlernen. Bestimmt habt ihr Hunger!«

»Danke«, ich hatte auch meinen Stolz. »Maman hat uns Zimmes gemacht.«

Diesmal verweilte sein Blick etwas länger auf mir. »Zimmes? Nun, jedenfalls gibt es gleich Mittagessen.«

Wir gingen durch einen langen Flur, bis wir den Seitentrakt der Villa erreichten. Hier klapperte Geschirr, hier wurde ein kurzes Gelächter laut. Mädchenstimmen war zu hören, die mir Angst einjagten.

Monsieur öffnete die Tür, und wir sahen einen langen Tisch, der mit weißen Tüchern gedeckt war wie bei uns nicht einmal am Schabbes.

»Silentium, Kinder. Ich möchte euch zwei neue Schülerinnen vorstellen. Sarah und Elisa Félix.«

Die Mädchen verstummten; zehn Prinzessinnen in weißen Rüschenkleidern und mit weißen Schnürstiefelchen. Monsieur Choron zeigte auf zwei Stühle, die für uns freigehalten waren. Er selbst und Drachine nahmen an den beiden Kopfenden Platz. »Und jetzt einen guten Appetit! Aus Rücksicht auf unsere beiden jüdischen … Novizinnen werden wir von jetzt an auf das Gebet verzichten. Wer möchte, kann still zu Gott sprechen.«

Ein Mädchen in schwarzer Uniform schöpfte uns dampfende Suppe in die Teller. Ungläubig starrte ich hinein: Mitten in der Woche – und ein halbes Dutzend Markklößchen schwammen zwischen den Fettaugen! Mit beiden Händen griff ich nach dem Teller und schlürfte, hungrig und zugleich ängstlich, man könnte mir den Teller wieder wegnehmen. So etwas hatte ich noch nie gegessen. Es schmeckte so köstlich, daß ich die tödliche Stille um mich herum nicht bemerkte.

»Elisa! Sofort stellst du den Teller ab. Du wirst den Löffel nehmen! Und wie ein anständiges Mädchen langsam essen!«

Ich fühlte, wie ich errötete. Zu Hause hatten wir nur selten das Besteck benutzt. Wer zu langsam aß, hatte keine Chance, jemals satt zu werden. Tief beschämt senkte ich den Blick: Jetzt hatte ich meine Familie schon am ersten Tag blamiert! Ungelenk tauchte ich den Löffel in die Suppe, die mir plötzlich nur noch halb so gut schmeckte. Ich fühlte mich von allen beobachtet, und es machte mich nervös, daß beim Essen keiner redete. Bei uns zu Hause wurde herumgefuchtelt und diskutiert, hier dagegen widmeten sich alle dem Essen, als ob es schwere Arbeit wäre. Schließlich wurde ich von der Qual erlöst. Monsieur Choron führte uns zurück in sein Kabinett, um unser Wissen zu prüfen.

Es wurde eine traurige Prüfung. Je länger das Verhör andauerte, in desto schnellerem Takt klopften seine schlanken Finger auf den Schreibtisch. Bisher hatte Papa uns unterrichtet. Von seiner Ungeduld und seiner strengen Hand einmal abgesehen, hatte sein Unterricht mir Spaß gemacht. Mein Vater hatte alte Landkarten vor uns aufgerollt und uns gezeigt, wo Ägypten, wo Jerusalem, der Berg Hermon und die Wüste Juda lag. Er hatte uns Geschichten von den stolzen Makkabäern erzählt, die lieber in den Tod gegangen waren, als sich dem römischen Feind zu ergeben. Und er hatte uns die Welt geschildert, wie er sie in seiner Phantasie sah: bevölkert mit Kamelen, die durch ferne Wüsten zogen, überzuckert von Schnee wie der Gipfel des Berges Hermon und erfüllt von den wunderbaren Gewürzen und Düften des Mittelmeers, der alten Heimat, in die wir eines Tages wiederkehren würden, so Gott es wollte.

Das alles schien Monsieur Choron jedoch nicht zu interessieren. Er wollte seltsame Dinge wie die Hauptstadt eines

Landes namens England wissen und schimpfte mit Sarah, die anfangs nur Jüdisch-Deutsch sprach.

»Tiens, du mußt Französisch sprechen. Ihr müßt unsere herrliche französische Sprache vom Grunde auf lernen. Was für eine Aussprache!« Er bedeckte mit der Rechten seine Augen und schickte uns mit einem ungeduldigen Wedeln der Linken hinaus. »Gleich morgen fangen wir an.«

Am Abend lag ich todmüde in meinem Bett. Es kam mir vor, als ob mir alle Glieder schmerzten. Das Mondlicht flutete durch das Gaubenfenster, und ich sah, daß Sarah sich in ihrem Bett zusammengerollt hatte wie eine Katze. Sie schlief. Wie ich mich danach sehnte, mich an sie zu kuscheln! Es war die erste Nacht, die ich allein in einem Bett verbrachte. Ich fühlte mich einsam und sehnte mich zurück nach Maman, nach Papa, nach Rébecca und sogar Raphael, nach ihrem Streit und Gezeter und nach ihrer niemals erlöschenden Wärme. Mir kamen die Tränen, obwohl ich Tränen haßte. Und in diesem Moment hörte ich das Getuschel von irgendwo in der Dunkelheit.

»Hast du die Kleider gesehen!«

»Und wie die reden! Hört sich gar nicht wie Französisch an.«

»Sind halt kleine Judenmädchen.«

Was wollten die Mädchen von mir? Die Erinnerung an damals, als wir angegriffen wurden, an den Stein, der mich verletzte, kam mir. Noch einmal würde ich mich nicht beleidigen lassen. Ich sprang aus meinem Bett und hastete durch die Dunkelheit. Ich glaube, die kleine Prinzessin, auf die ich mich warf, wußte gar nicht, wie ihr geschah. Bevor sie es begreifen konnte, hockte ich mit den Knien auf ihren Oberarmen, und meine Finger umschlossen ihren Hals. Ihr rundes Gesicht verzerrte sich, als wäre sie ein dicker kleiner Frosch.

Allerdings sollte mein Triumph nicht lange dauern. Eine feste Hand packte mich im Nacken, als wäre ich ein kleiner Hund, und im nächsten Moment traf mich ein Schwall eiskaltes Wasser im Gesicht.

»Wenn so etwas noch einmal passiert«, Mademoiselle Drachine klang leise und scharf, »werde ich dich die ganze Nacht in den Keller sperren lassen.«

## 5

Die nächsten Wochen und Monate waren eine furchtbare Qual: Unter ständigen Ermahnungen lernte ich Tischmanieren, ich lernte, mich nicht zu raufen und auf dem Pianoforte, das ich verabscheute, kleine Tonleitern und erste Etüden zu klimpern. Ich lernte auch, kerzengerade im Stuhl zu sitzen.

Am schlimmsten war der Französischunterricht. Monsieur Choron hatte sich in den Kopf gesetzt, meine Aussprache zu verbessern. Er ließ mich stundenlange Übungen machen: Während er, in eine Wolke aus Tabak gehüllt, über seinen Notenblättern saß, mußte ich neben seinem Schreibtisch stehen und zum Beispiel hundertmal sagen: »Un très gros rat dans un très gros trou.« Oder: »Didon, dina, dit-on, du dos d'un dodu dindon.« So wollte er meinen deutschen Akzent bekämpfen.

»Qualität kommt von Qual«, pflegte er zu sagen. Er zwang mich auch, kleine Briefe auf französisch an meine Eltern zu schreiben, in denen ich meistens schwindelte, weil ich so gern daran geglaubt hätte: Wieviel ich gelobt werde, schrieb ich, und wie zufrieden M. Choron mit mir sei und wie sehr Mademoiselle Alexandrine mich liebe und verwöhne.

»Alles Schmu«, spottete Sarah.

In Wahrheit hatte ich mich in mich zurückgezogen: Wenn mich ohnehin keiner lobte und liebte, wozu sollte ich mich anstrengen? Während Sarah zu einer richtigen petite dame wurde, ging ich nicht etwa die Treppe hinunter, sondern schlitterte das Geländer hinab. Ich pickte nicht im

Essen, sondern schlang es in mich hinein, und immer wieder zerriß ich mir die Rüschenkleider, was mir jedesmal eine Strafpredigt von Monsieur Choron einbrachte. Ich fürchtete diese Predigten sehr; die Worte trafen mich härter als Papas Schläge.

Wenn ich die Strafpredigten überstanden hatte, gelobte ich so demütig Besserung, daß mich die Größe meines Vorsatzes um seine Verwirklichung brachte. Bald danach wurde ich wieder in das Kabinett einbestellt. »Wenn du so weitermachst«, drohte Monsieur Choron, »werde ich dich nach Hause schicken müssen, Elisa.«

Doch genau das wünschte ich mir heimlich. Ich hatte Heimweh nach der Familie, nach der alten Sprache und der Pfalz. Besonders schlimm wurde meine Sehnsucht im Frühjahr, als die Händler in der Rue Vaugirard ihre Regale hinausstellten und die Knospen der Bäume aufbrachen. Ich wollte zurück auf die Straße, wollte Kirschen in den Feldern pflücken, gebratene Kartoffeln auf einer Waldlichtung essen. Wie gern hätte ich die feinen Speisen gegen einen Blechnapf Zimmes getauscht. Ich beneidete sogar die Wolken darum, daß sie fortziehen konnten!

Im Herbst gab es endlich etwas, worauf ich mich freuen konnte: das Krippenspiel. Wenn der Schnee auf die Schieferdächer der Rue Vaugirard fallen und im gelblichen Schein der Gaslaternen tanzen würde, dann würde ich die Maria spielen, so nahm ich mir vor. Natürlich durften Maman und Papa nichts davon erfahren.

Schon im August erbettelte ich mir eine Ausgabe des Neuen Testaments von Mademoiselle Alexandrine, die sie mir gern überließ. Ich las ganz fasziniert und stellte mir vor, wie Maria frierend durch Bethlehem zog, während draußen die Augustsonne das Gras verbrannte.

Eines heißen Nachmittags sollte ich wieder einmal auf dem Pianoforte klimpern. Ich saß im kleinen Musikzimmer, allein mit mir und den Tasten, die sich meinen Fingern in den Weg stellten. Nein, ich würde einfach nicht üben!

Mein Spiel war ohnehin so schlecht, daß sich alle über mich lustig machten. Ich klappte den Deckel zu, die Saiten dröhnten. Dann ging ich zum großen Tisch in der Mitte des Raums. Ich legte die Hände auf das Leintuch, und während ich zu träumen begann, versank das Zimmer ringsum. In Gedanken lebte ich in den biblischen Worten, sah vor mir, wie Joseph und Maria durch die Wüste wanderten, und niemand ließ sie ein. Ehe ich selber gewußt hätte, was ich eigentlich tat, riß ich das Tuch vom Tisch und drapierte es mir um Kopf und Schultern, so wie einst Maria. Vor mir lag die nackte, etwas zerschrammte Oberfläche des Tischs – und verwandelte sich vor meinem inneren Auge in eine Bühne, wie ich sie in Lyon gesehen hatte.

Ich kletterte auf den Tisch. Das Mahagoni wurde zur Steinwüste, die Stuckdecke zum Nachthimmel, während ich selbst Maria wurde: eine Frau, so weich und weinend wie Maman, wenn wir mal wieder keinen Sou hatten und unterwegs waren. Ich dachte an den Kummer, der ihr Gesicht überschattete, an die Händler, die uns nichts zu essen gaben, ich dachte an die Klagen, die Maman in den Nächten anstimmte. Als Maria hob ich die Hände zum Himmel, ein langes, trauriges Gebet, eine flehende Bitte ans Universum.

Dabei war ich so in mein Spiel vertieft, daß ich nichts bemerkte. Monsieur Choron mußte schon eine ganze Weile im Zimmer gestanden haben, bis ich ihn schließlich entdeckte.

»Elisa! Kind Gottes! Bist du von einem Dämon befallen?«

Ich warf das Tischtuch ab und sprang vom Tisch. Wie benommen sah ich Monsieur Chorons Besorgnis und sah doch auch die bunten Damen in Lyon, die wie Schmetterlinge über die Bühne geflattert waren; ich sah Victor Hugo und sein Silberstück und den Matzenberger, sein Gesicht im Widerschein der Flammen, als er vom Theater sprach, wo man die Menschen zum Weinen bringen könne und zum Lachen.

»Monsieur Choron!« verkündete ich ganz ernst. »Ich muß zum Theater!«

Ein paar Wochen vergingen, dann bestellte Monsieur Choron mich in sein Kabinett. Dort erwartete mich eine Überraschung: Mein Vater saß in seinem pflaumenblauen Gehrock auf der Kante des Fauteuils; seine Augen funkelten.

»No, was muß ich hören, Elisa? Du hast dich nicht benehmen können? Warten Sie nur, Monsieur, bis ich sie mir vorgenommen habe.« Sein Blick wurde beschwörend. »Sie nehmen mein Tochter doch wieder, wenn sie sich benimmt?«

Monsieur Choron strich sich das schlohweiße Haar aus der Stirn. »Sie kann nicht singen. Ihr fehlt der Wille und das Talent.«

Papa rückte auf seinem Fauteuil nach vorn, als setze er zum Sprung an. Doch Monsieur Choron hob begütigend die Hand. »Elisa hat eine andere Berufung. Sie kann deklamieren. Die Voraussetzungen hätte sie, wenn sie sehr hart an sich arbeitet. Na, sag es selbst, Elisa!«

Ich senkte den Kopf, um Papa nicht in die Augen schauen zu müssen. »Raus damit«, knurrte er.

»Ich ... will zum Theater.« Meine Stimme gewann an Sicherheit, als es einmal heraus war. »Ich muß Schauspielerin werden.«

Als die Stille kein Ende nahm, wagte ich es endlich, den Kopf zu heben. Mein Vater schien gar nicht so böse zu sein, wie ich es befürchtet hatte. Er schaute mich lediglich merkwürdig an. Auf seinem Gesicht glaubte ich Enttäuschung, aber auch Belustigung und sogar eine Spur von Stolz zu erkennen.

Er zog die Schultern ein und hob die Hände zum Himmel. »Theater!«

»Elisa ist ein gutes Kind«, warf Monsieur Choron hastig ein. »Sie kann wirklich erstaunlich gut auswendig lernen.«

»Auswendig lernen! Beim Theater muß man was hermachen! Ja, wenn eine Schönheit wie Sarah zum Theater ginge! Aber Elisa? Wer sollte schon Geld geben, um Elisa anzuschauen?«

Wieder traf es mich wie ein Peitschenhieb: Merkte mein Vater nicht, wie weh er mir tat? Ich wollte doch selbst so gern hübsch sein, wenn ich es nicht war, so konnte ich doch auch nichts dafür. Mir war schon wieder zum Weinen zumute.

»Nun, wir denken nicht an das Boulevard-Theater. Mit ihrer dunklen Stimme, dieser Tragik im Blick ist Elisa wie geschaffen für die Comédie française. Dort legt man Wert auf Kunst und Ausdruck, nicht so sehr auf Äußerlichkeit.«

Papa war einen Augenblick so überrascht, daß es ihm die Sprache verschlug. Dann holte er tief Luft. »Das französische Staatstheater? Ein häßliches jüdisches Mädchen soll am Theater von Louis dem Vierzehnten spielen? Das meinen Sie ernst?« Er wandte sich belehrend an mich. »No, die Comédie ist das älteste Staatstheater der Welt, Elisa, ein Tummelplatz der Aristokratie und einst das Reich des großen Talma! Ich sage ja immer, man soll nach den Sternen greifen, wunderbar, aber das Théâtre français ist doch etwas zu groß, nichts für uns, Fremde, die wir kaum die Sprache können. Außerdem ist es doch die Oper, die Zukunft hat. Wer geht denn noch in die Comédie?«

»Nun, wie Sie schon sagen, die Comédie ist der Tempel des Theaters der Welt!« Monsieur Choron schneuzte sich.

»Tempel oder nicht! Die Massen strömen zu Meyerbeer! Wenn er so weitermacht, wird er Rossini bald vom Thron gestürzt haben. Weißt du, was diese Leute verdienen, Elisa?« Papa zählte es an den Händen ab. »Tambourini bekommt 40000 Francs für 60 Vorstellungen, Rubini bekommt 4000 mehr. Und Grisi! Weißt du, was Grisi verdient?« Er machte eine theatralische Pause. »Grisi bekommt 100000 im Jahr!«

Er funkelte mich an, als wolle ich ihn um die phantastischen Summen bringen. »Aber meine Tochter will eine brotlose Kunst ergreifen! Und wer soll die Ausbildung schon bezahlen? Bin ich Rothschild?«

Ich sah erstaunt, wie Monsieur Choron, dieser vornehme Herr und berühmte Musiker, vor den Sprachkaskaden meines Papas ins Stottern geriet. »Ich ... habe mir erlaubt, schon alles zu regeln. Sie kann zu Monsieur Saint-Aulaire gehen. Er wird sie mit Freuden aufnehmen.«

Papa ließ die Hände sinken. »Nicht ans Conservatoire? Nicht die beste Ausbildung? Aber dann soll sie doch besser gleich an Ihrer Schule bleiben, Monsieur.« Ein Ausdruck der Schläue schlich sich in seine Augen ein. »Sie sagten doch selbst, daß sie nur an der Comédie eine Chance hat! No, dahin kommt man nicht ohne das Conservatoire!«

»Niemand sagt, daß Elisa nicht eines Tages ans Conservatoire soll, aber die Aufnahmeprüfung ist hart! Oder aber man muß Beziehungen haben. Jeder in dieser Stadt fühlt sich doch zur Bühne berufen! Jeder Pariser glaubt, er sei von der Muse geküßt! Was meinen Sie, wie viele Bewerber das Conservatoire jedes Jahr hat. Außerdem«, Monsieur Choron faltete bedächtig die Hände, »könnten wir das wirklich nicht bezahlen, solange sie kein Stipendium hat.«

Mit einem stillen Lächeln ordnete Monsieur Choron die Papiere, die er vor sich liegen hatte. »Elisas künftiger Lehrer gehört zu den dreißig ständigen Mitgliedern der Comédie. Er kennt das Direktorium und alle Lehrer am Conservatoire. Seit Jahren schon gibt er Preparationskurse für die Aufnahmeprüfung. Monsieur Saint-Aulaire ist bereit, die Verantwortung für Elisa zu übernehmen. Ich gestatte mir, die Gebühren zu tragen. Ihr Anteil, Monsieur Félix, wird sein, das Kind wieder zu sich nach Hause zu nehmen.«

Papa stützte sich mit beiden Händen auf seinem Spazierstock ab und musterte mich. Ihm war anzusehen, daß er keine sehr freundlichen Gedanken hegte. Gleichgültig, sollte er mich prügeln, ich würde zum Theater gehen.

Er seufzte schließlich. »Sie ist eben doch meine Tochter!« Er wandte sich an Monsieur Choron, und die Flamme der Begeisterung loderte schon wieder in seinen Augen. »Wissen Sie, daß ich selbst einmal beim Theater war? In Lyon! Hat Elisa das erzählt? Und wieviel ich von Talma gehört habe! Unvergeßlich, wie er Brutus gespielt hat. Man sagt übrigens, daß der Kaiser selbst ihm wertvolle Hinweise für die Rolle gegeben habe! Talma«, erklärte er mir, »war nämlich Napoleon Bonapartes Lieblingsschauspieler.«

Monsieur Choron hüstelte diskret. Der fromme Musiker war schließlich ein Königstreuer, ein den Bourbonen ergebener Mann. »Eigentlich, Monsieur Félix, spricht nichts dagegen, daß Sie Elisa gleich mit nach Hause nehmen. Ihr Unterricht hier ist beendet. Ich habe ihr nichts mehr beizubringen.«

Schon wieder ein Abschied. Erst in diesem Moment wurde mir wirklich klar, was meine Entlassung aus der Schule zu bedeuten hatte: kein gutes Essen, kein eigenes Bett, keine weißen Rüschenröcke mehr. Ein hoher Preis, den mein Traum mir abverlangte.

»Noch kannst du es dir überlegen, Elisa«, erklärte Monsieur Choron etwas versöhnlicher. »Hier bei uns hast du mindestens die Sicherheit, eine gute Erziehung und später vielleicht einen guten Ehemann zu bekommen. Der Weg zum Theater dagegen ist voller Hindernisse. Und es ist sehr ungewiß, ob ...«

»Wer kann es wissen?« fiel ihm Papa ins Wort. »Vielleicht wirst du nie in einer Hauptrolle spielen. Vielleicht landest du auf der Walz wie der Matzenberger – ein einsames häßliches Weib im Tingeltangel.«

Doch ich konnte nicht mehr zurück. Tout ou rien! Hatte Papa uns das nicht immer gesagt? Alles haben – oder nichts!

Für eine kleine Ewigkeit kreuzten sich unsere Blicke. Schließlich war es mein Vater, der die Augen senkte.

»Alors«, sagte ich laut. »Wir können meinen Koffer packen.«

## 6

Ich kehrte nicht nach Hause, ich kam in ein Chaos zurück. Maman war nach einer Fehlgeburt fast ganz in einer Depression versunken, und die winzigen Kammern mit ihren feuchten Wänden sahen fürchterlich aus. Zwischen Abfällen krabbelten kleine Kinder herum, nicht nur meine Geschwister, sondern auch noch ein Junge aus der Nachbarschaft. Mein Vater ging so oft wie möglich aus dem Haus. Wenn er da war, hockte er auf seinem Stuhl am Fenster und tat so, als ginge ihn der ganze Tumult nichts an.

»Das ist schofel, Jacob, du kümmerst dich nicht um mich«, weinte Maman.

»Und ich sage, daß ich eine Quetsch geheiratet habe.«

Wie sehnte ich mich nach dem Frieden der Villa Choron zurück! Bald wurde mir klar, was ich zu tun hatte; mit meinen dreizehn Jahren würde ich die jüdische Hausfrau ersetzen müssen. Jeden Morgen stand ich um sechs Uhr auf, und um acht waren alle Betten gemacht und die Öfen angezündet. Dann nahm ich den großen Weidenkorb unter den Arm und ging auf den Markt, wo ich mit dicken Frauen um Kartoffeln und Zwiebeln, um Eier und Heringsköpfe feilschte. Häufig auf jiddisch. Papa hätte nicht hören dürfen, daß ich in die alte Sprache zurückverfiel. Und gar nicht auszudenken, was Monsieur Choron dazu gesagt hätte! Nun, auf dem jiddischen Markt hätte ich mit seinem vornehmen Französisch wohl nichts ausgerichtet.

»Du wirst nie, niemals auf der Bühne stehen, wenn du nicht jeden Tag hart, sehr hart an deinem Französisch arbeitest!«

Monsieur Saint-Aulaire, in seiner cremefarbenen Brokatweste mit dem gleichfarbigen Plastron, fuhr in seinem Unterricht dort fort, wo Monsieur Choron aufgehört hatte: Bevor ich auch nur einen einzigen Vers deklamieren durfte, mußte ich meine leidigen Sprachübungen machen.

Didon, didu, dada. Meine Zukunft beim Theater hatte ich mir anders vorgestellt. Zwei Wochen hielt ich durch, dann beschwerte ich mich bei ihm. Alle anderen durften die großen Rollen sprechen, nur ich stand abseits und spulte meine quälenden Übungen ab.

»Die Plagerei muß sein«, gab Saint-Aulaire in seiner kühlen Art zurück, die ihm trotz seines guten Aussehens eine große Karriere an der Comédie wohl verdorben hatte. »Wenn du Künstlerin wirst, wird dein Leben nur noch aus Plagerei bestehen. Das Theater verlangt dir alles ab. Du brauchst Erkenntnis, Willen und harte Arbeit. Wenn du dazu nicht bereit bist, voilà, dann kannst du gehen, Elisa. Wir leben in einem freien Land.«

Doch natürlich wollte ich bleiben, und so spulte ich meine Übungen ab, während meine Mitschülerinnen sich in ihre großen Rollen vertieften, Rollen, von denen ich nie zuvor gehört hatte. Götter, die mir fremd waren: Corneille, Racine, Shakespeare. Namen, die meinen Mitschülerinnen leicht von der Zunge gingen und mir überhaupt nichts sagten. Ich war die kleine, häßliche Elisa, die dümmste im Kurs, die einzige Fremde, aber ich war entschlossen, alles herauszufinden. Eines Tages würde ich mitreden können! Wenn Monsieur Saint-Aulaire ihnen die Rollen erklärte oder über die Bedeutung der Dichter sprach, hörte ich so aufmerksam zu, daß ich mir manchmal die Unterlippe blutig biß, ohne es zu merken.

Seine Worte klangen sehr schön und sehr getragen, auch wenn ich manches nicht verstand: »Corneille hat den Stil der französichen Tragödie zum ersten Mal und für immer festgelegt. Alles, was unsere Klassik ausmacht, geht auf Corneille zurück. Die Vornehmheit und der Stolz der Sprache, aber auch die Neigung zum Deklamatorischen, der Ausschluß komischer und allermenschlichster Elemente, die streng logische Vereinfachung und Verknüpfung der Handlung, die harte, aber mächtige Herausarbeitung seiner Charaktere – der heroische Ausdruck eines heroischen Zeitalters.«

Manchmal redete er auch voller Ehrfurcht über das Théâtre français, das Louis der Vierzehnte im Jahre 1680 gegründet hatte und dem er selber angehörte.

»Die Entwicklung des Théâtre français ist die enge Begleiterscheinung des französischen Volkes. Oft hat es Frankreichs Politik und Zivilisation nur nachträglich ergänzt, oft hat es sie ganz unmittelbar widergespiegelt, oft hat es aber auch in sie eingegriffen, kurz, verbunden sind sie immer gewesen – die französische Geschichte und das Théâtre français.«

Nach einer Weile begann ich zu spüren, daß ich mit meinem verbissenen Eifer und meiner Duldsamkeit die Achtung Saint-Aulaires gewonnen hatte. Denn zunächst war der elegante Dandy mit den grauen Schläfen zu mir recht zurückhaltend gewesen. Ich war so jung und dünn, daß ich trotz meiner dreizehn Jahre noch wie ein richtiges Kind wirkte. Eines Nachmittags, als ich wieder einmal mit roten Wangen seinem Vortrag gelauscht hatte, kam er auf mich zu und strich mir übers Haar.

»Nach allem, was ich über dich hören mußte, hätte ich nicht geglaubt, daß du durchhalten wirst. Nie hätte ich gedacht, daß so ein kleiner Troll wie du zu so einer harten Arbeit fähig ist.«

Eine Woche später durfte ich die ersten Verse lernen, irgendein unbedeutendes Stück, dessen Namen ich vergessen habe, das für mich jedoch von größter Bedeutsamkeit war: Endlich würde ich mitspielen dürfen! Noch am selben Abend setzte ich mich zu Hause an den Küchentisch und studierte inmitten des familiären Chaos die Verse ein, bis sie ein Teil von mir wurden.

»Eine große Leistung, den Text über Nacht zu beherrschen«, lobte mich Saint-Aulaire am nächsten Morgen. Ich war so stolz über das Kompliment, daß ich rot wurde. Nie hatte mich Monsieur Choron gelobt. Allerdings war ich gar nicht so fleißig gewesen, wie mein neuer Lehrer glaubte. Ich brauchte nur die Augen zu schließen, dann sah ich die Wörter und Sätze, die ich einmal gelesen hatte, wieder vor mir. Ich konnte sie wie von einem inneren Blatt ablesen.

Kurz nach meinem vierzehnten Geburtstag fing Monsieur Saint-Aulaire damit an, mir ein großes Privileg zu gewähren: Er gab mir Einzelunterricht, Stunden, in denen ich alles über die Tradition des französischen Theaters lernte. Er erklärte mir die großen Tragödien, das Heldentum der erhabenen Charaktere, die ohne Aufbegehren selbst in den Tod gingen! Eine Welt, die so weit über meine hinausging, die dem Elend und Zores so weit entrückt war, daß ich am liebsten nur in dieser reinen Welt leben wollte und das Marais um so mehr haßte. Nichts wünschte ich mir sehnlicher, als diese Gegenwelt jederzeit bei mir zu haben. Eines Tages faßte ich mir ein Herz und fragte meinen Vater: »Kannst du mir nicht das Werk von Racine kaufen?«

»Bin ich Millionär?« fragte er zurück.

Einen Monat lang jonglierte ich mit unserer Haushaltskasse. Wenn ich für vier Sous eingekauft hatte, rechnete ich fünf Sous ab, und wenn ich zehn Sous für Heringe bezahlen mußte, log ich, sie hätten zwölf gekostet, und erklärte Maman, die Preise würden eben steigen. Am Ende des Monats war ich im Besitz von drei Francs! Damit ging ich zu den Ständen an den Quais hinunter und verhandelte mit dem alten Monsieur Pons, der mir schließlich mit gequältem Lächeln einen Racine für das Geld überließ. Kostbare Verse, die ich teuer bezahlte: Als ich mein Verbrechen gestand, verpaßte mein Vater mir eine solche Tracht Prügel, daß Maman, die selbst nicht zimperlich war, drei Tage kein Wort mit ihm redete.

Mir war es jedoch die Sache wert: Wenn ich mich mit den Heldinnen der Antike identifizierte, vergaß ich all die Häßlichkeit ringsum. Ich konnte mich darüber erheben. Und in der Tiefe wußte ich, daß Papa mich trotz allem verstand. Er entzog sich ja auch der Welt, indem er las.

»Elisa ist zu Höherem berufen«, spottete meine hübsche Mitschülerin Lisette, die mich an Sarah erinnerte. »Unsere Kleinste ist größenwahnsinnig!«

Seitdem ich Monsieur Chorons Internat verlassen hatte, war ich keinen Millimeter gewachsen. Die anderen Mädchen waren alle einen Kopf größer als ich. Auch Sarah, die uns manchmal besuchen kam, hatte schon einen Busen, der sich sanft rundete. Ich blieb klein und knochig.

»Dir fehlt es für die Bühne an körperlicher Präsenz«, tröstete mich Monsieur Saint-Aulaire. »Aber das kannst du ausgleichen. Du mußt bei der Deklamation immer wieder Pausen machen. Wenn du die Stille spürbar werden läßt und über sie gebietest, wird niemand bemerken, wie klein du bist. Wirkliche Größe ist eine geistige Qualität!«

Ich spürte, daß dieser kühle, korrekte Lehrer zu mir eine wahre Zuneigung faßte. Manchmal strich er mir über das Haar, oder er kaufte mir heiße, dampfende Pommes de terre, die im Fett schwammen, damit ich zunahm. Einmal hörte ich zu, wie er mit einem Bekannten sprach: »Dieses schmächtige Ding hat eine Persönlichkeit! Sie füllt das ganze Theater aus, ma petite diablesse! Vielleicht meine beste Schülerin!«

Dieses Lob machte mich so stolz, daß ich noch fleißiger wurde. Mein Fleiß grenzte an Besessenheit. Selbst am Abend hörte ich nicht auf, selbst wenn ich von den Proben und der schweren Arbeit im Haushalt noch so müde war. Ich zog mir den alten, dreibeinigen Schemel vor den Herd, um Kartoffeln und Karotten für den Zimmes zu schälen, dabei lag ein Band Corneille oder Racine auf meinen Knien, und während um mich herum irgendein Krach im Gange war, hörte ich nichts davon und hielt in Gedanken eine große, pathetische Ansprache an die Karotte in meinen Händen, die mein Publikum war.

»Du machst große Fortschritte«, stellte Saint-Aulaire schließlich fest. »Nächsten Samstag wirst du vor deinen

Mitschülern die Geschichte der Salema rezitieren. Und wenn du willst, darfst du deine Familie und Freunde einladen. Wir werden eine richtige kleine Vorstellung geben.«

Zu Hause im Marais rannte ich die Treppen hoch, stürmte in die Wohnung und erzählte es Maman und Papa, die meine Begeisterung nicht recht teilen wollten.

»Salema?« fragte Papa gedehnt. »Muß man die kennen?«

»Salema stirbt am Durst in der Wüste«, erklärte ich pathetisch. »Und während sie stirbt, gebiert sie ein Kind.«

»Alewaj!« Maman ließ ihr Nähzeug fallen. »Das erlaube ich nicht!«

»Ach, laß sie gehen, Esther. Sie ist ja noch ein Kind. Was versteht sie schon davon?« erklärte mein Vater gönnerhaft. »No, Elisa, das wird ja ein lustiges Schauspiel werden. Ist es eine Komödie?«

Der Spott wird dir noch vergehen! dachte ich mit zusammengebissenen Zähnen. Noch am selben Abend begann ich zu üben. Vor meinem inneren Auge ließ ich die Bilder der Vergangenheit entstehen, wenn Maman ein Kind bekam: die Verschwörung der Frauen, das Ächzen und Stöhnen, der Schrecken in ihrem Gesicht, die tränenerstickte Stimme, mir der sie uns hinausschickte, die Blässe, wenn alles vorbei war.

Ich übte bis an die Grenzen meiner Kraft. Morgens früh memorierte ich den Text, im Unterricht trug ich ihn immer und immer wieder Monsieur Saint-Aulaire vor und nahm begierig seine Korrekturen an. Am Abend brütete ich über dem Text und seiner Bedeutung, bis der Docht meiner Kerze heruntergebrannt war. Im Dunkeln lag ich wach in der kleinen Besenkammer, die ich für mich allein hatte, und rezitierte ganz leise und gepreßt, um die anderen nicht aufzuwecken und nicht bestraft zu werden. In dieser einen Woche bis zur Aufführung wurde mein langes Gesicht noch dünner und länger, und die Ringe unter meinen Augen vertieften sich, bis sie dunklen Monden glichen.

»Sieht aus wie der Tod«, spotteten meine Mitschülerinnen. »Nur ist der Tod gepflegter.«

Dann war es endlich Samstag geworden. Schon morgens spürte ich, wie mir vor Aufregung ganz schwindelig wurde. Wieder und wieder ging ich meine Rolle durch; ich wußte, daß jedes Wort sitzen würde, und war bereit, doch es half mir nichts. Meine Hände waren heiß und feucht, und ich hatte das Gefühl, als ob meine Zunge am Gaumen festklebte. Außerdem konnte ich kaum sprechen, weil ich keine Luft bekam.

»Diese Künstler!« Monsieur Saint-Aulaire verdrehte die Augen, als er mich in diesem Zustand sah. »Du hast Lampenfieber!«

Mir war gleichgültig, wie man diesen Zustand nannte. Ich hatte Angst!

»Elisa, es geht doch um nichts.«

»Ich muß es ihnen beweisen!«

»Wem?« fragte er verständnislos. »Was beweisen?«

»Ich muß Maman und Papa beweisen, daß ich Salema spielen kann! Alles oder nichts!«

Kurz vor dem Auftritt ließ mich die Mischung aus Wut und Angst auf einmal ganz hellsichtig werden. Das hölzerne Podium in unserem Schulsaal verwandelte sich vor meinen Augen in glühenden Sand unter der gnadenlosen Sonne. Meine Zunge klebte nicht aus Angst am Gaumen fest, sondern weil ich schrecklichen Durst hatte. Halb dem Wahnsinn nahe, sah ich überall in der Wüste Seen, Bäche und Flüsse, ich sah Wasser, kristallklares Wasser. Dann kamen wieder die Schmerzen; Leben, das in die Welt drängte. Leben, das zum Tod geboren war.

Nach einer Ewigkeit starb Salema schließlich. Ich sank dahin, meine Stimme brach. Für eine gläserne Sekunde wurde es auch um mich herum schwarz. Endlich brandete Applaus auf, laut und donnernd, und riß mich in mein Leben zurück.

Jemand umklammerte mich. Meine Mutter war auf die

Bühne gestürzt. Sie hatte Tränen in den Augen und lachte. »Ich hatte solche Angst, daß du stirbst!«

Und Papa erklärte dem Publikum mit lauter Stimme: »Ein neuer Talma ist geboren!«

## 7

François-Joseph Talma war ein Mann wie eine Statue. In einer roten Toga, einen Lorbeerkranz auf dem Kopf, sah er aus, als wäre die große Vergangenheit Roms wiederauferstanden. Bei seinem Anblick verstand man Buonapartes Wort, die antike Tragödie sei die Schule aller großen Männer. Wenn der Herrscher verreiste, zog Talma mit: nach St. Cloud, Fontainebleau, Trianon, ja selbst durch ganz Europa, wo er dann vor einem Parkett von Königen brillierte.

Napoleon selbst gab seinem Staatsschauspieler angeblich einst einen guten Rat: Er solle nicht zu viel gestikulieren, die großen Männer gingen nicht so sehr aus sich heraus, in ihrer Beherrschtheit liege die Macht.

Manchmal denke ich mir, was für ein Ereignis hätte es sein können, hätten Talma und ich gemeinsam auf der Bühne gestanden. Er starb leider im Jahre 1826, und doch ist er in den Kulissen des Théâtre français noch so lebendig. Der Maler Eugène Delacroix hat Talma ein Denkmal gesetzt, indem er ein unvergeßliches Bild malte, das er vor fünf Jahren im Pariser Salon ausstellte. Wird es auch von mir dereinst solche Bilder geben? Oder wird mein Ruhm mit mir verblassen?

Das Wetter auf dem Nil lädt ein zu düsteren Gedanken. Draußen hängen Nebelfetzen vor den Fenstern unserer Kangsche, ein Dunst, der London alle Ehre machen würde. Unser Schiffsherr, der Rais, sagte mir, Nebel sei in dieser Jahreszeit auf dem Nil nichts Ungewöhnliches. Mir ist etwas unheimlich, man sieht nichts, nicht einmal die Büffel, die überall am Ufer wie große Buckel im Wasser liegen. Mir scheint, auch die Matrosen fürchten sich. Den ganzen Morgen schon singen sie ihre arabischen Weisen, ein Gewimmer und Gejaule, daß man denken könnte, sie bekämen die Bastonade. Falls es wirklich Gespenster gibt, würde dieser Gesang sie bestimmt vertreiben.

Dieser Tage bin ich außerordentlich müde und habe viele schlechte Träume: ich wurde verfolgt, mußte flüchten, rennen, und immer fehlte mir die Zeit.

Rose brachte mir eine Tasse Tee, die ich mühsam hinunterwürgte. Das Wasser ist viel trüber als in Kairo. Die Matrosen schütten es in Tongefäße, damit es sich setzt und etwas klarer wird; aber das hilft nicht wirklich. Die gute Rose erzählte mir, daß sie von einer Araberin gehört hat, wie man das Wasser reinigt. Man müsse nur Aprikosen oder Mandelkerne klein schneiden und hineinwerfen, dann sei es in fünf, sechs Stunden klar. Ich mußte lächeln. Für wie bedeutsam halten wir Menschen diese Kleinigkeiten, und am Ende ist alles nur Staub. Auch die Grande Tragédienne! Was wird bleiben? Bei uns im Théâtre français werden Traditionen sorgsam behandelt, darauf darf ich hoffen, nicht umsonst wahren wir das nationale Kulturerbe. Wir sind Hüter einer Kunst-Religion. Wir kennen alle Gesten und Intonationen der Vergangenheit. Wie spielten die Großen, wie sprach Mademoiselle Raucourt diesen Satz, wie interpretierte Racine selbst einst jenen?

Vielleicht gleicht es einem Totenkult, nicht gar so weit entfernt von jenem der Ägypter. Wir balsamieren Worte ein, sie tun es mit Leichen, immer in der Hoffnung, daß es weitergeht, jener Hoffnung, die uns alle treibt. Und wenn es nichts gibt nach dem Tod? Wenn das Leben nur ein langer Traum ist, nichts als der Traum einer Fremden, wie es mir jetzt manchmal scheint?

Das Jahr 1835 war ein Jahr voller Tränen und Streit. Sarah kehrte bei jedem ihrer kurzen Besuche aus Monsieur

Chorons Internat blonder zurück. Eines Tages blickte Papa von seinem Buch auf und sprach sie darauf an.

»Ich wasche mein Haar mit Kamille. Mademoiselle Alexandrine meint, ich sehe überhaupt nicht jüdisch aus«, erklärte meine Schwester stolz.

»So!« fauchte Papa. »Und das hältst du für ein Kompliment?«

Während er sich zunehmend von der hübschen Sarah entfernte, konnte ich spüren, daß er sich nach meinem ersten Auftritt in unserem kleinen Schultheater mehr und mehr für mich zu interessieren begann. Abends, wenn ich heimkehrte, erwartete er mich schon, jenen so schmerzlich bezahlten Band Racine auf den Knien. Seine knochigen Finger huschten über die Seiten, während er las. Mein Vater hörte mich jeden Abend ab, streng, unbarmherzig, doch ich dankte es ihm.

»Das Theater, immer das Theater«, stöhnte Maman. »Wer will schon diese traurigen Geschichten? Ist das Leben nicht traurig genug? Warum übst du nicht lieber lustige Rollen! Die Menschen wollen lachen! Oder du könntest Tänzerin werden, klein und zart, wie du bist. Am besten wäre natürlich, du würdest eine gute jüdische Hausfrau werden. Eine Balabosta, so wie ich.«

Mein Vater hob den Blick von seiner Lektüre. In letzter Zeit hatte er immer öfter Streit mit Maman, deren Fähigkeiten als Hausfrau er in Zweifel zog.

»Könntest du die Betten nicht selber machen, Esther? Das Kind bekommt zuwenig Schlaf«, hörte ich ihn nachts auf Maman einreden. »Sie ist ja nicht unser Sklave.«

»Hast du vor ein paar Wochen nicht ganz anders geredet? Sollte sie es nicht für die Ehe lernen? Sie ist schon vierzehn. Wir könnten bald zum Schadchen gehen. War ich viel älter als vierzehn, als du mich geheiratet hast? Eine verheiratete Tochter mehr ist eine Sorge weniger.«

»No, das war damals«, fiel er ihr ins Wort. »Und heute ist heute. Hast du sie gesehen? Dieses Kind beherrscht die ganze Bühne, sie hat Talent. Esther, du mußt deinen Haushalt selber führen.«

Ich hörte, wie Mamans Stimme mit jedem Satz schriller wurde. Ihre Streitereien waren Gift für meine Nerven.

»Willst du sagen, daß ich eine schlechte Mutter bin? Warum gehst du nicht arbeiten, Jacob? Und warum kannst du die Finger nicht von mir lassen? Müssen wir so viele Kinder haben? Ist das vielleicht Gottes Wille?«

Eine lange Pause, dann hörte ich Papa kalt fragen. »Willst du damit sagen, daß es dir unangenehm ist?«

»Hab ich das gesagt? Mußt du mir jedes Wort im Mund herumdrehen?«

»No, diese vielen Worte in dieser Familie! Wenn du stirbst, muß man die Gusch noch siebenmal totschlagen. Kannst du nicht wenigstens nachts mal still sein?«

So ging es viele Nächte lang. Ich hatte Angst vor diesen giftigen Wortwechseln. Morgens wachte ich nach wirren Träumen mit Kopfschmerzen auf und mußte erleben, daß unsere Kammern schon wieder erfüllt waren von bösen Worten und Geschrei.

»Raphael!« schrie Maman. »Steh sofort auf! Michel Lévy ist schon längst auf dem Weg in den Cheder! Andere Kinder machen auch nicht soviel Ärger! Muß mein Sohn ein Siebenschläfer sein? Will er vielleicht kein Hebräisch lernen? Ich hab immer gedacht, mein Sohn wird mal auf die Jeschiwe gehn. Und er will seiner Mutter Schande machen?«

Dann schrie sie meinen Vater an, warum er nicht dafür sorgen könne, daß sein einziger Sohn aus dem Bett komme, Raphael schrie zurück, daß sie ihn nicht geweckt habe, und sie schüttete ihm kaltes Wasser ins Gesicht. Die kleine Rébecca wachte auf und schrie nach Milch, Maman schrie nach mir, und am Ende schrie Papa: »Ich halte das Geschrei nicht mehr aus! Diese Mischpoche könnte einen Heiligen in den Wahnsinn treiben!«

Schließlich zog er seinen fadenscheinigen pflaumenblauen

Mantel über, schlug die Tür hinter sich zu und eilte aus dem Haus. Manchmal kam er dann tagelang nicht wieder, und Maman jammerte und weinte.

»No«, sagte Papa dann reumütig, wenn er wiederkam.

Dieses »No« war das ganze Welttheater, in zwei Buchstaben ausgedrückt. Es konnte alles heißen, je nachdem, in welcher Nuance er es betonte. Ich glaube, Papa hätte auf das gesamte Repertoire der Comédie française verzichten können und Tragödie und Komödie in diesem einen Wort vereint: »No.«

Im April 1835 war es Monsieur gelungen, ein Theater für uns zu pachten: die Salle Molière, bei der Rue Saint-Martin, unweit unseres jüdischen Viertels. Einstmals mußte die Salle Molière der Stolz der jakobinischen Revolution gewesen sein: ein hübscher Saal, 1791 gebaut, ganz in Blau und Gold gehalten. Längst war der Glanz im Tempel der Vernunft verblaßt: der große Kristalleuchter verloren, die Wände vom Ruß der Öllampen geschwärzt, die Sessel in den Rängen verrottet. Wir hatten keine Kostüme und keine Kulissen, aber es war ein Theater – und es gehörte uns!

Jeden Sonntag, vom Mittag bis in die frühen Abendstunden, verwandelten wir die heruntergekommene Kulisse in den Parnaß! Alle Schüler traten in allen nur erdenklichen Rollen auf. Wir spielten Frauen und Männer, Sklaven, Feldherren und Königinnen.

Ich weiß nicht, ob ich damals wirklich verstand, was ich tat. Doch es gab mir ein Gefühl der Sicherheit, in die Welt der Illusion zu flüchten. Ich war es, die Worten und Gesten ihre Gestalt gab; ich hatte die Macht, die Welt nach meinem Willen formen zu können.

»Alles im Theater ist Illusion«, schärfte Monsieur Saint-Aulaire uns ein. »Ihr müßt die Illusion nur überzeugend machen!«

Bald war das Theater mein Leben. Ich nahm jede Rolle an, und sei es auch nur als Statistin. Wenn die älteren

Schüler spielten, verdingte ich mich, nur um dabei sein zu dürfen, als Blumenmädchen oder Kassiererin, und nach der Vorstellung räumte ich den Müll zwischen den Stuhlreihen auf.

»Bald wirst du hier übernachten«, erklärte Monsieur.

Unser Publikum lohnte uns die Mühe mit donnerndem Applaus. Meistens waren es Freunde und Bekannte aus unserem Viertel, denen wir die Karten günstig verkauften. Wenn ich morgens mit meinem Korb auf den Markt ging, wurde ich immer öfter darauf angesprochen. Eines Tages entdeckte ich sogar meine Fischhändlerin in den Rängen. Sie lachte und klatschte sich auf die Schenkel, als sie mich in der Rolle des Brutus sah.

»Die Kleine macht dem großen Talma Ehre!«

Michel Lévy, der mit meinem kleinen Bruder in die Schule ging, war mein erster richtiger Bewunderer. Er sagte es Papa, der bekümmert die Stirn runzelte: »Wenn Elisa nur nicht so häßlich wäre!«

Michels Vater, Monsieur Lévy, winkte ab. »Das wächst sich aus. Die Mädchen, die am Anfang die hübschesten sind, verlieren später. Und die häßlichen gewinnen!«

Meine Mutter zog aus dieser Bewunderung ganz andere Schlüsse. »Dieser Michel Lévy«, sagte sie in den nächtlichen Bettgesprächen, »ist der Beste im Cheder. Und die Lévys sind beste jüdische Familie. Was meinst du, Jacob? Ob die beiden füreinander bestimmt sind?«

»Esther! Kannst du nie an was anderes denken! Er ist zwei Jahre jünger als sie!«

»Um so besser! Dann wird sie den Haushalt lenken. Und dann, Jacob, sie wäre versorgt.«

Mein Vater seufzte, wie nur er seufzen konnte, ein Seufzen, das alle Last der Welt in sich trug.

Die anderen jüdischen und nichtjüdischen Familien lebten in derselben Armut wie wir. Die Wohnungen waren feucht, viele der Kinder husteten, und immer noch lähmte die Furcht vor der Cholera die Mütter. Jeden Liter Wasser kochten sie ab, was wiederum Holz verschlang, das teuer bezahlt werden mußte. Eine einzige Misere, aus der es kein Entrinnen gab, auch wenn die Bankiers des Bürgerkönigs verkündeten, daß jeder reich werden könne. Manche aus dem Marais schafften es, wurden gefallene Mädchen, wie Maman es nannte. Mit schrillbunten Federn auf der unschicklich entblößten Haut spazierten sie auf der Place Royale.

Der andere Weg zum Reichtum führte über die Bühne. Opernsänger, Tänzer, Schauspieler sein hieß damals, reich und berühmt werden zu können. Und was war man schließlich im Paris des Louis-Philippe, wenn man kein Geld hatte? Viele der Schüler an der Salle Molière waren in den Büros der Cité angestellt. Auf dem Weg zum Unterricht stopften sie einen Apfel oder ein Ei in sich hinein, ihr einziges Essen, weil sie sich das Geld für den Schauspielunterricht buchstäblich vom Mund absparten. Sie lebten immer in der Hoffnung, entdeckt zu werden. Hin und wieder kamen ja auch reiche Herren oder Zeitungsschreiber in unser Theater.

»Du bist die schönste Frau der Welt!« sagte Monsieur de Vries zur blonden Léa, der hübschesten in unserem Kurs. »Ich möchte dir die Sterne vom Himmel pflücken!«

Als ich das hörte, mußte ich so lachen, daß Monsieur de Vries, ein junger Dandy mit Malakka-Stäbchen und Monokel, mich fast geohrfeigt hätte.

»Du bist ja nur neidisch«, zischte Léa. »Weil keiner dich anschaut.«

Manchmal hatte ich das Gefühl, als wollten diese hübschen Mädchen gar nicht wirklich zum Theater. Vielleicht dachten sie nur wie Maman und suchten sie nur einen Mann? Während ich zwischen den Säulen saß und fleißig meine Rollen lernte, plauderten sie über Schärpen, Bänder und Perlen und prahlten mit den hübschen Musselinkleidern, die ihre Verehrer ihnen schenkten. Aber vielleicht hatte Léa recht, und ich war wirklich neidisch: Die jungen Herren hielten mich für ein Kind, dem man achtlos über den Kopf strich oder ein Stück Kuchen schenkte. Nichts rundete sich an mir, und inzwischen war mein einziges Kleidungsstück ein kurzer roter Baumwollrock mit weißen Punkten.

»Elisa sieht aus wie ein Marienkäfer«, spottete Léa.

Einmal, als ich auf dem Nachhauseweg mit den Tränen kämpfte, schlich sich Michel Lévy an mich heran, der mich im Auftrag meiner Mutter abholen sollte. Er klopfte mir auf die Schultern und tröstete mich. »Du bist ein gutes jüdisches Mädchen.«

Damit schaffte er es, mich wirklich zum Weinen zu bringen. In verbissenem Schweigen gingen wir heim.

Es schauderte mich vor der Rückkehr in diese Welt aus Ärmlichkeit und Streit. Maman und Papa tauschten inzwischen schon vor den Nachbarn und selbst am Sabbat ganz ungeniert ihre kleinen Feindseligkeiten aus.

»Hier leben sieben Leute«, sagte Papa, als Familie Lévy am Freitag abend Fisch mit uns aß. »Aber sie streiten über siebzig Themen gleichzeitig und machen soviel Krach wie siebenhundert.«

»Wenn mein Herr und Gebieter eine bessere Hand für die Geschäfte hätte, müßten dann sieben Leute nicht in zwei Zimmern leben!« entgegnete meine Mutter. Papas Blick verriet, daß er nur der Gäste wegen friedlich sitzen blieb.

Mein Vater stritt manchmal auch mit Herrn Lévy. Es ging um Glaubensfragen. Ein deutscher Cousin von Herrn Lévy gehörte einer neuen Richtung an, die Papa nicht gefiel und Maman vor Entsetzen ganz starr werden ließ.

»Singen Choräle wie die Christen. Und der Rabbi trägt ein Beffchen. Fehlt nur noch, daß sie sich eine Orgel anschaffen.«

»Reg dich nicht auf, Jacob«, sagte Herr Lévy gemütlich. »Im Tempel von Berlin sollen sie schon längst eine Orgel haben.«

Da erst ging Papa wirklich an die Decke: »Wir haben nicht mehr die Kraft, einen Bart zu tragen, zu fasten, zu hassen und aus Haß zu dulden. Leute wie dieses Kores, die durch Komödianten ihre Bildung und Aufklärung empfangen, wollen dem Judentum neue Kulissen geben und sich ein Talles aus der Wolle des Lamm Gottes machen. Sollen sich doch lieber taufen lassen! Was die machen, ist eine Schande!«

»Awera«, bekräftigte Maman. »Trotzdem sind es unsere Leute. Ich sag euch was: Wir gehören zusammen, es gibt niemand sonst, auf den man sich in der Not verlassen kann.«

Damals ging nichts ohne Szenen ab. Nicht einmal die Vorbereitung auf den Schabbes. Jeden Donnerstagabend wurden wir dazu verdonnert, ein Bad zu nehmen. Dann wurde ein riesiger Waschzuber vor den Herd geschoben. Papa stand ungeduldig daneben.

»Elisa zuerst!« kommandierte er. Unter seinen strengen Blicken mußte ich in das Dampfbad steigen und wurde von Maman mit Kernseife geschrubbt. Jedesmal schrie ich auf, jedesmal setzte es Ohrfeigen. Rot wie ein Hummer kroch ich aus dem viel zu heißen Wasser heraus. Rébecca kam als letzte dran, auch das ein hartes Los. Sie schrie und zitterte in der schmutzigen, eiskalten Brühe, bis Papa sie wütend herauszog und ihr mit ein paar klatschenden Schlägen den Po wärmte.

»So!« kreischte er. »Ist dir immer noch kalt? Soll ich weitermachen?«

Nur Raphael, das Goldkind, hatte Glück: Er durfte im lauwarmen Wasser planschen, solange er wollte. Ich haßte sein zufriedenes Gesicht und fragte mich, ob mein Vater die ganze Zeremonie nicht um seinetwillen eingeführt hatte.

Dann, eines Donnerstagnachmittags, als ich vom Theater heimkehrte und mich gedanklich schon in mein Schickal fügte, mußte ich eine Überraschung erleben. Kein Waschzuber stand vor dem Herd. Nirgendwo stand ein Trog mit dem Teig für die Challe bereit. Und die Fischköpfe, die ich frühmorgens auf dem Markt erstanden hatte, stanken unbeachtet in einem Eimer. Was ging hier vor? Sonst hatte Maman um diese Zeit längst alles für den Schabbes vorbereitet!

Von den Kindern war nichts zu hören und zu sehen. Die Tür zu dem einen Zimmer, in dem alle schliefen, war geschlossen. Schließlich fand ich Maman in der Besenkammer, die mir als Schlafstätte diente. Sie saß auf meiner Pritsche und blickte auf den grauen Hinterhof hinaus. In der Abendsonne sah ihr Gesicht alt und müde aus.

»Maman! Was ist passiert?«

Sie schluchzte nur, und ich ging zu ihr, legte ihr die Hände auf die Schultern, die unter der Berührung bebten. Sie, die sonst wegen jeder Kleinigkeit schrie und zeterte, saß einfach da und sagte nichts. Es war furchterregend.

»Papa ist fort«, kam es schließlich heraus. »Für immer fort. Er sagt, er wird nie wiederkommen.«

## 8

Am Anfang vermißten wir meinen Vater nicht; es gab keine Kräche mehr, keine Prügel. Maman warf keine Gegenstände mehr durch die Luft, und niemand schimpfte, wenn wir beim Essen wild durcheinanderredeten. Es störte sich auch keiner daran, daß ich meine Rollentexte neben dem Teller liegen hatte und während des Abendessens lernte, was bei Papa strengstens verboten war, weil er das Essen heiligte. Allerdings erkundigte sich auch niemand nach meinen Fortschritten beim Theater.

»Theater!« fing Maman immer wieder an, wenn sie abends im Schein der Öllampe über einer Näharbeit saß. »Warum willst du nicht Näherin werden? Du könntest dir eine herrliche Aussteuer nähen!«

»Ich werde nie heiraten!« gab ich patzig zurück. »Ich will keinen Mann!«

»Elisa! Soll ich deinem Vater sagen, in welchem Ton du mit deiner Mutter redest?!«

Dann fiel ihr ein, daß ihn das im Moment wohl kaum interessieren würde, und sie wechselte rasch das Thema.

»Bitte mach, daß Papa zurückkommt«, betete ich beinahe jede Nacht. Doch am Tag brachte ich es fertig, ein fröhliches Gesicht aufzusetzen – schließlich war ich eine Schauspielerin. Sosehr ich auch im stillen litt, ich konnte es nicht zeigen. Nur auf der Bühne gelang es mir, der Traurigkeit Ausdruck zu verleihen.

Wie gut ich auf der Bühne wurde, spürte ich nicht allein am Applaus. Ich lernte, es in den Mienen meiner Mitschüler zu erkennen. Wenn sie es vor Neid nicht fertigbrachten, etwas zu mir zu sagen, war ich richtig gut gewesen. Eines Abends klagte ich Monsieur Saint-Aulaire mein Leid. Er sah ernst und traurig aus.

»Du gehörst zu den Künstlern, die es immer schwer haben werden. Du zweifelst an dir, du arbeitest hart. Deshalb wirst du auch eine gute Schauspielerin werden. Du darfst nicht auf das hören, was die anderen sagen. Stör dich nicht an ihrem Neid, Elisa. Niemals darfst du deine innere Stimme verlieren!«

Ein Neuer, der sich Ancelin nannte, nahm an unserem Unterricht teil, eine makellose Erscheinung – von den polierten Lederschuhen bis hin zur Weste, die aus herrlichen Stoffen geschneidert war. Er hatte offensichtlich Geld geerbt, und immer öfter fiel mir auf, daß seine Blicke auf mir ruhten, dem dünnsten und häßlichsten aller Mädchen.

»Elisa!« rief er mir eines Tages nach, als die Dämmerung sich schon über die Dächer senkte und die Gaslaternen dem dichten Schleier aus Regen einen gelben Schein verliehen. »Bei dem Wetter kannst du doch nicht auf die Straße raus. Willst du mit mir einen Kaffee trinken gehen?«

Er spannte seinen Regenschirm auf, bot mir den Arm und führte mich vorbei an den rosafarbenen Sandsteinhäusern, die von der Nässe dunkel verfärbt waren. Wir gingen zur Place Royale. Hier hatte einst das königliche Palais des Tournelles gestanden. Nun wurde der Platz von eleganten Backsteinhäusern umschlossen, mit Arkarden, unter denen man auch bei Regen bummeln konnte. Ancelin hielt die Tür zu dem Café für mich auf, in dem ich einst Victor Hugo begegnet war.

»Einen Absinth«, verlangte Ancelin. »Und Kaffee und ein eau sucrée für die junge Dame.«

Wie oft hatte ich mir gewünscht, einmal mit Sarah an einem dieser Tische sitzen zu dürfen, als wir hier noch sangen. Heute nachmittag schien mir das Kristall der Lüster noch durchscheinender, schienen die Spiegel noch glänzender zu sein, als ich sie in Erinnerung hatte.

»Erzähl mir von dir!« befahl Ancelin, nachdem ich den ersten Schluck Kaffee getrunken hatte, der enttäuschend bitter schmeckte und mir leichte Schwindelgefühle verursachte. »Ich will alles über dich wissen, Elisa.«

Ich stellte vorsichtig die Tasse ab. »Warum, Monsieur?«

»Nenn mich nicht Monsieur! Ich heiße Ancelin. Erzähl mir, wer deine Eltern sind, was sie machen. Und wie du zum Theater gekommen bist.«

Während draußen der Regen auf das dunkel schimmernde Straßenpflaster prasselte, erzählte ich Ancelin von meinem Vater und seiner Liebe zum Theater, ich erzählte ihm von der alten Heimat in Deutschland, vom Matzenberger und Monsieur Choron. »Durch seine Hilfe bin ich zur Salle Molière gekommen.«

»Erstaunlich«, murmelte Ancelin. »Du wirst es weit bringen. Du hast die Haltung und die Sprechweise einer Prinzessin. Eines Tages wirst du berühmter sein als Mademoiselle Duchesnois. Und der Glanz der Malibran wird verblassen.«

»Maria Felicitas Malibran?« fragte ich atemlos. Wie oft

hatte mein Vater von der Herrin der Oper geschwärmt, die er Sarah und mir als Vorbild nannte.

»Ich beneide dich, Elisa.«

Ich starrte ihn an: Wie konnte er? Wollte er seine herrlichen Kleider gegen meine zerschlissene Baumwolle tauschen?

»Du weißt noch nicht, was eine Gabe bedeutet. Du mußt daran arbeiten. Wenn du willst, werde ich dir dabei helfen. Aber jetzt sollte ich dich nach Hause bringen. Wir werden eine Droschke nehmen.«

Es war herrlich! Noch nie zuvor war ich in einer Kutsche gefahren. Ich drückte meine Nase an die Scheibe des Fiakers und blickte hinaus ins nächtliche Marais.

»Merci, Monsieur!« Ich verbeugte mich, als wir bei mir angekommen waren.

»Ancelin! Ich heiße Ancelin!«

Zu Hause begrüßte Maman mich ziemlich frostig. Kaum, daß sie von ihrer Näharbeit aufblickte.

»Weißt du, daß wir uns Sorgen gemacht haben? Michel Lévy wollte dich vom Theater abholen. Aber du warst nicht da. Danke dem Herrn, daß dein Vater nicht zu Hause ist, sonst würdest du was erleben. Und jetzt wasch dir die Hände, und kümmere dich ums Abendessen!«

Abend für Abend brachte Ancelin mich von nun an in einer Droschke nach Hause, bis Michel Lévy schließlich so tat, als würde er mich nicht kennen. Ancelin kritisierte mein Spiel und meine Aussprache, wenn ich wieder einmal das deutsche »Schamais« statt des fanzösischen »jamais« sagte. Manchmal wurde ich dann so wütend, daß ich ihm am liebsten die Augen ausgekratzt hätte. »Ma tigresse«, nannte er mich dann mit zärtlichem Spott.

Als wir vertrauter wurden, schenkte er mir hin und wieder Rollenbücher oder Schminke. Wie groß war mein Glück, als ich entdeckte, daß ein wenig Kohlestift meine dunklen Augen glühen ließ. Plötzlich fand ich mich nicht mehr ganz so häßlich. Der Ausdruck meiner Augen lenkte von den spitzen Gesichtszügen ab. An diesem Sonntagnachmittag hatte ich das Gefühl, als verdreifache sich der Applaus. Mehrmals wurde ich vor den Vorhang gerufen, und wären meine Anhänger nicht so arm gewesen, hätte ich vielleicht sogar Blumen bekommen. Danach drückte ich Ancelin die Hand.

»Das verdanke ich nur dir!«

»Na«, ließ sich Monsieur Saint-Aulaire aus der Dunkelheit des Bühnenraums vernehmen. »Stell dein Licht nicht unter den Scheffel, Elisa.«

Eines Abends, als ich vor unserem Haus wieder einmal aus der Mietkutsche stieg, landete ich direkt vor den Füßen meiner Mutter, die soeben von einer Kundin zurückgekehrt war.

»Elisa!« Ihr Blick wanderte von mir zu Ancelin, der sich ins Dunkel der Droschke duckte. »Mit wem habe ich die Ehre, junger Mann?«

Ancelin kam mit hochrotem Kopf das Trittbrett herunter. Er trug einen nachtblauen Gehrock zur hellgrauen Hose und sah überaus passabel aus. Kurz studierte er Mamans Gesicht, dann beugte er sich über ihre Hand und hauchte einen Kuß in die Luft.

»Enchantée, Monsieur«, erwiderte meine Mutter. »Kommen Sie doch einen Augenblick mit hinauf!«

Beschwörend suchte ich Mamans Blick. Mir war es peinlich, Ancelin das Ausmaß unserer Armut zu zeigen. Aber meine Mutter, einmal in Fahrt, war nicht aufzuhalten. Also saß bald Ancelin an unserem wackelnden Tisch, der das große Zimmer beherrschte. Die Platte war über und über mit Papieren, Stoffen, Nadeln, Töpfen, Kartoffeln und Papieren bedeckt. Ganz obenauf lag Raphaels Hebräischbuch. Ancelin sah das kümmerliche Feuer, er sah meinen dreibeinigen Schemel und den Waschzuber neben dem Herd, und er sah meine kleinen Geschwister, Raphael und Rébec, die sich um die Reste eines Apfels balgten. Es roch nach Kohl, Zwiebeln und Knoblauch.

Doch Ancelin lächelte und plauderte, als befände er sich zwischen den Spiegelwänden des Cafés an der Place Royale.

Nachdem er gegangen war, schenkte Maman mir ein warmes Lächeln. »Vielleicht wäre das der Richtige? Nett und höflich und allem Anschein nach eine gute Partie. Weißt du, ob er Jude ist?«

»Maman!« Ich räumte das Geschirr ab.

»Ich denke doch nur an dein Glück!«

»Das hast du neulich auch gesagt, als du mich an Michel verschachern wolltest.«

»Wie sagt dein schlauer Vater immer? Gestern ist gestern, und heute ist heute! Außerdem sollst du nicht in diesem Ton mit deiner Mutter reden, solang du in meinem Haus lebst!«

Mit jedem Tag wuchsen unsere finanziellen Nöte. Schließlich wurde es so schlimm, daß ich meinen Stolz überwand und Ancelin meine Sorgen gestand. Ohne viel Aufhebens gab er mir von nun an jede Woche ein paar Sous für das Nötigste.

Am Theater jedoch machte ich immer neue Fortschritte.

»Ich weiß nicht, was ich dir noch beibringen soll«, sagte Monsieur Saint-Aulaire etwas traurig, als wir zusammen die Rolle von Molières Dorine im »Tartuffe« einstudierten. »Du weißt es besser als ich.«

Nun hörte Ancelin mich oft ab, wenn ich neue Rollen lernen mußte. Immer öfter kam er mit nach Hause, um mich abzufragen, und immer brachte er dann ein knuspriges Brot, eine Flasche Bordeaux und ein Stück Käse für uns alle mit.

»Wenn er bloß kein Goi wäre«, seufzte Maman. »Aber ich sag' dir was! Er hat eine Neschome, eine jüdische Seele.«

Ich saß mit angewinkelten Knien hinter der Bühne und lernte einen Text, als mein Lehrer in Begleitung eines untersetzten Herrn hereinkam, der in feinstes englisches Tuch gekleidet war.

»Das ist Docteur Véron«, erklärte Monsieur Saint-Aulaire. »Er war Direktor der Oper und hat Meyerbeer groß gemacht. Jetzt ist er ein berühmter Verleger. Und das hier ist Elisa, die Prinzessin der Salle Molière.«

Der Verleger betrachtete mich amüsiert. »Was machst du da, mein Kind?«

»Ich mache meine Arbeit, Monsieur«, entgegnete ich und wandte mich demonstrativ wieder meinem Rollentext zu.

Später tadelte Monsieur Saint-Aulaire mich zum ersten Mal. »Wie kannst du es wagen, so patzig zu einem so bedeutenden Herrn zu sein!«

»Aber ich habe doch bloß die Wahrheit gesagt.«

Er schüttelte den Kopf. »Liebes Kind, du wirst noch viel lernen müssen! Was glaubst du wohl, wie weit du ohne Förderer kommst? Glaubst du wirklich, irgend jemand schert sich um dein Talent?«

Ich starrte ihn an. »Sie haben doch immer gesagt, daß nur die Leistung zählt! Und die harte Arbeit!«

»Aber um eine große Schauspielerin werden zu können, brauchst du mehr. Schönheit oder einen Minister in der Familie. Und was hast du, Elisa? Du mußt lernen, deinen Charme einzusetzen und dir Förderer zu schaffen. Sonst wirst du als Statistin enden!«

An diesem Abend war ich so tief in meinem Stolz, in meiner ganzen Weltanschauung gekränkt, daß ich selbst mit Ancelin nicht mehr reden wollte. Blind vor Zorn stapfte ich durch die Straßen des Marais und murmelte vor mich hin: »Ich hasse diese Welt!«

Als ich zu Hause die Tür öffnete, schloß Papa mich in seine Arme und wirbelte mich durch die Luft. Mein Vater war zurück! Bis in die Nacht hinein lachte und scherzte er und erzählte uns von seinen Abenteuern, die er unterwegs erlebt hatte. Schließlich warf er ein Ledersäckchen auf den Tisch.

»Diesmal habe ich ein kleines Vermögen zusammengebracht! Morgen werden Schuhe und Mäntel gekauft!«

Maman ertrank fast in seinem Blick, und was ich darin sah, war ein Gefühl, um das ich sie beneidete. Ich spielte schon die klassischen Rollen, aber diese Tiefe kannte ich nicht. Die ganze Nacht hörten wir, wie die beiden sich miteinander vergnügten, und am Morgen war der altbekannte Tyrann zurück. Er bestand darauf, mich zum Theater zu begleiten.

»Muß ich mir doch diesen jungen Herrn einmal vornehmen, mit dem meine Tochter herumpoussiert!«

Diese Bemerkung verhieß nichts Gutes. Doch als wir die Salle Molière erreichten, erfuhr ich zu meiner Erleichterung, daß Ancelin noch nicht eingetroffen war. Papa setzte sich in den Zuschauerraum und sah mir zu. Als ich mit dem Vortrag endete, geschah etwas geradezu Unglaubliches: Mein Vater klatschte. Er sah merkwürdig aus, stolz, fast schon gerührt.

»Elisa ist meine beste Schülerin«, versicherte Monsieur Saint-Aulaire.

»No, habe ich doch gewußt, daß meine Tochter ein neuer Talma wird.«

Während die beiden ausführlich und begeistert über meine Zukunft berieten und mich darüber gar nicht mehr bemerkten, stürmte zu seinem Unglück Ancelin herein. Er war rot vor Verlegenheit und sah jung aus wie ein Knabe aus dem Cheder.

»Desolé, Elisa, ich konnte nicht früher. Wichtige Geschäfte, darum bin ich so spät«, setzte er an. Dann fing er meinen Blick auf und verstummte. Fragend schaute er von mir zu Papa, der ihn argwöhnisch musterte.

»Ich bin Elisas Vater. Und ich hätte nichts dagegen, junger Mann, wenn Sie Ihren Hut abnehmen würden.«

»O ja.« Ancelin riß sich die Mütze vom Kopf, darunter sahen seine Locken verschwitzt und zerzaust aus.

»Ich höre, daß Sie ein Interesse an meiner Tochter haben. Wie ernst ist dieses Interesse?«

»Papa!« flehte ich, weil ich diesen sarkastischen Unterton nur zu gut kannte. »Bitte, Ancelin hat uns so viel geholfen!«

»Hat dich einer gefragt, Elisa? Also, ich höre?«

»Sicher interessiere ich mich für Elisa – als Künstlerin.«

Papas Lippen wurden von einem Lächeln umspielt, ein Lächeln, das ohne jede Freundlichkeit war. »Und was studieren Sie, junger Mann?«

»Was ich studiere?« Man sah ihm an, daß er verzweifelt überlegte. »Nun, Monsieur, ich studiere das Leben.«

»Dann würde ich Ihnen raten, sich in acht zu nehmen. Sonst werden Sie bald meine Peitsche kennenlernen!«

Ancelin zuckte zusammen, und Papa lächelte noch breiter. Für mich war es schrecklich, zu sehen, wie sich das Selbstbewußtsein meines Freundes in nichts auflöste.

»Junger Mann, kehren Sie bitte in Ihr altes Leben zurück, und halten Sie sich von Elisa fern. Sie muß nämlich ...«, er betonte es sarkastisch, »... ihr Studium zu Ende bringen.«

Damit zog Papa seinen Hut vor Saint-Aulaire, der ihm zufrieden zulächelte, als hätten sie ein Komplott gegen mich und Ancelin geschmiedet.

»Elisa! Wir gehen!«

Während Papa mich hinauszerrte, versuchte ich Ancelin wenigstens noch ein letztes Lächeln zu schenken. Er sah mir verzweifelt nach, aber dann, kurz bevor er außer Sichtweite war, legte er seine Hand vor den Mund und blies durch die Luft einen Kuß zu mir hin.

»Wo hast du denn diesen Galgenvogel aufgetrieben?« fragte Papa auf dem Heimweg. »Ich muß sagen, meiner Tochter hätte ich mehr zugetraut.«

»Ancelin ist ein guter Mensch!« erwiderte ich. »Er war für uns da, während du weg warst. Dir war doch egal, ob wir verhungern. Du hast uns im Stich gelassen, während Ancelin uns geholfen hat!«

»Wenn du nicht still bist, werde ich dir helfen!«

Ich kannte diesen Ton und verschluckte, was ich sagen wollte. Es hätte ohnehin nichts ändern können. Was Papa sagte, war Gesetz, und nur ein Selbstmörder hätte sich dagegen aufgelehnt. Kein Wort mehr hörte ich von Ancelin, der auf seine Güter zurückgekehrt war. Nach ein paar Wochen ohne Ancelin tauchte Michel Lévy wieder auf, der mich von der Salle Molière nach Hause brachte. Ich war gewissermaßen zurück in meinem alten Trott.

»Du mußt zum Théâtre français, Elisa«, erklärte Michel mir schwärmerisch. »Mitglied der Comédie française. Eine Priesterin im Tempel der Kunst! Reich und angesehen wirst du werden! Schaust du mich noch an, wenn ich ein armer Rebbe bin?«

»Sei nicht blöd, Michel!«

An einem Sonntag im Juli 1835, als die Hitze in den engen Straßen flirrte, sollte ich einmal wieder die Königin von Kastilien spielen. Als ich zur Probe kam, empfing mich Monsieur Saint-Aulaire, der sonst so kühl und korrekt war, mit flatternder Nervosität.

»Elisa, komm in die Garderobe! Heute müssen wir eine große Königin aus dir machen! Léa leiht dir ihr Seidenkleid.«

Léa – die Schönheit unserer Schule? Ihr champagnerfarbenes Seidenkleid, das ihr Herr de Vries geschenkt hatte, bevor er für immer nach Holland verschwand? Dieser Gedanke erschien mir geradezu phantastisch! Doch dann hing es wirklich schon in dem dunklen Verschlag, den wir unsere Garderobe nannten. Léa persönlich half mir hinein. Was ging hier vor?

»Du wirst sehen.« Mein Lehrer machte ein geheimnisvolles Gesicht.

Ich ließ mich kämmen, ließ mir Bänder in die Haare winden, wobei Léa wie unabsichtlich an meinen Zöpfen riß. Sie malte mir blühende Wangen ins Gesicht und umrandete meine Augen mit ihrem Stift, bis sie so schwarz wie Kohlen wirkten. Schließlich nickte Monsieur, der uns die ganze Zeit mit verschränkten Armen beobachtet hatte.

»Genug! Jetzt komm!« Etwas unsanft schob er mich vor sich her, da er die ersten Anzeichen des Lampenfiebers bei mir bemerkt zu haben schien. »Kein Grund, dich aufzuregen, Elisa. Du mußt nur dein Bestes geben. Vertrau einfach deinem Instinkt.«

In dem Moment, als ich von der Bühne ins Dunkel des Zuschauerraums blickte, verstummten die Fragen, die durch meinen Kopf geschwirrt waren. Nach den ersten rauh und heiser vorgetragenen Versen hörte ich selbst wie aus weiter Ferne, daß meine Stimme fest und fester wurde. Die kleine, häßliche Elisa hörte auf zu existieren und verschmolz mit der großen Königin von Kastilien, die den Saal regierte – und der dann heftig applaudiert wurde.

Monsieur Saint-Aulaire kam mir hinter der Bühne entgegen und strahlte. Als er einen Schritt zur Seite machte, trat ein imposanter Herr aus dem Schatten einer Säule. Er hatte silbergraues, welliges Haar, das über der Stirn leicht toupiert war. Seine Augen in dem fleischigen, markanten Gesicht glitzerten, und ein Zug um seinen herrischen Mund verriet, daß er sich durchzusetzen verstand. Er trug einen makellosen Anzug, nur sein Halsbinder saß verwegen schief.

»Majestät!« Er hatte eine wohltönende Stimme und verneigte sich vor mir. »Enchanté, die Königin von Kastilien kennenzulernen. Ich habe schon viel von dero Gnaden gehört!«

»Das ist Monsieur Samson von der Comédie.« Mein Lehrer hatte einen ehrfürchtigen Ton angenommen. »Er war der Schüler des großen Talma!«

»Mon Dieu!« Ich starrte ihn an, und er lächelte, so daß seine kleinen weißen Zähne schimmerten.

»Petite Diablesse!« erklärte Samson gravitätisch. »Dein Ort ist das Théâtre français. Darauf kann dich nur das Conservatoire vorbereiten. In drei Wochen ist Aufnahmeprüfung. Ich wünsche, daß du dich bewirbst!«

# 9

In den nächsten Wochen fieberte ich nur noch der großen Prüfung entgegen. Nach langen Beratungen zwischen meinem Vater und Monsieur Saint-Aulaire studierte ich die Rolle der Salema sowie die gewaltige Abschiedsrede des Orest aus der Andromaque von Racine, eine der stärksten Rollen des klassischen Repertoires, eine Männerrolle, mit der ich zeigen sollte, daß ich wandlungsfähig war. Es war harte Arbeit, und bald lebte ich nur noch in der Welt der Illusion. Kaum, daß ich mich zum Essen zwingen konnte! Ich war so aufgeregt! Papa ging es kaum besser. Er hatte mich von den Haushaltspflichten befreit, und unsere Wohnung versank im Chaos, während wir am großen Tisch saßen und lernten.

»Sie braucht ein neues Kleid«, stellte Maman eines Abends fest.

»Ein Kleid? No, wird vielleicht ihr modischer Geschmack geprüft?«

»Ach, Jacob!« Maman biß einen Faden ab. »Es ist nun mal so, daß die Menschen nach dem äußeren Eindruck gehen. Wie man aussieht, bestimmt das Urteil, das andere über einen haben. Ich hab euch ja immer gesagt, daß man auf sich halten muß.«

Ich muß zugeben, daß ich mir ein neues Kleid sehnlichst wünschte, ich konnte den schäbigen Kittel nicht mehr sehen. Allerdings war auch ich überzeugt, daß ich mit oder ohne Kleid die Prüfung bestehen würde.

»Talent«, sagte Monsieur Saint-Aulaire in einer seiner unzähligen Unterrichtsstunden, »ist nichts anderes als Fleiß.«

Jeden Tag zogen wir uns nun in sein Büro zurück, und er erklärte mir die Feinheiten in der Rolle des Orest. Der Held, den ich verkörpern sollte, verfiel in glühender Liebe der Hermione, die wiederum eifersüchtig den König Pyrrhus liebte, dessen Herz Andromaque gehörte, die sich vom toten Hektor nicht lösen konnte. Eine tragische Verflechtung.

»Es ist das erste bedeutende Bühnenwerk von Racine«, sagte Monsieur Saint-Aulaire. »Es lebt von der Heftigkeit der Gefühle, von Leidenschaft, die bis zu Mord und Wahnsinn geht. Für jeden wird die Liebe zur alles zerschmetternden Gewalt. Es gibt kein Entrinnen außer dem Tod. Du mußt dir vorstellen, daß die Welt aus nichts anderem als diesem Ziel besteht, Elisa. Deine Gefühle müssen wie ein Feuersturm sein.«

Natürlich konnte ich es nicht bis in die letzten Tiefen begreifen, aber was ich verstand, war das Leid. Ich kannte die Verzweiflung, die unbändige Macht eines großen Wunsches, und diesem Gefühl konnte ich Ausdruck verleihen. Mein Orest war beseelt von der Wut. Das allein war jedoch noch nicht genug. Monsieur Saint-Aulaire machte mir klar, daß ich den Atem sparen müsse, um zum Finale meiner Rede hin immer noch an Leidenschaft zulegen zu können.

»Jeder Gedanke ist nur so lang, wie der Atem ihn trägt. Du mußt gut mit deinen Kräften haushalten! Deine Rede beginnt mit einem Donner und muß sich immer noch steigern, es wäre nicht gut, wenn das Gewitter am Ende leise vergeht. Es muß blitzen und krachen!«

Dann erzählte mir mein Lehrer eine jener vielen Anekdoten aus der Geschichte des Théâtre français.

»Vielleicht hast du von Montfleury gehört? Montfleury war der erste Schauspieler, der die Rolle des Orest spielte. Aber seine Atemtechnik war falsch. Er verschoß gleich am Anfang sein Pulver. Und weißt du, was dann passiert ist? Im letzten Akt ist er an Erschöpfung gestorben!«

Auch das war Leidenschaft, auch das war Wahnsinn: für die Kunst den letzten Atemhauch zu geben.

Unterdessen war mein Vater nach langem Gezeter und Gefeilsche zu dem Schluß gekommen, daß ich kein neues Kleid bekommen würde.

»Ein wirklich erstklassiges Kleid können wir uns ohnehin nicht leisten. Ein anderes wäre Mittelmaß. Also geh hin, und trag deine Armut mit Würde. Wenn du erst deklamierst, denkt ohnehin keiner mehr daran, wie du aussiehst.«

Ich traute meinen Ohren nicht: War das etwa ein Kompliment gewesen? Es entschädigte mich fast für das Kleid, das ich nicht bekommen würde. Kaum je hatte ich ein Lob aus seinem Mund gehört. Doch je näher die Prüfung am Conservatoire herbeirückte, desto dringender brauchte ich Lob. Mit jedem Tag verlor ich an Sicherheit. War das, was ich machte, wirklich gut? Oder hatte ich den Verstand verloren, mich an der heiligen Stätte des französischen Theaters zu bewerben? Reichte mein Französisch aus? Hatte ich genug Stimme?

»Hör auf«, blaffte Monsieur Saint-Aulaire mich an, als ich ihn wieder einmal mit einem atemlosen Schwall Fragen bedrängte. »Du machst dich und deine Umgebung verrückt! Du bist nicht die erste, die diese Prüfung macht. Und du wirst auch nicht die letzte sein.«

Natürlich nicht, aber ich wollte eine neue Mademoiselle Mars werden, von der man in Paris nur mit größtem Respekt redete. Und das aufregendste war: Bei meiner Prüfung würde die verehrte Schauspielerin zugegen sein. Mademoiselle Mars würde über mein Talent zu urteilen haben.

»Du Ärmste«, sagte die hübsche Léa. »Mademoiselle Mars soll einfach schrecklich sein! Sie kennt nur sich und ihre Kunst und soll ein Herz aus Marmor haben. Weißt du, daß sie schon weit über Fünfzig ist? Sie haßt alle jungen Mädchen.«

Ich versuchte, mir nicht anmerken zu lassen, wie mich das verstörte: Mußte Léa mich noch nervöser machen?

Mein Vater zuckte mit den Achseln, wenn ich ihm mit meinen Zweifeln kam. »Ist doch kein Wunder, daß sie versucht, dich aufzuhetzen. No, die wird platzen vor Neid!«

»Aber sie ist doch meine Freundin!«

»Ist sie vielleicht zur Prüfung eingeladen? Bei der Kunst hört die Freundschaft auf. Vor allem bei denen, die keine wahren Künstler sind.« Papa lachte traurig. »Wer wirklich gut ist, wird deine Leistung immer anerkennen. Aber was die anderen betrifft – ich fürchte, du weißt überhaupt nichts über die Welt. Sie tun nur so, als ob sie es gut meinen, und benutzen das Mäntelchen der Freundschaft und Besorgnis, um dir zu schaden. Vielen ist nicht einmal klar, was sie da tun. No, heimlich hofft Léa, daß du bei der Prüfung durchfällst!«

An diesem Abend schloß ich mich in meiner Besenkammer ein und starrte an die Decke: War es möglich, daß die ganze Welt nur aus Eigennutz und Bosheit bestand? Und wenn es so war, warum entwarfen die Dichter und Dramatiker eine ganz andere Welt?

Am Vorabend meiner Prüfung ließ es Maman sich nicht nehmen, meinen roten Baumwollrock mit den weißen Tupfen selbst aufzubügeln. Sie besserte auch die Nähte aus. Der Waschzuber wurde vor den Herd gezogen, und ich durfte ganz allein darin baden, ohne gekocht zu werden wie ein Hummer! Maman rollte meine dünnen dunklen Haare auf.

»Über Nacht wirst du schöne Locken kriegen!«

Kurz vor dem Abendessen hörte Papa mich noch ein letztes Mal ab.

»Perfekt, Elisa. Jetzt hast du getan, was du konntest. Du hast alles getan. Geh schlafen. Es wird schon gutgehen.«

Maman hatte mir eine gute Hühnerbrühe gekocht. Später, als ich im Bett wach lag und mich in meinen Träumereien in den großen klassichen Rollen der Athalie, der Hermione, der Phädra gefeiert sah, klopfte es an die Tür zu meiner Kammer. Meine Mutter brachte mir ein Glas Milch.

Sie setzte sich auf den Rand meiner Pritsche. »Trink das in kleinen Schlucken, dann wirst du gut schlafen können.«

Während ich gehorsam das Glas umfaßte, betrachtete sie

mich mit dem weichen Blick, den ich schon so lange nicht mehr an ihr gesehen hatte.

»Wer hätte das gedacht«, murmelte sie. »Meine Tochter geht zum großen Theater. Was wäre meine Mutter stolz gewesen.«

»Und dein Vater?« Über den Rand des Glases hinweg sah ich sie an. In der Vergangenheit hatte sie kaum über ihren Vater gesprochen.

»Tate!« Sie blickte irgendwohin ins Leere, und es kam mir so vor, als spreche sie zu sich selbst. Ihre Stimme nahm einen sehnsüchtigen, zärtlichen Ton an. »Rabbi Salomon. Ich würde so gern wissen, ob er noch lebt.« Dann betrachtete sie mich aus ihren blauen Augen. »Ich sag dir was, mein Papa war ein sehr gelehrter Mann! Seine Familie war aus Lissabon nach Prag gekommen. Sein Vater war auch Rabbiner gewesen und sein Vater vorher auch. Man sagt, daß wir in direkter Linie vom Gelehrten Schammai abstammen, vielleicht sogar vom Propheten Samuel. Ich war das jüngste Kind, die einzige Tochter. Ich glaube, auf seine Weise hat Papa mich sehr geliebt. Fast so sehr wie seine Kommentare zum Talmud.« Sie machte eine ratlose Handbewegung. »Dann ist dein Vater in mein Leben gekommen. Er gefiel dem Rabbiner Salomon nicht. Ein Schlemihl, hat Papa gesagt. Er wird dich unglücklich machen. Und dann hat er ihm das Haus verboten, ein vornehmes Haus in der Nähe des Hradschin, das uns gehörte. Ich mußte mich zwischen Reichtum und Ansehen und der Liebe entscheiden. Ich habe die Liebe gewählt, ich wollte deinen Vater zum Mann! ›Ich verstoße dich‹, hat der Rabbi gerufen. ›Du wirst ein Leben in Armut und Unglück führen!‹ Und als er sah, daß mich das nicht schreckte, fing er an zu betteln: ›Bitte, Therese, wir werden einen guten und gelehrten Mann für dich finden!‹«

Maman griff nach meiner Hand. »Ich habe deinen Vater genommen. Ich bin fort aus unserem vornehmen Haus und habe seither keinen Pfennig mehr bekommen und nichts mehr von meiner Familie gehört. In meinen Träumen sehe ich manchmal meine Eltern und meine Brüder und die Bibliothek und das schwere Silber. Manchmal habe ich meine Entscheidung schon schwer bereuen müssen. Aber heute abend«, das Mondlicht fiel in die Kammer und überflutete ihr sanftes Gesicht, »bin ich froh, daß ich meinen Jacob genommen habe und daß ich meiner inneren Stimme gefolgt bin. Alles, was im Leben zählt, ist die Liebe, Elisa. Und aus der Liebe bist du hervorgegangen.« Sie hauchte mir einen Kuß auf die Nasenspitze. »Ich bin stolz auf dich!«

Am nächsten Morgen brachte Papa mich zur Salle Molière, wo Monsieur Saint-Aulaire uns schon erwartete. Er betrachtete erstaunt mein Haar, das sich über Nacht gelockt hatte.

»Mon Dieu, gar nicht so übel. Obwohl es dich noch kleiner macht.«

»Sie sieht wunderschön aus«, sagte Papa mit Nachdruck.

Schön oder nicht – ich hörte es kaum und war so aufgeregt, daß ich die Welt wie durch einen Schleier zu sehen glaubte. Saint-Aulaire faßte mich am Kinn und zog mein Gesicht hoch.

»Ich weiß, daß es furchtbar ist, ma petite diablesse, aber du wirst es schaffen. Und jetzt«, ein kurzer Blick zu Papa, »wäre es besser, wenn Monsieur Félix nach Hause ginge. Ich glaube, er ist noch aufgeregter als wir. Wir zwei, Elisa, schaffen das schon alleine.«

»No, geben Sie gut acht! Daß sie bloß nicht noch kneift! Ich kenne meine Tochter. Sie hat Prüfungsangst.« Mein Vater griff nach seinem Hut und wandte sich zum Gehen. »Ich warne dich Elisa«, sagte er, während er schon in der Tür stand. »Ich bin auch einmal davongelaufen und habe es mein Leben lang bereut. Deine Mutter hat es mir oft genug vorgeworfen. Vielleicht wäre ich ein guter Rabbiner geworden; ich habe es nie herausfinden können!«

Der letzte Aufschub, die Fahrt zum Théâtre français, war viel zu kurz. Am liebsten wäre ich aus der Kutsche gesprungen und ins Marais zurückgekehrt. Aber dann waren wir angekommen, und Saint-Aulaires Hand schloß sich wie eine Eisenklammer um meine. Wir gingen die breiten Treppen hinauf.

»Du wirst es schaffen, Elisa. Die Salema ist deine Paraderolle. Du brauchst dich nur auf deinen Instinkt zu verlassen.«

Ich hörte kaum, was mein Lehrer sagte. Mir war so schwindelig, und ich hatte das Gefühl, als ob meine Knie jeden Augenblick unter mir nachgeben würden. Wir durchquerten einen großen Flur; von irgendwo hallte Gelächter. Auf einer Bank saß ein Mädchen in weißen Strümpfen und mit goldblonden Zöpfen. Sie weinte, während eine beleibte Matrone mit ihr schimpfte.

»Komm, Elisa.«

Monsieur Saint-Aulaire schob mich weiter, und wir betraten einen saalartigen Raum. Ein Grüppchen vornehm gekleideter Damen und Herren unterhielt sich sehr leise. Als wir hereinkamen, musterten mich die Olympier. Ich sah in blasierte, bestenfalls gleichgültige Gesichter. Nur Monsieur Samson lächelte kurz, als er mich erblickte. Die anderen, so vermutete ich, nahmen Anstoß an meiner schäbigen Kleidung.

»Elisa Félix«, sagte mein Lehrer, der meine Hand nicht losgelassen hatte. »Als erstes wird sie die Salema vortragen.«

»Die Salema?« fragte eine imposante Dame. In ihrem senfgelben Brokatkleid erinnerte sie mich an eine Statue. »Ist das nicht zu schwer für das Kind? Was weiß sie schon über das Leben?«

»Vermutlich mehr als wir. Sie hat auf der Straße gesungen und Blumen verkauft, um ihre Familie zu ernähren. Ich bin sicher, Mademoiselle Mars, daß ihr Spiel Sie überzeugen wird.«

»Dann leg mal los, ma petite. Zeig, was du kannst.«

Die Olympier schritten sehr würdevoll zu einer Gruppe

von Stühlen; die kalt gleißende Augustsonne, die durch die hohen Fenster einfiel, ließ ihre Gesichter blaß und hart aussehen. Ich stand vor ihren Blicken und wußte nicht, wohin mit mir und meinen Händen.

»Hier?« fragte ich Saint-Aulaire entsetzt. »Nicht auf der Bühne?«

Mein Lampenfieber legte sich doch erst, wenn die Gesichter in der Dunkelheit verschwammen.

»Elisa!« zischte mein Lehrer. »Konzentrier dich. Du bist in der Wüste. Hab Mut! Und fang an!«

Ich schloß die Augen. Doch nichts geschah. Vor meinem inneren Auge blieben die kritischen Gesichter, verschmolzen zu einer Maske aus Feindseligkeit. Keine Wüste weitete sich vor mir aus. Ich war und blieb die häßliche Elisa Félix aus einer armen jüdischen Familie, die sich in den Olymp verirrt hatte. Ich spürte, wie ich zitterte. Ein Rauschen dröhnte in meinen Ohren, das stärker war als alle Worte. Ich brachte keinen Ton heraus.

»Sie braucht noch einen Moment.« Die Stimme meines Lehrers klang beschwörend. »Elisa!«

Es half nichts, ich mußte beginnen. Die Wörter holperten von allein heraus, doch sie verbanden sich nicht zu Versen. Hölzern stand ich da, die Arme wie an meinem Körper festgeklebt. Ich deklamierte nicht, ich sagte auf. Ohne die Augen zu öffnen, konnte ich die ablehnende Stimmung meiner Zuschauer spüren. Ich leierte den Text immer schneller herunter, nur, um die schreckliche Situation rasch hinter mich zu bringen. Als ich geendet hatte, betrachtete ich den Marmorboden, um nicht in die Gesichter der Olympier schauen zu müssen.

»Kollege Saint-Aulaire«, ließ sich eine schneidige Stimme vernehmen. »Sie verschwenden unsere Zeit.«

»Ganz Ihrer Meinung, Provost! Ist Ihnen klar, daß wir heute noch dreißig Bewerber hören müssen, begabte Bewerber.«

»Nun, man kann sich irren«, rief eine hübsche, jüngere

Frau, die ich neben Mademoiselle Mars sitzen sah, als ich es endlich wagte, den Blick zu heben. »Auch ein Monsieur Samson ist nicht vor Irrtümern gefeit. Sagen Sie, werter Kollege, haben Sie uns nicht dieses Kind empfohlen?«

Ich blickte zu ihm. Der große Samson verschränkte die Arme und schwieg, sagte nichts, nicht ein Wort zu meiner Verteidigung! Unterdessen blickte der Mann, den die anderen Monsieur le Directeur nannten, bedeutungsvoll auf sein Chronometer.

»Saint-Aulaire, nehmen Sie uns das Urteil bitte nicht übel. Die Kleine ist nicht hübsch, sie hat keine Stimme und kein Talent. Ich denke, die Prüfung ist damit beendet. Au revoir, Mademoiselle. Oder vielleicht sage ich besser – Adieu?!«

Ein taubes, flaues Gefühl breitete sich in meinem Magen aus. Ich hatte versagt und mochte gar nicht daran denken, was Papa sagen würde! Nun würde ich niemals eine große Schauspielerin werden! Wie sollte ich das überleben? Und sowie es möglich war, würden sie mich mit Michel Lévy unter die Chuppe schicken. Nein! begehrte es in mir auf! Das durfte nicht sein!

»Monsieur le Directeur!« fing mein Lehrer ganz unterwürfig an. »Sie ist nur aufgeregt. Wir sollten ihr eine zweite Chance geben.«

»Aufgeregt?« fragte der schneidige Provost. »Wie sollte das denn dann auf der Bühne werden?«

Ich spürte, wie mir die Röte ins Gesicht stieg. Hatten diese Olympier denn überhaupt keine menschlichen Züge?

»Freunde!« Plötzlich erklang die Stimme von Mademoiselle Mars. »Daß ich hier vorgesprochen habe, ist ein halbes Leben her. Aber ich werde es niemals vergessen. Es war auch in diesem Raum. Mir ist der Text nicht mehr eingefallen. Zum Glück half mir die große Adrienne Lecouvreur aus der Verlegenheit. Auch sie kannte dieses Lampenfieber. Du siehst, ma petite, so etwas kann jedem passieren. Talent bedeutet, daß man notfalls auch beim zweiten Versuch besteht … Also«, ihr Blick wurde streng, »zeig uns, was du kannst.«

»Elisa«, mein Lehrer versetzte mir einen Rippenstoß, »wird jetzt die Rede des Orest vortragen.«

Diesmal hörte ich das entsetzte Murmeln der Olympier kaum, die es vermutlich für respektlos hielten, daß ein junges Mädchen wie ich sich an die große Männerrolle, dieses Meisterwerk der Schauspielkunst wagte! Ich konzentrierte mich auf die kalte Wut, die ich in mir fühlte. Ich war nur noch beseelt von dem Wunsch, es diesen eingebildeten Olympiern zu zeigen, so wie Orest, wenn er sich aus verschmähter Liebe und verletztem Stolz das Leben nimmt. Nie zuvor hatte ich Racine so gut verstehen können wie in diesem Augenblick.

Ich sammelte mich, um Atem zu holen, diese unendliche große Menge an Luft, die ich für den Vortrag brauchte. Dann trieb ich meine Rede voran, meine Wut, meine Kraft nahmen mit jedem Wort zu, und ganz am Ende durchschnitt meine Hand die Luft, als durchbohrte ich mir selbst das Herz mit einem Pfeil. Lieber mit Mut im Herzen sterben als ein Feigling sein!

Als ich fertig war, mußte ich mich gegen die Wand lehnen. Kleine silberne Sterne tanzten vor meinen Augen. Die Stille brauste in meinen Ohren. Mein Atem beruhigte sich, ich bekam wieder Luft. Dann erklang Applaus. Ich sah, daß Mademoiselle Mars mir begeistert Beifall spendete.

»Ihre rauhe Stimme spricht gegen sie«, hörte ich den Direktor raunen. »Aber unzweifelhaft hat sie Verstand.«

»Armseliges Aussehen«, stellte die hübsche Dame fest. »Doch sind durchaus Ansätze von Talent zu erkennen.«

»Du untertreibst, Sylvia. Bemerkenswerte Qualitäten.«

»Sie ist völlig unscheinbar«, rief Samson dazwischen. »Aber ihre Leistung ist bewundernswert. Wir müssen sie unbedingt aufnehmen.«

Vielleicht hatte er zuvor nichts gesagt, um sich das Gewicht seiner Stimme für diesen Augenblick aufzuheben.

Eine Stille trat ein, in der ich mein Schicksal schon besiegelt glaubte. War ich angenommen? Aber dann meldete sich der schneidige Monsieur Provost erneut zu Wort.

»Wenn ich mir die klassischen Rollen vorstelle ... Ist sie für unser Repertoire nicht doch etwas klein?«

»Pah!« rief Mademoiselle Mars. »Ihr kennt wohl nicht die Tradition? Mme Maillet, diese Legende, ist auch von kleinem Wuchs gewesen. Format hat nichts mit Körpergröße gemein! Außerdem ist sie jung. Sie wird noch wachsen.«

Erst ganz langsam, nachdem unsere Droschke längst schon vor unserem Haus gehalten hatte, konnte ich alles begreifen. Ich zitterte am ganzen Leib. Als Maman mir die Tür öffnete, brach ich in Tränen aus; nun endlich konnte die Anspannung sich entladen. Meine Mutter umarmte mich, um mich zu trösten.

»Macht doch nichts, Elisa! Dann schaffst du's halt beim nächsten Mal!«

»Aber Maman!« rief ich. »Ich bin doch aufgenommen! Und stell dir vor! Sie haben mir ein Stipendium versprochen!«

## 10

Sechshundert Francs würde mir das Théâtre français jährlich bezahlen – eine Summe, die für uns damals ein kleines Vermögen war. Zum ersten Mal beneidete mich sogar Sarah. Zwar war sie inzwischen am Conservatoire de la Musique aufgenommen, doch niemand hatte ihr ein Stipendium angeboten. Auch mußte sie jetzt wieder bei meinen Eltern leben. Mit all ihren weißen Rüschen und Stiefelchen, die sie von ihren feinen Freundinnen an Monsieur Chorons Internat geerbt hatte, kehrte sie in unsere Wohnung zurück – wo sie als erstes meine Besenkammer beanspruchte.

»Ich bin die Älteste! Du kannst bei den Kleinen schlafen, Elisa.«

Bald mußte ich einsehen, daß ich selbst von meinem Stipendium nicht einen Sou abbekommen würde. Meine Mutter, die unsere kleinen Geschwister zu versorgen hatte, würde den Haushalt nun ohne meine Hilfe führen müssen, sie konnte folglich nicht mehr nähen, und die Einkünfte meines Vaters reichten kaum für Sarahs Schulgebühren am Conservatoire de la Musique.

»Kann ich von meinem Geld nicht wenigstens einen neuen Rock haben?« bettelte ich bei Maman. »Der alte ist zu kurz geworden.«

»Vielleicht ist ja Sarah so nett und gibt dir eins ihrer Kleider. Ich könnte es für dich passend machen.«

»Worin soll ich dann auftreten?« brauste Sarah auf. »Papa! Du sagst doch immer, daß die Schönheit mein Kapital ist! Bei Elisa ist sowieso nichts zu machen.«

»Vielen Dank.« Ich war schnippisch, um meine Verletztheit zu überspielen. Warum mußten sie immer noch in meiner Wunde rühren? Ich wußte doch selbst, daß ich keine Schönheit war.

Papa seufzte etwas hilflos. »Sarah ist eine junge Dame. Aber du, Elisa, bist noch ein Kind. Maman kann deinen Rock etwas länger machen.«

Am ersten Schultag mußte ich das ehrwürdige Conservatoire mit meinem Tupfenrock betreten, seine Marienkäfer-Farbe war inzwischen fast verblichen. Um ihn passend zu machen, hatte Maman einen breiten weißen Saum angesetzt. Was für eine Blamage neben den anderen Mädchen, die so hübsch aussahen! Eines der Mädchen mit Ringellocken über dem blassen Gesicht musterte mich richtig angewidert. Vermutlich waren ihre Stubenmädchen besser gekleidet als ich.

»Bonjour, Mesdemoiselles.«

Unser neuer Lehrer schritt herein – und als ich ihn sah, hätte mir fast das Herz ausgesetzt. Es war nicht Samson, wie ich erwartet hatte, sondern Monsieur Provost, mein Feind in der Prüfung. Als er mich in der Klasse entdeckte, glaubte ich ein nervöses Zucken in seinem Gesicht zu sehen. Sein Blick wanderte weiter über die Köpfe hinweg und verharrte schließlich auf dem eingebildeten Mädchen mit den Ringellocken, das ihm offenbar besser gefiel. Er lächelte.

»Willkommen in der Hölle, Mesdemoiselles. Ich werde ein Jahr lang die Grundausbildung mit Ihnen machen. Damit wir uns gleich richtig verstehen: Ich lege größten Wert auf Fleiß und Pünktlichkeit. Voilà, wenn Sie das berücksichtigen, werden wir uns blendend verstehen.«

Noch in derselben Stunde begann er mit uns über den »Tartuffe« von Molière zu sprechen. In meinen Ohren klangen seine Erklärungen ziemlich geschraubt.

»Molière ist der einzige große Mensch, der zwischen Rabelais und Napoleon auf französischem Boden geatmet hat. In sein Werk ist der ganze Reichtum unserer Nation eingegangen, er hatte himmlische Heiterkeit und abgründigen Ernst, ja, man kann ihn als jüngeren Bruder Shakespeares bezeichnen.«

Ich blickte hinaus durch das große Atelierfenster, vor dem der Herbstwind die Blätter aufwirbelte, und dachte zurück an die Salle Molière, wo ich nun auf der Bühne gestanden und deklamiert hätte, statt einen Vortrag anzuhören.

»Elisa Félix!« Erschrocken mußte ich feststellen, daß Monsieur Provost sich drohend vor mir aufgebaut hatte. »Kennst du das Stück?«

»Sicher, Monsieur!« Ich sagte es mit allem Hochmut, den eine fast Fünfzehnjährige aufbringen kann. »Die Rolle der Dorine ist mir vertraut. Ich habe sie schon oft vor Publikum gespielt.«

»Aha«, gab er schneidig zurück. »Dann brauchst du ja keinen Unterricht.«

Die anderen Mädchen kicherten, und ich konnte spüren, wie ich einen roten Kopf bekam.

Monsieur Provost behandelte mich abweisend und kalt,

sofern er mich überhaupt zur Kenntnis nahm. Nichts war zu spüren von der Freundlichkeit, mit der Monsieur Saint-Aulaire mich gelobt und gefördert hatte. Bald fühlte ich mich so nichtsnutzig wie einst im Pensionat. Weil die spürbare Abneigung meines neuen Lehrers mich traf und verunsicherte, hörte ich auf, mir noch viel Mühe zu geben. Es war ohnehin umsonst! In den seltenen Momenten, wenn ich einmal vor der Klasse sprechen durfte, merkte ich selbst, wie ungelenk und lustlos ich mich anhörte. Provost nickte dann in sich hinein, als hätte er ja immer schon gewußt, daß nichts anderes zu erwarten wäre. Ich haßte ihn und mich. Jiddischer Massel – die Zufälle, so glaubte ich, arbeiteten gegen mich. Warum nur war ich nicht in die Klasse von Samson gekommen?

Der Schüler Talmas hatte nicht nur einen Ruf als großer Schauspieler, er galt auch als hervorragender Lehrer. Hin und wieder setzte er sich hinten bei uns in die Klasse, ohne ein Wort zu sagen. Dennoch bildete ich mir ein, daß er ein ermutigendes Lächeln für mich hatte. Wenn er in die Klasse kam und ich zufällig ein paar Verse vortragen durfte, wurden meine Leistungen gleich viel besser. Die Ruhe, die er ausstrahlte, tat mir gut, und sein Lächeln spornte mich an.

»Monsieur«, sprach ich ihn eines Tages im Februar an, als Provost mich wieder einmal vor aller Augen gedemütigt hatte. »Kann ich nicht in Ihre Klasse kommen?«

»Mais non, vollkommen unmöglich! Ich kümmere mich nur um die älteren Schüler. Das ist die Regel in diesem Haus. Provost die Neuen, ich die Fortgeschrittenen. Du mußt lernen, dich zu fügen, Elisa.«

Ich wollte weiter bitten, wie ich es von zu Hause gewohnt war: Wer bei uns etwas durchsetzen wollte, mußte hartnäckig bleiben. Bitten, betteln, weinen, schreien, bis Maman aus nervlicher Zermürbung seufzte und nachgab. Doch bei Monsieur Samson biß ich auf Granit.

In niedergeschlagener Stimmung kehrte ich in meine Klasse zurück. Ich haßte es! Nie eine Rolle sprechen, nie vor Publikum stehen! Statt dessen stumpfsinnige kleine Atem- und Sprechübungen. Eine ständige Unterforderung, wie ich meinte. Bald teilte Provost uns Mädchen in zwei Klassen ein: die Hübschen und die Häßlichen. Es war ganz einfach: Die hübschen Mädchen sollten die Rollen der trauernden Heldinnen spielen, wir anderen die Rasenden.

Mir, die ich natürlich die Häßlichste war, erklärte er schroff, wie ich die Rasende darstellen sollte. Ich sollte tief einatmen, viel Luft in meine Brust pumpen, steif dastehen und vor der Klasse wütend brüllen. Das war falsch, wie ich genau wußte. So war es nicht mit dem Zorn und der Verzweiflung. Trauer gehörte dazu, Stille, Bewegung, Tobsucht, Leidenschaft. Aber Monsieur Provost ließ mich nicht einmal ausreden. Ich glaube, er fand meinen Widerspruchsgeist unerträglich.

»Ich bin hier der Lehrer, Elisa. Du wirst tun, was ich dir sage.«

Zu Hause hatte man mir beigebracht, niemals blind zu gehorchen. Doch als ich mich bei meiner Mutter beschwerte, sagte sie nur: »Hat man dich gezwungen, ans Conservatoire zu gehen? Jetzt bist du dort, jetzt wirst du bleiben müssen.«

Mein Vater blickte mir streng in die Augen. »Wenn man etwas erreichen will, darf man nicht gleich bei der ersten Schwierigkeit aufgeben! Wäre unser Volk sonst je den Fängen des Pharaos entkommen?«

Die einzige, die mich tröstete, war meine kleine Rébec, mit der ich das Bett teilte, seitdem Sarah mir meine Kammer weggenommen hatte. In der Nacht klammerte sie ihre runden Ärmchen um mich.

»Du bist die Beste, Elisa.«

Eines Nachmittags bekam ich endlich eine Chance. Provost forderte mich auf, ein langes Stück aus der »Dorine« vorzutragen. Mit Triumph im Herzen stand ich auf. Jetzt würden sie staunen, jetzt würde ich, die Königin der Salle Molière, ihnen zeigen, was in mir steckte. Ich schloß kurz die Augen und begann. Bis heute weiß ich genau, was damals geschah. Vielleicht war ich mir zu sicher, vielleicht auch war der Druck zu groß, den ich mir selber machte. Jedenfalls setzte irgend etwas bei mir aus. Ich fiel in den alten Dialekt zurück. Ich zitierte Molière und redete Jüdisch-Deutsch.

»Genug!« Monsieur Provost strich sich das eisgraue Haar aus der Stirn. »Sofort aufhören! Du kannst ja nicht einmal Französisch. Sag, was hast du gemacht, bevor du ans Theater kamst, Elisa?«

»Ganz früher«, stammelte ich, den Tränen nahe vor Erniedrigung, »haben wir Dinge auf der Straße verkauft.«

»Nun, dann solltest du damit wieder anfangen. Ans Theater gehörst du jedenfalls nicht.«

Auf dem Weg nach Hause konnte ich nicht aufhören zu weinen. Was nützte mir der Tempel der Kunst, die Comédie, wenn niemand mich dort wollte? Ich war nur die kleine, häßliche Elisa, die Frankreichs großen Dichter verhunzte. Wäre ich doch niemals fortgegangen aus der Salle Molière! Ich hatte solche Sehnsucht nach den rußenden Öllampen, nach den Tabakwolken im Zuschauerraum und dem Applaus.

Zu Hause, wo meine Familie am großen Tisch über den Suppentellern saß und mit vollem Mund über alles und nichts diskutierte, erzählte ich kein Wort von dem, was mir in der Klasse widerfahren war. Ich setzte ein Lächeln auf und zwang mich zum Essen. Mich den Eltern anzuvertrauen hätte mir nur noch mehr Ärger eingebracht. Erst wären sie mir in den Rücken gefallen, und dann hätten sie sich nur Sorgen gemacht. Was war, wenn ich von der Schule flog? Wir brauchten mein Geld zum Überleben!

Sarah, die immer schöner wurde, demoralisierte mich außerdem. Beim Abendessen hatte sie stets von Erfolgen zu erzählen: Wie jener Professeur sie ermutigt, wie ein anderer sie gelobt hatte. Getadelt oder gedemütigt wurde sie offenbar nie. Lag es nur daran, daß sie dieses goldene Haar und die weichen Züge hatte? Was sollte ich daraus schließen?

Waren meine lange Nase und das dünne Haar der Grund, daß Provost mich so sehr quälte?

Er verhielt sich gegenüber der schönen, eingebildeten Marie mit den Ringellocken wie mein Vater zu Sarah. Was sie auch tat – in den Augen meines Lehrers machte sie es immer richtig. Vielleicht kam ihr zugute, daß sie die Tochter einer bekannten Schauspielerin war, vielleicht lag es auch an ihren runden Formen, die sich unter ihren fließenden Kleidern abzeichneten. Jedenfalls galt sie bald als das große Talent unserer Klasse. Vielleicht hätte ich es akzeptiert, wenn sie wirklich gut gewesen wäre, aber das war sie nicht. Ich hatte früh einen Blick für die Schwächen anderer entwickeln müssen und erkannte, daß sie zu eitel war, um wirklich gut zu werden. Marie hatte gar kein Talent, sich in andere einzufühlen. Am liebsten redete sie von sich. Wie wollte sie da eine große Schauspielerin werden?

Ich hockte auf meinem Schemel und starrte ins Feuer.

»Was ist denn los mit dir, Elisa?« fragte Papa. »Warum bist du so trübsinnig?«

Ich sah die Güte, aber auch die Unnachgiebigkeit in seinem Gesicht.

»Mein ganzes Talent nützt mir nichts. Ich bin zu häßlich, und wer häßlich ist, hat die Welt gegen sich!« Der ganze aufgestaute Kummer brach aus mir heraus, und ich begann, hemmungslos zu weinen.

Papa nahm mich in die Arme und klopfte beruhigend meinen Rücken. Dann, als ich mich endlich halbwegs beruhigt hatte, befahl er schroff: »Zieh deinen Mantel an, Elisa. Ich werde dir etwas zeigen.«

Hand in Hand stapften wir durch das winterliche Paris. Ich war gespannt, wohin er mich führen würde, doch er sagte nichts. Ich war schon froh, daß er sich überhaupt um mich kümmerte. Auf einmal sah die Welt nicht mehr gar so schrecklich aus: Flache Mützen aus Schnee krönten die Schieferdächer, auf der Seine knarrten Eisschollen. Im Café Royal, an dem wir vorübergingen, drängten sich die Gäste zwischen den Spiegeln; an den Fenstern hatten sich Eisblumen gebildet. Vornehme Damen in Samt und Pelz machten ihre Weihnachtseinkäufe, die Straßen strahlten im Lichterglanz der Gaslaternen. Wir gingen weiter und weiter durch die winterliche Stadt, bis wir schließlich ein Gebäude erreichten, das wie ein Palast aussah.

»Das ist der Louvre, Elisa!«

Mein Vater führte mich durch die endlosen Säle; überall Bilder, dunkle, traurige, häßliche, eine Farbenflut, die mich schwindeln ließ. Papa ging an all den Schätzen der Weltkultur vorbei, ließ die Gemälde links liegen und zerrte mich mit. Schließlich kamen wir ans Ziel: die Salle des Athénas.

»Hier, Elisa, sind die Kostbarkeiten der griechischen Antike versammelt. Hier findest du das wahre Ideal der Schönheit.«

Er zeigte mir die Statuette einer jungen Frau in elegantem Tuch, die aus einer Zeit von vor zweitausend Jahren stammte und doch so lebendig zu sein schien. Sie hatte ein schmales Gesicht und eine lange Nase. Ich sah die stolze Artemis im kurzen Gewand, die ein Diadem im Haar trug und einen Hirsch erlegte. Auch sie hatte eher harte Züge. Ihr Gesicht war schmal, die Nase in einer starken Linie nach unten gezogen wie meine eigene. Ich sah die stille Würde der Athene und bewunderte im römischen Saal den Stolz der Nichte Trajans. In ihr glaubte ich mich selbst zu erkennen. Die übergroßen Augen, die hohen Wangenknochen, der ernste Mund. Mein Ebenbild, nur abgeklärter. Sie trug ihre Häßlichkeit mit Würde. Ich blieb lange vor dieser Statue stehen. Dann spürte ich, wie Papa von hinten seine Hände auf meine Schultern legte.

»Das ist klassische Schönheit, Elisa.«

»Aber sie ist häßlich. Sie sieht aus wie ich.«

»No, das ist Ebenmaß. Schönheit mit Charakter. Die Leute müssen erst noch erkennen, wie groß deine Schönheit ist. Die Klassik gefällt nicht immer auf den ersten Blick, doch irgendwann wird jeder sie sehen.« Er lächelte.

»Wir müssen deine Schönheit ans Licht holen. Wie bei der Venus von Milo, deren Schönheit über Jahrtausende in den Fluten des Meeres versunken war. Erst 1820 hat man sie gefunden. In dem Jahr, als du geboren bist. Meinst du, das ist Zufall? No, Zufall ist Gotteslästerung, Elisa. Du hast die Schönheit der Antike, in dir ist das alte Jerusalem, aber auch Athen und Rom lebendig. Ich versichere dir, irgendwann wirst du viele Bewunderer haben.«

Von nun an schlich ich mich in den Louvre, wann immer ich konnte. Ich studierte die Haltung, die Gesten der Artemis und Athene. Ich prägte mir ein, wie sie den Betrachter von oben anzusehen schienen, was ihnen diese unerreichbare Größe und stille Würde verlieh. Ich studierte, wie sie sich kleideten, wie die Falten ihrer Gewänder zu Boden fielen und den Gestalten Fülle verliehen.

Vor dem alten Spiegel mit den Wasserflecken übte ich die Haltung einer griechischen Göttin ein, lernte ich, meinen Hals ganz gerade, meinen Kopf jedoch anmutig gesenkt zu tragen. So würde meine hohe, vorgewölbte Stirn nicht so sehr ins Auge fallen. Abend für Abend bettelte und zeterte ich, bis Maman mir aus einem alten Bettuch schließlich eine Toga nähte. Dann kam ich auf die Idee, mein dunkles Haar in der Mitte zu scheiteln und in einem sanften Bogen aus dem Gesicht zu fassen. Die Frisur milderte die Kanten und verdeckte die breiten Wangenknochen. Mein Gesicht wirkte nicht mehr so streng.

»Eine antike Göttin!« rief Papa »Die Wiedergeburt Athens!«

Anfang März gab Provost uns bekannt, daß wir den »Tartuffe« im Rahmen einer kleinen Veranstaltung an der Comédie aufführen würden.

»Ich werde jetzt verlesen, wer welchen Part übernimmt.« Wir alle hielten den Atem an: Wer von uns würde die Dorine spielen dürfen?

»Dorine: Marie Durval!«

Ich schloß die Augen, um meine Tränen zu verbergen. Die Hauptrolle war nicht für mich – doch egal, was zählte, war nur, daß ich überhaupt spielen durfte. Provost verlas Part um Part; Rolle für Rolle wurde vergeben, doch sein Blick glitt nicht in meine Richtung. Erst ganz am Schluß schaute er mich an, ein schmales Lächeln um seine Lippen.

»Elisa Félix – Flipote.«

Das war die Rolle eines Dieners, der im ersten Akt nur ein einziges Mal ganz kurz auf die Bühne kommt – um eine Ohrfeige einzustecken. Die anderen Mädchen kicherten. Ich starrte Provost fassungslos an. Meine Wangen brannten, als hätte man mich schon geschlagen. Eine große Ruhe kam über mich. Das würde ich mir nicht gefallen lassen. Ganz langsam packte ich mein Papier und meine Tinte ein. Es wurde mucksmäuschenstill. Ich stand auf und verließ so aufrecht wie möglich den Saal. Die Tür schloß ich leise hinter mir. Nur ein paar Zentimeter waren es über diese Schwelle, und doch verließ ich eine ganze Welt.

## 11

Ich trat hinaus in das blasse Winterlicht. Es war vorbei. Aus. In mir spürte ich eine unermeßliche Leere, eine Leere, die aber die Welt um mich herum überhaupt nicht berührte. Der Pferdeomnibus ratterte vorbei, die Grisetten von der Place Royale führten kichernd ihre Pelzmäntel aus, im Himmel über Notre-Dame zeigte sich ein blaßrosa Streifen. Schwindendes Licht. Drinnen in der Schule würden sie weiter proben, doch ich war nicht dabei. Ich fühlte mich allein, verlassen von meinem Traum, den Hoffnungen, dem Glück. Ich weinte nicht, fror nicht, obwohl die Kälte meine Schritte auf dem vereisten Pflaster knirschen ließ. Ich ging durch die Straßen wie ein Automatenmensch.

»Du bist dir selbst der größte Feind!«

Monsieur Saint-Aulaire spielte unablässig mit der Kette seiner Uhr, als ich vor seinem Schreibtisch saß und ihm alles gestanden hatte.

»Ich konnte nicht anders!«

Er verzog den Mund. »Laß, Elisa. Es ist ohnehin nicht zu ändern. Laß mich nachdenken, was wir jetzt tun können.«

In knappen Worten erklärte er mir, was er vorhatte. Während er einen Boten zu seinem Freund beim Boulevardtheater schickte, sollte ich nach Hause gehen und geduldig auf weitere Nachricht warten.

»Versuch wenigstens«, rief er mir hinterher, »deine Eltern nicht zu sehr aufzuregen.«

Aber mein Vater war viel zu schockiert, um wütend zu werden. Schließlich hatte ich ja kaum einmal erwähnt, daß ich mich am Conservatoire so unglücklich fühlte. Für ihn muß es wie eine Naturkatastrophe gekommen sein. Er saß regungslos am Tisch und starrte mich an.

»Das Conservatoire verlassen«, murmelte er immer wieder tonlos. »Meine Tochter hat die Chuzpe, das Conservatoire zu verlassen!«

»Ich habe auch meinen Stolz. Ein Künstler kann sich nicht alles gefallen lassen.«

»Künstler! Hast du gehört, was deine Tochter sagt, Esther? Ein Künstler hat seinen Stolz. Und wie will er davon satt werden, dieser Künstler?« Er hob die Hände zum Himmel: »Auch der größte Künstler braucht seinen Parnaß.«

In seinem Gesicht spiegelten sich meine eigenen Sorgen wider: der Abschied von der großen Kunst. Und das aus freiem Entschluß. Was sollte aus mir werden?

Die nächsten Tage verbrachten wir alle zwischen Hoffen und Bangen: Was war, wenn Monsieur Saint-Aulaire gar nicht so viel Einfluß auf seinen alten Freund besaß und mich nicht ans Gymnase vermitteln konnte? Ich hatte hoch gepokert und alles riskiert. Ich wußte, wenn ich kein Engagement bekam, würde ich eine gute jüdische Hausfrau werden. Mit fast sechzehn Jahren waren viele der Mädchen aus dem Marais schon Mutter. Nachts träumte ich von Verfolgungen, die in Sackgassen endeten, ich träumte von Flucht und Tod.

»Wir können immer noch zum Schadchen gehen«, tröstete mich Maman auf ihre Weise. »Und eine gute Partie für dich finden. Falls du Michel Lévy nicht willst.«

Bevor ich mal wieder Krach anfangen konnte, wurden wir zum Glück für uns alle abgelenkt. Denn ein Bote stand an der Tür. Schon am nächsten Morgen sollte ich mich zum Vorsprechen am Gymnase einfinden.

Morgens, kurz vor elf, gingen Papa und ich durch einen Flur, der mich stark an Lyon erinnerte. Das Gymnase war ein Boulevardtheater, verraucht und zugig. Ich sah und roch den Unterschied zur Comédie. Hier wurde nicht die klassische Tradition gepflegt und Frankreichs Glanz vermehrt, hierher kamen vergnügungssüchtige Bourgeois.

Natürlich hätte ich wissen müssen, daß es ein Abstieg war, den Tempel der Auserwählten zu verlassen. Ich hatte es mir mit der Comédie française verscherzt, hatte die Elite des besten Theaters Europas und der Welt gegen mich aufgebracht, hatte die Olympier verlassen, um zu den Fleischtöpfen Ägyptens, an den Boulevard zu gehen.

Der Portier führte uns zum Direktorenzimmer. »Monsieur Delèstre-Poirson erwartet Sie schon.«

Es war kein Büro, sondern ein einziges Chaos, beherrscht von einem wuchtigen Mahagonischreibtisch, der über und über mit Papieren bedeckt war. Auch auf dem Boden waren Papiere und Bücher verteilt, an den Wänden hingen Annoncen, Kritiken und Porträts berühmter Schauspielerinnen. In einer Ecke stand eine halbvolle Rotweinflasche. Hier sollte mein Schicksal besiegelt werden? Papa und ich schauten uns unsicher an. In diesem Augenblick wurde mir zum ersten

Mal klar, daß auch Papa nicht immer stark sein konnte. Möglich, daß er in diesem Moment noch mehr Angst hatte als ich, weil er das Risiko kannte: Alles – oder nichts.

»Aha, das kleine Wunderkind!«

Die Stimme von Monsieur Delèstre-Poirson war stark genug, um den ganzen Raum auszufüllen. Eine Woge aus Wein, Schweiß und Tabak überflutete sein Büro. Rote Flecken brannten in seinem runden Gesicht, aber unter den buschigen Augenbrauen betrachtete er mich durchaus aufmerksam.

»Ich habe viel von dir gehört, Elisa.«

Ich machte eine Verbeugung; Papa zog ehrerbietig seinen Hut.

»Setzen Sie sich doch, Monsieur Félix.« Delèstre-Poirson räumte beflissen die Papiere von einem Stuhl und türmte sie zu einem bedrohlich schwankenden Stapel. »Kann ich Ihnen einen Cognac anbieten?«

Mein Vater nickte, er wußte, daß es zum Geschäft gehörte. Die Gläser klirrten, während Delèstre-Poirson mich unablässig anstierte.

»Die ganze Bibel in einem Gesicht!« erklärte er schließlich. »Man sieht sie an und glaubt, in die Geheimnisse des Orients zu blicken.«

Ich lächelte etwas unsicher, was ihm durchaus zu gefallen schien.

»Sie hat also tatsächlich das Conservatoire verlassen? Um zu uns ans Gymnase zu kommen?« Er kicherte. »Das gefällt mir. Elisa Félix, ich glaube, das hat es noch nie gegeben. Ein kleines jüdisches Mädchen spuckt den blasierten Herren vom Théâtre français vor die Füße. Trotzdem, schade um dein Talent. Ich weiß, was in dir steckt. Bin oft bei Saint-Aulaire gewesen, inkognito, versteht sich.« Er schneuzte sich, irgend etwas schien ihn insgeheim zu amüsieren, aber vielleicht war er auch etwas angetrunken: In den Kaschemmen von Lyon hatte ich ja schließlich genug Betrunkene gesehen.

»Dann wollen wir mal zum Geschäftlichen kommen.

Übrigens ganz entsetzlich, wieviel Macht diese Schreiberlinge neuerdings haben, man muß ihnen ständig Freikarten für die besten Plätze hinschieben. Mit La Presse hat es angefangen.«

Ich blickte zu Papa, der etwas verwirrt schien.

»Noch einen Cognac, mein Freund? Doch, das muß schon sein unter Freunden. Was hatte ich sagen wollen?«

Ich stand immer noch in der Tür wie ein Ausstellungsstück. Sein Blick blieb an mir hängen.

»Das ist es! Heureka! Der Name!«

Papa stellte das Glas ab. »Wie?«

»Das Kind sieht so schön aus wie der Orient. Aber dieser Name, Elisa«, er wedelte ungnädig mit der Hand, »so heißt jedes beliebige Stubenmädchen. Wir müssen etwas Besseres finden! Habt ihr übrigens ›La Juive‹ gesehen? Von Meyerbeer. Ah, ein wunderbares Stück! Und wieviel Geld sie damit machen! Wunderbar.«

Delèstre-Poirson war gerade dabei, sein Glas wieder aufzufüllen, als er innehielt. »Ich hab's! Rachel! Das ist der Name, der zu ihr paßt!«

Ich war ziemlich verwirrt. Ein neuer Name? Wieso? Aber dann sah ich, daß Papa gar nicht so konsterniert schien, wie ich erwartet hatte.

»Rachel«, murmelte er nachdenklich. »Gar nicht schlecht. Das klingt biblisch!«

»Rachel.« Ich wiederholte es vorsichtig, als ob die Silben kostbar wären. Der Name war wie für mich gemacht, mir kam er vor wie eine neue Haut, eine Hülle, die mich beschützen würde.

»Rachel Félix.«

»Nein! Nur Rachel sage ich! Rachel – und sonst nichts. La Petite Rachel, la Grande Rachel, der Name klingt immer. Ganz groß, ganz schlicht. Eine pathetische Gebärde. Und wo wir schon beim Geschäft sind: An den Boulevard kann ich dich nicht holen, mein Kind. Du würdest untergehen. Eh, und niemand würde für dich bezahlen.«

Ich konnte förmlich spüren, wie Papas Herz stehenblieb. Er räusperte sich und lockerte den Sitz seines Halsbinders, den er sich zur Feier des Tages umgeschnürt hatte.

»Was soll aus uns werden?« sagte er rauh und wie zu sich selbst.

Delèstre-Poirson schenkte sich nach und leerte das Glas in einem großen Schluck. »Ich könnte mir niemals verzeihen, Rachel. Ich darf dich nie, niemals vom Conservatoire abwerben! Du gehörst nicht an den Boulevard. Du hast viel zuviel Talent, um es an diesen Pöbel zu verschwenden. Du bist außergewöhnlich. Dieses kleine Mädchen und dieses majestätische Auftreten. Die tiefe Stimme, das tragische Gesicht. Du gehörst an die Comédie, sonst nirgendwohin. Der Boulevard mit seinem billigen Vergnügen ist nicht dein Ort.«

»Aber die Comédie wird mich nicht wieder aufnehmen!«

»Dann geh hin, frag, bettle, schreib Briefe, finde Unterstützer. Bitte Samson, ist er nicht dein Gönner? Frag ihn! Wenn man etwas wirklich will, muß man auch seinen Stolz überwinden!«

Die Julitage 1837 waren lang und heiß und ohne jede Hoffnung. So nah war ich den Sternen gekommen – um so bald schon wie eine Sternschnuppe zu fallen. Aber ich wollte die Hoffnung nicht aufgeben. Jeden Abend entwickelte ich einen neuen Plan. Mit Hilfe meines Vaters hatte ich einen Bittbrief an Monsieur Samson von der Comédie aufgesetzt, nur um ihn nach langem Disput wieder zu verwerfen. Damals, in der flirrenden Julihitze, befand sich ganz Paris außerhalb der Stadt. Niemand würde antworten.

Tagsüber, wenn ich meine Haushaltspflichten erledigt hatte, streifte ich durch die Île de la Cité. Es war in diesen quälend langen Tagen, daß mir Paris ans Herz wuchs. Eine extreme Stadt: Der meiste Betrieb herrschte in der Nähe der Place de la Bourse. Literaten, Flaneure, Händler und Angestellte gaben sich hier um drei Uhr nachmittags, zur

Stunde der Börse, ihr Stelldichein. Aber die Poesie dieses schrecklichen Basars erblühte erst bei Sonnenuntergang. Dann kamen die Freudenmädchen, um ihr weißes Fleisch feilzubieten, ein Anblick, der mich gleichzeitig faszinierte und entsetzte.

Besonders liebte ich damals schon die schöne Steingalerie, die zum Théâtre français führte. Man betrat sie durch zwei Säulengänge, die man vor der Revolution zu bauen begonnen, aus Geldmangel jedoch nie vollendet hatte. Hier begegnete ich in meinen Träumen dem großen Talma, der berühmten Mademoiselle Duchesnois oder gar der Champmeslé, der Racine persönlich noch beigebracht hatte, wie seine Verse zu betonen wären. Die Geister der Vergangenheit beruhigten mich. Eines Tages würde ich zu ihnen gehören.

Natürlich hoffte ich den ganz realen Monsieur Samson hier anzutreffen. Dann, so hatte ich mir vorgenommen, würde ich meinen Stolz für den Moment vergessen und ihm die ganze Misere gestehen. Aber wie zu erwarten war, traf ich ihn nicht. Ich weiß auch nicht, ob ich von Angesicht zu Angesicht überhaupt ein Wort herausbekommen hätte.

Hin und wieder drückte ich mich am nahe gelegenen Café Minerve vorüber, wo die Journalisten, in Rauchwolken gehüllt, beim türkischen Kaffee saßen. Wenn ich sie mit ihren gravitätischen Mienen über den Blättern brüten sah, mußte ich immer an den Ernst im Gesicht des großen Samson denken, als wir uns am Conservatoire verabschiedeten: Hatte er mir nicht prophezeit, wir würden uns wiedersehen? Jetzt betete ich, er möge recht behalten.

In den letzten Tagen ist es mir nicht gutgegangen; ich mußte viel schlafen. Immer wieder quälte mich Husten, und furchtbare Träume; der Wettlauf gegen die Zeit, die Gesichter aus der Vergangenheit, Verfolgungsträume.

Mein arabischer Arzt schnalzte mit der Zunge, als er mich vorgestern sah. Prompt hat er dafür gesorgt, daß unsere

Kangsche ans Ufer treideln und vor einem dieser Dörfer mit ihren schwarzen Häusern anlegen würde. Überall waren Taubenschläge, die Luft war schwarz von Flügeln. Halbnackte Kinder und die Frauen der Fellahs in ihren blauen Trachten liefen umher. Der Rais ging los, um eine Ziege zu kaufen. Angeblich soll ihre Milch gegen die quälenden Hustenanfälle helfen. Ich weiß nicht recht, ob dieses Mittel die Grande Tragédienne überzeugt.

Dem Gesicht meiner guten Rose kann ich es ablesen, wie es um mich bestellt ist. Leichtes Fieber seit Tagen, das nicht zu bändigen ist. Kein sehr gutes Zeichen, jedenfalls spricht es nicht für Genesung. Aber ich will mich weiter an diesen Rest von Leben klammern, schon für mein Kind, ein Gedanke, der mich traurig macht.

Zu allem Überfluß ist unsere Kangsche heute in eine seichte Stellen geraten. Es gab einen fürchterlichen Ruck, und wir saßen auf. Die Matrosen mußten nackt über Bord springen. Mit ihren herrlichen braunen Körpern versuchten sie, die Barke mit langen Stangen vom Grund zu befreien. Als es ihnen endlich gelungen war, wurden lange Seile ausgeworfen, und trotz der sengenden Hitze schleppten die Männer uns fort. Mir ist es ein Rätsel, wie sie bei Kräften bleiben. Sie essen fast noch weniger als ich, die schwindende Kranke. Sie begnügen sich mit einem Frühstück aus Schiffszwieback, roher Gurke und einer Handvoll Datteln. Abends gibt es gekochte Bohnen oder Pilaw; sehr selten einmal etwas Hammelfleisch. Ich habe von diesem Essen probiert, kehrte aber dann doch lieber zu unserer Art der Speise zurück.

Während ich in die trostlose Landschaft hinausblicke, ertappe ich mich in letzter Zeit immer öfter bei dem Gedanken, wie gern ich ein Gläschen Gin trinken würde. Für ein paar selige Momente die Gegenwart vergessen, im sanften Nebel versinken und in Gedanken Suleiman-Pascha zuprosten, der mein Laster heimlich teilt. Ich mußte ihm schwören, es nicht zu verraten, wo er doch der Religion des

Islam angehört. Dann ging er zwinkernd zu einem Geheimfach und holte den Gin hervor, den wir freundschaftlich leerten. Ob es Verrat ist, dies der Nachwelt mitzuteilen?

Mir hat es den alten Soldaten sympathisch gemacht.

Vielleicht trank er, weil das Leben eines Kriegers sich nicht so sehr vom Leben eines Künstlers unterscheidet. Wieviel Last, wieviel Hohn, Spott und Grausamkeit! Jeder Zauberer ist immer nur so gut wie seine letzte Vorstellung. Und alles für diesen Traum, diesen Wunsch, diesen fast schon besessenen Zwang, ein bestimmtes Ideal zu erreichen. Worum es geht? Eitelkeit? Oder um den Fingerabdruck in der Ewigkeit?

Ich bin sicher, daß kaum ein Künstler es wirklich sagen könnte.

Mitte Juli 1837 entlud sich die Hitze in einem fürchterlichen Gewitter. Blitze flammten auf, tauchten die düsteren Fassaden des Marais in ein blendend weißes Licht. Bald darauf platschte der Regen auf die Müßiggänger und Trunkenbolde hinunter, spülte den Dreck aus den Gassen und lief auch bei uns durchs Dach. Die Kleinen kreischten vor Angst. Maman und Papa lagen wieder einmal glücklich im Bett, dessen Federn quietschten, und Sarah und Raphael beschwerten sich, weil sie bei dem allgegenwärtigen Lärm nicht lernen konnten. Ich ignorierte das ganze Chaos. Die spannungsgeladene Luft, der Geruch des Regens hatten mir den Kopf freigewaschen. Ich wußte auf einmal, was ich zu tun hatte. Ich ging zu unserem Tisch, schob Teller, Nähzeug, Essensreste, Papiere beiseite und schrieb einen Brief an den großen Samson. Es waren nur wenige Worte, doch es lag mein ganzes Herz darin.

Am nächsten Morgen stahl ich mich zum Théâtre français, wo ich Monsieur Laurent auflauerte, der dort die Karten verkaufte. Ich mußte meine gesamte Überredungskunst aufbringen, bis er schließlich einwilligte, Samson den kleinen Brief zu übergeben. Meinem Dank konnte ich gar nicht genug Ausdruck verleihen. Immerhin war Monsieur Laurent so etwas wie eine Pariser Institution. Beim Aufstand von 1830, der Louis-Philippe an die Macht spülte, hatten Monsieur Laurent und seine Frau das Théâtre français ganz allein vor dem wütenden Mob beschützt. Während er die Türen verbarrikadierte, lehnte sich Madame aus dem Fenster und keifte: »Zurück, ihr Narren! Wir sind bewaffnet! Wenn ihr nicht sofort verschwindet, schießen wir!« Nun lag mein Schicksal in Monsieur Laurents Händen.

Als ich nicht mehr damit rechnete, bekam ich endlich Nachricht. Der große Samson war bereit, mit mir zu sprechen.

»Ich komme mit«, erklärte Papa.

»Das wirst du nicht tun!« brauste ich auf. Wenn es ums Theater ging, konnte ich auf töchterlichen Gehorsam keine Rücksicht nehmen. »Es ist besser, wenn nur ich ihn darum bitte!«

»Sie hat recht!« Maman legte begütigend ihre Hand auf Papas Arm. »Es gibt Momente, in denen ein junges Mädchen mehr erreichen kann als ein Dutzend Generäle.«

Am nächsten Morgen vor dem Théâtre français wünschte ich mir dann doch, meinen Vater bei mir zu haben. Warum nur war ich so vorwitzig gewesen? Nun fühlte ich mich klein und verloren vor der strengen klassischen Fassade. Befangen ging ich die breiten Stufen hinauf. Samson erwartete mich in einem schmucklosen kleinen Büro. Als ich eintrat, wandte er nicht einmal den Kopf. Sein verwegen frisiertes Haar hatte im Sonnenlicht einen silbrigen Schimmer. Von hinten glich er einer Statue, die mir Furcht einflößte. Unbehaglich trat ich von einem Fuß auf den andern.

Schließlich drehte er sich doch zu mir um. »Ja?«

»Ich muß Sie um Hilfe bitten«, sprudelte es aus mir heraus, als hätten sich die Worte seit langem in mir angestaut. »Ich bin am Ende, weiß nicht mehr weiter. Es ist ein furchtbarer Fehler gewesen, das Conservatoire zu verlassen. Monsieur, können Sie mir nicht helfen, bitte?«

Staubkörnchen tanzten im Sonnenlicht, draußen hörte ich einen Kutscher sein Pferd anschreien. Das Chronometer auf dem Kamin tickte durch die Stille.

»Sicher.« Der große Samson nickte. »Wie?«

»Ich muß noch soviel lernen. Geben Sie mir Unterricht!«

Samson erhob sich. Wie immer saß sein Halsbinder schief. Er trug eine schwarze Jacke, zugleich schlicht und vornehm. Mit den Händen im Rücken stützte er sich auf dem Schreibtisch ab und musterte mich. Nicht unfreundlich, wie mir schien.

»Du bist hübsch geworden, Elisa. Oder sollte ich sagen: Rachel?« Er lächelte. »Ja, ich werde dir Unterricht geben.«

Das hörte sich so einfach an, und doch nahm es mir fast den Atem. Ich faßte mir ein Herz und übersprang die nächste Schwelle.

»Wir haben nicht viel Geld«, brachte ich heraus. »Papa sagt, wir können für die Stunden nicht so viel bezahlen.«

»Es wird nichts kosten. Und spare dir den Dank. Ich tu's nicht für dich, sondern für das französische Theater!«

## 12

Der Unterricht sollte im Landhaus des großen Samson stattfinden. Dort, in Charenton-Saint-Maurice, lebte er mit seiner Familie außerhalb der Saison. Die Villa mit ihren eleganten hohen Fenstern stand allein auf einem Hügel, ein so bezaubernder Anblick, daß ich mich fühlte wie in einem Traum. Madame Samson, die mich in der Eingangshalle in Empfang nahm, wirkte sehr vornehm und etwas kühl. Sie führte mich vorbei an herrlichen Wandteppichen durch einen luftigen Salon in einen Raum, den sie ihre Bibliothek nannte. Salon! Bibliothek! Noch nie zuvor hatte ich solche Zimmer gesehen! Alles war so elegant und schön, als würden die Samsons in einer anderen Welt leben. Die Stuckdecken sahen aus wie cremige Sahne, die wir so selten zu essen bekamen. Die Teppiche waren dick und schluckten jedes Geräusch der Schritte. Und dann die Bibliothek: bodentiefe Fenster, mit rotem Samt verhängt. Der Blick ging hinaus über einen kleinen Sommersee. Hunderte, vielleicht Tausende von Büchern ringsum an den Wänden. Mittendrin saß Samson, in einem Hausmantel aus königsblauer Wolle. Er blickte von der Lektüre auf.

»Ah, meine kleine Rachel. Du kannst dich zurückziehen, Adèle. Später trinken wir zusammen Kaffee. Dann könnt ihr euch kennenlernen.«

Madame Samson lächelte etwas zurückhaltend, wie mir schien, und ging. Wenn Maman etwas nicht gepaßt hätte, dachte ich, wäre das Gekreisch groß gewesen – egal, ob Gäste oder nicht.

Auch meine erste Stunde kam mir sonderbar vor. Denn Samson unterrichtete mich nicht. Er unterhielt sich mit mir. Noch heute klingt seine volltönende Stimme in meinem Ohr.

»Jetzt beginnt also unsere Zusammenarbeit. Die Geschichte scheint sich immer zu wiederholen. Adrienne Lecouvreur und ihr Lehrer Marc-Antoine Legrand.« Er lächelte leise. »Große Namen, große Vorbilder. Aber was stehst du so ungelenk herum? Setz dich doch.«

An diesem ersten Nachmittag korrigierte er immer wieder mein Verhalten im wirklichen Leben. Ich sollte mich gerade setzen, nicht die Stuhllehnen umklammern, ich sollte mich nicht zu angespannt nach vorn lehnen, während ich zuhörte.

»In allem ist das Maß wichtig. Du darfst nie die Mitte verlieren. Wie du als Mensch bist, das wirkt auf dein Schauspiel zurück.«

In diesem Stil verging der Nachmittag. Samson brachte

alles über meine Familie und meine Vergangenheit in Erfahrung, bis die Sonne einen Schleier aus rotgoldenem Licht über den kleinen See legte. Dann klopfte er mit der flachen Hand auf den Tisch.

»Ich denke, wir werden einen Ton miteinander finden. Es macht mich stolz, Rachel, in dir das Erbe der Comédie zu achten und zu ehren. Bald werden wir zu den Lehren des großen Racine kommen, die er La Champmeslé erteilte. Aber für heute ist es genug. Laß uns in den Salon gehen. Wir wollen Kaffee trinken.«

Die Tafel war in einem blau vertäfelten Saal gedeckt. Herrliches, hauchdünnes Porzellan. Es roch nach frischem Kaffee und Waffeln, die aus dem Ofen gekommen waren. Mir wurde klar, daß die kleine Erfrischung zum Unterricht gehörte. Anscheinend sollte ich lernen, mich in Gesellschaft zu verhalten. Madame Samson brachte ihre drei Töchter mit, eine hübscher und graziöser als die andere. Begleitet wurden sie von einer streng aussehenden Dame, die mich an Drachine erinnerte.

»Madame Bronzet, unsere Gouvernante.«

Um keinen Fehler zu machen, beschloß ich, mich abwartend zu verhalten. Wenn ich angesprochen wurde, nickte oder antwortete ich höflich, aber von allein richtete ich das Wort an niemanden. Bevor ich es wagte, mich an den Waffeln zu bedienen, schaute ich zu, wie es die anderen machten. Bald stellte ich fest, daß die Mädchen ihre Kaffeetassen mit gespreizten Fingern zum Mund führten, und tat es ihnen gleich. Auch achtete ich sehr darauf, daß meine Kaffeetasse nicht klirren würde, wenn ich sie auf der Untertasse abstellte.

Beim Abschied sprach Madame Samson schon viel wärmer mit mir als beim Empfang: »Du darfst morgen eine Stunde eher kommen. Dann werden wir zusammen Mittag essen.«

Was für ein Schock war es, als ich in unsere Mansarde in der Rue Bauregard zurückkehrte. Schon von draußen hörte ich das übliche Geschrei. Das Zimmer kam mir noch dunkler und schäbiger vor; ich sah und roch den Schimmel an den Wänden, die Wurmlöcher in den Möbeln und Dielen. Und dann die Tischmanieren! Niemand griff artig nach der Schüssel oder wartete höflich, bis sich die anderen bedienten. Jeder grapschte kreuz und quer über den Tisch, wie es ihm gerade einfiel. Alle redeten mit vollem Mund durcheinander, fielen sich ins Wort und fuchtelten durch die Luft, als müßten sie Wespen vertreiben. Eine schreckliche Familie, dachte ich.

»Rachel! Was ist los? Schmeckt dir mein gutes jüdisches Essen nicht?«

Ich blickte auf den Berg aus Karotten- und Kartoffelbrei und schluckte. »Doch, Maman, ganz wunderbar.«

»Oh, was für eine Prinzessin sie geworden ist«, zischte Sarah, von deren Erfolgen am Conservatoire de la Musique man immer weniger hörte. »Du warst doch erst einen Tag bei deinem Idol! Wie soll es werden, wenn du länger dort bist? Wirst du überhaupt noch unsere Sprache sprechen?«

Den ganzen Spätsommer 1837 kam ich mir vor, als würde ich auf zwei Planeten leben: hier die rauhe Wärme des jüdischen Marais – dort die stille Vornehmheit der Künstlerfamilie. Samson war schließlich ein Mann, der nicht nur für die Kunst, sondern auch für die Würde Frankreichs lebte! Ich lernte die Zeit bei ihm zu lieben. Jeder Augenblick in dem lichtdurchfluteten Haus war kostbar für mich. Ganz gleich, ob ich mit den Mädchen im Park schaukelte oder mich von Madame Bronzet in französischer Grammatik und Konversation unterrichten ließ – ich sog jedes Wort, jede Geste in mich auf.

Eines Abends brachte das Mädchen eine Platte mit einem großen roten Ding, das mich an ein riesiges Insekt erinnerte. Ein Hummer – ich hatte solche Wesen hin und wieder in den Auslagen der Feinkostläden in den Passagen gesehen.

Zu meinem Entsetzen brach Monsieur Samson ein Bein ab und gab es mir.

Ich starrte auf die rote Schale, die sich auf meinem Teller verrenkte.

»Das … kann ich nicht essen«, brachte ich heraus.

»Du mußt es lernen, Rachel, führ es an den Mund und sauge das weiße Fleisch heraus. Du wirst sehen, es ist ganz einfach.«

»Aber das darf ich nicht!« rief ich verzweifelt. »Maman schächtet mich!«

»Du mußt es ihr ja nicht erzählen. Fang schon an, es ist eine Delikatesse. Man wird dich in die feine Gesellschaft einladen. Willst du dann mit diesem Gesicht vor dem Teller sitzen und bewirken, daß alle dich anstarren und du den Gastgeber beleidigst?«

Ich blickte das rote Ungetüm an wie einen Feind und versuchte, es an den Mund zu führen, um den Samsons meinen guten Willen zu beweisen. Aber es ging nicht, mein Magen revoltierte. Krustentiere, hatte Maman uns eingeschärft, sind nicht koscher, weil sie die Augen von toten Menschen fressen.

Mir kamen die Tränen, ich wollte keine toten Augen essen!

»Laß, Rachel«, sprang die freundliche Madame Samson mir bei. »Du mußt es nicht essen, wenn es gar nicht geht.«

»Aber was, wenn sie in Gesellschaft ist?« beharrte mein Lehrer.

»Dann wird sie vermeiden, nach dem Hummer zu greifen.«

»Und wenn es sich nicht vermeiden läßt?«

»Dann kann sie immer noch eine Übelkeit vortäuschen und gar nichts mehr essen. Oder sie sagt die Wahrheit. Es geht gegen ihr Gesetz.«

Im Unterricht legte Samson Wert auf jedes Wort, das ich redete, ganz gleich, ob in einer Rolle oder nicht. Wenn mir ein unglücklicher Satz entschlüpfte, konnte er sehr böse werden. Dann ermahnte er mich kalt. Immer wieder forderte er von mir Selbstkontrolle ein – für ihn die wesentliche Eigenschaft eines Schauspielers.

»Talma war überzeugt, daß ein Schauspieler nur deshalb tief schöpferisch ist, weil er seine Vorstellung beobachten, kritisieren und verändern kann. Du mußt immer die Distanz zu dir selbst und zu dem Charakter, den du darstellst, bewahren, um deine Rollen wirklich formen zu können. Weißt du, was Talma immer sagte? In den Tagen, in denen er sich blind in sein Spiel hineingeworfen habe, sei er keineswegs am besten gewesen.«

Vor allem aber wies mein Lehrer alle große Gebärde zurück. So wie er die Selbstentäußerung verdammte, mochte er auch Pathos und Übertreibung nicht. Er verlangte, daß ich die Tragödie mit natürlicher Würde sprach und nicht deklamierte.

»Große Kunst«, sagte er immer, »offenbart sich in kleinen Gesten.«

Ich wollte, das hätte er auch meiner Familie erklären können. Sie alle neigten ja immer zur Theatralik, zu Geschrei und Auftritt. Auch Maman wählte im Zweifelsfall immer gleich das große Wort. Einmal hatte Madame Samson mir ein abgelegtes Kleid ihrer Töchter angeboten. Ein Geschenk, das zu Hause zu Tränen führte. Lieber wolle sie betteln gehen, als Almosen von diesen Fremden anzunehmen, schwur Maman dem gütigen Himmel, den sie fragte, was sie getan habe, um ihre Tochter an fremde Leute zu verlieren. Schließlich war Papa von ihrem Gejammer und meinem eisigen Schweigen so entnervt, daß er versprach, einen schönen Stoff für mich zu kaufen, auch wenn es ihn den letzten Sou kosten würde. Aber keine Frage, daß Papa mindestens so eifersüchtig war wie Maman. Jeden Abend fragte er mit gehässigem Unterton nach meinen Fortschritten.

»Na, schön gelernt, Elisa – pardon, Rachel! Und der alte Vater ist abgemeldet.«

Nur widerwillig erlaubte er mir, daß ich hin und wieder ein Wochenende bei den Samsons verbringen durfte, um meine Manieren zu verfeinern.

»Aber vergiß nicht! Der Freitagabend gehört deiner Familie! Wenn du deine Eltern schon nicht mehr ehrst, sollte dir wenigstens der Schabbes noch heilig sein! Oder ißt du neuerdings lieber Schweinebraten?«

Nach dem Sommer begann in Paris wieder die Theatersaison. Das Théâtre français funkelte im Glanz der Lichter und Diamanten, und Samson beschloß, den Unterricht in seinem Appartement, nahe der Rue Richelieu fortzusetzen.

»Meinen Sie, daß ich bald auftreten kann?« fragte ich eines Tages. Dabei dachte ich an die Bühne und den Applaus, aber auch nicht zuletzt an meine Familie.

»Die Zeit ist noch nicht reif, Rachel. Du mußt lernen, dich zu gedulden. Übereifer schadet nur.«

Damit ging er zum Unterricht über, ohne meine Bitte noch einmal zu erwähnen. In diesen Tagen übte er zunehmend Kritik an mir. Er, der doch stets das Ebenmaß predigte, fand mich zu kühl. Es war ein drolliger Anblick, als der große schwere Samson mir die Rolle eines jungen Mädchens vorspielte, das um den toten Liebhaber weint. Aber ich mußte einsehen, daß er der Rolle mehr Leben gab, als ich es in meinen kühnsten Träumen vermocht hätte. In seiner Darstellung konnte man das verlorene Glück, die Trauer eines Mädchens um den toten Geliebten, fast körperlich erkennen.

»Ich kann dir sagen, worin deine Schwäche liegt«, erklärte Samson. »Du kennst die Stücke nicht. Du mußt sie endlich im ganzen lesen! Ich habe nämlich durchaus gemerkt, daß du immer nur deine eigene Rolle lernst! Doch du mußt die Geschichte und die anderen Rollen kennen. Wie willst du den Part je ganz durchdringen, wenn du nicht beachtest, wer die anderen Charaktere im Stück sind und wie sie auf dein Spiel reagieren? Hier, nimm den Text mit nach Hause. Und lies in Ruhe. Sei nicht so ungeduldig. Ein Talent wie du braucht Zeit.«

Meine Familie war mir zu dieser Zeit alles andere als förderlich. Mein Vater hörte mit finster zusammengezogenen Augenbrauen zu, wenn ich im Schein der Öllampe über die Ideale der Klassik sprach. Er selbst fühlte sich mehr zu Victor Hugo und der romantischen Schule hingezogen und ließ keine Gelegenheit aus, mir seine Motive zu erklären.

»Klassik, pah! Siehst du nicht, wie die Massen zu Hugo und Dumas strömen? Mondschein über Ruinen, große Gefühle – das ist es, was die Leute wollen! Nicht diese kalten Marmorseelen! Du bist doch ein Mensch – keine antike Säule. No, Elisa, ich sag dir was, du brauchst meine Hilfe. Ab jetzt werde ich an deinem Unterricht teilnehmen!«

Bis heute weiß ich nicht, warum Samson in diesen aberwitzigen Plan eingewilligt hat. Nie ist zu mir durchgedrungen, was mein Vater und er an jenem Morgen im Büro des Théâtre français besprochen haben. Mir wurde nur das Ergebnis mitgeteilt – und als ich es hörte, wäre ich am liebsten in die Seine gesprungen!

»Zwei Lehrer sind besser als keiner«, erklärte Papa.

Zum ersten Mal sollte mein Unterricht auf einer Bühne des Théâtre français stattfinden. Ich hatte mich so darauf gefreut! Jetzt, so ahnte ich, war alles verdorben.

Zu dritt gingen wir durch den finsteren Gang, der hinter die Bühne führte. Ein Anblick, der mich normalerweise beglückt hätte: Ich sah die Kulissenstützen, die unendlich hohe Decke, die Arbeiter in ihren öligen Kitteln, den aufgezogenen Leinwandhorizont und dazwischen die Schnüre, die von der Decke baumelten wie Galgenstricke.

»Wir fangen an«, verkündete Samson; doch an diesem Morgen klang das Zauberwort wie eine Drohung in meinen Ohren. Dabei ging zunächst alles gut. Bis ich das Wort »toujours« aussprechen sollte und nicht genau wußte, wie es richtig zu betonen war. Mein Unglück, daß ich ehrlich genug war, die Frage auszusprechen.

Samson riet mir, das Wort mit erhobenem Kopf, lauter Stimme und entschlossenem Ton auszusprechen, doch mein Vater teilte diese Meinung nicht.

»No, das muß man doch mit Gefühl sagen! Und dabei mußt du ergriffen zum Himmel blicken! So! Toujours!«

Mein Lehrer schüttelte verärgert den Kopf. »Falsch, ganz falsch. Ich sage, es muß bestimmt ausgesprochen werden! Toujours!«

»No, sanft und gefühlvoll!«

»Ich bin ihr Lehrer!«

»Und ich ihr Vater!«

Am Ende war es mir gleichgültig, wie ich es aussprechen würde. Ich schloß die Augen und brachte es heraus. Irgendwie: »Toujours!« Aber dabei war meine innere Qual so groß, daß ich es unwillkürlich so aussprach, wie Papa verlangt hatte. Ich sah meinem Lehrer an, wie verletzt er war.

»Toujours!« wiederholte ich mit erhobenem Haupt und fester Stimme, wie Samson es wünschte. Papa raste vom Stuhl auf und kam auf mich zu. Ich brach in Tränen aus, die Arbeiter gafften, und Papa schrie mich so furchtbar an, daß ich vor lauter Tränen nichts mehr sagen konnte. Der Unterricht war erst einmal beendet.

So schrecklich waren diese Stunden, daß ich Mitte Dezember einen Brief an Monsieur Védel, den Direktor der Comédie, verfaßte. Ich fragte, ob ich nicht bei ihm vorsprechen könne. Von ihm erhielt ich keine Antwort. Dafür bat mich Samson mit furiosem Gesichtsausdruck in sein Arbeitszimmer. Anscheinend hatte er von dem Brief erfahren.

»Ich habe dir gesagt, daß du noch nicht soweit bist. Erst mußt du deine Rollen beherrschen. Wenn es soweit ist, werde ich mit Védel sprechen. Du solltest mich nicht hintergehen, Rachel.«

Nur mühsam konnte ich die Tränen zurückhalten. »Papa und der ganze Streit. Ich halte das nicht mehr aus.«

Die strenge Maske meines Gegenübers wurde milder. Samson sah bekümmert und mitfühlend aus. Auch er hatte ja unter den ewigen Konflikten zu leiden. In einer für ihn seltenen Gefühlswallung griff er nach meinen beiden Händen und versprach, daß er mir ein Engagement verschaffen würde.

»Leicht wird es allerdings nicht werden.«

Samson brauchte mir nicht mehr zu sagen. Warum sollten sie mir ein Engagement geben? Das Théâtre français bot Platz für höchstens fünfunddreißig Schauspieler, die sorgsam über ihr Ansehen und ihre Ehre wachten. Sie waren die Elite. Die Auserwählten des besten Theaters der Welt. Ihre Privilegien würden sie vor Eindringlingen zu schützen wissen!

Doch Samsons Wort hatte mehr Gewicht, als ich ahnte. Mein Lehrer wohnte im selben Haus wie Védel, der Direktor der Comédie. Er hatte ihn im Flur getroffen. Seine Worte, die ich nur zu gerne gehört hätte, bewirkten, daß die kleine Rachel dem Direktor vorsprechen durfte. In Absprache mit Samson wählte ich Fragmente aus der Camille in »Horace« von Pierre Corneille.

Diese Rolle hatte Samson selbst mir vorgespielt: Die Römerin Camille ist verlobt mit dem Krieger Curiace, der gegen ihren Bruder kämpfen muß und stirbt. Ihr Schmerz ist grenzenlos, und als der siegreiche Bruder heimkehrt, tritt sie vor ihn wie eine Rachegöttin. Als sie nicht nur ihn, sondern auch Rom verflucht, durchbohrt er sie mit dem Schwert.

Ich wählte ihre flammende Tirade, die sie dem Bruder bei der Heimkehr entgegenschmettert, und dann sank ich sterbend im Salon zusammen, die Hand noch in der Luft. Im Salon war es still. Ich wagte nicht, mich aus der tragischen Pose zu erheben, bis die Worte des Direktors mich erlösten.

»Die ausdrucksvollste und dramatischste Physiognomie, die ich gesehen habe. Eine solche Kraft und ein solches Ausdrucksvermögen würde man einer Siebzehnjährigen niemals zutrauen! Mademoiselle Rachel – Sie sind engagiert!«

Am 17. April 1838 bekam ich meinen Vertrag mit dem Théâtre français. Unter der Voraussetzung, daß mein Vater sich von meinem Unterricht fernhalten würde und ich jede Anweisung Samsons befolgte, sollte ich 4000 Francs Stipendium sowie freien Eintritt in alle Vorstellungen bekommen. Der Vertrag galt für ein Jahr. Ich hatte ein Engagement, doch es beinhaltete keinerlei Verabredung darüber, daß man mich auch wirklich auf der Bühne sehen würde. Dennoch war es ein Triumph! Für dieses eine Jahr sollte ich, Rachel, zu den Göttern gehören. Ich war jung, es war Frühling, ich war in Paris. Es kam mir vor, als würde ich auf Wolken schweben. Natürlich war die Freude in meiner Familie übergroß.

»Was für ein Mädchen!« Papa hatte Tränen in den Augen, spendierte uns allen Wein und Brioches, und Maman wiederholte den ganzen Abend immer wieder denselben Satz, mit jedem Schluck Wein etwas lauter: »So ein schönes Gehalt, a schajne sach!«

## 13

Die Familie Félix war nun beinahe reich. Wie uns die Nachbarn beneideten! Maman sonnte sich im Glanz der neidischen Blicke, und wenn sie zum Markt ging, redete sie nur noch von »meiner Tochter, Mademoiselle Rachel von der Comédie«. Die einzigen, die sich aufrichtig mit uns freuten, waren die Lévys. Michel umarmte mich, und sein Vater erzählte allen, die es hören wollten oder nicht, daß er ja immer an mein Talent geglaubt hätte.

»Wir sollten uns eine neue Wohnung suchen«, schlug Maman eines Abends vor. »Größer, schöner. Standesgemäß.«

»Und in der Nähe vom Theater!«

»Und was ist mit Michel Lévy?« krähte Raphael. »Und dem Cheder?«

»No, hat der Herr dir nicht zwei Beine geschenkt, damit du laufen kannst?«

Papa fand eine bezaubernde Wohnung, 22, Rue Traversière-Saint-Honoré, nicht weit von der Rue Richelieu. Dort oben, in der sechsten Etage, gab es ein Elternschlafzimmer, ein Eßzimmer und eine Küche. Noch nie zuvor hatten wir in einem solchen Luxus gelebt! Wir Kinder schliefen auf einem kleinen Speicher, den wir aus der Küche über eine Bodenleiter erreichten. Raphael hatte sogar ein eigenes Bett. Und was Sarah betraf – sie bevorzugte ein Lager in der Küche, sofern sie sich überhaupt noch zu Hause blicken ließ. Aber ich hatte ein gewisses Verständnis für sie: Mein Vater, der ihren Umgang zu locker fand und den Reigen ihrer Verehrer mißbilligte, tat das nicht nur mit Worten kund, sondern auch mit der Peitsche.

Im Theater drückte ich mich ins Dunkel und studierte begierig jedes Wort, jeden Blick, jede Geste der großen Mademoiselle Mars. Sie war mein Vorbild.

Maman, die mich als Chaperone begleitete, war so lieb, mir eine neue Haube aus rotem Samt zu nähen. An der Stirnseite war sie mit einer gelben Rose geschmückt. Ich erinnere mich gut, wie zufrieden meine Mutter mit ihrem kleinen Kunstwerk war. Und erst mein Vater! Ich trug diese Haube immer. Bei der Arbeit, aber auch wenn wir abends zur Vorstellung gingen. Einmal bekam ich sogar Karten fürs Parkett, als Mademoiselle Mars auftreten sollte. Endlich würde ich sie auch aus der Nähe sehen können! Was für eine Freude! Zur Feier des Tages setzte ich natürlich meine Haube auf. Hélas! Als ich hineingehen wollte, hielt man mich auf.

»Wo willst du in dem Aufzug hin? Willst du uns lächerlich machen?« schrie Monsieur Laurent mich an. »Unmöglich, diese Mütze.« Er schickte mich zum Paradis, ganz nach oben zwischen die Götter und Säulen, wo ich von Mademoiselle Mars nur den Umriß sehen würde. Ich wagte gar nicht, Maman ins Gesicht zu blicken, und fürchtete ihren verletzten Stolz.

Aber ein feiner Herr, der die Szene beobachtet hatte, trat vor mich, als ich zur dritten Galerie hinaufsteigen wollte.

»Mademoiselle«, er machte einen leichten Diener, »es gibt Leute, die den mangelnden Respekt für Ihre Haube dereinst bedauern werden. Es gibt andere, so mich, die stolz wären, Ihre gelbe Rose im Knopfloch zu tragen.«

Damit zog er sich zurück, und Maman und ich und meine gelbe Rose gingen hinauf zu den billigen Plätzen. Als ich es am nächsten Morgen meinem Lehrer erzählte, schäumte er vor Zorn über diese Anmaßung. Der große Samson ließ es sich nicht nehmen, persönlich zum Kartenverkauf zu gehen und Monsieur Laurent ins Gebet zu nehmen. Mich nahm er mit, und mit Stolz und Erstaunen hörte ich, was er dem Commissionaire und seiner Gattin sagte: »Ich warne Sie: Dieses junge Mädchen hier, das Sie so unhöflich fortgeschickt haben, könnte eines Tages in der Lage sein, Sie aus Ihrer Position hier zu entfernen.«

Von da an saßen Maman und ich nur noch auf den besten Plätzen.

Eigentlich hätte das Frühjahr 1838 eine glückliche Zeit sein können. Doch es gab jemanden, der mich furchtbar quälte: Mademoiselle Plessy, meine Rivalin. Hübsch, graziös und kultiviert, hatte auch sie Privatunterricht bei Samson. Und nun saß dieses hübsche Mädchen im Salon der Samsons, lauschte hingebungsvoll seinen Ausführungen, lachte mit seinen Töchtern und hatte für Madame tausend kleine, bezaubernde Aufmerksamkeiten.

Ich beneidete sie. Alles, was ich mir so mühsam hatte erkämpfen müssen, schien ihr in den Schoß zu fallen. Heute noch erinnere ich mich in allen Einzelheiten an eine Diskussion, die wir bei Kaffee und Zuckerwerk in der Rue Richelieu führten. Sie, lieblich und lächelnd; ich, mit Haß im Herzen. Wir sprachen über die Liebe, von der wir damals noch so wenig wußten und die wir doch schon auf der Bühne darstellen mußten.

Mademoiselle Plessy führte zierlich die Tasse an den Mund: »Gern würde ich meine Laufbahn für die Liebe opfern.«

Ich starrte sie an. »Du würdest das Theater verlassen? Du? Vom Publikum geliebt und applaudiert, wenn du dich nur zeigst? Das glaube ich nicht!«

»Aber wenn es ein Hindernis für deine Hochzeit wäre! Würdest du dann das Opfer nicht bringen?«

»Das Theater opfern hieße das Leben opfern! Was für eine Idee, den Applaus aufzugeben! Gibt es eine Freude, die noch größer ist?«

»Ich glaube schon«, sagte sie in einem Ton, als hätte sie Mitleid für mich. »Die Einheit mit dem Menschen, den du am meisten liebst, Freuden und Sorgen zu teilen und Kinder zu haben, um das Glück vollständig zu machen.«

»Gut und schön. Aber wie lange wird das Glück dauern? Glaubst du, dein Mann ist immer bei dir? Wenn du einen Advokaten heiratest, wird er bei Gericht sein. Wenn du Kinder hast, wird ihr Lärm dich stören. Wenn du allein bleibst, ist dir langweilig. Und wenn du zur Eifersucht neigst, wirst du mißtrauisch sein. Wenn du das Theater besuchst, wird dich der Beifall an die glücklichen Tage erinnern, als du noch nicht vergessen warst. Du sagst, du könntest es ertragen, aber nichts kann dir den Ruhm ersetzen!«

Madame Samson unterbrach meinen Vortrag mit einem leichten Seufzen. »Oh, wie du dich irrst, du wirst es noch merken. Ruhm bedeutet nichts – und Liebe alles.«

Im Mai 1838, als die Pariser ihre Sonnenschirme spazierenführten, stand ich vor unserem alten Spiegel und musterte mich. Mit dem Finger fuhr ich über meine Nase, die noch immer lang war, aber nicht mehr so stark gewölbt. Sie paßte zur Größe meiner Augen. Es kam mir vor, als wäre auf einmal Form in mein Gesicht geraten. Die Wangenknochen traten hervor, meine Haut war zart und frisch, und mein Haar bauschte sich in walnußbraunem Glanz. Jeden Abend bürstete ich es, bevor Maman es mir in Zöpfe flocht. Ja, ich war siebzehn, endlich eine Frau, und – um die Wahrheit zu sagen – ich fand mich plötzich gar nicht mehr häßlich.

»Kann ich nicht endlich auftreten?« bedrängte ich Samson.

»Immer diese Ungeduld! Bald ist Sommer! Dann verläßt ganz Paris die Stadt! Willst du ein Debüt am Théâtre français vor leerem Haus? Du wolltest ein Engagement – ich hab es dir verschafft, mehr kann ich jetzt nicht tun.«

Ich wartete und litt; eine Zauberfee, die kein Publikum hat. Ich brauchte die Magie, die sich zwischen den Menschen und mir entspann wie ein Band, war süchtig nach dem Rausch des Augenblicks, wenn der Vorhang fiel, wenn der Beifall aufbranden würde. Am 10. Juni 1838 hielt ich es nicht mehr aus. Ich lungerte in den schummrigen Gängen herum, und auf einmal faßte ich einen folgenschweren Entschluß. Ich würde Samsons Warnungen in den Wind schlagen und mit Monsieur Védel sprechen. Ich mußte endlich auftreten! Ich stürmte die Treppe hinauf zu seinem Büro!

Der Direktor ließ mich ein. Er schmunzelte.

»Ich glaube, da hätte ich eine Ahnung, worum es geht. Das Debüt?«

»Oh, Monsieur Védel! Ich muß ein Publikum haben! Es gibt soviel zu sagen, und niemand hört mir zu. Ich kann die Spannung nicht mehr ertragen!«

»Wie Sie wünschen«, sagte er übertrieben langsam. »Würde es Ihnen, bien, übermorgen passen?«

Ich spürte, wie mir die Röte ins Gesicht stieg, und mußte einen Schrei der Freude unterdrücken. Am liebsten hätte ich getanzt oder Védel geküßt. Es war so einfach gewesen, ich konnte es kaum fassen.

»Nun, was halten Sie von Camille? ›Les Horaces‹, zum Beispiel? Gehen Sie und sagen Sie Monsieur Samson, daß Ihr Debüt am Théâtre français für übermorgen bekanntgegeben wird.«

Am Montag, den 11. Juni 1838, war ich überglücklich, meinen Namen auf der Vorankündigung des Théâtre français zu lesen: »Die Rolle der Camille wird übernommen von Mlle Rachel.« Ich stand vor dem Aushang und konnte die Zeile nicht oft genug lesen. Es war soweit. Ich würde meinen ersten Gottesdienst im Tempel verrichten, ich, die Hohepriesterin.

»Ich bin sehr böse auf dich«, sagte eine klangvolle Stimme in meinem Rücken. Ich drehte mich um und blickte zutiefst erschrocken Samson ins Gesicht. Mein Lehrer war erzürnt. »Es ist unverantwortlich! Im Juni, bei der Hitze. Wer wird kommen? Das Theater wird leer sein. Und dein Debüt ist vorüber, bevor es angefangen hat. Lieber Gott, Rachel, was für eine Torheit!«

Mit Bestürzung sah ich die tiefe Besorgnis in seinem Gesicht. Ich hatte wieder einmal gehandelt, ohne nachzudenken. Machte ich einen Fehler?

»Nun, es ist, wie es ist.« Er legte seine Hand auf meine Schulter. »Komm mit, wir gehen ins Theater. Jetzt müssen wir das Beste daraus machen.«

Seite an Seite schritten wir über die Straße. Niemand zeigte sich auf der Rue Richelieu, die Fensterläden waren geschlossen. Brütende Hitze hing in der Luft. Im Theater verwandelte die gnadenlose Sonne das Gewirr der Gänge in Brutkammern. Die Bühne war geschrubbt, es roch nach Seifenlauge. Der Lüster, der abends den Saal entflammen würde, schwankte blind im Dunkel. Man klingelte nach dem großen Joanny, der neben mir auftreten würde. Seine Erfahrung sollte mir Kraft geben, und der Schauspieler, der jede kleinste Geste seiner Rolle kannte und beherrschte, ließ sich tatsächlich dazu herab, mit der kleinen Rachel einen halben Nachmittag zu proben. Bevor es soweit war, betrat Samson die Bühne und zeichnete eine lange Linie aus Kreide ein: die erste Linie, die ich auf diesen Brettern entlangschreiten würde. Sie führte aus dem Dunkel der Kulisse bis ganz nach vorn zum Publikum.

Wenn ich diese Linie beschritten hatte, würde das Théâtre français mir gehören. Und bald, so gelobte ich mir und den toten Größen aus der Vergangenheit, würde es auf immer mein sein.

So jedenfalls meine Hoffnung. Vom Zweifel reden wir lieber nicht.

»No, du wirst schon sehen, daß Leute kommen«, rief Papa, als ich ihm beim Mittagessen von den Bedenken des großen Samson erzählte. Noch am selben Nachmittag eilte meine Familie kreuz und quer durchs Marais. Papa lud Handelsleute und Bekannte, die Mitglieder der jüdischen Gemeinde und die deutschen Freunde ein und dazu noch überhaupt jeden, den er irgendwie aus der Ferne oder vom Hörensagen kannte. Maman ging auf den Markt, plauderte mit den Verkäuferinnen und Standbesitzern und suchte auch die feinen Damen auf, für die sie hin und wieder die Kleider ausbessern durfte. Raphael und Michel Lévy, so erzählten sie mir später, hatten sogar im Cheder und beim strengen Rabbi für mich Werbung gemacht. Und meine kleine Rébec, das Goldkind, war zu Monsieur Saint-Aulaire gegangen, um die Salle Molière mit Freunden und Neidern ins Théâtre français zu bringen. Alle würden kommen. Ruhig und glücklich schlief ich ein.

Am Morgen des 12. Juni bezog ich meine Künstlergarderobe im Théâtre français. Ich war angekommen, auch wenn sie mir als jüngstem und unbedeutendstem Mitglied der Comédie nur die kleinste und staubigste Kammer unter dem Dach überlassen hatten. Ich brachte mir einen kleinen Tisch und einen Stuhl mit, Geschenke der Familie Lévy, dann stellte ich mein Schminkzeug auf den Tisch und strich das herrliche Kostüm glatt, das Monsieur Védel für mich beschafft und das Maman passend eingekürzt hatte. Leider war ich ja immer noch so furchtbar klein. Vor dem alten Spiegel, den Papa mir zur Feier des Tages geschenkt hatte, streckte ich mein Kinn in die Luft. Winzig oder nicht – auf der Bühne würde ich die größte sein.

»Geh nach Hause, und ruh dich aus«, befahl mir Samson, der gar nicht froh war, mich im Theater zu entdecken. Er meinte, ich sollte im Bett liegen, einen Spaziergang machen, überall sein, nur nicht hier, wo das Lampenfieber sozusagen in der Luft hing. »Komm nicht früher wieder her als eine Stunde vor der Vorstellung. Ich werde persönlich dafür sorgen, daß Monsieur Laurent dich nicht vorher wieder hereinläßt.«

Den ganzen Nachmittag litt ich trotz der flirrenden Hitze an einem nervösen Kältegefühl. Noch schlimmer aber war das Ziehen im Bauch, ich konnte nicht essen, hatte Magenschmerzen.

»Die übliche Krise!« Maman hatte die Hühnersuppe schon vorbereitet, die sie mir nun Löffel um Löffel einflößte. Danach lag ich allein auf dem Bett, starrte an die Decke des Speichers, auf dem die Hitze brütete, lauschte dem Ticken von Papas Chronometer und wartete und hoffte, daß die vielen Stunden doch endlich vergehen würden. Gleichzeitig fürchtete ich mich davor. Aber dann war es soweit! Eine leichte Brise zog auf, der Abend nahte. Maman hatte den Waschzuber für mich mit Wasser gefüllt, und ich ließ mich schrubben und mit duftender Lavendeltinktur einreiben.

Um halb sieben Uhr abends traf ich im Theater ein. Keine Minute früher oder später, als Samson mir es geraten hatte. Durch die Stille des ehrwürdigen Baus hörte ich eilige Schritte, Knarren und Rufen; der Lärm der Kulissenschieber, die das Szenenbild für mich vorbereiteten: ein schöner, kleiner Palast, mit Arabesken verziert, der Schauplatz meiner Hoffnungen.

»Monsieur Laurent?« fragte ich am Kartenverkauf. »Sind schon viele da?«

»Mit Glück sind es zweihundert.« Er brauchte mir nicht zu sagen, daß 1500 Besucher in den Saal paßten. Nicht einmal jeder siebte Stuhl würde belegt sein. »Und fast alle auf den billigen Plätzen.«

Befangen tauchte ich in den langen Gang ein, der an den Künstlergarderoben vorüberführte. Als ich Stimmen hörte, verlangsamte ich meinen Schritt. Ich erkannte mein großes Vorbild Mademoiselle Mars, duckte mich in den Schatten einer Säule und sah, daß sie von ihrem Verehrer, Monsieur de Varenne, begleitet wurde.

»Sie wissen, daß es heute abend eine Debütantin gibt?« fragte Mlle Mars.

»Ah, das höre ich«, gab Monsieur de Varenne zurück. »Man sagt, daß sie nichts Besonderes ist.«

»Sie täuschen sich«, widersprach Mlle Mars. »Ich habe das Kind schon spielen sehen und kann versichern, daß Großes von ihr zu erwarten ist.«

»Aber ich höre ...«

Sie unterbrach ihn zu meinem Glück mit einer unwirschen Handbewegung, denn noch mehr Beleidigungen hätte ich in diesem Moment nicht verkraften können. »Am besten machen Sie sich ein eigenes Bild. Kommen Sie doch mit in die Vorstellung. Ich hätte Sie gern als Gast in meiner Loge.«

Aufgewühlt ging ich nach oben in meine Garderobe. Ob das ein gutes Omen war? Ich starrte in den Spiegel, sah bleiche Haut und trübe Augen. Das war ich? Heute sollte doch mein großer Abend sein! Aber die Welt hatte sich offensichtlich mal wieder gegen mich verschworen.

Mein Vater trug ein neues, dunkles Cape, dennoch saß er sonderbar geduckt im Schatten. Im Schein der rußenden Öllampe sah ich nur sein scharf geschnittenes Profil. Ich konnte ihm nicht ansehen, was er dachte, vermutete jedoch, daß er noch viel aufgeregter war als ich. Ich trank noch einen Schluck Wasser. Auf einmal erfaßte mich die Angst, meine Stimme könnte wegbleiben.

Als ich viel zu früh zur Bühne kam, betrachtete ich das Bühnenbild, viel Stuck, viel Marmor, viel Klassik; ohne Rampenlicht sah es ramponiert und schäbig aus. Von den anderen Schauspielern war noch nichts zu sehen. Nur der große Joanny, der den alten Horace spielen sollte, lief zwischen den Kulissenschiebern auf und ab. Er zwinkerte mir zu. Unsere gemeinsame Probe hatte ihm anscheinend gefallen.

Die Souffleuse bezog ihren Platz, dann trafen im großen Saal nach und nach die Besucher ein. Durch das Guckloch im Vorhang sah ich zu, wie sie ins dunkle Haus kamen. Einige wenige Besucher verteilten sich im Parkett, Abonnenten, Hitzeflüchtlinge oder Eleven des Hauses wie ich, die freien Eintritt hatten. Oben im Paradis, bei den Säulen und Göttern, saß die lärmende Schar meiner Freunde aus dem Marais.

»Du hast vornehmes Publikum«, flüsterte mir Joanny zu, der den alten Horace spielte und sich die Brauen mit dunkelvioletter Farbe schminkte, damit er römischer wirkte. »Da oben in der Loge, schau nur! Madame Recamier!«

Ich ahnte den Glanz eines Glacéhandschuhs über der Balustrade aus Samt.

»Wer ist das?«

Der gute Joanny schloß die Augen über soviel Ignoranz. »Madame Récamier ist die schönste und charmanteste Salondame ihrer Zeit gewesen, eine lebende Legende. Heute lebt sie mit dem großen alten Chateaubriand zusammen.«

»Chateaubriand? Kenne ich nicht.«

Der Gong bewahrte mich vor der Zurechtweisung, die ich sicher verdient gehabt hätte. Gleich würde die Vorstellung beginnen. Tout ou rien. Die Zugketten rasselten, schwerfällig rumpelte der Vorhang in die Höhe, die Stimmen im Zuschauerraum verstummten, und ich stand vor der Wand aus Dunkelheit, geblendet vom Rampenlicht und frierend vor Aufregung in meinem viel zu dünnen Kleid. Ich glaubte, es würde mir den Atem verschlagen und ich würde keinen Ton herausbringen können, der Boden schien unter meinen Füßen zu schwanken. Aber dann drückte der freundliche alte Kollege schmerzhaft meinen Arm. Meine Hände glitten über mein Kostüm, kühle, glatte Seide, die mich zur wirklichen Prinzessin werden ließ. Ich holte tief Luft. Es roch nach dem Öl der Lampen, die unsere Szene erhellten. Hinter der Bühne verstummten die Arbeiter, und dann hörte ich das letzte Rauschen des Vorhangs, als er aufzog und mich jeden Moment den Blicken und Sehnsüchten preisgeben würde. Ich sah oder vielmehr spürte, wo Samson mit seiner Familie saß, und wie eine magnetische Strömung fühlte ich die tröstende Kraft, die von seiner Anwesenheit ausging. Im nächsten Augenblick hörte ich auf, Elisa Félix zu sein oder Pierrot Elisabeth oder Mlle Rachel. Ich wurde zu dem, was ich in den kommenden Stunden eigentlich war.

Camille.

Der letzte Vorhang fiel. Ich war erlöst. Der Applaus erklang, als wäre der Saal voll gewesen. Der Beifall gab mir Kraft, hauchte mir Leben ein. Erst als der letzte Applaus verklungen war, trat ich zurück in die Kulisse, die Leere und Einsamkeit nach der Vorstellung. Ich war müde und lehnte mich gegen die Kulisse. Mein Kopf schwirrte. Noch trug ich das prachtvolle Kleid der Camille. Schon hörte ich die Schritte der Feuerwehrleute, das Brüllen der Kulissenschieber, die in den Feierabend wollten. Die Wirklichkeit hatte mich zurück. Ich war wieder Rachel.

»Mademoiselle«, hörte ich Joannys Stimme zu mir durchdringen. »Du bist wundervoll gewesen.«

Dann kamen sie alle hinter die Bühne. Monsieur Védel, Saint-Aulaire, Samsons und meine Familie. Sie führten mich plaudernd und lächelnd in den grünen Salon, wo Champagner ausgeschenkt und wo Toasts ausgebracht wurden. Auf das Theater und mich und la belle France.

Die Gläser klangen, als Mlle Mars mit Monsieur de Varenne anstieß. »Habe ich es nicht gesagt? Sie hat eine so gute Haltung auf der Bühne. Und sie deklamiert nicht. Sie spricht die Tragödie mit einer bestechenden Natürlichkeit. Man glaubt, die Vergangenheit leben zu sehen.«

Mit Védel war ein Herr im Frack hereingekommen, dessen Kinn fast in seiner übergroßen Krawatte versank. Er kam mir gleich bekannt vor. Mit seinen wulstigen Lippen und dem wilden schwarzen Haar war er eine ganz besondere Erscheinung: Docteur Véron, der große Verleger, dem ich schon einmal begegnet war, damals, in der Salle Molière. Maman sagte ja immer, wenn es Schicksal ist, muß man sich dreimal treffen. Ich sah ihn nun das zweite Mal. Mit einem seltsamen Ausdruck, der wie religiöse Ergriffenheit wirkte, kam er auf mich zu und faßte nach meinen Händen.

»Ein historischer Tag für das französische Theater. Duchesnois und Raucourt sind von den Toten auferstanden.« Die anderen Gäste, selbst meine Eltern, verstummten, und mir kam es so vor, als ob alle Energie im Raum sich auf Docteur Véron und mich konzentrierte.

»Warum nur ein so schlechtes Datum für Ihr Debüt? Es ist doch kein Mensch in der Stadt! Was für ein historischer Fehler! Aber warten Sie, wenn die zwölf- oder fünfzehnhundert Leute, die in Paris den Ton angeben, Sie erst gehört und beurteilt haben, dann werden Sie der Glanz und der Reichtum der Comédie française sein!«

## 14

Zwei Tage habe ich nicht schreiben können. Denn ein schwächendes Fieber erfaßte mich. Jetzt ist mein Kopf schwer vor Müdigkeit, und meine Gedanken sind wirr von den Träumen. Muß ich wirklich sterben? Werde ich die Bühne niemals wiedersehen?

Das Atmen fällt mir schwer. Ein pfeifendes Geräusch, das aus dem Kehlkopf kommt. Ich fürchte mich vor dem

Tod. Soviel Schmerzen, soviel Leiden – und was ist das Ziel?

Nichts, vermute ich, nichts.

Meine gute Rose will solche Reden nicht hören. »Sie müssen kämpfen«, so schimpft sie mich aus. »Sie brauchen Lebenswillen.«

Ich höre mich selbst, wie ich dazu schweige.

Während wir gemächlich, zu gemächlich nilaufwärts gleiten, sitze ich an meinem kleinen Sekretär und blicke hinaus. Der Fluß draußen ist noch immer braun; immer noch stehen die Wasserbüffel wie dunkle Schatten am Ufer, diese ewiggleichen Bilder. Wenn unser Ziel nicht das erhabene Theben wäre, würde ich am liebsten umkehren.

Ich habe heftige Schmerzen im Rücken, vielleicht durch die Feuchtigkeit hervorgerufen. Der Doktor hat mich abgehört, hat das Thermometer heruntergeschüttelt und den Kopf gewiegt. Ein gutes, ein schlechtes Zeichen? Die Lunge sei frei, sagte der Doktor. Aber ich habe noch Fieber und bin geschwächt. Selbst die paar Löffel von der Hühnerbrühe, die Rose mir brachte, mußte ich hinunterwürgen. Aber ich war brav und schluckte und schluckte.

Ja, ich möchte leben und tue alles dafür. Ich schlucke Chinin und Arsenik, nehme Tännel und Lebertran und trinke sogar die Milch von der Ziege, die der Rais für mich angeschafft hat.

Heute nacht, als ich nicht schlafen konnte, las ich die Briefe noch einmal, die ich von Alexandre vor der Abreise in Kairo bekommen habe. Alexander Graf Walewski, erzogen in einem Internat in Genf. Was wird ihm bestimmt sein? Wird er sein Glück finden?

Lange blickte ich in die Nacht hinaus, in den klaren, hohen Himmel Ägyptens, der schon den Bau der Pyramiden gesehen hat und auch die ewigen Geheimnisse kennt, die sie bergen. Ich stellte mir vor, wie ich allein am Ufer spazierengehen würde. Das Schmeicheln des Sandes an meinen Füßen, die Sterne über mir. Heute morgen kam es mir dann so vor, als wäre ich wirklich spazieren gewesen. Jeder Traum kann wahr sein, wenn man nur fest genug daran glaubt.

Im August 1838 hing die Hitze noch immer wie eine Glocke über der Stadt. Wer es sich irgend leisten konnte, war Paris entflohen. Ich allein, so schien es mir, arbeitete mit verbissener Beharrlichkeit jeden Tag und jede Nacht.

Morgens ging ich in die Rue Richelieu, zu meinem Unterricht bei Samson, um die Kritik der Vorstellung des vorangegangenen Abends zu hören und meine nächste Rolle vorzubereiten.

»Es war ein Fehler, außerhalb der Saison auf die Bühne zu gehen«, verkündete mein Lehrer. »Aber der Erfolg wird sich einstellen; es ist lediglich eine Frage der Zeit.«

Mir fiel es zunehmend schwer, noch an die tröstlichen Worte zu glauben. Soviel Zeit verging, ohne daß sich etwas änderte. Abend für Abend die Vorstellung vor einem halbleeren Haus! Ja, man spendete mir Beifall; ich hatte Verehrer, selbst unter den Journalisten, die zum Teil durchaus wohlwollende Kritiken für unbedeutende Blätter schrieben. Aber ich hatte auch schon Feinde, die es für nötig hielten, meinen kleinen Erfolg zunichte zu schreiben. Einmal erwischte ich Samson dabei, wie er versuchte, den »Courrier des Théâtres« vor mir zu verbergen. Wie sank mein Herz, als ich es lesen mußte: »Sie hat die Rolle der Camille wiederholt wie eine gelehrsame perruche. Man sieht, was Samson ihr beigebracht hat, aber der Professor hat vergessen, ihr eine Seele zu geben. Am Conservatoire ist man eben nicht Gott.«

Ich – keine Seele? Die Journalisten kannten mich doch gar nicht. Warum mußten sie so persönlich werden? Es hätte doch genügt, mein Spiel zu kritisieren.

Viel später sah ich die Frau, die es geschrieben hatte: Was an ihr hervorstach, war vor allem ihr massiges Kinn. Sie war eine Kulturbürokratin, die selbst von einer Karriere am

Theater geträumt hatte, und trug den seltsam deutschen Namen Regula.

Ich habe ihr niemals verziehen.

»Journalisten«, verkündete Monsieur de Balzac einmal, »sind bereit, für eine Pointe ein ganzes Werk zu opfern.«

Doch mit meinen siebzehn Jahren glaubte ich noch fest an die Lauterkeit des Urteils – um so größer war mein Leiden an der Ungerechtigkeit.

»Na, Rachel? Gestern wieder sagenhafte 500 Francs eingenommen?«

Die Stimme, triefend vor Hohn, gehörte der schönen Lise, einem Mädchen in meinem Alter, das begierig sein Debüt erwartete. Es gab viele dieser hoffnungsvollen Talente an der Comédie, und sie alle waren nicht minder ungeduldig als ich. Monsieur Védel, den meine Kollegen von Tag zu Tag mehr unter Druck setzten, belehrte mich, daß ich keinerlei Anrecht habe, immerfort in Hauptrollen aufzutreten. Vor allem dann nicht, wenn ich keine Einnahmen erzielte.

»Was soll das?« rief mein Vater, wenn ich ihm mein Leid über die schlechten Besucherzahlen klagte. »Nicht auf die Quantität kommt es an. Auf die Qualität.«

Doch die lieben Kollegen ließen keine Gelegenheit aus, mich darauf hinzuweisen, daß die Kassenbücher eine andere Sprache sprachen: Ich war fast zehnmal aufgetreten, und kein einziges Mal hatten die Einnahmen die magische Grenze von 1 000 Francs erreicht.

»Seltsam«, zischte die schöne Lise, als ich sie einmal abends im Gang zu den Garderoben belauschte. »Rachel scheint die Comédie für sich gepachtet zu haben. Mißerfolg auf Mißerfolg. Hauptrolle auf Hauptrolle. Die Frage ist nur, warum Védel es duldet. Vielleicht hat er private Gründe ...«

Heimlich mußte ich mir eingestehen, daß der Vorwurf nicht ganz aus der Luft gegriffen war. Védel hatte wirklich Gründe, so treu an mir festzuhalten. Immer, wenn er drohte mich abzusetzen, stürmte Samson in sein Büro und machte eine heftige Szene. Oder Docteur Véron kam wie zufällig herein, streifte seine Handschuhe ab und drohte mit leiser Stimme und furchtbaren Konsequenzen. Nach jedem Mißerfolg schickte er ein diskretes Billet. Noch eine Chance für Mademoiselle Rachel. Und wieder ein leeres Haus. Und noch eine Chance.

»Wir müssen nur warten, bis der Meister der Kritik nach Hause kommt«, erklärte Docteur Véron, als er mich nach der Vorstellung in meiner Garderobe unter dem Dach aufsuchte, wo es trotz der späten Stunde noch immer so heiß war, daß mir die Schminke in schwarzen Bächen über das Gesicht strömte. »Wenn Jules Janin vom Journal des Débats dich erst gehört hat, wirst du Paris im Sturm erobern!«

Hélas, der Jünger der schönen Künste befand sich auf einer Reise durch Italien, wo er auf den Spuren der Antike wandelte, und angesichts der brütenden Hitze, die über Paris lastete, war nicht so bald mit seiner Rückkehr zu rechnen.

Monsieur Védel schlug mir vor, in Voltaires »Tancrède« aufzutreten, einer Tragödie in fünf Akten, die 1760 uraufgeführt worden war. Zehn Jahre hatte man das Stück in der Comédie nicht mehr gespielt, doch Rossini hatte es als Oper vertont und damit ganz Europa begeistert. Ich sollte die Rolle der Amenaide übernehmen.

»Schauplatz ist ein Palast im Jahr 1005«, erklärte mir Samson, »die Sarazenen haben Sizilien erobert, und die junge, tugendhafte Amenaide soll von ihrem Vater Argire verheiratet werden, obwohl sie einen anderen liebt.«

Samson entwarf mir diese ganze fremde Welt voller Gewalt und Blutvergießen.

»Diese Welt ist beherrscht von den Männern, von der Gewalt, von der Staatsraison. Durch dich werden sie lernen, was die Macht der Liebe bedeutet. Du, ein ganz und gar unschuldiges Wesen, wirst mit der Liebe alle Waffenmacht besiegen.«

»Monsieur Samson, was ist Liebe?«

Ich sah, daß er sich ein Lächeln verkneifen mußte.

»Das wirst du schon noch lernen.«

Während wir uns mit dem Stück abmühten, während Lisa in den Kulissen tuschelte und die erfahrene Madame Sylvia mich mit zynischer hauteur anlächelte, wenn sie mit mir auf der Bühne stand, ließ Direktor Védel hinter den Kulissen nichts unversucht, um mit Tancrède meinen Erfolg zu erzwingen: Es gab Anzeigen in den Journalen, es gab neue Kostüme, klirrende Rüstungen für die Sarazenen und ein unglaublich reiches Szenenbild, das einen schwelgerisch ausgestatteten Palast zeigte. Um auch den letzten Zufall auszuschließen, wurde ein ganzes Heer von Claqueuren engagiert, das mein Gönner, Docteur Véron, finanziert hatte.

Dann stand ich schließlich beim Premierenabend auf der Bühne, in einem schlichten weißen Kleid, mit keiner Rüstung ausgestattet als mit der Liebe, einer Liebe, die mein Publikum zu Tränen rührte. Der Vorhang fiel. Ohrenbetäubender Applaus brandete auf, und dann geschah die kleine Sensation: Nachdem ich wieder und wieder gerufen worden war, landete ein Blumenkranz auf den Bühnenbrettern. Mein erstes Bukett lag vor mir im Staub.

Wenig später hörte ich es. Jules Janin sollte zurück in der Stadt sein. Der Meisterkritiker schrieb jeden Montag zwölf Spalten übers Theater im »Journal des Débats«. Er, so wurde mir erklärt, sei kein Journalist, sondern eine Institution, ein Orakel. Docteur Véron, der voller Stolz auf mich, auf seine Entdeckung, war, ließ es sich nicht nehmen, mich aufzusuchen, um mir zu erzählen, daß er Janin getroffen habe.

»Ich habe ihn nach Italien gefragt, ob es dort etwas Besonderes gegeben habe. ›Nicht wirklich‹, sagte er. ›Rom, Neapel, Pompeji, die alten Schatten der Antike. Und was gibt's Neues in Paris?‹ Ich gab mir größte Mühe, nicht zu deutlich zu werden. Denn Janin ist eitel, Rachel. Du mußt seine Entdeckung werden, damit er dich stützt. ›Nichts Besonderes‹, sagte ich deshalb möglichst kühl. ›Es sei denn, diese kleine Débutante an der Comédie. Ein seltsames Wesen, macht irgendwie Eindruck. Wenn Sie nichts Besseres zu tun haben, Freund Janin, gehen Sie doch mal hin und schauen sich die Göre an.‹ Ich prophezeie dir, Rachel, er wird kommen.«

Jules Janin kam tatsächlich. Ich erfuhr es von Védel persönlich, der vor Aufregung ganz rote Backen hatte. Am 4. September 1838 saß Jules Janin im Parkett. Was mein Spiel ihm bedeutete, darüber kursieren bis heute zahllose Legenden. Nach dem ersten Akt soll er zu Docteur Véron geflüstert haben, daß er in mir etwas ganz Außerordentliches bemerken könne. Nach dem zweiten Akt soll er in einer Art von Trance gewesen sein: »Sie fragten mich«, rief er aus, »welche Wunder ich in Italien gesehen habe. Und Sie behaupten, es gibt nichts Neues in Paris? Dabei gibt es hier doch ein neues Wunder! Ich bin ins Ausland gegangen, um die Antike tot und in Staub zerfallen zu sehen. Und ich komme nach Paris zurück, um sie in diesem kleinen Mädchen wieder zu entdecken!«

Mein Schicksal lag buchstäblich in seiner Feder. Vor Aufregung war mir beinahe schlecht, als ich Papa das Blatt aus der Hand riß. Alle zwölf Spalten waren mir gewidmet. Die Stimme meines Vaters zitterte, als er vorlas: »Nehmen Sie zur Kenntnis, daß in diesem Augenblick am Théâtre français ein unverhoffter Sieg stattfindet: der Sieg der edlen Sprache und Gefühle über die namenlose Gewalt und Barbarei.« Gemeint war, daß der Sieg der Klassik über die Romantik stattfinde, aber das war mir damals gleichgültig. »Wir haben das erstaunlichste kleine Mädchen, das die gegenwärtige Generation je auf der Bühne gesehen hat. Dieses Kind – merken Sie sich ihren Namen – heißt Mademoiselle Rachel. Ein dünnes Mädchen, ziemlich ungebildet, ohne Kunst, ohne Ausbildung, fällt hinein in die Welt unserer klassischen Tragödien, bläst in die verglimmende Asche und entfacht einen Feuersturm. Oh, es ist wunderbar!«

Mein Vater wurde gezwungen, uns diese Sätze wieder und wieder vorzulesen. Wenig später begann das Defilee. Lakaien und Pagen klopften an die Tür unseres ärmlichen Quartiers. Sie brachten Früchte und Blumen, bis unser kleines Wohnzimmer einem Marktstand glich und Maman sich nur noch ans Herz faßte, während Sarah sich die feinsten Leckereien stahl. Glückwunschkarten kamen, und dann, am Nachmittag, ein goldgeränderter Brief auf schwerem Bütten: Docteur Véron gab sich die Ehre, mich am 29. September zu einem offiziellen Festbankett in seinem neuen Palais, Rue Trudon, einzuladen.

»Oh, Elisa, du wirst eine richtige Dame!« Maman umarmte mich. »So ein vornehmes Papier, der Mann muß wunderbar reich sein.«

»Der größte Fettsack von Paris«, knurrte Sarah, die vor Neid ganz bleich aussah und fast im selben Moment eine Ohrfeige von Papa bekam.

»Ich muß die Schönste sein!« rief ich aus. »Papa, bitte, ich brauche ein schönes Kleid. Und Maman auch. Und du brauchst einen neuen Anzug.«

»Und wer soll das bezahlen?« fragte er in einem Ton, der meine Freude dämpfte. Diesmal jedoch gab auch Maman nicht auf und bohrte so lange, bis Papa versprach, daß er mit uns beiden einkaufen gehen würde. Es geschahen doch Wunder.

Samson gab mir den Rat, mich um die Aufnahme als Sociétaire am Théâtre français zu bewerben. Zwar wurde nur eine begrenzte Anzahl von Teilhabern geduldet, aber wenn es klappte, würde ich einen Vertrag über zwanzig Jahre bekommen. Mein Lehrer half mir das Gesuch aufzusetzen, das wir am 21. September 1838 beim Komitee einreichten. »Ich werde eine glühende Liebe zu meiner Kunst einbringen«, diktierte er mir, »und darüber hinaus eine unerschöpfliche Hingabe an die Interessen der Société.«

Natürlich würde es Zeit brauchen, bis das Komitee über

meine Aufnahme als Teilhaberin am größten Theater der Welt entschied. Denn wer war ich schon? Mademoiselle Rachel – ein siebzehnjähriges Mädchen.

Um so größer war unser Erstaunen, als es schon am nächsten Abend an unsere Tür klopfte. Samson persönlich, der nie zuvor in unserer Absteige gewesen war, füllte fast den ganzen Türrahmen aus.

»Ich konnte mit Védel eine Abmachung treffen!« Seine volltönende Stimme war Musik in meinen Ohren. »Das Komitee berät über die Aufnahme; das wird noch eine Weile dauern, doch das Gehalt wird sofort von 4000 Francs auf 8000 Francs jährlich erhöht.«

Nach der ersten Schrecksekunde stürzte sich Maman auf meinen Lehrer und bedeckte seine Hand mit Küssen. Papa sagte, daß er gar nicht sagen könne, wie tief wir alle in Samsons Schuld stünden. Samson war ein Engel – nein, ein Gott! Ich nahm mir vor, daß ich für das Diner bei Docteur Véron ein wunderbares Kleid bekommen würde, das schönste in Paris!

Das Kleid wurde ein Traum aus weißer Moiréseide, ein schwerer Stoff, der mir schmeichelte. Ich legte keinerlei Schmuck an, nichts zierte mein Kleid, keine Rüsche, keine Rose. Madame Samson und Maman hatten Stoff und Schnitt gemeinsam ausgewählt. Meine einzige Zierde war mein Haar, das in sanfte Wellen gelegt war und glänzte.

»Du siehst aus wie eine frische Blume!« rief Papa, der uns aufgrund einer plötzlichen Grippe nicht begleiten konnte. Auch Maman sah sehr vornehm aus in einer Robe aus schwerem Samtbrokat mit englischen Spitzen. Samson, in schwarzem Frack, glich einem antiken Gott, als er uns in seine Kutsche half.

»Was bin ich stolz, zwei so schöne Damen zu begleiten.« Ich hatte Lampenfieber. Dieser Abend war auch ein Debüt: mein erster Auftritt in der guten Gesellschaft. Ich preßte meine Nase ans Fenster des eleganten Landauers, blickte ins nächtliche Paris hinaus und versuchte, mich zu beruhigen.

Hell glänzte die Rue Taitbout im Schein der Gaslampen. Auf der Freitreppe des Hôtel Véron erwartete uns ein Lakai, der uns durch ein riesiges Foyer mit Marmorboden führte, wo Palmen aus großen Kübeln wuchsen. Staunend blickte ich mich um. Wir betraten eine Flucht von fünf Sälen, die, durch Flügeltüren verbunden, ineinander übergingen. Die Wände waren bespannt mit blaßgelber Seide, und das Interieur blitzte im Licht der versilberten Wandleuchter und mächtigen Lüster. Docteur Véron schien den griechischen Stil zu lieben. Fauteuils und Lampen, Türen und Decken mit Mosaiken und Amphoren waren beseelt von der Anmut der Antike. Zwischen den Gästen, die aussahen wie die Crème der Pariser Gesellschaft in ihren wunderschönen Kleidern, eilten Lakaien umher, die sich stets beeilten, Eispunsch oder Champagner, Tee, Kaffee oder Likör zu reichen. Ich war verzaubert. Das hier war prachtvoller als jede Theaterkulisse, und hätte ich nicht Samsons schwere Hand auf meinem Arm gespürt, wäre ich überzeugt gewesen zu träumen.

Das Menü war das Werk von Chevet und Tortoni. Austern in Schale, Ammern, Beefsteaks, Nieren in Champagner, Briekäse, Eis und Sorbets und dazu erlesene Weine aus dem Bordeaux. Ich nippte nur daran, versuchte die Speisen zu meiden, von denen ich wußte, daß sie verboten waren, und konnte spüren, wie mir die Röte ins Gesicht stieg.

Der Speisesaal war eine einzige prachtvolle Inszenierung mit dem feinen Sèvres-Porzellan und dem schweren Silber. Im Licht der Kronleuchter bekamen die herrlichen Möbel, die prächtigen Blumengebinde einen festlichen Schimmer. Ich war so aufgeregt, daß ich kaum einen Bissen hinunterbekam. Ich redete auch nicht viel, um keinen Fehler zu machen, aber wenn man mich ansprach, neigte ich mit einstudierter Anmut den Kopf und sagte ja oder nein. Den feinen

Herrschaften war das genug. Denn es ist nun einmal so, daß auch Genies und Herzöge sich am liebsten selbst reden hören. Wie Maman immer sagte: »Ein Mensch ist ein Mensch.«

Mein Tischherr war ein Rothaariger mit staubgrauen Schläfen, der sich als Monsieur Sainte-Beuve vorstellte, einen Hühnerflügel verzehrte und dabei über die Romantik und die Literatur dozierte. Samson hörte ihm mit einem Anflug von Ungeduld zu.

»Man kann doch ein Kunstwerk nicht allein in sich betrachten. Man muß immer die Entstehungsgeschichte sehen.« Der Rothaarige aß noch einen Bissen; das nächste Hühnerbein krachte. »Ich bin überzeugt, daß Ihre kleine Mademoiselle da eine wirklich begabte Künstlerin ist. Trotzdem muß man die Geschichte ihrer Herkunft kennen, um ihre Kunst ganz und gar zu verstehen. Mademoiselle, ich bin sicher, Sie wurden in bestem Hause erzogen – und können aus diesem Grund so unvergleich anmutig die jungen Prinzessinnen darstellen.«

Samson, Maman und ich wechselten einen schnellen Blick, fast, daß ich herausgelacht hätte. Ich sah an Samsons Gesicht, daß ich antworten solle, und unsere Tischnachbarn ringsum verstummten.

»Monsieur, ich komme aus sehr armen Verhältnissen. Meine Eltern waren Wanderhändler. Geboren wurde ich während eines Schneesturms in einem Dorf in der Schweiz. Nur weil der Wirt des Hotels zur Goldenen Sonne ein goldenes Herz besaß, hat er Maman in dieser Nacht überhaupt Einlaß in sein Hotel gewährt. Juden dürfen nämlich nicht unter einem Dach mit Schweizern schlafen, und ich bin Jüdin, Monsieur.«

Ich konnte die Blicke spüren. Ob sie mich nun verachten würden? Sainte-Beuve stocherte mit einem goldenen Zahnstocher nach dem Hühnerfleisch.

»Gut, gut«, murmelte er. »Jede These birgt ihre Antithese. Höchst faszinierend, diese Geschichte. Man denkt,

Mademoiselle, Sie hätten immer schon zur Crème de la Crème gehört. Mein Kompliment.«

Samson strahlte, und etwas später flüsterte er mir ins Ohr: »Jetzt, wo Sainte-Beuve es weiß, wird die Geschichte bald die Runde machen. Es wird deinen Ruhm noch erhöhen.« Er seufzte. »Schließlich paßt es ja nur zu gut ins romantische Bild.«

Draußen im Foyer stimmten die Musiker ihre Geigen, und die Gesellschaft erhob sich. Beim Gang hinaus wurden mir vorgestellt: Horace Bianchon, der berühmte Internist am Hotel-Dieu, und die Tänzerin Taglioni mit ihrem schroffen, mageren Gesicht. Danach die Beaus der guten Gesellschaft, die Namen trugen, die mir den Kopf schwirren machten: Marsay, Vandenesse, Rastagna, der Herzog von Maufrigneuse und ein gefälliger junger Mann mit etwas weichen Zügen, der sich Lucien de Rubempré nannte und sich galant über meine Hand beugte.

Nach dem Konzert wurde der Ball eröffnet. Der Festsaal verwandelte sich in einen wilden, stürmischen Reigen. Röcke aus Samt und Seide, Glacéhandschuhe, Fräcke, Diamanten wirbelten im Kreis, daß mir ganz schwindlig wurde. Immer wieder verbeugte sich ein junger Herr vor mir, um mich zum Tanz aufzufordern. Aber obgleich es in meinen Füßen pulsierte, mußte ich ablehnen. Für ein junges Mädchen, so hatte meine Mutter mir erklärt, geziemte es sich nicht, Walzer zu tanzen, bevor es in die Gesellschaft eingeführt war. Ich, die Straßenmusikantin von einst, hatte mich nun in die Konventionen zu fügen, die mir wie ein Korsett vorkamen. Aber ich spielte meine Rolle, die Rolle, die man mir abverlangte. Denn zu Ruhm konnte ich ohne die gute Gesellschaft nicht gelangen.

Während das Orchester wieder zu spielen anhob, begann ich mich zurückzuziehen. Als Maman sich einmal kurz abwandte, spürte ich, wie jemand sich mir näherte: unser Gastgeber Docteur Véron. Er trug seidene Kniestrümpfe, einen Champagnerkelch in der Hand, und sein Gesicht glänzte aufgeregt. »Eine wunderschöne Fee ist aus dem Entlein geworden. Alle hier schwärmen von deiner schlichten Schönheit und unschuldigen Eleganz. Ich hoffe doch, du amüsierst dich? Und dann sehe ich mit Freude, daß du Lubempré vorgestellt wurdest. Ein vielversprechender Journalist. Sei immer gefällig zu den Presseleuten. Er wird dir vielleicht bald nützlich sein, denn man muß immer mit der Gehässigkeit der Welt zu rechnen wissen, mein Kind.«

Als er meinen etwas verstörten Blick sah, lächelte er aufmunternd. »Ein herrlicher Abend, wir sollten ihn uns nicht mit dunklen Gedanken verderben. Schau, Mademoiselle Rachel! Siehst du den dünnen Herrn da drüben. Merk dir gut sein Gesicht. Er wird zu den Unsterblichen der Malerei gehören. Eugène Delacroix. Und da drüben, der junge Mann, so schön wie ein blonder Gott, das ist Alfred de Musset, vielleicht der begnadetste Dichter, den die Romantik zu bieten hat. Am besten kommt man mit ihm aus, wenn man ihn auf Distanz hält.«

Docteur Véron nippte nachdenklich an seinem Champagner, als meine Mutter wie eine Fregatte auf uns zurauschte. Ich war stolz auf sie. Heute abend sah sie so majestätisch, so ehrfurchteinflößend aus, als wäre sie ihr Leben lang jede Nacht als Anstandsdame auf den elegantesten Bällen und Soupers zu Gast gewesen. Docteur Véron deutete vor ihr einen Diener an und wandte sich anderen Gästen zu. Samson, der mit der Haute Volée vertraut war, hatte Bekannte begrüßt und kam nun, im Geleit eines nervösen Herrn, auf uns zu.

»Rachel, darf ich dir Herrn Jacques Halévy vorstellen. Komponist bedeutender Opern und ein Schüler Cherubinis.«

»Oh, Papa liebt Ihre Oper La Juive. Er sagt, sie sei einfach wunderbar. Melodien, die in die Seele gehen.«

Der große Komponist erwies Maman und mir die Ehre, sich zu uns zu gesellen, bis der Walzer verklungen war. Lakaien verließen den Saal und verschwanden in der Nacht, kurz darauf erstrahlte der Garten im Licht von Ketten aus bunten Lampions. Dort draußen wurde Champagner serviert, und ich genoß es, am Arm Samsons und unter den bewundernden Blicken aller hinaus in die feierliche Illumination zu schreiten. Abermals nippte ich am Champagner, es kitzelte an meiner Kehle, und ich mußte mich zurückhalten, um nicht laut herauszulachen!

Wie sollte ich es nach diesem Abend je in der Gosse aushalten können? Laute Stimmen hoben sich aus dem plätschernden Geplauder, und ich erkannte den hübschen Alfred de Musset, von dem man sich ja besser fernhalten sollte. Im schwankenden Schein eines rötlichen Lampions glich Mussets feines Gesicht dem eines antiken Dämons.

»Wir leben in einem Zustand innerer Verödung!« rief er aus. »Wozu brauchen wir all den Reichtum? Das Herz unserer Gesellschaft ist die Börse und die Seele ist das Geld. Wir sind eine verlorene Generation! Nehmt Lamartine oder Vigny! Wo sind unsere großen politischen Ziele, die Visionen?« So wild starrte er in sein Publikum, daß ich beinahe lachen mußte. Aber wider Willen war ich auch fasziniert von dem jungen, zornigen Mann. »Alles verödet im Mief und der Staffage der Bourgeoisie. Plüsch ersetzt Kultur. Und Louis-Philippe! Ich sage, jedes Volk hat den Führer, den es verdient. Wißt ihr, was man im Faubourg so über ihn sagt? Selig sind die Armen im Geiste, denn dieses ist ihr Königreich.«

Ich spürte einen sanften Druck an meinem Arm und drehte mich um. Samson musterte mich besorgt. Vielleicht hatte ihm meine Faszination am Dichter Musset mißfallen, vielleicht dachte er auch nur an den kommenden Tag.

»Du siehst müde aus, Rachel. Das hier wird ohnehin bald im Gelage enden. Man sagt, daß Véron ein Talent für Feste im Stil von Nero hat. Ganz und gar nicht das rechte für ein zartes junges Mädchen.«

Maman links, mich rechts am Arm, führte Samson uns durch das Spalier der neugierigen Blicke. Als der Lakai uns die Tür aufhielt, schlug die kalte Nachtluft mir hart ins Gesicht. Aus all dem Glanz würden wir nun in unsere schäbige Mansarde in der Rue Traversière-Saint-Honoré zurückkehren. Die Kutsche fuhr vor, und Samson selbst öffnete für uns den Wagenschlag.

»Meine Herrschaften, es war mir ein Vergnügen«, ertönte die leicht sarkastische Stimme unseres Gastgebers. »Mademoiselle Rachel ist der Erfolg des Abends gewesen. Meine kleine Ballkönigin im keuschen Weiß. Wir haben unser Ziel erreicht. In den nächsten Wochen werden alle ins Theater kommen, die in Paris den Ton angeben. Sie werden das Wunder der Antike leben sehen.«

## 15

Nun mußte ich nicht länger nach dem Himmel greifen, sondern strahlte selbst als Stern über Paris. Wann immer ich auftrat, verwandelte sich die Rue Richelieu in ein Tollhaus. Schon Stunden bevor Monsieur Laurent das Kartenbüro öffnete, standen die Begeisterten an, um noch ein Billet ergattern zu können. Manche der Wartenden machten ein Geschäft daraus: Arme Teufel aus dem Marais reihten sich frühzeitig in die Schlange ein, um Stunden später ihre Plätze an reiche Müßiggänger zu verkaufen. Ich wollte meinen Augen nicht trauen, als ich irgendwann Anfang Oktober sah, daß ein Ende der Schlange bis zum Feinkosthändler Chevet reichte, die andere bis in die Rue Saint-Honoré. Die Leute balgten sich und stritten sich um die Karten, so daß die Garde ihre liebe Not hatte, die Wartenden im Zaum zu halten. Ich konnte über das alles nur staunen: Sechs Wochen früher – und jeder hätte ohne Mühe das halbe Theater allein für sich buchen können! In der Mitte des Monats verkauften wir jeden Abend Karten für mehr als 6000 Francs.

»Hat es seit Talma nicht mehr gegeben«, verkündete Monsieur Laurent und zog seinen Hut, wenn ich kam, während seine Gattin mir mit fetten Händen Beifall klatschte und einen Kußmund machte.

Mein Vater legte die Stirn in Falten. »Fast dein ganzes Jahresgehalt an einem Abend eingespielt. No, vielleicht bist du doch nicht so gut bezahlt, wie wir dachten.«

Über Nacht war ich berühmt, und Paris verwandelte sich in ein Wunderland. Mein Name wurde in allen Journalen gedruckt, es gab Zeichnungen und Lithographien, und jeden Tag trafen goldgeränderte Briefumschläge in unserer ärmlichen Wohnung ein. Einladungen aus dem Faubourg Saint-Germain, Frankreichs ältesten und berühmtesten Familien.

Maman schlug die Hand vor den Mund, wenn mein Vater es ihr übersetzte. »Was für ein Jammer, daß Tate das nicht erleben kann. Was hätte sich der Rabbi Salomon darüber gefreut! Zu schade«, schloß sie betrübt, »daß du nicht hingehen kannst.«

Samson untersagte mir strikt, an dem Reigen aus Soireen, Soupers und Bällen teilzunehmen. »Du bist ohnehin schon blaß genug. Manche der besonders fürsorglichen Sociétaires fangen schon an, sich lautstark Gedanken um deine Gesundheit zu machen. Erst gestern hat Madame Sylvia verkündet, wie ihr deine Erschöpfung ans Herz geht. Also nimm dich in acht. Du brauchst deine Kräfte, Rachel.«

Auch wenn ich schmollte, mußte ich insgeheim zugeben, daß er nicht unrecht hatte. Die vielen Rollentexte, die langen Stunden auf der kalten Bühne bis spät in die Nacht, dazu noch der Unterricht, der plötzliche Erfolg – das alles mußte ich erst einmal verkraften. Außerdem hatte ich schlicht und ergreifend Angst: Mit dem Beifall nahm auch mein Lampenfieber zu. Was, wenn ich versagen würde? Ständig hatte ich das Gefühl, den Ansprüchen nicht gerecht zu werden. Manchmal erfaßte mich ein kurzer Schwindel, und nach den Aufführungen versagte mir fast die Stimme.

»Es sind die Nerven«, diagnostizierte mein Vater.

»Gebe Gott, daß du recht hast.« Immer öfter, wenn sie sich unbeobachtet glaubte, ruhte Mamans Blick voller Besorgnis auf mir. Ich schlief schlecht, konnte kaum essen, wurde immer blasser und dünner. Bei der kleinsten Schwäche rief ich nach dem Arzt vom Hotel-Dieu, der jedoch nichts entdecken konnte, bestenfalls eine harmlose Verkühlung.

»Gebt ihr viel Milch und Schlaf, und sie wird es überleben.«

Ich war überzeugt, daß die Diagnose nicht stimmte, aber mein lieber Vater behauptete, meine Krankheit sei nur ein neuer Trick, um im Mittelpunkt zu stehen und meinen Willen durchzusetzen. Am 23. Oktober fehlten mir fast die Kräfte, meine Abendvorstellung durchzuhalten. Ich mußte meinen ganzen Willen aufbringen, damit mir die Stimme nicht brach. Ja, ich war zäh und konnte kämpfen. Doch der kleine Ofen wärmte die Bühne kaum, draußen stürmte es. Meine Rolle verlangte mir ab, über Stunden fast regungslos dazustehen, und meine Seidentoga, die Arme und Schultern frei ließ, schützte mich nicht vor der Kälte. Ich zitterte, als der Vorhang fiel, und mir war schwindlig. Niemand durfte es jedoch merken, um den Gerüchten über meine angeblich schwache Gesundheit nicht noch Nahrung zu geben. Verzweifelt um Haltung bemüht, schleppte ich mich die Treppen hoch in meine kleine Garderobe, meinen Zufluchtsort, und gab Befehl, niemanden außer Maman zu mir einzulassen. Ich wollte allein sein und sank erschöpft in meinen Sessel. Zutiefst erschrocken tupfte Maman mir den kalten Schweiß von der Stirn und legte eine Wolldecke um meine Schultern. »Kind, du bist ja krank, warum sagst du denn nichts?«

Bevor ich darauf hinweisen konnte, daß ich seit Tagen von nichts anderem redete, klopfte es an die Tür. Es war Direktor Védel!

»Phantastische Nachrichten, Rachel! Der König wird

kommen! In drei Tagen will er dich sehen, wenn du Cinna spielst. Ist es nicht wunderbar? Und das, wo Louis-Philippe doch niemals ins Theater geht.« Der sonst so beherrschte Védel kam auf mich zu, umfaßte mit beiden Händen meine Taille und wirbelte mich durch die Luft. »Rachel! Die neue Prinzessin des Theaters!« Er ließ von mir ab und keuchte. »Auch der König und die Königin von Belgien werden kommen, außerdem noch die Prinzen von Orléans!«

Der König kam, um mich zu sehen? Maman wiegte mich weinend in ihren Armen. Papa grummelte vor sich hin, um seine Rührung zu verbergen. Obwohl sonst immer so sparsam, bestellte er an diesem Abend eine Droschke für den kurzen Weg in die Rue Traversière-Saint-Honoré. Ich ließ mich in die Kissen sinken, und meine Gedanken wirbelten: Was würde geschehen, wenn ich nun nicht gesund würde?

»Dir fehlt nichts, ma petite«, beruhigte mich der Doktor, den sie noch am selben Abend riefen. »Du könntest allerdings ein, zwei Tage im Bett bleiben. Nervöse Erschöpfung, fürchte ich.«

Aber im Bett wurde ich nur noch nervöser. Der König ... der König kommt, hämmerte es in meinem Kopf. Meine Erkältung konnte ich mit Willenskraft bezwingen, mein Fieber sank, doch die Aufregung nahm mit jeder Stunde zu. Ich malte Maman in den schwärzesten Farben aus, wie es mit meinem Versagen enden würde.

»No, der König ist auch nur ein Mensch!« knurrte mein Vater, und Sarah, die wie üblich mal wieder in Ungnade gefallen war, flüsterte mir in ihrer Verbannung in der Küche zu: »An deiner Stelle würde ich lieber an die königlichen Prinzen denken. Sie sind ein Grund, sich aufzuregen. Nicht der dicke Bürgerkönig.«

Am Abend vor meinem großen Auftritt kehrten die Selbstzweifel zurück und verdunkelten mir wie schwarze Raben das Gemüt. Ich bekam Schüttelfrost, meine Geschwister weinten, und ich verkündete unter Papas Gezeter und Drohungen, daß ich niemals auftreten, sondern lieber aus dem Dachfenster springen würde. In ihrer Verzweiflung schickten Maman und Papa nach einem Boten und übergaben ihm ein Billet für Samson, das ich Papa diktiert hatte: Nur er, so wußten wir alle, könnte mich trösten und mir Mut zusprechen. Am liebsten wäre mir gewesen, er hätte die ganze Nacht an meinem Bett gesessen und meine Hand gehalten.

Am nächsten Morgen gingen wir die Rolle wieder und wieder durch, bis Samson schließlich hochzufrieden nickte und mich in einem Ton, der keinen Widerspruch duldete, nach Hause schickte, wo ich ein heißes Bad nehmen sollte. Folgsam planschte ich in meinem Zuber, als ein Page an die Tür klopfte, mit einem riesigen Paket unter dem Arm.

»Empfehlung der Sociétaires vom Théâtre français!«

Mit fliegenden Fingern riß Maman die Verpackung auf, und was sie zutage förderte, war ein zartgelber Traum. Ein Kleid, besetzt mit Spitzen und Brokat. Mein neues Kostüm für diesen großen Abend. Andächtig ließ Maman den Stoff wieder und wieder durch ihre Finger gleiten. »Rachel«, flüsterte sie, »der Stoff muß aus Lyon kommen. Ich glaube fast, es ist Seidenmusselin.«

Drei Stunden später saß ich duftend und wohlfrisiert in meiner Künstlergarderobe und wartete auf den Gong, der den Beginn der Vorstellung ankündigen würde. Der König und seine Entourage, so hatte mir Samson erklärt, würden natürlich als letzte kommen und das gesamte Auditorium müsse sich bei seinem Eintreten erheben. Ich war ganz ruhig. Das war das Gute an meinem Lampenfieber: In den Stunden vor dem Auftritt nahm ich krisengeschüttelt die größte Verzweiflung vorweg, um dann im entscheidenden Moment die Nerven bewahren zu können. Wenn es darauf ankam, wurde ich ganz kühl und ruhig, so, als würde nicht ich in mir selbst existieren.

»Massel und Broche, Elisa«, wünschte mir meine geliebte kleine Schwester Rébec, die mir abends oft half, wenn ich in der Küche meine Rollentexte lernte. Nun hatte ich sogar die Kraft, sie tröstend anzulächeln, denn wie ich spürte, war sie noch viel aufgeregter als ich.

»Du weißt ja – tout ou rien!«

Von der Bühne aus konnte ich im Halbdunkel ihre Gesichter erkennen: Louis-Philippe und seine Tochter Louise, die mit Léopold I. von Belgien verheiratet war. Es hieß, daß sie eine begeisterte Theatergängerin sei. Ihre Hand ruhte in eleganter Pose auf dem roten Samt, und in ihren Zügen erkannte ich dieselbe Erwartung wie bei jedem anderen aus dem Publikum. Louis-Philippe, der nur selten im Staatsornat auftrat, sah aus wie ein wohlgenährter Bankier. Die Prinzen saßen in der zweiten Reihe; sie trugen Uniform und wirkten leicht gelangweilt, wie mir schien. Mein Blick schweifte weiter durchs Theater, bis zur Loge von Samson, der sein Kinn auf die Brust drückte und streng vor sich hin starrte. Der kurze Moment der Schwäche war vorbei, und ich konnte mich wieder ganz auf meine Rolle konzentrieren.

Ich sah mir selber zu, während ich spielte, und daher überraschte der Applaus mich nicht. Wieder und wieder wurde ich nach dem letzten Akt vor den Vorhang gerufen, und als ich lächelnd aufsah, traf sich mein Blick mit dem des Prinzen de Joinville. Er war blond und hochgewachsen und schien mich mit den Augen zu verschlingen. Eine Verbeugung in seine Richtung – ich konnte spüren, wie mein Herz klopfte. Galt seine Aufmerksamkeit wirklich mir? Noch ein Lächeln, noch ein Blick, der mich festhalten wollte, dann zog ich mich unwiderruflich hinter den Vorhang zurück.

Dort im Dunkel hinter der Bühne, wo ich kurz zu verschnaufen hoffte, erwartete Monsier Védel mich schon. Er zerrte mich so heftig am Ärmel des kostbaren Kostüms, daß ich Angst hatte, der Stoff könnte reißen.

»Rachel, die königliche Familie wird sich als erstes zurückziehen. Ich hätte gern, daß du Seiner Majestät noch deine Aufwartung machst.«

Obwohl ich mich vollkommen verausgabt hatte und mir nichts sehnlicher wünschte, als für ein paar kostbare Momente allein zu sein, ließ ich es geschehen, daß Monsieur Védel mich durch den dunklen Flur ins Foyer drängte. Die vorwitzige Mademoiselle Tousez, mit der ich mich locker angefreundet hatte, folgte uns. Und dann, bevor ich einen klaren Gedanken fassen konnte, stand ich direkt vor dem dicken, lächelnden Bürgerkönig. Alle lächelten. Auch der junge Prinz de Joinville, von dem allgemein bekannt war, daß er nichts mehr liebte als das Meer und sein Schiff. Er trug einen blonden Bart und war gebräunt wie ein junger Seeräuber. Wieder betrachtete er mich mit diesem Piratenblick, aber diesmal sah ich auch das blaue Funkeln in seinen Augen. Ich spürte, wie ich errötete.

»Mademoiselle Rachel, danke für die wunderbare Vorstellung.« Ehe ich wußte, wie mir geschah, ergriff der König meine zitternde Hand. »Sie haben auf uns alle den größten Eindruck gemacht. Wir würden es begrüßen, wenn wir Sie alsbald wieder auf der Bühne sehen dürften.«

Ich neigte den Kopf und versank in einem tiefen Hofknicks, der mir auch dazu verhalf, meine Verlegenheit zu überspielen. Wie sollte ich mich dieser königlichen Gnade würdig erweisen? Was sollte ich sagen?

Schließlich und endlich brachte ich, tief bewegt, den einzigen Satz hervor, der mir noch einfiel.

»Merci, Monsieur.«

Zu meinem Erstaunen begann die gesamte königliche Familie höflich zu lachen; nur Védel, zu dem ich hilfesuchend blickte, schien mir auf einmal ganz blaß zu sein.

»Enchanté«, flüsterte der junge Seefahrerprinz und streifte im Vorübergehen wie zufällig meinen Arm, eine Berührung, die mich am gesamten Leib elektrisierte. Es war, als wäre ein Funke zwischen uns hin- und hergeflogen.

Wie erstarrt stand ich da, während sich die königliche Familie entfernte. Ich rieb mir den Arm und blickte den Herrschaften nach. Kaum hatten die Lakaien die Tür hinter Seiner Majestät geschlossen, brach der Sturm los.

»Was denkst du dir bloß?« brüllte Védel, den ich nie zuvor so wütend erlebt hatte. Mademoiselle Tousez kicherte, wobei sie ihr Gesicht albernerweise in den Händen verbarg.

»Denkst du überhaupt etwas! Wie kannst du Seine Majestät als Monsieur ansprechen! Unglückskind!«

Ah, das war es also. »Was können Sie erwarten!« rief ich aus. »Ich weiß nur, wie man mit den Königen aus Rom und Griechenland spricht – mit denen aus Paris hab ich keine Erfahrung.«

Die ganze Nacht hindurch lag ich wach in meiner Dachkammer, verfolgt von den Blicken des Prinzen, und immer wieder berührte ich die Stelle meines Arms, an der er mich gestreift hatte. Ich glaubte, eine Gänsehaut zu spüren.

Im übrigen schien mir der König meinen Fauxpas nicht weiter übelzunehmen. Am nächsten Morgen, kurz vor zehn, als ich zum Unterricht bei Monsieur Samson aufbrechen wollte, klopfte es an die Tür, und ich öffnete einem Pagen in königlicher Livree, der sich hochmütig in unserer ärmlichen Behausung umsah. Auf Befehl von Louis-Philippe sollte er ein, wie er sagte, kleines Präsent überbringen. Eine Schatulle mit 1250 Francs! Ich tanzte durch die Wohnung und küßte meine Geschwister ab. Soweit ich wußte, hatte der König, der sich seiner Sparsamkeit rühmte, noch nie zuvor ein Geschenk an einen Künstler gegeben. Mein Glück schien mir perfekt.

Papa saß noch am Abend brütend über der Schatulle mit dem königlichen Geld, das er wieder und wieder zählte.

»Wir müssen es klug investieren.«

Sarah konnte es wieder nicht lassen, den Mund aufzumachen, obwohl mein kleiner Bruder Raphael sie warnend anstieß. »Oh, Papa, ich brauche ein neues Ausgehkleid. Auf diesen neuen italienischen Professor muß ich den größten Eindruck machen.«

»Viel besser, du beeindruckst ihn mit deinem Talent!«

In einem langen Monolog kam Papa zu dem Schluß, daß es an der Zeit wäre, meinem Lehrer und Gönner Samson eine Freude zu machen. Der Bildhauer Barye bekam den Auftrag, eine kleine, allerliebste Statue von mir in meiner griechischen Robe der Monime anzufertigen. Wie glücklich war ich, das kostbare Geschenk an Madame Samson überbringen zu dürfen, die es für ihren Mann annahm und versprach, daß es im Arbeitszimmer aufgestellt werde. Ich übergab ihr auch noch einen Brief mit den Worten: »Für M. Samson, den ich mehr liebe als die ganze Welt.«

Zu Hause erwarteten mich Stapel von Einladungen und Glückwunschkarten aus dem Faubourg: Wenn Louis-Philippe, den sie als »Bürgerkönig« verachteten, mir seine Gunst erwiesen hatte, so mußten die alten Aristokraten ihn darin noch übertreffen. Aber Samson las und verwarf. Er war unerbittlich.

»Du brauchst deine Kraft für die Kunst.«

Eines Morgens dann zeigte ich ihm die rührende Bitte einer polnischen Gräfin, die mich im Namen ihres Mannes in ihren Salon bat. Er sei an den Stuhl und somit an sein Haus gefesselt. »Glauben Sie mir, daß es ungerecht wäre, mir den Genuß einer Kunstdarbietung zu verwehren, von der tout le monde mit soviel Enthusiasmus spricht.«

Samson seufzte, blickte mich nachdenklich an und legte das Billet beiseite. »Nur dieses eine Mal«, sagte er. »Wirklich nur dieses eine Mal. Du bist zu blaß, Rachel.«

Mein Lehrer wollte mich persönlich begleiten. An seinem Arm betrat ich das prunkvolle Hôtel. Die Höhe der Salons, das kunstvolle Parkett, die erlesenen Möbel – das alles verwirrte meine Sinne. Aber dann besann ich mich darauf, daß ich ja nur eine Rolle spielen müsse, und verwandelte mich vor den staunenden Augen des Faubourg Saint-Germain in eine junge Prinzessin. Die Aristokratinnen mit ihren mageren Vogelgesichtern und den tiefen Rinnen am Hals applaudierten mir für ihre Verhältnisse frenetisch. Mit Tränen in den Augen küßte der Graf meine Hand, und die Gräfin umarmte mich, als ich jede Bezahlung für meinen Auftritt ablehnte.

»Laß dir niemals einen Auftritt im Salon bezahlen!« hatte Samson geraten. »Du bist kein Dienstbote, sondern eine große Künstlerin.«

Ich war verwirrt, als ich aus dem Glanz des Faubourg unter meine dünne Decke auf unserem Speicher kletterte. Neben mir spürte ich die Wärme meiner kleinen Schwester, die immer noch in meinem Bett schlief, und der Kopf schwirrte mir von den Komplimenten und dem Champagner. Am nächsten Morgen wachte ich nur widerwillig auf, als Maman mit kippender Stimme nach mir rief.

»Elisa! Sieh nur! Rachel!«

Die polnische Gräfin hatte mir ein Geschenk bringen lassen. Eine wunderbare Halskette, funkelnd, sprühend, Türkise und Diamanten.

Von nun an war Samsons hohes Gesetz außer Kraft gesetzt. Eine Einladung aus dem Faubourg jagte die andere, und am nächsten Morgen erwartete mich dann wieder die Tortur des Unterrichts mit seinen ermüdenden kleinen Einzelheiten.

Bald begann ich Fehler zu machen. Samson ermahnte mich streng.

»Du mußt dich entscheiden, Rachel. Kunst – oder die große Welt. Beides zugleich wirst du nicht haben können.«

Mag sein, daß ich es am Anfang genoß, der Liebling des Adels zu sein. Abends warfen die feinen Damen mir herrliche Blumengebinde zu, die sie von ihren Gärtnern aus den Treibhäusern ihrer Châteaus hatten beschaffen lassen. Docteur Véron, der vor Stolz fast platzte, wollte mich gern als höhere Tochter sehen und stellte mir ein Kabriolett zur Verfügung, mit dem ich nach dem Unterricht im Jardin des Luxembourg ausfahren konnte. Neben meinem Schlag drängten sich die Tilburys mit Frankreichs vornehmsten Wappen. Nur manchmal, wenn ich in eins dieser stolzen, kalten Gesichter sah, konnte ich nicht umhin, der Vergangenheit zu gedenken: Jetzt, wo ich mich im Glanz des Ruhms sonnte, überhäuften sie mich mit Blumen und kostbaren Juwelen, doch als ich halb verhungert war, brachten sie es nicht über sich, dem mageren Mädchen ein paar Sous zu schenken.

»No, es ist, wie es ist«, sagte mein Vater und breitete die Arme aus, als ich mich darüber beschwerte.

Eine Zeitlang berauschte ich mich an den Komplimenten, die ich erhielt. Wie jung muß man sein, um diese Floskeln ernst zu nehmen! »Bevor Sie kamen, Mademoiselle«, verkündete die Herzogin de Noailles, »haben wir nicht lesen und nicht geduldig zuhören können. Sie haben es uns beigebracht.« Oder die Herzogin d'Abrantès, die zeitweise mit dem Schriftsteller Balzac liiert war. »Wer so spielt wie Sie, hat die Zukunft des französischen Theaters in der Hand.« Oder Graf de Molé, Mitglied der Akademie, der mitten auf einem Souper aufstand, zu mir kam und meine beiden Hände ergriff: »Mademoiselle, Sie haben die französische Sprache vor dem Verfall gerettet!« Dieses Kompliment brachte er mit soviel Verve und einem solchen Hundeblick hervor, daß ich bei mir still lächeln mußte. »Die Ehre ist um so größer«, gab ich zurück, »da ich die französische Sprache gar nicht gelernt habe.«

Im Theater gab es einen Aufstand der Eitelkeiten. Der Neid hatte sich so aufgestaut, daß der weibliche Teil des Ensembles sich wütend vor dem Direktoriumszimmer drängte. Warum gewährte Monsieur Védel mir solche Privilegien? »Muß die jüngste die größten Rollen spielen«, maulten meine Konkurrentinnen. »Schaut euch die Einnahmen an«, gab er zurück. »Ihr seid doch daran beteiligt. Also freut euch doch.« Aber damit goß er natürlich nur Öl ins Feuer. Madame Sylvia rief aus: »Bei uns würde das Publikum auch kommen. Aber wer gibt uns eine Chance?« Schließlich machte Monsieur Védel dem Ganzen ein Ende, indem er kurzerhand die Tür zwischen uns und dem Tollhaus draußen schloß.

»Künstler.« Er verdrehte die Augen.

»Wer ein echter Künstler ist«, fuhr es mir heraus, »befaßt sich mit seinem Werk. Nicht mit dem Neid.«

Aber es war mehr als Neid. Es wuchs sich aus zu regelrechter Feindseligkeit. Zum ersten Mal hörte ich im Korridor, was innerhalb und außerhalb der Comédie an Gerüchten über mich kursierte.

»Was für ein Scherz«, tönte die affektierte Stimme des Kollegen Beauvallet durch den Flur, »daß es ausgerechnet eine kleine Jüdin ist, die unser Nationaltheater rettet.«

»Und das«, sagte ein Fremder, »wo das Talent der Juden doch eher in der Zerstörung liegt.«

»Na, jedenfalls kommt die ganze juiverie und kauft dem guten Laurent seine Karten ab. Ohne die jüdische Claque hätte sie auch keine besseren Einnahmen als wir.«

Ich wandte mich ab, bemüht, die Tränen zurückzuhalten. Was waren sie nur für ein abscheuliches Pack! Bisher hatte ich mich stets um Freundlichkeit bemüht, hatte Blumen verteilt, gelächelt, nach Familien und Freunden gefragt. Von nun an würde ich Abstand halten, wie Maman es mir ohnehin immer geraten hatte. Als ich mich am Abend bei ihr ausweinte, strich sie mir über den Kopf und erinnerte mich an den Übergriff, den wir einst bei Speyer erlitten hatten. »Und was war der Grund? Auch bloß Neid!«

»Aber es ist nicht gerecht! Und gar nicht wahr! In ganz Paris leben doch höchstens fünftausend Juden.«

»Die Wahrheit«, sagte Maman erschöpft, »hat unsere Feinde noch nie interessiert.«

Von Teilen des Ensembles aufgehetzt, nahm der »Courrier des Théâtres« die antijüdischen Haßattacken auf; andere Zeitungen folgten ihm frei nach dem neuen Leitgedanken: Rachels Erfolg sei nichts als ein »succès de réligion«.

Eines Abends kam Rébecca an mein Bett. Sie lächelte verschwörerisch und legte mir einen Ausriß aus »La Presse« aufs Bett. Ein gewisser Vicomte Charles de Launay beklagte die latente Judenfeindlichkeit, die man mir entgegenbrachte.

»Ihre Feinde geben vor, daß ihr Erfolg sich aus einer Art von nationalem Zusammenschluß erklärt. ›Mademoiselle Rachel ist Jüdin‹, sagen sie, ›und jedesmal, wenn sie spielt, ist der Saal mit Juden gefüllt. Wie schön, daß dieses Volk soviel Zusammenhalt hat.‹ Wie dem auch sei, Mademoiselle Rachel hat einen verdienten Erfolg, das beweist schon die Vielfalt und Dauer ihres Triumphs. Im übrigen lassen sich jeden Abend vertrauenswürdige Richter hören, die das Loblied der jungen tragédienne singen, alte Herren, die Talma noch kennen, die Mesdemoiselles Raucourt und Duchesnois applaudiert haben und alles andere sind als Juden.«

Rébecca freute sich, als sie mein Lächeln sah. In gewisser Weise hatten mir diese Worte meine Würde zurückgegeben. Im übrigen stammten sie in Wahrheit aus der Feder von Délphine de Girardin, der Frau des berühmten Verlegers. Ich legte die Zeitung weg und muß fast augenblicklich eingeschlafen sein.

Auch Alfred de Musset stand mir bei. Schäumend vor Wut über die Kritiken hatte er seinerseits in der »Revue des Deux Mondes« eine Kritik veröffentlicht, in der er meine Gegner in den Staub trat, mich aber in den Himmel lobte. Ein furioser Artikel der Gegenseite folgte, eine neuerliche Antwort Mussets und wieder eine bissige Replik. Schließlich, so wurde in den Salons kolportiert, war der dämonische Dichter so aufgebracht, daß er im Théâtre français auf den wütenden Judenhasser wartete, um ihn zu beleidigen und zum Duell zu fordern. Aber der Feigling mied die Öffentlichkeit, bis Musset schließlich aufgab und sich wieder dem Wesentlichen zuwandte, seiner Poesie und dem Absinth.

»Was ist denn mit Musset? Warum verteidigt er dich so?« fragte Maman, als wir eines Abends ganz wie früher im Schein der Öllampe am Küchentisch saßen. »Und wie er dich anschaut! Leider ein Goi. Aber was für ein schöner, adliger Name!«

»Ach Maman!«

»Er ist nichts für die große Mademoiselle«, giftete Sarah, deren blonde Schönheit schon etwas verblaßte, obwohl sie ihr Debüt noch immer nicht hinter sich hatte. »Musset war doch der Geliebte dieser seltsamen Schriftstellerin, die immer Hosenanzüge trägt! Ich glaube, sie heißt George Sand. Man hört, sie hätte ihm in Italien den Laufpaß gegeben. Und sich erst für einen jungen Arzt und dann für so einen Musikus und Hungerkünstler entschieden. Frédéric Chopin.«

»Musset ist Frankreichs begabtester Dichter. Im übrigen«, erklärte ich hoheitsvoll, denn ich dachte an den Prinzen de Joinville und den Schauer, den seine Berührung auf meiner Haut hinterlassen hatte, »interessiere ich mich nicht für ihn. Jedenfalls nicht für ihn als Mann.«

## 16

Als der erste Schnee Notre-Dame bedeckte und die Stadt unter einem pastellfarbenen Himmel glänzte, überbrachte mir ein Page eine Einladung von Délphine de Girardin, die mich unter dem falschen Namen in »La Presse« verteidigt hatte. »Du mußt hingehen«, sagte selbst Samson, der ja sonst gegen alle gesellschaftlichen Ereignisse seine Einwände hatte. »Délphine ist eine der kultiviertesten Salonnièren der Stadt. Sie ist die reiche Tochter von Sophie Gay und Frau des Verlegers Emile de Girardin. Außerdem ist sie Dichterin. Ein Kind der Götter, auch wenn die wenigsten Frauen vor ihren scharfen Augen Gnade finden.«

Am Eingang der Residenz wurde ich von einem Lakaien in schwarzen Kniehosen empfangen. Er führte mich durch eine grandiose Eingangshalle mit schwarzweißem Marmorboden und goldverzierten Möbeln. Wir schritten durch eine Flucht von Salons mit verblaßtem Charme; aber gerade durch den Hauch von Schäbigkeit gewann das Intérieur durchaus Eleganz.

Das Damenboudoir war in Giftgrün gehalten, einer Farbe, die jede Frau etwas krank aussehen ließ. Nicht so die Gastgeberin. Sie trug ein fließendes, schlichtes Gewand im griechischen Stil und nippte an einem Glas Eiswasser. Ihre Glieder waren zart, ihr Haar, nur von einem Band gehalten, hatte einen goldenen Schimmer, der ihren Teint gut zur Geltung brachte.

Sie mußte die Bewunderung in meinem Blick gelesen haben. Mit einem strahlenden Lächeln kam, nein wandelte sie auf mich zu.

»Willkommen, meine Muse.«

Sie ergriff meine beiden Hände und blickte mir mit ihren violetten Augen ins Gesicht, als ob sie sich jedes Detail einprägen wolle. Mir ging es kaum anders: Es war, als gehörten wir zusammen. Sie, blond und aus bestem Hause; ich, dunkel und aus der Gosse. Beide waren wir in die Antike verliebt, zwei Figuren wie Schatten und Licht.

»Christophe, Sie können sich zurückziehen. Setzen Sie sich doch, Mademoiselle Rachel!« Délphine machte eine Bewegung zu den türkischen Kissen, die überall in dem Boudoir verteilt lagen. »Und jetzt will ich alles über Ihr Leben wissen.«

Wie sich im Lauf dieses langen Nachmittags herausstellen sollte, hatte sie den Traum, mir ein Stück auf den Leib zu schreiben: Judith. Begeistert gab ich meine Zustimmung. Liebend gerne würde ich ihre Muse sein! Zur Feier unseres Abkommens nahmen wir ein leichtes Souper mit kaltem Hühnchen und Champagner ein. Ich fühlte mich benebelt und selig und spürte einen Stich der Verlassenheit, als ich durch die hohen Fenster sah, daß der Schnee draußen einen goldenen Schimmer annahm. Ich mußte gehen. Délphine warf mir eine Kußhand nach.

»Wir sehen uns wieder, meine Muse!«

Neujahr 1839 war ein Fest für uns alle. Unter den staunenden Blicken der Nachbarn hielten die vornehmsten Kutschen vor unserem heruntergekommenen Mietshaus. Der Marquis de Custine, der Herzog de Noailles, der Dichter Théophile Gautier, Alfred de Musset, die spanische Gräfin von Toreno, die Comtesse de Sassenay, die Herzogin von Berwick sowie zahlreiche andere Damen des Faubourg Saint-Germain bemühten sich höchstpersönlich die ärmliche Stiege hinauf, um mir Glückwünsche, Obst, Pralinen und Blumen zu überbringen. Madame Récamier, die meinem Debüt beigewohnt hatte, ließ mir aus ihrer Abbaye aux Bois eine Grußkarte sowie eine Einladung schicken: Wenn es mir paßte, sollte ich doch bei Gelegenheit für sie und ihren alten Freund Chateaubriand, der ans Haus gefesselt war, eine Kostprobe meines Könnens in ihrem Salon geben. Auch Docteur Véron war gekommen, um ein gutes neues Jahr zu wünschen. Er schüttelte den Schnee von seinem Zylinder ab und schmunzelte zufrieden, als er mich inmitten der feinen Gesellschaft lachen und parlieren sah. Herzöge und Dichter saßen an unserem einfachen Küchentisch, während Maman jüdische Blintzes servierte.

In einem unbeobachteten Moment legte Docteur Véron seine Hand unter mein Kinn. »Na?« fragte er neckend. »Ist meine jüdische Prinzessin mit der Welt zufrieden? Ich habe doch gesagt, daß tout Paris dich zu seiner Hohepriesterin macht.«

»Mir wird das alles zuviel«, vertraute ich ihm in einem Augenblick der Schwäche an. »Ich würde am liebsten meine Tür zumachen. Aber«, und damit lächelte ich wieder, »um Bonbons abzulehnen, bin ich einfach noch zu jung.«

Der Schlag kam völlig unerwartet. Es war ein Aufsatz in »La France musicale«. Wieder kritisierte man nicht mein Spiel oder meine Person, sondern zwischen den Zeilen die Zugehörigkeit zu meiner Religion mit den entsprechenden Vorurteilen. Ich las es voller Abscheu und mit flauem Magen. »Wissen Sie, wie man es schafft, daß Rachel auf Ihre Bewunderung Wert legt?« fragte der etwas schmierige Reporter, dessen Annäherungsversuche im Korridor ich unlängst scharf zurückgewiesen hatte. »Gehen Sie mit vollen Taschen ins Theater! Werfen Sie den anderen Schauspielerinnen Blumen zu. Bei Rachel nehmen Sie Münzen. Dann werden Sie sehen, wie das Gold in ihren Augen sprüht. Und auf einmal kann sie Ihnen all das Gefühl und die Zärtlichkeit zeigen, die ihr normalerweise abgeht.«

Am Tag nach Erscheinen dieser Schmähschrift überbrachte uns ein Bote eine schlichte Visitenkarte. »Adolphe Crémieux, Jurist«, war in Goldprägeschrift darauf zu lesen. Und eine Notiz: »Wenn Sie möchten, suchen Sie mich auf. Ich wäre Ihnen verpflichtet, wenn ich Ihnen beistehen dürfte.«

Monsieur Lévy war zu Besuch, um uns aufzurichten. Er blickte auf die Karte, mit der Papa nichts anzufangen wußte.

»Crémieux!« rief er voller Ehrfurcht aus. »Der beste aller französischen Advokaten. Außerdem bekennender Jude. Befreundet mit den besten Familien, sogar mit James de Rothschild.«

Wie sich zeigte, war der große Jurist ein kleiner Mann mit wilden Locken und strengem Verstand. Er kam zu Besuch, genoß Mamans berühmte Kartoffelhörnchen, die sie mit Arrak verfeinert hatte, und bot uns an, den Journalisten zu verklagen.

»No, das wird nichts geben.« Mein Vater wiegelte ab. »Es wird die Sache nur weiter in die Schlagzeilen bringen, aber vielleicht können Sie uns in einer anderen Sache helfen. Es ist doch nicht einzusehen, daß meine Tochter so wenig Anteil an den Einnahmen des Theaters hat.«

Nur wenige Worte, doch genug, um eine Katastrophe auszulösen.

Bald kursierten die ersten Gerüchte in Paris. Am 4. Februar erschien ein Bericht über Papas angebliche Forderungen im Journal »Temps«. Es hieß, wir forderten 5 000 Francs monatlich, garantiert über zwanzig Jahre, außerdem eine Gratifikation von 500 Francs pro Vorstellung – das halbe

Monatsgehalt eines Staatsrates – sowie außerdem noch eine jährliche Auszeit von vier Monaten.

»Das ist Demenz!« tobte der Journalist in seinem Feuilleton.

Ich war tief gekränkt und mein Vater außer sich. Zusammen mit Adolphe Crémieux verfaßte er einen öffentlichen Brief, der ebenfalls in der »Temps« erschien.

Mein Vater schrieb: »Ich verlange gar nicht, daß sie volle Teilhaberin am Théâtre français wird, und auch keine 12 000 Francs im Jahr, was beim aktuellen Stand der Dinge keine Übertreibung wäre. Ich frage alle Vernünftigen in Frankreich, ob die Einführung meiner Tochter in die société des Théâtre français eine solche Anmaßung ist, daß sich soviel Rankûne gegen mich rechtfertigt. Bin ich so schuldig? Ist es gerecht, in meine Familie so viele Sorgen und Tage des Leidens hineinzutragen, die nicht auf mich allein zurückfallen?«

Mein Vater war nun entschlossen, meinen Vertrag mit dem Theater für nichtig erklären zu lassen. Denn Crémieux hatte eine entscheidende Lücke gefunden: Bei Unterzeichnung des Kontrakts, so sollten wir behaupten, wäre ich minderjährig gewesen und folglich gar nicht berechtigt, eine Vertragsabsprache zu treffen. Mit diesem Druckmittel wollten sie zum Komitee gehen, um meine Aufnahme in die Societät zu erzwingen.

Im Unterricht bei Samson studierte ich unterdessen die Rolle der »Esther« ein, denn Madame Sylvia war an Grippe erkrankt und zurückgetreten. Racine hatte die Tragödie in drei Akten für das Erziehungsinstitut der Madame de Maintenon geschrieben; sie sollte den Schülerinnen »Anmut geben, das Gedächtnis stärken, das Herz erheben und den Geist mit schönen Dingen füllen«, wie Samson mir geduldig erklärte. Racine folgte dem Stoff aus dem biblischen Buch Esther, dem »von Gott vorbereiteten Entwurf, der überlieferten Wahrheit«.

»Du mußt Esther deine ganze Anmut und Demut verleihen«, verlangte Samson. »Durch die Liebe, die sie mit ihrer Sanftmut in König Assuéros entfacht, rettet sie ihr ganzes jüdisches Volk vor der Vernichtung durch den grausamen Wesir Haman.«

Die Premiere war für den 28. Februar festgesetzt, einen Tag, an dem mein Geburtsstag und Purim zusammenfielen. Purim, das jüdische Freudenfest, gründete auf der Esther-Legende. Es mußte ein gutes Zeichen sein! Zumindest wollte ich es so sehen. Denn der Streit ums Geld begann an meinen Nerven zu zerren. Zu Hause reagierte ich immer öfter gereizt, was sonst doch gar nicht meine Art war, und es schien auf meine Rolle abzufärben.

»Du mußt noch viel üben«, kritisierte Samson. »Für die Esther fehlt es dir an Zartgefühl. Da ist noch zuviel Herrschsucht. Damit zwingst du den starken König Assuéros nicht in die Knie, sanfter, Rachel, bescheidener, mehr Demut!«

Eines Morgens begleitete mich mein Vater in die Unterrichtsstunde. Schon beim Empfang war Samsons Gesichtsausdruck von Zorn umwölkt. Er grüßte uns knapp, dann führte er uns in sein Arbeitszimmer, schloß die Tür und lehnte sich mit vor der Brust verschränkten Armen dagegen.

»Ist es wahr, was man sich erzählt. Wollen Sie den Vertrag mit der Comédie auflösen?«

»No, der Code Civil erlaubt, daß man einen Vertrag löst und um bessere Bedingungen verhandelt.«

Samsons Gesicht verdunkelte sich. »Ist das Ihre Art, Dankbarkeit zu zeigen? Durch wen ist Rachel groß geworden? Doch nur durch das Théâtre français. Und dadurch, daß ich an sie geglaubt habe.«

»Wo steht das denn geschrieben?« knurrte Papa, in dem sich anscheinend nun alle Eifersucht entlud.

»Was sagst du, Rachel? Bist du derselben Meinung wie

dein Vater? Willst du dein Engagement lösen?« fragte Samson und schaute mich an.

»Meine Tochter ist selbstverständlich der Meinung, daß sie ein angemessenes Gehalt verdienen sollte. Auch sie kennt den Code Civil.«

»Wenn es so ist«, Samsons Stimme wurde immer lauter, »dann braucht sie meine Hilfe nicht. Ich unterrichte die Kunst des Schauspiels! Nicht im Code Civil!«

Ich war wie erstarrt. Ich wollte nicht für möglich halten, was da vor sich ging. Mit einer Hand bedeckte ich meine Augen, als ich merkte, daß mein Vater das letzte Wort behalten wollte.

»Ist es Schikane, wenn man leben will?« fragte er scharf. »Und wo meine Tochter Talent hat, ist es doch mein Recht, davon zu profitieren.«

»Profit? Darum geht es? Dann schauen Sie her!« donnerte Samson und durchmaß mit langen Schritten das Zimmer. Vor dem Kamin blieb er stehen. Mich packte das Grausen, denn er griff nach der Statue, die ich ihm vom Geld des Königs geschenkt hatte. Mit beiden Händen hielt er sie über den Kopf und brüllte: »Profit ist mehr wert als die Kunst? Wenn Sie so weitermachen, wird die Laufbahn Ihrer Tochter so zerstört werden wie dieses Bild!« Damit schmetterte er die Statue zu Boden, daß sie in tausend Teile zerbrach. Aus seinen Augen flammte eine fast schon biblische Wut.

Ich zitterte, als er mich an den Schultern packte, zu meinem Vater schob und uns beide aus der Tür stieß.

»Sortez!«

Ich hatte keinen Lehrer mehr! Doch wie sollte ich ohne Samson spielen können? Wer würde mir die Rollen, die Stücke erklären, ihnen die eigene Handschrift geben, wer würde mich stützen und korrigieren? Ich brauchte meinen Lehrer mehr als die Welt. Zu Hause erfaßte mich ein schlimmer Schüttelfrost, und ich legte mich ins Bett, gequält von wirren Verfolgungsträumen. Am nächsten Morgen bekam ich die Gerüchte zu Ohren, die schon über den Bruch mit Samson kursierten. Die übliche Mischung aus Sensationslust und Schadenfreude. Man erzählte sich, was Samson über meinen Vater und mich bei Védel gesagt hatte, eine so schlimme Ausfälligkeit gegen mein Volk, daß ich sie bis heute nicht wiederholen möchte. Selbst heute noch glaube ich den Schmerz über diese tiefe Kränkung zu spüren. Es kam mir so vor, als wollte Samson mich mit vollem Vorsatz quälen! Öffentlich hatte er erklärt, daß er nie wieder eine meiner Vorstellungen besuchen werde.

Ich spürte die gehässigen Blicke im Rücken, und wenn ich Madame Sylvias falsches Lächeln sah, wußte ich genau, was sie über mich verbreiten würde: Es tue ihr ja so entsetzlich leid für dieses begabte Kind, aber man müsse nun erst einmal sehen, wie es mir ohne meinen Förderer auf der Bühne ergehen würde. Erzählt wurde auch, daß wir mit Crémieux' Hilfe gegen Samson prozessieren würden. Mit einem Wort: Die Lage war abscheulich. Es tröstete mich auch wenig, daß entgegen der öffentlichen Meinung – und mit der Hilfe von Crémieux und Védel – das Komitee beschloß, mich als sociétaire zu meinen Bedingungen aufzunehmen. Wir waren dadurch reich und abgesichert. Es hätte eine so große Freude sein können – und war ein so jämmerlicher Sieg. Was kümmerten mich die paar tausend Francs mehr oder weniger – man hatte mir die Kameraden zu Feinden gemacht, und niemand würde mich für die Sicherheit entschädigen können, die mir der Unterricht bei Samson bedeutet hatte. Vorausgesetzt, daß ich genug zum Leben hatte, war ich doch immer zufrieden gewesen; ich existierte nur für die Kunst, aber für die anderen zählte immer nur das Geld.

Niemand kann ermessen, wie tief deprimiert ich mich damals fühlte. Die ganze Welt lag mir zu Füßen; für mich hingegen hatte sie keinen Wert. Vor allem aber war ich weit davon entfernt, die Rolle der Esther zu beherrschen. Ich übte allein, bestürmt von meinen Erinnerungen, begierig nach Kritik, Lob und Rat meines Lehrers, und immer öfter kam es vor, daß ich aufgab und weinte.

»Hast du nicht jahrelang von deinem alten Vater gelernt?« ereiferte sich mein Vater. »Ist mein Unterricht so schlecht gewesen? No, wir werden deiner Esther schon das Leben einhauchen. Ich sage ja immer, du brauchst noch mehr Gefühl! Ist die Esther nicht ein gutes jüdisches Mädchen? No, dann gib ihr Stolz, hörst du, und fall nicht vor diesem gojischen König Assuéros vor die Knie!«

»Papa, Esther siegt durch Sanftmut und Demut!«

»Gewalt!« schnaubte er, der doch selbst bei seiner Frau nichts anderes geduldet hätte. »Durch ihren Stolz!«

Und Maman blickte von ihrer Näharbeit auf. »Der Stolz der Prinzessin ist ihre Zierde.«

Am Premierenabend hatten die böswilligen meiner Kritiker ausnahmsweise einmal recht: Die gesamte jüdische Gemeinde war ins Theater gekommen. Vom ärmsten Schlappenflicker über die Lévys, von Adolphe Crémieux bis hin zu James de Rothschild mit seiner gesamten Familie, die mir zur Aufmunterung schon am Nachmittag einen halben Blumengarten sowie ein herrliches Diamantdiadem als Geburtstagsgeschenk hatte überbringen lassen. Sie alle waren da – nur der eine, einzige fehlte. Es wurde ein trauriges Fest, obwohl der Saal nach dem letzten Vorhang vor Begeisterung fast die Bühne stürmte. Mir bedeutete der Beifall wenig, denn die Künstlerin in mir wußte, daß ich nicht gut gespielt hatte. Präzise, ja, aber ich hatte den Kern nicht erfaßt, konnte Esther keine Seele geben.

»Wir brauchen uns nicht zu beschweren, wir anderen Christen«, schrieb Jules Janin am nächsten Montag. »Immerhin durften wir an diesem israelitischen Fest teilnehmen. Was Mlle Rachel betrifft, die Heroine des Abends, so hat sie gar nichts von der anbetungswürdigen Süße ihrer Rolle verstanden.«

Sollte Samson recht behalten? War mein künstlerischer Glanz schon im Begriff zu verblassen?

Der Marquis de Custine versuchte mich zu trösten. Unter Tränen gestand ich ihm: »Ich mache nicht die Fortschritte, die ich machen müßte.«

»Eh bien, dann such dir einen neuen Lehrer.«

»Es gibt nur einen für mich! Ich habe zu niemandem Vertrauen! Nur zu Monsieur Samson! Er hat mich aufgenommen, als es mir schlechtging, er hat mir umsonst Stunden gegeben, er hat aus mir gemacht, was ich bin. Er hat mich wie seine Tochter behandelt. Seine Familie war meine Familie. Nur bei ihm war ich glücklich, bei seinen Töchtern. Jetzt habe ich alles verloren. Und Maman liegt mir ständig damit in den Ohren, daß sie sterben wird, wenn ich mich mit der Familie Samson versöhne.«

Custine tat es mit einem Lachen ab. »Um deine Mutter mache ich mir keine Sorgen. Aber du bist es, die sterben wird, wenn es so weitergeht.«

»Ich bin nie aufgetreten, ohne morgens mit ihm geübt zu haben. Jede Repetition gab mir neue Ideen, und in der Nacht nach meinem Auftritt bin ich meine Rolle durchgegangen und habe sie vor mir selbst kritisiert. Seit ich Monsieur Samson verloren habe, habe ich alles verloren.«

Ein paar Wochen später erreichte mich ein sehr langer Brief, oder genauer gesagt, ein langes Gedicht von 152 Alexandrinern. Samson nannte es eine »Epitre à Mademoiselle Rachel«. Es war ein Loblied auf die hohe Kunst, eine Lektion im Schauspiel – und eine fürchterliche Beleidigung. Er schrieb über meine Eltern, mein Volk:

»Nach unwürdigem Kalkül werden sie deine Seele formen,
Von Aaron bis zu uns lebt diese Rasse noch
Und ihr wahrer Gott wird immer das Goldene Kalb bleiben.«

## 17

Heute abend erlebte ich einen herrlichen Sonnenuntergang über dem Nil, ein Naturschauspiel, das seinesgleichen sucht: Der Himmel glänzte bis zum Horizont, ein sanftes Glühen in Rosa, Grün und zartem Blau. Dann wurde es dunkler, und alles war in Goldlicht getaucht, das Wasser schimmerte wie Kupfer, die nackten Rücken der Matrosen glänzten wie Bronze. Ich fühlte mich ganz verlassen, als es vorbei war und die Dämmerung sich kalt und grau über den Fluß des Todes senkte. Die Welt ist kalt, ohne Sonne. Und was in solcher Schönheit untergeht, läßt tiefe Sehnsucht zurück.

Man hat mich ja oft gefragt, was es mir bedeute, Jüdin zu sein. Ich fand diese Frage immer recht theoretisch. Ich hätte sie gerne einmal umgedreht: Was bedeutet es, Franzose zu sein? Oder Deutscher? Was ist überhaupt Identität? Und was ist man selbst? Ich finde, je länger man über diese Frage nachdenkt, desto weiter verschwindet die Antwort im Nebel. Ich jedenfalls habe mich immer zuerst als Künstlerin gesehen, und das bedeutet, daß man sich selbst nicht verleugnet, gleichgültig, was oder wer man ist.

Was Jüdin zu sein in den Augen der Welt bedeutet, wurde meistens von außen an mich herangetragen: durch die Gehässigkeit, die Verletzungen, auch durch diesen Moment der Verfolgung, den ich in der alten Heimat Deutschland erlitten hatte. Allerdings begriff ich es auch, wenn ich von meiner Familie getrennt war, wenn ich ihren Lärm, ihre Streitsucht, ihre Wärme so schmerzlich vermißte.

In den Nächten, in denen ich in den Sternenhimmel Ägyptens blicke, frage ich mich manchmal, wie es meinem Volk einst erging, hier, in der Gefangenschaft. Aber sind wir nicht auch heute gefangen? Wo ist unsere Heimat? James de Rothschild deutete manchmal einen geradezu phantastischen Gedanken an, einen Traum, der ihn bewegte: Wir könnten unsere alte Heimat zurückgewinnen! Wir könnten zurück nach Jerusalem gehen! Aber wer würde es auf sich nehmen, dieses verödete Land zu bewirtschaften?

Und wenn wir unser Land gewinnen könnten, würde die Welt es uns je überlassen? Oder wäre es genauso bedroht wie wir?

Wenn ich über den Nil blicke, wenn ich an die Pyramiden denke, diese zeitlosen Symbole der fremden Macht, dann scheint undenkbar, daß wir jemals Freiheit finden und daß es ein Land geben könnte, in dem wir nicht mit dieser Ungerechtigkeit verfolgt werden.

Im Frühsommer 1839 wollte mein Vater mich über den Bruch mit Samson hinwegtrösten. Er hatte eine Wohnung für uns gefunden: dritter Stock, No. 33, Passage Véro-Dodat. Wie hatte ich als Kind die Pracht und den Glanz dieser Passagen bewundert – und wie oft waren Sarah und ich verjagt worden, wenn wir unter die Glasdächer geflüchtet waren, um uns vor dem Regen zu schützen!

Nun gehörte ich selbst zu den Glücklichen, die das verspiegelte Paradies bewohnen durften: Über die enge Gasse zwischen den Häuserreihen mit ihren eleganten Passagen spannte sich ein Dach aus Glas und Stahl, durch das am Tage das Licht hereinfiel. Bei jedem Wetter schritt man beschützt über das Pflaster aus schwarzem und weißem Marmor. Damen in schimmernder Seide wandelten an den reichen Auslagen vorbei, ohne jemals mit Pferdeäpfeln oder Unrat wie in den Straßen in Berührung zu kommen. Eine Zeitlang war es dernier cri, eine Schildkröte spazierenzuführen, worüber meine kleine Rébec immer wieder vor Begeisterung lachte. Die Herren rauchten in der Passage, was sonst an öffentlichen Orten so gut wie unmöglich war, und abends, wenn das Gaslicht erstrahlte, blickten wir von den Fenstern unserer Wohnung auf ein Fest hinunter: Hier wurde geplaudert und geflirtet, es wurden Geschäfte gemacht, oder man kaufte spät noch ein. Zu haben war praktisch alles. Unten gab es einen Feinkostladen, über dessen Tür ein Schild hing mit der Aufschrift: Gastronomie Cosmopolite. Die Buchstaben bestanden aus Schnepfen, Fasanen, Hasen, Hirschgeweihen, Hummern und Fischen.

Unsere Wohnung umfaßte sieben Zimmer. Was für ein Jubel, als Papa uns durch die großen, hohen Räume führte! Raphael und Rébec fingen an, laut Versteck und Fangen zu spielen, bis sich eine Nachbarin über diesen ungewohnten Lärm beschwerte. Familie Félix hatte ja die Kunst schon immer beherrscht aufzufallen. Bei der Einrichtung hatte Papa an nichts gespart – und den Tapissier Bedel mit der Dekoration der Räume beauftragt. Wir konnten uns nun jeden Luxus leisten, wir, die wir noch vor zwei Jahren stets am Rande des Hungers vegetiert hatten. Jetzt genügte uns auch kein Waschzuber mehr – wir hatten ein richtiges Badezimmer, um das wir uns in den ersten Tagen lautstark stritten. Unser Salon wies auf einen hübschen Platz hinaus, und ich bekam ein eigenes Zimmer mit roten Wänden, roten Vorhängen und zwei gotische Sessel mit roten Tapisserien; sogar der Kaminschirm war rot. Außerdem hatte ich ein Himmelbett mit roten Vorhängen, und an der Wand hingen die Blumenkränze und Medaillen, die Erinnerung an erste Triumphe. Das alles mußte sich mein Vater für mich ausgedacht haben. Ich fiel ihm um den Hals, und er strich mir übers Haar.

»Kannst du endlich diesen Samson vergessen? Und deinem alten Vater wieder vertrauen?«

»Jacob, ich bin so glücklich!« Maman drückte die Hände gegeneinander. »Was für ein Glück, daß wir uns gefunden haben. So herrlich war selbst das Haus des Rabbi Salomon nicht!«

Um die herrlichen Räume in Ordnung zu halten, brauchten wir nun Personal. Seit meine finanziellen Verhältnisse geklärt waren, schien Papas Großzügigkeit kaum noch Grenzen zu kennen. Er stellte ein Küchenmädchen und Zimmermädchen ein.

»Jacques!« rief scharf Maman. »Wer auf sich hält, muß

auch eine Zofe haben. Unsere Tochter ist schließlich jemand. Verkehrt in den besten Kreisen des Faubourg Saint-Germain! Da muß sie auf sich halten!«

Mein Vater lächelte in sich hinein, aber wenige Tage später brachte er eine junge Frau mit nach Hause, zu der ich sogleich eine innige Zuneigung faßte. Madame Crémieux hatte sie uns empfohlen, wohl auch mit dem Hintergedanken, meine Manieren durch sie noch zu verfeinern. Rose Halff war ein bescheidenes junges Mädchen aus verarmter, guter Familie, die ideale Kammerzofe, die für mich zur besten Freundin wurde.

Doch damals konnte auch Rose mir nicht helfen. In diesem ganzen Frühling, der doch meine erste Blüte hätte sein müssen, wurde ich den Kummer über den Bruch mit Samson nicht los. Bei keiner meiner Vorstellungen war er anwesend, dabei hätte ich soviel für ein Wort von ihm gegeben! Kein Erfolg konnte mich trösten. Selbst das Wohlwollen von Mademoiselle Mars nicht, die sich bereit erklärte, bei einer Darbietung von Andromaque und Tartuffe im Odéon-Theater zusammen mit mir aufzutreten – die Einnahmen sollte ich bekommen! Es wurde ein grandioser Erfolg, der Erlös betrug mehr als 20000 Francs, und ich war überglücklich, nach der großen Dame des Theaters vor das jubelnde Publikum treten zu dürfen.

»Liebes Kind«, rief der Marquis de Custine aus, als er mich inmitten von Blumengebinden und halb erstickt von ihrem Geruch und meinem Kummer in der kleinen Garderobe im Théâtre français fand. »Du wirst ja immer dünner und blasser! Ich glaube, eine kleine Landpartie könnte dir dann und wann nicht schaden. Ich werde mit deinem Vater reden müssen.«

Keine vierzehn Tage später saß ich mit Maman in der vierspännigen Kutsche, die der Marquis uns geschickt hatte, um uns in sein Château de Saint-Gratien zu entführen. Zwei Tage, die mich auf andere Gedanken bringen sollten, wie er es formulierte. Die Peitsche knallte, die Landschaft draußen flog vorbei, und ich dachte zurück an die längst vergangenen Tage, als wir mit dem Eselskarren durch Wälder und Felder gerumpelt waren. Wieviel hatte sich in so kurzer Zeit verändert! Meine Mutter trug trotz der Frühlungssonne einen Muff und eine Stola aus Hermelin zum Kleid aus schwarzem Seidenmoiré. Ah, in dieser ehrfurchtgebietenden Erscheinung hätte niemand eine fliegende Händlerin vermutet, die am liebsten jiddisch sprach!

In langsamer Fahrt rollte die Kutsche auf ein schmiedeeisernes Parktor zu, das von einem Pförtner geöffnet wurde. Vor uns wand sich eine kiesbestreute Einfahrt durch den Wald hinauf. Dann sah ich das Schloß, eine beeindruckende Fassade mit zahllosen Fenstern, in denen sich das Sonnenlicht spiegelte, so daß es den Eindruck machte, als ob es glänzte.

»Wunderschön!« entfuhr es mir.

Ein Lakai kam aus dem Haus geeilt, klappte die Wagentreppe herunter und führte uns zum Portal, wo uns ein weiterer Diener schon erwartete. Was für ein Empfang! In früheren Zeiten hätte man uns am Hintereingang allenfalls ein Almosen oder einen Fußtritt gegeben.

»Ich werde Ihnen Ihre Zimmer zeigen lassen. Der Herr Marquis erwartet Sie dann zum Abendessen.«

Wir gingen durch die große Halle mit ihren Wandteppichen und dem riesigen Kamin, der von einem großen Wappen geziert war, zur Prachttreppe. Durch einen Säulengang erreichten wir die uns zugedachten Zimmer, die durch ein Bad verbunden waren. Als das Dienstmädchen fort war, um uns heißes Wasser zu bringen, berührte Maman ehrfürchtig das polierte Holz der Möbel, sie befühlte die Vorhänge, und dann öffnete sie die Schranktür. Fassungslos blickten wir auf die Auswahl herrlicher Kleider: Seide, Musselin, Samt in hellen, mädchenhaften Farben, von erlesener Eleganz und verziert mit Schleifen, Schärpen, Bändern.

»Der Herr Marquis bittet Sie gütigst, das kleine Geschenk anzunehmen«, erklärte eine etwas hochmütig wirkende Zofe, die beinahe geräuschlos das Zimmer betreten hatte. »Außerdem soll ich Ihnen das hier überbringen. Ein Willkommensgeschenk.«

Sie überreichte mir eine Schatulle, und als ich sie öffnete, entfuhr Maman und mir gleichermaßen ein Jauchzen. Eine Perlenkette von erlesener Eleganz nebst schimmernden Ohrgehängen lag darin.

»Ich denke, es wird gut zu diesem Kleid passen«, sagte die Zofe und hielt ein elfenbeinfarbenes Seidengewand vor meinen Leib. Bevor ich es anprobieren konnte, brachte sie mir jedoch einen Krug heißes Wasser und herrlich duftende Seife. Als ich das Kleid anpaßte und sie mir mit geübten Fingern die Locken aufgerollt und den Schmuck angelegt hatte, sah ich wie eine junge Prinzessin aus. Am liebsten hätte ich mein Spiegelbild umarmt und geküßt. Nichts erinnerte mehr an die häßliche kleine Elisa von einst.

»Schön wie ein Gemälde«, stellte die Zofe voller Befriedigung fest.

In Gesellschaft des Duc de Noailles und seiner Frau, des Herzogs von Osuna und mehrerer anderer Persönlichkeiten, zu denen der britische Botschafter gehörte, wurden meine Mutter und ich zum Diner geleitet. Das Eßzimmer war mit karmesinrotem Damast verkleidet, schwere Silberleuchter standen auf dem Eichentisch, eine düstere, wenngleich äußerst vornehme Atmosphäre. Es wurde viel gelächelt und geplaudert, und Maman besaß die Weisheit, sich nicht allzustark in die Konversation einzumischen. Ich glaube, daß wir an diesem Abend über Dorschkopf und Tauben à la Crapodine, bei Pasteten, Blumenkohl, Hühnerfrikassee und Gans einen ziemlich guten Eindruck machten – auch wenn es für uns eine wirkliche Anstrengung darstellte.

Am nächsten Morgen wartete eine neue, wunderbare Überraschung auf mich: Die Zofe legte Stiefel, ein schwarzes Reitkleid und ein Samtbarett mit blauem Band für mich bereit. Nach dem Frühstück, so versprach sie mir, würde der

Marquis persönlich mir sein zweites Gastgeschenk überbringen.

Es war das entzückendste kleine Pony, das man sich nur denken konnte. Ganz schwarz und auf der Stirn, wie eine verirrte Flocke, eine kleine weiße Blesse. Der Marquis übergab mir den Zügel.

»Jupiter. Dein erster Mann soll ganz allein dir gehören.«

Ich spürte das warme, weiche Fell und die feuchte Schnauze, die mich leise stupste. Einem Impuls folgend schlang ich die Arme um mein Pony, überwältigt von dem Gefühl, ich hätte nun wirklich einen einzigartigen Freund.

»Mein alter Diener Bertrand wird dir das Reiten beibringen. Im übrigen habe ich die leise Hoffnung, meine Theaterprinzessin wird Jupiter und mich nun vielleicht etwas öfter hier besuchen kommen.«

Ich konnte das Geschenk unbesorgt annehmen, wußte doch tout Paris, daß der Marquis de Custine sich nur in gesellschaftlichem Rahmen für Damen interessierte.

Bei einem meiner Streifzüge mit dem Pony durch die Landschaft entdeckte ich das Schild, das am Straßenrand im Wind knarrte: »Haus zu verkaufen«. Es machte mich neugierig, ich sprang vom Pony ab und kletterte über das Gartentor. Über den verwilderten Garten erhob sich ein wunderschönes Haus. Das schönste Haus, das ich je gesehen hatte, so schien es mir. Der Bau erstreckte sich über zwei Etagen mit hohen Fenstern und klassischen Giebeln. Überragt wurde er noch von einem Belvedere, von dem man einen herrlichen Blick über die Gegend haben mußte. Es war mir, als ob der Anblick etwas in mir berühre, als habe das Haus schon immer zu mir gehört. Ich glaube, es war jenes Gefühl, das man Liebe auf den ersten Blick nennt. Hier würde ich leben können. Hier im Schatten der hohen Bäume würde ich meine Rollen einstudieren, das Haus war groß und vornehm genug, um einerseits meiner gesamten Mischpoche mehr als genug Raum zu bieten, andererseits aber auch Literaten und

Herzöge in den Salons empfangen zu können. Und dort am Brunnen würde meine kleine Schwester spielen. Wir würden eine glückliche Familie sein.

Ich stieg auf mein Pony, überhörte Bertrands Schimpfen und sann über die Frage nach, wie ich es meinem Vater beibringen würde. Natürlich kostete es mich einige Überredungskunst. Ich bettelte, schmeichelte und brachte Maman, Raphael und Rébec auf meine Seite. Ich drohte und schrie, ich legte mich ins Bett, ohne etwas zu essen, und bat Docteur Véron, mir das erforderliche Geld zu geben. Dann endlich, nach mehreren Besuchen in Montmorency, schien auch mein Vater sich ein Leben auf dem Land vorstellen zu können. Schließlich kaufte er die Villa in meinem Namen.

»Was für ein Spektakel aus Tausendundeiner Nacht!« rief hocherfreut der Marquis de Custine. »Zwanzigtausend Francs aus der Tasche einer Muse, die noch im letzten Jahr völlig unbekannt war!«

Es war herrlich, die Villa zu besitzen. Frühmorgens wanderte ich durch den Garten und spürte den Tau an meinen nackten Füßen. Ich streifte durch die Zimmerfluchten und genoß bei jedem Blick auf den Stuck, die herrlichen Kassettentüren, daß die ganze Pracht nun mir gehörte. Eine Trutzburg, eine Heimat für uns alte Wandersleute. Im Sommer nahmen wir oft die Speisen im Garten ein, und nachts stand ich am Fenster und blickte hinaus in den mondüberfluteten Garten und dachte, daß mir zum Glück nun nur noch eines fehlte. Ein Mann, nein, ein Prinz.

In den langen, hellen Juninächten saß ich lange auf der Terrasse, nur gehüllt in einen leichten Schal. Am 17. Juni wurde ich krank. Ich begann zu husten und konnte dann die ganze Nacht nicht schlafen. Man holte den Doktor, der mich abhörte und ein bedenkliches Gesicht machte.

»Sie sind sehr müde, meine Teure. Sie sollten sich ein bißchen Ruhe gönnen. Ich schlage vor, daß Sie zwei Wochen im Bett bleiben!«

Im Bett? In der schönsten Junisonne?

»Hören Sie auf mich, dann werden Sie im Juli wieder auf den Beinen sein.«

Das Theater wollte mir jedoch nur zehn Tage Auszeit gewähren. Den ganzen Juli trat ich auf, fühlte mich aber schlapp und elend. Ich litt an der Erschöpfung: all die Pracht, der Ruhm und dann der Verlust meines Lehrers. Am 27. August, nach einer langen Ballnacht beim Marquis de Custine, erwachte ich von einem furchtbaren Schmerz in der Kehle. Ich hatte keine Stimme. Die Brust tat mir weh. Zum erstenmal im Leben hatte ich einen dieser quälenden Hustenanfälle.

»Ah, Mademoiselle«, sagte der Doktor ganz traurig. »Wenn Sie so weitermachen, werden Sie noch alle möglichen Krankheiten an den Hals bekommen. Immer erst in den frühen Morgenstunden schlafen, die Zugluft im Theater, die stete Unruhe. Sie können doch nicht Raubbau mit Ihren Kräften treiben! Sie haben nur dieses eine Leben!«

»Ruhe«, sagte ich zum Doktor. »Wie sollte das gehen? Ich muß ins Theater und meine Familie ernähren! Geben Sie mir Ruhe, dann werde ich Ihnen zu größtem Dank verpflichtet sein!«

Ein paar Tage warteten wir ab, doch mein Zustand besserte sich nicht. Im Gegenteil, ich hatte schlimme Schmerzen und wurde von wilden Träumen in den Nächten gepeinigt. Finger griffen nach mir und bedrohten mich, und schwarze Männer liefen mir nach. Zu allem Überfluß zerbrach ich morgens auch noch einen Spiegel am Frisiertisch.

»Sieben Jahre Unglück!« rief Sarah. »Oder der Tod!«

Wäre ich nicht so schwach gewesen, hätte ich sie erwürgen können. Der Doktor untersuchte mich erneut, und diesmal verkündete er in einem Ton, der keinen Widerspruch duldete: »Einen Monat, vielleicht zwei Monate der strengsten Ruhe.« Was in den Tagen darauf geschah, daran erinnere ich mich nicht mehr.

Alles verging wie in einem endlosen Dämmerzustand.

Erst Mitte September kam ich wieder zu mir; man erklärte, ich hätte überaus hohes Fieber gehabt, sei nun aber außer Gefahr. Mir entfuhr ein leiser Schrei, als ich mein eigenes Gesicht im Spiegel erblickte: tiefe schwarze Augen in einem Meer aus Blässe. Ich glich wieder dem halbverhungerten Straßenmädchen.

»Bettruhe, weiterhin Bettruhe!« verordnete mir der Doktor.

Aus Paris hörte ich, daß im Theater Stück um Stück durchfiel und selbst Mademoiselle Mars die Pariser nicht mehr locken konnte. Was die Leute interessierte, waren nicht die alten Tragödien, sondern die neuesten Neuigkeiten über meine Gesundheit. Auch draußen im Park hingen sie in Trauben an den Zaungittern und fragten die Bediensteten aus. Mir war so sterbenslangweilig! Um mich abzulenken, schrieb ich immer wieder lange Briefe, auch an Samson, den ich um einen Besuch bei mir bitten wollte, aber sowie ich einen Brief an ihn geschrieben hatte, zerriß ich ihn wieder.

Ende November 1839 sah der Doktor endlich wieder zuversichtlich aus. Die Farbe war in mein Gesicht zurückgekehrt und der Drang zum Theater so stark wie ein Fieber. Am 29. des Monats durfte ich dann endlich wieder auftreten. Ganz Paris war da, um mich zu bejubeln. Nur der eine nicht – Samson. Dafür entdeckte ich durch das Guckloch im Vorhang meine Mondprinzessin in einer Loge: Délphine de Girardin, die mit ihrem Fächer spielte. Ich entdeckte die Herzöge, meine Fischhändlerin, die im Paradis thronte, begleitet von der Familie Lévy und selbst dem Rebbe aus dem Cheder. Natürlich schmunzelte Dr. Véron über seiner Krawatte so erwartungsvoll wie immer, begleitet vom rothaarigen Sainte-Beuve, dessen grobe, ländliche Kleidung auf fast schon komische Weise sich von Dr. Vérons grotesker Eleganz abhob.

Dann tat mein Herz einen Satz. Er saß in Vérons Loge: Joinville, schlank, spöttisch und reichlich nachlässig gekleidet für einen Prinzen von Orléans. Sein Gesicht hatte etwas Freches, wie es dem abenteuerlustigen Marine-Offizier, der gerade zum Leutnant befördert worden war, auch gebührte. Mir gefielen seine feingeschnittenen Züge, die schmalen und doch auch männlichen Hände. Ich wollte seine Berührung spüren, mir wurde ganz heiß, meine Wangen brannten. Als sich der Vorhang hob und sein Blick über tausend Augen hinweg auf mir ruhte, sah ich darin etwas so Ernstes, daß es mir fast die Stimme nahm. Ich spielte an diesem Abend ganz allein für ihn.

»Stärker und tragischer als je zuvor!« rief Sainte-Beuve später und umarmte mich, und aller Sarkasmus, der ihm sonst zu eigen war, schien aus seiner Seele und seiner Stimme verschwunden zu sein.

»Man konnte nicht wissen, wie weit die Tragicomanen gehen würden«, schrieb »Le Siècle«. »Nie zuvor hatte man eine solche exzessive Ovation gesehen, niemals vorher sind so viele Steine in Form von Buketten auf den Kopf einer Schauspielerin geworfen worden. Die Steinigung begann, als die Actrice die Szene betrat, und dauerte an bis zum Ende des Spektakels. Bei jeder Silbe, die sie aussprach, bekam Mlle Rachel eine Blumenkrone, macht zwölf Kronen pro Vers. Am Ende eines jeden Aktes stand das arme Kind bis zu den Knien in den Blumen.«

Meine Mutter machte sich die Mühe, jeden einzelnen Kranz aufzuheben und sorgfältig zu untersuchen – es steckten Edelsteine, Diamanten, Goldketten darin. In der Pause ließ mir ein umsichtiger Verehrer eine wundervolle Schmuckschatulle für all die Juwelen überbringen: aus purem Gold und am Deckel verziert mit einer Krone. Ich dachte an das schmunzelnde Gesicht von Dr. Véron, und innige Dankbarkeit für sein Zartgefühl erfaßte mich. Nein, es stimmt nicht, was meine Feinde immer sagen: Ich hätte ihn nur als einflußreichen Verleger benutzt. Ich liebte seinen Takt und seine Intelligenz und auch seinen zynischen Witz. An diesem Abend aber freute mich mehr als alles andere eine schlichte

Margerite. Diese eine Blume wurde am Ende des letzten Aktes, am Ende einer stürmischen Beifallswoge von François-Ferdinand-Philippe-Louis-Marie d'Orléans, Prince de Joinville, zu meinen Füßen geworfen. Ich hob sie auf, lächelte und drückte sie, einem plötzlichen Impuls folgend, kurz und sanft an meine Lippen. Ich sah ihm an, daß er verstand. Und ich wußte, daß er zu meiner Garderobe kommen würde. All die Menschen, die Neugierigen, die Verehrer, die Neider, meine laute Familie, Papa, dessen Wangen glühten, Rébecca, die mich auf beide Wangen küßte, alle sollten mit Monsieur Védel und mir feiern. Mein Triumph war sein Triumph. Deshalb hatte er Champagner en masse spendiert, doch über all die lächelnden Gesichtern hinweg suchte ich das eine Gesicht.

Sein Blick traf mich aus seinen strahlenden Augen. Wenn es je einen Blick gegeben hat, in dem sich etwas offenbart, dann war es dieser Blick des Prinzen; es war wie ein Blitz, der hell und gleißend den Himmel aufreißt, aber dann nicht wieder verschwindet, sondern hell und gleißend bleibt und die Nacht durchteilt. Über die Köpfe hinweg hielten sich unsere Augen fest, als wollten wir ineinander versinken. Mir kam es vor, als werde die Zeit festgehalten, als verstumme alles Lachen und Geplauder, als begegne ich jenseits alles Daseins und aller Erfahrung irgendwo in einer anderen Welt dem Menschen, auf den ich immer gewartet hatte, und er hieße mich willkommen.

Eine magere Herzogin mit Rollmopslocken stellte sich in meine Sicht, dann wurde ich von einem Verehrer abgedrängt und geriet in den grünen Salon, wo es noch mehr Champagner gab. Ich sah den Prinzen nicht wieder an diesem Abend. Unter den Hunderten von Gästen waren wir getrennt. Schließlich erwischte mich der Doktor, begleitet von meinem Vater; ich schluckte schnell den letzten Champagner hinunter, dann rissen sie mich fort, hinaus in die kalte, nüchterne Nacht.

In all den Wochen, die auf unsere Begegnung folgten, ging mir Joinville nicht mehr aus dem Kopf. Er fehlte mir – sein Blick, seine Berührung, die vielen ungesagten Worte. Aber eine tiefere Stimme sagte mir, daß er mir nah war, auch wenn er vielleicht irgendwo draußen auf den Weltmeeren herumsegelte, um, wie man hörte, die Leiche Napoleons dereinst im Triumphzug von Sankt Helena nach Paris zu überführen.

Dennoch wartete ich sehnsüchtig auf eine Zeile, ein einziges Wort meines Prinzen. Während die ganze Stadt mich mit Einladungen und Buketts überhäufte und der gute Anwalt Crémieux auf Grund meiner schwachen Gesundheit die höflichst formulierten Absagebriefe an die höchstgestellten Persönlichkeiten schrieb, erhielt ich von Joinville keinen Brief, keinen Gruß. Hatte ich mir eingebildet, was zwischen uns geschehen war? Verwechselte ich die Bühne mit der Wirklichkeit? Nein, ich mußte nur auf das nächste Zeichen warten. Vielleicht aber galt seine Liebe letzendlich doch vor allem den Schiffen, dachte ich wehmütig. Tout Paris nannte ihn nicht umsonst den Seeräuberprinzen, und für jede höhere Tochter aus dem Faubourg Saint-Germain gehörte es fast schon zum guten Ton, in diesen Sohn des Königs verliebt zu sein.

Eines Nachmittags kam meine blonde Muse, Délphine de Girardin, ins Theater, um mir bei der Probe zuzusehen. Danach plauderten wir über dies und das, während wir im Café des Mauresques mit seinen Wandteppichen und Wasserpfeifen saßen und an unserem Champagner nippten.

»Man sagt, daß Joinville bald verheiratet werden soll. Ah, meine Liebe, das wird eine schöne Hochzeit werden! Vermutlich führt er eine Fregatte zum Altar!«

Ich verschluckte mich fast am Champagner und mußte meine gesamte Schauspielkunst aufbringen, um mich nicht zu verraten. Für einen Moment erfaßte mich ein kurzer Schwindel, doch ich schaffte es, mich zu fassen. Meine kluge Muse schien doch etwas gemerkt zu haben.

»Sie werden ja ganz blaß!« Sie legte mir federleicht ihre Hand auf meinen Arm. »Könnte es sein, daß auch Sie vom Virus erfaßt sind. Noch eine, die unseren waghalsigen Prinzen liebt? Schlagen Sie sich den Mann aus dem Kopf. Der hat nur Herz für seine Segel. Im übrigen wollen wir realistisch sein, ohne daß ich Ihnen nahetreten will. Er ist der hübscheste und verwegenste der Prinzen aus dem Hause Orléans.« Das schelmische Glitzern ihrer Augen, das mich so aufgebracht hatte, wich einem Ausdruck von besorgtem Ernst. »Wenn Sie Joinville zum Verehrer haben, machen Sie sich alle Mütter von unverheirateten Töchtern im Faubourg Saint-Germain zum Feind. Das wissen Sie doch, eh bien? Kommen Sie! Noch ein Glas Champagner!«

Ich nippte geziert am Glas und schaffte es, gute Miene zum bösen Spiel zu machen. Aber in meinem Kopf toste ein Wirbel aus Wut. Was bedeutete schon der Adel eines Orléans? Bitte, vielleicht hatte er ein paar Jahrhunderte in seinem Stammbaum! Bei mir waren es Jahrtausende, wenn man Maman Glauben schenken durfte, stammte ich aus einem der ältesten Königshäuser der Erde. Wenn die Welt gerecht wäre, dachte ich, würde ich einen Emporkömmling wie diesen neureichen Orléans ablehnen. Ich, eine Prinzessin von Juda!

»Hören Sie mir überhaupt zu!« rief Délphine. »Ich habe Sie soeben in die Abbaye-aux-Bois eingeladen! Ich sage Ihnen, es gäbe Tausende von Parisern, die nichts lieber täten, als einmal die welke Hand von Madame Récamier zu berühren!«

Ich tat so, als wäre ich gerührt. Mir war schon zur Gewohnheit geworden, so übertrieben höflich zu reagieren, daß darin auch wieder ein gewisser Anflug von Spott lag, den die meisten nicht bemerkten. Allerdings muß ich gerechterweise zugeben, daß ich in den klugen Augen meiner Freundin schon einen Funken Humor aufglimmen sah. Vielleicht wußte sie genau, wie gleichgültig mir in der Tiefe dieser ganze Adelszirkus war. Leute, die sich einbildeten, etwas Besseres zu sein, und die ihr Leben damit verschwendeten, diese Überheblichkeit zu pflegen.

Um Silvester 1839, als die Glocken von Notre-Dame durch Paris hallten und die Leute in den Straßen jubelten und meine Familie in der Passage Véro-Dodat gegen die alte jüdische Sitte mit den Nachbarn und meinen Verehrern Champagner trank, in dieser Nacht des Freudentaumels zog ich mich leise in mein Zimmer zurück. Ich zündete das Nachtlicht an, setzte mich an den kleinen Sekretär und schrieb einen langen Brief an meinen Lehrer, einen Brief, in dem jedes Wort mich ein Stück meiner Seele, meines Stolzes kostete und der mich doch erst zur Künstlerin weihte: Wer im Tempel leben will, muß Opfer bringen können.

»Lieber Monsieur Samson – ich kann den ersten Tag des Jahres nicht verstreichen lassen, ohne Ihnen mitzuteilen, wie tief mein Bedauern und meine Sorge über unsere lange und unglückliche Trennung sind. Ich möchte Ihnen von all der Zuneigung und Dankbarkeit in meinem Herzen schreiben, von meiner Achtung für Mme Samson und meiner Freundschaft für Ihre Töchter. Niemals werde ich vergessen, was Sie für mich getan haben. Ich würde immer sagen, wenn ich heute etwas bin, dann verdanke ich es Ihnen allein. Glauben Sie mir bitte, daß meine Gefühle für Sie immer so sein werden und sich niemals ändern. Ich wage es, mir zu schmeicheln, daß Sie nicht zögern werden, mir zu helfen, wie Sie es in Ihrem Gedicht an mich versprochen haben. Wenn nur der Himmel mich hört, wenn er mir nur den Platz in Ihrem Herzen zurückgibt, den zu verlieren ich doch niemals verdient habe.«

Am 2. Januar hatte ich Vorstellung, und mein kühnes Herz gab mir ein, daß Samson mein Flehen vielleicht schon erhört haben könnte. Beschwingt und übermütig saß ich in der Kutsche, die mich durchs tief verschneite Paris zum Theater brachte. Samson würde dasein, ich würde mein Bestes geben, er würde alles bereuen. Schmonzes, sage ich.

Natürlich würde es so schnell nicht gehen. Seine Loge blieb leer. Mir kam sie sogar verwüstet vor. Ich nahm nicht einmal wahr, wer sich anstelle von Samson ins Théâtre français begeben hatte. In der Loge von Buloz, so erklärte mir ein freudig erregter Direktor Védel in der Pause, befänden sich zwei überaus ungewöhnliche Gäste. Die Schriftstellerin George Sand, die ein Buch über ihre Liaison mit meinem Freund Alfred de Musset veröffentlicht hatte, und Frédéric Chopin, der Komponist aus Polen. Wie es meine Gewohnheit war, spähte ich heimlich durchs Guckloch. Was ich sah, war im Grunde enttäuschend. Die berühmte George Sand, die es gewagt hatte, erst ihren Mann und dann jeden ihrer Liebhaber zu verlassen, um dann auch noch eine Chronique scandaleuse zu schreiben, sah ernüchternd bieder aus. Sie war ziemlich beleibt und trug ein graues Sergekleid wie eine englische Gouvernante aus dem Faubourg. Ein Doppelkinn krönte den Kragen aus einfachem Leinen. Das sollte die große Schriftstellerin sein? Mon Dieu, Alfred hatte doch einen sehr eigenen Geschmack. George Sand jedoch offenbar auch. Warum hatte sie nur den hübschen, charmanten Musset für diesen kleinen Mann an ihrer Seite verlassen? Chopin wirkte wie ein armer kleiner Mann in großen Schuhen.

Samsons kleines Billet, das für mich eine so große Bedeutung hatte, erreichte mich an einem Januartag, als auf den Dächern die Reste des Schnees schmolzen und Paris im Winternebel verschwand, der von der Seine aufstieg. Ein Bote überbrachte mir das Kuvert, das mein Herz klopfen ließ.

Wie würde die ersehnte Antwort lauten?

Mit flatternden Händen riß ich den Umschlag auf, und ich glaube, daß der Bote, der noch auf sein Trinkgeld wartete, mich für eine Verrückte hielt. Ich starrte auf die fliegende Schrift. Sie stammte nicht von Samson. Es war die Schrift seiner Frau. Ganz langsam ließ ich mich in meinen

Sessel sinken. Ich suchte Halt. Draußen flog gefährlich nahe am Fenster eine schwarze Krähe vorbei. Ich hatte einen metallischen Geschmack im Mund, zwang mich jedoch, den Blick auf die dahinjagende Schrift zu senken. Die Buchstaben sahen aus, als beeilten sie sich, nur ja rasch aus meinem Gesichtsfeld zu kommen.

»Meine geliebte Rachel! Eben vom Lande zurückgekehrt, haben wir Deinen lieben Brief vorgefunden. Unsere ganze Familie, ich sage bewußt: die ganze, hat über diesen ergreifenden Zeilen geweint. Wann dürfen wir Dich wieder in unserer Familie willkommen heißen? Wenn Du kannst, so komme doch noch jetzt wie in alten Zeiten zum Kaffee bei uns vorbei! In tiefer Ergebenheit, Deine Adèle Samson.«

Dem Pagen war deutlich anzusehen, was er über mich dachte, als ich ihm eine ganze Handvoll Trinkgeld aufdrängte, woraufhin er eiligst die Mütze vom Kopf riß und die Hacken zusammenschlug wie ein Soldat. Ich hörte das Getrappel seiner Füße, als er die hölzerne Stiege hinuntereilte; vermutlich glaubte er Grund zu der Befürchtung zu haben, daß ich plötzlich zur Besinnung zurückfinden und mein Geld zurückverlangen könnte.

Ich drehte eine Pirouette vor meinem Spiegel und lachte das blasse, glückliche Mädchen an, das ich darin sah. Schnell glättete ich mir die Haare, und dann eilte ich zu Monsieur Laurent hinunter, damit er mir nur rasch einen Fiaker bestellte, bevor Maman mit unserer Kutsche kam, um mich zum Essen abzuholen. Ich dachte gar nicht nach, ob es peinlich werden würde, was mein Vater sagen und wie meine Mutter reagieren würde. Ich war einfach glücklich, trotz des Nebels, der mir bedrohlich auf die Stimmbänder schlug.

Sie saßen alle unverändert an der Tafel. Das Geschirr war noch dasselbe, die Wohnung umarmte mich mit dem alten Duft nach Leder und Tabak, starkem Kaffee und teurer Seife.

Das Mädchen hatte wie immer eine Verbeugung gemacht und mir den Mantel mit dem Pelzbesatz abgenommen, und dann stand ich mit meinem schlichten Nachmittagskleid aus schwarzer Moiréseide vor all diesen vertrauten Gesichtern und fühlte mich wie nackt.

»Nimm doch Platz, Rachel.« Madame Samson wirkte vollkommen gelassen, ganz grande dame und jeder peinlichen Situation gewachsen. Der Bann war gebrochen. Die Mädchen begrüßten mich laut und strahlend. Samson, sein Halsbinder schief, machte Anstalten, von einem Sessel aufzuspringen, und in seinen Augen las ich den Impuls, mich zu umarmen. Dann aber räusperte er sich statt dessen und rückte den Halsbinder gerade.

»Zitronenkuchen, Rachel?«

Ich mußte ein Lächeln unterdrücken. Um wieviel anders wäre es bei einer solchen Versöhnung in meiner Familie zugegangen! Man hätte sich in den Armen gelegen, geweint, neue Vorwürfe gemacht, gelacht, Segenssprüche ausgebracht und auf alles schließlich ein Glas Arrak getrunken. Hier wurde das alles mit etwas kleinerer Geste ausgemacht. Ich wußte ja genau, wieviel Wert der gute Samson auf Selbstkontrolle legte, und so war ich sehr darauf bedacht, ja nichts von meinen wahren Gefühlen preiszugeben. Kein Wort über Schmerz und Einsamkeit, Angst und Kummer. Lächeln, den Kopf neigen, den Kuchen probieren, am Kaffee nippen. Und auf keinen Fall zu dankbar und begeistert sein!

Eine Frage konnte ich mir nach dem letzten Schluck Kaffee aber doch nicht verkneifen: »Wie geht es Mademoiselle Plessy?« fragte ich, bemüht, mir den Anschein gleichgültiger Höflichkeit zu geben.

»Gut«, knurrte Samson mit jenem Blick, der mich immer zu warnen verstand. »Aber sie ist nun doch ja nicht der Grund, warum du hier sitzt. Wir wollen lieber über Pauline reden«, sagte Samson, der meinen Blick nicht losgelassen hatte. »Pauline ist ein mystisches, zartes Wesen, das zum wahren Gott findet. Eine Römerin, die sich zum wahren Glauben bekehren läßt. Ich denke, du solltest sie bald kennenlernen!«

Ich starrte ihn an. Er sprach von Polyeucte. Ich, Rachel, sollte eine Neuchristin spielen? Wollte er mich quälen? Nach allem, was er über mich und mein Volk und die Liebe zum Goldenen Kalb geäußert hatte? Würde er niemals aufhören können? Ich spürte, wie sich meine Augen mit Tränen füllten.

»Moment, Rachel!« Samson hob die Hand, um mir Schweigen zu gebieten, und verhinderte so, daß mir tödliche Worte entschlüpften. »Ich fürchte, du könntest mich mißverstehen. Ich denke, du solltest Pauline spielen, um dich von diesem Stigma zu befreien, daß du nur Erfolg hast, weil du Jüdin bist.«

Ich versuchte, in seinen Augen zu erkennen, wie er diese Worte meinte.

»Wir haben ja in den letzten Monaten auch Zeitung gelesen. Ist dir nicht bewußt, daß deine Feinde deinen Erfolg zum Erfolg deiner Religion erklären? Du seist nichts ohne deine Juiverie? Ich denke, wir sollten den Kritikern das Gegenteil beweisen. Bist du dazu bereit?«

Ja, ich begriff durchaus. Er wollte, daß ich konvertierte. Meinen Glauben und mein Volk verließ? Eine Flut von Bildern tauchte vor meinem inneren Auge auf und spülte jeden vernünftigen Gedanken fort: mein Vater, der von Taufe sprach, der Krug Rotwein, den Maman ihm ins Gesicht geschüttet hatte, meine gute alte Fischhändlerin aus dem Marais, die kaum je eine meiner Vorstellungen versäumte, Familie Lévy, Geminders Haus in Flammen, die Kerzen und das Mohnbrot am Schabbes, die ernste Feierlichkeit des Sederabends, Raphael, der mit kindlichem Stolz die vier Fragen beantwortete, der Stein, der mich an der Schläfe trifft und trifft und trifft. Ich war nahe daran, ohnmächtig zu werden. Samson verlangte die Taufe. Der zweite Verlust meines Lehrers? Diesmal für immer?

»Ich kann nicht«, stammelte ich, und während ich meine eigene Stimme hörte, faßte ich mich. »Das ist zuviel verlangt, Monsieur. Das Theater ist meine Liebe, aber nicht mein Gott. Meine Religion gebe ich nicht auf. Ich bin Jüdin, Monsieur. Ich werde es bleiben.«

Ein Augenblick furchtbarer Stille senkte sich auf unsere eben noch so heitere Tafel. Irgendwo draußen tropfte Wasser vom Dach. Die Mädchen starrten mich an, im Blick ihrer Mutter entdeckte ich Achtung. Ich würde keine Szene machen. Ich würde leise und höflich hinausgehen.

»Aber Rachel, Kind! Du glaubst, was du glaubst, und das ist deine Sache. Du sollst doch nur eine Rolle spielen! Niemand sagt, daß du dich selber taufen läßt. Bist du nicht Schauspielerin? Was ich verlange, ist: Mach dich frei! Als Künstlerin mußt du über allen Religionen stehen und kannst dabei doch deinen eigenen Glauben haben! Aber niemals bist du Partei. Das ist das Opfer für die Kunst, das ich dir abverlange. Bist du bereit?«

»Keine Taufe?«

»Mon bon enfant, du mußt das Leben vom Theater unterscheiden lernen!«

Ich fühlte mich froh und müde und wollte nur noch nach Hause, um mich vom Wechselbad aus Glück und Elend zu erholen. Rasch verdrängte ich den Gedanken, welche bittere Szene mich dort noch erwarten würde, wenn sie alles hörten. Eifersucht, Stolz und Religion – was für eine explosive Mischung! Da würde es viel mehr geben als das übliche Geschrei, aber auch das gehörte zu den Opfern.

»Oui. Ich bin bereit, Monsieur.«

»Gut, mein liebes Kind. Dann morgen. Am selben Ort, zur selben Stunde.«

Am nächsten Morgen, Punkt zehn Uhr, klopfte ich wie gewohnt an die Tür in der Rue Richelieu. Mir taten alle Glieder weh, und wenn ich an die Szene des vorausgegangenen Abends dachte, begann mein Kopf zu schmerzen. Es hatte alles überboten, was vorher dagewesen war. Mein Vater war zur Furie geworden, und dieses eine Mal hielt Maman ihn nicht zurück. Was hatte ich mich alles heißen lassen müssen: Verräterin, Verbrecherin, elender Krüppel. Papa hatte geschrien und geprügelt und gedroht, mich hinauszuwerfen, woraufhin ich ihn daran erinnerte, daß ich es war, die ihm die Miete bezahlte. Daraufhin war er erst recht über mich hergefallen. Maman wollte schon mit dem Messer auf mich losgehen, was Rébecca verhinderte, und hatte dann gedroht, sich umzubringen, indem sie einen Krug Seifenlauge hinunterschluckte.

Der Doktor wurde geholt, Sarah feixte, ich spuckte ihr ins Gesicht, wir prügelten uns, bis Papa sich erneut die Peitsche von der Wand riß und sich auf uns beide stürzte. Der Doktor, der sichtlich erschüttert und selbst den Tränen nahe war, brachte meinen Vater schließlich zur Besinnung. Mich schickte er ins Bett. Dort lag ich und starrte hinaus in den Sternenhimmel. Ich hatte alles über mich ergehen und mit mir geschehen lassen, als wäre ich gar nicht dabei. Aber ich konnte es nur ertragen, indem ich mir schwor, am Tag meines 21. Geburtstags dieses Tollhaus zu verlassen. Bei allem Leid und aller Schmach, die der Abend über mich gebracht hatte, war mir doch klar, daß ich gewonnen hatte. Und daß es richtig war, Samsons Rat zu befolgen. Ich würde mich entscheiden müssen. Es war schlechterdings unmöglich, zugleich die gute jüdische Tochter und eine große Künstlerin zu sein.

Irgendwann im Morgengrauen schlief ich über dem Wirbel aus Gedanken und Schwüren endlich ein.

»Du hast den Kampf überlebt?« Samson kam mir entgegen, als ich sein Arbeitszimmer betrat. »Dann laß uns mit der Arbeit beginnen!« Behutsam führte er mich zu einem Sessel vor dem Kamin. »Ich will dir erklären, warum ich denke, daß du Pauline spielen solltest, auch wenn – oder gerade weil – es deinen Leuten nicht paßt. Alles Talent der Welt, besonders wenn es immer für dieselben dramatischen Werke aufgebracht wird, kann letztendlich nicht genügen, um das Publikum zufriedenzustellen. Was an einem großen Schauspieler gefällt, ist das Unvorhergesehene. Wenn ich völlig unwissend darüber bin, was als nächstes passieren wird, wenn ich nicht weiß, wenn du selbst nicht weißt, wie deine nächste Geste, dein nächster Blick aussehen wird, wenn wir beide nicht wissen, welche Leidenschaft als nächstes von deinem Herzen Besitz ergreifen wird, dann bin ich bereit, jeden Tag ins Theater zu kommen, um dir zuzusehen. Denn dann bist du jeden Tag neu für mich. Heute werde ich dich verdammen, morgen in den Himmel loben. Gestern hattest du alle Macht, während du morgen vielleicht kein Wort der Bewunderung von mir hören wirst. Um so besser, wenn du mich dann wieder, ganz unerwartet, zum Weinen bringst. Ich will gar nichts davon hören, daß es einen großen Künstler geben soll, der Abend für Abend mit genau derselben Vorstellung aufwartet. Routine ist der Feind der Kunst. Indem du Pauline spielst, wirst du es schaffen, die Routine in der Erwartung zu durchbrechen.«

## 18

Die erste Frühlingssonne wärmte Paris, und die Damen in den Straßen stellten ihre neuesten Kleider zur Schau. Jeden Morgen nach dem Studium der Pauline bei Samson fuhr ich auf den Champs Elysées mit Maman in unserem Einspänner spazieren, den uns Docteur Véron überlassen hatte. Mir schien das alles ein wenig absurd: Fast beneidete ich die armen Mädchen aus dem Marais in ihren Lumpen, die nach Lust und Laune im Jardin du Luxembourg auf einer Parkbank in die Sonne blicken durften, während es für mich aus Gründen der Schicklichkeit neuerdings verboten war. Eine junge Dame de famille durfte sich nur in Begleitung einer Gesellschafterin und im Wagen in Gesellschaft zeigen – sonst waren ihre Chancen auf eine gute Partie unwiderruflich dahin.

Die ganze morgendliche Aufführung diente einem einzigen Zweck: junge Mädchen zu verheiraten. Insofern waren die stolzen Witwen aus dem Faubourg Saint-Germain auch nicht viel besser als meine jiddische Mamme. Junge Comtessen und Baronessen wurden den jungen Herren vorgeführt, das häßlichste Mäuschen noch herausgeputzt mit königsblauen Schleifen. Die jungen Herren ihrerseits gaben mit den Tilburys an, die sie geschickt an den schweren Kutschen vorbeidrängten; eingekleidet waren sie mit ihren bis unter die Kehle zugeknöpften Westen vom modischen Herrenschneider Staub, den auch mein Vater nun hin und wieder aufzusuchen pflegte. Mir gefielen die etwas älteren Reiter vom Jockey-Club am besten, zu ihren grünen russischen Reitmänteln trugen sie weiße Hosen und sahen wild und abenteuerlustig aus.

Vor dem Schlag unseres Einspänners drängte sich meist eine Schar blaublütiger Verehrer und junger Dandys aus diesem Club, die um meine Gunst wetteiferten. Für sie war es ein Sport, ein Kopfnicken oder Lächeln zu erhaschen. Mein hartnäckigster Verehrer schob immer wieder seinen Rappen mit den zitternden Flanken an unseren Wagenschlag. Er war groß und blond und erinnerte mich ein wenig an die Liebe, die ich heimlich in meinem Herzen trug. Aber seine Blicke waren derartig schmachtend, daß es mich abstieß. Jeden Tag erhielt ich ein Bukett und dazu einen Brief, in dem er darüber räsonnierte, wie verwirrend es sei, in meine Augen zu blicken. Man sehe hinein und sehe immer wieder einen anderen Menschen. Ich zeigte Sarah den Brief, und wir kicherten darüber.

»Mach dich nur lustig!« schäumte Maman. »Ich sag dir was: Wenn du wartest, bis du zwanzig und alt und häßlich bist, dann wirst du noch bereuen, daß du diesen jungen Mann nicht genommen hast. Immerhin wird er eines Tages der Herzog von Osuna sein!« Ihre blauen Augen blitzten auf. »Ah, wie mir das gefallen würde. Stell dir vor, was die Lévys sagen würden. Meine Tochter, die Herzogin …«

»Ach, Maman!«

»Er ist einer der reichsten Granden Spaniens! Man sagt, er wird bald um deine Hand anhalten!«

»Und wenn schon! Du hast doch immer gesagt, daß ich eine Prinzessin bin! Außerdem«, warf ich listig ein, »ist er doch ein Goi!«

Die Tasse, die sie nach mir warf, flog so knapp an meinem Kopf vorbei, daß ich den Luftzug spürte.

Tatsächlich geschah es ein paar Wochen später. D'Osuna bat mich ganz offiziell um meine Hand – und wurde von meinem Vater abgewiesen. Dessen Eifersucht war mein einziger Verbündeter gegen Mamans ewige Heiratspläne und die vorwurfsvolle Sehnsucht, mit der sie an meinen Hochzeitsschuhen stickte. Tumultartige Szenen spielten sich in unserem Salon ab, als sie von meiner Ablehnung dieses Antrags hörte! Wie im übrigen halb Paris davon Kenntnis bekam.

Mit einer gewißen Süffisanz vermeldete der »Courrier des Théâtres« die Liste meiner Verehrer, die so weit gingen, mir Heiratsanträge zu machen: zwei Pairs von Frankreich, ein Abgeordneter, der Direktor eines Wechselbüros, ein Schneidermeister. Und Monsieur Degouve-Denuncques, Direktor des Le National, ein liberaler Journalist, den mein Vater ins Herz geschlossen hatte. Bei einer Landpartie, die mit einem Diner im »Rocher de Cancale« endete, versprach Papa dem etwas sehr behäbig wirkenden Demokraten, wohl etwas weinselig, meine Hand. Als ich das erfuhr, bekam ich erst einen Weinkrampf – und hätte meinem Vater dann beinahe das Gesicht zerkratzt.

»Meine Tochter ist grenzenlos kokett«, erklärte mein Vater dem abgewiesenen Bewerber. »Sie ist extrem eitel, hat einen extrem überheblichen Charakter, sie neigt zu phantastischen Übertreibungen, zu Launen, Capricen und Mutwilligkeit. Kurzum: adorable! Aber Ihnen würde Sie das Leben zur Hölle machen.«

Auch der Marquis de Custine neckte mich, als er Sarah und mich zu einem Ausritt auf seine Ländereien eingeladen hatte. In seinem Belvedere über dem See ließ er Gebäck und eau sucrée servieren, während er selbst dem Gin zusprach. Mich kniff er in die Wangen und fragte: »Ist meine kleine keusche Freundin denn für keinen Mann zu haben?«

»Ach«, entfuhr es mir, und fast hätte ich mich und den Prinzen meiner nächtlichen Träume verraten. »Liebe ist ein Thema, das mich weniger interessiert als jedes andere. Meine Liebe gehört allein dem Theater!«

Sarah tippte sich an die Stirn, und der Marquis lächelte in sich hinein, ein Lächeln, das mich an Maman erinnerte. »Du mußt nur erst den Richtigen kennenlernen. Warte ab, vielleicht werde ich ihn dir bald schon vorstellen können.«

»On va voir!«

Damit stand ich auf, ließ mir mein Pony bringen und beendete die mir leidige Diskussion, indem ich in gestrecktem Galopp im Wald verschwand, bis das Rufen meiner Quälgeister hinter mir verhallte.

Während mein Vater mit dem Théâtre français einen neuen Vertrag aushandelte, der mir alles in allem nunmehr die gigantische Summe von 60000 Francs im Jahr garantierte, unterzog sich Samson immer noch der großen Qual, mir die Rolle der Pauline nahezubringen. Ich las den Text, lernte ihn auswendig – und konnte kaum ein Wort verstehen!

»Die Rolle fordert dir fast übermenschliche Verwandlungskunst ab«, erklärte Samson. »Ganz am Anfang bist du ein unschuldiges junges Mädchen, eine Heidin, die nichts von Gott versteht. Aber sie ist unschuldig, ganz arglos und frei. Du sollst nicht wie eine Matrone reden! Sei nicht so würdevoll! Und rede nicht immer im gleichen Ton. Du bist ein junges Mädchen! Ein Mädchen, das sich wandeln und reifen muß.«

Doch gerade das fiel mir so schwer. Sollte ich am Ende mich selber spielen? Dazu hätte ich wissen müssen, wer ich überhaupt war. Und wer kann das schon über sich sagen? Langsam begann ich zu ahnen, welch einer Probe mein Lehrer mich unterzog. Gewiß war das Stück nicht ohne Grund seit zweiundzwanzig Jahren nicht mehr aufgeführt worden.

»Die Wandlung in deiner Heldin geht ganz langsam vonstatten. Ein Prozeß. Keine plötzlichen Brüche! Sie erfährt sehr subtil, was Liebe, was Glaube, was Gnade ist. Sie ist zart, sie ist anmutig, sie wird von einem großen Zartgefühl beseelt, und ihr Herz ist zerrissen von Liebe und Mitleid.«

Aber Liebe war doch ein Sturm, dachte ich, etwas, das Besitz von der Seele ergriff und alles, alles änderte. Wie Joinville, das Gespenst meiner Nächte, der mein ganzes Dasein, meine Träume und Hoffnungen erfaßt und durcheinandergewirbelt hatte!

Liebe – das war ein Blitz, ein Schlag. Liebe war ein Verhängnis, und sie verleitete zur Raserei, zur Heimlichkeit und zum Verbrechen. Mir wurde heiß, ich schlief schlecht, und meine ganze Wahrnehmung wurde vom Gedanken an diesen einen Mann getrübt. Ja, für mich war die Liebe eine Krankheit. Aber wie hätte ich das Samson erklären sollen?

Die Einladung in ihren katholisch-mystischen Salon, die mir Madame Récamier übersenden ließ, kam wie vom Himmel geschickt. Monsieur Crémieux, unser Anwalt, der mir inzwischen ein väterlicher Ratgeber geworden war, öffnete und verlas den Brief mit großem Repekt, nachdem er sein Monokel gezückt und das Wappen ausgiebig studiert hatte.

»Madame Récamier. Die größte Schönheit des Ancien Régime. Freundin von Bernadotte, dem König von Schweden, und Madame de Staël. Eine ganz große Dame! Von Napoleon aus der Stadt verjagt und sehr verarmt. Dennoch gleicht eine Visite bei ihr noch immer einem Adelsschlag.

Wenn du bei ihr zum Tee eingeladen bist, wirst du auch Chateaubriand kennenlernen, Frankreichs größten katholischen Dichter.« Vielleicht bildete ich mir nur ein, in den Augen des berühmten Juristen ein spöttisches Glimmen zu sehen. Dann wurde er jedoch ernst, sein Mund war dünn und streng. »Rachel! Du überlegst doch nicht ernsthaft, die Religion zu wechseln?«

»O Monsieur, wie könnte ich mich selbst ablegen?«

Einen Augenblick musterte er mein Gesicht, dann drückte er mir einen ganz leichten Kuß aufs Haar. »Verzeih, mein Kind. Das ist der schlechte Scherz eines besorgten, alten Juden gewesen. Ah, übrigens, Monsieur James de Rothschild läßt dich ganz besonders herzlich grüßen. Wenn deine Gesundheit es wieder zuläßt, würde die Familie dich gern in ihrem Palais begrüßen. Schließlich seid ihr ja Landsleute. Stammst du nicht aus Frankfurt?«

»Nicht direkt, Monsieur.« Ich dachte an all die Blumen und Juwelen, die mir die Familie des berühmten Bankiers schon hatte übersenden lassen. Bei ihnen zu Hause war ich noch nie eingeladen gewesen. Tout Paris schwärmte von dem märchenhaften Reichtum, in dem ihre Raumfluchten ausgestattet seien. »Sarah kam in Frankfurt zur Welt. Bei meiner Geburt war Maman zufällig in Mumpf in der Schweiz.«

»Gut.« Crémieux hob die Hand und gebot mir Schweigen. »Wollen wir das nur nicht zu genau nehmen. Deine Heimat als Kind ist jedenfalls das Rheintal gewesen. Überdies hast du jetzt ja ohnehin noch immer Ausgangsverbot, wie mir der Doktor sagt?«

»Die Lungen sind angegriffen.«

»Aber zu Madame Récamier mußt du gehen. Könnte sein, daß Frankreichs größte Salonnière sonst vor deiner Genesung stirbt.«

Délphine de Girardin würde mich zu dem Nachmittagstee begleiten, da meine Mutter sich standhaft weigerte. Niemals, so erklärte sie, würde sie den Salon der Inquisition betreten.

An dem Tag war Aprilwetter. Eine Stunde bevor die Kutsche der Girardins angesagt war, um mich abzuholen, schien die Sonne, und ich entschied mich für ein schlichtes weißes Baumwollkleid mit Puffärmeln und für ein weißes Band, das mir das Haar züchtig aus dem Gesicht zurückhielt.

»Bezaubernd«, flötete meine Beschützerin, als ich einstieg. Délphine trug einen Traum von Empirekleid, das ihre Schönheit ganz zerbrechlich wirken ließ. Neben ihr kam ich mir wie ein dummes Mädchen vor. Besonders, als der Himmel sich während unserer Fahrt zur Abbaye-aux-Bois verdunkelte und bald darauf der Regen auf das Dach unserer Kutsche prasselte. Während wir durch die glänzenden, dunklen Gassen rollten, begann ich vor Kälte und Aufregung zu zittern. Konnte ich dem strengen Blick der Madame Récamier genügen? Ich dachte zurück an die hochmütigen Prinzessinnen in Lyon, die in ihrem verdunkelten Salon gesessen und den Pöbel und Unrat der Welt hinter den Vorhängen ausgeschlossen hatten. Zu dem, was draußen bleiben mußte, hatte ich gehört.

Als wir die ehrwürdige Pariser Abtei mit ihren vielen Giebeln und staubblinden Fenstern erreichten, grollte der Donner über dem Hügel von Montmartre. In Délphines Augen hatte sich der Schalk eingeschlichen.

»So, meine Muse, jetzt werden Sie gleich die respektabelsten Ruinen des Ancien Régime kennenlernen!«

Über einen Steinfußboden, der ein Gefühl von Kälte und Moder verströmte, schritten wir durch uralte Säulengänge, die über die Jahrhunderte vermutlich schon viel Geschrei und Gebet mitangehört hatten. Ich hatte das Gefühl, als streife ein kalter Luftzug meinen Arm. Mich fröstelte, und um mich abzulenken, blickte ich auf den abweisend wirkenden Rücken des livrierten Dieners, der uns zum Salon hinaufführte.

Madame Récamier bewohnte eine Suite von verblaßter Pracht in dem alten Konvent. Schwere Eichenbalken an der Decke, meterhohe Wände, unter denen die Samtsofas im römischen Stil ganz winzig wirkten. Das Porträt einer schönen jungen Frau auf einem Kanapee beherrschte den Raum, der ansonsten nur vom Flackern eines kleinen Feuers erhellt wurde.

»Ah, meine liebe Délphine!« Eine zierliche Dame, Kopf und Hände von hellem Glacé umhüllt, stellte die Schale mit Gebäck ab, aus der sie soeben ihre Gäste bedient hatte. Ich erkannte sie gleich wieder. Schließlich war sie eine der wenigen Besucher, die es bei meinem Debüt im Théâtre français gegeben hatte. »Und Mademoiselle Rachel! Enchantée, daß Sie den Weg zu uns gefunden haben!«

Wir wurden einer Gruppe sehr steifer und sehr vornehmer Herrschaften vorgestellt. Die furchteinflößenden älteren Damen trugen blitzendes Geschmeide um den dünnen, faltigen Hals, und die Herren hatten ihr Haar fest an den Kopf geglättet, als fehlte ihnen die Perücke. Eine alte Dame im rostroten Wollkleid, eine polnische Prinzessin, wie mir Délphine ins Ohr flüsterte, betete unablässig einen Rosenkranz. Eine adlergesichtige Dame schwenkte ein Höhrrohr aus Mahagoni, als wolle sie jeden Moment damit auf uns alle einstechen. Schließlich bedachte mich der Erzbischof von Paris mit einem gütigen Lächeln.

»Es wird mir eine Freude sein, eine so große Künstlerin in diesem Salon hier sprechen zu hören.«

Während die Gäste sich an den einfachen Erfrischungen, Tee, Kaffee, Cognac und Blätterteiggebäck, labten, floß die Konversation lose durch den Raum, nur hin und wieder kaum merklich gelenkt von der Gastgeberin, die aus einer angeschlagenen Kanne aus Chinaporzellan die Tassen nachschenkte. Unterdessen führte der Diener einen hochgewachsenen, silberhaarigen Mann herein, der sich schwer auf seinem Arm abstützte. In einen Sessel plaziert und vor den Kamin geschoben, so daß er sich zugleich die Füße wärmen und aus dem Fenster schauen konnte, nickte er zufrieden und grüßte mich. Es war der Vicomte de Chateaubriand.

Draußen entlud sich ein Gewitterregen, der bedrohlich gegen die alten Mauern hämmerte. Mir wäre es in dieser Wohnung unheimlich gewesen. Eine herrliche Theaterkulisse – aber kein Raum zum Leben. Ich fror in meinem dünnen schlichten Kleid, und Madame Récamier, die offenbar von meiner Krankheit gehört hatte, ließ es sich nicht nehmen, mir einen Kaschmirschal zu holen und ihn behutsam um meine Schultern zu legen.

»Es wäre abscheulich, wenn Sie sich ausgerechnet hier bei uns eine Erkältung holen würden!«

Im Dämmerlicht der Kerzen drehte sich die ganze Konversation einzig und allein um mich.

»Sie sind vom wahren Adel!« rief die polnische Prinzessin, die vom Cognac ganz glühende Wangen hatte. »Es sind die höchsten Höhen der Kultur, die Sie in diesem Sumpf der Bourgeoisie am Leben erhalten! Mademoiselle Rachel, in Ihrem Rang und Ihrer Bedeutung können Sie sich mit Königen messen. Wahren Königen!« setzte sie hinzu. »Nicht solchen, die sich Bürgerkönig nennen!«

»Könige? Pah! Sie untertreiben, Prinzessin!« rief ein gutaussehender Mann mit goldenem Bart, außer Délphine und mir vielleicht der einzige im Raum, der unter sechzig war. Sein Name war Arsène Houssaye. »Was sind die Schauspieler anderes als die Nachfahren der Götter? Haben die Priester nicht auch im Tempel ihre Masken aufgehängt, wenn ihre Vorstellung vorüber war?«

»Langsam, junger Mann! Wir wollen nicht von Ketzereien sprechen!« Madame Récamier drohte ihm mit ihrem behandschuhten Finger. Doch sah man ihr an, wie gut ihr die Pointe gefiel. Zum ersten Mal konnte ich sie mir in diesem Moment als Gefährtin so bedeutender Männer wie des Marschall Bernadotte vorstellen. Überhaupt schienen diese Überlebenden des Ancien Régime einen ausgeprägten Sinn für Humor zu besitzen. Um ehrlich zu sein, war es die einzige Eigenschaft, die mir an ihnen gefiel.

Auf einmal seufzte Chateaubriand aus seinem Sessel.

»Quel dommage, Mademoiselle, ein Wesen wie Sie entstehen zu sehen, just in dem Augenblick, wo man stirbt.«

Eine innere Stimme gab mir die einzig passende Antwort ein. »Monsieur, es gibt Männer, die niemals sterben.«

Damit mein Besuch im Salon der Abtei mehr bedeuten würde als nur ein gesellschaftliches Ereignis, hatte ich darum gebeten, einen Part aus der »Pauline« vortragen zu dürfen. Meine stille Hoffnung war dabei, daß ich vielleicht etwas begreifen und einen Zipfel von der Seele des Katholikentums erwischen würde. Zum Vortrag wählte ich die schwere fünfte Szene aus dem letzten Akt, die Samson mir vorgespielt hatte. Pauline, bekehrt, fällt auf die Knie und ruft zum Himmel: »Je crois!«

Als ich geendet hatte, herrschte im Salon eine fast schon religiöse Stille. Es war mir, als trauten sie sich nicht zu klatschen, wie in der Kirche. Oder, fragte eine bange innere Stimme, hat es ihnen so gar nicht gefallen? Délphine kam auf mich zu und legte federleicht ihre Hände auf meine Schultern.

»Wunderbar, Rachel. Ich verstehe gar nicht, warum du solche Selbstzweifel hast.«

Um diese Worte zu bekräftigen, schlug mein vornehmes Publikum die Fingerspitzen gegeneinander, vermutlich ihre Art des Gefühlsausbruchs. Von Chateaubriand vernahm ich ein gerührtes Hüsteln. Mir gefiel der alte Mann, er sah so klug und gütig aus. Dann stand der Erzbischof mit ernstem Gesichtsausdruck neben mir und hob mir den Schal auf, der mir während der Rezitation von den Schultern geglitten war.

»Wir, die Diener des Allerhöchsten«, erklärte er gravitätisch, »haben nicht oft das Vergnügen, große Künstler hören und sehen zu dürfen. Mir war das Vergnügen gleich zweimal vergönnt. In Florenz hörte ich einst Madame Malibran singen, und nun stehe ich in der Schuld von Madame Récamier, weil ich Mademoiselle Rachel hören durfte. Die Lippen, die diese großartigen Zeilen so beredt zum Leben erwecken können, müssen zu einem Herzen gehören, das vom selben Gefühl des Glaubens erfüllt ist.«

Für einen kleinen Augenblick setzte mein Herz aus. Was sollte ich darauf sagen? Aber dann gab mir irgendeine Stimme meiner Ahnen die Antwort ein, die zugleich humorvoll und doppelbödig war und offen und höflich genug, um den Erzbischof zufriedenzustellen.

»Monsieur«, sagte ich mit einer Verbeugung, »je crois.«

Zum Abschied verbeugte ich mich auch vor Chateaubriand und sah tiefe Zuneigung in seinem fast schon durchscheinend blassen Gesicht. Noch im selben Moment wußte ich, daß ich ihn bitten könnte. Ich erklärte ihm, daß ich das Wesen des katholischen Glaubens nicht verstünde. Ob er mich nicht unterrichten könne?

»Aber, liebes Kind!« rief er mit einvernehmlichem Blick zu Madame Récamier. »In diesem Salon wirst du immer willkommen sein. Gern werden wir dir das Wunder des Glaubens erklären. Denn wisse: Ich selbst wurde durch ein Wunder aus der Gleichgültigkeit gerissen und zu Seiner Gnade bekehrt.«

Wir gingen über das nasse Pflaster und stiegen in unsere Equipage. Es kam mir vor, als kehrte ich aus einem Traum ins Tageslicht zurück. Der Himmel war aufgerissen, die Sonne schien, ein Regenbogen glänzte über der Stadt. Ich war müde und fühlte mich etwas unwirklich. Wie sollte ich das alles meiner Mutter erzählen?

»Ich glaube, meine Muse, du hast einen uralten Traum zum Leben erweckt!« sagte eine lächelnde Délphine de Girardin, während die Rue de Rivoli mit ihren prunkvollen Auslagen am Fenster unserer Kutsche vorüberzog – eine fremde Welt.

»Wieso?«

»Ich schwöre dir, ich weiß, was die alten Leute sich jetzt ausdenken. Mademoiselle Rachel und das große Glaubensfest. Einzug der jüdischen Heroine in den Schoß der Mutter Kirche. Bestimmt planen sie in allen Einzelheiten die öffentliche Taufe in Notre-Dame.«

Ich lächelte Délphine unbeteiligt an und dachte mir mein Teil: Sie werden sich mit meiner Taufe auf der Bühne zufriedengeben müssen.

»Ah, ich höre, du besserst deine Religionskenntnisse aus!«
Der Marquis de Custine, mein väterlicher Freund, betrachtete mich mit schmalen Augen.

»Sag bloß, du willst Katholikin werden?«

Unwillkürlich entfuhr mir ein Seufzen: Mußten mir alle dieselbe Frage stellen?

»Ich bin Schauspielerin, Monsieur«, erklärte ich mit mühsam gehaltener Beherrschung. »Ich soll die Pauline spielen. Ich muß auf der Bühne ihr Wesen darstellen. Das heißt, ich muß sie begreifen können. Und wenn dazu die katholische Religion gehört – voilà, dann muß ich mich mit ihr vertraut machen.«

»Schön, ma tigresse, kein Grund, so wütend zu werden. Jedenfalls gibst du dich ja nie mit dem kleinen Wurf zufrieden.«

»Mein Vater sagt, man muß immer nach den Sternen greifen!«

»Auch wenn es sinkende Sterne sind? Glaub mir, Chateaubriand und Récamier haben ihre besten Zeiten lange hinter sich. Ich wüßte allerdings jemand, dem würde deine Beschäftigung mit dem Buch der Bücher gefallen. Leider ist er gerade verreist.«

»Alle Männer, die mir gefallen, scheinen verreist zu sein.« Ich erschrak. Diese Bemerkung war mir herausgerutscht. Fast hätte ich das Geheimnis meines Herzens verraten, aber der Marquis war höflich oder zerstreut genug, nicht weiter nachzufragen.

Mir genügte allein der Gedanke an Joinville, und meine Seele verdüsterte sich. Wo mochte er bloß stecken? Dauerte es wirklich Monate, um Napoleons sterbliche Reste von Sankt Helena zu holen? Oder trieb er sich in ähnlichen Hafenkneipen und Kaschemmen herum, wie ich sie in meiner Kindheit in Lyon damals gesehen hatte?

Innerlich mußte ich lachen, weil alle sich so sehr über meine Veränderung wunderten, die angeblich mit mir vorging. Ich litt, ich weinte, sehnte mich, haßte. Ich fühlte mich zugleich unendlich traurig und erhaben. Vor mir, so war ich überzeugt, hatte niemand gewußt, was wahre Liebe ist.

»Mir gefällt dein Ausdruck!« lobte Samson. »Du wirkst so viel reifer und beseelter. Madame Récamier scheint dir gutzutun. Deine Pauline ist mittlerweile viel überzeugender.«

Die Vorstellung wurde auf den 15. Mai festgesetzt. Aber es war schon nicht mehr mein alter Freund und treuer Förderer Védel, der dieses Datum bestimmte: Erschöpft von den ewigen, zermürbenden Rangeleien und Intrigen hinter den Kulissen des ehemals höfischen Theaters, hatte er beim Minister des Inneren um seinen Rücktritt ersucht und war gnädigst entlassen worden. Möglich, daß ihm auch die neuen Vertragsverhandlungen meines Vaters den Rest gegeben hatten: Die 60 000 Francs Jahresgehalt, die uns nun den Beginn eines verschwenderischen Lebens ermöglichten, mochten für ihn durchaus das unwiderrufliche Ende bedeutet haben. Selbst das Publikum, das mich so liebte, reagierte empört. Beim alljährlichen Defilee unseres Ensembles vor der Büste Molières rührte sich keine Hand, um mir Beifall zu spenden.

Die Premiere der Polyeucte stand unter keinem guten Stern. Zwar war der Saal ausverkauft, zwar wollte ganz Paris meine Bekehrung zum wahren Glauben sehen, aber das mehrstündige Stück, die zugige Bühne, die langsame Verwandlung der Pauline, die mir eine unablässige Konzentration abforderte, hatten mich um die letzte Kraft gebracht. Bleich und fast ohne Stimme wankte ich hinter die Kulissen, wo die besorgte Rose herbeisprang, mich in die Arme nahm und in Decken hüllte, bis der Strom der Verehrer und Gratulanten einsetzte. Ich zitterte. Draußen warteten sie, daß ich Champagner mit ihnen trinken würde, hier drinnen flößte mir Rose ein paar Schlucke heiße Hühnerbrühe ein.

»Hab ich mir doch gleich gedacht, daß es das Fräulein überanstrengen würde.«

»Die Strafe Gottes«, murmelte Maman, die meine Konversion, selbst wenn sie nur auf der Bühne stattfand, für Gotteslästerung hielt.

Noch immer ganz benommen vor Erschöpfung stellte ich mich der Begeisterung meiner vornehmen Verehrer. Niemand sollte merken, wie ausgebrannt ich von dem Auftritt war. Sonst hätte das endlose Karussell der Spekulationen sich wieder zu drehen begonnen. Also straffte ich meine Schultern, lächelte und nahm die Komplimente entgegen, von denen manche noch immer in meinen Ohren klingen. Es war das schönste Stück der Welt!« lobte mich der sonst so bissige Kritiker Sainte-Beuve, dessen roter Haarschopf von einem Schleier aus grauen Strähnen überzogen war, als wäre es ein Spinnennetz. »Man klebte im Sessel fest, um nur ja nichts zu verpassen.« Später sollte mir zu Ohren kommen,was er für mich nicht hörbar hinzugefügt hatte: »Das Unglück ist, daß die charmante, noble Rachel sich so erschöpfte, daß man es kaum mitansehen kann.«

Für Momente wurde ich an diesem Abend aus meiner bleischweren Müdigkeit gerissen, als die Herzogin von Orléans mir gratulierte und ein hübsches goldenes Band überreichte. Man möge gar nicht glauben, daß ein so junges Mädchen wie ich zu einer so tiefgründigen Darstellung fähig sei. Bitte, beschwor ich sie stumm, erzähl es am Hof des Bürgerkönigs weiter! Mach, daß Joinville es hört, daß er an mich denkt und mir schreibt.

Nach einem rauschartigen Schlaf wurde ich von der Nüchternheit des Tages und dem Lärm meiner Leute empfangen. Mindestens das halbe jüdische Marais war in unserer Wohnung angerückt und wurde von Maman mit Arrakhörnchen, Kaffee, Cognac und Marmorkuchen beschwichtigt. Worum die Aufregung ging? Rachel, die böse, die

Verräterin, die auf der Bühne für die Taufe warb. Der Rabbi hatte eine flammende Rede gegen die Gottlosigkeit unter uns gehalten, Raphael war aus dem Cheder rausgeworfen worden, und selbst meine treue Fischhändlerin ließ mir ausrichten, daß ich lieber wieder die Esther spielen solle. Ein gutes jüdisches Mädchen – das hätte ihr so viel besser gefallen. Ein paar Minuten hörte ich mir das Lamento an, dann erblickte ich Michel Lévy, und zusammen mit Raphael entwischten wir dem Gezeter. Dabei hätten sie sich gar nicht so aufzuregen brauchen! Mein Fett bekam ich ohnehin noch ab. Der »Courrier des Théâtres« schrieb, ich hätte nichts von der Rolle der Pauline verstanden und nur einen einzigen Satz richtig ausgesprochen: »Je crois.« Aber das, so schloß der Rezensent, könne man ja nun auch nicht falsch machen.

## 19

Die Luft ist wie reingewaschen; ein fast schon sommerlicher Glanz liegt über dem Nil. Meine fürsorgliche Rose öffnete heute morgen die Kajütfenster weit; die klare Luft tat mir und meinen Lungen gut; ich verlangte aufzustehen. Rose hüllte mich dick in Flanell und Schurwolldecken und schob mich auf das Deck hinaus, wo ich unter einem Dach aus Schilfmatten ruhte. Wir nähern uns dem Vogelgebirge, Dschebel-Itter, und die Landschaft ist viel lieblicher geworden. Mein alter Freund Charles Nègre, der Meister der Fotografie, hätte seine helle Freude an diesem Bild. Die Palmen, die bis ans Ufer heranrücken, die fernen Schatten der Berge, die Segel der Nilbarken, die fern am Horizont in der Dünung schwanken.

Ich fühle mich heute so stark wie schon lange nicht mehr. Möglich, daß die Arbeit an meinen Lebenserinnerungen mir guttut. Seht nur, der müde, wunde Vogel kann immer noch ein bißchen flattern. Und sei es nur mit dem Geist.

Heute gefalle ich mir sogar im Spiegel, den Rose mir brachte, wieder etwas besser. Mein Gesicht sieht nicht ganz so spitz aus; auf meinen Wangen glänzt eine schwache Röte. Ganz passabel, denke ich. Fast wie auf dem Porträt, das Charles Nègre vor so langer Zeit von mir gefertigt hat. Damals gefiel es mir nicht recht. Ich schien so müde, so viel älter, als ich eigentlich war. Ich wollte es nicht einmal bezahlen. Dabei nimmt es nun einen Ehrenplatz auf meinem Nachttisch ein.

Vorhin kräuselten sich die Lippen des Doktors, als er mich sah. Einmal keine Sorgenfalte in seinem Gesicht, und schon geht es mir etwas besser. Glaubt bloß nicht, daß man Menschen meiner Rasse so schnell begräbt. Wie pflegte mein Vater zu sagen? Wir sind zäh, wir können kämpfen.

Meine erste Tournee hatte mein Vater mir vorgeschlagen; die Theater in der Provinz waren abgeschnitten von den Sensationen der Hauptstadt, die Bürger erpicht darauf, am Glanz der großen Welt teilzuhaben. Man bot uns sehr viel Geld, doch viel lieber hätte ich den Sommer bei Paris, in meinem geliebten Montmorency mit seinen herrlichen Blumengärten verbracht. Es war das Jahr 1840, ich war zwanzig geworden, meine Gesundheit war angeschlagen. Mein Vater befahl mir jedoch, an unser aller Wohlstand zu denken. Montmorency war noch nicht abbezahlt, der neue Lebensstil kostete mehr, als ich verdienen konnte, und so wurde der alte müde Kampfhahn wiederum in die Arena geschickt. Wollte ich schuld sein, wenn Sarah und Raphael nicht die beste Ausbildung bekamen, wenn aus meiner kleinen Rébec keine große Dame wurde?

Adieu, sagte ich zum Sommer in meinem schönen Haus, das mich mit so viel Liebe umfangen hatte. Ich ließ Raphael in der Obhut von Madame Lévy zurück, die sich nur zu gern bereit erklärt hatte, bei uns einzuhüten. Meine kleine Rébec sollte uns begleiten. Voller Schwermut begab ich mich auf die aufgezwungene Reise und blickte ich über endlose Felder, vorbeifliegende Dörfer hinaus, ärgerlich darüber, daß es mir nicht vergönnt war, in Ruhe neue Rollen einzustudieren.

Manche Leute meinen, das Glück sei Bewegung. Ich jedoch hätte mir Momente des Stillstands gewünscht. Das Leben flog an mir vorbei wie die Welt. Gestern Frankfurt, morgen Paris und dann Amerika. Immer Tempo, immer mehr, immer weiter. Künstlerisch reifen, so denke ich heute, konnte ich allein in den Tagen der Krankheit. An jedem anderen Tag hat die Familie, der finanzielle Druck, das Theater, die Feindschaft der Kollegen, das Reisen, hat die ganze Welt an mir gezerrt.

»Dir gefällt es wohl nicht, mit uns zu reisen?« fragte Maman nach einer Weile ziemlich spitz. Ich blickte ihr ins Gesicht und fragte mich zum ersten Mal, was sie überhaupt von mir verstand. Da saß sie, eine ziemlich gewöhnliche jüdische Hausfrau mit lauter Stimme und einem unstillbaren Hunger nach gutem Essen, das sie ihr Leben lang für ein Allheilmittel hielt. Du bist traurig? Dann nimm Hühnersuppe, nimm Arrakhörnchen.

»Ach was«, sagte ich brüsk und wandte mich ab zum Fenster, um nicht mitansehen zu müssen, wie sie sich mit beiden Händen den Marmorkuchen in den Mund stopfte. Sie ging mir auf die Nerven. Warum sprach sie immer mit vollem Mund und machte diese viel zu übertriebenen Gesten? Manchmal dröhnte mir mein Ohr von ihren quakenden Reden, die immer eine Abrechnung mit uns und der Welt gewesen sind. Während ich sie musterte, überkam mich eine Art Grausamkeit. Sie nahm keine Rücksicht auf mich – warum sollte ich auf sie Rücksicht nehmen?

»Es ist nur so, daß ihr nicht die einzigen seid, die ich liebe. Ich habe Freunde in Paris, die wie Eltern für mich sind. Jetzt muß ich sie zwei Monate zurücklassen – das macht mich traurig!«

Maman starrte mich einen Augenblick an, bevor ihr die Tränen in die Augen stiegen. Ich wurde noch kälter und zorniger. Diese ewige Erpressung mit den Schuldgefühlen. Wer hatte sie mir gegenüber? Mein Vater, in dessen Augen der Jähzorn aufblitzte, machte eine abrupte Geste, als wolle er mich ohrfeigen. Dann aber trafen sich unsere Blicke, und er sank in den Sessel zurück und hüllte sich in finsteres Schweigen.

Als Lyon vor uns auftauchte, als ich die düsteren Schlote, die grauen Vorstädte, die Seidenspinnereien wie eine dunkle Woge auf uns zubranden sah, hatte ich das Gefühl, ersticken zu müssen. Am liebsten wäre ich umgekehrt. So viele dunkle Erinnerungen an feuchte, kalte Winter, an ständigen Hunger, an Armut, Krankheit und Prügel.

»Heimat«, sagte ich zu Rose, als wir durch die schmutzigen Gassen mit den rußgeschwärzten Fassaden rollten. »In einem solchen Haus bin ich aufgewachsen.«

»No, du scheinst es überlebt zu haben«, giftete Papa.

Je näher wir dem Zentrum kamen, desto versöhnlicher wurde meine Stimmung. Überall an den Wänden klebten riesige Plakate, die meine Ankunft im Grand Théâtre ankündigten.

Im Hotel wartete eine Überraschung auf mich. Papa hatte David, einen berühmten einstigen Sociétaire des Théâtre français, dafür gewinnen können, meinen Auftritt in Lyon für mich vorzubereiten. Rührend hatte sich der große alte Meister um Dekorationen und Beleuchtung gekümmert.

Nur nicht um die Proben.

Es war grauenhaft. Die Schauspieler des Grand Théâtre standen ratlos vor mir im Halbkreis, als ich ihnen erklärte, daß ich die Rolle der Camille zu spielen gedachte.

»Corneille?« fragte einer und lehnte sich an die geradezu lächerlich anmutende Holzkulisse irgendeines Schäferidylls, das vermutlich noch aus der Zeit Marie Antoinettes stammte. »Ist das einer von diesen Modernen, die sie Romantiker nennen?«

Der Theaterdirektor lüftete seinen Zylinder. Unter unzähligen kleinen Verbeugungen erklärte er, daß die klassische Tragödie in der Provinz schon lange aus der Mode sei. Um so bedeutender sei die Ehre meines Besuchs. Die Schauspieler hatten noch nie Corneille gespielt, ja nicht einmal gelesen.

»Allons«, sagte ich mit falscher Munterkeit. »Dann werden wir eben noch ein bißchen leiden müssen!«

Natürlich konnte ich in den verbleibenden Tagen keine Wunder bewirken, aber wir übten so hart, daß es wenigstens keine Lacher geben würde, so hoffte ich. Im Theater gab ich mich selbstbewußt und munter. Nachts lag ich, mit heißen Wadenwickeln, die Rose mir bereitete, wach im Bett, starrte hinaus in den sommerlichen Sternenhimmel mit seinem kalten Glanz und wünschte mich zurück nach Paris. Zu meinen Freunden, zu meinen wirren nächtlichen Träumen vom Prinzen. Ich wollte nicht hier sein. Ich hatte Angst, die schlechte Leistung meiner Kollegen könnte auf mich abfärben.

»No, die Prinzessin schmollt immer noch!« bemerkte mein Vater beim Frühstück und spießte einen Gabelrollmops auf.

»Ich bin krank!« fuhr ich auf.

»Krank!« äffte Maman mich nach, die in diesen Tagen wirklich gemein zu mir war. »Wenn meiner Tochter nichts anderes mehr einfällt, womit sie uns erpressen kann, dann wird sie krank.«

Trotz allem nahm ich mir vor dem ersten Auftritt die Zeit, mit Rose und Rébec in die Stadt zu gehen und ihnen die Kathedrale zu zeigen, wo wir einst Monsieur Choron begegnet waren. Ich zeigte ihnen auch die Kaschemmen am Hafen, wo wir bei Eiseskälte gesungen hatten. Als wir dann alle drei vor unserem alten Haus standen, war ich den Tränen nah. Wir gingen die Stiege hinauf, vorbei an der Beletage der Prinzessinnen, an deren Eingangstür nun ein anderer Name prangte.

»Mein Gott, Mademoiselle, da habe ich es ja besser gehabt«, bemerkte Rose fassungslos.

Auch meine jüngste Schwester machte große Augen. Es stank erbärmlich; von den Wänden blätterte die Farbe, und die Ziegel in den Wänden waren brüchig und drohten zusammenzustürzen.

Oben angekommen, klopfte ich an die Tür, hinter der wir gewohnt hatten. Ein dunkelhaariges Mädchen mit wilden Locken und laufender Nase spähte mißtrauisch durch den Spalt. Ich streckte ihr einen Louisdor entgegen, und ganz flink machte ich die Tür auf. Zu Hause! Im alten, trauten Heim der Familie Félix! Ich blickte mich um, und was ich sah, rief mir so eindringlich die Bilder von einst vor Augen, daß es sich wie ein lastender Schmerz auf meine Brust legte. Die bloßen Füße, die Löcher in den groben Jutekleidern, die hölzerne Bettstelle, der Schemel, die großen Töpfe vor dem Feuer, das viel zu klein für sie war. Das müde Lächeln einer Frau mit Kopftuch und verhärmtem Gesicht. Sie hatte eine Karotte in der Hand, die sie sehr sparsam schälte. Als sie uns sah, stand sie hastig auf, strich sich die Kleider glatt und verbeugte sich untertänig. Dieser Anblick tat mir so weh, daß ich auf sie zueilte und die verblüffte Frau in die Arme schloß. Dann hörte ich, daß sie zehn Kinder hatte. Sie zeigte zu einem Verschlag, wo ich das Röcheln eines Kranken hörte. Ihr Mann, ein jüdischer Weber, war schwer krank.

Ich konnte nicht anders: Unter Roses besorgten Blicken nahm ich alles Geld aus meinem Beutel, ich nahm allen Schmuck, den ich an den Fingern hatte und am Hals trug, ja, ich nahm selbst der protestierenden Rébec die hübsche Goldkette ab, die ich ihr zum Geburtstag geschenkt hatte, und hängte sie dem Mädchen mit den wilden dunklen Locken um den Hals.

»Nehmen Sie das! Ich will keinen Dank. Kaufen Sie Kleider und Essen. Versuchen Sie, etwas Feuerholz zu finden. Ich schicke einen Arzt vorbei.«

Damit machte ich auf dem Absatz kehrte und stürmte die Stiege hinunter, ganz benommen vor Mitleid und Kummer.

Draußen, im grellen Sonnenlicht, kam ich mir vor, als wäre ich einem Alptraum entronnen.

»Bin ich denn die Wohlfahrt?« keifte mein Vater, als er sah, daß ich an die armen Leute ein kleines Vermögen verschenkt hatte.

Aber diesmal war es Maman, die ihn an meiner Statt zum Schweigen brachte. »Mildtätigkeit«, sagte sie streng, »ist eine jüdische Pflicht. Nur weil du dich jetzt Jacques nennst statt Jacob, brauchst du nicht so zu tun, als hättest du die ganze Weisheit vergessen!«

Ich dachte an Joinville und schwieg. Ich war mit meinen Sehnsüchten beschäftigt, sah mich Hand in Hand mit meinem Prinzen durch die Welt schweben, aber spürte dabei trotzdem, daß mein Körper sich in diesen Tagen rasend veränderte. Mein Busen wölbte sich, meine Hüften wurden runder, und voller Grausen bemerkte ich, daß die Haut an meinen Oberschenkeln an Festigkeit verlor. Kaum zwanzig – und schon eine alte Frau, fürchtete ich. Mir genügte ein Blick auf Maman, um zu wissen, was mir blühte. Sie selbst machte darüber Witze.

»Nur eine Sekunde im Mund«, sagte sie und verschlang ein Stück ihres geliebten Marmorkuchens, »und ein Leben lang auf den Hüften.«

Vor der ersten Vorstellung wuchs meine Mutter dann wieder über sich selbst hinaus. Sie brachte mir Honigmilch und, als das nicht wirkte, ein Glas Schnaps. Sie massierte meine Hände und meine Stirn. Sie rollte mir selbst die Locken auf. Ich glaube, daß sie mich am meisten liebte, wenn ich an Lampenfieber litt.

Anfangs reagierte das Publikum eiskalt auf die Bemühungen meiner Kollegen und mir. Dann aber schienen sie etwas begriffen zu haben, denn die Aufführung endete in einem Beifallgewitter.

Später klopfte es an meine Behelfsgarderobe, wo meine Mutter und Rose mich abgeschminkt und mit einem Imbiß aus Weißwein und kaltem Hühnchen versorgt hatten, damit ich mich erholte. Ein Herr mit schlohweißen Haaren kam herein und lächelte wissend. Ein Hauch von der Eleganz des Ancien Régime umgab ihn. Wie sich herausstellte, war er der Kritiker der Lokalzeitung. Einst hatte er noch Mademoiselle Duchesnois selbst auf der Bühne gesehen, erzählte er mit einem wehmütigen Glanz in den Augen. Heute abend habe er gedacht, er würde sie wiederauferstehen sehen.

Dieser feingebildete Herr bemängelte lediglich, daß meine Aussprache hin und wieder etwas langsam sei, womit er in Anbetracht meiner Herkunft natürlich recht hatte. Aber er erkannte das Wesentliche an meinem Spiel: Im Gegensatz zu den Schauspielerinnen der alten Schule, die im ermüdenden Falsett gespielt hätten, wirkte ich in den Momenten der Leidenschaft und Erschöpfung ganz natürlich, subtil und energisch. Das war meine Neuerung auf der Bühne!

»Dennoch gibt es etwas, daß Sie wissen müssen.« Der alte Herr ließ sich in meiner Garderobe etwas müde in einen Stuhl sinken.

»Mademoiselle Duchesnois«, fing er mit seiner sanften Stimme an, »konnte der Rolle noch etwas mehr Leidenschaft geben. Natürlich war sie damals schon viel älter als Sie und hatte mehr Erfahrung. Vielleicht wäre es Ihnen eine Hilfe, wenn ich Ihnen erklären dürfte, an welchen Stellen sie die größten Gefühlsausbrüche aufgewendet hat.«

Erschöpft von der Vorstellung, ließ ich mich auf den seltsamen Herrn ein. Doch je länger ich ihm zuhörte, desto deutlicher wurde mir klar, wie wertvoll dieser nächtliche Vortrag für meine Zukunft war. Der alte Herr erklärte mir mit der Genauigkeit des Fachmanns jede Geste, jedes Wort. Er war ein großer Kritiker. Was mochte ihn in die Provinz, nach Lyon verschlagen haben? Er sagte es mir nicht, und ich wagte nicht zu fragen.

Bevor wir abreisten, drängte sich aus der Masse der jubelnden Menschen, die mich verabschieden wollten, ein junger, etwas schüchterner Mann an unseren Wagenschlag. Ein Bewunderer, wie er sagte. Sein Name war Gustave Flaubert. Er sei eigens aus Rouen nach Lyon gekommen, um mich hier noch einmal zu sehen, und er könne nicht in Worte fassen, wie tief ihn meine Kunst beeindruckt habe.

»Ihre Abreise wird uns alle traurig stimmen.« Er zerdrückte vor Pathos förmlich seinen Hut. »Ich werde Ihre Stimme in meinen Ohren behalten und Ihre Gesten vor meinen Augen sehen. Ich werde mich lange an Sie erinnern, eine griechische Statue, weiß drapiert, die auf einmal die Lippen öffnet und einen Vers von Euripides zitiert.«

Wir erreichten Paris an einem warmen Sommertag, der uns in der engen Kutsche fast ersticken ließ. Durchatmen konnten wir erst, als die Auffahrt nach Montmorency vor uns lag wie ein Versprechen. Der Schatten der alten Linden, die sanft abfallenden Rasenflächen, die Büste Talmas über dem Portal, die mir das Théâtre français geschenkt hatte. Raphael war es, der unsere Ankunft als erster bemerkte. Er ritt auf Jupiter im Park spazieren. Ich gebot dem Kutscher, daß er hielt, sprang hinunter und schloß die beiden Wesen in die Arme.

»Es wird Ärger geben«, prophezeite mir Raphael, als er sich aus meiner Umklammerung befreit hatte. »Madame Lévy weint den ganzen Tag. Sarah ist weg. Mit einem italienischen Professor!«

Damit war die Hoffnung auf Erholung schon wieder beendet. Der Lakai hatte noch nicht einmal unsere Koffer und Taschen in die kühle Halle mit ihren Marmorfliesen gebracht, als sich dort schon eine hitzige Szene abspielte. Es gab Geschrei und Tränen über Sarahs Flucht.

»Jetzt habe ich eine Tochter weniger. Wehe euch!« fuhr mein Vater uns alle, aber besonders mich mit blitzenden Augen an. »Wenn ihr mir auch noch Schande macht!«

Er wußte nichts von Joinville, von meinen Sehnsüchten, von dem Schauer, den meine eigenen Fingerspitzen auf meiner Haut zu erzeugen gelernt hatten. Unter einem Vorwand schickte ich Rose in die Stadt. Sie sollte sich im Marais erkundigen, wo mein Seeräuber-Prinz sich aufhielt. Unverrichteter Dinge kam sie zurück. Nichts Neues aus den Tuilerien, eine Nachricht, die mich bekümmerte.

Die nächsten Tage verbrachte ich damit, vor Mamans Klagen und Papas finsterem Schweigen zu flüchten. Mit Rébecca planschte ich in dem Springbrunnen, den der Marquis de Custine für mich auf dem Vorplatz hatte aufstellen lassen. Wir gingen im Park spazieren, ich korrigierte Rébeccas Haltung beim Reiten, abends saßen wir auf einer Bank und lasen uns gegenseitig Molière vor. Ich war fasziniert von meiner kleinen, anmutigen Rébec. Still reifte in mir der Entschluß, auch sie müsse Schauspielerin werden. Allerdings sollte ihr Weg leichter sein, als es meiner gewesen war. Ich würde den Weg für sie ebnen, nahm ich mir vor. Ich würde sie behüten.

## 20

Mein erster Auftritt in der neuen Saison fand am 5. September 1840 stand und wurde ein echtes Spektakel: Die Pariser hatten mich nicht vergessen, was sie mir mit Blumen und Applaus bewiesen. Sie hatten von meinem Erfolg in Lyon gehört und wollten da nicht zurückstehen. Ganz anders reagierten meine lieben Kollegen: Was sie betraf, hatte mein Erfolg sie nur wieder neidisch gemacht. Eisiges Schweigen schlug mir entgegen, wenn ich sie in den Kulissen traf. Selbst der gute alte Joanny schien mir die kalte Schulter zu zeigen. Wie ich später erfuhr, hatte ihn geärgert, daß meine Tagesgagen auf der Reise selbst die des großen Talma übertroffen hatten. Jedenfalls hielt es kein einziger meiner Kollegen für nötig, mir anläßlich meiner Rückkehr auch nur die Hand zu reichen; man hätte glauben können, ich wäre ihr Feind.

»Deine Freunde sind im Saal«, tröstete mich Docteur

Véron, der mich schon den ganzen Abend lang mit einem besitzergreifenden Lächeln fixiert hatte, »nicht in den Kulissen.« Aus seinem Mund hörte sich dieser Trost etwas anzüglich an. Mir schien, auf eine schwer zu definierende Weise hätte sich sein Verhalten zu mir verändert. Sah er in mir nun die Frau?

Auch im Direktorium des Théâtre-français war alles anders. Védel war fort, die Tür zu seinem Büro verschlossen. Der neue Direktor, Buloz, war zwar höflich zu mir, doch nicht mehr.

Eine Zeitenwende stand bevor. Bald würde Mademoiselle Mars ihren Abschied nehmen. Und wie undankbar und eifersüchtig das Pariser Publikum auch sein mag, hatte es doch die großen Tage der Grande Dame nicht vergessen. Noch einmal feierte es den Star von einst. Der Herbst 1841 war der Herbst der Mademoiselle Mars. Was mich betraf, konnte ich ganz gut damit leben, denn schon in den ersten kühlen Tagen begann ich wieder meine Schultern zu spüren. Dabei wollte ich schön und strahlend sein! Am 15. Dezember sollte das Wunder geschehen! Dann sollte Joinville nach Paris zurückkehren, um mit großem Pomp die Gebeine Napoleons ihrem Bestimmungsort zu übergeben. Ich wollte die heimliche Königin dieser Feierstunde sein. Wieder und wieder malte ich mir aus, wie ich vor meinem Prinzen knickste und wie er mich dann mit zarter Hand zu sich erheben würde.

Ende September wurde ich ins Büro von Buloz bestellt. Das Publikum, erklärte er mir kühl und betrachtete mich durch ein Monokel, sei meiner Rollen allmählich müde. Ob ich mein Repertoire erweitern könne?

»Maria Stuart. In der Fassung von Lebrun«, schlug ich vor.

Mit einer affektierten Geste ließ er sein Monokel fallen. »Maria Stuart, die Königin Schottlands. Keine schlechte Idee.«

»Mademoiselle Duchesnois hat darin sehr gut reüssiert.«

Er lächelte kalt. »Daher also weht der Wind. Sie wollen

sich mit den Größten der Großen messen, aber mir soll es recht sein. Ich werde die Prügel nicht einstecken müssen.«

Die Kritiker der großen Zeitungen heulten auf, als sie von meinen Plänen hörten: Lebruns Stück sei nur ein blasser Abklatsch von Schillers großem Stück. Es sei nicht gut, nicht tief, nicht modern. Die einen beklagten, daß ich mich vom klassischen Repertoire abwenden wolle. Die anderen, daß ich mich nicht der Moderne zuwandte. Wenn schon nicht die großen Meister – warum dann nicht die großen Geister unserer Zeit? Hugo, Musset, Vigny?

Zu den entschiedensten unter diesen Kritikern gehörte mein Vater. »Wieder eine falsche Entscheidung! Du kannst nicht an Victor Hugo vorbei!« keifte er. »Einer der größten Dichter, die Frankreich geboren hat – und meine Tochter geruht, ihn zu ignorieren. Weißt du, wie man dich mit deinem Klassikfimmel nennt?« Er starrte mich finster an. »Man nennt dich die Tochter der Toten!«

Während ich die Rolle der Maria Stuart einstudierte, schweiften meine Gedanken immer wieder ab. Ich sah das Bild Joinvilles vor mir, sein Lächeln, das Funkeln seiner Augen … Nur noch zwei Wochen, bis der Prinz zurückkehren würde, um Napoleons Überreste feierlich von Sankt Helena nach Paris zu überführen.

»Ich freue mich so«, sang ich vor mich hin und tanzte. Ich wollte schön sein für ihn, für das große Ereignis, dem ganz Paris entgegenfieberte.

»Was meinst du, Rose, was ich anziehen soll!«

Mit unendlicher Geduld breitete sie die Mäntel mit Fuchs- und Nerzkragen, mit Samtbesatz an den Stulpen in meinem Zimmer aus. Sie ließ meine Schneiderin kommen und mir ein wunderbares neues Kleid aus schwerem rubinrotem Samt anmessen, das meinen hellen Teint wie Elfenbein schimmern ließ. Bald würde ich ihn endlich sehen! Er würde die Augen nicht von mir lassen können, seine Blicke würden jeden Flecken meiner Haut küssen. Vor dem Spiegel übte ich ein schmerzlich-süßes Lächeln.

Mein Doktor jedoch machte alle meine Hoffnungen zunichte, nachdem ich wieder leichtes Fieber bekommen hatte. Am Abend des 14. Dezember schüttelte er das Thermometer herunter; seine Augenbrauen waren ein einziger drohender Strich.

»Sie können unmöglich an der Zeremonie teilnehmen, Mademoiselle Rachel. Den ganzen Tag im Freien, die kalte Luft. Es würde Ihren Tod bedeuten.«

Mit einem Ruck war ich aus den Kissen und starrte ihn an. »Na und? Dann werde ich gerne sterben!«

Am nächsten Morgen quälte ich mich aus dem Bett. Mein Zimmer mit den roten Wänden kreiste um mich, doch ich schaffte es bis zum Waschtisch, bis vor den Spiegel, neben dem mein wunderschönes Samtkleid hing. Mit der Hand strich ich darüber und freute mich. Dann beugte ich mich über den Porzellanzuber mit den Rosenblüten, der mich an Monsieur Chorons Internat erinnerte. Ich würde mir kaltes Wasser ins Gesicht sprengen, um ein wenig Farbe auf meine Wangen zu zwingen. Später dann würde ich ein Lavendelbad nehmen, Rose würde mir die Locken drehen und aufstecken, und dann würde ich mich in mein Samtkleid und einen herrlichen Pelzmantel hüllen, den Custine mir übersandt hatte, und mein Cabriolet besteigen und das Herz meines Prinzen gewinnen.

Leider – nichts von alledem geschah. Als ich den Kopf neigte, wurde mir schwarz vor Augen, ich verlor alles Gefühl in den Gliedern und merkte nur, daß ich mich nicht halten konnte. Das nächste, woran ich mich erinnerte, war das seltsam verzerrte Gesicht von Rose direkt über meinem. Ich konnte ihren Atem spüren, und gleich darauf hörte ich ihren entsetzten Aufschrei.

»Die Fieberkrise«, sagte der Doktor aus einer sehr großen Ferne. »Wenn sie es schafft, ist sie über den Berg.«

Als ich wieder aufwachte, saß Rose neben meinem Bett. Ihr Gesicht wirkte so blaß und erschöpft, als wäre sie die Kranke gewesen. Vermutlich hatte sie die ganze Zeit hindurch an meinem Lager gewacht. Nie werde ich den Ausdruck in ihren Augen vergessen, als ich sie ansprach. Erschrecken, Zögern, Verstehen, Jubel. Im ersten Moment verstand ich das gar nicht. Mir war, als wäre mein Sturz vor dem Spiegel erst vor wenigen Stunden gewesen.

»Mademoiselle!« stieß sie aus. »Gott sei Dank! Sie sind am Leben. Und haben Ihre Sinne wieder. Wir hatten schon befürchtet, nach all den wirren Reden …« Sie brach ab und schwieg. Mir klopfte das Herz. Hatte ich ihr im Fieber mein Geheimnis verraten?

Bald versammelte sich die Familie an meinem Bett. Auch wenn es mir manchmal nicht so vorkam, wurde ich anscheinend doch geliebt. Die Köchin brachte mir Kuchen, Rébecca las mir die Hunderte von Grußkarten vor und arrangierte die schönsten Blumengebinde in meinem Zimmer. Délphine de Girardin, Dr. Véron, unser Anwalt Crémieux mit seiner Familie, die Sociétaires des Theaters, der Minister des Inneren, James de Rothschild, sie alle hatten geschrieben.

»Sonst nichts?« fragte ich, als Rébecca fertig war.

Sie sah mich mit großen Augen an. »So viele guten Wünsche sind dir immer noch nicht genug?«

»Ach«, fuhr ich ihr unwirsch über den Mund. »Du verstehst gar nichts.«

»Die Prinzessin wird gesund«, mischte sich mein Vater ein. »Sie hat wieder die Kraft, uns anzugiften. Willst du, daß Louis-Philippe persönlich kommt, um deine Hand zu halten?«

Ich zog mir die Bettdecke über den Kopf. Er hatte ja keine Ahnung, wie nah er der Wahrheit damit gekommen war.

Am nächsten Morgen ließ ich mir von Rose berichten, wie die Überführung von Napoleons Gebeinen gewesen war. Ich ließ mir von den Menschenmassen berichten, die sich an den Champs-Elysées und vor den Tuilerien versammelt hatten, von all den Würdenträgern des Kaiserreiches, die in ihren Spenzern wie aus der Versenkung auf einmal wieder aufgetaucht waren. Erst ganz am Ende fragte ich beiläufig und scheinbar unbeteiligt nach dem zweiten Helden des Tages.

»Joinville?« Etwas blitzte in ihren Augen auf. »So eine stattliche Erscheinung, und dann diese tadellose Haltung im Sattel. Ein Bild von einem Mann, aber er sah so traurig aus, als hätte er jemand gesucht. Was für ein Jammer, daß Sie ihn nicht sehen konnten, Mademoiselle.«

Die Premiere der »Maria Stuart« sollte noch vor Weihnachten stattfinden. Ein Bote überbrachte mir das Kostüm, Rose breitete es andächtig auf meinem Bett aus. Knisternde Seide, weite Röcke, hoch geschlossen bis zum Hals und steif von den Juwelen, die in den Stoff eingearbeitet waren. Dazu paßten die meterlangen Perlenschnüre, die James de Rothschild mir aus Freude an meiner Gesundheit schicken ließ. In dieser Robe wurde ich zu einer Königin.

Ich hoffte inständig, daß Prinz Joinville zu meinem Auftritt kommen würde.

Um Punkt sieben Uhr abends traf ich am Premierenabend in meiner Künstlergarderobe ein, meinem geliebten kargen Traumzimmer, in dem ich mich noch einmal sammeln konnte. Ein Hochgefühl der Vorfreude erfüllte mich, und was mir an gesunder Farbe fehlte, hatte Mamans Puderquaste mir verschafft. Meine Augen mit den Kohlerändern brannten in meinem schmalen Gesicht. Ich war nicht schön, aber ich wußte, daß ich ein Geheimnis hatte.

Beim ersten Gongschlag eilte ich zur Bühne. Durchs Guckloch starrte ich hinauf zur königlichen Loge. Niemand war da. Schwer zu erklären, was ich in diesem Augenblick fühlte. Ich spürte die Erschöpfung, als würde alle Kraft aus meinem Körper gesaugt, und begriff, daß ich einen Fehler beging. Dieser Auftritt heute abend überforderte mich.

Das Publikum mit seinen feinen Antennen, die so empfindsam sind für die Schwingungen, die sich von der Bühne ins Dunkel des Saals übertragen, schien sofort zu merken, daß etwas nicht stimmte. Ich spürte, daß es keine Antwort gab, das Schlimmste, was einem Künstler passieren kann. Meine Zunge wurde trocken, ich bekam Probleme mit der Atmung und fühlte mich beengt und unbeweglich in dem schweren Kostüm. Während ich spielte, stand eine zweite Rachel neben mir und fragte giftig: Wo ist die Maria Stuart, Märtyrerin und Königin der Schotten? Ich sehe nur ein ängstliches Mädchen.

Der Applaus war höflich, und schon in den Pausen zwischen den Akten streuten die alten Connaisseurs, daß ich Mademoiselle Duchesnois hoffnungslos unterlegen wäre.

Vor dem letzten Akt blickte ich noch einmal nach oben zur Loge. Mein Herz setzte plötzlich aus. Der Prinz war da. Er mußte meinen stummen Ruf gehört haben. Ganz langsam hob er seine Hand. Ein Ruck ging durch mich, als hätte mir die Geste über unsichtbare Schwingen die Kraft gegeben, die mir fehlte. Ich war befreit von meinen Sorgen. Ich hatte mich nicht getäuscht. Auch ihm war ich nicht gleichgültig. Er kam, um mich zu sehen. Für ihn allein würde ich Trauer und Hoffnung und Leid und Verletzung der Maria Stuart auf die Bühne bringen. All der Kummer, all die Sehnsucht der letzten Monate lagen in meiner Stimme, als ich die Verse ihrer Klage sprach.

Nachdem der Vorhang gefallen war, fühlte ich mich wieder so erschöpft, daß ich mich auf Rose stützen mußte, die mich in meine Garderobe führte. Doch diesmal war ich auch erschöpft vor Glück. Die Stimmen meiner Bewunderer rauschten über mich hinweg. Ich wußte, er würde in meine Garderobe kommen!

Der Direktor persönlich führte den königlichen Besucher am Arm, der sich in die Kemenate des jüdischen Straßenmädchens bemühte. Joinville trug die Uniform der Marine, die seine leuchtenden Augen betonte. Seine Haltung war lässig, aber doch perfekt. Ich wollte jedes Detail erfassen; seine Hände, seine hellen Haare, die breiten Schultern. Er wirkte straff, doch sein Lächeln war unendlich weich. In diesem Lächeln lag viel mehr als in den Worten, die er mehr für die Zuhörer sagte.

»Nie, Mademoiselle Rachel, hat mir das Théâtre français besser gefallen als in diesem letzten Akt, der mir ans Herz ging.«

Bedeutungsvoll schaute er mich an. Ich lächelte, unfähig, etwas zu sagen. Meine Zunge wollte tausend Worte formen, aber mein Gehirn war leer. Unsere Blicke hatten sich förmlich ineinander verhakt, bis ich die gespannte Stille um uns herum bemerkte. So würden wir uns der ganzen Welt verraten.

»Merci, mon Prince.« Ich schlug die Augen nieder und wußte selbst, daß ich unter der Theaterschminke rot geworden war. In diesem Moment muß er, einem Impuls folgend, ein paar Schritte nach vorn getreten sein. Ein Luftzug streifte meinen Scheitel, als hätte er beabsichtigt, mein Haar zu küssen, und den Fehler gerade noch rechtzeitig bemerkt. Statt dessen ergriff er meine Hand, eine zarte Berührung, die ein Gefühl der Wärme durch meinen ganzen Körper schickte. Sein Kuß traf nicht die Luft, wie vorgeschrieben, sondern wie ein Hauch auf meine Fingerspitzen. Behutsam ließ er mich los.

»Ich hoffe, Sie bald wieder bewundern zu dürfen«, sagte er in einem höflichen Ton, den seine Augen Lügen straften.

»Avec plaisir«, erwiderte ich.

Joinville salutierte, drehte sich um, und mit ihm verschwand alles Glück aus meiner Welt.

## 21

Wieder hatten wir eine Jahreswende zu feiern, Silvester 1841. Ein Feuerwerk warf gelbe, grüne, rote Funken über die Seine, die sich dann im Wasser spiegelten. Wir stießen mit Champagner an und fuhren am Neujahrsmorgen hinaus nach Montmorency.

Als wir voller Vorfreude in die Einfahrt einbogen, erwartete uns eine Überraschung: In einem der großen Schlafzimmer oben brannte Licht. Hatte man bei uns eingebrochen? Mein Vater griff nach seinem alten Revolver, den er seit unseren Tagen als Straßenhändler immer bei sich trug, und gab dem Kutscher einen Wink. Gemeinsam stürzten sie sich ins Haus. Kurz darauf hörten wir einen hellen Schrei, eine Stimme, die mir bekannt vorkam. Oben auf dem Treppenabsatz stand sie: schön, blond und in einen burgunderroten Morgenrock gehüllt. Wie eine Wildkatze starrte sie meinen Vater an, der den Revolver noch immer nicht hatte sinken lassen.

»Sarah!« rief ich lachend und eilte die Stufen hinauf, um sie in die Arme zu schließen. Ein neuer Duft hing in ihrem Haar, schwerer, süßlicher, eine Spur von Jasmin.

»Elisa!« Ich befreite mich aus ihrem Griff. »Mais non, Rachel!«

Mit beiden Händen hielt sie mich von sich fort. »Gut siehst du aus, mon pierrot. Hast richtig Farbe im Gesicht.«

»Von der Kälte! Sag, wo hast du gesteckt?«

Meine Schwester zog die Augenbrauen hoch und bekam den genießerischen Blick, den auch Miou-Miou, unsere alte Hauskatze, manchmal hatte.

»Ich weiß jetzt, was staccato im wirklichen Leben bedeutet. Meine Süße, du würdest dich wundern!« Mit Daumen und Zeigefinger formte sie einen Kreis, da sie anscheinend Papas Anwesenheit vergessen hatte. Sie grinste. »Giovanni hat mir den Takt gezeigt.«

In diesem Augenblick passierte es. Papa stieß mich fort

und stürzte sich auf Sarah. Ich hatte Angst, er würde sie die Treppe hinunterstoßen oder sie erwürgen.

»Jacob!« rief Maman von unten schrill. »Sarah!«

Ganz langsam entfernte Papa die Hände von ihrem Hals, an dem sich rote Druckstellen zeigten. Er ging zwei, drei Schritte zurück und starrte sie an wie Moses das Goldene Kalb.

»Sarah!« rief Maman erneut, die nun auch nach oben kam. »Mein Mädchen, mein Goldkind. Kommt alle her! Rébecca, Raphael, eure Schwester ist zurück!«

Mit einer herrischen Gebärde hielt Papa sie auf. »Du bleibst, wo du bist! Und ihr auch! Was dich betrifft, Sarah Sophie, gebe ich dir die Zeit, deine Koffer zu packen. Für dich gibt es keinen Platz in diesem Haus.«

»Papa«, setzte sie stockend an, doch er gebot ihr Schweigen.

»Nenn mich nicht mehr so. Ich habe keine Tochter mehr.«

Zu meinem Entsetzen füllten sich Sarahs Augen mit Tränen. Ich hatte sie niemals weinen sehen, selbst dann nicht, wenn sie geprügelt wurde. Die Worte meines Vaters mußten ihr, der einstigen Lieblingstochter, eine tiefe Wunde geschlagen haben.

»Du bleibst natürlich«, sagte ich mit all der Autorität, mit der ich auf der Bühne den ganzen Saal regierte. »Das hier ist mein Haus. Hier hat jeder Platz, der zur Familie gehört.«

Einen Augenblick starrte mein Vater mich wütend an, dann schien er mir gegen seinen Willen recht zu geben, denn er verzog den Mund.

»Also gut. Des Menschen Wille ist sein Himmelreich. Aber von mir soll keiner verlangen, daß ich das Wort an eine Schmatte richte. Im übrigen«, verkündete er mit komischer Würde, »heiße ich Jacques!«

Mit seiner ganzen Begeisterungsfähigkeit stürzte sich mein Vater in einen neuen Plan: Ich hatte die Maria Stuart einstudiert – warum sollten wir nicht nach England fahren? Bald stand er in Verhandlungen mit Lumley, dem Generalsekretär von Her Majesty's Théâtre in London. Ein Plan, den ich verabscheute, würde er mich doch von Paris und meinem geliebten Joinville entfernen.

»Ich hasse diese Tourneen«, gestand ich Rose. »Ich will endlich selbst über mein Leben bestimmen! Rose, weißt du was? Sobald ich volljährig bin, ziehen wir hier aus! Nur noch ein Jahr bis dahin!«

Heimlich begann ich, Vorbereitungen für meinen 21. Geburtstag zu treffen. Kleine Schatullen mit Schmuck, Neujahrsgaben meiner Verehrerinnen aus dem Faubourg, die verschwanden, bevor Maman sie konfiszieren konnte. Mit meinem kleinen Vermögen würde ich uns im nächsten Jahr eine eigene Wohnung mieten.

»Was für ein Jammer, daß ich noch nicht 21 bin!«

Denn erst einmal stand mein 20. Geburtstag bevor.

»Ein Geschenk«, erklärte Papa am Morgen meines Geburtstages am 28. Februar knapp und übergab mir ein schweres Paket. Fragend blickte ich ihn an: Es war nicht seine Art, Geschenke zu machen. Aber dann riß ich das Packpapier auf – und hielt ein dickes Buch in den Händen. Die »kleine Geschichte Schottlands« wog mindestens fünf Pfund.

»Das wirst du lesen müssen. Jeden Tag drei Kapitel. Wenn wir in England sind, mußt du es können!«

»Ich will nicht nach England!«

»Keine Widerrede! Ich werde es überwachen! Du weißt ja, was passiert, wenn du nicht hörst!«

»Du vergißt wohl, daß ich zwanzig bin.«

»Und ich bin über vierzig. Du wirst es lesen, um endlich deine Rolle zu verstehen. Du kannst dich nicht immer nur auf deinen eigenen Part konzentrieren! Wenn du wirklich gut sein willst, brauchst du Hintergrundwissen! Man hat von Talma gesagt, daß er jeden Morgen Tacitus las, um die Antike zu verstehen!«

Zum Glück gab es noch ein paar Geschenke, die mich mehr amüsierten. Eine juwelenbesetzte Brosche vom Marquis de Custine, ein Brillantdiadem von Docteur Véron und dann natürlich viele kleinere Schmuckstücke und unendlich viele Blumen. Von Maman hatte ich mir etwas ganz Besonderes gewünscht. Zum Mittagessen gab es Zimmes für alle, den sie selbst zubereitet hatte. Danach erwartete mich noch eine Überraschung. Sarah schenkte mir eine hauchdünne Gazestola; von meiner geliebten Rébecca und den Kleinen bekam ich ein paar wunderschön bestickte Tanzschuhe. Raphael, der sich zu einem richtigen kleinen Kavalier entwickelte, überreichte mir eine Kamelie. Sie hatte den gleichen Farbton wie das Abendkleid aus Krepp über einem Unterkleid aus weißer Spitze, das Maman vor mir ausbreitete. Viele Abende lang mußte sie heimlich daran genäht haben.

Ich war so gerührt, daß ich beinahe weinen mußte. »Am liebsten würde ich ganz groß ausgehen!«

»Das wirst du auch!« Maman blickte mich mit gespielter Unschuld an. »Die Kamelie steckst du dir in den Ausschnitt, das Diadem ins Haar. Ich sage dir was! Du wirst die Königin des Abends werden. Ab zehn Uhr gibt die Duchesse de Berwick für dich einen Geburtstagsball.«

Das Stadtpalais blitzte schon von fern im Gaslicht. Die Equipagen bildeten eine lange Schlange vor der Freitreppe, die mit rotem Samt ausgelegt war. Die Chaisen drängten sich so dicht, daß sie sich anrempelten, die Pferde schnaubten aufgeregt. Dampf stieg von ihren zitternden Flanken auf. Wenn sie endlich vor der Treppe vorgefahren waren, halfen die Kutscher den eleganten Damen hinaus, die von Dienern in Livree empfangen wurden. Im Entree wurde mir fast schwindelig von den teuren Parfüms, den glitzernden Diamanten, den Straußenfedern der respektablen Damen, die einen in der Nase kitzelten. Überall schmückten prachtvolle Blumengebinde die seidenbespannten Wände. Im Ballsaal spielte eine Kapelle ein heiteres Menuett, die Gesichter der eleganten Damen strahlten erwartungsvoll im Glanz der Bouille-Lüster. Junge Mädchen, die von ehrgeizigen Müttern verheiratet werden sollten, zupften unsicher an ihren pastellfarbenen Kreppkleidern oder den aufgedrehten Löckchen herum, unablässig ermahnt, sich gerade zu halten. Man hielt Reden, man stieß auf mich an und ließ ein herrliches Souper auftragen, das mit köstlichen Kanapees begann und mit Käseplatten endete. Alle drängten sich um mich, und dann erfüllte mich plötzlich diese aberwitzige Hoffnung: Was war, wenn mein Prinz kommen würde? Überall hielt ich Ausschau nach seiner Gestalt, und jedesmal gab es mir einen leichten Stich, wenn ich ein paar breite Schultern in Galauniform erblickte.

»Sie wollen nach England?« riß mich eine kultivierte Stimme mit kaum wahrnehmbarem deutschen Akzent aus meinen Träumen.

»Nach London«, erwiderte ich erschrocken und verstummte abrupt. In meiner Zerstreutheit hatte ich deutsch gesprochen, wie ich es heimlich immer noch hin und wieder mit Maman und Sarah tat.

»Frankfurt läßt grüßen!« Jemand stellte mir Rothschild vor, von dem ich zwar schon herrliche Geschenke erhalten, den ich aber noch nicht kennengelernt hatte. Der große Bankier sah gar nicht so überwältigend aus, wie ich ihn mir vorgestellt hatte. Dunkle, kluge Augen, ein warmes Lächeln – ein gewinnender Mann.

»Ich bin nie wieder in Frankfurt gewesen«, gestand ich ihm traurig.

»Mich zieht es oft dorthin, mein Vater betreibt dort noch immer seine Bank, der gute alte Meyer Amschel.« Er lachte leise in sein Glas. »Immer noch ganz vernarrt in die ›Judengaß‹.«

Wir tauschten noch ein paar Neuigkeiten aus und stellten fest, daß wir uns blendend verstanden, der große Finanzier und ich. Endlich mal nicht so eine eingebildete Canaille! Es war so erholsam, einmal keine feine Dame spielen und nicht in bestem Französisch parlieren zu müssen. Mit ihm konnte ich in der alten Sprache reden und ganz offen sein, da mir sein durchdringender Blick ohnehin verriet, daß er jede Flunkerei durchschauen würde.

»Wenn Sie nach London fahren, müssen Sie uns vorher besuchen kommen«, verlangte Rothschild. »Dann gebe ich Ihnen ein paar Empfehlungsschreiben mit. Zum Beispiel an den guten alten Duke of Wellington. Sie wissen ja wohl, daß er mir ein Waterloo schuldet.«

Er lachte sein leises Lachen, deutete eine Verbeugung an und ging dann weiter, zum nächsten lächelnden, plaudernden Grüppchen. Für einen Augenblick blieb ich allein. Erschöpft lehnte ich mich gegen die Wand. All diese feinen, flatternden Geschöpfe in ihren bunten Seidenroben wären mir vor kurzer Zeit noch so fremd gewesen, als lebten sie auf einem anderen Stern. Nun gehörte ich dazu. Ein Moment des Glücks umfing mich, in dem sich alles um mich drehte. Ich wollte ihn festhalten, doch dann spürte ich einen Atemzug im Nacken.

»Ein Königreich für Ihre Gedanken, Mademoiselle Rachel!«

Ich drehte mich um und stieß einen kleinen Schrei aus.

»Bin ich denn wirklich so erschreckend?«

Es war Joinville. »Königliche Hoheit!«

»Monsieur genügt! Wissen Sie noch, damals im Foyer?« In seinen Augen tanzte der Schalk. »Sie haben keine Ahnung, wie gut mir das gefallen hat. Ein kleines Mädchen, das aussieht wie eine Zigeunerin, nennt den König einfach nur Monsieur. In gewisser Weise«, er musterte mich anerkennend, »haben Sie damit sein Wesen auf den Punkt gebracht. Monsieur, der Bürgerkönig.«

Seine Worte rauschten über mich hinweg. Es zählte nicht, was er sagte; ich war nur froh, daß er überhaupt mit mir sprach. Ich starrte auf seinen Mund, bis eine innere Stimme mich warnte, daß die Augen aller auf uns ruhen würden. Mir kam es vor, als wäre es leiser geworden im Saal. Die Musik verstummte, die Paare trennten sich.

Ganz leicht legte er seinen Finger unter mein Kinn und hob es an. »Weißt du überhaupt, wie schön du bist?«

»Monsieur, man wird uns hören!«

In diesem Moment setzten die Geiger ein. Ein Wiener Walzer, laut, schwungvoll und mitreißend.

Seine Hand griff nach meiner Schulter, und ich spürte ihre Wärme und mußte all meine Selbstkontrolle aufbringen, um meine Hand nicht darüber zu legen und sie festzuhalten.

»Komm! Wir tanzen!«

»Ich darf nicht! Was würden die Leute sagen!« erwiderte ich, doch dann sah ich seine breite Brust, über der sich die Uniform spannte, sah ich das Grübchen neben seinem Mund. Ich spürte den Takt in meinen Füßen, ich wollte von ihm geführt, wollte die Bewegungen seines Körpers spüren. Während ich ihm zur Tanzfläche folgte, wußte ich, daß es ein großer Fehler war. Dennoch bereue ich es bis heute nicht. Es waren fünf der schönsten Minuten, die es in meinem Leben gab. Noch heute kann ich alles in allen Einzelheiten sehen, glaube ich sogar den wilden Takt der Musik zu spüren, der ich mich hingab, durch den Saal fliegend, von ihm gehalten, seine Kraft spürend, sein Geschick. Als die Musik verklungen war, drehten wir uns noch zwei-, dreimal im Kreis, bis wir endlich zum Stehen kamen. Stille, tödliche Stille umgab uns.

Ich lächelte nervös, machte mich sanft frei aus seinem Griff. Jetzt wäre ich am liebsten einfach mit ihm hinausgegangen und hätte mein Leben gegeben für einen weiteren solchen Moment, der vor mir aufgeblitzt war.

»Der Tanz ist vorbei!« verkündete die Duchesse de Berwick trocken und, wie ich später zugeben mußte, redlich um die Rettung des Abends bemüht. Etwas verloren standen wir beide inmitten der endlosen Weite des Parketts. Noch immer vom Schwindel benommen, blickte ich in teils kalte, teils feindselige Gesichter. Etwas, das ich in meinem Glück überhaupt nicht verstand.

»Unsere kleine Princesse«, verkündete die Duchesse in einem Ton, der keinen Widerspruch erlaubte, »ist heute zwanzig geworden, meine Lieben. Ich habe damals auch den Kopf verloren! Ach, der Walzer. Wer ihm nicht erliegt, ist keine wirkliche Pariserin!«

Damit hatte sie mich vor der Gesellschaft gerettet. Der Rest des Abends verging dann voller Anstand und ohne jeden Zauber. Joinville widmete sich, ganz comme il faut, den anderen Gästen, aber hin und wieder streichelte mich sein Blick, und als ich mich, von Maman dazu überredet, endlich zum Gehen wandte, machte er eine Geste, als wolle er mir über die Handfläche einen Kuß zuwerfen. Ich lächelte ihm noch einmal zu, und wieder hielten sich unsere Blicke fest, bis ich von meiner Mutter aus dem Saal so heftig gezerrt wurde, daß ich beinahe ins Stolpern geriet.

Unsere Pferde trabten durch den silbrigen Schnee. Zitternd drängte ich mich in die Kissen, während Maman mich ausschalt.

»Was denkst du dir nur dabei! Ich sage dir was! Du kannst Baronesse werden, Comtesse, sogar Herzogin! Aber du wirst niemals eine Prinzessin von Orléans werden. Der Bürgerkönig akzeptiert Juden, doch er schätzt uns nicht!«

Dabei war ich auch eine Prinzessin, dachte ich, eine jüdische Prinzessin und die Prinzessin des Theaters. Warum sollte ich nicht einen Prinzen haben?

»Weißt du, was man sich über diesen Schönwill erzählt?«

»Joinville! Er heißt Joinville!«

»Puisque le Roi m'envoie courir les mers, il faut bien qu'il me permette de courir les filles!«

Was soviel heißt wie: Wenn der König mich über die Meere hetzt, muß er mir auch erlauben, hinter den Mädchen herzurennen. Ich drückte die Nase an die Scheibe, die sich kalt und glatt anfühlte. Seit wann konnte Maman so gut Französisch?

»Oder du nimmst einen netten jüdischen Mann. Was ist denn mit Rothschild?« Ein Blick aus schmalen Augen. »Hat er keine Söhne?«

In den nächsten Tagen sah ich Joinville immer nur aus der Ferne. Mein Herz klopfte, wenn er auf seinem eleganten Grauschimmel durch den Park ritt. Eine schlanke Gestalt, ein Anblick, bei dem ich errötete. Aber immer, wenn er auftauchte, gab Maman dem Kutschknecht hastig Anweisung, mit unserem Cabriolet zu wenden. Mich musterte sie finster, wenn ich mit Unschuldsmiene einen Spazierweg vorschlug, der am Palais Orléans vorüberführte.

»Du hältst deine Mutter wohl für blöd!«

Abends, wenn ich auftrat, fand er sich oft in der königlichen Loge ein, manchmal begleitet von seiner Schwägerin, der Prinzessin Helene von Mecklenburg-Schwerin, die mit dem Thronfolger verheiratet war. Es war tröstlich, seine Anwesenheit zu spüren, und schmerzlich, ihm nicht nah sein zu können. Ich wollte ihn sprechen, seine Stimme hören, wollte seine Berührung spüren, und sei es nur für einen flüchtigen Moment. Doch jemand, womöglich Prinzessin Helene selbst, mußte ihm bedeutet haben, daß seine Aufmerksamkeiten ein Mädchen wie mich ruinieren würden.

Joinville kam nicht in meine Garderobe und hielt sich mit der Haltung des Offiziers strikt zurück. Dabei glaubte ich manchmal, wenn irgendwo fern sein Gesicht auftauchte, einen Zug von Verlangen und Traurigkeit darin zu sehen. Liebe, dachte ich, wenn ich durch das Fenster in den Pariser Abend hinausblickte, war auch ein Schmerz. Mir jedenfalls machte sie es schwer, mich auf meine Arbeit zu konzentrieren. Samson zeigte Anzeichen ernster Ungeduld, und selbst der getreue Marquis de Custine machte mir Vorhaltungen.

»Ich weiß nicht, wo ma petite in Gedanken ist. Aber ich sage dir, es wird nichts Gutes bedeuten. Sag, Rachel«, fuhr er mich an. »Du wirst keine Dummheiten machen?«

»Dummheiten? Ich weiß nicht, was Sie meinen, Monsieur.«

»Gut, mein Täubchen. Ich sollte dich bald einmal meinem jungen Patensohn vorstellen. Der Comte Gurowski erkundigt sich von Mal zu Mal nach dir. Weißt du«, angelegentlich spielte er mit seiner Uhrkette, »da ich keine Kinder habe, wird er mein Erbe sein.«

Um nicht lügen zu müssen, neigte ich sanft den Kopf, eine Geste, die alles und nichts bedeutete.

Niemand wußte von meinen Gedanken und Träumen. Niemand außer Maman und Sarah, die mich still beobachteten. Vermutlich hatte Sarah mein Geheimnis erraten. Aber wenn es so war, dann sagte sie nichts. Denn sie hatte mir zu verdanken, daß sie weiterhin von einer glanzvollen Laufbahn als Opernsängerin träumen konnte. Ich hatte durchgesetzt, daß sie weiterhin aufs Conservatoire de la Musique gehen durfte. Manchmal brannte in mir der Wunsch, sie einzuweihen. Liebe braucht auch Anteilnahme.

Ich wollte Sarah sein Haar, sein Gesicht, seine Gestalt beschreiben, was überaus albern war, da sie den Prinzen ja kannte. Ich wollte ihr ein Opernglas geben, damit sie jeden seiner Blicke beobachten und später, in der Nacht, heimlich mit mir deuten könnte. Ich wollte auch, daß sie mir von ihrem italienischen Professor erzählte. Was genau ging vor sich, wenn im Schlafzimmer unserer Eltern die Bettfedern quietschten? War das der Takt, das Stakkato, von dem sie gesprochen hatte? Konnte man sich darauf vorbereiten? Was bedeutete es, sich einem Mann zu schenken? Für mich gab es nur noch den Prinzen. Kaum, daß ich meinem Vater Gehör schenkte, als er mich über den Stand seiner Verhandlungen mit dem Théâtre français in Kenntnis setzte. Crémieux hatte einen äußerst vorteilhaften Kontrakt aufgesetzt, den wir schon bald, Anfang April, unterzeichnen würden.

»Aber das Beste kommt jetzt!« Seine Schultern strafften sich, mein Vater war offensichtlich sehr stolz. »Wir sind mit Lumley einig geworden. Im Mai fährst du nach London!« Sein Blick ruhte auf meinem Gesicht, das versteinert sein mußte. Weg! Von Paris! Von Joinville! Mein Vater schien es nicht zu merken. Mit ein paar Schritten war er bei mir, hatte mich in die Arme geschlossen und wirbelte mich durch die Luft wie damals, als ich noch ein Kind gewesen war.

»Meine Prinzessin erobert Europa! No, ich sag dir, daß London nur der Anfang ist!«

Das war am 24. März, und ich weiß noch genau, wie an diesem Tag der Frühling für mich den Glanz verlor. Nur noch sechs Wochen, dann würde ich wieder unterwegs sein müssen – ausgerechnet nach England, ins Reich des Nebels und des Regens.

Würde ich Joinville noch einmal sprechen? Würde ich ihn überhaupt noch einmal wiedersehen?

Eines Morgens, Mitte April, als im Garten von Montmorency schon die Osterglocken leuchteten, mußte ich selbst meine Post sortieren. Maman war schon mittendrin in den Vorbereitungen für unsere große Tournee. Sie packte Koffer ein und wieder aus, sie berechnete, wieviel Gepäck in unsere Berline passen würde, sie hielt unsere Dienstboten auf Trab und drohte jeden Moment zusammenzubrechen, als wäre unsere Abreise schon morgen – und nicht erst in drei Wochen.

Mit dem Stapel aus Einladungen, Bittbriefen und Visitenkarten hatte ich mich in mein Arbeitszimmer zurückgezogen. Mit eiserner Disziplin öffnete ich Brief um Brief und kratzte dann mit meiner Feder ein paar Zeilen zur Antwort hin. Als ich eine Stunde gearbeitet und Rose mir Tee und Croissants mit süßer Butter auf den Tisch gestellt hatte, fiel mein Blick auf ein sehr schlichtes Kuvert. Es stammte von einem Monsieur Carré, den ich nicht kannte. Noch ein Bittbrief, seufzte ich und entschied mich, erst den kleinen Imbiß einzunehmen. Ich mußte mich zum Essen zwingen, wann immer ich es vermochte. Niemand brauchte mir zu sagen, daß ich in den letzten Wochen viel zu dünn geworden war.

Ich setzte mich vor den Kamin auf einen Schemel, streckte die Füße vor das kleine Feuer und träumte vor mich hin. Überall, selbst in den Flammen, die über dem Gitterrost tanzten, sah ich das Gesicht des Prinzen. Genug, dachte ich und stand auf, um mich an den Brief dieses unbekannten Herrn zu machen.

Die große, rechtsgeneigte Schrift beherrschte kühn das ganze Blatt – ich wußte sofort, von welcher Hand sie stammte. Immer wieder las ich die Zeilen. Wie sehr ich ihm fehlte, wie es ihn quälte, daß ich auf keinen seiner Briefe geantwortet habe. Briefe? Verrat! Meine Mutter mußte sie gestohlen haben! Der Prinz schrieb, daß jeden Tag vergeblich seine Kutsche auf mich warte. Ein englischer Phaeton, drei Uhr mittags, Rue de Rivoli. Der Kutscher trage eine weiße Kokarde am Hut.

Ich warf einen hastigen Blick auf die Standuhr mit dem Marmorsockel. Die Briefe, die nicht beantwortet waren, warf ich ins Feuer. Dann stürmte ich regelrecht in Sarahs Schlafzimmer, die bäuchlings in ihren Kissen lag und schnarchte, während unsere Köchin schon das Fleisch fürs Mittagessen briet. Ich zog ihr die Überdecke fort.

»Sarah! Du mußt mir helfen!«

»Ach ja?« Sie rieb sich die Augen, und mir fiel auf, daß ihr weiches Gesicht ein bißchen verquollen aussah. Papa hatte sie am Abend zuvor wegen einer frechen Bemerkung wieder einmal geprügelt.

»Bitte! Komm mit mir in die Rue de Rivoli!«

Sie winkte ab. Ob ich nicht wisse, daß sie pleite sei? Aber dann schien sie an meinem Gesicht abzulesen oder mit dem Instinkt der Frau zu erfassen, daß sich hinter meiner Bitte ein Geheimnis verbarg.

Unnötig zu sagen, wie schnell sie daraufhin aus dem Bett war. Meine Mutter, über ihrer Packerei zerstreut, gab uns die Erlaubnis, in die Stadt zu fahren. Blind, wie ihre Mutterliebe sie machte, hatte sie nicht den geringsten Zweifel an Sarahs Fähigkeiten als Anstandsdame. Ich dankte Gott, daß mein Vater schon am Morgen in die Stadt gefahren war, um sich beim Rabbi nach Raphaels Fortschritten im Cheder zu erkundigen und auf ein Glas Cognac bei den Lévys vorbeizuschauen. Alles ging also glatt, es mußte Fügung sein!

Nur Rose hatte mir mißtraut. So aufgeregt stand ich vor dem Spiegel und hielt mir ein Kleid nach dem nächsten an den Leib. Das silberne war zu elegant, das blaue zu mädchenhaft, das gelbe machte mich blaß. Erst als ich den zweifelnden Blick von Rose bemerkte, entschied ich mich schnell für ein grünes Straßenkleid. Wenn sie meine Pläne gekannt hätte, wäre ich nur über ihre Leiche aus dem Haus gegangen. So aber saß ich um Punkt zwei Uhr neben einer neugierig lächelnden Sarah in den weichen Kissen unserer Kutsche. Vor mir lag Paris in seinem Frühlingsglanz. Das kleine Husarenhütchen hatte ich mir in die Stirn gezogen.

»Du siehst so – anders aus!« Sarah meinte es als Kompliment.

Ziemlich abgebrüht nahm sie es auf, als ich ihr unterwegs meine Pläne enthüllte. Drei Stunden lang sollte sie durch die Galerien und Geschäfte der Rue de Rivoli streifen, sollte sich einen hübschen Schal, ein paar Strümpfe und neue Handschuhe kaufen. Drei Stunden, dann würde ich sie im Kaffeehaus treffen und mit ihr zurück nach Hause fahren. Drei Stunden Herrlichkeit für sie und für mich!

»Aber paß auf dich auf! Man muß die Männer immer warten lassen! Je fester die Bastion, um so größer die Liebe.« Sie lächelte verschwörerisch. »Und um so kostbarer die Geschenke!«

Ein Gedanke, der mir damals so fern war, daß er mir nicht einmal widerwärtig erschien.

Der Phaeton wartete vor Mademoiselle Fanons Modistengeschäft. Sarah war hier goldrichtig. Wir schickten unseren Kutschknecht mit ein paar Sous fort, die er in einer Kaschemme im Marais vertrinken würde. Dann beeilte ich mich, zu der Kutsche zu kommen, denn ich legte keinen Wert darauf, erkannt oder gar beobachtet zu werden. Der Kutscher machte keine Anstalten, mir in sein Gefährt zu helfen. Rasch stieg ich hinein, zog die Vorhänge vor und hörte die Peitsche knallen. Endlich war mein Leben bunt und spannend!

Bald merkte ich, daß wir die feine Gegend verließen, und wagte es, die Gardinen ein wenig beiseite zu schieben. Mir kam es vor, als ob die Zeit sich endlos ausdehnte, wo doch jede Sekunde für mich so kostbar war. Hin und wieder hörte ich, wie der Kutscher mit der Peitsche knallte. Dann gab es einen Ruck, und jemand schrie. Offenbar war uns ein Bierkutscher in den Weg gekommen. Wir ratterten durch die Rue Vaugirard, wo ich einst zur Schule gegangen war. Aber nun blickte ich gleichgültig auf das alte Gemäuer und dachte nur flüchtig an Monsieur Choron.

Die Zweige im Luxembourg waren noch winterlich grau. Die Nachmittagssonne ließ das junge Gras auf den Lichtungen silbrig glitzern. Ich sah ein paar Jockeys, die ihre Pferde trainierten, dann bogen wir von der großen Allee ab und fuhren unter den alten Bäumen durch, die den morastigen Weg der Rue de l'Ouest säumten, die damals nicht viel mehr war als ein Sumpf. Äste streiften das Dach unserer Kutsche, ich flog im Sitz hin und her. Als ich schon befürchten mußte, daß mir übel werden würde, gab es einen Ruck, und die Kutsche hielt an. Wir waren am gottverlassensten Ort, den man sich in Paris nur denken konnte. Lieber Himmel, dachte ich, wenn hier etwas passierte, würde niemand mich schreien hören.

Wo war mein Prinz?

In seinem weiten, dunklen Mantel kam der Kutscher zur Tür, und ich mußte einen kleinen Schrei unterdrücken, so sehr hatte ich mich erschreckt. Aber dann öffnete er sehr galant den Wagenschlag, eine Höflichkeit, die mich beruhigte. Er reichte mir seine Hand, und ich spürte einen Schauer an meinem Arm. Ich blickte auf. Ein Paar schelmisch blitzender Augen, ein lächelnder Mund. Er riß den Hut vom Kopf und mich in seine Arme. Ich spürte den rauhen Stoff seines Mantels, seinen Kopf an meinem Haar. Er drückte mich noch enger an sich, so daß es mir fast den Atem nahm. Dann ließ er mich endlich los, so plötzlich, daß ich beinahe gestrauchelt wäre.

»Laß uns ein paar Schritte gehen.« Seine Stimme klang seltsam rauh. Er streckte seine Hand aus, ich legte meine hinein, die er fest umschloß. Seine Hand war fest und warm. Mir fiel ein Spruch ein, den ich oft von Maman gehört hatte: Wenn die Hände zusammenpassen, dann passen auch die Menschen zusammen. Wir verschränkten die Finger ineinander und stapften durch den Morast, ohne ein Wort zu sagen und ohne uns anzusehen. Ein feuchter Schleier hing über dem nassen Gras, wo die Regenpfützen wie dunkle Spiegel glänzten. Die Luft war feucht, es roch seltsamerweise nach Herbst. Tausend Sätze gingen mir durch den Kopf, doch kein Wort drang über meine Lippen.

Als der Weg eine Kurve machte, spürte ich ganz sanft, wie seine Schulter mich streifte. Schüchtern blickte ich zu ihm hoch. Eine seltsame Anspannung lag in seinem Gesicht. Wir erreichten eine kleine Allee, wo eine Holzbank unter kahlen Linden stand. Er zog mich neben sich, legte seinen Arm um mich.

»Hier wird uns keiner sehen. Hierher kommt höchstens der alte Soldat, der an der Rue de l'Ouest immer Posten steht.«

»Du kennst dich ja gut aus«, entfuhr es mir, mit einem kleinen Stich im Herzen.

Er faßte nach meinem Kinn und zog mein Gesicht zu sich. »Schon eifersüchtig?« Ich sah das Lächeln, das in seinen Augen schimmerte. In einer ungestümen Bewegung zog er mich an sich, drückte seine Lippen auf meine und drang mit seiner Zunge sanft ein in meinen Mund. Ich wollte nach Luft schnappen, schreien, mich wehren, aber dann merkte ich, daß es gar nicht schlimm war.

»Was ist, wenn der Soldat kommt«, keuchte ich, als ich wieder Luft bekam.

»Er wird nicht kommen. Absinth. Eine Flasche. Alles Planung. Vergiß nicht, ich bin Kommandant.«

Diesmal war ich es, die lächeln mußte. Er sah so rührend stolz aus. »Du bist gern auf See?«

Er schmiegte sich noch enger an mich. »Die See ist wild, sanft und wunderschön. So wie du.«

Eine Taube versuchte, aus einer Pfütze zu trinken. Von irgendwo fern hörten wir Gelächter. Es war schön, mit ihm schweigen zu können. Es klafft immer ein Abgrund in den Wörtern, aber die meisten Menschen halten das Schweigen nicht aus. Ich hätte für immer so sitzen bleiben können. Seine Wärme spüren, noch ein bißchen fremd und doch schon vertraut. Zugleich jedoch wollte ich mehr, viel mehr, etwas, von dem ich nicht wußte, was es war.

»Los!« rief ich. »Fang mich!«

»Bleib«, sagte er ganz ruhig. »Bleib Rachel. Ich weiß nicht, ob ich mich sonst noch beherrschen kann!«

Mit beiden Händen griff ich nach seinen und riß ihn von der Bank. Ich lachte; wie ein plötzlicher Wahnsinn stieg dieses Gelächter in mir auf. Weg mit den Stiefeln, loslaufen, einfach los, und alles umarmen, den Wald, die Luft, die Erde, den Himmel.

Dann riß mich eine Hand an der Schulter, und ich kam zum Stehen. Er atmete schnell. Er schaute auf mich nieder, und in seinen Augen sah ich eine unbestimmte Drohung.

»Nicht weiter! Die falsche Richtung! Man wird uns sehen!«

Meine Schulter schmerzte, so hart hatte er sie gepackt. Ich massierte die Stelle. »Hast du soviel Angst davor?«

»Nicht wegen mir! Es geht um deine Ehre.«

Beinahe hätte ich gelacht.

»Komm!« Wieder streckte er seine Hand nach meiner aus. »Wir müssen zurück zur Kutsche.«

Für einen Augenblick wurde mir ganz kalt. Hatte er sich

so sehr mit mir gelangweilt? Du hättest reden sollen, schimpfte ich mich aus. Warum rennst du einfach los wie eine Verrückte? Irgend etwas hättest du tun sollen, um ihn zu halten. Es ist dein Mann! Mein Mann? Ich sah ihn von der Seite an, sein Profil, seine Hand, die fürsorglich einen Ast festhielt, damit er mir nicht ins Gesicht schnellte. Ein Augenblick der blitzartigen Erkenntnis. Ich kannte ihn schon.

»Der Engel vergaß«, murmelte ich.

»Eh, wie?«

»Oh, nur ein jüdisches Sprichwort«, sagte ich hastig und spürte, wie ich errötete. Er mußte nicht alles von meinen Gefühlen wissen.

Er lächelte mich zärtlich an. »Ich dachte, du wärst Schauspielerin. Dabei kannst du nicht gut lügen. Komm!«

Er zog mich durch Sumpfgras zu einer Pfütze, die so groß war, daß sie einem Weiher glich. Die Wolken spiegelten sich darin. Und wir beide. Sein Kopf, der mich weit überragte. Meine zarte Gestalt, die bei ihm geborgen war.

Ich lächelte ins Wasser. »Wir sind ein schönes Paar!«

Er strich mir zärtlich über die Nase. Dann hörte ich ein Rauschen; eine Ente war in der Pfütze gelandet und hatte unser Spiegelbild zerstört.

»Schau nicht so«, sagte er. »Uns wird keiner trennen.«

Während wir Hand in Hand zurück zur Kutsche gingen, wobei jeder Schritt mir weh tat, weil es so schnell ging, viel zu schnell vorbei war. Ich erzählte ihm von meinen Reiseplänen und daß ich nicht nach London wollte.

Ernst sah er mich an. »Dein Vater ist ein kluger Mann. Hör nicht auf die Spötter. Er weiß, was richtig ist.«

»Macht es dich nicht traurig, wenn ich fort bin?«

»Doch.« Seine Hand schloß sich fest um meine Schulter, er machte kleinere Schritte, um mit mir im Takt zu bleiben. »Ich liebe Frauen mit eigenem Willen. Gefällt mir, daß du beim Theater bist.«

Dann standen wir schon vor unserer Kutsche. Nichts

war geschehen, und doch schien mir die ganze Welt verändert zu sein. Er half mir das Trittbrett hinauf und streifte dabei wie zufällig mit der Hand über meinen Rücken. Wieder überfiel mich dieser Schauer, noch kälter, noch heftiger. Als ich saß, stand er noch am Wagenschlag. Seine Augen, so kam es mir vor, hatten einen feuchten Schimmer.

»Wann sehen wir uns wieder?«

»Ich weiß nicht.« Meine Stimme versagte mir fast. »Im Juli?«

»Du wirst mir nah sein«, sagte er rasch. »Schreib mir.«

Schreiben? Ans Palais Orléans? Das würde in Paris, diesem Basar der Gerüchte, keine zehn Sekunden geheim bleiben.

»Schreib an Monsieur Carré. Deine Schwester soll mir die Post überbringen. Ich warte immer am selben Ort, zur selben Stunde.«

Ganz schnell, als hätte auch er mit diesem Schmerz zu kämpfen, klappte er den Wagenschlag zu. Die Peitsche knallte, und die Kutsche ratterte los. Blitzschnell ließ ich mich auf den anderen Sitz gleiten, jenen, der dem Kutschbock näher war. So konnte ich träumen, seine Berührung noch zu spüren, bis er mich in der Rue de Rivoli absetzen und dann rasch weiterfahren würde bis zu unserem ungewissen Wiedersehen, wenn ich aus London zurückkehrte.

## 22

Sturm und Regen erwarteten uns auf der Reise; Gischt, die gegen das Bugfenster klatschte, Wellenberge, die sich vor uns auftürmten, als wollten sie uns niederwalzen. Das Dampfschiff, mit dem wir am 2. Mai nach England aufgebrochen waren, schlingerte und stampfte, daß mir angst und bange wurde. Während der gesamten Überfahrt, die sich für mich endlos dehnte, konnte ich kaum einen klaren

Gedanken fassen. Nur, daß ich nicht sterben wollte. Nicht so, nicht im Wasser.

Bewacht von der unerschütterlichen Rose, hatte ich eine Prise Riechsalz eingenommen und mich nach unten in die überfüllte Damenkabine zurückgezogen, wo die Ladys saßen und seufzten und sich übergeben mußten. Maman schien das alles nichts auszumachen. Mit ihrem Nähzeug saß sie stoisch auf ihrem Samtsessel und aß immer wieder mal ein Stück Marmorkuchen, ein Anblick, bei dem es mich würgte. Mein Vater stand draußen an der Reling, klammerte sich mit beiden Händen daran fest und lachte vor Freude, wenn wir in ein tiefes Wellental rasten. Als ich ihn durch das Fenster beobachtete, fragte ich mich, ob er wahnsinnig war. Ein kleiner, bärtiger Jude, der gegen das Meer anschrie und dabei von Möwen umkreist wurde. Gerade in dem Moment, als ich glaubte, es nicht mehr aushalten zu können, gab es Gelächter in der Kabine, die Damen packten Taschentücher aus, mit denen sie sich das Gesicht abtupften, und ordneten ihr Haar. Vor uns ragten die Klippen von Dover auf: steil, stolz, abweisend, von Nebelfetzen belagert.

»Willkommen in der Heimat von Nebel und Regen«, murmelte ich. Dann erklärte ich laut, daß ich mein Hotelzimmer niemals verlassen würde, außer um ins Theater zu gehen.

Die Landschaft Kents, durch die wir mit der schweren Berline rollten, die Lumley uns geschickt hatte, war grau und naß. Im Nebel war kaum etwas von den Dörfern mit ihren Strohdächern zu erkennen. Ich kuschelte mich in meine Kissen, hing meinen Gedanken nach und fror. Es regnete schon, seit wir Paris verlassen hatten, so als weine die Stadt mir nach. Dabei hatte sie mich keineswegs unvorbereitet ziehen lassen.

In meinem Gepäck hatte ich ein Empfehlungsschreiben von Rothschild an den Duke of Wellington, außerdem eine Reihe von Briefen an den Botschafter Frankreichs und andere bedeutende Persönlichkeiten, die mir Premierminister

Guizot mitgegeben hatte. Eh bien, und dann gab es noch diesen Brief in meinem Retikül, der mir mehr als alles bedeutete. Joinville wünschte mir eine gute Reise und schrieb mir, wie sehr er mich vermissen werde; außerdem belehrte er mich auf eine sehr feine Art über das Land meiner Gastgeber.

Wir würden London ein Jahr nach der Hochzeit von Königin Victoria erreichen, die strahlend sei vor Glück in ihrer Liebe. Der neue Hof goutierte die Künste und Vergnügungen, Prinzgemahl Albert habe die Königin samt Hofstaat auf den Geschmack an intelligenten Zerstreuungen gebracht. Beide liebten das Theater. Und Mademoiselle Rachel, so erklärte mir mein Geliebter, würde eine der ersten Künstlerinnen sein, die Victoria und Albert empfingen. Er beneide sie darum, mich sehen und mir die Hand geben zu dürfen.

Wir erreichten London am späten Abend; es regnete in dünnen Fäden. In dieser Stadt war alles groß: die Straßen, die Häuser und auch Her Majesty's Théâtre. Auch unser Hotel war riesig, ein vornehmes Foyer, in dem es von feinen Herren im Cut nur so wimmelte. Ich zog mich in mein Zimmer zurück, das mit polierten Möbeln und schweren Stoffen ausgestattet war. Im Kamin brannte ein Feuer, ich bat Rose um Tee und Gebäck, dann ließ sie mich zurück, allein mit meinen Träumen.

Am nächsten Tag führte Monsieur Lumley uns durch sein Theater. Es war beeindruckend, auch wenn mich sein Französisch mit der englischen Aussprache manchmal fast zum Lachen brachte. Mir gefiel das Theater mit seinem riesigen Saal für das Publikum. Ich konnte mir gar nicht vorstellen, daß sie hier jemals ausgebucht sein würden.

»Doch«, versicherte Lumley, und seine Augen leuchteten. »Zu Ihren Ehren wird der Saal voll sein.«

Befangen blickte ich über die langen Reihen leerer Stühle. Ich fürchtete die ernsten Engländer. »O liberté de la France!« schrieb ich an Joinville. »Wo bist Du? Die Straßen sind herrlich, aber es ist unmöglich, darin spazierenzugehen. Schlechtes Benehmen, sagt der eine, tu dies nicht, tu das nicht, sagt der andere. So gibt es viele Balkons in London, aber niemand würde es wagen, sich darauf zu zeigen. Will man einen Hut aufziehen? Wenn die Farbe nicht der Konvention entspricht, ist man gesellschaftlich tot.« Und in diesem Klima sollte ich mich vor aller Augen auf der Bühne verausgaben?

Mein Vater tat sein Bestes, um mich zu beruhigen. Rose verließ sich nicht auf Worte, sondern half mit Taten: Honigmilch, heiße und kalte Wickel. Wie gewöhnlich ging ich um vier Uhr ins Theater, die Vorstellung sollte um acht beginnen. Der Saal war voll, wie Lumley mir versicherte, der Adel und die Elegants schienen sich vollständig eingefunden zu haben. Dieses Wissen trug nichts dazu bei, daß ich mich sicherer auf den Beinen fühlte. Ich wäre vermutlich vor Angst umgefallen, wäre nicht ein Donner aus Applaudissements erklungen, um mich anzufeuern und mir zu verstehen zu geben, was ich tun mußte, um diesen wohlwollenden Empfang zu verdienen. Lange konnte ich nicht sprechen, dann beruhigte sich der Saal, und ich fing an. Die Stille war nun so tief, daß man niemanden im Theater vermutet hätte. Bald aber gab es kleine Signale der Zustimmung, dann wurde applaudiert, die Leute tobten, immer und immer wieder mußte ich mich unterbrechen. Es ist schwer, ein Bild solcher Gegensätze zu beschreiben: Eben noch blickte ich in eisig schweigende, kalte Gesichter, und im nächsten Moment hörte man mir zu, folgte man begierig jedem Wort. Die Gesichter waren plötzlich voller Leben; in ihnen spiegelt sich jedes der Gefühle wider, die ich ausdrücken muß: Zufriedenheit, Nachdenklichkeit, Ironie, Heftigkeit, Zorn. Viele Bravos und tosender Beifall begleiteten mich bis zum Ende meiner Rolle. Die Hüte und Taschentücher winkten wild aus den Logen, und Buketts wurden geworfen. Lumley dankte mir mit Tränen in den Augen. Er versprach, mir ein phantastisches Angebot für die nächste Saison von 1842 zu unterbreiten. Wenn nur Joinville das alles gehört und gesehen hätte!

Am nächsten Tag las ich, müde und geschwächt von der Vorstellung, was die Sunday Times über mich zu sagen hatte:

»Mademoiselle Rachel, deren großes Ansehen in Paris sie hier zum Gegenstand des öffentlichen Interesses macht, hat viel von dem, was Mrs. Siddons in ihren besten Tagen auszeichnete und was auch den gefeierten Edmund Kean so hervorhob. Sie hat seine Intensität, die Intensität des Genius, sie hat sein Feuer, seine außergewöhnliche Macht, die bittersten Gefühle auszudrücken, seine feine Ironie, seine ernste und beeindruckende Heftigkeit und seinen elektrisierenden Gefühlsausbruch. Zudem spürt man bei ihr niemals Absicht, sie übertreibt niemals natürliche Gefühle, und durch ihre große Disziplin in der Wiedergabe gelingt es ihr, das französische Versmaß Racines in eine natürliche Sprache und die Worte natürlicher Menschen zu verwandeln.«

Dann folgte der Höhepunkt meines Erfolgs. Ein beeindruckendes Billet wurde mir gebracht. Königin Victoria wollte mich sehen. Der Hof lud mich ein, am 10. Juni in Schloß Windsor aufzutreten!

Um neun Uhr sandte Her Majesty eine hübsche Kutsche, die mich zum alten, imposanten Castle of Windsor bringen sollte. Während wir vom Hotel zum Schloß fuhren, kam ich mir vor wie in einem Traum, aber nein, es war alles wahr. Ich stieg tatsächlich aus einer Equipage aus, die der Königin Victoria gehörte, und im nächsten Moment fand ich mich wirklich in den Hallen von Tausendundeiner Nacht.

Die Queen hatte an diesem Abend eine Dinner-Party für hundert Gäste, ein aufwendiges Arrangement mit den Schätzen Indiens, die zum Festbankett ausgestellt waren: der phantastische Tigerkopf, berühmt als Fußschemel des Tipoo Sahib, und der Schild des Achill.

Um zehn Uhr wurde die Queen angekündigt.

Alle erhoben sich, die Queen schritt herein. Ein Auftritt, den sie zelebriert, ich dachte, ich könnte davon für die Bühne lernen. Sie hielt sich aufrecht und lächelte charmant und dennoch unnahbar. Dann verbeugte sich die Queen und nahm Platz. Alle schwiegen und beobachteten sie, und die Königin ließ es in Würde geschehen. Im nächsten Moment kam ein großer, dünner Mann auf mich zu, der mir in schlechtem Französisch erklärte, daß die Queen warte. Also war es soweit. Nun also sollte mein Auftritt folgen. Würde ich standhalten können? Ich hatte eine furchtbare Angst, aber ich spürte, daß es nur eine Wahl gab: siegen oder sterben.

Tout ou rien.

Ich war zwar nur Elisa Félix, die kleine Jüdin, die sich an den Königshof verirrt hatte, doch ich würde niemandem Schande machen. Mit klopfendem Herzen schritt ich durch die Menge, die nun nicht mehr Victoria, sondern mich anstarrte. Ich versank im Hofknicks, doch Ihre Majestät bedeutete mir aufzustehen. Wie in Trance deklamierte ich meine Verse. Doch es schien gut gewesen zu sein. Nach der Szene gab es viel Applaus – obwohl die Hofetikette eigentlich Beifall verbietet. Her Majesty war so freundlich gewesen, das Zeichen dafür zu geben.

Ich beendete den brillanten Abend mit dem dritten Akt aus »Maria Stuart«. Danach ließ die Queen mich zu sich rufen und versicherte mir huldvoll, daß es ihr unglaublich gut gefallen habe. Sie hatte eine angenehme Stimme, und ihr Englisch war so rein und klar, daß ich es mühelos verstehen konnte. Was für ein herrliches Kompliment! Dann winkte die Königin einer Hofdame und ließ mir eine sehr hübsche Goldkette mit Diamanten und Emaille überreichen, in die ihr Name und das Datum eingraviert waren.

»A Mademoiselle Rachel. Victoria Reine.«

Nach diesem großen Erfolg wurde ich zum Liebling der Londoner Gesellschaft. Ich hoffte und betete, daß mein

Prinz davon aus den Zeitungen erfahren würde. In der ganzen Stadt zollte man mir Lob und machte Komplimente. »Ihr Aussehen ist hinreißend«, schrieb Fanny Kemble, eine Schauspielerin. »Sie hat ganz London im Sturm erobert; all die feinen Ladys und Gentlemen sind verrückt nach ihr, die Queen wirft Rosen aus ihrem eigenen Strauß auf die Bühne, und Viscountesses und Marchionesses fahren sie im Park spazieren und nehmen sie mit zu all den Gesellschaftslöwen.«

Mit Lord Normanby ging ich zum Derby. Er war der Innenminister; seine Frau war außergwöhnlich nett zu mir und stellte mich sogar ihrer Mutter vor. Außerdem dinierte ich mit Lord Palmerston, Lord Clarendon und Lord Lovelace. Der Duke of Wellington machte mir viele Komplimente bei dem Empfang bei Lady Jersey und kam, um mich am nächsten Tag zu besuchen. Dann sollte ich auch noch Liszt erwähnen, der nach London gekommen war, um dort eine Reihe von Konzerten zu geben. Man sagte, er werde ganz blaß über den allgemeinen Taumel um Rachel. Die Massen drängten sich vor Her Majesty's Théâtre, nicht in seinen Konzerten.

Was ich erlebte, schilderte ich Joinville in langen sehnsuchtsvollen Briefen: »Ich habe gestern Maria Stuart gespielt. Zehn Bukette und zwei Kronen sind zu meinen Füßen gelandet, begleitet von einem donnernden Applaus. Die Einnahmen betragen 30000 Francs. Ich bin zufrieden, oder besser, ich könnte es sein, wenn nur Sie noch in meiner Nähe wären, Sie, ohne den jedes Glück unmöglich ist.«

## 23

Hélas, als ich die Seine wiedersah, war mein Prinz dem Befehl der Königlichen Marine gefolgt und in See gestochen. Der Glanz der Stadt war verblaßt. Diese Leere, diese Sehnsucht. Ich war fast froh, als wir mitten in der brütenden Augusthitze zu einer Tournee nach Bordeaux aufbrachen. Alles war besser, als die Abwesenheit des Geliebten in Paris zu spüren.

Wir stiegen im Hotel de Rouen ab, wo ich als erstes ein Bad nahm, um den Schmutz der Straße von mir abzuwaschen. Eine Angewohnheit, die noch aus den Tagen der Armut stammte und die ich mein Leben lang beibehalten habe.

Dann legte ich mich hin und schloß die Läden, um in den schwülen Abend hineinzudämmern. Von den Klängen einer Mazurka wachte ich auf. Ein leiser Luftzug wehte ins Zimmer. Draußen hing ein kalter Mond am Himmel. Um zu sehen, woher die Musik kam, stand ich auf. Ein Strickjäckchen über mein Negligé geworfen, trat ich ans Fenster, wo ich ein ganzes Orchester entdeckte, das sich vor dem Hotel aufgebaut hatte, um mir ein Ständchen zu bringen. In der Straße standen Tausende von Menschen, halb Bordeaux mußte auf den Beinen sein. In jeder Pause der Musik riefen sie und schwenkten ihre Mützen: »Rachel! Rachel!«

Ein Glücksgefühl riß mich aus meiner Müdigkeit. Ich lächelte, winkte und erwachte zum Leben. Diesen Empfang, so nahm ich mir vor, würde ich den Leuten und ihrer Begeisterung danken müssen. Die Premiere am 3. August wurde ein riesiger Erfolg; die städtischen Garden mußten die Massen davon abhalten, wie eine Woge ins Theater einzubrechen, da die Karten ausverkauft waren.

»Jeder spricht nur noch von Rachel«, schrieb »Le Mémorial« am 13. August. »In den Salons, auf den Promenaden, sogar an der Börse.«

Natürlich wollte jeder Edelmann mich zu Gast haben. Auf einem dieser Soupers, das der Marquis de las Marismas auf seinem Château für mich gab, wurde ich einem stattlichen Herrn vorgestellt, der sich eine ziemlich majestätische Haltung gab. Er hat eine gute Meinung von sich, dachte ich, als er sich über meine Hand beugte, um sie zu küssen. Er war blond, blauäugig und hatte ein gefälliges Gesicht.

»Graf Alexandre Walewski«, erklärte mein Gastgeber. Später gab er mir tuschelnd zu verstehen, wer dieser Ehrengast sei: der Sohn Napoleons und der polnischen Gräfin Walewska, die für die Freiheit Polens ihre Tugend geopfert hatte. Mit der Zustimmung ihres sehr viel älteren Gatten und auf Wunsch Poniatowskis hatte sie sich dem Verlangen des großen Kaisers hingegeben, der ganz toll vor Liebe war. Um die schöne blonde Gräfin zu besitzen, würde Napoleon auf die Unterdrückung Polens verzichten. Ich war beeindruckt.

»Was für eine romantische Geschichte!« Mein Vater wäre entzückt gewesen. Dennoch fand ich im stillen, daß Alexandre Walewski nicht ganz so romantisch wirkte, wie seine Herkunft es vermuten ließ. Wo war Napoleons durchdringend intelligenter Blick, seine Hybris, sein Charisma?

»Sie scheinen ihm Eindruck zu machen«, sagte mein Gastgeber. »Walewski ist übrigens Witwer. Und sehr reich.«

Während des Soupers ruhten seine Blicke immer wieder unverfroren auf meinen halb entblößten Schultern. Hin und wieder trafen sich unsere Blicke, und dann zog er ironisch die linke Augenbraue hoch. Es war wie ein gegenseitiges Kräftemessen.

»Enchanté, Sie kennengelernt zu haben.« Beim Abschied blickte er mir frech in die Augen. »Bald werden wir uns wiedersehen, Mademoiselle, davon bin ich überzeugt!«

»Sicher«, gab ich kühl zurück. »Wenn Sie ins Theater gehen.«

Mein Vater als alter Bonapartist war ganz hingerissen, als ich ihm von dieser Begegnung berichtete. Ein Kind Napoleons hatte seiner Tochter einen Kuß auf die Hand gedrückt!

»No, und dann?« fragte er immer wieder. »Und was hat er noch gesagt?«

»Papa«, entgegnete ich trocken, »er ist nichts Besonderes. Außerdem sagt man, er habe eine Mätresse.«

»Was dieses Kind für Wörter im Mund führt!« brauste Maman auf. »Jacob! Und du lachst?«

Zurück in Paris, tat ich nichts, als auszuschlafen, lange Spazierritte auf Jupiter zu unternehmen, von Joinville zu träumen und hin und wieder meine neuen Rollen mit Samson zu besprechen. Manchmal saß ich auch einfach mit Raphael und Rébecca im Garten, dann tranken wir eau sucrée und spielten Karten. Ich war manchmal abgelenkt, kleine Momente, in denen ich woanders weilte. Dann schaute ich den Blättern zu, die durch die Lüfte segelten, und dachte an unser Wiedersehen. Vom Prinzen kam kein Wort, kein Zeichen. Manchmal nagte Eifersucht an mir. Machte er hübschen Adelsdamen Komplimente? Hatte er sich in eine andere verliebt? Gedanken, die meiner Gesundheit nicht halfen.

Die einzige Besucherin, die mein Doktor damals zuließ, war Délphine de Girardin. Nach dem heißen Sommer hatte ihr blondes Haar einen silbernen Schimmer. Sie wirkte unruhig, ihre Hände flatterten nervös, und oft hatte sich eine Locke aus ihrer Frisur gelöst.

»Schrecklicher Beruf, das Schreiben«, vertraute sie mir an. »Tag und Nacht kann ich nichts anderes denken. Wenn ich schreibe, gelingt es mir nicht, und ich bin niedergeschlagen. Und wenn ich nicht schreibe, auch.« Sie lachte unvermittelt ihr perlendes Lachen. »Manchmal nehme ich Champagner zu Hilfe, meine Liebe. Sie werden noch sehen, auf der Bühne wirkt es sicher auch.«

Sie gestand mir, daß sie bereits in die Arbeit an der »Judith« vertieft war, einem biblischen Stoff, den sie mir auf den Leib geschrieben hatte. Nun hatte sie Probleme, das Thema zu bewältigen.

»Ich kenne mich nicht aus in jüdischer Geschichte.«

Ich lachte. »Wer kennt sich schon darin aus?«

Dann beschloß ich, ihr guten Willen zu zeigen, und verwies sie an Papa und Raphael und dessen Rabbi aus dem Cheder.

»Verkehrte Welt«, sagte Délphine. »Ich führe Sie bei Madame Récamier und Chateaubriand ein, die Sie für Ihre Kunst den Katholizismus lehren. Und nun helfen Sie mir mit der israelitischen Religion. Hoffentlich wollen Sie mich nicht auch bekehren!«

Bald spürte ich, daß meine Umgebung irgendein Geheimnis hatte. Es fing mit kleinen Gesten an, die mich beunruhigten. Mein Vater lungerte den ganzen Tag unter irgendwelchen Vorwänden im Théâtre français herum. Morgens rauchte er mit den Kulissenschiebern, und mittags spendierte er den jungen Mädchen und den Kritikern feine Torten und Champagner. Bei unseren gemeinsamen Mahlzeiten in Montmorency wirkte er immer etwas bedrückt. Zuerst nahm ich an, daß es sich um einen Streit mit Maman handelte, die immer etwas eifersüchtig war, aber dann merkte ich, daß auch Maman, wenn sie sich unbeobachtet fühlte, mich seltsam von der Seite ansah. Sarah, die uns alle immer beobachtete, machte den Mund auf, als wolle sie etwas sagen, doch es genügte ein strenger Blick von Papa, und sie schloß ihn wieder. Meine Familie schien mir etwas zu verschweigen.

Eines Abends lief ich ins Schlafzimmer meiner kleinen Rébec, wo sie in ihren spitzenbesetzten Kissen ruhte. Ich setzte mich auf ihr Bett und hielt ihre Hand, während ich sie drängte, mir zu sagen, was man mir verheimlichte.

Tränen glänzten in ihren Augen. »Papa prügelt mich, wenn ich es dir sage.«

Sie tat mir leid, aber ich mußte es wissen »Ich habe dich immer beschützt. Wie oft hab ich den Ärger abbekommen! Du wirst es schon überleben.«

Rébec zitterte, aber sie nickte. »Es ist wegen der Journale. Ich kann dir sagen, was Janin geschrieben hat. Ich habe es so oft gelesen, daß ich es auswendig kann. Du hast eine Rivalin am Théâtre français. Mademoiselle Maxime.«

Ich blickte meine Kleine ungläubig an, dann brach ich in Gelächter aus. »Maxime! Da brauchst du dir keine Sorgen zu machen, Rébec. Die kenne ich. Vor der muß ich mich nicht fürchten.«

»Hoffentlich hast du recht. Sie wird von Janin in den Himmel gelobt. Und man sagt, daß Monsieur Minister des Inneren sie hoch schätzt und fördert.«

»Janin sagt viel, wenn der Tag lang ist. Aber was den Grafen Duchatel betrifft«, ich runzelte die Stirn, »es ist noch gar nicht lange her, da hat er mir das Kompliment gemacht, ich würde die Retterin der französischen Sprache sein. So treulos sind die Bewunderer.«

»Weißt du«, druckste Rébecca herum. »Sie wird ›Phädra‹ spielen.«

Nun war ich es, die große Augen machte. »Das kann nicht sein, Rébec. Du verwechselst was!«

»Am 17. September. Der Termin steht schon fest.«

Ich wandte mich rasch ab, um mein Gesicht vor Rébecca zu verbergen.

»Janin steckt dahinter. Er hat sie in die Rolle gedrängt.«

Schändlich! Gemein! Nicht nur, daß Janin mich öffentlich beleidigte, indem er mir Mangel an Gefühl vorwarf, weil ich auf der Bühne nicht weinen konnte, nicht nur, daß er sogar meine Krankheit gegen mich ausspielte. Nein, er wollte mich vernichten. Mir ausgerechnet Phädra wegzunehmen. So als wisse der berühmte Kritiker von meinen geheimsten Träumen und als wolle er mich an meinem wundesten Punkt treffen. Wer »Phädra« spielte, wer sie beherrschte, der regierte das Theater. Auf einmal sah ich es ganz klar: Er wollte mich vom Thron stürzen. Maxime sollte die neue Prinzessin der Tragödie sein. Ein Fieberschub schüttelte mich so, daß Rébecca nach Rose klingeln mußte. Es wurde nach dem Doktor geschickt, der mir ein Beruhigungsmittel gab.

Erst am nächsten Morgen war ich wieder in der Lage,

einen klaren Gedanken zu fassen. Rose brachte mir Fencheltee ans Bett, sie war besorgt um mich, hatte jedoch kein Lächeln.

»Sie hätten das Kind nicht ausfragen dürfen«, sagte sie mit verkniffenen Lippen. »Ihr Vater hat es an ihr ausgelassen!«

Rébec! Ich war in die Nervenkrise geflüchtet. Und sie hatte für ihre Liebe zu mir bezahlen müssen.

»Trotzdem – ich mußte es tun, Rose. Es geht ums Theater. Ihr hättet es mir nicht verschweigen dürfen. Das hier ist kein Spiel. Ich werde kämpfen müssen!«

»Sie müssen immer müssen. Wäre viel besser, Sie würden sich endlich schonen. Man darf keinen Raubbau am Leben treiben, dem einzigen, das Gott uns geschenkt hat.«

Ich nippte am Tee, während ich die Strafpredigt weitgehend überhörte. »Du mußt ein neues Kleid haben, Rose. Du wirst mich begleiten.«

»Wieso und wann?« stammelte sie.

»›Phädra‹, 17. September. Ich werde hingehen. Schon, um meinen Stolz zu wahren.« Ich dachte an Mamans Satz aus den alten Zeiten: Der Stolz der Prinzessin ist ihre Zierde. »Ich muß Haltung beweisen. Soll ganz Paris sehen, daß ich Maximes Anblick ertragen kann.«

»Aber es wird Sie aufregen!«

Ich richtete mich aus den Kissen auf und starrte Rose so entschlossen an, daß sie einen halben Schritt zurückwich. »Tout ou rien.«

Am Abend des 17. September zog ich mich sehr sorgfältig an. Ein ganz elfenbeinfarbenes Kleid aus Seidenmusselin, das mit dem runden Ausschnitt und den weiten Ärmeln meine Figur etwas weicher aussehen ließ. Mein Haar ließ ich im Empire-Stil frisieren, ich wollte aussehen wie eine Königin im Exil. Als ich, gefolgt von meiner treuen Rose, die Loge betrat, ging ein leises Raunen durch das Publikum. Der Saal war voll, die Wiederaufführung der »Phädra« eine Sensation, und nun war auch noch die gestürzte Prinzessin gekommen, um sich die Inthronisierung der Feindin anzusehen. Im schummrigen Licht der Gaslampen spürte ich mehr die Lorgnons, die sich auf mich richteten, als daß ich sie sah. Absichtlich war ich spät gekommen und beabsichtigte auch früher zu gehen, um unerwünschten Fragen auszuweichen. Dann erschien Maxime auf der Bühne. Jedes Wort, jeder Schrei, den sie ausstieß, war wie eine Wunde für mich. Falsche Töne, falsche Worte – sie blieb blaß. Doch was mich hätte trösten sollen, schmerzte mich. Sie verhunzte das Meisterstück. Nichts war zu spüren von der Rage einer Mutter, die den eigenen Sohn liebt – und vernichtet. Ich sah, wie Phädra wirklich war, und ich sah auch, daß Maxime es nicht begriffen hatte, obschon sie doch zehn Jahre älter war als ich. Mit unbewegtem Gesicht beobachtete ich jede Regung Maximes, und wenn das Publikum mich dabei beobachtete, war es mir recht. Wir verließen meine Loge, bevor der Applaus losbranden würde, mit dem natürlich doch zu rechnen war. Wenigstens diesen Schmerz wollte ich mir ersparen.

»No, wie war es?« fragte mein Vater, der in der Bibliothek von Montmorency auf uns gewartet hatte und mit langen Schritten nervös den großen Raum durchmaß. Es rührte mich und zeigte, daß er die Gefahr dieser Situation durchaus begriff.

»Mittelmäßig.« Ich winkte ab. »Maxime versteht die Phädra nicht.«

Am nächsten Montag erschien Janins Kritik. Ich wollte nicht glauben, was ich da las. »Mademoiselle Maxime hat triumphiert«, log Janin. »Ihr Gesicht ist voller Energie, ihr Blick voller Leben. Sie hat eine feine Stimme, die von keiner Erschöpfung beeinträchtigt wird, sie kann weinen, sie hat einfache und natürliche Gesten. Sie spielt nicht mit den Versen Racines wie ein Kind mit seinem Reifen; sie versucht nicht die ganze Tragödie auf sich allein zu konzentrieren und den Schauspieler, der mit ihr spielt, ganz von der Gunst des Publikums auszuschließen – von dieser Gunst, die seine Sonne ist. Im Gegenteil, sie hört zu, sie unterstützt die

Anstrengungen der anderen. Endlich haben wir eine Phädra gefunden. Gehen Sie, und schauen Sie sie an: gehen Sie, und applaudieren Sie ihr; gehen Sie, und verteidigen Sie sie. Sie ist allein, ohne Unterstützung, ohne Hofstaat, ohne Protektion, nur ihren eigenen, echten Instinkten überlassen.«

Mir wurde übel. Jeder Satz war eine Lüge, eine Beleidigung. Was hatte ich getan, um das zu verdienen? Woher kam der Haß im Geiste dieses Mannes? Diese Worte waren Gift für mich. Ich fühlte mich gelähmt, wollte nie wieder auftreten, wollte auf den Ruhm, auf Joinville, auf alles verzichten. Warum tat er das? Müde und geschwächt, war ich ein leichtes Opfer. Die kalte Hand der Vorahnung. Man würde mich vernichten, wenn ich mich jetzt dem Selbstmitleid überließ.

Ich wußte, daß ich kämpfen mußte.

Am Abend des 30. September war die erste Vorstellung dieser Saison. Im Theater wurde ich kalt begrüßt, was mich zwar immer noch schmerzte, aber nicht mehr wunderte. All meine Neider würden froh sein, wenn Maxime sich gegen mich durchsetzte. Doch ich hatte auch mächtige Unterstützer. In meiner Garderobe empfing mich ein Strauß gelber Rosen von Docteur Véron. Und eine schlichte Karte mit jener kühnen, schwungvollen Schrift:

»Die Garde stirbt, aber sie ergibt sich nicht. J.«

Joinville! Ich preßte die Karte an mein Herz. Er mußte von dem Drama hinter den Kulissen erfahren haben und hatte an mich gedacht! Aber wie nur? Für einen kurzen, unvernünftigen Augenblick wollte ich glauben, daß er in Paris war und im Theater saß. Dann erklärte mir Rose, die Karte sei von einem jungen Lakaien in königlicher Uniform überbracht worden. Ein Blick in den Spiegel, und ich konnte zusehen, wie der Glanz aus meinen Augen schwand. Ich straffte mich, hob das Kinn. Nun, in dieser Stunde ging es nicht um die Liebe. Meine Laufbahn stand auf dem Spiel.

Der Gong ertönte, der Saal war voll. Doch Paris wollte mich nicht willkommen heißen. Natürlich gab es Beifall, von den billigen Plätzen im Paradis, von meinen Freunden aus dem Marais. Aber die feine Gesellschaft blieb stumm. Jemand mußte selbst die Claque bestochen haben. Die Atmosphäre war so eisig, daß es beinahe mit Händen zu greifen war. Was ich auch tat, es schien nicht zu gefallen. Die Gunst des Publikums blieb aus. Im letzten Akt legte ich meine ganze Verletztheit in den Seelenschmerz der Camille, und nun endlich konnten sie nicht gegen ihr eigenes Urteil handeln. Es gab Applaus, doch niemand warf Blumen oder Bukette auf die Bühne. Während ich erschöpft um Luft rang, leerte sich der Saal rasch, und vor meiner Garderobe tauchten nur die engsten Freunde auf.

Der Marquis de Custine strich mir übers Haar. »Nimm's nicht so schwer, ma petite. Die Pariser wollen dich bestrafen, weil du so lange in London geblieben ist. Paris ist eine untreue, eifersüchtige Geliebte.«

Mit Entsetzen hörte ich in den nächsten Tagen, daß Maxime vor einem vollen Saal spielte. Nie, so prahlte Buloz, waren die Einnahmen des Théâtre français so hoch gewesen. Da sehe man, was Konkurrenz bewirken könne. Auch in der Kunst regierten eben die Gesetze der Börse. Abscheulich, dachte ich, widerwärtig!

Aber es gab nichts, was ich dagegen sagen konnte. Man hätte es nur gegen mich ausgelegt. Auch Janin beteiligte sich nach wie vor an dem zynischen Spiel: Er gratulierte der Comédie, daß sie nunmehr zwei »grandes tragédiennes« im Repertoire habe.

Bis Mitte Oktober gelang es mir, gestützt von Samson, Véron, Custine und den Girardins, die Lage mit Fassung zu betrachten. Aber innerlich zerfraß mich fast die Wut, daß man Maxime erlaubte, die gewaltige »Phädra« auf der Bühne zu einem zahmen Lamm zu machen – und man sie für diese schändliche Leistung sogar noch würdigte.

Eines Abend fiel mir ein, wer helfen könnte: Mademoiselle Mars, meine alte Gönnerin, der ich im Grunde alles zu verdanken hatte. Wäre sie bei der Aufnahmeprüfung nicht für mich in die Bresche gesprungen, wäre ich nun womöglich eine jüdische Hausfrau mit koscherer Küche. Noch in derselben Nacht griff ich zu Papier und Feder, und während das Mondlicht durch die geöffneten Fenster flutete und die kühle Nachtluft in mein Zimmer strömte, übersandte ich ihr ein paar fiebrige, bittende Zeilen.

Auf die Antwort mußte ich nicht lange warten.

Mademoiselle Mars, die schöne, die gefeierte, wohnte in einem ziemlich schlichten Haus am Montmartre. Die Kutschen und Reiter drängten sich am Fuß des Hügels, der ganz Paris überragte. Mir gefiel diese Gegend, die vor Leben sprühte und wegen der herrlichen Ausblicke immer mehr Künstler anlockte. Man sagte, daß selbst Delacroix käme, um mit diesen jungen Genies zu debattieren.

Schon im Entree zur Wohnung der großen Künstlerin umfing uns der Duft nach Croissants und frischem Kaffee. Mademoiselle Mars sah viel jünger und frischer aus, als ich sie in Erinnerung hatte. Um ihre Augen spielten Lachfalten, als ich ihr ein kleines Kompliment machte. Sie führte uns in ihren Salon mit den zierlichen Sofas und den Seidentapeten an den Wänden.

»Diese Streitereien an der Comédie sind ermüdend. Kaum hat man Erfolg, bringt es Neider. Kaum hat man keinen Erfolg, wird man entlassen.«

Sie bemerkte, daß ich etwas geniert auf das feine Damasttischtuch blickte. Natürlich war ich es gewesen, die sie von der Bühne verdrängt hatte, wenn man ehrlich war. Ich – und ihr Alter.

»Sie haben mir nichts weggenommen, Mademoiselle Rachel. Es wäre ohnehin längst an der Zeit gewesen. Die Natur meint es nicht gut mit uns Frauen.« Sie lachte mit einer Spur von Bitterkeit.

Bevor ich meinen Mund halten konnte, rutschte es mir heraus: »Gott zählt die Tränen der Frauen.«

»Eh, comment?«

Ich lächelte verlegen. Wie sollte ich erklären, daß dies ein Wort aus der Kabbala war, die Papa in den Jahren unserer Wanderschaft mit so viel Ingrimm studiert hatte. Mademoiselle Mars würde es doch nicht verstehen können, so fremd war ihr unsere Welt.

»Nun, meine Liebe, ich habe mir jedenfalls angesehen, wie Mademoiselle Maxime spielt, und ich habe außerdem über Ihr Problem nachgedacht. Sie müssen es im Kern lösen. Stellen Sie sich dem Kampf.«

Nun war ich es, die verwirrt blickte. »Kampf?«

»Es sind doch nur Scheingefechte, die Sie sich in all diesen Wochen liefern. Maxime tritt auf, man klatscht. Rachel tritt auf, man klatscht. Nein, nein!« Etwas vom Pathos der Tragödin war plötzlich im Verhalten der freundlichen alten Dame zu spüren. »Sie dürfen Ihre Zeit nicht mit Pyrrhussiegen vergeuden. Sie müssen hinein in die Schlacht. Mit erhobenem Kopf und Stolz im Herzen.«

Fast, daß mein großes Vorbild sich wie meine Mutter anhörte, aber ich konnte Maxime doch schlecht zum Duell fordern.

»Sie müssen gemeinsam auftreten, und dann soll das Publikum entscheiden, wem der Sieg gebührt.«

Wider Willen mußte ich lächeln.

»Ich habe mir auch überlegt, welches Stück wir wählen. Sie müssen ›Maria Stuart‹ nehmen. Sie spielen die Rolle der duldenden schottischen Königin. Und Maxime ist die harte, böse Elisabeth.«

Einen Augenblick mußte ich den Gedanken auf mich wirken lassen, bevor ich das Geniale daran begriff. Natürlich, das war die Lösung! Maxime würde gezwungen sein, all ihr Temperament in die Rolle der hartherzigen Königin zu legen. Ich dagegen, ruhig und leidend, würde mich als Opfer in die Herzen des Volkes spielen.

Ich sprang auf und küßte die Hand von Mademoiselle Mars. Ein kleines gelbes Feuer sah ich in ihren Augen tanzen.

»Wenn Sie noch Fragen haben, mein Kind, dürfen Sie gern wieder bei einer einsamen alten Frau hereinschauen. Wenden Sie sich an Samson, er wird das Duell der Königinnen durchsetzen.«

In der Verwaltungsetage hatte man nichts gegen den Plan einzuwenden. Der Kampf der Königinnen würde enorme Einnahmen bringen. Auch Maxime, der ihr neuer Glanz schon sehr zu Kopf gestiegen war, willigte gern ein. Die Schändliche glaubte anscheinend, sie hätte nichts von der armen alten Rachel zu befürchten.

Ich versicherte mich der Unterstützung von Madame Récamier, die sofort versprach, ins Theater zu kommen. Ihr Applaus würde helfen, das Faubourg auf meine Seite zu ziehen. Meinem Vater rang ich nach einem langen heftigen Disput eine große Summe ab, mit der ich die Claque für mich gewinnen konnte, und Docteur Véron setzte weitere Trinkgelder aus.

In den Tagen vor dem großen Drama auf der Bühne unterzog ich mich der Mühe, jede einzelne Dame und jeden Herrn, denen ich je begegnet war, auf Büttenpapier ins Theater zu bitten. Unnötig zu sagen, daß Raphael und Michel Lévy und ihr ganzer Cheder an jede Tür im Marais klopften, um den letzten Schlappenflicker für meine Sache zu mobilisieren. Sarah, die am Conservatoire de Musique in Gnaden wieder aufgenommen war, versprach, ihren ganzen Troß junger Verehrer mitzubringen. Baron Rothschild ließ mir bestellen, er werde eine ganze Abendgesellschaft einladen, ich solle mir keine Sorgen machen, und notfalls kaufe er mir einfach das Theater. Aufgeregt brach ich über seine Karte in nervöses Gelächter aus. Denn ich war weit davon entfernt, sehr ruhig zu sein, auch wenn Samson und Mademoiselle Mars mich mit vereinten Kräften beruhigten. Unablässig dachte ich an den Kampf, dem wir uns stellen mußten. Traf Maxime dieselben Vorbereitungen wie ich? Oder ließ ihr Hochmut sie leichtsinnig werden?

In der Nacht vor der Schlacht kroch die kleine Rébecca zu mir ins Bett, obwohl ich mit Schüttelfrost zu kämpfen hatte. Ihr warmer Körper beruhigte mich, und sie streichelte mein Haar.

»Du schaffst es, Elisa, ich glaub an dich!«

»Dein Wort in Gottes Ohr.«

Denn wenn ich verlor – nicht auszudenken. Unser Kampf würde mindestens so erbittert sein wie der Kampf der Königinnen. Für jeden stand alles auf dem Spiel. Maxime das Feld zu überlassen würde für mich den Sturz in die Mittelmäßigkeit bedeuten und für meine Familie den Abstieg. Aber ich mußte mich zwingen, diesen Gedanken auszublenden. Unter dem beruhigenden Geflüster meiner kleinen Schwester schlief ich irgendwann ein. Viel später sollte sie mir einmal erzählen, die ganze Nacht hätte ich mich im Bett gewälzt, nach unsichtbaren Gegnern geschlagen und immer wieder geflüstert: »Tout ou rien.«

Am Morgen des 19. Oktober erwachte ich vollkommen ruhig und kühl. Ich hatte es geschafft, den Haß und die Verletzung in mir einzudämmen. Gefaßt traf ich die üblichen Vorbereitungen, dann begab ich mich zur Rue Richelieu, wo tout Paris sich um Karten schlug. Kurz bevor der letzte Gong ertönte, war ich schon auf der Bühne, um Maxime zuvorzukommen, die ganz strahlend und selbstgewiß war. Ich ging zum Guckloch im Vorhang; meine Augen suchten ihn. Joinville. Ich bemerkte eine Gestalt in der königlichen Loge. Doch erst als die Gestalt ihre Hand hob, erkannte ich ihn. Er war gekommen, um meinen Kampf mitanzusehen. Bei meinem ersten Auftritt auf der Bühne riskierte ich einen schnellen Blick zu ihm hin, und mir war, als ob er dort im Dunkel die Hand an die Stirn hob und salutierte.

Wie soll ich beschreiben, was danach geschah?

Jedesmal, wenn Maxime auf der Bühne erschien, quittierten meine Freunde im Publikum es mit eisigem Schweigen. Ihre Freunde – weitaus spärlicher vertreten – zahlten es mir heim.

Als wir den entscheidenden dritten Akt erreichten, lastete eine tödliche Stille über dem Haus. Maxime mußte gespürt haben, wie meine Kräfte wuchsen. Denn ihr Spiel geriet außer Kontrolle. Ihre Elisabeth war nicht nur kaltherzig, sie war ein Scheusal. Sinnlose Wut, die sie mir entgegenschleuderte. Haßerfüllte Worte, die ihre eigene Bitterkeit verrieten.

Als Maria Stuart stand ich ganz still und ließ die Tirade über mich ergehen, den Kopf gesenkt, die Arme vor der Brust verschränkt und ohne Maxime auch nur eine Sekunde aus den Augen zu lassen. Sie hatte Angst vor meinem Blick, das spürte ich. Meine Kraft wuchs; der Zorn, die Traurigkeit der letzten Tage, das alles sammelte ich in mir wie in einer Tigerin kurz vor dem Sprung. Dabei war ich gleichzeitig ganz ruhig. Als Maxime verstummte, wartete ich einen Moment, um für das Publikum die richtige Spannung zu schaffen. Dann hämmerte ich mit kalter Wut meine Tirade gegen sie heraus. Vehement, mit einer Stimme, der ich selbst diese Kraft nicht zugetraut hätte; es war, als ob ein Dämon von mir Besitz ergriffen hätte. Maxime war erschreckt, sie wich zurück, vergaß ihre Rolle und starrte mich aus entsetzten Augen an.

»Das war nicht mehr die Königin von England, die gegen Maria Stuart kämpft«, las ganz Paris am nächsten Montag bei Janin. »Das war die Anfängerin des Théâtre français, die es wagt, der Sociétaire zu widerstehen, der Königin des Theaters. Ich versichere Ihnen, es war ein großes und schönes Spektakel, das mit anzusehen. Daß Mlle Maxime ausgelöscht wurde, war vorherzusehen. Mlle Rachel ist in einem solchen Maß in diesem Duell über sich selbst hinausgewachsen, daß nichts gerechter ist als ihr Sieg.«

Wir tranken Champagner und tanzten die halbe Nacht. Doch der schönste Moment war der kleine Moment Ewigkeit, als Joinville mir gratulierte, als unsere Gläser und Blicke sich berührten und alles Versprechen der Welt darin lag.

Leise sagte er: »Du verstehst zu siegen. Auch über mich!«

Dann kam der nächste Verehrer, mein Prinz wurde fortgerissen. Ich blickte in die blaßblauen Augen des Grafen Walewski, des Sohns Napoleons, der auf einmal vor mir auftauchte und mir übertrieben förmlich die Hand küßte, so daß die Orden an seiner Brust klirrten und klimperten.

»Ich wußte ja, Mademoiselle, wir würden uns wiedersehen.«

»Kein Kunststück, wenn Sie ins Theater kommen.«

»Ich liebe diesen kühlen Blick«, sagte Walewski. »Diese kühlen Frauen.«

»Monsieur, Sie erdreisten sich.« Vergeblich hielt ich nach meinem Prinzen Ausschau.

Schließlich war es mein Vater, der mich von meinem unerwünschten Verehrer Walewski erlöste. Mit fanatischem Blick stürzte er sich auf Napoleons Erben und zog ihn mit sich. Zu mir kam Rose und erzählte besorgt, daß Maman allein in meiner dunklen Garderobe saß und weinte – was ihre Art war, Glück zu zeigen.

Maxime tut mir noch heute leid. Nach dem Duell hieß sie nur noch »die unglückliche Maxime« und wurde bald vergessen. Später habe ich erfahren, daß sie ein Hotel in Paris führt. Sie ist das Opfer meiner Neider gewesen. Jules Janin hat mit ihr gespielt.

## 24

Auf einen schönen Herbst folgt ein kalter Winter: Im November 1841 zogen südliche Winde auf, das Barometer fiel. Dann fing es an zu schneien. Ich saß in der Bibliothek von Montmorency, streckte die Füße vors Kaminfeuer und sah zu, wie unser Garten sich in eine Winterlandschaft verwandelte. Es schneite Stunde um Stunde, pudrige Flocken, die bald die Buchsbaumhecken und unseren Springbrunnen und auch die Büste des großen Talma mit einer weißen Haube bedeckten. Rose kleidete Raphael und Rébec in ihre neuen Mäntel aus Kaninchenfell, und ich freute mich daran, wie sie durch den Schnee tollten. Was für ein Luxus, wenn man sich am Schnee freuen kann! Und wie fürchtet man ihn, wenn man zu arm ist, um sich warm zu kleiden.

Es schneite vier Tage ohne Unterlaß. Die Vorstellungen am Théâtre français wurden abgesetzt, weil Paris in den Schneemassen fast erstickte. Wie Custine uns berichtete, blieben die Droschken stecken, die Fußgänger versanken bis an die Hüften im Schnee. Ich nutzte die unverhoffte Ruhepause und träumte von Joinville, dessen Gesicht ich im Kaminfeuer tanzen sah.

Gegen Mittag des fünften Tages klopfte Rose an die Tür und rief mich nach unten. Mein Vater, der in seinem Pelz wie ein russischer Grundbesitzer aussah, stand mit roten Wangen in der Halle, unter seinen schweren Stiefeln bildete sich langsam ein kleiner See.

»Zieht euch an, Rachel, Rose. Eine Überraschung.«

Ich setzte die hübsche russische Pelzmütze auf, die mich etwas größer machte. Dazu trug ich eine wunderschöne Nerzjacke, die Madame la Baronne de Rothschild mir überlassen hatte. Rose brachte mir meinen Muff, und wir traten auf die Freitreppe hinaus. Die Mittagssonne brachte den Schnee zum Glänzen und Glitzern. Wir hörten es schnalzen, eine Peitsche knallte.

»Hola«, rief mein Vater und zügelte den Grauen. Die Kufen eines weißen Schlittens knirschten im Schnee. »Einsteigen! No, was sagt ihr jetzt? Ein eigener Schlitten! Das ist doch was?«

Was für ein Spaß! Die kalte Luft schnitt uns in die Gesichter, während wir uns in Felldecken kuschelten und durch den Schnee jagten. Die Dorfbewohner winkten und lachten, als wir an ihnen vorübersausten. Bei der Heimkehr erwartete uns Maman mit heißem Punsch und Plätzchen. Endlich einmal wieder war die Familie glücklich vereint.

Nach drei Nächten des Frosts beschlossen Sarah, Maman und ich, mit dem Schlitten in unsere Stadtwohnung zurückzukehren. Es gab ein Naturspektakel. Die Seine war zugefroren. Ein unvorsichtiger Eisläufer brach ein und ertrank, aber dann wurde das Eis zum Betreten freigegeben. Geschäftstüchtige Händler und schlaue Studenten bauten ihre Bretterbuden auf.

»Das hätten wir vor Jahren auch gemacht«, seufzte Maman fast ein bißchen wehmütig. Ich hatte den Eindruck, sie hätte am liebsten selbst einen kleinen Stand eröffnet und Punsch oder Ratafia verkauft. Halb Paris war auf den Beinen. Die Seine betreten – eine Sensation. Sarah und ich putzten uns heraus, sie in einer blau schimmernden Fuchsstola, ich in meinem Rothschild-Nerz, und dann stürzten wir uns unter Mamans argwöhnischen Blicken in das Vergnügen. Ein alter Musiker aus dem Marais, Monsieur Schmucke, hatte ein Orchester mit Studenten gebildet, das er mit rotgefrorenen Händen dirigierte. Sarah und ich beschrieben zu den Klängen einer Mazurka unsere Kreise auf dem Eis, bewundert, belächelt und beklatscht. Unsere Verehrer, junge Herren aus dem Jockey-Club, johlten. Unter ihnen entdeckte ich den Grafen Walewski, den sein russischer Reitmantel verwirrend gut kleidete. Er folgte jeder meiner Bewegungen mit den Augen, drängte sich dann zu meiner Mutter vor und gab ihr einen Punsch nach dem anderen aus. Bald waren ihre Wangen nicht nur rot von der Kälte. Das machte mir Walewski noch unsympathischer, als er mir ohnehin schon war.

Der Himmel über Paris glänzte in der Kälte rosa, der Turm von Notre-Dame stach hinein wie ein Finger mit Glacéhandschuh. Meine Stadt in ihrer ganzen Pracht und Weite dehnte sich vor mir aus. In einem Moment fast irrsinniger Freude und Dankbarkeit schloß ich im Lauf die Augen, breitete die Hände zum Himmel aus und drehte eine Pirouette.

»Bravo, Mademoiselle!«

Ich hörte den Ruf, die Welt drehte sich um mich, mein Herz raste. Joinville? Es dauerte einen Augenblick, bis ich zum Stehen kam.

»Königliche Hoheit!« Ich war mir der Zuschauer und ihrer Neugier wohl bewußt und versank in einem tiefen Hofknicks. Als ich aufblickte, sah ich den spöttischen Schimmer in Joinvilles Augen.

»Die Pirouette hat mir besser gefallen. Ich bitte Sie, Mademoiselle, stehen Sie auf.«

Natürlich beeilte er sich, mir aufzuhelfen. Galanterie, die uns eine Berührung schenkte. Seine beiden Hände glitten an meinen beiden Armen hinunter, und ich brachte die nötige Unbeholfenheit auf und stolperte, damit er mich auffangen konnte. Ein winziger, wunderbarer Moment, in dem ich mich an seinen Körper drängte, dann mußte ich verwirrt lächeln, denn niemand durfte es bemerken.

»Désolé, mon Prince.«

»Es war mir ein Vergnügen.« Dieser Satz, laut gesprochen, klang ganz comme il faut, aber ich las in seinen Augen, wie er es wirklich meinte. Unsere Blicke trafen sich, und wieder kamen sich unsere Seelen ganz nah.

»Au revoir.« Er salutierte militärisch und kehrte zu seinen Freunden zurück, zu denen auch der widerwärtige Walewski zählte. Der Sohn Napoleons fing meinen Blick auf, während ich Joinville sehnsüchtig nachsah, und ich wußte, daß er alles bemerkt hatte. Ironisch hob Walewski eine Augenbraue, deutete eine leichte Verbeugung an und wandte sich zum Gehen. Die Herren würden nun einen Cognac trinken und sich dann anderweitig amüsieren, an Orten, die eine Dame, die ich ja mittlerweile war, besser nicht kannte.

Viele Wochen sah ich Joinville nicht wieder. Das Weihnachtsfest mit seinen vielen königlichen Verpflichtungen ging vorbei, Neujahr, das der Prinz bei einer Tante verbrachte. Ich lenkte mich mit ernstem Studium ab. Dabei geriet ich in immer heftigeren Streit mit meiner Familie. Mein Vater begann den Grundbesitzer zu spielen und legte sich mondäne Neigungen zu.

»Glaubst du, daß Papa eine Mätresse hat?« fragte Sarah.

Ich wußte es nicht, aber ich hörte oft, wie Maman weinte. Alle im Haushalt wußten, daß mein Vater häufig sehr spät in der Nacht zurückkehrte und dann auf einem Sofa in der Bibliothek schlief, statt zu Maman zu gehen.

»Früher hätte ich gewünscht, daß er die Finger von mir läßt«, brach es eines Abends aus ihr heraus. »Jetzt rührt er mich nicht mehr an.«

Maman war dick geworden, sie trank zuviel, weinte zuviel und hatte niemals gelernt, richtig französisch zu sprechen. Wenn sie Papa beschimpfte, war es immer auf jiddisch, was ihn anwiderte. Für ihn war die Vergangenheit ein abgeschlossenes Kapitel, an das er sich ungern erinnerte. Sie hingegen hatte die Vergangenheit zum großen Glück verklärt.

»Früher mußten wir nur gegen die Armut kämpfen«, seufzte sie oft. »Damit bin ich fertig geworden, hört ihr? Ich sage euch was: Das Geld hat uns Unglück gebracht. Jetzt haben wir Probleme, gegen die ich nichts machen kann.«

Ich selbst hätte allerdings gern ein wenig mehr Geld gehabt.

Von all den Einnahmen sah ich am wenigsten. Dreihundert Francs monatlich gewährte mir Papa, der mein Vermögen verwalten durfte, bis ich volljährig sein würde. Von diesen dreihundert Francs mußte ich meine Garderobe, meine Bücher, meinen Unterricht und sogar meine teuren Kostüme für das Theater bezahlen. Unmöglich, damit auszukommen. Wären da nicht Véron und die Rothschilds und Custine gewesen, dann wäre Frankreichs berühmteste Schauspielerin im Jutesack aufgetreten. Immer öfter stritt ich mit Papa darüber, immer heftiger wurden die Szenen, und in der Regel endeten sie damit, daß er wütend aus dem Haus stürmte.

»Du machst uns unglücklich!« Maman brach in Tränen aus. »Du machst Streit – und er nimmt es zum Vorwand, sich fortzuschleichen.«

Womöglich stimmte das, doch ich konnte nicht länger schweigen. Ich setzte meine ganze Kraft und selbst meine

Gesundheit aufs Spiel, um die Familie zu ernähren und die Ausbildung meiner Geschwister zu bezahlen – aber wenn ich einmal Probleme hatte, bekam ich immer die gleiche Antwort zu hören:

»Hilf dir selbst, dann hilft dir Gott.«

Diesen Satz wollte ich nur zu bald gegen sie verwenden. Unter Vermittlung meiner guten Rose hatte Docteur Véron einen jungen Anwalt aufgetrieben, der sich in aller Stille nach einer Wohnung für mich umsah und Kontrakte aufsetzte, die mein Verhältnis zu den Eltern in angemessener Weise regeln würden. Dann würde mein Vater seine verschwenderischen Ausflüge einschränken müssen. Nur Maman tat mir leid, die von einer neuen, großen Wohnung in bester Lage für uns alle schwärmte.

Anfang Januar wurde ich in den goldenen Palast der Rothschilds eingeladen, die als treue Freunde in guten und in schlechten Tagen immer zu mir gehalten haben: James de Rothschild und ich sprachen dieselbe Sprache, und dem großen Finanzier machte es Freude, sich mit mir oder auch dem alten Harry Heine über die Börse oder auch den Umgang mit Bittstellern zu beraten. Rothschilds sarkastischer und intelligenter Humor sollte mir mit der Zeit so ans Herz wachsen, daß ich richtig eifersüchtig war auf seine Freundschaft zu unserem Landsmann Heine, der einmal äußerte, sein Umgang mit Rothschild sei ganz famillionär.

Ich muß zugeben, daß diese Pointe meinem eifersüchtigen Gemüt einen Stich versetzte: Rothschild selbst war so in sie verliebt, daß er sie als Witz auf jeder Abendgesellschaft gefragt oder ungefragt zitierte. Warum nur stammte die Pointe nicht von mir? Ich liebte Rothschild, diesen kleinen Mann mit dem großen Geist und Herzen, und ich freute mich, wenn es mir gelang, ihn zum Lachen zu bringen.

Am 31. Januar 1842 sollte ein Ball im Haus des Grafen von Molé stattfinden. Seit Tagen lag die goldgeränderte Einladung auf meinem Bett, und jedesmal, wenn ich sie zur

Hand nahm, vergaß ich das Theater und verlor ich mich in meinen Träumen. Eine kurze, handschriftliche Notiz auf dem Büttenpapier kündigte an, es würden Mitglieder der königlichen Familie zugegen sein.

Damit konnte nur Joinville gemeint sein!

Nächtelang lag ich wach und brütete über der Frage, was ich anziehen sollte. Schließlich, in einer Vollmondnacht um halb drei, wußte ich die Antwort: das schlichte weiße Kleid, das ich bei unserer ersten Begegnung getragen hatte.

Das Palais des Grafen war ein einziger Lichterglanz. Die Kaleschen drängten sich vor dem Eingang, und über einen roten Teppich schritten plaudernd und gutgelaunt die Gäste. Sarah begleitete mich als Anstandsdame, weil meine Mutter in einen Zustand der Depression verfallen war, der sich mit Hysterie abwechselte. Sarah strahlte und nickte nach allen Seiten, als wäre sie die Königin des Abends und ich ihre Chaperone. Mir lag nichts daran. All diese Grafen und Herzöge mit ihren glatten Gesichtern und schlüpfrigen Komplimenten langweilten mich, besonders der aufdringliche Walewski, dieser selbsternannte Salonlöwe. Mit ironischer Höflichkeit hörte ich mir seine Bemerkungen an, doch meine Augen suchten nur Joinville.

Der Winterball war ein Frühlingstraum: Die Damen wiegten sich in duftigen Kleidern aus Seidenmusselin, die mit Maiblüten bestickt waren; junge Mädchen, so zart und feingliedrig wie Frühlingsblüten, wiegten sich im Takt der neuesten Strauß-Walzer, die zu tanzen ihnen noch verboten war. Der Feinkosthändler Chevet hatte die silbernen Platten mit Delikatessen geliefert: Platten in der Form von Fischen, die mit den köstlichsten Speisen gefüllt waren. Es gab erlesenen Bordeaux und Kübel voll eisgekühltem Champagner, der an der Zunge perlte. Am gewaltigsten aber war das Dessert, das Berthellemont geliefert und im großen Festsaal ausgestellt hatte: eine Phantasie aus Meringen, Zuckerguß und flambiertem Eis, die das Taj Mahal darstellte. Was für ein Luxus, was für eine Verschwendung! Und das, während die Kohlenträger, Wasserverkäufer und Botenjungen von Paris zur selben Zeit in ihren naßkalten Mansarden froren und hungerten.

Mir stiegen Tränen in die Augen, während ich das Kunstwerk aus Süßwaren betrachtete und an den Hunger meiner Kindheit dachte. Was für ein grausames Gesetz, das die Welt regierte! Eine Hand legte sich auf meine Schulter, warm, sanft, vertraut.

»So eine schöne Frau«, sagte eine Stimme, auf die ich den ganzen Abend gewartet hatte. Der Prinz war tatsächlich gekommen. »Und so traurige Gedanken. Woran denken Sie, Mademoiselle?«

Ich drehte mich um, blickte in seine Augen, und obwohl ich es aufhalten wollte, breitete sich dieses alberne Grinsen in meinen Zügen aus. Nichts fiel mir ein, was ich Joinville hätte sagen können, nichts, das nicht mindestens so albern gewesen wäre wie dieser aufreizende Ausdruck in meinem Gesicht, den ich nicht kontrollieren konnte.

»Rachel!« flüsterte er. »Ich habe dich vermißt.«

»Ich vermisse Sie immer!«

»Warum bist du nicht aufgetreten? Ich war seit Tagen in Paris, um dich zu sehen.«

»Ich war krank, aber jetzt bin ich es nicht mehr. Jetzt bin ich gesund.« Ich strahlte ihn an und kam mir wie eine Närrin dabei vor.

»Die Leute«, sagte er leise. »Sie drehen sich um. Wir sehen uns, Rachel!«

»Merci, Monsieur!« Ich versank in einer Verbeugung.

Unsere Blicke trafen sich wieder und wieder. Seine Augen ruhten auf mir, wenn ich mit Verehrern plauderte, wenn Walewski meinen Blick suchte und ich mich vor ihm hinter meinem Fächer versteckte. Joinville berührte mich. Wie zufällig ging er so nah an mir vorbei, daß seine Schulter mich streifte. Als er mir ein Glas Champagner überreichte, traf er dabei ganz zart meine Hand, und wieder ergriff mich dieser Schauer. Er pflückte eine Weintraube von einem Tablett und blickte mir so intensiv in die Augen, als er sie in den Mund schob, daß es mir heiß und kalt über den Rücken lief. Einmal, ein einziges Mal wagte er es, mich vor aller Augen zum Tanz aufzufordern, eine Mazurka, wild, fordernd, ein Tanz, ein Taumel. Schwindlig lehnte ich hinterher an einer Wand und ließ mir ein Glas Champagner bringen. Langsam leerte sich der Saal. Die Herrn zogen sich angetrunken an die Spieltische zurück; Paare standen auf den Balkons, hinter Paravents oder lustwandelten durch die Gärten. Von irgendwo hörte ich Sarahs schrilles Kichern; sie war und blieb ein Unheilsmädchen, diese selbsternannte Anstandsdame. Joinville spielte Whist, stand jedoch ab und zu auf, um auf dem Balkon draußen zu rauchen, ein Laster, dem er in einer solchen Weise verfallen war, daß man im Faubourg darüber Witze machte. Während er gierig am Zigarillo sog, ruhte sein Blick auf mir. Siegessicher, zärtlich und doch mit einem Hauch von Spott.

»Ja, die Liebe«, merkte der Marquis de Custine an, dessen geübtem Blick keine Regung entging. »Nehmen Sie sich in acht, Mademoiselle. Der wilde Seglerprinz ist die begehrteste Trophäe, die das Faubourg derzeit hat. Schauen Sie nur einmal in die hungrigen Augen dieser blassen wohlerzogenen Mädchen. Wer ihnen den Prinzen ausspannt, hat sie für immer zum Feind.«

Bei allem vermeintlichen Anstand waren diese Mädchen auf nichts anderes aus, als eine gute, die beste Partie zu machen. Und wer konnte das sein, wenn nicht Joinville? Sie ärgerten mich. Non, ich war niemals eine von ihnen. Ich konnte nie eine fade höhere Tochter sein, und niemals würde ich ihren Gesetzen folgen! Hochzeit! Stand! Adelstitel! Sie spielten so vornehm, und dabei war ihr ganzes Wesen doch nichts als Berechnung. Welcher Mann brachte wieviel Franc oder Ländereien ein, wer kompensierte was durch welchen Rang. Fratzen des aristokratischen Anstands, hinter denen sich nichts als bourgeoise Kalkulation verbarg. Sie waren auch nicht besser als die Kurtisanen auf der Place de la Bourse – nur, daß sie nicht so ehrlich waren und nicht gezwungen, ihr Fleisch aus Not auf den Markt zu tragen.

Ich konnte mich diesem Spiel nicht länger unterwerfen! Das alles widerte mich an. Nichts als Fassade und Falschheit in den Palästen. Am liebsten hätte ich ihnen allen die Zunge herausgestreckt und ihnen gesagt, wie häßlich sie waren mit dieser hochmütigen Anstrengung um den Mund und den dünnen Hälsen und knochigen Brüsten, die mich an alte, zähe Suppenhühner denken ließen. Viel Gegacker, wenig Eier. Häßlichkeit des Reichtums, für die ich kein Mitleid hatte. Mir war danach, Champagner in die blasierten Visagen der Herzoginnen zu spritzen, und danach, meine Röcke bis über den Bauch zu raffen und einen wilden Tanz aufzuführen und ihnen laut und stolz ins Gesicht zu sagen, was ich von ihnen allen hielt. Pfeif auf Anstand und Moral, die so doppelbödig waren. Oder, wie mein alter Gegenspieler Heine sagte: »Sie predigten Wasser und tranken Wein.«

Ich wußte, daß ich betrunken war. Leichte Übelkeit, leichtes Schweben, die Gesichter, die Mienen – ein ferner Rausch. Joinville saß auf dem Balkon und lächelte. Ich lächelte zurück. Und dann, wie von einem Dibbuk besessen, konnte ich nicht mehr anders. Mitten im Wort ließ ich den Marquis de Custine stehen, dem sein Lächeln im Gesicht erfor. Mir war gleichgültig, was sie von mir dachten. Im Vorüberrauschen sah ich Walewskis eisigen Blick, scharf wie ein Dolch, doch auch er unternahm nichts, um mich aufzuhalten. Joinville saß immer noch regungslos auf dem Balkon, der magischen Grenze, die kein Zurück mehr kannte. Mein Seidenschuh tat nur einen kleinen Schritt: hinaus aus dem Saal, hinaus auf den Balkon. Aber es war ein großer Schritt, hinaus aus der falschen Gesellschaft und hin zu mir selbst. Die Liebe ist das Gesetz, nur die Liebe, und wer in ihrem Namen verliert, kann nur gewinnen.

»Rachel.« Joinville ergriff vor aller Augen meine Hand.

»Bring mich heim!« Ich entzog ihm die Hand, die kalt war und zugleich schwitzte. »Bring mich nach Montmorency!«

»Es wird dich den guten Ruf kosten«, stellte er trocken fest.

»Ich pfeife auf den guten Ruf!« Meine Stimme war zu hoch, zu laut. Wenn er sich weigerte, gab es eben hier den Skandal. Ich wollte bei ihm sein. Ich wollte an diesem Zipfel Leben festhalten, und sei der Preis noch so hoch. »Tout ou rien.«

Eine Gestalt verdunkelte das gleißende Licht der Lüster, das vom Ballsaal die Dunkelheit des Balkons erhellte. Custine.

»Mademoiselle Rachel hat wenig Erfahrung mit dem Alkohol.« Seine Hand umklammerte schmerzhaft meinen Arm. Ich hatte keine Ahnung gehabt, daß sich im Charakter dieses aristokratischen Gönners soviel Festigkeit verbarg. »Wir werden sie nach Hause bringen. Die Duchesse de Berwick begleitet uns«, stellte er fest und suchte dabei Joinvilles Blick. »Wenn Königliche Hoheit darauf bestehen, sind Sie natürlich eingeladen, uns zu begleiten.«

»Schreib mir!« befahl ich Joinville, bevor mein alter Freund mich so grob mit sich fortriß, daß ich einen Schrei unterdrücken mußte. Wieder verfolgten mich die Blicke, aber die Duchesse de Berwick schaffte es, mit majestätischer Miene jeden Ansatz von Getuschel zum Schweigen zu bringen, als sie wie ein großes Kampfschiff mit mir durch den Saal rauschte. Morgen würde man es als einen Schwips deuten, mein Ruf würde etwas ramponiert sein, aber nicht ruiniert. Was man über Sarah nicht sagen konnte! Meine gute Chaperon war mit einem Verehrer verschwunden. Irgendwann im Morgengrauen würde sie nach Hause schleichen, um dann von meinem Vater die üblichen Prügel zu bekommen, die er ihr inzwischen schon mit einer gewissen Routine verabreichte.

»Danke«, sagte ich zu Custine und der Herzogin, als wir

vor den Türen von Montmorency hielten und ich wieder einigermaßen nüchtern war.

»Dafür«, Custine ließ die Peitsche knallen, »sind Freunde da.«

## 25

Am nächsten Morgen erwachte ich ganz aufgeregt. Ich wußte nun, was Liebe bedeuten konnte. Im unbarmherzigen Morgenlicht und mit den Schmerzen, die ein Rausch am nächsten Tag verursacht, hing ich an meiner Entscheidung der Ballnacht fest: Joinville würde mein Mann sein! Und er würde es nicht bereuen. Ich griff nach dem silbernen Handspiegel auf meinem Nachttisch und betrachtete mein Gesicht. Sah ich verändert aus? Ich fand den Ausdruck meiner Augen tiefer, meinen Mund voller. Ja, ich war endlich eine Frau geworden.

Merkwürdigerweise schienen das nicht alle zu bemerken. Als ich den Salon betrat, wo Maman über einer Näharbeit saß und nebenbei mit meinem Vater stritt, der über seinem Rechnungsbuch brütete, sah sie erschrocken auf.

»Meine Güte, Elisa! Du siehst ja aus wie ein Gespenst!«

Papa blickte mich scharf an. »Konntest du nicht besser auf deine Schwester aufpassen?«

Ich blickte auf den Gürtel meines Morgenmantels hinunter, rote Seide mit Quast. Wie gut, daß Papa nichts von den Geschehnissen des Abends wußte. Sonst hätte ich den Ledergürtel zu spüren bekommen.

»Sarah ist erwachsen«, sagte Maman unterkühlt. »Sie muß wissen, was sie tut. Du solltest aufhören, sie erziehen zu wollen, Jacob.«

»Jacques«, blaffte er unwirsch. »Und solange sie in meinem Haus lebt, wird sie sich meinem Gesetz unterwerfen.«

»Es ist mein Haus, Papa!«

Bevor der Sturm losbrechen konnte, eilte ich aus dem

Salon. Ich hätte mir nichts lieber als Ruhe gewünscht, um einmal ungestört zu träumen. Oben klingelte ich heftig nach Rose und bat sie, mir nur ja rasch feste Kleidung zu bringen. Ich würde einen Spaziergang machen und pfiff nach Fido, dem Spaniel, um dem Zorn meines Vaters zu entkommen.

Die schwere, nasse Erde klebte an meinen Stiefeln, aber ich liebte die Welt: den grauen Februarhimmel, die kahlen Äste, die meine Wangen streiften, den Raubvogel, der fern über den Äckern kreiste. Alles schien mich zu umarmen. Ich stemmte mich gegen den Wind, breitete die Arme aus, drehte mich um mich selbst und schlang die Arme um meinen Leib. Fido, der von meinem Verhalten infiziert war, tollte kläffend um mich herum, und ich warf ein Stöckchen für ihn. Der kleine Hund sollte auch glücklich sein.

Zwei Stunden später klopfte ich an die Hintertür unserer Villa. Meine Wangen brannten, und meine Beine schmerzten. Ich fühlte mich fiebrig und müde. Jeannette, die Köchin, ließ mich ein. Inzwischen würde mein Vater sich abgeregt haben. In der Küche brummte ein Kessel über dem riesigen Feuer, es war warm und duftete wunderbar nach Crêpes und eingelegten Äpfeln.

»Tee, Mademoiselle?«

Ich setzte mich an den hölzernen Küchentisch, umfaßte meine Tasse mit beiden Händen und fragte Jeannette: »Warst du schon mal verliebt?«

Ich blickte auf ihren Rücken unter der schwarzen Uniform. Sie rührte in einem großen Napf voller Teig.

»Verliebt? Bien sûr.« Ihre Stimme klang ganz hell, aber dann bekam sie einen traurigen Schimmer. »Robert aus der Normandie. Wir waren uns versprochen, Mademoiselle.«

»Und? Wo ist Robert jetzt?«

Die Hand, die den Kochlöffel rührte, wurde langsamer. »Weit weg, Mademoiselle.«

Dieses Gefühl kannte ich. »Wo ist dieser Robert denn? Wann kommt er wieder?« Nachdenklich betrachtete ich ihre hübsche Figur, die man unter der Uniform kaum wahrnahm. »Wenn er wiederkommt, verläßt du uns dann? Heiratet ihr?«

Jeannette ließ den Kochlöffel sinken und drehte sich langsam zu mir um. Ich sah, daß Tränen in ihren Augen standen.

»Überlegen Sie gut, wem Sie Ihre Liebe schenken, Mademoiselle. Wenn Sie einen Fehler machen, bezahlen Sie Ihr Leben lang dafür.«

»Jeannette! Was ist mit dir!« Ich stand auf und war mit ein paar Schritten bei ihr. Ich umfaßte ihre Hüfte, die sich weich und warm anfühlte. Sie verbarg ihr Gesicht an meiner Schulter und weinte stumm; ich sah nur, wie ihre vielen schwarzen Löckchen bebten. Endlich faßte sie sich.

»Robert ist Tambour gewesen. Schlug die Trommel für Napoleons Armee. So ein hübscher Mann. Ein riesiger Schnurrbart unter der schmucken Kapotte.« Sie lächelte unter Tränen. »Ich war so stolz, wenn er den Männern vorauszog und trommelte. Und dann mußte er in den russischen Krieg. Er ist niemals wiedergekommen. Ach, wären wir uns doch rechtzeitig begegnet!«

Den Rest des Nachmittags verbrachte ich im Bett. Die traurige Geschichte von Robert, dem Tambourin, bedrückte mich; außerdem war keine Post von Joinville gekommen. Aus Sarahs Zimmer drang ein lautes Schluchzen; sie war meinem Vater doch noch in die Arme gelaufen. Im Kamin prasselten und knackten die Birkenscheite, ich blickte in die Flammen und dachte über die verrückte Welt nach, bis ich irgendwann einschlief.

Gegen Abend, als längst schon der Mond auf die alten Bäume schien, klopfte es an meine Zimmertür. Rose brachte mir das Abendessen: kaltes Huhn und dazu ein Glas Weißwein. Sie leistete mir Gesellschaft, während ich aß, und erst als ich den letzten Bissen zu mir genommen hatte, musterte sie mich mit diesem argwöhnischen Gesichtsausdruck, den sie heute manchmal noch hat. Immer dann, wenn ich ihr etwas verheimliche.

»Heute mittag, während Sie spazieren waren, ist ein Bote gekommen. Ich habe niemandem etwas gesagt.« Sie erhob sich, griff in ihre Schürze und legte einen dicken Umschlag auf mein Bett. »Er trägt das königliche Siegel. Ich dachte mir, es wäre besser, wenn Ihr Vater nichts davon weiß.«

Ungläubig blickte ich von ihr zu dem Briefumschlag. Hatte sie alles geahnt? Und also war doch Post gekommen?

»Rose, ach Rose!« jubelte ich los. »Ich freue mich so.«

Sie strich betont sorgfältig ihren schwarzen Rock glatt. »Ich hoffe nur, daß Sie wissen, was Sie tun.«

Während die Tür sich hinter ihr schloß, öffnete ich mit klopfendem Herzen meinen Brief und las. Vermutlich habe ich bei der Lektüre damals drei Meter über dem Boden geschwebt. Es war ein wundervoller Liebesbrief, voller Ungeduld und Sehnsucht. Und er schloß mit den Worten, auf die ich gewartet hatte. Wann wir uns treffen könnten? Und wo?

Ich setzte mich an meinen kleinen Sekretär, stützte das Gesicht in beiden Händen ab und blickte über die vom Mondlicht überflutete Parklandschaft hinaus. Am liebsten hätte ich ihn sofort getroffen. Vielleicht, malte ich mir aus, würde er da draußen hinter einem Baum stehen und mich beobachten. Vielleicht war er irgendwo im Park und starrte sehnsüchtig herauf zu meinem Fenster.

»Ich glaube nicht, daß es gut wäre, Sie kämen hierher. Papa paßt auf mich auf wie ein Luchs. Wir treffen uns besser im Bois de Boulogne. Ich werde behaupten, daß ich Probe habe«, schrieb ich ihm schließlich neben vielen Liebesworten, die mir heute, im Abstand der Jahre, zu peinlich sind, als daß ich sie wiedergeben könnte. »Wir könnten einen Spaziergang machen«, setzte ich hinzu. »Heute noch.«

Rose betrachtete mich mit einem Gleichmut, der deutlicher machte als viele Worte, was sie von der Sache hielt, aber sie nahm meinen Brief und versprach, einen Boten damit zu den Tuilerien zu schicken. Wenn ihr mißfiel, daß ich meinen guten Ruf aufs Spiel setzte, schien sie sich doch damit trösten zu können, daß ich es wenigstens für einen königlichen Prinzen tat. Seine Antwort traf noch am selben Nachmittag ein, als ich in der Bibliothek saß, mit Sarah über die Liebe plauderte und Meringen in mich hineinstopfte, als könnte ich damit den anderen, tieferen Hunger stillen. Möglich, daß Maman eben doch recht hatte: Gegen Kummer ist Essen ein gutes Rezept.

»Joinville?« fragte Sarah mit vollem Mund.

Ich zerriß das Papier und brach das Siegel. »Du willst nicht, daß ich zu Dir komme«, schrieb er in seiner großen Schrift, die über das Papier jagte wie seine Fregatte über das Meer. »Aber im Bois ist es auch ziemlich unbequem, zumal es da so viele Leute gibt, die über uns tuscheln und lachen würden. Kommen Sie zu meinem kleinen Rückzugsort, Rue de Montpensier, wo Sie keine Angst vor dem Mann an der Pforte zu haben brauchen. Er und die Pförtnerin sind mir treuer ergeben, als ich nur in Worte fassen kann.«

In der kleinen Wohnung gab es polierte Mahagonimöbel, dicke Teppiche, in denen meine Füße bei jedem Schritt versanken, einen Kamin, auf dessen Sims zwei Kandelaber brannten, und ein rotes Sofa mit einem Bezug aus Samt.

»Wie hübsch es ist! So eins möchte ich für meine Wohnung haben.«

Ich betastete den weichen Stoff. Joinville lächelte. Ich glaube, mein Entzücken machte ihm Vergnügen, denn in meiner Seele war und blieb ich doch das kleine Straßenmädchen.

Er setzte sich neben mich, so scheu, daß sich unsere Schultern kaum berührten.

»Willst du dir eine Wohnung nehmen?« Er fragte es mit zärtlichem Unterton.

»Es ist noch ein Geheimnis!« Ich sagte es mit dem Stolz der Liebenden, die sich etwas einander anvertrauen. »Ich halte es bei meinen Eltern nicht mehr aus. Immer nur Streit. Immer wollen sie mein Geld. Und keiner fragt nach mir.« Ich sprang auf, ging zum Kamin und drehte mich um, strahlte ihn an. »In vier Wochen bin ich volljährig. Dann kann ich machen, was ich will!«

Er lachte. »Schau nicht so theatralisch! Wie ein trotziger Troll siehst du aus.«

»Du hast auch keine Ahnung, wie es mit den Eltern ist.«

»Weil mein Vater König ist? Unsinn, er ist auch ein Mensch. Ist auch nicht immer leicht gewesen. Verbote, Verbote. Komm her.« Er klopfte mit der flachen Hand auf das Sofa neben sich. »Oder warte! Ich werde uns den kleinen Imbiß holen!«

Kurz darauf kam mein königlicher Diener mit einem Tablett zurück ins Zimmer. Er brachte zierliche Brote, mit Käse und Kräutern belegt, kleine Spieße mit Lachs und Roastbeef und kaltem Huhn, und dazu eine Flasche Champagner in einem mächtigen silbernen Kühler, auf dem das Wappen des Hauses Orléans prangte. Der Champagner war so kalt, daß mein Kelch beschlug. Schaum perlte auf, und ein paar Tropfen spritzten in den Ausschnitt meines Kleides aus schimmernder, meergrüner Seide. Kichernd sprang ich auf. Joinville schüttete nach, ich warf meine Pantoletten ab und schmiegte mich an seinen Hals. Wir küßten uns lange, dann schob er mich sanft von sich fort und löste die Spangen aus meinem Haar. Fast schüchtern ließ er die Fingerspitzen über die nackte, nasse Haut an meinem Ausschnitt kreisen. Ich spürte, wie mein Atem schwerer wurde, schloß die Augen und wartete.

»Komm!« Ganz sanft schob er mich vor sich her zu dem roten Sofa. Er setzte sich und zog mich mit dem Kopf auf seinen Schoß. Dann umschloß er mich mit seinen Armen, als ob er mich unter sich begraben wolle. »Ich bin froh, daß du hier bist«, flüsterte er in mein Ohr, daß mich sein Atem kitzelte. Ich weiß nicht genau, was ich erwartet hatte, aber das hier überraschte mich. Er war ganz sanft, er forderte nichts, dann bettete er meinen Kopf an seine Schulter und reichte mir ein Glas von dem eiskalten Schaumwein.

»Man kann ihn auch trinken«, sagte er und lachte. Ich stimmte in sein Gelächter ein. Wir waren albern und ziemlich befangen.

Ohne meine Schulter loszulassen, griff er mit seinem langen Arm nach dem Teller mit den Broten. Er fütterte mich, ich schloß die Augen und ließ es mir gefallen. Er roch gut. Nach Tabak und Salz und etwas, das mich an Jasmin erinnerte. Draußen setzte die Dämmerung ein, das Kaminfeuer warf tanzende Schatten ins Zimmer.

»Ich war mit meinen Eltern auch nicht glücklich«, sagte er in mein Haar. »Sie haben mich kaum beachtet und waren sehr streng. Immer nur Diener und deutsche Kindermädchen. Ein Hauslehrer in Neuilly, der mich nicht einmal Blumen pflücken ließ.« Er lachte bitter. »Nur weil ich ein paar lächerliche Blumen pflückte, ließ mein Vater mich halb totschlagen. Man glaubt immer, man ist der einzige, der leidet. Aber das, mein Kind, ist stets relativ.«

Ich verstand nicht genau, was er sagte, denn ich war nur froh, daß er hier saß und mit mir sprach. Ich nippte an meinem Glas, hüllte mich ein in seinen Duft und die Wärme seiner Hand auf meiner nackten Haut. Das Kleid war mir von der Schulter gerutscht, doch es kümmerte mich nicht.

»Als kleiner Junge habe ich vom Palast zu deinem Theater geschaut.« Ich konnte das Lächeln fühlen, das um seine Augen spielte. »Ich habe die Schauspielerinnen beobachtet, wenn sie sich umzogen.«

»Was hast du?« fuhr ich auf.

»Gib acht, mon enfant, daß du immer die Vorhänge schließt.«

Ich biß ihn ganz leicht ins Ohr, und zu meinem Erstaunen legte er den Kopf zurück, als ob es ihm gefiele. Mit der Nase fuhr ich an seinem Kinn entlang, mit der Zunge schmeckte ich seine Haut, spürte ich den dicken Knoten an seinem Hals.

»Was ist das?«

Er verdrehte die Augen: »Der Adamsapfel.«

»Komisches Wort.« Wieder mußte ich lachen. Ein komisches Wort, ein komischer Nachmittag. Aber wer weiß, vielleicht hat die Liebe ja immer ein Element der Komik. Ich lehnte mich neben ihn an das Sofa, legte auf einmal die Füße auf den Tisch und schaute in meinen Champagner, den ich im Glas kreisen ließ wie ein schäumendes Orakel.

»Ich liebe dich«, sagte Joinville plötzlich neben mir.

»Weißt du, was Liebe ist?«

»Na, das hier.« Er drückte mich heftig an sich und nahm mir die Luft. Für einen Moment bekam ich Angst, aber dann gab ich nach, legte den Kopf zurück und ließ mich küssen. Er rieb seine Wange an meiner, es kratzte, meine Finger glitten durch sein Haar, kurze Locken, die sich weich anfühlten. Plötzlich ließ er von mir ab.

»Noch nicht«, sagte er mit gepreßter Stimme. »Noch zu früh.«

»Zu früh – für was?«

Er schaute mir in die Augen. Offenbar wollte er die Antwort auf eine Frage finden, die ich nicht verstand. Er verzog den Mund, schüttelte leicht den Kopf und entfernte sich. Kaum merklich und doch endlos weit. Mir kam es vor, als ob die Schatten im Zimmer länger würden.

»Verdammter Unfug!« Er rieb sich das Gesicht in den Händen. »Wir sollten mit diesem Unfug aufhören und Freunde bleiben!«

Ich merkte, wie mir die Tränen in die Augen stiegen, mir, die ich doch so selten weinen konnte. Meine Kehle wurde ganz trocken.

»Ich dachte, du liebst mich«, preßte ich heraus.

»Eben! Genau darum sollten wir aufhören!«

Ich verstand ihn nicht und griff nach der Champagnerflasche, um einen tiefen Schluck zu trinken. Dann erhob ich mich. Er saß noch immer so seltsam gekrümmt da, sein Gesicht in den Händen verborgen, als ob er etwas Furchtbares angerichtet hätte. Ich ging zum Fenster. In der Stadt draußen flammten die ersten Gaslaternen auf. Ich sah meine eigene Spiegelung in dem ordentlich polierten Glas. Eine ziemlich ramponierte Gestalt: schief sitzendes Kleid, aufgelöste Frisur, und mir kam zu Bewußtsein, daß der vergossene Alkohol in meinem Ausschnitt auf einmal ziemlich abgestanden roch. Mein Gesicht war ganz rot, die Haut fleckig und etwas von seinen Stoppeln zerschunden. Mir liefen die Tränen herunter wie Schlieren an einem schmutzigen Fenster. Dann spürte ich ihn hinter mir; warm, tröstlich, etwas Unbekanntes, das sich an mich drückte. »Ich liebe dich doch«, flüsterte er in mein Haar, als gebe es Dinge, die er mir nicht ins Gesicht sagen konnte. »Weil ich dich liebe, mache ich mir Sorgen.«

Ich riß mich von ihm los, drehte mich um und schaute ihm in seine blauen Augen, die so traurig aussahen.

»Ich liebe dich auch.« Eine unbekannte Stimme gab mir ein, den nächsten Satz zu sagen. »Liebe kann nie ein Fehler sein.«

Er griff nach meinen Händen, zog mich an sich, schob mich wieder weg.

»Wenn wir uns lieben, wirst du keinen Mann mehr finden, der dich heiraten und versorgen wird.«

Einen Augenblick trafen sich unsere Blicke. Dann streckte ich mein Kinn in die Höhe, wie Maman es mich gelehrt hatte.

»Ich brauche keinen Mann. Ich kann mich selbst versorgen. Im übrigen sieh mich nicht so mitleidig an. Ich bin auch eine Prinzessin. Eine Prinzessin von Juda. Und ich nehme mir alles, was ich will.«

Ich konnte ihm ansehen, daß er es nicht wollte, aber er fing an zu lachen. Dann umarmte er mich wieder, und wir lachten beide und waren versöhnt.

»Sag nie, daß ich dich nicht gewarnt hätte.«

»Sei endlich still, du dummer Mann!«

Wir hatten noch eine halbe Stunde. Wir setzten uns auf den Teppich und blickten schweigend ins Feuer. Im Zimmer war nur das Knacken der Flammen zu hören, der leise

Regen, das Ticken einer Uhr, das uns an meinen Aufbruch erinnerte. Dann zog er mich hoch.

»Du mußt ins Bad. Frisieren, Mund ausspülen, Kleid richten.« Als ich fertig war, umarmte er mich ein letztes Mal. Wieder spürte ich das Kratzen an meiner Wange, wo ich die wunden Stellen mühsam überpudert hatte.

»Wann sehen wir uns wieder?«

Ich schlang die Arme um seinen Hals. »Ganz bald!«

Mit Roses Hilfe gelang es mir, bei der Heimkehr dem mißtrauischen Blick meines Vaters zu entwischen. Ich zog mich in mein Zimmer zurück und träumte mich zurück auf das rote Sofa. Bald würde ich wieder dortsein und seine Arme spüren und etwas Großes, Bedeutsames, das ich noch nicht kannte, das ich gleichzeitig fürchtete und herbeisehnte und das mich ganz durcheinanderbrachte. Ich war verliebt! Ich liebe dich, flüsterte ich meinem Bettzipfel zu, den ich träumerisch umklammerte. Ich liebe dich, mon Prince.

Als ich am nächsten Morgen glücklich und auch ein wenig erschöpft in meinem Bett erwachte, kam Rose in mein Zimmer und überreichte mir eine Notiz auf einem silbernen Tablett.

»Désolé. Familiäre Pflichten. Muß abreisen, Tante Adelaide in der Auvergne. Flüchte so bald wie möglich zu Dir zurück, mon bon enfant. Meine Liebe bleibt bei Dir. J.«

Nur drei Zeilen, doch sie schienen meine gläserne Welt zerspringen zu lassen. Ich spürte, wie die Nacht sich über meine Seele senkte. Ich konnte nicht weinen, mein Hals begann zu schmerzen, mein Kopf war schwer und leer. Zwei Stunden später mußten sie den Doktor holen, den ich nur aus großer Ferne sprechen hörte. Dann erfaßte mich ein Schwindel, es rauschte in meinen Ohren, und ich hörte nichts mehr.

»Kind, Kind, du machst einem vielleicht Sorgen.«

Ich schlug die Augen auf und blickte in Roses müdes

Gesicht. Es dauerte einen Moment, bis ich begriff, wo ich mich befand.

»Fieber auf Leben und Tod. Eine Woche haben wir um Ihr Leben gekämpft. Über vierzig Grad Fieber, von einem auf den nächsten Moment!«

Sie reichte mir eine Schnabeltasse, die ich ärgerlich wegschob. »Ich bin doch nicht hundert Jahre alt!«

»Seien Sie nicht so undankbar. In der letzten Woche hatten Sie dieser Tasse Ihr Leben zu verdanken.«

Verwirrt ließ ich mir berichten, wie ich nach der Lektüre des Briefes ganz bleich geworden war und dann das Bewußtsein verloren hatte. Die treue Rose hatte den Brief verschwinden lassen und den Doktor bestellt. Während sie es erzählte, wurden mir die Augen schwer, und ich sank zurück in den heilenden Schlaf.

Als ich wieder erwachte, war schon wieder Morgen, und Rose saß erneut oder noch immer an meinem Bett. Nun war ich imstande, etwas Pudding zu mir zu nehmen, und trank willig einen heißen Tee. »Braves Kind!« lobte mich Rose. »Ich habe eine Überraschung.«

Da sie um mein Leben fürchten mußte, hatte sie alles riskiert. Meine ergebene Zofe und Freundin hatte es gewagt, Joinville einen Brief in die Auvergne zu schreiben. Nun lag die Antwort in meinem Schoß, und mit fliegenden Fingern riß ich den Umschlag auf. Rose mußte mir die kostbaren Zeilen wieder und wieder vorlesen, die für mich mehr Heilkraft hatten als jede Medizin.

»Ich werde so schnell wie möglich abreisen, gleichgültig, was hier passiert. Es bedeutet mir nichts. Ich denke nur an Dich und die Gefahr, die für Dich besteht. Die ganze Nacht hatte ich Fieber, als hättest Du es mir geschickt. Ich liebe Dich so sehr. Bald werde ich dasein, in dem kleinen Zimmer, und ich werde auf diesem kleinen roten Sofa sitzen und Dich erwarten. Freust Du Dich, mon bon enfant?«

## 26

In diesen Tagen fallen mir oft jene Zeilen ein, Zeilen aus der Klage der Königin Phädra, die allein ist in einem fremden Land und krank: »Önone, Teuerste, halt inne. Sieh mein Zagen! / Ich kann nicht mehr. Der Fuß will mich nicht weiter tragen. / Es schmerzt das Tageslicht den lang entwöhnten Sinn, die Knie wanken mir, ein Schwindel reißt mich hin. / Ah mir!«

Die Worte könnten von mir stammen. Die Königin des Theaters allein und krank in einem fremden Land. Besonders im Augenblick fühle ich mich unendlich müde. Windstille drückt die Stimmung nieder, selbst mein Rais wirkt reizbar, ein seltsames Wetter. Keine Welle, die sich auf dem Fluß des Todes regt. Das Wasser schimmert wie dunkles Glas. Wir gleiten ganz langsam am Ufer entlang, die Fellahs haben Seile an Land geworfen und schleppen uns mit Muskelkraft voran. In den kleinen Dörfern, die an uns vorüberziehen, stehen die Leute und starren uns an. Dunkle Haut, dunkle Augen, Gesichter des Orients.

Alle sehnen sich nach Wind und Regen.

Mir geht es schlechter als in den Tagen zuvor. Nichts ist geblieben von dem rosa Schimmer auf meinen Wangen. Eine kurze Blüte. Die Dienstboten schütteln meine Kissen auf, sie fächeln mir Luft zu, sie verwöhnen mich mit Bananen und dem letzten Weißbrot, das wir aus Kairo mitgebracht haben. Aber all ihr Mühen hilft mir nicht. In den letzten Tagen ist meine Verfassung trotz der Sonne beständig schlechter geworden. Vielleicht muß ich mich damit abfinden. Vielleicht hat die Ägyptenreise mir doch nicht die ersehnte Linderung gebracht. Ich huste den ganzen Tag und die ganze Nacht. Das einzige, was mich von der Krankheit und den traurigen Gedanken ablenkt, sind meine Erinnerungen.

An meinem Geburtstag wachte ich auf von der Sonne, die breite Streifen auf mein Bettzeug malte. Erwachsen! Ich sprang aus dem Bett und setzte mich an den Frisiertisch mit dem großen Spiegel. Eine erwachsene Frau blickte mir entgegen. Reich, berühmt, schön, verliebt und glücklich.

Bald würde ich ganz Joinville gehören!

Aber vorher würde ich Maman und Papa meine Pläne erklären müssen. Nächtelang hatte ich im Bett gegrübelt, wie ich es anfangen würde. Natürlich drohten mir Geschrei und vielleicht sogar Prügel – ob ich nun volljährig war oder nicht. Doch dann hatte ich Rose ins Vertrauen gezogen, und gemeinsam hatten wir einen Plan entwickelt. Jetzt ging ich in Gedanken noch einmal alles durch, wusch mein Gesicht, lief zu meinem Kleiderschrank und griff nach dem schwarzen Samtkleid mit dem runden Kragen und den fließenden weiten Ärmeln. Ich betastete den weichen Samt, die knisternde Seide. Alles andere würde ich zurücklassen müssen. Meine Kleider, meine Möbel, mein Haus, alles sollte die Familie haben, wenn mir nur meine Freiheit blieb. Bevor ich hinunter zum Frühstück ging, betrachtete ich noch einmal mein Zimmer: das Mädchenbett, die Blümchentapete, den hübschen Ausblick in den Park.

Ich lächelte.

Das hier war nicht meine Kindheit, nicht der Eselskarren, nicht die Mansarden mit den schimmligen Wänden, in denen ich aufgewachsen war. Das hier war meine Jugend. Das Zimmer, in dem ich von Ruhm geträumt, in dem ich mir die Liebe herbeigesehnt hatte. Das Mädchen würde ich nun hier zurücklassen. Leise schloß ich die Tür und eilte die Treppe hinunter.

Die Familie stimmte ein Lied an, als ich ins Speisezimmer kam. Maman hatte eine große Karottentorte gebacken, auf der einundzwanzig Kerzen brannten. Als ich sie ausblies, schloß ich die Augen und flehte: Möge Joinville mich zur Frau machen!

Als ich die Kerzen ausgepustet hatte, erhielt ich die üblichen Wünsche: Glück und Segen auf deinen Wegen, auf daß alles in Erfüllung geht, was du dir selber wünschst,

Umarmungen, kleine Geschenke. Doch nur kein Wort darüber, daß ich nun erwachsen geworden war. Meine Familie schien entschlossen zu sein, diese Tatsache zu ignorieren.

Maman schnitt die Geburtstagstorte auf. Während ich aß, wanderte mein Blick über ihre Gesichter, Mamans weiche Züge, Papa, der seine ersten grauen Haare bekam, Rébecca, zwischen Übermut und stillem Ernst, Raphael, der langsam Kontur annahm und Kuchen in den Mund stopfte, Sarah, die mit ihren Pausbacken noch immer wie ein großes Kind aussah. Sie alle sollte ich verlassen? Der Gedanke tat mir weh. Aber dann nahm ich mich zusammen und gab Rose das Zeichen, das wir verabredet hatten.

»Rose, könntest du mir die Zeitungen bringen? Ich würde gern sehen, was sie schreiben!«

Sie nickte bedeutungsvoll und stand auf. Ich wartete ein paar Minuten, bis ich von draußen das Klappern von Hufen hörte. Die Familie sah etwas ratlos aus.

»Besuch?« fragte meine Mutter mit vollem Mund. »Um diese frühe Stunde.«

»No, das ist unmöglich«, erklärte mein Vater. »Jetzt empfangen wir nicht. Rachel, geh hin und sag Rose, daß sie nicht aufmachen soll. Hörst du nicht? Rachel! Du wirst jetzt sofort aufstehen und tun, was ich dir sage. Verstanden?«

Langsam stand ich auf. »Gut, wenn du darauf bestehst. Ich gehe, aber nicht, weil du es sagst, sondern weil ich ohnehin gehen will. Ich bin jetzt erwachsen und werde mir eine eigene Wohnung nehmen. Ihr werdet eine Apanage von mir erhalten. Mein Anwalt wird euch alles erklären.«

Ihre Verblüffung war mein Vorteil. Ich eilte zur Tür hinaus, durch die Halle und dann zum Portal, wo Rose in meinem Einspänner wartete. Auf halber Strecke hörte ich ein Poltern. Das mußte mein Vater sein, der beim Aufspringen seinen Stuhl umgeworfen hatte. Im nächsten Moment hörte ich seine schweren Schritte hinter mir, und das Wissen über das, was mich bei ihm erwartete, ließ mich nicht laufen, sondern förmlich fliegen. Ein Sprung, und ich war in der Kutsche. Die verängstigte Rose, die noch nie ein Pferd gelenkt hatte, ließ die Peitsche knallen, und wir rollten vom Hof.

»Puh, das war knapp!« Ich übernahm die Zügel. »Geschafft! Wir sind frei!«

Ein Gefühl erfaßte mich, als hätte ich Champagner getrunken, als würde ich ein Stück über dem Boden schweben. Wir fuhren Paris, dem Frühling, der Freiheit und der Liebe entgegen.

Meine kleine Wohnung, die vier Zimmer mit Aussicht am Quai Malaquais, kam mir wie das Paradies vor. Der Marquis de Custine hatte die Wohnung für mich eingerichtet. Er empfing uns mit Champagner und petits fours und einer Erwartung im Blick, die mir verriet, wieviel Mühe er sich gegeben haben mußte. Es war zauberhaft. Helle Tapeten und leichte geschwungene Möbel aus der Zeit des Sonnenkönigs. Ein Himmelbett unter Wolken aus Tüll. Und in meinem Boudoir – Joinvilles rotes Sofa!

Ich stieß einen Schrei der Freude aus, der dem Marquis ein schiefes Lächeln entlockte.

»Ich sehe, Mademoiselle ist zufrieden. Dann kann ich mich zurückziehen. Noch einen schönen Tag!«

Mir blieb keine Zeit, mich über das alles zu wundern. Bevor ich dem Marquis danken und nach Rose rufen konnte, spürte ich einen Luftzug, eine Schranktür ging auf, und ehe ich schreien konnte, schloß sich seine Hand über meinen Mund, den er mir im nächsten Moment mit einem Kuß verschloß.

»Was tust du denn hier?« fragte ich, als ich wieder Luft bekam.

»Ich bin dein Geburtstagsgeschenk!« erklärte Joinville und lächelte.

Wir standen da, glücklich, uns zu sehen, fast schon betäubt von der Nähe, von der Möglichkeit, uns zu berühren.

Wir standen da, schauten uns an und rührten uns nicht. Ein magischer Moment, in dem unsere Seelen sich umarmten.

»Laß uns sehen, ob wir was zu essen finden«, sagte Joinville schließlich, und der magische Moment zerriß. »Ich hab einen furchtbaren Hunger. Nicht sehr bequem, im Schrank auf dich zu warten.«

Ich ergriff seine Hand und zog ihn mit mir in den Salon, wo der Imbiß des Marquis noch bereitstand. Von ihm und Rose war nichts zu sehen; vermutlich war sie hinunter zur Concierge gegangen. Ich griff nach einer kleinen Blätterteigpastete und schob sie ihm in den Mund. Er fütterte mich mit einem Happen. Ich goß Champagner in die Kelche ein. Wir prosteten uns zu. Dann schob er mir ein Stückchen Huhn in den Mund und zog mich an sich. Auf einmal war ich ganz befangen. Kein Geräusch war im Salon zu hören, außer dem Knacken der Scheite, die im Kamin prasselten.

»Fang mich!« rief ich plötzlich aus. Ich schleuderte meine Schuhe davon und lief los.

»Verrücktes Ding!« Doch er war hinter mir, ich lief schneller, und dann, an der Schwelle zum Schlafzimmer erwischte er mich. Ich versuchte, mich zu befreien, doch seine Arme schlossen sich noch fester um mich. Ein Griff, wie ein Schraubstock. Sein Gesicht war über meinem, ganz groß, ganz nah, sein Mund, seine Augen. Er küßte mich und streifte behutsam, ganz zart, mein Kleid über meine Schultern, löste die Nadel aus meinem Haar und schob mich kaum merklich zum Bett. Seine Hände streichelten mich, kreisten auf meiner Haut. Ich spürte, wie sich etwas in mir löste, ein Gefühl, das ich noch gar nicht kannte, aber er ließ nicht zu, daß ich darüber nachdachte. Seine Arme umfaßten mich, und im nächsten Moment lag ich auf dem Bett, ohne zu wissen, wie ich dort hingekommen war. Er legte sich auf mich, schob mein Kleid hoch und bedeckte meinen Körper mit Küssen, meinen nackten Körper, den ich noch nie jemandem gezeigt hatte und für den ich mich im Grunde schämte. Ich begann zu zittern. Er hielt inne, legte seine Hände an mein Gesicht und fragte: »Hast du Angst?!«

»Nein«, rief ich und lachte. »Nein!«

»Dann komm.« Er ließ von mir ab, schob mich unter die seidene Decke und bettete meinen Kopf auf das Kissen. Dann stand er auf. Mir kamen die Tränen. Sollte das alles gewesen sein? Tief in mir spürte ich eine solche Sehnsucht, die wie ein Schmerz war. Vielleicht hatte er meine Gedanken erraten, denn er lächelte.

»Warte! Du mußt Geduld haben.«

Er zog die Jacke aus, zog das Hemd aus. Ein heller Rücken mit feinen goldenen Haaren darauf. Er zog seine Hose aus, ich sah seine hellen Beine und dann dieses Ding zwischen seinen Beinen, das so geheimnisvoll war und über das Sarah immer ihre Witzchen machte. Ich zog die Decke bis zur Nasenspitze hoch, ich spürte, daß ich immer noch zitterte, und dann schwang er herum und kam zu mir unter die Decke gekrochen. Er fühlte sich warm an, zart und fremd und trotzdem vertraut. Er legte sich von hinten an meinen Rücken, ich spürte dieses große, harte Unbekannte, er zog mich an sich, bis mir das Gefühl vertrauter wurde, er hielt mich fest, er streichelte meine Brüste, und ich mußte kichern und versuchte, ihn abzuwehren. Immer wieder schob er meine Hände fort, die von meinem Busen über den Bauch glitten und Gänsehaut über Gänsehaut erzeugten, bis sie dann noch tiefer glitten.

»Nicht!« rief ich aus und hielt seine Hand fest.

»Doch!« hauchte er an mein Ohr, und ich hörte das Lächeln in seiner Stimme. Im nächsten Moment riß er mich herum, und dann lag er auf mir, und ich spürte, wie mir ganz warm wurde. Er preßte mich an sich, wieder so ein Kuß, der mich verwirrte, und dann spürte ich etwas Hartes, etwas, das seinen Weg nicht fand, seine Hand, die sich wieder nach da unten schob. Ich spürte, wie ich weicher wurde, ich starrte zur Decke und hatte Angst, doch er hielt nicht inne. Als nächstes spürte ich, wie sich etwas, groß und schwer, in mich hineinschob. Ein Schmerz erfaßte mich, als ob es mich zerreißen würde. Ich unterdrückte einen Schrei. Tränen stiegen mir in die Augen, die er mir fortwischte. Ganz still lag er auf mir, und da endlich wußte ich, was passiert war. Der Schmerz verebbte, ich hörte auf Rachel zu sein und wiegte mich ihm entgegen, schneller und immer schneller.

Viel später lag ich in seinen Armen. Ich hatte Schmerzen und war doch glücklich. Ich drängte mich an ihn, und er hielt mich fest, während ich seine Hand umklammerte.

»Ich liebe dich.«

»Ich liebe dich auch.«

Hartes, kaltes Licht umfing mich am nächsten Morgen. Ein Bett, das ich nicht kannte, ein Zimmer, das mir fremd war. Ein fremder Mann, der neben mir lag. Ein Arm, ein schwerer Arm, der über meiner Brust lag und mich ein wenig drückte. Ich rutschte leicht von Joinville ab, und er stöhnte leise im Schlaf. Das Laken war noch feucht. Ich hatte Hunger. Ein kurzes Schnarchen entrang sich ihm, das mich erschreckte. Ich betrachtete ihn: die blaßblonden Locken, vom Schweiß verklebt; die hellen Wimpern, das sonst so markante Gesicht, das im Schlaf nun fast kindlich wirkte und mich an meinen kleinen Bruder erinnerte.

Ich lag auf dem Rücken und blickte zur Decke. Ich, Elisa Rachel Félix, erwachte neben einem Prinzen aus dem Hause Orléans. Ich schob eine Hand fort, die zu Königen gehörte. Ich, deren Leben noch vor wenigen Jahrzehnten in den Augen seiner Vorfahren keinen Sou wert gewesen war. Eine kleine arme Jüdin, die man bei Hofe nicht einmal als Scheuermagd eingelassen hätte. Nun gebot ich über ihn. Seine Hand tastete im Schlaf nach mir und hielt mich fest.

In diesem Moment spürte ich, daß ich die stärkere war – und ahnte, daß ich es würde sein müssen.

»Rachel«, flüsterte er leise. »Komm!«

Mir tat alles weh, aber zugleich gab es wieder diese Sehnsucht, die sich sofort erneuerte, als ich in seine Berührung, in seinen Duft eintauchte und mich fallen ließ. Später schlug ich die Augen auf. Er saß über mir. Er war schön, ein fester Oberkörper, fast unbehaart, mit seidigem Flaum. Wir drängten uns ineinander, wir umschlangen uns, ich umklammerte ihn mit meinen Füßen, suchte sein Haar, seinen Mund, seinen Hals, und als er wieder in mich eindrang, lächelte ich, obwohl es weh tat. Er hauchte mir einen zarten Kuß auf den Mund, so zart, als hätte er Angst, ich könnte zerbrechen.

Es war Mittag, als es an die Tür klopfte und hastige Schritte sich entfernten. Joinville zögerte, dann sprang er aus dem Bett. Draußen stand ein Servierwagen. Eine Kanne mit herrlich dampfendem Kaffee, Croissants, Brötchen, Honig und Erdbeermarmelade aus Montmorency. Auf einmal hatte ich einen Kloß in meiner Kehle. Maman! Ich wollte zu ihr, wollte mich wie einst auf ihren Schoß setzen und ihr alles erzählen.

»Komm ins Bett!« rief Joinville. »Wir frühstücken.«

Ich riß die Vorhänge auf und ließ frische Luft ins Zimmer. Heute war der 1. März. Später würde ich in die Rue Richelieu gehen, um mit Samson zu proben. Morgen abend hatte ich wieder Vorstellung. In meinem Leben hatte sich alles gewandelt, und doch blieb alles beim alten.

In diesen langen Tagen auf dem Fluß des Todes habe ich viel darüber nachgedacht: So viel hat sich in meinem Leben verändert, ich habe so viele Höhen und Tiefen durchgemacht, von Schmutz und Armut zu Ruhm und Reichtum, von höchstem Glück zu tiefstem Fall. Und doch ist eines gleichgeblieben: Nichts wirklich Bedeutendes hat sich verändert. Kein Geld der Welt konnte mich von meinen Ängsten heilen. Kein Ruhm konnte mich beruhigen. In keiner Liebe konnte ich mich sicher fühlen. In mir gab es einen Dämon, der immer bei mir war. Er half mir aus den schwersten Momenten heraus, doch er ließ auch im großen Glück nicht von mir ab. Wäre mein Leben wirklich so viel anders verlaufen, wenn ich Monsieur Choron nicht begegnet, dem Theater nicht verfallen wäre? Ach, ich weiß es nicht, und vielleicht ist es sinnlos, diese Fragen zu stellen. Ich würde es nur gern weitergeben: Jagt nicht zu rastlos dem Glück hinterher, aber wenn es kommt, dann versucht es festzuhalten. Oder, um es einmal mehr mit Mamans Worten zu sagen: »Wenn der Massel kommt, stell ihm a Stuhl.«

An jenem ersten März vergaß ich einmal die Pflichten. Joinville rief mich ins Bett, und ich beschloß, einmal im Leben meinen Lehrer Samson zu versetzen. Die arme Rose mußte gehen, um abzusagen, und ich floh vor der Welt und vergaß für ein paar vergängliche Momente die Last, die mir jeden Tag neu auf der Seele lag. Hier, in diesem Zimmer konnte ich ganz und gar ich sein. Ich mußte keine Rolle spielen. Wir liebten uns, wir schliefen, wir aßen, wir lachten. Dann, als die Sonne schon schräg am winterlichen Himmel stand, stieg eine Frage in mir auf, die mir Joinville ganz plötzlich entfremdete.

»Hast du schon viele Frauen gehabt?«

Eine Pause, dann breitete sich der Strahlenkranz aus winzigen Fältchen um seine Augen aus. »Für mich gibt es nur dich.«

»Du, Lügner!« Ich fuhr auf.

Er schloß die Augen, lächelte und hauchte einen Kuß in die Luft.

»Ich liebe nur dich!«

Auf einmal verstört, machte ich mich los von ihm.

»Gib's zu! Du liebst mich gar nicht! Du könntest keine Jüdin ehren.« Selbstmitleid übermannte mich, und ich haßte mich dafür, daß ich mich ihm geschenkt hatte. Wieder kamen mir die Tränen.

»Kleiner Dummkopf!« Er schloß mich von hinten in die Arme. »Muß ich es dir sagen? Weißt du es nicht? Ich liebe dich.«

»Dann beweis es!« schniefte ich.

»Du wirst es schon erfahren.« Er küßte mein Haar, biß ganz sanft in mein Ohr. »Komm. Ich habe auch eine Überraschung für dich, mon bon enfant. Mein Schiff ist in Reparatur. Ich habe Urlaub. Zwei Monate sitzen wir fest. Den März und April schenke ich dir. Mein Leben und ich, wir gehören dir.«

## 27

Diese Frühlingstage scheinen in der Erinnerung zu schimmern; goldene Momente, die ich immer bei mir trage. Jetzt noch sehe ich die Bilder vor mir, als wäre es gestern gewesen. Sie haben mich mein Leben lang begleitet. Manchmal drohten sie zu verschwinden oder überlagert zu sein von anderen, gegenwärtigen. Dann wieder, als ich überhaupt nicht damit rechnete, schienen sie vor meinem inneren Auge auf und brachten mich für ein paar Sekunden aus dem Gleichgewicht. Erinnerungen, die voller Schönheit sind, Erinnerungen, die schmerzen. Der Schritt verharrt, man bleibt stehen, ganz gleich, ob man in Paris, New York, Sankt Petersburg oder Havanna ist. Der Blick geht nach innen, die Welt wird leise. Und als gebe es ein gegenläufiges Universum, fällt man plötzlich in die Vergangenheit zurück und damit aus der Gegenwart. Manchmal erkannte ich diesen Blick bei anderen. Eine alte Frau, die traumverloren an einem Springbrunnen steht und erst nach ein paar Sekunden weitergeht. Ein Mann, der für einen Augenblick die Zügel sinken läßt. Ein Stift, der über dem Papier innehält.

Ich gehe zum Fenster, blicke hinaus. Gestern ist überraschend ein Sturm aus Norden aufgezogen; er bläht die Segel unserer Kangschen. Die schroffen Felsformationen des Vogelgebirges Dschebel-Itter verwischen, der Wind jagt und treibt uns an Palmwäldern, Zuckerrohrplantagen und den Ruinen alter Tempel vorüber. Auf einmal gewinnt die

Reise soviel Tempo wie das Leben, das erst so langsam beginnt und dann so überstürzt endet.

Ein Glanz lag damals über der Welt: Draußen, vor den Fenstern meiner Wohnung schimmerte die Seine im Morgenlicht. Paris im Frühling und die Selbstvergessenheit der Liebe. Dieses Tasten, dieses Suchen nach Nähe und die tiefe Liebe, wenn wir nachts in einer zärtlichen Umarmung schliefen. Wo hörte meine Haut auf, wo fing seine an? Ach, Joinville, könnte ich dich noch einmal berühren! Deine weichen Locken, deine Fingerspitzen, diese zarte Männerhaut!

Wir wurden unvorsichtig. Er kam ins Theater, um mich spielen zu sehen, und später, wenn Rose mich nach Hause geleitet hatte, schlich er sich wie ein Dieb hinauf in meine Wohnung. Wir liebten uns, bis ich aus dem Nachhall meiner Rolle fiel und ganz bei ihm war. Er allein vermochte es, mich nach den großen Momenten auf der Bühne wieder in die Wirklichkeit zurückzuholen.

Eines Nachts saßen wir spät noch auf dem Teppich vor dem Kamin. Joinville legte ein Scheit nach, die Flammen warfen flirrende Schatten über sein Gesicht.

»Ich will dir erklären, warum ich dein Spiel auf der Bühne so sehr liebe. Willst du es hören?«

Mein Kopf ruhte an seiner Schulter, während wir in die tanzenden Flammen blickten und er die längste Rede hielt, die ich jemals von ihm gehört hatte.

»Ich habe nie zuvor eine solche Perfektion auf der Bühne gesehen. Fast ohne Gesten, nur durch das Spiel deiner Physiognomie, das Feuer deiner Blicke, durch die Betonungen deiner Stimme kannst du Gefühle mit einer solchen Intensität mitteilen. Du hast Genie in der Auswahl deiner Kostüme, darin, den Stoff zu drapieren. Unter dem Faltenwurf glaubt man eine antike Statue zu sehen; und die Frau in dir weiß sich selbst in den wildesten Rollen in einen unvergleichlichen Charme zu hüllen. Wenn du töten würdest, man würde es lieben, dein Opfer zu sein.«

Er brach ab, überspielte seine Verlegenheit, indem er aufstand und zum Feuer ging. Ich hörte seinen Worten nach. Mit etwas linkischen Bewegungen legte er ein Holzscheit auf. Ich liebte ihn so sehr. Er konnte reden, er konnte denken, er war mir so nahe, als ob es zwischen uns keine Grenzen gäbe. Ich vertraute ihm mein größtes Geheimnis an, ein Geheimnis, von dem ich nicht einmal Samson zu sagen wagte.

»Ich will ›Phädra‹ spielen! Man sagt mir, daß ich zu jung, daß ich zu mager bin und hundert andere Dummheiten. Moi, ich antworte: Es ist die schönste Rolle von Racine. Phädra ist eine Frau, die eine amour infame lebt, aber sie würde lieber sterben, als sich ihr hinzugeben. Ich habe die Rolle in den letzten acht Tagen zehnmal gelesen, ich weiß nicht, wie ich sie spielen werde, aber ich sage dir, daß ich sie spüre!«

Sehr ernst und aufmerksam hatte Joinville mir zugehört. »Nun«, sagte er nach einer langen Pause. »Ich prophezeie dir, du wirst die Phädra nicht spielen. Du wirst Phädra verkörpern wie niemand vor dir. Du wirst Phädra sein.«

Ich stand auf, umarmte ihn und strich zärtlich über sein Gesicht. Er stand da und sah mich regungslos an.

»Du hättest Kritiker werden sollen!«

»Ich wollte zum Theater«, sagte er brüsk. »Für mich ist das immer ein Traum gewesen, aber das ging natürlich nicht. Mein Vater, die Tradition. Ich sage dir, ich bin ein Gefangener. Ich hasse das Haus Orléans. Und wenn du ein Geheimnis hören willst …« Mit einem bitteren Lachen machte er sich von mir los. »Ich halte nichts von der Monarchie. Die Moderne wird einen anderen Weg gehen müssen. Ich bin Demokrat.«

Überrascht blickte ich ihn an. »Du bist ein königlicher Prinz«, stammelte ich. »Was soll aus Frankreich werden, wenn nicht mal du ans Königshaus glaubst?«

»Ein moderner Staat. Wie in Amerika.« Er sah mein verständnisloses Gesicht, und sein Ton wurde etwas milder. »Ma petite, wir leben in einer sich ganz schnell verändernden Welt. Die Dampfschiffe, die Eisenbahn, die Welt wächst rapide zusammen. Die Börse und die Industrie werden über die alten Strukturen siegen. Schau nach Amerika. Dort hat jeder Mensch das Recht, seinen Lebenstraum zu leben. Gleichgültig, woher er kommt, ob er Jude, Christ, Moslem oder Ketzer ist. Pursuit of happiness, das ist dort ein Menschenrecht.«

Ich verstand nicht. »Pursuit of – was?«

»Laut der amerikanischen Verfassung hat jeder Mensch das Recht, nach Glück zu streben. Das nenne ich Freiheit!«

»Und was ist mit den Sklaven?« Man hörte immer wieder von den grauenhaften Zuständen im amerikanischen Süden, von den Brutalitäten der Plantagenbesitzer, die oft aus Frankreich eingewandert waren.

»Ach, den perfekten Staat gibt es nicht. Nur den besten aller möglichen Staaten. Hör mir zu, Rachel, ich kann ohne dich nicht leben. Laß uns nach Amerika gehen. Wenn wir dort leben, wird sich niemand um uns beide scheren. Wir könnten Kinder haben und eine Farm aufmachen und glücklich sein.«

»Pursuit of happiness!« Ganz sanft fuhr ich mit dem Finger über seine Nase.

»Was sagst du dazu?«

Ach, mein Prinz! Mein geliebter Narr! Was verstand er schon? Was verstand er von mir – und vom Leben?

»Du glaubst nicht im Ernst, sie würden uns gehen lassen. Die Geheimpolizei deines Vaters wäre überall hinter uns her. Sie würden uns finden, und außerdem vergiß nicht, daß du Rachel liebst, die Königin des französischen Theaters. Würdest du auch eine amerikanische Bauersfrau lieben, die mit verdreckter Schürze eine dramatische Rede an ihre Rinder hält?«

Joinville sah mich finster an, aber dann mußte er lachen. »Komm!« Er wirbelte mich durchs Zimmer und aufs Bett. »Schluß mit dem Geschwafel.«

Es gab fast nichts, was unser Glück damals trübte. Nur eines gefiel uns beiden nicht: Fortwährend waren wir im Haus eingesperrt. »Man könnte uns sehen«, warnte mein Prinz, wenn ich ihm an besonders schönen Tagen vorschlug, an den Quais oder im Bois de Boulogne spazierenzugehen. »Es könnte deinem Ruf schaden. Und noch soll mein Vater nichts von uns erfahren.« Verlegen blickte er in seine Handflächen. »Weißt du, ich habe da meine eigenen Pläne.«

Also blieb uns immer nur das kleine Zimmer mit dem roten Kanapee. Wenn die Sonne schien, rissen wir die Fenster auf. Wir liebten den Anblick der Seine, wenn dieser Silberglanz über den kleinen, sich kräuselnden Wellen lag. Wir hörten die ersten Vögel singen, die Platanen wurden grün. Beide wurden wir unruhig. Wir hatten eine Vagabundenseele und wollten im ersten Sonnenlicht an die Luft, in die Welt hinaus.

»Ich habe eine Idee«, erklärte ich ihm eines Abends spät nach der Vorstellung, als ich die Bühnenarbeiter in der leeren Kulisse, im Gestank des gelöschten Rampenlichts beobachtet hatte.»Wir verkleiden uns. Du bekommst den Kittel und die Kledage eines Bühnenarbeiters. Ich werde Rose bitten, mir das Kleid eines Dienstmädchens zu beschaffen.«

Joinville strich sich über den Bart. »Mein Gesicht, sie werden mich erkennen!«

»Mais non! Der Bart muß ab. Er wächst schon nach. Und ich werde mein Haar unter einer Haube verstecken. Glaub mir, mon Prince, kein Mensch wird ahnen, wer wir sind.« Ich richtete mich auf, hob stolz das Kinn. »Vergiß nicht, ich bin schließlich Schauspielerin. Du wirst sehen, ich zeige dir mein Paris. Ein Paris, das du bestimmt nicht kennst!«

Ende März war es ungewöhnlich warm. Ein stahlblauer Himmel stand über Paris, vor dem Notre-Dame mit dem gotischen Turm im Sonnenlicht gleißte.

Wir verkleideten uns, es war ein großer Spaß, wir lachten viel. Joinville war als Arbeiter eine herrliche Erscheinung.

»So gefällst du mir noch viel besser!« Ohne Bart und Uniform wirkte mein Prinz und Vize-Admiral so unbeschwert, so stark und jung. »Am liebsten«, ich spähte zum Bett, »würde ich jetzt hierbleiben.«

Er zupfte an meiner Dienstmädchentracht. »Gerne, wenn du mich gut bedienst.«

Aber dann stahlen wir uns durch die Hintertür hinaus. Hand in Hand, wie ein ganz normales Liebespaar, schlenderten wir durch die Rue de Rivoli mit ihren vornehmen Arkarden, wo die Passanten uns böse Blicke zuwarfen: Was hatten ein Arbeiter und eine Magd am hellichten Tag in der schönsten Prachtstraße verloren?

»Sie verhaften uns noch!«

Ein Gedanke, der mich schaudern machte: Was, wenn man uns entdeckte? Was würde das für einen Skandal geben! Danach würde ich nicht mehr die Prinzessin des Theaters sein, sondern eine verachtenswerte Mätresse, ausgeschlossen von der guten Gesellschaft.

Joinville schien meine Furcht zu spüren. Seine Hand schloß sich fester um meine. Er zog mich mit sich, hinunter zu den Quais, wo die Seine in der Sonne glänzte, ein breites silbernes Band. Wir entdeckten eine Bank, setzten uns hin, ignorierten die etwas faulige Luft, die vom Fluß aufstieg, und küßten uns. Unten glitten die Coches übers Wasser, Passagiere winkten uns von den langen Booten zu. Wir standen auf und gingen weiter, über den Pont d'Arcole, die Brücke, die an den kleinen Arcole erinnerte, einen Jungen, der einst den Truppen Marmonts tapfer entgegengestürmt war, als sie in der Revolution von 1830 gegen die Pariser angerückt waren. Als der Junge unter den Schüssen zusammenbrach und starb, warf sich das aufgebrachte Volk, das schon hatte aufgeben wollen, mit verdoppelter Kraft Marmonts Truppen entgegen. So hatte er den Aufstand gerettet.

Ich erzählte Joinville, wie es mich beeindruckte, doch er wurde ernst und traurig.

»Der Ruhm gibt dem Jungen sein Leben auch nicht zurück!«

»Was ist das Leben gegen den Ruhm?«

Sein Schritt verlangsamte sich, dann blieb er stehen. »Das meinst du nicht ernst, Rachel? Oh, ma petite, du mußt noch soviel lernen. Weißt du, man hat nur ein Leben, ein einziges!«

Ich dachte an meinen Vater, an seine langen Nächte über jenem Buch, das er das Buch des Lichtes nannte. Ich dachte an die Kabbala und an jene Fetzen, die ich mehr zufällig mitbekommen hatte.

»Jede Seele in der Welt muß einen Kreis durchschreiten. Bis man ihn durchschritten hat, wird man wiedergeboren.«

Belustigt und zweifelnd sah Joinville mich an. »Woher hast du denn diese Weisheit?«

»Weiß nicht«, erwiderte ich vergnügt.

Wir erreichten das Quartier Latin, das Studentenviertel, und ich zeigte Joinville die Orte, wo Sarah und ich einst gesungen hatten. Hier lag die Sorbonne, die berühmte Universität von Paris. Studenten aus ganz Europa kamen hierher, um das heilige Wissen in sich aufzusaugen. Jetzt, gegen Mittag, saßen sie in den Kaschemmen und Cafés herum, billig gekleidet, mit blassen Gesichtern, und sie warfen mit gelehrten Sätzen um sich, von denen ich bis heute kein Wort verstehen würde.

»Früher haben Sarah und ich hier in den Straßen singen müssen. Hier haben wir immer ein paar Sous bekommen, obwohl sie doch selbst ganz verhungert aussehen. Ich sag dir, es sind die reichen Leute, die nichts geben können.«

Joinville musterte die jungen, ausgezehrten Gesichter. Männer in seinem Alter, die ein ganz anderes Leben führten.

»Ich würde gern mit ihnen tauschen. Wir könnten eine Studentenbude haben und zusammenleben!«

»Träumer! Willst du erleben, wie die Realität ist? Gut, dann komm. Wir werden essen.«

Ich zog ihn mit durch die Menge, durch die wir unbeachtet glitten. Niemand interessierte sich für den jungen Arbeiter und seine Braut. Wir waren eins von tausend Paaren, zwei Menschen, zwei Schicksale, die Paris völlig gleichgültig waren. Eine herrliche Erfahrung.

Der große Balzac nennt Flicoteaux einen Tempel des Hungers und der Armut. Das Restaurant an der Place de la Sorbonne ließ auf Plakate drucken, die zwischen den vielen kleinen Schaufenstern seines Etablissements an den braungestrichenen Wänden hingen: »Brot nach Belieben!« Mancher Student hatte früher ein paar Scheiben dieser fetten Sechspfundbrote eingesteckt und auch Sarah und mir ein paar Krümel hingestreut. Beim berühmten Flicoteaux gab es jeden Tag ein Menü aus drei Gerichten. Mit einer Karaffe Wein oder einer Flasche Bier kostete es achtzehn Sous, mit einer Flasche Wein zweiundzwanzig Sous.

»Na, was wollen wir uns leisten?« fragte ich Joinville, als wir in den langen, niedrigen Räumen an einem dieser Refektoriumstische Platz genommen hatten. Nur blasse Streifen von Tageslicht fielen herein, aber doch genug Licht, damit wir den Anblick des Tischtuchs bewundern konnten: Tellerränder, Glasränder, Fettflecken, Rotweinflecken, Krümel und zerdrückte Kartoffelreste. Es hieß, im Flicoteaux werde nur am Sonntag das Tischtuch gewechselt. Wir waren an einem Freitag gekommen.

»Heute ist ein besonderer Tag«, rief Joinville so fröhlich, daß die Studenten am Tisch ihren Disput unterbrachen und sich nach uns umsahen. »Wir nehmen die Flasche Wein!«

Es gab Kartoffeln, Salat und Hammelrippchen. Wir spülten alles herunter mit dem Wein, um den uns die Studenten am Tisch beneideten. Ich sah Joinville an, daß er drauf und dran war, eine Runde für alle auszugeben, und wollte ihn daran hindern: Wir durften doch nicht auffallen! Was tat er da?

»Kellner! Fünf Flaschen!« rief er mit beschwipster Stimme. »Ihr alle seid meine Gäste!«

»Bist du verrückt geworden?« zischte ich.

»Merci, Monsieur!« riefen die Studenten spöttisch. »Wie kommt es, daß ein Arbeiter sich wie ein Prinz benehmen kann?«

»Schaut mich an!« rief Joinville. »Ich bin der glücklichste Mann. Habe mich soeben verlobt!«

Ein großes Hurra folgte; ich errötete. Joinville stieß mit jedem an, er leerte Glas um Glas. Man hätte wirklich glauben können, er wäre ein liebestoller Bräutigam. Aber dann bemerkte ich diesen Blick, den ein blasser Student mit Mäusegesicht auf Joinvilles Hände warf. Kein Arbeiter der Welt hatte weiße feine Hände mit schlanken Fingern und sorgsam gepflegten, weichen Nägeln. Solche Hände hatte nur ein Aristokrat. Es war nur eine Frage der Zeit, wann uns jemand erkennen würde. Und das in einem Paris, wo es überall Spitzel der Geheimpolizei gab! Nicht auszudenken, in welcher Gefahr wir uns befanden.

Ich zog Joinville das Glas weg. »Los! Wir zahlen.« Der Runde erklärte ich: »Ein Wochenlohn ist weg, das genügt zur Feier des Tages. Meine Schwiegermutter wartet.«

Wütend schleifte ich den störrischen Prinzen durch die schmutzigen Straßen. Er bewegte sich wie ein großer tapsiger Bär, und er stöhnte leise, als wir endlich zu Hause angelangt waren.

»Du bist nur ein großes Kind!« schalt ich ihn, als wir uns in Sicherheit befanden.

»Vorsicht, Rachel! Wir sind erst verlobt!« lallte er. »Du sollst dich noch nicht wie eine Ehefrau benehmen. Das wäre verfrüht.«

»Halt den Mund, und komm ins Bett!«

Es war unser erster Streit, doch er hielt nicht lange an. In der Nacht wachte er auf und zog mich in seine Arme, und wir lachten und liebten uns, als wäre es wirklich unsere Hochzeitsnacht. Das letzte, was ich vor dem Einschlafen hörte, war: »Bleib immer bei mir, Rachel!«

Damals war ich so berauscht von meinem Glück, daß selbst das Theater für mich an Bedeutung verlor. Natürlich trat ich auf, genoß ich den Beifall und versäumte ich keine Stunde bei Samson. Doch gab es immer öfter diese Momente, in denen meine Gedanken abschweiften. Es fiel mir schwer, mich auf die Rollen zu konzentrieren, die mein Lehrer mir erklärte. Das Leben selbst bedeutete mir damals so viel. Ich hatte keinen Grund, mich aus der Welt der Gegenwart in die Gegenwelt der Kunst zu flüchten.

»Du hörst nicht zu«, schimpfte Samson, während ich mir mit der Zunge über die Lippen fuhr, die ganz wund waren von den wilden Küssen. Jede Nacht hinterließ ihre Spur. Wir rangelten, wir kämpften, bis uns Zärtlichkeit erfaßte. Dann umarmten wir uns, und dann schliefen wir, Hand in Hand, Bauch an Rücken. Unser Atem vereinte sich, und manchmal hatte ich das Gefühl, daß selbst unsere Träume sich vermischten.

Damals glaubten wir ja noch, alle Zeit der Welt zu haben. Wir hatten keine Ahnung von der Kostbarkeit des Augenblicks, von seiner Unwiderruflichkeit. Oder sah ich zu jener Zeit schon die ersten Schatten und wollte es nicht wahrhaben?

Am 1. April 1842 trat mein bedeutendster Vertrag mit dem Théâtre français in Kraft. Endlich war ich Sociétaire, Teilhaberin des Olymps. Von nun an, so dachte ich damals, würde ich niemals wieder darben müssen. Nun würde ich meinen Anteil an den Einnahmen bekommen, die mir und meinem Spiel soviel verdankten. Nun würde ich zwanzig Jahre lang eine feste Stelle haben. Außerdem gab sich das Ministerium die Ehre, mir zur Feier des Tages 42 000 Francs zu überreichen. Eine unglaubliche Summe, doppelt soviel wie Montmorency uns gekostet hatte.

Zu Hause in meiner Wohnung erwartete Joinville mich mit einem Geschenk. Ein kleines Kästchen, gehüllt in dunkelroten Samt. Er lächelte, während ich die Verpackung aufriß. Diesem höflichen Aristokraten gefielen mein Ungestüm, mein Gefühl, das man ihm so gründlich ausgetrieben hatte. In dem Kästchen fand ich zwei Medaillons aus schwerem rotem Gold, in die das Wappen der Orléans hineingraviert war.

»Mach's auf.« Joinville griff nach einem der Medaillons. Ungeduldig fingerte ich am Verschluß des anderen. Endlich sprang er auf – und darin fand ich eine wunderschöne kleine Miniatur meiner selbst. Ich stellte mich auf die Zehenspitzen, um zu sehen, was er in seinen Händen hielt. Er blickte in sein eigenes Gesicht. Wir lachten und tauschten die Medaillons aus.

»Trag mich immer an deinem Herzen!« befahl Joinville.

»Kommandiere mich nicht herum. Den Ton kannst du dir für deine Soldaten aufsparen.«

»Willst du wissen, was einem störrischen Soldaten passiert?«

»Friede!« rief ich aus, weil ich ein unbekanntes Funkeln in seinen Augen sah. Ich hängte mir die Kette um den Hals, und er küßte mich.

Später an diesem Abend stießen wir auf meinen Erfolg im Theater an.

»Du bringst mir Glück, Joinville!«

»Hoffentlich«, erwiderte er so vieldeutig, daß ich erschrak. »Ich fürchte, daß es Gerüchte gibt.« Er lachte bitter. »Du kennst den Bürgerkönig. Nicht umsonst hat jeder soviel Angst vor seinen Spitzeln. Sie wissen alles über uns.«

Mir war klar, was das bedeuten konnte. Mein Ruf, meine Reputation – dahin. Und was würde man dazu wohl im jüdischen Viertel sagen? Den Aufruhr konnte ich mir lebhaft vorstellen, an Mamans Gesicht und Papas Peitsche überhaupt nicht zu denken. Als Mätresse zu gelten wäre mein Untergang. Konnte Joinville die Nachstellungen nicht unterbinden?

»Bei uns hat nur mein Vater das Sagen. Was er befiehlt, wird gemacht. Ich bin froh, daß er mir den Kontakt mit dir noch nicht verboten hat. Aber dann ...«, er klang richtig feierlich, »... bin ich vorbereitet. Dann werden wir dieses Land verlassen.«

Da war sie wieder, die Stimme meines Träumers. Kein Wort davon, daß er mich als Mätresse sah.

Dennoch, während wir uns umarmten, war ich in meinen Gedanken fern von ihm. Seine Worte hatten etwas in mir geweckt. Ich dachte an meine eigene Familie! Papa! Wie hätte er sich über diesen Tag gefreut! Wie gerne würde er nun mit mir feiern. War er es nicht, fragte diese hartnäckige innere Stimme, der dich zum Theater geführt hatte? Wie viele Jahre hatte er mit mir gehofft und gebangt. Ich konnte es vor mir sehen: Heute würde er aus den Journalen erfahren, daß seine Tochter endlich Sociétaire geworden war. Sein Traum vom Olymp, vom Griff nach den Sternen hatte sich erfüllt. Und doch würde er allein sein, allein in der Bibliothek von Montmorency.

»Woran denkst du?« Joinvilles Arme gaben mich frei.

Nach einem kurzen Moment der Beschämung gestand ich es ihm. Unter Tränen brach es aus mir heraus. Mein Bruch mit der Familie und die Sehnsucht, die ich nach ihnen allen hatte. Bis jetzt hatte ich ihm nie erzählt, was vorgefallen war. Seine Reaktion erschreckte mich. Bestürzung lag in seinem Gesicht, die tiefem Ärger wich.

Er hob das Kinn und wurde ungewohnt energisch. »Seit deinem Geburtstag hast du nicht mit ihnen gesprochen? So geht es nicht. Du stehst sofort auf und holst Papier.« Da ich nicht gleich reagierte, erhob er sich drohend aus seinem Sessel. »Na?«

Als ich zurückkehrte, diktierte er mir einen Brief, in dem ich meinen Eltern für alles dankte, was sie mir mitgegeben hatten. Schöne Worte, kluge Worte. Doch ich war bockig. Jedesmal, wenn meine Feder stockte, hob er drohend die Augenbrauen; ich senkte dann schnell wieder den Kopf und schrieb weiter. So kannte ich ihn gar nicht. Bisher war er immer lieb und sanft gewesen. Nun bekam ich seine Willenskraft zu spüren. Daher schrieb ich, was er mir befahl. Ich spürte, daß es Fürsorge war, die ihn trieb.

»Gut«, lobte er schließlich, als er selbst die Sauberkeit meiner Handschrift noch kontrolliert hatte. »Wir werden einen Boten schicken. Und morgen gehst du zum Anwalt und regelst die Verhältnisse deiner Eltern. Oder willst du sie verhungern lassen?«

»Wieso? Sie haben doch mein ganzes Geld! Rose, ich und du, wir leben von meinen Ersparnissen.«

Scharf zog Joinville die Luft ein und bat mich um Verzeihung. Mon Dieu, wie zerstreut er doch sei. Daran habe er gar nicht gedacht.

Einige Tage später brachte er mir ein kleines Vermögen. Mich machte es mißtrauisch. Ganz Paris wußte, wie knapp Louis-Philippe seine Söhne hielt. Tatsächlich mußte mein Prinz mir gestehen, daß er ein Geschenk seiner Mutter, eine juwelenbesetzte Uhr, ins Pfandhaus getragen hatte.

»Wie kannst du so etwas nur tun?«

In dieser Nacht weinte ich still in mein Kissen, ich, die ich so selten Tränen hatte. Für mich war es wie ein erster Abschied, ein kleiner Tod. Denn für einen Moment waren wir aus der großen kosmischen Umarmung gefallen.

## 28

Der April war ungewöhnlich warm. Ah, wie ich den Frühling liebte. Auf dem jungen Grün flirrte die Sonne, eine Schar Wildgänse verdunkelte den Himmel. Ich stand am Fenster und machte Pläne für den morgigen Tag, der Joinville und mir gehören würde, weil ich nicht ins Theater mußte.

»Ein Picknick«, erklärte ich Rose. »Ich will Joinville zum Picknick einladen. Im Bois de Boulogne. Gleich morgen früh! Wir fahren nach Meudon, nur er und ich.«

»Wird man Sie nicht erkennen?«

»Wir werden uns verkleiden. Gib acht, Rose, wir gehen in die Küche und bereiten alles vor.«

Wir schnitten Salat und richteten kalten Braten und Weißbrot an. Dann rollten wir Blätterteig aus und machten eine herrliche Fleischpastete. Anschließend suchten wir einen schönen Burgunder aus und packten alles in einen großen Korb. Rose wollte auch noch mein Porzellan hinzufügen.

»Nein!« rief ich aus. »Wir nehmen die alten Teller von damals. Du weißt schon, Rose?«

Ihr Blick war ehrlich entsetzt, und sie vergaß, daß sie mich neuerdings vornehm siezte, um den Schein zu wahren. »Du willst einen Prinzen aus dem Hause Orléans auf Blechtellern bewirten?«

Ich lachte. »Wenn er mich doch liebt ...«

Am nächsten Morgen war der Himmel gleißend blau. Nachdem ich mich mit Kernseife gewaschen hatte, massierte ich Rosenöl auf meine Haut. Ich wollte schön sein und für ihn duften. Dann zog ich das neue blaue Kleid aus Seidenmusselin an und setzte mir einen Strohhut auf. Ich lächelte meinem Spiegelbild zu. Meine Augen tanzten.

Als es an mein Schlafzimmer klopfte, machte mein Herz einen Sprung. Ich freute mich so sehr darauf, Joinville zu sehen, daß es beinahe schmerzte. »Komm rein, mon vieux chien!«

In der Tür stand Rose, die Arme streng über der Brust verschränkt. »Seltsame Kosewörter, Mademoiselle. Außerdem werden Sie sich in dem Kleid den Tod holen. Nehmen Sie wenigstens die neue Stola mit. Und vorher gibt es das Frühstück.«

»Gut, Rose! Aber bitte geh zum Fenster, und schau, ob er kommt. Ich freu mich so.«

Bei jedem Bissen von meinem Brötchen hielt ich inne und lauschte, ob ich nicht eine Kutsche, nicht seine Schritte hören würde. Die große Standuhr tickte durch die Stille.

Ich hatte den Strohhut bereits abgesetzt und mein Frühlingsgewand gegen ein Samtkleid ausgetauscht, als ich endlich das ersehnte Klopfen hörte. Mit einem Satz sprang ich zum Spiegel, wo ich mir in die Wangen kniff, bis sie rosa wurden. Hastig riß ich eine Locke aus meiner Frisur, die ich mir so ins Gesicht zupfte, daß sie mir über die Wange fiel, und dann stand Joinville schon im Zimmer. Ein Blick in seine Augen, und ich sah, daß etwas nicht stimmte.

»Mon enfant! Wir werden uns trennen müssen.«

Ich glaube, daß ich für einen Augenblick zu atmen aufhörte. Er wollte sich von mir trennen? Dann spürte ich diesen eisernen Ring, der sich um meine Brust schloß. Ein flaues Gefühl, ein leichter Schwindel. Ich stützte mich mit der Hand an der Wand ab.

»Es macht nichts, daß du spät bist«, brach es aus mir heraus. »Wenn man lange wartet, wird die Freude um so größer.« Er sah mich traurig an und kam nicht auf mich zu, schloß mich nicht in seine Arme. Alewaj! Ich mußte Worte finden, mußte die Leere füllen, durfte ihn nicht reden lassen. Verzweifelt suchte ich nach Sätzen, die ich sagen könnte, nur um die gefürchteten Worte nicht aus seinem Mund zu hören.

»Ich freue mich, dich zu sehen, mon amour, sehr, wir können das Picknick hier machen, vor dem Kamin, oder wir gehen nach draußen. Was, was meinst du? Wie gefällt dir mein Kleid? Schau, wie schwer die Ärmel sind! Ich dachte, wir könnten von den alten Blechtellern essen, aber wenn du willst, können wir das Picknick auch morgen machen oder nächste Woche …«

»Rachel!« Er hob gebieterisch seine Hand. »Danke!«

Ich verstummte und senkte den Kopf. Meine Augen füllten sich mit Tränen.

»Ich habe alles versucht, Rachel, aber ich konnte nichts machen. Mein Vater hat sich durchgesetzt.«

Ich straffte mich, ignorierte das Rauschen, das in meinen Ohren brauste. Jeden Satz, jedes Wort, jede Silbe wollte ich hören. In den schlimmen Momenten wollte ich zeitlebens immer Klarheit haben.

»Rachel. Man schickt mich fort.«

Ich machte einen Schritt auf ihn zu, er drehte sich um zu mir. Seine Augen glänzten. Der Teppich, der zwischen uns lag und uns trennte, schien endlos zu sein.

»Inspektionsfahrt nach Le Havre. Es wird nichts aus dem Picknick. Er war unerbittlich. Er hat von uns gehört. Er ist mein oberster Kommandant, und ich bin sein Offizier. Ich kann nichts tun, Rachel. Es wäre Desertion. Eine Woche, meinst du nicht, daß wir eine Woche Trennung überstehen werden?«

Fünf, sechs Sätze über den Teppich, und ich war bei ihm. Meine tränennassen Wangen an seinen Bartstoppeln – ich drückte ihn und lachte, bis ich wieder weinen mußte.

»Du bist ja hysterisch. Man könnte glauben, du freust dich.«

»Aber natürlich! Weißt du, was ich dachte? Ich dachte, du wolltest mich nicht mehr.«

Als ich es ihm erklärt hatte, war er fassungslos, dann fing er an zu lachen. Unsere Liebe beenden? Ich müsse eine Närrin sein.

Was für ein verrücktes Mißverständnis!

Wir umarmten uns, lang und zärtlich. Das Picknick würden wir hier machen, hier im Wohnzimmer. Ich lief und holte das Brot und den Rotwein und die alten Teller und mein Frühlingskleid mit den bunten Bändern. Ich gab Rose Bescheid, und das Zimmer verwandelte sich für uns in alles, was wir darin sehen wollten.

»Eine Woche«, wiederholte er, als ich ihm ein Stück Braten in den Mund schob. »Nur eine Woche! Wir schreiben uns!«

»Eine Woche kann lang sein.«

»Er wollte wissen, ob du meine Mätresse wärst. Non, Sire, habe ich gesagt. Sie bedeutet mir mehr. Dann täte es ihm leid, er müßte mich auf Reisen schicken.« Joinville griff nach dem Weinkelch und trank, und ich hörte seinen Worten nach. Er hatte mich vor dem König nicht verraten. Vielleicht, ganz vielleicht würde alles gutgehen können. Liebe, so hatte meine Mutter einmal gesagt, überwindet alle Schranken. »Schau, Rachel, ich wollte nicht mit ihm streiten. Ich habe Pläne. Die Zeit wird vorbeigehen, nicht wahr?«

Eine Woche, sieben Tage, siebenmal vierundzwanzig Stunden. Ich versuchte, es ihm vorzurechnen, ein hilfloser Versuch, und wieder mußten wir lachen.

»Wir haben noch den April, bis du auf große Fahrt mußt.«

»Wir haben unser ganzes Leben!«

Er riß mich in seine Arme, warf mich auf den Boden und schob mein Kleid hoch. Seine Umarmung war fast schon gewalttätig. Er brauchte mich, wollte mich halten, und dann wurde mir schwarz vor den Augen. Wellen durchströmten mich, Wellen, die mich weit fort und ganz nahe zu ihm hintrugen.

»So muß es sein«, flüsterte er sanft.

Irgendwann mußte er mich ins Bett gebracht haben. Mitten in der Nacht erwachte ich aus einem traumlosen Schlaf. Ich spürte seine Atemzüge. Ich sah, daß seine Augen offen waren.

»Woran denkst du?«

»Wie sehr ich dich liebe.«

»Wann mußt du fort?«

»Heute früh. In ein paar Stunden. Aber vorher – komm zu mir.«

Wenn ich ehrlich bin, hat mir mein Leben lang im Bett nichts besser gefallen als Liebe im Angesicht des Abschieds.

Kaum war Joinville damals fort, begann er mir schon zu fehlen. Ich umarmte sein Kissen und weinte. Später gab ich Rose zu verstehen, daß sie das Bettzeug in den nächsten Tagen nicht abziehen möge, und ich glaubte, ein verstecktes Lächeln in ihren Augen wahrzunehmen. Als ich am Abend von einer mittelmäßigen Vorstellung zurückkehrte, wurde meine Sehnsucht zum Schmerz. Niemand erwartete mich vor dem Kamin, niemand zog mich auf das kleine rote Sofa und hielt mich fest. Gewiß, ich trank Champagner, doch ohne Joinville schmeckte er schal. Ich fühlte mich müde und traurig, selbst der Glanz des Mondes über der Seine draußen schien mir blasser zu sein als sonst.

Ich legte mich in mein verlassenes Bett. Spät in der Nacht, als ich endlich eingedämmert war, machte sich meine Hand auf die Suche nach ihm, nach Wärme, Trost, Berührung. Als ich ins Leere faßte, wachte ich auf. In der Nacht hatte der Wind sich gedreht und rüttelte an den Fensterscheiben. Es war kühl. Ich fror unter meiner Decke und hatte Angst, daß ich wieder krank werden könnte. Wo bist du? fragte ich die Nacht. Lag Joinville in einem Hotelbett wach, dachte er an mich, fror er auf einer viel zu schmalen Pritsche? Wo schlief ein Königlicher Admiral, wenn er auf Inspektionsreise ging? Schlief er überhaupt – oder trank er mit drallen Dirnen irgendwo in einer Kaschemme? Ach, ich wußte viel zuwenig über ihn. Es gab noch so viel, das ich lernen wollte.

Am nächsten Morgen wurde nichts besser. Ich wachte viel zu früh auf und verwünschte den kurzen Schlaf. Während ich träumte, hatte ich ihn nicht vermissen müssen. Denn im Traum war er bei mir. Immer hatte ich diesen Traum von ihm: Wir liefen beide Hand in Hand über eine Wiese voller Frühlingsblumen. Ich trug ein weißes Kleid und einen Sonnenhut mit weißem Schleier in der Hand. Joinville lief mir einen halben Schritt voraus, er lachte und zog mich mit sich. Wir liefen und liefen; es gab kein Ende, keinen Horizont, nur uns beide.

Die Realität dagegen erschreckte mich. Die Wohnung war leer ohne ihn; nichts schmeckte mir. Im Theater schaute ich immer wieder zu seiner leeren Loge hinauf. Hinter jeder Ecke glaubte ich ein schmales, helles Gesicht in der Menge zu sehen. Das Blut schoß mir in die Wangen, mein Puls ging schneller, und ich war drauf und dran, einem wildfremden Menschen um den Hals zu fliegen.

Doch bei all meinem Schmerz ging das Leben weiter – und mit einer gewissen Ernüchterung kehrte ich in den Alltag zurück.

»Gibt es nicht mehr Post, Rose?« fragte ich am dritten Morgen nach seiner Abreise, als ich auf dem Silbertellerchen nur zwei unbedeutende Briefe sah, Einladungen zu reichen Kaufleuten, die sich mit meiner Anwesenheit schmücken wollten.

»In letzter Zeit ist es nie mehr gewesen«, sagte Rose in einem Ton, der sich merkwürdig bedeutungsvoll anhörte. Ich bat sie, mir alle Post der letzten Woche zu bringen, hatte sie in einer Viertelstunde gesichtet und bat dann um die Post der letzten drei Wochen. Als ich auch sie durchgesehen hatte, blieb ich am Küchentisch sitzen, die Ellenbogen in dem Seidennachthemd mit den Spitzen und Bändern auf die Platte gestützt. Ich hatte Grüße von meiner Familie erhalten, vom Duc de Noailles, Marquis de Custine, von Délphine de Girardin, aber sonst gab es aus den feinen Kreisen kein Lebenszeichen. Kein Wort der Bewunderung, kein Geschenk, nicht eine einzige Einladung ins Faubourg Saint-Germain. Es war offensichtlich, daß ich geschnitten wurde.

Nach einem langen, heißen Bad ließ ich mir von Rose mein neues, wunderbar schlichtes dunkelgrünes Samtkleid bringen, steckte das Haar sorgfältig auf und verlangte nach meinem Einspänner. Ich fuhr durch die Rue de Rivoli, wo sich sonst immer die Kavaliere um meinen Schlag drängten, wo es Grußworte gab, und ich lächelte, als wäre ich eine Königin. Doch an diesem Tag hätte ich alles sein können, vermutlich auch ein Elefant im Rüschenkleid. Die Welt war entschlossen, mich nicht wahrzunehmen. Niemand kam an meinen Wagenschlag, bekannte Gesichter wandten sich ab, plötzlich dringend an den Auslagen der Schaufenster interessiert. Die Marquise von O., diese alte

Fregatte, gab ihren häßlichen, kichernden Töchtern, für die sie keinen Mann finden konnte, offenbar den Befehl, sofort umzukehren, als sie mich erblickte. Im Grunde hätte es mir gleichgültig sein können. Was ging mich das aufgetakelte Schlachtschiff an? Aber für meine Laufbahn war es schädlich. Ich mußte herausfinden, was hier vorging.

Ein livrierter Diener empfing mich im Palais der Girardins, trug meine Karte auf einem Silbertellerchen fort, und dann wurde ich eingelassen in jenes grün bespannte Boudoir, das den Teint meiner Gastgeberin so vorteilhaft zur Geltung brachte. Délphine sah aus, als würde sie schimmern. Sobald sie mich eintreten sah, stand sie auf. Ihre Augen blitzten schelmisch.

»Ah, meine Liebe! So haben Sie die Welt doch nicht ganz vergessen. Freut mich, Sie sehen entzückend aus.«

Ich versank in einem dieser herrlichen Sessel, und wir plauderten über dies und das, auch über das Theaterstück »Judith«, an dem sie weiterhin arbeitete, auch wenn sie mir gestand, daß sie im Augenblick eher eine Phase habe, in der sie sich erhole. Ich sah, daß ihre Füße in den weißen Seidenpantoletten kaum den Fußboden berührten. Sie war eine Elfe aus Elfenbein. Was wußte sie von der Welt? Darum war ich hergekommen – um sie zu fragen. Ich nippte an dem Champagner, der mir nicht schmeckte. Wasser wäre mir lieber gewesen. Ich nickte, lächelte, ohne den Vorhang von meiner trübsinnigen Seele zu heben.

»Etwas bedrückt Sie.« Délphines Puppengesicht war ernst geworden. Plötzlich sah sie nicht mehr aus wie eine liebreizende Fee, eher schon wie eine Schriftstellerin. Dieser Frau traute ich zu, daß sie ein großes Theaterstück schreiben würde.

»Sieht man es mir an?« fragte ich zurück.

Sie lachte. »Man – wohl nicht. Ich – schon. Ich dachte, wir wären Freunde. Also, ich ahne, worum es geht. Sie werden geschnitten, habe ich recht?«

Ich blickte auf meine Hände, weiße, schmale Hände, auf

die ich zeitlebens stolz gewesen bin; die Hände eines Priesters, wie Maman immer sagte.

»Es ist Gesprächsstoff in allen Salons, weil alle Sie eben doch irgendwie vermissen. Aber Sie kennen ja das Gesetz, wer einmal den Feuerkreis überschritten hat, kommt niemals zurück.«

Ich blickte sie traurig an. »Es sind doch meine Freunde.«

»Liebes Kind!« unterbrach sie mich. »So naiv können Sie nicht sein. Die feine Gesellschaft kann einen küssen, hassen, meiden, aber Freunde macht man sich dort nicht. Glauben Sie mir, diese Gräfinnen und Marquisen haben keine Ahnung von dem, was Freundschaft ist. Insofern sollten Sie den Verlust nicht zu sehr betrauern. Sie werden vom Volk geliebt, vom großen Publikum. Genießen Sie das, und seien Sie zufrieden.«

Ich brachte keinen Ton heraus. Natürlich war mir das spitze Lächeln der dünnen Herzoginnen, waren mir die feinsinnigen Lügen ständig auf die Nerven gegangen, ja, ich hatte die feine Gesellschaft für ihre Grausamkeit gehaßt, doch in meinem jugendlichen Glück hatte ich mir nur vorstellen können, sie zu verstoßen. Nicht umgekehrt. Schließlich wollte ich als Schauspielerin von allen geliebt werden.

Wieder umspielte dieses wissende Lächeln Délphines feinen Mund. »Sie haben den Weg des Herzens gewählt. Sie haben die Liebe zu einem Mann gewonnen und die Achtung eines sehr kleinen Teils der Welt verloren. Ist diese Liebe gar nichts wert?«

»Woher wissen Sie davon?« stammelte ich.

»Ganz Paris pfeift es von den Dächern. Meine liebe Muse, Sie haben sich viele Feinde gemacht, indem Sie den dürren Herzoginnen die beste Beute weggeschnappt haben, die das Faubourg zu bieten hat. Jedes kleine Mädchen schmachtet Ihren Seefahrerprinzen an. Sie hätten diskreter bleiben müssen. Ganz Paris zerreißt sich den Mund darüber, wie oft er in Ihre Wohnung kommt. Und dann Ihre kleine Privatvorstellung in der Öffentlichkeit, wenn Sie so tun, als kennten Sie sich nicht! Alle sind neidisch und möchten Sie am liebsten vergiften.«

Ich hob den Kopf. »Was reden die Leute über mich? Sagen Sie es mir! Schonen Sie mich nicht! Sie sind Schriftstellerin, Sie müssen die Wahrheit sagen!«

Eine lange Pause trat ein, in der ich die widerstreitenden Gefühle von ihrem Gesicht ablesen konnte. »Gut«, sagte sie schließlich mit einem fast metallisch klingenden Ton, einem Ton wie eine Totenglocke. »Man sagt, daß es mit diesen Schauspielerinnen eben doch immer dasselbe sei, daß man ihnen nicht vertrauen könne. Das Faubourg hätte Sie zur Prinzessin gemacht, und dabei seien Sie doch auch nur eine x-beliebige Mätresse. Der Prinz und die kleine Jüdin, sagt man. Außerdem heißt es, daß Sie jetzt keinen Mann mehr abbekommen, jedenfalls keinen, den das Faubourg als gestandenen Mann ansieht. Keinen Marquis, keinen Grafen. Sie haben Ihr Kapital auf dem Brautmarkt verspielt. Dann gibt es überall Wetten, wann er Sie fallenläßt und sich der nächsten zuwendet.«

»Wie stehen die Wetten?« fragte ich rauh.

»Es tut mir leid, Rachel, Ihnen das sagen zu müssen, aber Sie wollten die Wahrheit hören. Man gibt Ihnen wenig Chancen. Zweiundzwanzig zu eins, daß die Liaison in diesem Jahr beendet ist.«

Ich stürzte mich in die Arbeit und las mich ein in die Rolle der Ariane von Thomas Corneille, die herzzerreißende Geschichte einer unglücklich Liebenden, die sich selbst voller Pathos in den Wahnsinn redet. Monologe des Unglücks, Tiraden des Leidens, in denen ich mein eigenes Sehnen zum Ausdruck bringen konnte. Sich selbst zu verlieren gelingt am besten beim Einstudieren einer Rolle, dann, wenn man sich an ein fremdes Kunstwesen herantastet, wenn man Grenzen und Beschränkungen aufspüren und überschreiten muß.

Dennoch fiel ich natürlich immer wieder aus der Rolle

und zurück in meinen Trübsinn. Wenn ich rezitierte, vergaß ich den Text für einen Sekundenbruchteil, oder wenn Samson mir eine Geste vormachte, die ich nachahmen sollte, oder auch wenn wir über dem Text brüteten und überlegten, wo er zu kürzen wäre.

Ich wartete auf Joinvilles Brief. Jedesmal, wenn es klopfte, tat mein Herz einen Sprung. Kaum beachtete ich die Post auf feinstem Büttenpapier, die mich für den Sommer auf Tournee nach Brüssel und London rief, wo mir ein Vermögen versprochen wurde. Worauf ich einzig und allein wartete, waren ein paar Worte von ihm. Der Flug seiner Schrift, der Hauch seines Geruchs, die Illusion der Nähe.

Als der Brief schließlich kam, war er gelb und dick. Feldpost. Sieben Seiten, eng beschrieben, die mir sein Leben nicht näherbrachten. Denn er sprach nur von seiner Liebe und davon, wie sehr er mich vermißte. Noch in derselben Nacht zog ich den Schemel vor meinen kleinen Sekretär, spitzte die Feder und schrieb zurück:

»Ich bin froh, heute abend, froh, wenn ich daran denke, daß Du mich liebst. Ich war ganz krank in diesen letzten Tagen, Du kannst dir sicher denken, weshalb. Wie tief ich die Liebe zu Dir empfinde. Du mußt es einrichten, mon vieux chien, so gern Du mit deinem Schwanz zu meinen Ehren wedelst, so schnell mußt Du Deine vier Pfoten in Bewegung setzen und nach Paris kommen! Gute Nacht! Ich nehme meinen kleinen Brief von sieben Seiten mit ins Bett – um ihn zu umarmen und zu küssen. Aber wenn Du bald kommst, dann wird der Brief nicht meine ganze Zärtlichkeit bekommen …«

Tatsächlich legte ich den Brief unter mein Kopfkissen. Am nächsten Morgen zog ich ihn wieder hervor. Ich las ihn wieder und wieder und berauschte mich an seinen Worten, bis das Papier zerknittert war.

Endlich, eines Abends saß er wieder vor mir auf dem roten Sofa, als wäre er niemals fort gewesen, und als ich ihn sah, wollte ich es erst nicht glauben. Ich brauchte einen Moment. Ich blieb stehen. Ich verschlang ihn mit meinen Blicken. Dann begann sich dieses alberne Lächeln auf meinem Gesicht auszubreiten. Joinville war leicht gebräunt, sein Haar war kürzer und blonder. Er sah gesund und männlich aus. Ganz ruhig stand er auf und kam auf mich zu, eine solche Präsenz, daß ich unwillkürlich zurückwich. Er füllte den Raum aus, meinen Kopf, die ganze Welt. Er schloß mich in seine Arme und drückte meinen Kopf an seine Schultern. Er roch nach Salz und Wasser und nach Gefahr, und in seinen Augen stand ein helles, spöttisches Funkeln.

»Du siehst traurig aus, Rachel.«

»Du hast mir gefehlt.«

»In Gedanken war ich immer bei dir.«

Gefühle wie ein bittersüßer Walzer überfielen mich. Etwas drängte ihn, meine Taille zu umfassen, und wir wirbelten durchs Zimmer, wild und stumm; wir brauchten keine Musik.

In der Nacht schliefen wir nicht miteinander, aber wir schliefen zusammen ein, Hand in Hand, Haut an Haut. Es geschah die unheimliche, magische Wandlung von Verliebtheit zu Liebe. Unsere Finger fanden sich, verschränkten sich, wir atmeten im selben Takt, als könne ein falscher Luftzug schon das Miteinander stören.

Draußen rauschte der Wind über der Seine und bauschte den Vorhang. Ich lag wach, spürte den Druck seiner Hand, seinen Atem und wünschte, dieser Augenblick würde grenzenlos sein.

## 29

Nun wußte die feine Gesellschaft also Bescheid. Rachel war vom Olymp gestürzt – und mitten im Leben gelandet. Ich hatte nicht mehr viel zu verlieren. Nur im jüdischen

Viertel mußte ich noch auf meinen Ruf achten. Der Klatsch der Adligen erreichte das Marais nicht, und so war ich vor Mamans Zorn einstweilen sicher.

Wir fuhren hinaus nach Meudon. Im Bois lag der Tau über den Baumkronen wie ein feines Netz aus Spinnweben. Der Geruch nach warmer, feuchter Erde erfüllte die Luft; die Sonne brach in breiten blassen Streifen durch die Wipfel.

Wir gingen Hand in Hand.

»Ich kenne einen Ort«, sagte Joinville, »wo uns keiner findet. Es ist mein Lieblingsort.«

Wir sahen eine uralte Doppeleiche, die einem Liebespaar in der Umarmung glich. Die Stämme, ineinander verklammert, waren so dick, daß sie bald ein Jahrtausend existieren mußten. So würden sie stehen, bis ein Blitz sie traf und sie gemeinsam sterben würden.

»Halt mich«, flüsterte ich. Wir stellten die Picknickkörbe ab und küßten uns. Dann gingen wir weiter, immer dem verschlungenen Pfad folgend, der uns in eine dunkle Tannenschonung führte. Ich spürte eine Furcht, die größer war als alles, was ich vorher an Furcht empfunden hatte. Ich fror, doch ich sagte nichts, vielleicht, weil ich spürte, daß es eine Ahnung war, ein Vorauswissen, dessen Erfüllung ich mit Worten nur beschleunigen würde. Maman hatte ja immer gesagt, wir seien Nachkommen alter Propheten.

Dann lichtete sich der Wald. Es wurde wärmer, und wir betraten eine Lichtung, in deren Mitte ein See schimmerte wie ein dunkler Spiegel. Am Ufer lag ein alter Kahn im Schilf vertäut. Kleine Wellen schwappten gegen das Holz. Ich blickte übers Wasser und sah die kleine Insel, auf der ein Pavillon stand.

»Ein uraltes Liebesnest.« Joinville kniff mich neckend in die Wange. »Komm ins Boot.«

Wir verstauten unsere Körbe und Decken in dem alten Kahn, der auf mich wenig vertrauenswürdig wirkte.

»Ich kann nicht gut schwimmen«, stammelte ich.

»Es würde mir ein Vergnügen sein, dich zu retten.«

Joinville schob mich ins Boot und stieß uns ab ins Wasser. Ein kleines Seufzen erklang, als das Boot sich durch die Wellen pflügte. Er griff nach dem einzigen Ruder, tauchte es platschend ein.

»Wie ein Gondoliere. Schließ die Augen, Rachel. Und stell dir vor, wir wären in Venedig.«

Aber ich wollte die Augen nicht schließen. Ich hatte Angst vor der Unergründlichkeit des Wassers, vor der Weite des Himmels, der sich darin spiegelte. Mein einziger Fixpunkt war er. Sein Dasein. Sein Lachen. Joinville sah so gesund und zuversichtlich aus. Er schien soviel Stärke zu verströmen.

»Ich liebe dich«, sagte ich leise und hielt die Hand ins Wasser. Es fühlte sich kühl und seidig an. Meine Finger zogen einen kleinen Kiel hinter sich her, der kurz darauf im Tanz der Wellen verschwand. Meine Berührung würde keine Spur hinterlassen.

Unser Boot glitt zur Insel, Joinville stemmte seinen Fuß ins Ufer und hielt den Kahn für mich fest, er gab mir das Zeichen auszusteigen. Fast wäre ich ins Wasser gefallen, doch er fing mich auf und konnte in letzter Sekunde den Kahn festhalten.

»Ein Glück. Sonst müßten wir immer hierbleiben.«

»Wäre das so schlimm?«

Hand in Hand stiegen wir die Treppen hinauf. Der steinerne Pavillon, von dem aus man einen wunderschönen Blick über den See und die Wälder hatte, war ein verwunschener Ort. Die Säulen aus bröckelndem Gestein waren über und über mit Efeu bedeckt. In einem Spalt entdeckte ich ein kleines Herz mit den Initialen M. A. Sanft fuhr ich mit dem Finger darüber.

»Wer könnte das sein? Marie Antoinette?«

Ein Blick zu Joinville. »Stell dir vor, wie sie geendet hat. Die Guillotine … Ob das ein gutes Zeichen ist?«

Er zündete sich eine Zigarette an. »Quäl dich nicht mit

traurigen Gedanken. Versailles ist Vergangenheit. Wir leben hier und heute.«

Mir war unheimlich geworden. Ich hatte das Gefühl, etwas oder jemanden zu stören, das Gefühl, beobachtet zu werden. Ich zog die Schuhe aus und spürte das feuchte, warme Gras, auf das die Sonne schien. Ich packte ein Damasttuch aus und breitete es über den Boden, wie Maman einst am Schabbes. Dann stellte ich die Blechteller darauf.

»So haben wir früher in den Wäldern gegessen.«

Es war so lange her – die Kindheit, die endlosen Wanderungen. Damals war es die Armut gewesen, die uns gezwungen hatte, auf dem Boden zu essen. Nun war ich hier mit meinem hübschen Prinzen und legte Champagnerflaschen in den See, um sie zu kühlen. Ich schnitt die Pastete auf, die wunderbar duftete. Dann stießen wir an, streckten die Gesichter in die Sonne, die schon genug Kraft hatte, um uns zu wärmen. Wir sahen zu, wie ein Eisvogel übers Wasser schoß, das blau wie ein Saphir unter dem wolkenlosen Himmel glänzte. Unsere Gläser klirrten leise, wir teilten die Pastete, dann schob Joinville das Geschirr fort und zog mich an sich. Sanft bettete er mich ins Gras. Er knöpfte mein Mieder auf und zog mich mit geschickten Händen aus.

»Man wird uns sehen! Was ist, wenn Leute kommen?«

Er legte mir die Hand auf den Mund, preßte mich unter sich und drang in mich ein, als wollte er mich für immer in Besitz nehmen. Fast, daß es mich geängstigt hätte. Er spürte es, wurde sanfter und hielt beinahe inne. Ich starrte in den Himmel, sah die einzelne kleine Wolke, die sich vor die Sonne schob, und schloß die Augen.

»Komm!« flüsterte ich. »Komm ganz nahe!«

Viel später lagen wir auf dem Rücken. Er strich mit einem Grashalm über mein Gesicht. Es war inzwischen warm geworden, viel zu warm für April, fast wie im Sommer. Ich sah im hellen Licht, daß seine blauen Augen dunkle Farbeinsprengsel hatten. Sie sahen schillernd aus. Er ließ den Grashalm fallen und stand auf.

»Wohin willst du?«

»Nur etwas holen.«

Er kam mit der zweiten Flasche Champagner. Ich sah, daß er etwas hinter dem Rücken versteckt hielt. Er versteckte es zwischen den Binsen, füllte Schaumwein in die Gläser.

»Auf uns«, sagte er. »Auf uns, unsere Kinder und ein langes, glückliches Leben.«

Ich blickte ihn an und wartete ab. Der Moment schien so bedeutungsvoll.

»Wir werden keine große Feier haben können, nicht in Notre-Dame jedenfalls, aber wir feiern in Neuilly. Eine kleine Kapelle, ein kleiner Kreis Gäste. Ich habe alles überlegt. Nur eines kann ich dir nicht ersparen. Du wirst konvertieren müssen. Die Prinzessin von Joinville muß Katholikin sein. Wenigstens auf dem Papier. Was dein Herz dir sagt, braucht niemand zu wissen.«

Ich stützte mich mit beiden Händen im Gras ab und mußte einen kleinen Schrei unterdrücken. War das, was er mir da gerade machte, ein Heiratsantrag?

»Schau nicht so entsetzt!« Joinville griff nach dem Gegenstand, den er zwischen den Binsen versteckt hatte. »Ich bin Seemann, kein Dichter. Ich kann keine großen Worte machen.« Ich sah, daß der Gegenstand ein kleines rotes Kästchen war. Er klappte es auf. Im Sonnenschein glitzerte und gleißte ein Ring mit einem riesigen Diamanten. »Werde meine Frau, Rachel. Und gib mir deine Hand.«

Folgsam streckte ich meine Finger hin. Der Ring schmiegte sich an, als wäre er für mich gemacht. Für Prinzessin Elisabeth von Joinville, die Schwiegertochter des Königs. Ein Märchen, dachte ich. Die Prinzessin Judas würde Prinzessin Frankreichs werden.

»Was wird dein Vater dazu sagen?«

»Das Volk liebt dich, du bist populär. Letztendlich kann es seinem Ansehen nur nützen. Meine Mutter weiß Bescheid. Ich kann nicht behaupten, daß sie froh ist, aber sie wird uns unterstützen. Du wirst meine Frau, Rachel. Und nichts und niemand wird uns trennen können.« Ein plötzliches Aufflackern der Angst in seinen Augen. »Du ... du willst es doch?«

Ich konnte nur nicken.

Als ich am nächsten Morgen erwachte, hing ein dünner Nebelschleier über der Seine, durch den der Strahlenfinger der Sonne stieß. Ein Morgen wie ein Versprechen. Mein Prinz meinte es ernst mit mir; er liebte mich, ich liebte ihn. Wieder und wieder hatten wir es uns in dieser Nacht gesagt, hatten unser Lächeln gesucht und unsere Finger, die sich ineinander verschränkten.

»Wenn die Hände zusammenpassen«, hatte Maman immer gesagt, »dann passen auch die Menschen zusammen.«

Unsere Hände waren füreinander gemacht.

Im Morgengrauen war er jedoch fortgegangen, zurück zu seinem Dienst. Ich kuschelte mich unter das Deckbett und dachte an die vergangene Nacht zurück, während sein Geruch mich noch ganz umhüllte. Ja, dieses Gefühl, das war Glück!

Ich spürte eine beinahe nie gekannte Energie in mir. Mit einem Satz sprang ich aus dem Bett; ich wollte zu Maman, die ich so lange nicht mehr gesehen hatte, um ihr alles zu erzählen.

Meine Mutter machte große Augen, als ihr Mädchen mich eingelassen hatte und sie mich in ihrem Salon stehen sah. Zu der frühen Stunde trug sie noch ihr Nachtkleid und darüber eine bänderverzierte Haube. In plötzlicher Verlegenheit zog ich mein Moirékleid zurecht, denn unter ihrer Musterung fühlte ich mich auf schwer bestimmbare Weise unordentlich.

»Elisa! Kind! Du kommst mich besuchen?« Ich sah, daß ihre dunklen blauen Augen unruhig flackerten. »Bist du krank?«

»Alles ist wunderbar. Ich heiße Rachel«, korrigierte ich

sie sanft, bevor ich meine Glacéhandschuhe abstreifte und sie anlächelte. »Ich wollte dich nur sehen, Maman, und dir alles erzählen. Was meinst du, wollen wir zusammen frühstücken?«

Mit der einen Hand griff sie nach der Silberklingel für das Dienstmädchen, denn das Wort Essen war für sie ja immer ein Zauberwort Aber als ihr klar wurde, daß mir nichts fehlte, fuchtelte sie mit dem Zeigerfinger der anderen Hand schon wieder durch die Luft.

»Kind Gottes, du bist eine richtige Landplage! Geht einfach davon und läßt ihre armen Eltern warten. Nimmt sogar einen Anwalt, man stelle sich vor. Wie viele Wochen habe ich nichts von dir gehört? Was, wenn, Gott behüte, deiner Mutter etwas passiert wäre?« Sie unterbrach sich kurz und musterte mich. »Interessierst du dich überhaupt dafür? Womit habe ich so eine Tochter verdient, die nur an sich denken kann und so stur ist wie ein Maulesel?«

Unwillkürlich mußte ich lächeln. Fast, daß mir ihre Wortkaskaden schon gefehlt hätten. Ein französischer Prinz kennt eben keine jüdischen Reden.

»Lach deine alte Mutter nur noch aus!« Rote Flecken brannten auf ihren Wangen. »Für was hältst du mich? Sag! Für was?«

»O Maman, ich liebe dich doch.«

Sie kam auf mich zu und schloß mich in ihre Arme. Sie roch nach Schlaf und Lavendel. Unter dem Nachtkleid konnte ich ihre Rippen spüren, sie war dünner, zerbrechlicher geworden.

Mit Beschämung bemerkte ich, daß Tränen aus ihren Augen liefen. »Schön, daß du hier bist. Du hättest doch nicht so grob fortgehen müssen. Ich sage dir was, deinem alten Vater hätte es beinahe das Herz gebrochen – und mir auch.«

Unterdessen hakte sie mich unter und führte mich ins Speisezimmer, als wäre ich ihre Geisel.

»Setz dich, Kind, so dünn siehst du aus. Bestimmt ißt du

nicht genug. Sag, wann warst du zuletzt beim Arzt? Aber am wichtigsten ist gutes Essen. Rose kocht dir doch gutes jüdisches Essen, nicht wahr? Du schläfst nicht genug! Bestimmt paßt du nicht auf dich auf!«

»Maman!« Energisch hob ich das Kinn. »Deine Tochter ist erwachsen!«

»Das kannst du lange sagen. Für deine Mutter bleibst du immer ein Kind. Wie sagte meine Mamme selig immer? Kleine Kinder, kleine Sorgen. Große Kinder, große Sorgen.« Damit griff sie nach einer Platte Hering und hielt sie mir hin.

»Und große Freude, Maman! Deshalb bin ich hier.«

Ganz langsam ließ sie die Platte sinken und sah mich an. Ein Blick wie der eines kleinen Tieres vor einem heranziehenden Gewitter. »Wenn meine Tochter von Freude spricht, kann es nichts Gutes bedeuten. Was hast du angestellt?«

Vergnügt platzte ich endlich mit meiner Überraschung heraus: »Heiraten werde ich. Und weißt du, wie ich dann heißen werde? Prinzessin von Joinville!«

Ein Augenblick herrschte absolute Stille im Zimmer, einer der überaus raren Momente, in denen es meiner Mutter die Sprache verschlug. Dann knallte sie die Platte auf den Tisch, daß die Tassen leise klirrten.

»Freust du dich gar nicht? Stell dir vor, du kannst im Marais damit angeben. Rachel, die Prinzessin von Frankreich.«

Meine Mutter schloß die Augen und seufzte tief. »Ein furchtbares Kind. Eine Strafe Gottes. Was hab ich getan, um das zu verdienen?« Sie unterbrach sich und wurde ernst. »Elisa, ich habe wirklich geglaubt, du wärst endlich erwachsen. Dabei bist du nichts als ein dummes kleines Kind, dem man eine Tracht Prügel verpassen sollte, damit es zur Besinnung kommt.«

Hoheitsvoll überging ich diese Bemerkung. »Es stimmt wirklich, Maman. François d'Orléans hat um meine Hand angehalten. Ich werde seine Frau!«

Über den Tisch hinweg griff sie nach meinem Arm. Ihre

Finger, die ich an meiner Haut spürte, fühlten sich unangenehm kalt an.

»Ich sag dir was, Bobemaisse! Du lebst in einer Märchenwelt, Elisa! Das kommt von diesem verrückten Theater, das allen Menschen nur den Kopf verdreht. Bedenke, was ich dir sage. In der Welt, in der wir leben, gibt es keine Märchen. Es gibt Gräben, die nicht zu überbrücken sind. Ein Prinz von Orléans heiratet kein jüdisches Straßenmädchen!«

»Und ob er das tut! Und ich bin kein Straßenmädchen! Ich bin die Königin des französischen Theaters! Außerdem«, fügte ich etwas boshaft hinzu, »hast du doch immer gesagt, daß ich eine jüdische Prinzessin bin! Ist die vielleicht gar nichts wert?«

»Ich hätte geglaubt, eine kluge Tochter zu haben. Der Prinz will nur sein Vergnügen mit dir. Und was danach passiert, wissen wir. Ich sage dir, das Leben einer gefallenen Frau ist alles andere als ein Märchen. Erlaube ihm nicht, dich anzurühren.«

Vielleicht war es die Bitternis in ihrer Stimme, die in mir auf einmal den Wunsch weckte, ihr weh zu tun. Ich war enttäuscht. Sie sollte sich doch mit mir freuen! Ich hatte mein Glück mit ihr teilen wollen. Nun hatte sie statt dessen alles verdorben. Eben noch war die Welt voller Glanz gewesen – doch meine Mutter hatte mir alles verdüstert.

»Deine Warnung kommt zu spät«, erklärte ich so beiläufig wie möglich und mit boshaftem Vorsatz. »Wir haben uns schon geliebt. Schon oft. Ich dachte, du hättest davon gehört. Ganz Paris redet darüber.«

Schwer zu beschreiben, was sich in ihrem Gesicht abspielte. Ein ganzes kleines Welttheater. Bestürzung, Erschrecken, dann maßlose Wut. Ehe ich mich versehen konnte, gab sie mir einen harten Schlag auf den Mund und rauschte aus dem Zimmer.

Abends beklagte ich mich bitterlich bei meinem Prinzen, aber als ich ihm alles erzählt hatte, lachte er mich nur aus.

»In so einem Ton hat niemand mit seiner Mutter zu reden. Du bist wirklich furchtbar schlecht erzogen.«

Ich starrte ihn an. »Du findest mich schlecht erzogen?«

»Natürlich.«

»Und du willst mich trotzdem heiraten?«

Er fixierte mich nicht minder störrisch als ich ihn. »Mit einer halben Portion wie dir werde ich immer fertig.«

»Du bist vielleicht charmant.«

»Nein, das verdienst du auch nicht. Aber ich liebe dich trotzdem. Genau so, wie du bist. Obwohl du einen verrückt machen kannst.«

»Was magst du dann an mir?«

»Alles. Ich liebe dich. Unberechenbar wie die See. Man kann nie wissen, was als nächstes passiert. Einfach wunderbar. Und jetzt haben wir genug geredet. Komm her zu mir!«

Damals, in jenen Maitagen des Jahres 1842, schien alles so leicht für mich zu sein. Die Liebe verlieh mir Flügel. Einst hatte es der Unterweisung durch meinen Lehrer Samson bedurft, der mir erklärte, was Leidenschaft war. Nun wußte ich es mit meinem Herzen. Und ich lächelte über das Kind, das ich bis dahin auch auf der Bühne gewesen war. Ich hatte ja nichts geahnt von der Macht dieses Sturms, der jeden anderen Aspekt des Lebens bezwang. Alles kreist um den Geliebten, im guten wie im bösen.

Ich kannte die Wucht der ersten und letzten Umarmung und auch die Wut des Zweifels, wenn ich Joinvilles spöttischen Mundwinkel im Schlaf zucken sah und mich fragte, neben wie vielen anderen er schon gelegen haben mochte, wieviel andere er geküßt hatte und womöglich küßte. Und dann – die Frage aller Fragen: Ob er mich wirklich liebte?

Die Premiere der »Ariane« war am 7. Mai, die einzige Premiere meines Lebens ohne Lampenfieber. Joinville kurierte mich im Bett. Mit von Küssen wunden Lippen kam ich ins Theater. Schon während der Vorstellung war zu spüren, wie ich das Publikum mitriß. Es war wie ein Liebesakt, und ich zog alle Register. Das Publikum staunte, es seufzte, es war gerührt, ihm stockte der Atem, es weinte. Ich spürte ein Gefühl der Allmacht wie lange nicht; die Energie aus dem Saal übertrug sich zurück auf mich. Eine Belohnung, die noch größer war als der tosende Applaus.

Alle drängten sie danach in meine Garderobe. Fremde und Freunde, Délphine de Girardin, der Marquis de Custine, mein Bruder Raphael, meine Schwester Rébecca, ja selbst der Docteur Véron, den ich so lange nicht mehr gesehen hatte. Und Graf Walewski in seinem karamelfarbenen Anzug, der kleine süffisante Bemerkungen über mein Liebesleben machte, obwohl er mir im selben Atemzug versicherte, wie er von meinem Spiel ergriffen sei.

»Man muß den beneiden, der in Ihren Armen die Liebe lebt.«

Ich blickte zu meinem Prinzen, der an der Tür lehnte, und sah, wie sich seine Brauen zusammenzogen und es in seinen Augen loderte. Er ist eifersüchtig, jubelte es in mir. Doch eine andere, tiefere Stimme warnte mich davor. Ich suchte seinen Blick, um ihm zu versichern, daß er für mich der einzige sei. Er lächelte, aber es blieb ein Schatten.

Walewski schien es bemerkt zu haben. Er lächelte süffisant, dann küßte er mir wieder einmal übertrieben galant die Hand und ließ mich nicht mehr los.

Théophile Gautier erlöste mich. Vor aller Augen schloß er mich in seine Arme. »Keine paar Monate ist es her«, rief der Poet, »daß Sie ein Kind waren, Mademoiselle Rachel. Aber jetzt sind Sie jung – und das ist ungleich besser!« Dann winkte er eine Dame in Pink herbei und stellte sie mir als die amerikanische Schauspielerin und Schrifststellerin Anna Cora Mowatt vor. Es wurde still in meiner Garderobe.

»In Ihrem Spiel gibt es etwas Schreckliches, etwas Bestürzendes«, sagte sie leise in die Stille. »Aber seit Sie die Bühne betreten haben, fühlte ich mich von Ihrem Charme beherrscht. Ihre Augen glänzen so, daß kein Heiliger Ihnen gleichkommen könnte. Eine solche Interpretation an Können und Größe zu überbieten erscheint mir schlechterdings unmöglich.«

Diener kamen, das Direktorium schenkte in freigebigster Weise Champagner aus, und dem Marquis de Custine gelang es, Joinville, der über Walewskis Unverschämtheit sichtlich aufgebracht war, noch etwas zum Bleiben zu bewegen. Paris ist eben doch Paris – und liebt die Liebenden. Nur mein Vater machte wieder mal eine Ausnahme: Kurz vor dem Aufbruch überbrachte mir ein Bote ein kleines Kuvert.

Der Brief bestand aus zwei dürren Zeilen: »Kunst oder Liebe – du mußt dich entscheiden. Finde den Weg.«

## 30

Am nächsten Abend, nach einer umjubelten Vorstellung der »Ariane« gingen wir spazieren. Der Himmel über uns war hoch und wie aus dunklem Glas, in dem die Sterne wie Myriaden winziger Diamanten funkelten. Der Mond überflutete die Seine mit seinem bleichen Licht.

Ich legte meine in Joinvilles Hand. Wir sprachen nichts, spürten nur die Schönheit der Nacht, doch plötzlich überfielen mich eine seltsame Niedergeschlagenheit und das Gefühl, niemals mit einem anderen ganz eins werden zu können. Was war es, das alles von allem trennte?

Joinville war mir so nahe, daß er meine plötzliche Traurigkeit zu spüren schien. »Woran denkst du?« fragte er sanft.

Im Mondlicht sah ich sein Profil; die vorspringende Nase, den weichen Mund, sein entschlossenes Kinn.

»Daran, daß Liebe nicht alles überwindet.«

Er ließ meine Hand los und legte seine um meine Hüfte, dann zog er mich an sich und grub seine Hände fast schon schmerzhaft in mein Fleisch.

»Die Liebe überwindet nicht alles, aber ziemlich viel.«

Ich schmiegte mich an ihn. So vieles stand zwischen uns, das uns trennte, aber er hatte recht, wir konnten die Gräben überschreiten: mit einem Lächeln, einem Blick, einer Berührung.

Er strich sanft mit dem Finger die Linie meiner Nase nach und ließ ihn dann die Wange hinunter bis zu meinem Hals gleiten, zog mich abrupt zu sich hoch, unsere Münder fanden sich, und wir küßten uns. Leidenschaftlich preßte er meinen Kopf an seine Brust, dann ließ er mich auf einmal los, und ich taumelte ein paar Schritte zurück, bevor er mich wieder bei der Hand faßte und wir unseren Weg im Licht der Sterne fortsetzten.

Als wir umkehrten, standen vor uns die Schatten von Paris. Über den sich dunkel abzeichnenden Dächern lag ein fahler Schimmer, eine blaßsilberne Aureole, der Widerschein von Gaslaternen und Mondlicht. Der Turm von Notre-Dame stach in den Nachthimmel, geheimnisvoll und düster. Für unsere Liebe würde die Stadt eine Feindin sein, dachte ich beklommen.

Nach ein paar Schritten durch die Nacht blieb Joinville plötzlich stehen. Sein Blick glitt über das Wasser. Am Ufer zeichneten sich die gewölbten Rümpfe der Seineschiffe ab.

»Komm!« Er zog mich mit sich, hinunter zu der Linie, wo die sanft auslaufenden Wellen ans Ufer schwappten. Etwas abseits erblickte ich einen kleinen Kahn, auf den wir zusteuerten. An einen Pflock gebunden, dümpelte er im flachen Wasser.

»Leichtsinnig vom Besitzer.« Der Admiral in ihm ließ Joinville den Kopf schütteln. Der Liebhaber in ihm ließ ihn lachen. »Aber wie gut für uns.«

Er zog den Kahn ans Ufer, und als ich einstieg, spritzte Wasser auf. Im Mondlicht glänzte es wie ein Kometenschweif.

Wir machten es uns auf seiner Jacke bequem, die Luft war lau und mild, am Himmel konnte ich den kleinen Wagen sehen, und Joinville zeigte mir den Polarstern, den Leitstern aller Seeleute, ein starkes, kaltes Licht. Dann schwiegen wir eine Weile, lauschten den Wellen, die leise gegen unser Boot schlugen.

»Soll ich dir ein Geheimnis verraten?« fragte er schließlich. Ich wartete ab, und er zog mich so fest an sich, daß es mir den Atem nahm. »Ich bin ganz verrückt nach dir«, flüsterte er an mein Ohr. »Und manchmal wäre mir am liebsten, du gehörtest ganz alleine mir.«

»Aber das tue ich doch«, preßte ich, atemlos von der fast gewalttätigen Umarmung, hervor. »Es gibt doch nur dich!«

Er suchte meinen Blick und sah mir in die Augen. »Ich hasse sie alle! Alle diese dickwanstigen Verehrer. Custine und dieses lebendige Doppelkinn, diesen Véron. Diese schmachtenden Jünglinge, diese ganze Cour aus Abenteurern, die dich angafft. Dieser Walewski, dieser feiste Geck, der dich mit Blicken verfolgt, daß ganz Paris darüber tuschelt. Alle, die dich anstarren, wenn du auf der Bühne stehst. Sie sehen dein Gesicht, deine Gestalt und begehren dich.«

Er starrte mich an, doch ich hielt seinem Blick stand, statt die Augen niederzuschlagen, wie er es anscheinend erwartete. Sein Gesicht sah so hart aus, als hätte man die Haut gespannt.

»Am schlimmsten ist, daß sie deine Leidenschaft sehen. Diese Hingabe, diese geschmeidigen Gesten, dieses innere Glühen. Nachts träumen sie von dir und denken an dich, wenn sie bei ihren Frauen liegen, und dann schenken sie dir Komplimente und Schmuck wie einem Freudenmädchen.«

»Das ist doch nicht meine Schuld. Das ist das Theater.«

»Und Walewski? Hast du ihn ermutigt?«

Wütend machte ich mich los. »Ich kenne ihn überhaupt nicht.«

»Er glaubt, er könnte dich haben, weil du beim Theater bist. Und deshalb«, erklärte Joinville hoheitsvoll, »wird bald Schluß sein damit. Sobald wir verheiratet sind, bleibst du bei mir.«

Ich versuchte, in seinem Gesicht zu lesen, wie ernst es ihm war. Sehr ernst, schien es mir. »Ohne das Theater kann ich nicht leben. Ohne das Theater bin ich nicht ich.«

»Ach«, erwiderte Joinville verächtlich. »Du hast einfach keine Manieren, aber mach dir keine Sorgen. Ich werde sie dir beibringen.«

»Du brauchst dich gar nicht über mich lustig zu machen. Das Theater ist mein Leben.« Ich straffte mich und hob das Kinn wie eine Prinzessin in die Höhe, wie Maman es mich gelehrt hatte. »Ich muß die Phädra spielen. Das ist die Rolle meines Lebens!«

»Ach ja?« Ein sarkastisches Lächeln, in dem Aggression mitschwang. »Du wirst meine Frau. Das ist die Rolle deines Lebens.«

»Noch bin ich nicht deine Frau«, erklärte ich genauso hoheitsvoll. »Und wenn ich es werde, mußt du mich so nehmen, wie ich bin. Die gute alte Rachel kannst du nicht trennen vom Theater. Ich werde Phädra spielen, du wirst sehen.«

Joinville verzog den Mund. »Phädra ist ein liebestolles Monster, eine Wahnsinnige. Du glaubst nicht im Traum, daß ich das erlaube?«

Ich lachte schroff. »Und du glaubst nicht im Ernst, daß ich dich um Erlaubnis frage?«

»Du wirst schon sehen, daß es gesünder für dich ist.«

»Spiel dich bloß nicht so auf, ich hab keine Angst vor dir.«

»So?« Wieder dieses Lächeln, das ohne jede Freundlichkeit war. »Dann wird es vielleicht Zeit, daß du es lernst. Zeit, daß ich es dir beibringe. Ich will dich«, sagte er gepreßt. »Hier.«

Ich versuchte, seine Hand von meinem Hals zu streifen. »Es ist zu kalt.«

»Dir wird schon warm werden.«

»Aber nicht hier.«

»Doch. Weil ich es so will.«

Hart packte er mich an den Schultern. Ich biß die Zähne zusammen, um nicht aufzuschreien. Seine Finger umklammerten mich so schmerzhaft, daß ich überzeugt war, sie würden blaue Flecken hinterlassen. Joinville mußte gesehen haben, wie sich mein Gesicht verzog, doch er gab mich nicht frei.

»Ich habe es gesagt, und dann wird es auch so gemacht.«

Etwas an seinem Ton erbitterte mich, und nun versuchte ich wild, mich zu befreien. Ich scheiterte jedoch an seinem Griff. Er war so viel stärker als ich und versuchte nicht eine Sekunde, es zu verbergen. Seine Augen glitzerten bernsteinfarben. Im nächsten Moment faßte er nach meinem Cape und riß es mir von den Schultern, und als ich mich zu wehren versuchte, versetzte er mir einen schmerzhaften Stoß. Ein kurzes, wütendes Gerangel, dann fand ich mich auf dem Boden wieder. Schwer lag er auf mir und preßte meine Handgelenke auf die Holzbohlen. Ich zappelte und wehrte mich, doch er drückte mich unter sich, bis mir die Tränen aus den offenen Augen liefen. Erst als er sah, daß ich mich in Wut und Selbstmitleid schier auflöste, ließ er mich los. Mit einem Lächeln richtete er sich auf.

»Ich hasse dich!«

Sein Lächeln vertiefte sich. Ich sah, wie seine Zähne schimmerten, die mich an ein Raubtier erinnerten.

»Du bist ein Scheusal!«

»Damit wirst du dich abfinden müssen.«

Ich starrte in den Himmel Der Glanz der Sterne war verblaßt, eine Wolke hatte sich vor den Mond geschoben. Meine Schultern, meine Handgelenke brannten. Ich fing hemmungslos zu weinen an. Nie wieder würde ich ihn lieben können; er hatte alles zerstört, ich weinte um ihn und um mich.

Dann spürte ich, wie seine Finger zärtlich über mein Gesicht strichen, so grob er eben noch gewesen war, so sanft war er nun. Er küßte mir die Tränen weg, kam ins Boot hinunter und legte sich vorsichtig neben mich. So behutsam, als wäre ich aus Glas, glitten seine Hände unter mein Mieder und liebkosten mich, dabei flüsterte er Liebesworte in mein Haar, bis meine Tränen endlich doch versiegten und ich wieder lächeln konnte und es zuließ, daß er meine Röcke über meine Beine zog und in mich hineinglitt. Wir versöhnten uns, wiegten uns im Rhythmus der Wellen.

Später wanderten wir eng umschlungen, schweigend durch die Nacht, als hätten wir Furcht, ein einziges Wort könnte die wiedergefundene Harmonie zerstören.

Am nächsten Abend hatte ich keine Vorstellung. Ich saß an meinem hübschen Rokoko-Sekretär, den der Marquis de Custine mir überlassen hatte, und schrieb an Sekretär Lumley, genannt L' Omelette, vom Königlichen Theater in London. Nach dem Erfolg des vergangenen Jahres erwartete man mich gespannt im Land des Nebels und lockte mit erschreckend viel Geld.

Es war Mitte Mai. In zwei Wochen würde ich abreisen müssen, ein Gedanke, den ich weit von mir wegschob. Ich schrieb Lumley, daß ich den Aufenthalt in London leider verkürzen müsse, denn auf Wunsch des Königs von Belgien, der mit Joinvilles Schwester verheiratet war, sollte ich auch in Brüssel gastieren. Ein Lächeln flog über mein Gesicht. Bald würde die Königin von Belgien meine Schwägerin sein.

»Was schreibst du da?«

Joinville stand sehr dicht hinter mir, was mich erschreckte, denn ich hatte ihn nicht bemerkt. »Oh, mon amour! Du bist da? Ich hab dich gar nicht kommen hören.«

»So tief in Gedanken? Ich störe doch nicht?« Wieder dieses Lächeln, das mich an die Nacht erinnerte und mich schaudern ließ. Ich verstummte befangen und ließ es geschehen, daß er über meine Schulter hinweg nach dem Blatt Papier griff und es stirnrunzelnd las. War er schon wieder eifersüchtig?

»London! Brüssel!« Eine kurze Pause, nur vom Ticken

des Chronometers auf dem Kamin unterbrochen, dann sah er mich wehmütig an. »Vier Monate sind eine lange Zeit.«

»Sie gehen vorbei.« Ich merkte, daß es nicht die Antwort war, die er erwartet hatte. Ich versuchte es mit einem Lächeln. »Bin ich nicht ein Glückskind, mon vieux chien? Ganz Europa – und dann noch so ein hübscher Mann, der mir zu Füßen liegt.«

»Vier Monate.« Joinville ließ sich nicht ablenken. »Die Zeit vergeht viel langsamer für den, der zurückbleibt.«

Nur zu gut wußte ich, daß seine Fregatte in diesem Sommer nur für wenige Monate auslaufen würde. Während ich in der Heimat von Regen und Nebel saß, würde er in unserem Paris sein, würde sich mit dem Jockey-Club trösten – und mit anderen Frauen?

»Wir werden uns schreiben«, sagte ich hastig. »Jeden Tag. In Gedanken wirst du immer bei mir sein.«

Er streckte die Hand nach mir aus, und ich stürzte in seine Arme. Je mehr man liebte, dachte ich traurig, desto mehr mußte man leiden. Er ließ von mir ab und hielt mich an den Schultern von sich fern. Ernst blickte er in mein Gesicht und strich eine Strähne aus meiner Stirn, die sich aus meinem Knoten gelöst hatte.

»Sich sehen und sich schreiben ist bei weitem nicht das gleiche. Du wirst mir fehlen.«

»Du mir auch.«

»Es müßte nicht sein. Du könntest hierbleiben.«

»Nur dieses eine Mal noch«, erklärte ich, denn mit London und Brüssel war ja alles abgesprochen. »Es wird das letzte Mal sein. Was sind schon vier Monate? Wir haben ein ganzes Leben!«

Er schob mich zu unserem roten Sofa, und wir küßten uns. Als er endlich von mir abließ, schmiegte ich meinen Kopf an seine Schulter. Wir blickten hinaus über den nächtlichen Fluß.

»In einem Jahr haben wir einen Sohn«, verkündete er schlicht.

»Oder eine Tochter.«

»Er wird François heißen, wie ich.«

»Oder Elisabeth, wie ich.«

»Mußt du mir immer widersprechen?«

»Ich liebe dich.«

Viel später, als wir mit verschlungenen Beinen im Bett saßen, rauchte er. Die Schwaden waberten durch das Zimmer.

»Ich habe eine Überraschung für dich. Ich wollte es dir vorhin schon sagen. Aber Madame wollten ja lieber streiten.«

»Nicht streiten – nur diskutieren.«

»Diese Frau! Muß immer das letzte Wort haben.«

»Die Überraschung!« drängte ich. »Sag schon!«

Er stieß den Rauch in kleinen Kringeln aus.

»Ich habe mit meinem Bruder gesprochen. Der Herzog von Orléans unterstützt unsere Eheschließung. Und Hélene von Mecklenburg, seine Frau, ist auch auf unserer Seite. Ein Glück, daß mein Vater schon siebzig ist – bei allem Respekt, den ich vor ihm habe, wird es doch Zeit, daß wir einen liberalen König haben. Und mein Bruder wird ein Liberaler sein.«

Ich wartete ab, gespannt darauf, was ich mit diesem Vortrag zu tun haben würde.

»Er und seine Frau haben eine Menge Einfluß auf meine Mutter. Ihre Ansichten haben sich geändert. Sie ist längst nicht mehr so starr, wie sie es einmal war. Nun, Rachel, die Königin ist bereit, dich zu empfangen. Übermorgen nachmittag, im Grand Trianon.«

Mein Lampenfieber war schlimmer als alles, was ich im Theater je erlebt hatte. Nicht nur, daß ich von meiner künftigen Schwiegermutter in Augenschein genommen würde – was allein schon schlimm genug war. Nein, es mußte die Königin von Frankreich sein. Und wer war ich? Elisabeth Pierrot Félix, ein kleines jüdisches Straßenmädchen aus dem Rheintal.

»Das Trianon.« Délphine de Girardin, die ich in ihrem Palais aufgesucht hatte, wirkte fast neidisch, daß ich dorthin bestellt wurde. »Die privateste Einladung, die zu vergeben ist. Sehr behaglich dort.«

Das Lustschloß von König Louis XIV., so erklärte sie mir, lag im Park von Versailles und war bei der Großen Revolution von 1789 geplündert worden; die eleganten Möbel standen mittlerweile in englischen Castles herum. Erst Bonaparte hatte das Schlößchen wieder einrichten lassen, allerdings nur, um es seiner Mutter zu schenken.

»Louis-Philippe hat sein übriges getan, das Trianon zu verschandeln.« Délphine verzog die feingeschwungenen Lippen. »Er hat das Traumschlößchen mit ungeheuerlichem Aufwand an architektonischer Stillosigkeit in einen bourgeoisen Alptraum verwandelt. Man sagt, die Prinzessinnen haben im Salon einen Nähtisch mit numerierten Fächern, in denen sie jeden Abend Nadel und Faden verschließen. Der Sonnenkönig würde sich im Grab umdrehen.«

Was interessierten mich Prinzessinnen, Nähzeug, Baulichkeiten! Ich hatte so viel bedeutsamere Fragen: Was sollte ich anziehen?

»Schlicht und bescheiden«, riet Délphine. »Am besten Weiß. Als Schmuck allenfalls ein schlichter Haarreif, lange Ärmel, die unbedingt bis übers Handgelenk reichen.«

»Und die Königin? Ist sie sehr schlimm?«

»Auch nur ein Mensch, allerdings ein wenig dünkelhaft. Außerdem ist sie geizig. Sie sollten vor der Audienz gut gegessen haben, denn viel wird Ihnen im Trianon gewiß nicht serviert. Im übrigen …« Das Blau ihrer Augen vertiefte sich, als sie mich forschend musterte. »Was verschafft Ihnen eigentlich die Ehre dieser Audienz? Die Königin hat meines Wissens noch nie eine Künstlerin empfangen.«

Um mich und Joinville und unser Geheimnis nicht zu verraten, griff ich nach dem nächstbesten Vorwand, der mir einfiel. »Ihr Sohn, der König von Belgien, hat mich nach

Brüssel eingeladen. Sie will mir Instruktionen geben, das ist der Grund.«

»Ah ja«, sagte Délphine leichthin.

Zu Gast bei Frankreichs Königin, die meine Schwiegermutter werden sollte: Um das zu überstehen, brauchte ich etwas, das Maman immer »Chuzpe« nannte. Wo war meine Chuzpe jetzt? Mit angespannten Nerven kauerte ich in einer Ecke meiner Kutsche, bedacht, mein Kleid nicht zu zerdrücken.

»Du siehst aus wie eine Lilie!« hatte Rose gesagt, doch ich fühlte mich wie ein Mauerblümchen.

Während der Einspänner über das Kopfsteinpflaster rumpelte, zog ich immer wieder den silbernen Handspiegel heraus, den Joinville mir einmal geschenkt hatte, kontrollierte meine Frisur, kontrollierte mein Lächeln und fühlte mich mit jedem Meter, den wir uns dem Schloß näherten, ungepflegter und häßlicher.

Dann erreichten wir den Park von Versailles.

Was für ein Glanz! Da konnte ich mich nur noch kleiner, noch elender fühlen. Endlose Wasserspiele und steinerne Terrassen, wo sich zur Zeit des Sonnenkönigs Adel und Geist Europas ergangen hatten, wo das französische Hoftheater einst zum Höhepunkt des Ruhms gefunden hatte, zu einem ersten Höhepunkt, bevor ich gekommen war. Nun war der Park verwaist. Hinter den Zypressen und Hecken sah ich fern die gelben Steinmassen des großen Königsschlosses schimmern, das Louis-Philippe leerstehen ließ. Man munkelte, er wolle das Monument des Sonnenkönigs in ein Monument des Volkes verwandeln, für die moderne Monarchie sei es zu pompös.

Das kleine Lustschloß, das Louis-Philippe mit seiner Familie bewohnte, war immer noch prunkvoll genug. Lange Reihen geschwungener Fenster in der Marmorfassade, davor Blumenrabatten mit runden Wasserbecken, die sich ins Tal erstreckten.

»Grandios«, flüsterte ich und spürte, wie mir die Zunge am Gaumen festklebte. Lampenfieber. Das war wie bei jeder Vorstellung der Moment, wo die Angst vor dem Auftritt in seine Realität überging, wo die kleine Rachel versuchte, in sich selbst zu verschwinden, eine andere zu werden für den Moment und für das Publikum. Jetzt war ein seltsamer Wirbel in meinem Kopf. Dieses Marmorschloß war nicht unser Ort. Ich wollte zurück, auf das rote Sofa, zurück in meine Zuflucht. Ich konnte mir Joinville nicht in dieser kalten Pracht hier vorstellen, wo jeder einzelne Tulpenkopf von Gärtnern arrangiert war. Hier konnte man nicht leben, hier war nicht der Ort für einen Seeräuberprinzen. Und erst recht nicht für ein jüdisches Straßenmädchen.

In diesem aberwitzigen Moment wäre ich beinahe noch umgekehrt, aber es war zu spät. Wir hielten an vor dem Eingangsportal, Lakaien fluteten herbei, öffneten mir den Schlag, und ehe ich wieder ganz bei Sinnen war, befand ich mich schon in den überwältigend anmutigen Zimmerfluchten mit dem wunderbaren Rokoko-Mobiliar. Ich blickte mich um wie im Wunderland. Es war nicht so steif, wie ich befürchtet hatte, sondern einfach wunderschön.

Ich folgte den Lakaien und der Hofdame, die mich nicht allzu herablassend empfing. Mein Seidenkleid knisterte bei jedem Schritt, und im Vorübergehen erhaschte ich einen Blick in den zauberhaften Spiegelsaal und einen mit giftgrüner Tapisserie ausgelegten Raum, einst das Arbeitszimmer Napoleons, wie mir die Hofdame erklärte.

Vor einer Flügeltür standen zwei Pagen mit blassen, kindlichen Gesichtern. Als wir kamen, nahmen sie Haltung an und hielten die Tür für uns auf. Ich betrat den Salon von Louis-Philippe und seiner Familie. Ein Raum, weit und prachtvoll, aber nicht überwältigend. Wandgemälde, ein deckenhoher Spiegel, die Fauteuils mit zitronengelbem Stoff bespannt.

An einem runden Tisch aus Mahagoni saß eine füllige Dame mit fülligen Töchtern, die ihre Köpfe übers Nähzeug beugten. Die Königin. Als sie mich erblickte, versank ich im Hofknicks, doch sie bedeutete mir aufzustehen.

»Meine Kinder«, sagte sie zu den königlichen Prinzessinnen, »ihr dürft euch zurückziehen.«

Die Prinzessinnen verstauten ihr Nähzeug in numerierten Schubladen, genau, wie Délphine es mir beschrieben hatte. Mir wurde klar, daß die Königin ein strenges Regiment führte. Ja, Délphine hatte recht. Auch Könige waren nur Menschen, sie mußten Kinder erziehen, sie glichen nicht jenen Halbgöttern, die ich auf der Bühne verkörperte.

Ein flüchtiges Lächeln, ein Nicken mit dem Kopf, das noch flüchtiger war, dann verließen die Prinzessinnen den Raum, und ich blieb allein zurück mit Ihrer Majestät, der Königin von Frankreich. Nur ein paar Meter des zitronengelben Teppichs trennten uns – und doch war es auch eine ganze Ewigkeit.

»Treten Sie näher«, befahl sie mir schlicht, ohne ihr Nähzeug wegzulegen. Ich mußte an die Witze aus dem Faubourg denken. Die Aristokratie machte sich lustig über den Fleiß und Geiz der Königin. Mir flößte es jedoch Respekt ein. Auf eine unbestimmte Weise erinnerte sie mich an Maman. Also näherte ich mich, nicht zu langsam, nicht zu demütig, aber doch mit Respekt und Furcht in meinem Herzen. Unsichtbar, neben mir, fühlte ich Joinville und seinen Spott, die sanfte Gewalt, mit der er mich vorwärts schob, weiter über den gräßlichen zitronengelben Teppich, hin zur Königin.

»Asseyez-vous!«

Mit einer Gebärde, die Mamans würdig gewesen wäre, klopfte sie auf einen der zitronengelben Sessel neben sich. Majestät, dachte ich, schienen ein Faible für Südfrüchte zu haben.

Ein wenig säuerlich sah sie jedenfalls aus – aber wer würde ihr das schon übelnehmen? Selbst eine Landadlige wäre über eine jüdische Schwiegertochter nicht besonders entzückt gewesen. Ich senkte Augen und Blick und nahm gehorsam Platz. Ihre Majestät bot mir Eiswasser an, und erst dann wurde mir klar, daß auch die Lakaien den Salon verlassen hatten. Mein Besuch war eine allerprivateste Audienz.

»Ich will keine langen Umschweife machen. Unser Sohn«, sie blickte mir geradewegs in die Augen, »hat mir viel von Ihnen erzählt, Mademoiselle.« Als sie sah, daß ich zu einer Antwort ansetzte, hob sie die Hand und gebot mir zu schweigen. »Wir sind eine Bewunderin Ihrer Kunst und hören, daß ganz Europa Ihnen zu Füßen liegt. Mit vollem Recht, wie man sagt. Mademoiselle, Sie machen sich verdient um Frankreichs Ruhm und Ehre.«

Ich wollte etwas Bescheidenes erwidern, doch sie ließ mir keinen Raum.

»Als Künstlerin«, fuhr sie majestätisch fort, »sind Sie Frankreichs ungekrönte Königin. Als Princesse de Joinville«, ihr Tonfall wurde kühler, »würden Sie bestenfalls eine Nebenrolle spielen. Sind Sie sich dessen bewußt, Mademoiselle?«

Und ob ich das war! Es mußte die vielfache Mutter in ihr sein, die mit solcher Genauigkeit meinen wunden Punkt entdeckte. Ich lächelte etwas hilflos.

»Wir hätten jedenfalls Verständnis dafür, wenn Sie sich für die Kunst und für den Ruhm entscheiden würden.«

Ich schwieg tapfer. Jetzt durfte ich bloß nichts Falsches sagen!

Mit Schweigen als Antwort schien die Königin nicht gerechnet zu haben.

Ein Anflug von Resignation lag in ihren Zügen, und dann klang sie gar nicht mehr wie eine Königin, sondern wie eine müde, alternde Frau, deren Pläne man wieder einmal durchkreuzte. »Glücklich bin ich nicht darüber. Keine Mutter wäre das an meiner Stelle. Ihre wird es auch nicht sein, aber die Liebe ist eine große Macht. Ich liebe meinen Sohn. Deshalb werde ich seine Entscheidung akzeptieren. Wie der Herzog von Orléans immer sagt: Wir leben in einer neuen Zeit mit neuen Gesetzen. Uns hat das Volk auf den Thron gewählt. Wir müssen das Volk für uns gewinnen. Vielleicht wird Ihre Popularität beim Volk, Mademoiselle, unserer Popularität am Ende sogar nützen. Der König«, sie seufzte leicht, »redet ja Tag für Tag davon. Er will der Bürgerkönig sein. Warum sollte ein Prinz von Orléans also nicht die Prinzessin des Theaters heiraten? Eine verrückte Welt! Und was Sie betrifft, Mademoiselle, Ihre Familie soll ja ... recht zahlreich sein?«

Mit dem Kinn deutete sie auf einen Stapel Papiere, der mir in der Aufregung nicht aufgefallen war. Berichte der Geheimpolizei?

»Nicht genug, daß Ihre Eltern Juden sind. Sie sind auch noch deutschstämmig. Nun, Sie werden sich weitestgehend davon distanzieren müssen. Ich sage nicht, den Kontakt abbrechen, jedoch distanzieren. Für den Anfang wird es am besten sein, wenn Sie sehr zurückgezogen leben. Ich dachte an unser Schloß in der Normandie.«

Ein Frösteln durchlief mich. Die Normandie! Ich sah Bilder einer wilden, kargen Landschaft vor mir, Sturm, der das Meer aufpeitschte, und irgendwo mitten im Grau dann ich. Versteckt hinter grauen, dicken Steinmauern, unsäglich weit entfernt vom nächtlichen Glanz von Paris. Abgeschnitten vom Ruhm, vom Theater, von den Bällen, von Joinville – und vom Applaus!

Die Königin muß mir meine Gedanken angesehen haben, denn sie lächelte wie eine Katze, die gerade im Begriff war, eine Maus zu verschlingen.

»Es wäre ja nur für den Anfang«, sagte sie freundlich. »Bis man Sie beim Theater vergessen hat, bis Mademoiselle Rachel aus dem Bewußtsein der Menschen verschwunden ist. Das wird schnell gehen, meine Liebe. Paris ist so vergeßlich. Wenn Sie erst einmal zwei, drei Kinder haben und niemand mehr Ihren Namen mit dem Theater in Verbindung bringt, dann werden Sie gewiß einmal nach Paris kommen dürfen, ohne daß man Sie schneidet. Voraussetzung wäre allerdings, daß Sie zum katholischen Glauben übertreten.«

Ich zog die Luft ein: meine Leute, meine Religion aufgeben? Vom Theater vergessen werden? Und das mir, Mademoiselle Rachel, der unsterblichen Königin des Theaters? Sie würden mir alles nehmen, was ich war! Und was würde ich dafür bekommen? Liebe, schoß es mir durch den Kopf. Liebe! Aber war das genug?

»Verstehen Sie mich richtig, mein Kind.« Ihre Majestät klang nun sehr zufrieden, sehr weich. »Ich habe nichts, absolut gar nichts gegen diese Eheschließung einzuwenden. Sie müssen sich entscheiden.«

Auf dem Rückweg, als die Kutsche abermals durch den Park von Versailles ratterte, setzte die Dämmerung ein. Graues Licht verschluckte das ferne Schloß. Ich drückte mein Gesicht an die Scheibe, sah die Landschaft und sah sie nicht. Meine Gedanken kreisten, ohne Form anzunehmen, ich fühlte mich zerrissen, gespalten. Eine innere Stimme gab mir ein, daß die Königin sehr klug mit mir umgegangen war. Nein, sie wollte die Heirat nicht verhindern. Sie wollte, daß ich es selber tat.

»Ich kann es nicht«, rief ich aus, als ich nach Hause kam, und warf mich der verdutzten Rose in die Arme, die mich streichelte und mir fast gewaltsam den Mantel abnahm.

»Was ist passiert, Mademoiselle?«

Ich ließ sie einfach stehen und eilte vorbei an den Koffern, die schon für London bereitstanden, in mein Zimmer. Ich warf mich auf mein Bett und weinte. Als das Schlimmste vorbei war, hörte ich, wie draußen der Regen gegen das Fenster trommelte, eine öde Litanei. Dann spürte ich eine Hand in meinem Nacken, eine warme Hand, die zärtlich durch mein Haar strich.

»Mein Kind! Meine kleine Prinzessin! Nicht weinen!«

Maman, von Rose alarmiert, sprach leise auf mich ein. Wie ein Kind suchte ich Schutz in ihren Armen und erzählte ihr alles, immer und immer wieder. Zwischen den Sätzen bekam ich kaum Luft, hustete, weinte, beruhigte mich wieder. Am Ende war Mamans gutes schwarzes Samtkleid durchnäßt.

»Laß dir Zeit.« Ihre Stimme klang sanft. »Laß die Entscheidung reifen. In London wirst du Abstand haben. Dann finde deine innere Stimme zurück, und höre auf sie. Ich sag dir was! Die innere Stimme hat meistens recht.« Leise fügte sie hinzu: »Und dich wird sie zurück zu den eigenen Leuten führen. So Gott will, zu Michel Lévy.«

An diesem Abend schlief ich in den Armen meiner Mutter ein. Sie brachte mir Hühnerbrühe und erzählte mir wie einst die alten, geheimnisvollen Geschichten, die im Rheinland spielten und in Prag und in einem noch ferneren Ort namens Bialystok. Fremdartige Geschichten aus uralten Zeiten, die von Männern mit Schläfenlocken und Frauen mit farbenstrotzenden Kopftüchern bevölkert waren.

Mein Vater sandte mir am nächsten Morgen einen langen Brief, den mir ein livrierter Bote überbrachte. Papa warnte mich mit dem ihm eigenen Feingefühl, daß ich in jedem Fall eine Entscheidung treffen müsse, die bitter für mich sei. »Welchen Weg auch immer du an dieser Kreuzung wählst, der Weg wird einen Verzicht bedeuten. No, die Entscheidung für eines bedeutet immer den Verzicht auf etwas anderes.«

Insgeheim verfluchte ich mein Schicksal. Warum mußte ich Jüdin sein? Und einen Königssohn lieben? Warum war ich eine Frau? Männer konnten doch auch beides haben: einen Beruf, der sie erfüllte; eine Familie und die Liebe. Nur mir, dem Mädchen, war es nicht vergönnt. Ich konnte nicht heiraten und dabei doch selbständig sein. Ich würde verzichten müssen: auf die Kunst oder das Leben. Und wie immer ich wählte, es würde einen kleinen Tod bedeuten.

»Jetzt fährst du erst einmal nach England«, versuchte der Marquis de Custine zu begütigen, der mich mit der ganzen Zärtlichkeit liebte, die er für Frauen aufbringen konnte. »Du läßt dich feiern, wie es der Königin des Theaters gebührt. Dein Prinz kann solange warten. Im übrigen wird es dem

Haus Orléans durchaus zupaß kommen, wenn du in England für Frankreich wirbst.« Wie ich viel später erfuhr, plante Louis-Philippe damals schon ein Abkommen mit Queen Victoria, die Entente Cordiale.

Auch Samson wollte nichts davon hören, daß ich die Reise aus Liebeskummer absagte. Ihm war es immer nur um die Kunst gegangen. Mit säuerlicher Miene erinnerte er mich daran, daß er eine kleine Compagnie für mich zusammengestellt hatte, damit ich in London triumphieren konnte. David, Jules Toussaint und die hübsche Mademoiselle Rabut würden mit mir ins Land des Regens reisen.

»Das kann man doch nicht rückgängig machen.«

Ich wurde immer bedrückter, je näher der Tag der Abreise kam. Schatten der Vorahnung, denke ich heute. Und wer weiß, vielleicht hätte ich wirklich auf meine innere Stimme hören sollen.

»Du mußt nicht reisen«, versuchte Joinville es an unserem letzten Abend noch einmal und küßte dabei meine Hand. »Bleib einfach hier.«

Ich entzog mich ihm, setzte mich stocksteif auf die äußerste Kante des kleinen roten Sofas. »Du weißt doch, daß es nicht geht. Die Verträge, das Geld.«

»So wichtig sind Verträge auch wieder nicht.« Er lachte. »In der Politik sind sie nur dafür da, daß man sie bricht.«

»Mon vieux chien, ich habe eine ganze Compagnie engagiert. Was sollte ich den Leuten sagen?«

»Zahl sie aus, und sie werden sich mit dem Geld einen schönen Sommer machen. Und wir beide könnten uns verloben. Der ganze Sommer, nur für uns zwei. Ich muß nicht viel reisen. Wir fahren hinaus nach Château d'Eu. Wir reiten aus, gehen im Park spazieren und verbringen die Tage im Bett. Du mußt dich ausruhen, ma petite, du bist ganz blaß. Sonst wirst du wieder krank!«

In diesem zerbrechlichen Moment war noch alles möglich, jede Wendung, die wir dem Leben hätten geben können. Eine Schleuse der Zeit, eine Tür in die Ewigkeit. Ich bekam eine Gänsehaut.

»Ein Engel geht durchs Zimmer«, sagte ich leise.

»Der Engel will, daß du bei mir bleibst.«

Ja, jubelte mein Herz, ja, ich bleibe. Doch mein Mund schwieg. Es war, als ob ich nicht reden könnte, als ob etwas mir den Mund verschloß. Von draußen wehte der Fetzen einer Melodie herbei, sehr fern, sehr leise, sehr traurig. Joinville sah blaß aus und ernst. Er blickte auf seine Füße, als hätte er sein Schicksal ganz in meine Hand gelegt.

Vielleicht hatte ich Angst: vor der Liebe, vor dem Glück oder auch vor der Einsamkeit, die mir die Königin beschrieben hatte!

Ach, was wußte ich damals über die Einsamkeit? Als wären es die Orte, die uns einsam machen. Als wäre die Einsamkeit nicht in uns selbst. Doch ich war damals jung und dumm und traf meinen Entschluß. Der kostbare Augenblick, in dem alles möglich war, zerriß. Ich würde nicht innehalten. Ich würde weitergehen auf meinem eigenen Weg, wenigstens dieses eine Mal noch. Danach würden wir heiraten, dachte mein dummes, egoistisches Selbst von damals, das insgeheim glaubte, es könne eben doch alles haben, die Liebe und den Erfolg. Vielleicht, um seine Reaktion nicht sehen zu müssen, sah ich Joinville nicht an, als ich ihm meinen Entschluß mitteilte, und blickte in die Dunkelheit hinaus.

»Ich werde fahren.« Meine Stimme klang zu laut. »Es wird das letzte Mal sein. Dann sind wir für immer zusammen.«

»Gebe Gott, daß du recht hast, Rachel.«

Er sagte es sehr leise und sah sehr traurig aus. Wenig später nahm er seine Mütze, küßte mich, blieb lange in der Tür stehen und drehte sich auf der Treppe noch einmal um, als könnte ich meinen Entschluß doch noch zurücknehmen, als würde ich mich doch noch in seine Arme werfen und sagen, daß ich bei ihm bleiben würde.

Doch ich sagte nichts.

Wenig später fiel unten die Tür ins Schloß. Ich lauschte in die Stille, in die Dunkelheit. Eine kalte Hand griff mir ans Herz, ich fror von innen, als ahnte ich alles. Ich fühlte mich taub und leer.

Die Leere auszuhalten ist am schlimmsten.

## 31

Gestern haben wir Luxor erreicht. Ich fühlte mich erst ganz unwohl unter all den vielen Menschen, die meine Kangsche an der Pier erwarteten. Man brachte eine Sänfte, in der ich höchst komfortabel ruhen konnte, während die armen Fellachen, die mich tragen mußten, unter mir im Staub schwitzten. Wie Staatsgäste wurden wir im Haus des französischen Vizekönigs empfangen. Über dem Palast aus sonnengebleichtem Stein wehte die Trikolore, ein erfreulicher Anblick für die Tragédienne.

Heute ist es sehr warm draußen, doch ich friere inzwischen schon wieder. Meine Kälte kommt von innen. Nach dem Pomp der Ankunft, all den Freundlichkeiten und Galanterien, die ich über mich ergehen ließ, habe ich einen Rückschlag erlitten wie vor ein paar Wochen nach der Mondnacht in Schubra.

In einer weißen Robe aus Kaschmir liege jetzt ich auf meinem Diwan und blicke hinaus auf einen Sandstrand, der mit Palmen gesäumt ist. Eine Reihe riesiger Monolithen hebt sich empor. Ein erster Vorgeschmack auf die Wunder Thebens. Hélas, womöglich werde ich sie niemals erblicken dürfen. Für den Ausflug, den ich so herbeigesehnt habe, bin ich im Augenblick zu schwach.

Jeden Morgen beim Frühstück und dann auch zum Dinner gibt es eine regelrechte medizinische Zeremonie. Suleiman-Paschas Leibarzt ruft immer neue Kollegen aus Luxor herbei. Sie betrachten, bestaunen meinen Zustand, dann gibt es viel Palaver, und schließlich gehen sie achselzuckend hinaus und raten mir, mich zu schonen.

Fünf- oder sechsmal am Tag fühlt der Doktor meinen Puls, denn manchmal wird er schwächer, ohne daß es ein Mittel dagegen gäbe. Die Ärzte raten mir, nach Hause zu fahren, aber ich fühle mich dieser Anstrengung nicht gewachsen; die lange Reise über den Nil, dann das Dampfschiff übers Mittelmeer. Paris ist so weit, daß ich ganz verzweifelt bin. Und zwischen den Zeilen klingt das furchtbare Urteil mit: Warum soll ich nach Hause fahren? Glauben die Ärzte, daß ich schon bald sterben werde?

Vielleicht haben die Ärzte recht. Vielleicht geht es mir wie Königin Phädra, vielleicht bin ich verdammt dazu, Erlösung durch den Tod zu erleiden. Um es mit ihren Worten zu sagen: »Ach, alles leidet mir, und alles läßt mich leiden.«

London 1842 – das waren Tage des Erfolgs, die wie im Rausch vorübergingen und doch so quälend lang waren. Spätnachts schrieb ich noch an Joinville. »Wenn ich an Dich denke, bin ich so glücklich, daß mir die Welt wie aus Glas vorkommt. Ich habe Angst, sie könnte jeden Augenblick zerspringen.«

»Unsinn«, kam es militärisch knapp zurück.

Am 16. Juli verließen wir London und brachen auf nach Brüssel. Bei der Abreise war ich vollkommen erschöpft. Es waren die anstrengenden Stunden auf der Bühne, das Theater in den Salons, meine Sehnsucht nach Joinville und dann natürlich die Krankheit, die ich geflissentlich ignorierte.

Ich schlief in der Bahn, ein bleischwerer Schlaf mit wilden Träumen, unterbrochen nur von einer Tasse Honigmilch oder Hühnerbrühe. Von der Strecke bis Brüssel bekam ich so gut wie überhaupt nichts mit. Rose spürte sehr wohl, daß ich am Ende meiner Kräfte war.

Vielleicht war es gut, daß ich an dieser tiefen Erschöpfung litt. So erfuhr ich noch nichts von der Katastrophe, die

Frankreich erschütterte, das Gesicht Europas verändern und meine Hoffnung auf Glück für immer zerstören sollte.

Ernste Gesichter empfingen uns in Brüssel. Die Herren Diektoren vom »Théâtre des Monnaies« hatten es selbst übernommen, uns die schlechte Nachricht gleich zu überbringen.

Der Herzog von Orléans war gestorben! Joinvilles Bruder! Frankreich trauerte um seinen Thronfolger, der eine neue Freiheit, eine neue Zukunft versprochen hatte. Armes Frankreich!« entfuhr es mir, als ich den ersten Schock überstanden hatte. »Was für eine Bitternis! Für die Nation, für Joinville – und für mich.«

Ich las alle Zeitungen, verschlang jeden Nachruf, der den Thronfolger würdigte. Beim Volk war er so überaus beliebt gewesen. Enttäuscht von der Julirevolution, hatte er ein tiefes Bewußtsein für die große Kluft zwischen Arm und Reich entwickelt, hatte den ausgebeuteten französischen Massen ein neues Vaterland der Freiheit, Gleichheit, Brüderlichkeit versprochen.

Und mir das Glück.

Er hatte in mir, der Jüdin, nie eine Bedrohung des Throns gesehen und hatte sich bei seiner Mutter für mich eingesetzt. Nun war er tot. Bald sprach sich bis nach Brüssel herum, wie sich das Drama zugetragen hatte.

Am 13. Juli 1842, um elf Uhr morgens, hatte der Herzog von Orléans in den Tuilerien eine Kutsche bestiegen. Hinter der Porte Maillot, im Chemin de la Révolte, gingen dem Kutscher die Pferde durch. Der Thronfolger sprang ab, glitt aus und stürzte so unglücklich auf das Pflaster, daß er regungslos liegenblieb. Passanten eilten herbei und schleppten den Bewußtlosen in einen kleinen Laden, der Kutscher schickte nach einem Arzt und nach der königlichen Familie. Die Ärzte taten ihr Bestes, aber sie konnten dem Thronfolger nicht mehr helfen. Ein paar deutsche Worte stammelte er noch, vermutlich bestimmt für seine geliebte Frau Helene von Mecklenburg-Schwerin, dann, nachmittags um vier Uhr dreißig, starb er in den Armen seiner Mutter.

Ein Bote überbrachte mir ein kleines Kuvert von Joinville.

»Dies schreibe ich in aller Kürze und unter Tränen. Die Verzweiflung ist bodenlos. Seit zehn Jahren haben wir, und mit uns die gesamte französische Nation, meinen Bruder als den Chef von morgen betrachtet, als den Chef der großen Tage, die kommen würden. Nun ist alles aus. Auch für uns wird nun alles anders werden. Sie werden uns nicht mehr stützen. Ich brauche Dich, Rachel.«

Durch den Tod des älteren Bruders rückte Joinville in der Thronfolge an die zweite Stelle auf. Die Zukunft, eben noch strahlend wie ein Frühsommermorgen, war von dunklen Wolken überschattet.

In Paris überschlugen sich die Gerüchte. In riesigen Schlagzeilen berichtete die Presse von Wortgefechten in der Deputiertenkammer. Den Zeitungsjungen wurden die druckfrischen Exemplare förmlich aus der Hand gerissen. Jeden Tag kochte eine neue These hoch, wer nach Louis-Philippe das Land regieren würde: Mal verkündete der Herzog von Broglie, die friedliche Erbfolge sei der turbulenten Wahl vorzuziehen, dann wollte eine Splitterfraktion Helene von Mecklenburg-Schwerin, die Witwe des Thronfolgers, als neue Königin sehen, da sie die liberalen Theorien ihres Mannes stützte. Ein Aufschrei erschütterte die Kammer: eine Frau aus Deutschland als Frankreichs Königin?

»No, wozu überhaupt einen König?« erklärte mein Vater. »Was wir brauchen, ist Demokratie! Und wenn das in diesem Land nicht geht, dann holt doch Napoleons Erben.« Sein Zeigefinger fuhr in die Luft wie der eines Propheten. »Louis Napoléon wartet doch nur darauf, Bonaparte zu beerben.«

»Ein Meschiggener ist mein Mann«, seufzte Maman. »Was sollen die Leute von uns denken?«

Mich berührte nur, was Joinville nun dachte, wie es weiterging. Kurz vor meiner Abreise aus Brüssel hatte ich ein kleines Billet in die Tuilerien geschickt und postwendend die Antwort erhalten.

»Bin sehr beschäftigt und muß sehr viel klären. Aber ich sehne mich nach Dir. Wir sehen uns bei Dir zu Hause, in fünf Tagen, am 21. September. Schick Rose fort. Ich komme um fünf. Ich kann an nichts anderes mehr denken, so sehr liebe ich Dich.«

Die lange Reise, die vielen Vorstellungen, die Krankheit und nicht zuletzt die Seelenqual hatten Spuren hinterlassen. Mein Haar war ohne Glanz, ich hatte dunkle Monde unter meinen Augen. Ich wusch mein Haar mit Ei und bat Rose, es zu kämmen, bis es glänzte. Ich legte mir Gurkenscheiben auf die Augen, cremte mich mit Rosenöl ein und wählte mein schwarzes Samtkleid mit dem runden Ausschnitt, das ich mit einem Medaillon schmückte.

Dem Medaillon mit seinem Bild.

Um kurz vor vier, nachdem sie Champagner und einen Imbiß bereitgestellt hatte, verließ die besorgte Rose nach längerem Disput das Haus. Sie konnte nicht gutheißen, daß ich das Bett verlassen hatte und mich womöglich überanstrengen würde, aber mein Ton wurde so autoritär wie sonst nur auf der Bühne. Schluchzend gab sie auf.

Ich stand am Fenster, lauschte auf das Klappern von Hufen und kniff mir immer wieder in die Wangen, damit sie etwas Farbe annehmen würden.

Doch als Joinville eintrat, wich jede Farbe aus meinem Gesicht. Ich sah es ihm sofort an. Ich sah es in seinen Augen, an seinem Mund. Er würde mir etwas Fürchterliches zu sagen haben. Lange stand er in der Tür und blickte mich an und schwieg.

Unsere Blicke versenkten sich ineinander, und die Welt verschwamm, so wie bei jenem ersten Mal, als wir uns begegnet waren. Seine Augen hielten mich fest. Was ich darin sah, ließ mich die Fäuste ballen. Ich sah, daß sein Mund zum Sprechen ansetzte und sich wieder schloß. Ich sah den Schritt, den er auf mich zutun wollte und dann doch nicht tat. Dann sah ich die kurze, kleine Bewegung, sah die Hand, die mir einen Wink gab, und ohne daß ich es willentlich entschieden hätte, bewegten sich meine Beine, und ich ging auf ihn zu. Das geschah, als hätte die Zeit sich verlangsamt, bis er sich endlich auch in Bewegung setzte, auf mich zukam und mich stürmisch in seine Arme riß. Wir umarmten uns nicht, umklammerten uns. Seine Hand preßte mein Gesicht an seine Brust, daß es schmerzte, aber der Schmerz in mir war viel tiefer. Als Joinville schließlich von mir abließ, taumelte ich verwirrt zurück, auch geblendet vom grellen Sonnenlicht.

Wir sprachen immer noch nicht. Von oben, sehr weit oben sah er mich an. Sag etwas, betete ich. Sag nichts, flehte ich. Allmächtiger, laß die Zeit anhalten, laß mich jetzt, hier, umfallen, sterben, erlöst sein.

Joinville machte abermals vergeblich den Versuch, etwas zu sagen, und wieder riß er mich in seine Arme. Als er mich freigab, war es ganz sanft, so wie man einen Kranken behandelt.

»Ich hab dich vermißt«, preßte ich heraus.

»Ich dich auch«, sagte er ernst. Seine Stimme hörte sich fremd und rauh an. »Rachel.«

Ganz sanft umspannten seine Hände meine Schultern. Er führte mich zu dem kleinen roten Sofa, wo die Erfrischungen standen. Er setzte sich neben mich, und ich umklammerte seine Hand, diese schöne Hand, die auf meiner Schulter lag. So saßen wir da, in der Stille geborgen, doch ich wußte, daß es nicht ewig dauern würde. Früher oder später würden die Worte kommen müssen, Todesworte, die alles zerstören würden.

Schließlich war ich es, die einen Entschluß faßte.

»Trinken wir ein Glas.« Ich bemühte mich, heiter zu klingen, und richtete mich auf, um Champagner einzugießen.

»Wir müssen miteinander reden«, sagte er heiser.

»Ich weiß. Später.« Ich wollte Zeit gewinnen, wollte dem Leben noch ein paar Takte Glück abzwingen, einen Moment für die Ewigkeit.

Dann war es eine Art von Raserei, die uns beide ergriff. Das war nicht mehr Liebe, sondern vielmehr Zorn und Haß. Ich weiß nicht, wie ich aus meinen Kleidern kam, weiß nur, daß wir binnen Sekunden vom Sofa fielen, uns auf dem Boden wälzten, daß ich meine Zähne in seine Lippen schlug, daß er in mich drängte und mich niederhielt, daß ich dann auf ihm saß und ihn so liebte, daß ich ihm weh tun wollte. Es war Krieg und Leidenschaft. Ich hätte töten können, ihn und mich. Fast verbittert ließen wir schließlich voneinander ab, keiner besiegt, beide erschöpft, zwei Einzelwesen, die keuchend und nackt auf dem Teppich lagen, von Schweiß überströmt und viel zu einsam und verletzlich.

Er stand als erster auf.

»Komm, wir schlafen.«

Er griff nach meiner Hand und ging zum Bett voraus, ich folgte ihm benommen. Er legte sich auf die Seite und zog mich an sich. Ich krümmte mich, wollte seinen weichen Körper an jeder Stelle meines Leibes fühlen. Sein Atem war in meinem Haar, seine Hände an meiner Brust, und ich bedeckte sie mit meinen Händen. Wir waren zusammen; das allein zählte. Ich glaube, daß ich in diesem Moment zu atmen, daß vielleicht sogar mein Herz für einen Takt zu schlagen aussetzte.

»Wir lieben uns«, sagte Joinville. »Es wird niemals aufhören.«

»Ich weiß.«

Dann, als wir aufwachten, als von irgendwo dumpf die Uhr eines Kirchturms schlug, waren wir in der ersten Sekunde noch vereint, in jener Sekunde, wo man, vom Schlaf verwirrt, noch nicht in der Gegenwart ist, sich vor der Realität noch geborgen glaubt.

»Es wird Zeit«, sagte Joinville.

Ich wußte, daß es keinen Sinn hatte, sich zu widersetzen. Wenn er so sprach, war es ernst. Er saß schon auf der Bettkante. Als er sich dann aber doch noch einmal umdrehte, um mir einen sanften Kuß auf die Wange zu geben, endeckte ich, daß er geweint haben mußte, während ich schlief.

»Bon, ich werde dich anhören«, sagte ich tapfer. »Laß uns nach nebenan gehen, ich habe Durst.«

Nicht nur Durst hatte ich, sondern auch schrecklichen Hunger. Ist es nicht sonderbar? In den wichtigsten, traurigsten Momenten des Lebens hört es doch mit den Banalitäten nicht auf. Nun war jedoch nicht der Zeitpunkt, um etwas zu essen, und so setzte ich mich in meinem seidenen Morgenrock artig auf die Kante unseres kleinen roten Sofas, hielt mich an einem Champagnerglas fest und wartete, was der Prinz meines Glücks mir zu sagen hätte.

»Die Belle Poule wird übermorgen auslaufen. Von Toulon aus«, erklärte er knapp. Die Belle Poule war sein Schiff. »Mit Ziel: Spanien. Dann: Guinea. Und dann: Südamerika.«

Ganz langsam stellte ich mein Champagnerglas fort, so vorsichtig, als könne das Glas und mit ihm die Welt in meinen Händen zerspringen. »Dann wirst du lange fort sein.«

Ein ernster Blick. »Sieht so aus.«

Ganz die jüdische Prinzessin, hob ich das Kinn. »Nun, ich werde warten.« Wir jüdischen Frauen, hatte Maman früher immer gesagt, haben die Kunst des Wartens über die Jahrtausende lernen müssen. So oft mußten wir auf Männer warten, die auf Handelsreisen, auf der Flucht oder in Gefangenschaft waren, und so oft, viel zu oft kehrten die Männer niemals zurück. Gehängt, verbrannt, erdrosselt, gemeuchelt, totgeschlagen. Wenn man die Leiche je fand, hatte die Witwe noch Glück.

»Warten hat keinen Zweck«, sagte er rauh. »Die Reise wird zweieinhalb Jahre dauern.«

Ich starrte ihn an. Ich hatte damit gerechnet, aber wenn die Nachricht dann kam, bedeutete das auch keinen Schutz.

»Wir waren mehr als vier Monate getrennt. Wir werden es aushalten.«

Er suchte meinen Blick. »Non, mon bon enfant. Es ist zu ungewiß. Was wird aus Frankreich und was aus mir? Und was aus der Belle Poule? Wer verspricht dir, daß ich jemals wiederkomme.«

»Ich werde trotzdem warten.«

Grob riß er mich an den Schultern herum und zwang mich, ihn anzusehen.«Nein, das wirst du nicht. Du wirst mich, zum Teufel, vergessen.«

»Ich könnte dich nicht vergessen.«

»Aber du mußt es tun.«

Als könne er selbst an den Sinn seiner Worte nicht glauben, sank mein großer Seemannsprinz in meinen Armen zusammen. Ich spürte, wie sein ganzer schwerer Leib gegen die Tränen kämpfte, ich selbst saß einfach nur da und fühlte mich wie betäubt.

»Es gibt einen einzigen Weg«, sagte er schließlich erneut mit dieser rauhen Stimme. »Amerika.«

Ich seufzte und schloß die Augen.

»Das hier ist kein Spiel, Rachel, kein Theater. Du kannst nicht einfach die Szene wiederholen. Sag jetzt ja, und wir werden heiraten, werden glücklich sein. Sag nein, und ich verzichte auf die Liebe, gehe in die Welt und verschreibe mich Frankreich.«

»Klingt wie eine Drohung«, sagte ich mit einer Schärfe, die ich selbst nicht wollte.

»Wenn du willst, kannst du es so verstehen.«

»Ich verstehe. Weil zu deinen Pflichten gegenüber Frankreich die richtige gehört. Eine passende Frau für den Thron. Eine echte Prinzessin, keine jüdische. Nicht so ein kleines jüdisches Gassenmädchen, mit dem man spielt und dem man das Herz wegnimmt und das man nachher fallenläßt. Ist es das, was du meinst?«

Eine lange Pause trat ein. Ich sah, wie sehr ich ihn verletzt hatte, und senkte den Blick.

»Bitte, wenn das deine Meinung von mir ist. Denk, was du willst.«

Ich lachte bitter und laut, selbst ungläubig über meine eigene Reaktion, eine Reaktion, wie sie eher von Maman stammen könnte, schrilles Gelächter im falschen Augenblick, das mich immer befremdet hatte. Nimm dich in acht, warnte eine innere Stimme. Schweig.

»Für das Bett war ich gut genug.«

Müde winkte er ab, eine Geste, die mich nun doch verstummen ließ. »Amerika?« fragte er nach. »Ich will nur noch ein einziges Wort. Ja – oder nein?«

Ein Rauschen dröhnte in meinen Ohren; eine verwirrende Abfolge fremdartiger Bilder schwirrte durch meinen Kopf. Ich war nicht bei mir. Hier saß nicht Rachel. Hier saß jemand und wurde vor eine grausame Entscheidung gestellt. Ich saß nur dabei und sah und hörte zu. Ich hatte keine Meinung. Liebe, Flucht, das Grübchen an seinem Kinn, Indianer und Planwagen in endlosen Steppen, ein fremdes Land, eine fremde Sprache, der Mensch, der mir am nächsten war, bei mir, Kinder, die Sterne vom Himmel holen, ein bißchen Glanz, die Familie, Liebe, Glück. Doch nie mehr Theater, nie mehr Leben.

»Nein«, hörte ich eine fremde Stimme sagen. »Nein.«

»Gut.« Er stand auf. Ein durchdringender Blick. »Dein letztes Wort?«

Die Tränen müssen mir aus den Augen getreten sein, als ich nickte, denn ich sah ihn kaum. In der Tür blieb er noch einmal stehen, drehte sich zu mir um. Steh auf, lauf zu ihm, befahl mir eine innere Stimme. Wenn der Massel kommt, stell ihm den Stuhl. Aber ich war wie gelähmt von einem unsichtbaren Gewicht, als hielte jemand, ein Dämon mich fest.

Ich sah zu, wie die letzte Hoffnung aus seinen Augen verschwand. Hinter seinem Rücken hatte er die Hand auf der Klinke. Seine Augenbrauen zogen sich zusammen; unendlicher Schmerz lag in seinem Blick. Wenn ich je an seiner Liebe gezweifelt hätte, hätten nun alle Zweifel verstummen müssen. Warum stand ich nicht auf; warum hielt ich ihn nicht fest?

Nach einer kleinen Ewigkeit, in der er auf der Schwelle verharrte, riß er sich los, und dann war er fort.

Ich sank ins Sofa. Ich wollte aufspringen, ihm hinterhereilen, doch ich konnte nicht. Dann hörte ich das Hufgetrappel; er fuhr los. Einen Moment lang überlegte ich, das Fenster aufzureißen und hinauszuspringen.

Hätte ich Verstand besessen, wäre ich zu meinem Schrank gegangen, hätte ein paar Kleider in einen Koffer gepackt und wäre ihm in der nächstbesten Droschke gefolgt. Statt dessen ging ich zum Sofa zurück und trank zwei Flaschen Champagner auf leeren Magen aus.

Bevor in Toulon die »Belle Poule« in See stach, schrieb Joinville mir noch einen Brief. Ich las ihn im Bett, geschüttelt von hohem Fieber.

»Mon bon enfant, Du hattest meinen letzten Besuch, Du sollst auch meinen letzten Brief haben. Wenn ich daran denke, daß wir uns trennen müssen, zerreißt es mir das Herz. Wir werden so weit voneinander entfernt sein, und das, wo wir so glücklich zusammenlebten. Geh aber, folge deinem Weg und deinem Schicksal, genieße tausend neue Triumphe. Es wird Dir nicht an Menschen fehlen, die von Liebe zu Dir sprechen. Aber niemand wird meiner Liebe gleichkommen. Mein armes Kind, ob nah oder fern, Du wirst mir immer alles bedeuten. Ich habe Dein Bild bei mir und werde es immer bei mir tragen. Jetzt werde ich also die Heimat verlassen und zur See fahren. Ich möchte mich am liebsten hineinwerfen und niemals wiederkehren. Dir, die ich im schönen Frankreich zurücklasse, wünsche ich Gesundheit, Erfolg und etwas, woran ich nicht glaube: Glück.«

Ich las den Brief wieder und wieder, und dann griff ich nach einem Stift und krakelte darauf: »Pauvre Joinville! Du trägst meine erste Liebe, meine letzte Liebe fort. Ich werde niemals mehr lieben, niemals mehr leben!«

Was blieb, war Leere. Blind und taub ging ich durch die Welt. Ich sah nichts, hörte nichts, fühlte nichts. Ich fror nicht, ich litt nicht, ich schlief den ganzen Tag, stand nur mühsam zur Vorführung auf. Ich rührte das Essen nicht an, nichts schmeckte mir, selbst die Hühnerbrühe nicht, die Rose mir einzuflößen suchte. Mit jedem Tag verlor ich an Farbe, verlor die Welt für mich an Farbe. Ich wurde dünner und dünner und merkte es kaum. Trost fand ich nur in kurzen, wirren Träumen, und wie böse war dann das Erwachen, die Begegnung mit der Kälte, der Leere.

»Sie werden krank«, schimpfte Rose. »Es wird böse enden.«

Das, so dachte ich damals, würde mich dann erlösen.

Alle Tätigkeit wurde zur Qual. Bis zum späten Nachmittag lag ich im Bett und starrte an die Decke. Jede Bewegung war mir anstrengend. Niemand konnte mir eine Freude machen. Rothschild nicht und Docteur Véron nicht, die mich mit Blumen und Edelsteinen überhäuften. Délphine de Girardin nicht, die mir das Stück namens »Judith« brachte, das sie eigens für mich geschrieben hatte. Auch der Marquis de Custine nicht, der an mein Krankenlager eilte und sogar um meine Hand anhielt, weil er dachte, daß es mir vielleicht eine Freude machen könnte, Marquise zu werden.

Aber ich wollte doch keinen Titel, sondern nur meinen Prinzen.

Wenn ich meinen Einspänner zum Theater lenkte, erschien die Stadt mir grau. Nur hin und wieder, wenn ich eine hohe Gestalt in der Menge auftauchen sah, wenn ein blonder Mann um eine Ecke bog, dann setzte für einen Moment mein Herz aus. Ich konnte meinen Pulsschlag wieder spüren, wußte wenigstens für diesen Moment, daß ich noch am Leben war, um gleich darauf wieder in der Starre und Teilnahmslosigkeit zu versinken, wenn die Ernüchterung kam. Natürlich konnte es nicht Joinville sein; er kreuzte mit seiner Fregatte »La Belle Poule« irgendwo fern auf den Meeren.

So gleichgültig wurde mir die Welt, daß ich keinen Einspruch erhob, als das Direktorium eine Vorstellung auf Jom Kippur festsetzte, unseren höchsten Feiertag, den die Familie schweigend und fastend beging.

Die Plakate für die Aufführung an Yom Kippur hingen schon in ganz Paris, als es eines Nachmittags wütend an meine Wohnungstür in der Rue Malaquais dröhnte. Ich lag noch im Bett, nippte an dünnem Tee und hörte dem leisen Trommeln des Regens zu, als mein Vater mit loderndem Blick in mein Schlafzimmer stürmte.

»Elisa!« keifte er. »Am hellichten Tag liegt meine Tochter im Bett! Habe ich dir das beigebracht?«

»Bist du gekommen, um mich zu wecken?«

»Prügeln könnte ich dich!« Wütend schlug er auf die Zeitung, ein Exemplar der »La Presse«. »Am Versöhnungstag willst du auf der Bühne stehen? Während deine Leute schweigen und in der Synagoge sitzen und beten? Nicht einmal der höchste aller Feiertage ist dir noch wert, ihn zu achten? Meine Tochter will die Schande der ganzen Kehille sein? No, genausogut kannst du zum Christentum übertreten, mach's doch wie dein Freund Heine, dieser Feigling.«

Seufzend stellte ich meine Tasse ab und sank zurück in die Kissen. Was gingen mich die Tiraden dieses kleinen jüdischen Eiferers an, der sich mein Vater nannte? Es berührte mich nicht. Was wußte er von dem Preis, den ich für meinen Glauben bezahlt hatte – für meinen Glauben und für die Kunst.

»Deine Mutter weint den ganzen Tag, weil sie im Marais geschnitten wird. Auf dem Markt will ihr niemand etwas verkaufen! Sie sagt, sie wird wie das letzte Kores behandelt! Sogar die Lévys sind empört! Was du machst, ist Verrat, Elisa. No, ich sehe schon, meiner Tochter ist egal, was die

Welt von ihr denkt und von ihren Eltern! Soll der alte Vater doch reden, sie hört gar nicht zu.«

Ausnahmsweise hatte er einmal recht. Es interessierte mich nicht, was er sagte. Warum fragte er nicht nach meinem Kummer? Er muß mir diesen Gedanken angesehen haben, denn auf einmal übermannte ihn die Wut, und er riß mir die Bettdecke fort, daß meine Tasse klirrend vom Nachttisch flog.

»Willst du wohl aufstehen? Um vier Uhr nachmittags! Und wie siehst du überhaupt aus, wie der lebende Tod! Kein Gramm Fleisch mehr auf den Knochen. Los, raus aus dem Bett, oder willst du, daß ich dich hole?«

Widerwillig schlüpfte ich in den Morgenmantel, den eine mürrische Rose mir brachte.

»Ein Glück, daß Sie kommen, Monsieur Félix«, fiel sie mir in den Rücken. »Nicht zu sagen, wieviel Sorgen ich mir mache. Sie ißt nicht, redet nicht, lacht nicht mehr. Wenn es so weitergeht, wird sie wieder krank.«

»Nur wegen diesem Schlemihl von einem Seeräuberprinzen. No, Elisa, volljährig oder nicht, du wirst zu deinen Eltern kommen, und dann werden wir ja sehen, ob du ißt oder nicht.«

»Rachel«, protestierte ich müde und eher der Form halber, »ich heiße Rachel.«

»No, wenn es so ist, dann mach deinem Namen Ehre, statt dich so hängenzulassen! Wir sind ein altes Volk, wir können kämpfen!«

Soll das alte Volk zum Teufel fahren, dachte ich.

In Montmorency bettete man mich in Wolldecken und flößte mir warme Honigmilch ein. Ich flüchtete in die Arbeit, stürzte mich in jenen Traum, der mir vom Leben geblieben war, und las mich ein in die wuchtigen Zeilen, die vollkommenste aller französischen Dichtungen. Gleich morgen würde ich ein Billet zu meinem Lehrer Samson schicken. Ich wollte die Phädra einstudieren.

Phädra, das ist der Liebeswahnsinn einer Frau, die den

eigenen Stiefsohn liebt und daran zerbricht; es ist Raserei, die Verkörperung des Leids, jene Rolle, die zwischen einer bloß talentierten und einer großen Schauspielerin unterscheidet. Meine Rolle, für die ich Joinville hatte gehen lassen.

Spät in der Nacht, als ich das Buch von Racine endlich aus der Hand legte, hörte ich leise Stimmen im Flur.

»Heute sah sie etwas besser aus«, sagte Maman. »Ich sag dir was! Man könnte denken, daß sie gesund wird!«

»No, die Arbeit ist die beste Medizin«, erwiderte mein Vater. »Ich kenne doch meine Tochter. Als Phädra kann sie ihren Kummer auf der Bühne ausleben. Ganz Paris wird über sie weinen!«

Vielleicht würde Joinville davon hören. Vielleicht würde man die Kunde über die Meere tragen, und vielleicht würde er dann ahnen, wie ich die Trennung bereute. Ich würde einen Liebeswahnsinn zeigen, der ihm ans Herz greifen muß. Alles würde gut werden. Dann könnten wir uns doch noch finden. Joinville liebte mich! Er würde kommen müssen, zurück nach Paris und zu mir! In dieser Nacht kuschelte ich mich tief in die Kissen und schlief zum ersten Mal seit Wochen mit einem Funken Hoffnung ein.

Im November 1842 prasselte der Regen in schweren Schlägen gegen die Fenster des Arbeitszimmers in der Rue Richelieu. Ich blickte Samson in die Augen.

»Die Tragödie der Phädra beruht auf Euripides: Die Tochter der Dämonen und Götter ist verheiratet mit dem König von Athen. Doch ihr Herz gehört Hippolyt, seinem Sohn. Weil sie den König für tot hält, gesteht sie dem Stiefsohn ihre Liebe. Er aber weist sie ab. Als der König wider Erwarten von seiner Reise zurückkehrt, klagt Phädra den Stiefsohn an, er habe versucht, ihr Gewalt anzutun. Hippolyt schweigt, um Phädra nicht bloßzustellen, und wird zum Tode verurteilt. Wahnsinnig vor Selbsthaß und Liebe stürzt Phädra sich ins Schwert.«

»Brav«, lobte Samson. »Ein kleines Wunder ist geschehen. Rachel hat das ganze Stück gelesen – und nicht nur ihre Rolle.«

»Tatsächlich ist Phädra weder ganz schuldig noch ganz schuldlos. Sie ist durch ihre Bestimmung und durch den Zorn der Götter in eine unerlaubte Leidenschaft verstrickt, vor der sie selbst den größten Abscheu empfindet. Sie versucht alles, diese Liebe zu überwinden. Lieber will sie sterben, als sie einzugestehen.«

»Wie kannst du das begreifen, Rachel? Du bist für die Rolle der reifen Phädra doch eigentlich viel zu jung.«

»Ich kenne die Liebe«, fiel ich meinem Lehrer ins Wort.

Lange maßen sich unsere Blicke, dann nickte er stumm.

Die Arbeit lenkte mich ab. Ich vergaß meinen Kummer, konnte den Schmerz betäuben, ihn von mir fernhalten. Ich grübelte über der Rolle, um nicht an ihn zu denken. Ich warf mich, rettete mich in Phädras Leid, um mein eigenes zu überwinden, und beschloß, Talmas Ratschlag diesmal zu ignorieren. Für die große Kunst würde ich seine Regel brechen, ich würde keinen Abstand zu meiner Rolle wahren. Ich wollte die Phädra nicht spielen, ich wollte Phädra sein. Wenn ich in ihre Haut schlüpfte, konnte ich das Leid um Joinville vergessen und doch ganz nah bei ihm sein. Wenn ich kummervoll, leise, schreiend, verwirrt, dem Wahnsinn nah die Liebesworte sprach, dann richtete ich sie an ihn, und ich würde ihn erreichen, fern auf den Meeren. Er mußte hören, daß ich zu ihm sprach. Immer sah ich ihn vor mir, wenn ich die berühmten Verse deklamierte:

»Da zeigte mir Athen den hochgemuten Feind.
(...)
Mein Auge ward wie blind und wie gelähmt mein Mund,
Durchdrungen und verstört bis auf den Herzensgrund,
Lernt ich die Göttin, lernt ihre Feuer kennen,
Die den, den sie verfolgt, unweigerlich verbrennen.«

Ganz Paris erwartete die »Phädra«. Die Presse schrie in riesigen Lettern nach der Premiere. Schließlich einigten wir uns darauf, daß ich eine Probe meines Könnens bei Madame Récamier geben würde. In die alte Abtei kam eine Auswahl der honorigsten Gäste von Paris: Custine, Girardin, Richelieu, Noailles, Sainte-Beuve, Victor Hugo und Graf Alexandre Walewski, der uneheliche Sohn Napoleons. Sie alle sollten über mich richten: War Phädra bereit?

Der Abend endete im Streit. Ich zeigte eine ungewöhnliche Traurigkeit, meinte das Lager, das Graf Walewski anführte. Es fehle mir noch an Reife, meinte Hugos Gefolgschaft. Doch dieser Zwist war es nicht, der den Abend zu einem der schlimmsten Momente meines Lebens machte. An diesem Abend erfuhr ich die grausame Wahrheit.

Früh schon hatte ich bemerkt, daß Délphine de Girardin mich besorgt beobachtete. Dann, als die Gesellschaft sich aufzulösen begann, zog sie mich am Ärmel und schob mich in einen Erker. Ich werde es niemals vergessen. Der Winterregen schlug gegen das schwere Bleiglas, ich fröstelte in meinem dünnen Kleid. Die Abtei verströmte tausend Jahre Kälte.

»Setzen Sie sich, meine Muse. Es ist am besten, wenn ich es bin, die es Ihnen sagt.«

Ich hatte keine Ahnung, worum es gehen könnte, aber ich sah den tiefen Ernst in ihren Augen.

»Sie müssen jetzt sehr stark sein, Rachel.«

Ich nickte gefaßt. Délphine setzte sich neben mich und dämpfte ihre Stimme. »Man hört aus dem Palast, daß der Prince de Joinville heiraten wird. Sie heißt Francesca da Braganza, eine Prinzessin aus Brasilien.«

Diese Worte zerrissen meine Welt. Heiraten, rauschte es in meinen Ohren. Prinzessin von Brasilien. Also hatte er mich vergessen! Die Welt wurde leiser. Ein Gefühl, als würde mir mit einem feinen, sehr kalten Skalpell das Herz herausgeschnitten, als hätte ich keine Haut, als wäre jeder einzelne meiner Nerven schutzlos dem Brand ausgesetzt, diesem eiskalten Feuer, das sich in mir ausbreitete.

Ich schaffte es, weiter zu atmen, lächelte sogar.

Vermutlich war es meine stärkste Leistung als Schauspielerin, daß ich in diesem Augenblick die Contenance behielt. Der Name, ihr Name, schwirrte durch meinen Kopf, während ich angestrengt lächelte und Délphine fremde Wörter aussprach.

Francesca, Prinzessin von Brasilien, keine Künstlerin, keine Jüdin, dachte ich lächelnd, keine Liebe, alles nur Verrat.

Dann wurde mir schwindlig. Lächeln, dachte ich, weiter lächeln, bevor Délphine de Girardin mich auffing. Ich spürte kaum, was geschah, hörte das Getuschel in der Abtei nicht. Wie betäubt akzeptierte ich es, daß Graf Walewski mir seinen Arm bot, um mich zur Kutsche zu geleiten. Ich war dankbar; jeder einzelne Schritt schien ein Weg durch die Ewigkeit zu sein.

»Sie erschöpfen sich zu sehr«, mahnte der Sohn Napoleons. »Die Phädra frißt Sie auf!«

Ich schaffte es, in die Kutsche zu steigen und aufrecht zu bleiben, bis die Abtei in der Nacht verschwand. Erst als die Stimmen in meinem Kopf verklungen waren, brach ich in den Kissen zusammen.

Was mir zum Überleben blieb, war die Kunst.

Am Abend des 21. Januar 1843 trat ich in ein absolutes Schweigen. Ich spürte, wie das Publikum vibrierte. Vor den Kassen hatten sich die Pariser um die Eintrittskarten geprügelt. Sie wollten mich leiden sehen. Rachel als liebesrasende Phädra, die größte aller Sensationen. Panem et Circenses.

Ich spürte das nervöse Flirren im Saal, aber sonst spürte ich nichts, nicht einmal Lampenfieber. Ich hatte die Grenzen aufgelöst zwischen mir und jener fremden Königin. Ihr Leid, ihr Entsetzen, es war mein Schrecken. Ihr Verlust verschmolz mit meinem. Auf der Bühne bebte ich, litt ich, raste ich, flehte ich.

»Misérable!« Ich schrie es hinaus, bis meine Stimme in der entsetzlichen Erkenntnis des Verlusts des Geliebten schrillend kippte: »Elende, wie, du lebst?«

Zerschmettert taumelte ich hinter den Vorhang, nicht ich, Rachel, ich, Phädra sank in die Arme Mamans. Ich war bereit, dem Tod in die Arme zu stürzen. In mir war eine Stille wie aus Glas. Am anderen Ufer, hinter dem Vorhang, tobte das Publikum vor Begeisterung und verlangte in rhythmischen Chören nach mir. »Rachel! Rachel!« schrie es, tobte, donnerte es. »Rachel! Rachel!«

Aber ich konnte nicht kommen, Phädra war tot.

Der große Théophile Gautier beschrieb es mit seinen Worten: »Wie sie sich näherte, bleich wie ihr eigener Geist, rote Augen, glühend in einer Marmormaske, wie die Arme herabhingen, als wären sie tot, wie der Körper erstarrt blieb unter den kostbaren Draperien, da schien sich uns nicht Mademoiselle Rachel, sondern Phädra selbst zu nähern. Über zwei Stunden blieb sie Phädra, ohne daß die Illusion auch nur für eine Minute verschwunden wäre. Der Erfolg war immens. Als man sie nach dem vierten Akt auf die Bühne rief, kam sie nicht. Es hätte die Illusion zerstört, wäre sie vor den Vorhang getreten.«

## 33

La grande Rachel – voll waren die Kassen des Théâtre français, aber wie leer war mein Herz. In meiner Verzweiflung und meinem Schmerz begann ich mich an den kleinen Aufmerksamkeiten des Grafen Walewski zu freuen. Jeden Abend saß er im Publikum, kam nach der Vorstellung in meine Garderobe und machte mir kleine Geschenke und große Komplimente.

Bald waren wir das Thema von tout Paris.

Alexandre Florian Joseph Colonna Walewski, ein stattlicher, wohlhabender Witwer, Mitglied im Jockey-Club, Zechkumpan von Joinville und ehemaliger Diplomat in französischem Dienst, war mit seinen dreiunddreißig Jahren in allen Salons gern gesehen. Jede Mutter einer ledigen

Tochter belagerte ihn. Er hatte die weichen Züge seiner Mutter, der polnischen Marie Walewska, und die Augen und die Stimme seines Vaters geerbt. Es umgab ihn ein Hauch jener historischen Romanze, in der sich Marie Walewska für ihr Vaterland Napoleon geopfert hatte.

Für mich würde er das perfekte Werkzeug meiner Rache sein. Joinville hatte geheiratet? Bien, ich wäre nicht Mamans Tochter, hätte ich ihm diesen Verrat nicht Münze um Münze heimzahlen wollen. Auch Joinville würde leiden, so schwor ich mir.

Bald bekam ich jeden Tag einen Brief von Walewski, wortreich und verziert mit dem kaiserlichen Adler, damit auch niemand seine Herkunft vergaß. Ich lächelte darüber. Dennoch sprach echte Liebe daraus. Und Walewskis Gesicht konnte leuchten, wenn er lächelte.

Mein Vater, sonst immer fast krank vor Eifersucht, war hingerissen. »Der Sohn Napoleons, der dir seine Aufwartung macht. No, und meine Tochter ist zu schade für ihn?«

»Ich sag dir was«, mischte Maman sich ein. »Wir sollten ihn zum Soupieren einladen.«

Diese gespreizte Ausdrucksweise, dieses Entgegenkommen waren ein neuer Zug an meiner Mutter. »Und dann? Was, wenn er kommt? Willst du dann jiddisch mit ihm sprechen? Vergiß nicht, er ist ein Goi!«

»Jech, dieses Kind wird seine Mutter in den Wahnsinn treiben!«

Dabei war es nur Joinville, den ich quälen wollte.

Ich dachte zurück an jene Nacht an der Seine, als die Eifersucht in Joinvilles Augen aufgeglänzt war. Wie hatte er mir den Verehrer Walewski mißgönnt! Wie tobsüchtig war er geworden!

Bien, nun würde er sehen.

Ich beschloß, Walewski zu empfangen. Rose und ich tüftelten die Speisefolge aus, malten eine pompöse Menükarte, mit der ich hoffte, ihn zum Lachen zu bringen.

SAUCISSON A L'AIL DE TOULON
OMELETTE AU JAMBON DE MAYENCE
ANDOUILLE A LA BONAPARTE
POULET A MARENGO
BOMBE GLACEE A LA MOSKOWA

Ah, lachen konnte er darüber nicht, mein würdiger Graf, der Sohn Napoleons. Dennoch wurde es ein schöner Abend. Er war nicht Joinville, und doch hatte ich die Wärme, die Hände eines Mannes schmerzlich vermißt.

Vermutlich hat Walewski mich wirklich geliebt.

Er tat alles, worum ich ihn bat. Geduldig nahm er Anteil an meinen Rollen, korrigierte er meine Aussprache, meine Manieren, selbst meine Handschrift, bis ich mir selbst fast zu vollkommen wurde. Bald sprach die ganze Stadt über uns. Walewski war charmant, er war ein guter Tänzer, und er versuchte auch, mich über den Mißerfolg in der Rolle der »Judith« hinwegzutrösten, die Délphine de Girardin mir auf den Leib geschrieben hatte. Paris wollte nicht sehen, wie ich die Liebe benutzte, um einen König zu morden. Paris wollte mich die Liebe leben und an ihr leiden sehen.

»Ende Juni wird es eine Überraschung geben«, erzählte mir eines Abends mein alter Freund, der Marquis de Custine, mit verschwörerischer Miene. »Joinville kommt zurück. Und man sagt, er bringt diese Prinzessin mit. Wäre es nicht ein glücklicher Zufall, wenn Sie in dieser Zeit auf Tournee sein könnten?«

Dankbar drückte ich seine Hand und antwortete noch am selben Abend dem Theater in Rouen, das mich für Juni eingeladen hatte. Soeben war die neue Eisenbahnlinie in die Normandie fertiggestellt, die Reise würde bequem und einträglich sein.

Aber zu keinem Augenblick vergaß ich meine Rache. Nachts, wenn ich nicht einschlafen konnte, wenn ich vergeblich nach ihm tastete, dann machte ich Pläne, wie ich Joinville am tiefsten verletzen könnte. Unwissentlich kam mir Walewski zu Hilfe. Im Mai schlug er mir wortreich vor, wir könnten zusammenziehen. Was bedeutete: Ich würde seine Mätresse werden! Im ersten Augenblick war ich schockiert, doch dann nahm ein Gedanke in meinem Kopf Gestalt an. Das war sie, die perfekte Vergeltung. Joinville sollte überall hören, daß ich mich rasch getröstet hatte.

Walewski fand ein wundervolles Hotel, 4, Rue Trudon. Ein Palais wie ein orientalischer Traum. Im Foyer gab es eine Lichtkuppel, die an die Alhambra erinnerte; dazu eine Treppe aus weißem Marmor und Wandverkleidungen aus weißer Eiche. Der Salon, ein prunkvoller Saal, war in Weiß, Blau und Gold gehalten. Es gab eine Bibliothek mit fünftausend Büchern, ein Boudoir mit erlesenen Tapisserien und wertvollen Gemälden, es gab Sèvres-Porzellan und schweres Silber, in das mein Initial eingraviert war. Und dann gab es das Bett, von dem ganz Paris hören sollte, breit, ausladend, mit einem Tigerkopf gekrönt!

Sollte Joinville vor Eifersucht sterben!

Für mich bat ich mir in all dieser Pracht eine kleine Vergünstigung aus. Ich wollte ein Arbeitszimmer haben, einen Raum für mich allein, mein Traumzimmer. Es war klein und nackt. Ich liebte die weißen Wände. Nichts stand darin als eine schmale Pritsche und jener einfache kleine Tisch, mit dem ich einst meine erste kleine Künstlergarderobe unter dem Dach des Théâtre français ausstaffiert hatte. Hier saß die kleine jüdische Elisa aus der Gosse, die von all der Pracht ganz taub und benommen wurde, und fand zu sich selbst zurück. Hier lernte ich meine Rollen, träumte ich von Joinville und von der Liebe, die ich so früh verloren hatte und der ich auf meine Weise doch treu blieb, selbst in der Rache: Als Walewski mich bat, ihn zu heiraten, lehnte ich ab. Joinville sollte mich als Mätresse vorfinden.

Ganz Paris sollte Walewski und mich als Traumpaar bejubeln, und Joinville sollte an das Märchen glauben, er, dessen Antlitz ich vor mir sah, wenn Walewski nachts zu mir kam.

Tagsüber führte ich mit Walewski ein prunkvolles Haus. Im Salon stritten die Deputierten aus der Abgeordnetenkammer, Minister schlichen sich in unser Schlafzimmer, um das berühmte Bett zu besichtigen, das ein Tigerfell bedeckte. Überall erzählte ich, daß in diesem Reich Walewski regierte. Sollten sie die Gerüchte in die Tuilerien tragen!

Und Joinville die Seele vergiften!

Sogar Délphine de Girardin ließ sich von mir täuschen.

»Mit Walewski hast du dein Glück gefunden.« Sie gab mir einen Klaps mit ihrem Fächer. »Er benimmt sich wie ein Gast, nicht wie dein Mann.«

Ich lachte dieses falsche Lachen, das nie meine Augen erreichte.

»Je veux bien des locataires, mais pas des propriétaires.«

Ein Bonmot, das bald die Runde machte. Man verehrte, man besuchte, man beneidete uns. Doch während ich nach außen lächelte, fror ich in all dem Glanz und weinte.

Rouen, Marseille, Lyon, Genf, Chamonix, Interlaken – der Sommer 1843 war ein Sommer der Flucht. Während ich mich feiern ließ und Walewski sich mehr und mehr an meinen Erfolgen weidete, weilten meine Gedanken wieder und wieder in Paris. Joinville war zurück. Joinville fuhr mit der brasilianischen Prinzessin im Bois spazieren; er reichte ihr seinen Arm, küßte sie, schlief mit ihr.

Ich gab mir den Anschein, mich nicht dafür zu interessieren. Und doch: War die Prinzessin vielleicht häßlich? Mais non, schrieb meine Schwester Sarah, ausnehmend hübsch. War sie dumm? Nein, erfrischend und klug und kapriziös. Sie stürze den Palast immer wieder in Verwirrung, wenn sie in Mißstimmungen nach Truthahnsuppe verlange, sie habe die Königin im Sturm erobert, und auch das Volk sei von ihr hingerissen, schrieb Sarah, als würde sie nicht wissen, wie furchtbar sie mich damit quälte. Francesca da Braganza, mein Haß hatte einen Namen. Immer wieder erwachte ich in den Nächten und schlug auf mein Bettzeug ein, bis ich weinend zusammenbrach. Wenn ich ihn sehen würde, dann würde ich Joinville umbringen! Ich betete zu Gott, daß ich ihm niemals wieder begegnen würde.

Im Spätsommer kehrte ich zurück in die kalte Pracht meines Palasts. Zwei Tage vor meiner Ankunft hatte Joinville die Stadt überstürzt verlassen. Ohne seine Frau mitzunehmen, war er nach Marseille abgereist und unerwartet mit der »Belle Poule« in See gestochen. Man sagte, er sei dem Ruf der Meere, seiner wahren Liebe, gefolgt. Doch ich wußte es besser. Er war auf der Flucht vor mir. Auch er wich mir aus, wollte mir nicht begegnen. Ich war hier, er war fort. Ich wollte erleichtert sein und fühlte doch nur unermeßliche Leere.

Den ganzen Winter litt ich an Husten, Traurigkeit und Fieber. Mit Schüttelfrost lag ich zwischen den Aufführungen in meinem kargen Traumzimmer. Im November wurde es so schlimm, daß Walewski gleich drei Ärzte einbestellte. Ich glitt weg in Fieberträume, und Walewski – wer weiß, was er von mir im Fieber alles hörte – litt mit an meinem Krankenbett.

Im Februar 1844, als ich wieder auftreten konnte, übergab er mir schüchtern einen Brief. Ich möge lesen, er könne es nicht mündlich sagen. Wenn ich ihn schon nicht heiraten wolle, solle ich dem zustimmen, was er verlangte.

Ich staunte und las: »Meine Liebe, meine Zuneigung, meine Freundschaft, mein Interesse, das alles verdient, daß Du es anerkennst. Im Leben wird man nicht zweimal so geliebt wie Du von mir. Ich will Deine Liebe – nichts weniger wird mir genügen. Ich verlange von Dir Offenheit, ein Vertrauen ohne Grenzen; Du sollst mir alles sagen; alles ohne jede Beschränkung. In einer Position, die so schwierig ist wie Deine, auf einem so glatten Boden, umgeben von soviel Eifersucht, soviel Neid und so vielen Feinden, kannst Du Dich nicht allein erhalten. Man kann sich an Deiner Seite nicht in einer passenden, ja nicht einmal in einer ehrenhaften Position erhalten, wenn man dein Verhalten nicht vollkommen kontrolliert und leitet. Ich verlange, daß Du auf jegliche Koketterie verzichtest. Du sollst mir alles sagen und tun, was ich Dir vorschreibe.«

Armer Walewski! Soviel Eifersucht! Soviel Torheit! Was glaubte er denn, wen er vor sich hatte. Als er mein Traumzimmer wieder betrat, ließ ich den unverschämten Brief durch die Luft flattern und lachte ihn aus.

Vielleicht hatte ich gehofft, er könnte mit mir lachen. Vielleicht wollte ich ihn auch nur verletzen. Womit ich auf keinen Fall gerechnet hatte, das war seine Reaktion. Sein Gesicht verzerrte sich, und ehe ich wußte, wie mir geschah, hatte er sich auf mich gestürzt, an den Handgelenken gepackt und drängte mich gegen die Wand.

»Sag, daß ich dein Herr bin!« keuchte er.

Niemand redete so mit mir. Niemals gab ich kampflos auf. »Wie komme ich dazu«, zischte ich ihn an. »Laß mich sofort los.«

Einen Augenblick schien es mir, als ob ihm mein Mut imponierte. Dann aber umschlossen seine Finger noch härter meine Handgelenke.

»Los! Sag es!«

Eine wilde Wut packte mich; ich spuckte die Worte förmlich aus. »Ich sag dir, was du bist. Eine Memme, ein elender Krippel, ein Mamser!«

»Und du betrügst mich, du Hure! Du denkst an einen anderen, wenn ich bei dir bin!«

»Und wenn es so ist? Wer würde es mir übelnehmen?«

Ich hatte schon viele Szenen erlebt, aber niemals eine wie diese, die nun folgen sollte. Er riß mir die Kleider vom Leib, drängte mich aufs Bett und warf sich auf mich, um mich mit Gewalt zu nehmen.

Vier Monate nach jener abscheulichen Szene begann mein Leib sich zu wölben. Unbeschreiblich mein Ekel und die Qual, ihn vor der Welt geheimzuhalten. Als es nicht mehr zu verheimlichen war, mußte ich es Walewski widerwillig gestehen. Er schwenkte mich durch die Luft, gebärdete sich wie ein Wahnsinniger, er würde ein Kind haben, wir würden heiraten, unser Sohn, der Enkel Napoleons, würde ein neuer Eroberer werden, ein Feldherr, ein Kaiser.

»Rachel, du hast mir das schönste aller Geschenke gemacht.«

Hélas, ich ließ ihn reden, hörte ihm längst schon nicht mehr zu. Seit er mir Gewalt angetan hatte, weigerte ich mich, das gemeinsame Bett jemals wieder zu beziehen. Seine Berührungen waren mir verhaßt; mich ekelte vor seinem Geruch. In den Nächten verschloß ich die Tür zu meinem kleinen Traumzimmer, wo ich auf einer Pritsche nächtigte. Ob er sich nach mir sehnte? Manchmal hörte ich seine Schritte, wenn er im Flur auf und ab ging, vielleicht verzweifelt oder betrunken. Einmal warf er sich mit dumpfer Gewalt gegen die Tür. Ich drohte ihm, nach der Gendarmerie zu klingeln, und als die empörte Rose im Morgenrock angelaufen kam und die Dienerschaft wach zu schreien drohte, gab er klein bei. Danach vernahm ich keine Schritte mehr im Flur; oft hörte ich nichts mehr von ihm, dann hockte er mit einer Flasche Gin in der Bibliothek. Nein, die Liebe zog in unseren Palast niemals ein. Aber das sollte niemand erfahren, so schwor ich mir. Nach außen hin lächelte ich.

»Endlich wird es weitergehen«, jubelte Maman, ganz die jiddische Mamme, für die nichts wichtiger war als der Nachwuchs. »Es muß doch weitergehen.«

»Mein Enkel«, mein Vater warf sich in die Brust, »wird der Enkel Napoleons sein.«

»Ja«, ergänzte ich mit einer Bitterkeit, die niemand verstand, »und Walewski ist sein Vater.«

Bald wußte ganz Paris, daß Mademoiselle Rachel guter Hoffnung war.

Joinville kreuzte im Sommer 1844 mit seiner Fregatte »La Belle Poule« und einer französischen Schwadron im Mittelmeer vor Tanger. Er sollte den arabischen General Abd el-Kader einschüchtern, der Marokko erobern wollte und in Algerien seine geschlagenen Truppen sammelte. Langsam drang die Kunde nach Paris, was sich im Mittelmeer zutrug. Joinville sollte nur kreuzen, nicht in die Schlacht ziehen. Darauf bestand das Außenministerium. Aber er mißachtete den Befehl. Mein Seeräuberprinz stürzte sich todesmutig in den Kampf. Am 6. August setzte er alles aufs Spiel, als er mit seinen armseligen Truppen vom Meer aus Tanger angriff und wütend bombardierte. Von diesem Tag an tobte er wie ein Wirbelsturm die marokkanische Küste hinunter: Am 11. August lag er bei heftigem Sturm vor Mogador, am 15. August begann er mit dem Bombardement, dann stürzte er sich mit Todesverachtung in den Angriff zu Land. Niemand hielt für möglich, daß auch nur ein Franzose diesen verrückten Ansturm überleben würde.

Joinville mußte wahnsinnig geworden sein, meinten die Pariser. Der König tobte, das Außenministerium war konsterniert, und ich spürte in meiner Angst um ihn, wie sehr ich ihn noch liebte. Nachts betete ich stumm für ihn, fühlte mich wie ein Schutzengel an seiner Seite, er sollte mich bei sich spüren, wenn er sich dem Tod entgegenstellte. Warum stürzte er sich in die verrückte Schlacht?

Ich ahnte es und weinte ohne Tränen. Hatte er von meiner Schwangerschaft gehört? Traf es ihn so wie mich die Nachricht von seiner Ehe? Warf er sich mit demselben Liebeswahnsinn in die Schlacht, wie ich die Rolle der Phädra in Angriff genommen hatte?

Joinville zog von Sieg zu Sieg. Wie ein Rasender zerstörte er die militärischen Festungen Abd el-Kaders, nicht ein Stein blieb auf dem andern. Innerhalb von neun Tagen hatte er den übermächtigen Feind gestoppt.

Meine Schwangerschaft war schwer, und in den letzten Wochen lag ich nur darnieder. Dr. Dubois sagte die Niederkunft für die Zeit zwischen dem 20. und 25. November voraus. Vom Wochenbett aus konnte ich die leidenschaftlichen Debatten meiner Familie verfolgen.

»Und ich sage, wir können Bar-Mizwa feiern«, keifte mein Vater, der sich mit seiner lieben Frau ungebeten bei uns eingeladen hatten.

»Ich bin Pole«, erwiderte Walewski. »Mein Kind wird ein Katholik werden.«

»Und das wird es nicht«, zischte Maman. »Sie kennen wohl unsere Gesetze nicht!«

»Ach ja?« hörte ich den armen Walewski höflich fragen. »Ich bin sicher, Sie werden es mir erklären.«

»Ein Jude ist, wer Kind einer jüdischen Mutter ist«, erklärte mein Vater, der Maman galant wie immer das Wort abnahm. »No, soll meine Tochter etwa keine Jüdin sein?«

Dann folgte eine Pause, die Walewski mit einem Satz beendete, in dem überraschend das diplomatische Talent seines Vaters aufblitzte: »Wenn es so ist, können wir ihn unbesorgt taufen. Er ist Jude – und trotzdem Katholik!«

»Und was ist, wenn es eine Tochter wird!« rief ich wutentbrannt in die Stille. Dann spürte ich einen jähen Schmerz, der mir fast den Unterleib zerriß.

Mein kleiner Sohn glich seiner Mama. Das Warten war nicht sein Talent. Zwei Wochen vor der Zeit, am 3. November, um sechs Uhr morgens, wurde Alexandre Antoine Colonna Walewski geboren, und schon zwei Tage später erkannte sein Vater ihn offiziell an.

Mon petit Alexandre war mehr als nur ein Prinz; er war ein kleiner Kaiser, jedenfalls in unserer Familie. Ich drückte das kleine Bündel Leben an meine Brust. Niemand konnte ermessen, was ich fühlte. Seit Joinville gegangen war, empfand ich zum ersten Mal wieder Liebe. Ich stillte den Kleinen, wickelte ihn und versuchte, die Familie fortzuschicken, die mit vor Affenliebe gierigen Augen vor meinem Zimmer lauerte. Papa führte sich auf, als wäre er der leibliche Vater, und meine Mutter jauchzte bei jeder Regung des Säuglings und überschüttete ihn mit derartig vielen Küssen, daß ich fürchtete, mein Sohn würde mir noch ersticken müssen.

Anfang 1845 übergab ich ihn Sarahs Obhut, die ihre Träume von der Oper endlich begraben hatte, da ich mich weigerte, immer weiter für ihre Ausbildung zu bezahlen. Sie bewies, daß sie das Zeug zu einer guten jüdischen Mutter hatte. Bald waren mein kleiner Sohn und sie ein wahres Liebespaar.

Eines Nachmittags bekam Walewski einen Wutanfall, als er sie im Kinderzimmer ertappte und sie jiddisch mit dem kleinen Polen sprach. Der Schrei hallte durch das ganze Treppenhaus. »In meinem Haus wird Französisch gesprochen!«

Ich raffte die Röcke, rannte die Treppen hinauf und verkündete gelassen: »Mein Sohn hat keinen Grund, die Vergangenheit seiner Mutter zu verleugnen. Du hast deine Taufe bekommen. Aber Jude ist, wer Kind einer jüdischen Mutter ist. So war doch der Kompromiß!«

Finster starrte Walewski mich an, und die Alkoholwolke, die ihn ständig umgab, schlug mir hart entgegen. Ich sah, daß seine Augen vor unterdrückter Wut gerötet waren, aber ich konnte seinem Blick standhalten, und er schlug die Tür zu, als er ging.

»Bring ihm noch mehr Gin!« befahl ich Rose. »Los! Was starrst du mich so an? Dann ist er wenigstens still.«

Armer Graf! Seit Alexandre auf der Welt war, konnte ich die Nähe des Vaters kaum noch ertragen. Dieses pompöse Gehabe, dieses ewige Herumreiten auf seiner Würde und dieser lächerliche Stolz, der Sohn Napoleons zu sein!

Ich ärgerte mich über die Selbstgefälligkeit, mit der er in seinem Sessel thronte und unseren Salon regierte. Sein Gesicht begann vom vielen Gin bleich und schwammig zu werden. Und dann sein Gerede von den Konventionen und den Ehrenpflichten. Warum machte er es nicht wie sein Vater oder Joinville und zog für Frankreich in die Schlacht? Er war ein Salonlöwe, ein Parkettgeneral; ich mußte mich zunehmend hüten, ihm meine Verachtung nicht offen zu zeigen.

Eines Abends im März, bei einem Souper in der Abbaye-aux-Bois, konnte ich meine Zunge nicht mehr im Zaum halten, während ich sein selbstgefälliges Gehabe beobachtete. Es widerte mich an, wie gern er sich selber reden hörte, ohne je auf den Punkt zu kommen.

Ich tauschte einen Blick mit Délphine de Girardin, die in ihrem silbrigen Gewand einer Mondprinzessin glich, und prostete ihr mit dem Champagnerkelch zu, ein Blick, ganz unter Frauen.

»Le Comte m'embête!«

Ich weiß bis heute nicht, was meine blonde Dichterin getrieben hat: War es Freude am Bonmot und der Spitzzüngigkeit, die in Paris so geschätzt wurde? Oder pure weibliche Ranküne? Sie muß diesen Satz noch am selben Abend ins nächste Ohr getuschelt haben.

Denn schon am nächsten Vormittag kehrte ein kalkbleicher, tief in seiner Würde getroffener Graf Walewski und Sohn Napoleons viele Stunden zu früh von seinem Ausritt im Bois in unseren Palast zurück und stürmte die Marmortreppe herauf.

»Le Comte m'embête«, brüllte er.

Im nächsten Moment stürmte er wutentbrannt in mein Traumzimmer. Es ging alles so schnell, daß ich keine Zeit hatte, zu verbergen, womit ich den Morgen verbracht hatte. Auf meiner Pritsche lagen die Briefe, eindeutig eine dahinjagende Männerschrift. Und in meinem Schoß lag aufgeklappt das Medaillon, das Joinville mir einst geschenkt hatte. Verzweifelt bedeckte ich es mit meinen Händen, doch zu spät. Im nächsten Moment hatte er es mir entrissen.

Mit dem Blick eines Stiers starrte er auf das Bild.

Er brauchte ein paar Sekunden, bis er alles begriff, dann warf er das Medaillon zu Boden und zertrat es unter seinem Reitstiefel, während ich mich auf ihn stürzte, mich an seinen Stiefeln festklammerte, um das teuerste Andenken zu retten, das ich besaß.

»Joinville!« schrie ich auf, und meine Stimme kippte.

Ein letztes Knirschen, der Stiefel gab die Trümmer des Medaillons frei. Ich fiel auf die Knie, tränenüberströmt, um die Reste des Bildes einzusammeln.

»Du Mörder! Ich will dich nie mehr sehen! Geh fort, hörst du, fort!«

Lange bemerkte ich nicht die Stille, die über meinem Traumzimmer lastete. Ich spürte nicht den Blick, mit dem Walewski jede meiner Bewegungen registriert haben mußte. Erst als ich die letzten Trümmer eingesammelt und in meinem Mieder geborgen hatte, blickte ich auf. Was ich sah, war eine Maske der kalten, tödlichen Wut. Bevor ich auf die Beine kam, holte Walewski aus.

Die Ohrfeige war so schlimm, daß sie mich gegen das Bett schleuderte. In meiner Verwirrung blieb ich sitzen und starrte ins Nichts. Ich weiß nicht, wie lange ich dort saß. Ich weiß nur, daß ich hörte, wie eine Tür ins Schloß fiel, wie rasche Schritte sich entfernten, wie Pferde eingespannt wurden, eine Kutsche durch die Rue Trudon fuhr und davonrollte.

Abends brachte mir Rose die Nachricht, Walewski sei auf dem Weg nach Italien. Sie gab mir seinen Abschiedsbrief. Jagende, tintenverkleckste Zeilen, auf denen ich die Spuren seiner Tränen sah.

»Ich werde alles vergessen, was sich zwischen uns ereignet hat, es genügt, Dir zu sagen, daß ich mit niemandem darüber gesprochen habe. Wenn Du Deine Worte bereust, was ich hoffe, so werde ich Dir antworten. Ich scheide ohne Zorn und trotz allem mit den besten Wünschen für Dein Glück. Möge Dein Sohn Dein guter Engel sein. Umarme ihn von mir. Adieu, Rachel.«

Walewski, den ich immer für schwach gehalten hatte, zeigte eine Entschlossenheit, die ganz Paris überraschte und mich tief in meinem Stolz verwundete. Es war ein herrlicher Frühsommermorgen, kaum drei Monate nach unserem Streit, als ich aus der Zeitung erfahren mußte, daß

Graf Alexander Walewski sich am 3. Juni in Florenz die Ehre geben würde, Marie-Anne de Ricci zur Ehefrau zu nehmen, eine Nachfahrin des polnischen Königshauses Poniatowski und damit jenes Mannes, der einst die junge Marie Walewska in die Arme Napoleons getrieben hatte.

Ein Kreis hatte sich geschlossen.

## 34

»Vive la réforme!« hallte es durch Paris.

Das Jahr 1848 war das Jahr der Revolution. Eine Krise in der Landwirtschaft hatte Europa erschüttert, die Löhne in der Industrie waren gefallen, und während in Paris die kleine Elite der Bourgeois sich selbst feierte, hungerte das Volk. Die Menschen dürsteten nach Demokratie, nach Versammlungsfreiheit. Dem Aufstand der Arbeiter schlossen sich die Kleinbürger an.

»Nieder mit dem König! Es lebe die Republik!«

Um Alexandres willen hielt ich mich von den Tumulten fern und blieb im sicheren Montmorency. Aber wie begierig hörten wir jede Nachricht, die uns aus der Stadt erreichte! Am 23. Februar kam es in Paris zu Straßenschlachten. Im allgemeinen Durcheinander löste sich ein Schuß, die Nationalgarde legte auf die Menschen an. Überall, so war zu hören, lagen Leichen in den Straßen. Über Nacht wurden Hunderte von Manifesten an die Wände geklebt, bauten die Pariser ihre Barrikaden.

Revolution!

Ich fieberte danach, dem Schauspiel zuzusehen, diskutierte bis tief in die Nacht mit meinem Vater und hoffte mit meiner ganzen Leidenschaft, der dicke König möge stürzen. Nieder mit dem Monarchen und seiner selbstzufriedenen Frau, die mir das Glück genommen hatten! Nieder mit allen Grafen und Prinzen, nieder mit Joinville!

Am 24. Februar stürmte das Volk die Tuilerien und zerstörte die Zimmer der königlichen Prinzen. Dabei fanden sie einen Brief an mich, den Joinville in seinem Nachtschrank aufbewahrt hatte. Wie der erboste Marquis de Custine mir erzählte, hatte der Plebs den Brief laut vorgelesen. Ein Brief, in dem Joinville mich um Verzeihung bat. Er liebte doch nur mich! Mir kamen die Tränen. Also hatte er mich nicht vergessen.

Was blieb, war eine tiefe, schwarze Traurigkeit: Joinville und ich, wir hatten das Unglück gehabt, uns im falschen Augenblick zu begegnen. Alles zwischen uns hatte gestimmt, nur der Zeitpunkt nicht.

Sechs Jahre waren seit unserem letzten Abschied vergangen, sechs Jahre, in denen Paris sich verändert hatte. Nun wankten die letzten Bastionen des Standesdünkels. Jetzt hätte niemand etwas gegen unsere Liebe einwenden können. Seine Prophezeiung schien einzutreffen: Die Monarchie war überholt! Ich blickte über die winterlich kahlen Gärten von Montmorency hinaus und fragte mich, ob er ähnliche Gedanken hegte. Wie es hieß, weilte er in Amerika, um sich in irgendein Abenteuer mit einem Mann namens Lincoln zu stürzen.

Louis-Philippe entkam dem Zorn der Massen und rettete sich mit seiner Gattin nach England. Das Volk tanzte auf den rauchenden Barrikaden, schwenkte die Trikolore, schmetterte, grölte trunken vor Siegesfreude die Marseillaise. Am 27. Februar öffnete die Comédie unter einem neuen Namen: Théâtre de la République. Ein Symbol der neuen Zeiten, die am Horizont aufschienen.

»Du mußt ein Zeichen setzen«, drängte mich mein Vater. »Du warst die Prinzessin der Tragödie. Jetzt mußt du die Königin des Volkes werden. Sie wollen Revolution? Sing ihnen die Marseillaise!«

Im ersten Augenblick nahm ich an, er wäre nun endgültig verrückt geworden. »Du weißt doch, daß ich nicht singen kann.«

»No, wer redet vom Singen. Ich rede vom Gefühl. Du mußt die Stimmung erfassen, das ist doch, worum es geht.«

Die Stimmung, von der er sprach, erfaßte auch mich. Soviel Haß, Bestürzung und Ohnmacht hatten sich in mir angesammelt. Jahr um Jahr hatte ich gelächelt und gelogen vor dem Dünkel. Und wie teuer hatte ich selbst für die verkrustete Gesellschaftsordnung bezahlt! Warum nicht das Lied der Revolution zu meiner Hymne machen?

Noch am selben Abend vertiefte ich mich in den Text, den ein junger Patriot einst in Straßburg gedichtet hatte. Ich sagte die Worte halblaut vor mich hin, und während ich sie sprach, statt zu singen, verstand ich zum erstenmal die dramatische Kraft, das Pathos der Freiheit.

Elisa Félix aus dem Rheintal würde dieser Wucht eine Stimme leihen. Nichts Geringeres wollte ich sein als La Citoyenne tragédienne.

Am 6. März 1848 drängte sich im ehrwürdigsten Theater der Welt ein Publikum, wie ich es noch aus meiner Kindheit kannte: Arbeiter, Marktweiber, Studenten, Händler jubelten mir zu und schwenkten ihre Mützen. Im Théâtre français, dem Tempel der Kunst, roch es nach Knoblauch, Schweiß und Zwiebeln.

Es war ein dankbares Publikum. Schon bevor der Vorhang aufzog, brüllte es im Chor: »La Marseillaise! Rachel!«

Minutenlang mußte ich warten, bis das Stampfen und Rufen endlich verstummte. Dann trat ich auf.

Trotz der Märzkälte trug ich nur eine hauchdünne weiße Toga, in der Hand hielt ich die Trikolore. Langsam, sehr langsam schritt ich zur Rampe. Dann hob ich den nackten Arm sehr langsam und fing an.

»Allons enfants de la patrie!«

Ich wollte ihnen alles geben, diesen Menschen im Dunkel, die gehungert und gekämpft hatten, die mir so fremd geworden waren und zu denen ich doch gehörte. Nun hofften sie, ich möge ihren Kampf mit meiner Kunst veredeln. In diesem Augenblick spürte ich alle Wut, alle Verzweiflung meines ganzen Lebens und vermochte diesem Aufschrei Ausdruck zu verleihen. Aber ich schmetterte die Hymne auch mit der Kraft, die mir das Leid um die verlorene Liebe verlieh. Es war mein eigener Aufschrei über die Ungerechtigkeit der Welt. Über mein vertanes Leben.

»Sie sang nicht, sie deklamierte nicht«, schrieb Théophile Gautier über meinen Auftritt, »es war eine Art der Deklamation im Sinn der Antike, eine mysteriöse Musik, die dem Lied von Rouget de Lisle ähnelte, es aber nicht reproduzierte.«

Man sah den Haß, den Schmerz, den Durst auf Rache, man verglich mich mit der Nemesis, man lobte meine tödliche Ruhe, mein bleiches Gesicht, aus dem schwarz die Augen hervorstachen. Am Ende fiel ich auf die Knie und hüllte mich ein in die Fahne der Revolution, die Trikolore.

Der Saal explodierte; ein Gewitter entlud sich. Ich hatte der aufgestauten Stimmung eine Stimme gegeben. Das revoltierende Paris jubelte mir zu. Wieder und wieder wollten die Menschen die Marseillaise hören! Menschen, die nie zuvor ein Theater von innen gesehen hatten, strömten herbei. Ich sang zugunsten der Verwundeten im Aufstand, ich gab Gratisvorstellungen, die George Sand organisierte, und ich sang sogar im Freien, vor einer in Begeisterung wild entflammten Menge.

»Citoyens«, schrieb ein linkes Blatt, »wenn ihr Herz und ihre Seele so empfinden, wie sie spielt, dann ist Rachel die Erste Republikanerin der République de France.«

Trotz der Kälte trug ich stets die dünne Toga. Ich erkältete mich, doch das Volk rief, und ich trat wieder und wieder auf, ich sang mir das Leid von der Seele, sang, bis mir die Stimme heiser wurde. Dann wurde ich hinter der Bühne ohnmächtig. Als der Doktor kam, fiel zum ersten Mal dieses fürchterliche Wort, dieses Stigma aller Lebensschwachen, das Todesurteil: »Sie haben die Schwindsucht.«

Die lange Reise wird nun bald vorüber sein. Ich durfte Thebens Stadt der Toten erblicken. In einer Sänfte trug man mich zu den majestätischen Zeugen der Vergangenheit. Die Beine der Grande Tragédienne sind zu schwach, als daß sie mich noch tragen würden, und das ständige Fieber hat mich geschwächt. Die Fellachen kamen ins Schwitzen, als sie mich über den schwarzen Moorboden trugen. Die Männer taten mir leid, doch ich entlohnte sie fürstlich für ihren Dienst.

Ich sah die Memnonsäule, bewunderte die Ruhe dieser beiden Kolosse, die sich über die Ebene erheben. Ihr Fuß ist mit Nilschlamm bedeckt. Man erklärte mir, der Wasserstand des Nils sei im Lauf der Jahrhunderte beträchtlich angestiegen, man vermute, daß sich unter dem Schlamm noch viele weitere Kunstschätze verbergen. Meine Vorväter waren es, die einst im Exil die Fundamente legten.

Ich bestaunte die gewaltigen Ruinen von Karnak, und eines Abends ließ ich mich im Mondlicht dorthin bringen. Ich, die Tochter der Toten, wie mein Vater mich einst genannt hatte, zollte der Vergangenheit Tribut. Aber diese Ausflüge haben mich zu sehr erschöpft. Als ich spät in der Nacht in mein Bett zurückkehrte, schlug mein Herz wie toll.

Ich fürchte, es geht dem Ende entgegen, ich huste ohne Unterlaß, die Haare fallen mir aus. Ah, wie ich mich nach Paris zurücksehne!

In den letzten Tagen ist die Sonne aus dem Bild des ewigen Frühlings verschwunden, ein stürmischer, kalter Wind zog auf. Ich habe keine Hoffnungen, keine Erwartungen mehr. Die majestätischen Zeugen von Ägyptens Vergangenheit bedrücken mich.

Ich habe zu gierig gelebt, habe in diesen kurzen Jahren meine ganze Kraft verschlungen. Aber es ist, wie es ist, um mit Maman zu sprechen, und ich werde nicht an die Brust schlagen wie die Büßer und sagen: mea culpa. Wenn ich nicht meinen Sohn hätte, der mir alles bedeutet, würde ich ohne Bedauern aus dem Leben scheiden.

Am Fuß der Pyramiden blicke ich in zwanzig Jahrhunderte, die im Sand verschwunden sind. Hier zu sein bedeutet, die Bedeutungslosigkeit der Schauspielerin zu entdekken. Ich hielt mich selbst für monumental, und ich erkenne, daß ich nichts bin als ein vorübergehender Schatten.

Wenn man in Paris geliebt wurde, muß man auch dort sterben. Grabt mir schnell ein Loch auf dem Père Lachaise. Ich werde die Arbeit an diesen Erinnerungen beenden, sie entkräftet mich zu sehr. Die letzte Begegnung noch – Amerika, Joinville, wie schmerzlich diese Bilder sind. Dann werde ich heimfahren. Lieber will ich in Frankreich sterben als im Schatten der Pyramiden zu leben.

Ich trockne die Tinte mit dem Staub von Ägyptens Königinnen.

## 35

Am 27. Juli 1855, um acht Uhr morgens, begann an der Gare du Nord die Reise ans »Rive lointaine«, das entlegene Ufer der Welt. Mit meiner Compagnie, zu der Raphael und der weise Chéry gehörten, sollte ich auf dem Dampfschiff »Pacific« nach New York reisen, auf in die Neue Welt.

Doch kaum hatten wir Birmingham erreicht, litt ich an stechenden Schmerzen und Atemnot. Wir mußten die Einschiffung aufschieben. Reumütig gedachte ich der Warnungen meines alten Freundes Michel Lévy, der wieder und wieder versucht hatte, mich in Paris zurückzuhalten. Seine Sorge und Liebe hatten mich mein Leben lang begleitet.

Michel kannte mich jedenfalls gut. Damals hätte ich zu Hause bleiben müssen, leer und müde von all den Jahren, die ich am Rand der äußersten Erschöpfung gelebt hatte.

Telegramme aus ganz Europa riefen mich, baten, drängten. Tourneen, die bis nach Rußland führten, Kaiser, Könige, Militärs, die Reise nach Potsdam, die Zarenfamilie, die ganze Welt lag zu meinen Füßen. Doch ich besaß keinen Schlüssel zu ihr. Rollen, Jahre, Menschen – alles zog an mir vorbei wie hinter einem Schleier, schnell, fern, ungreifbar. Ich muß meinen alten Freund Victor Hugo korrigieren: Nicht nur der

Ruhm, das Leben selbst ist ein Phänomen aus Licht und Staub.

Und Paris, das mich haßte, Paris, das mich liebte, dieses Paris ist eine launische Geliebte. Im Jahr 1855 feierte es eine neue Eroberung: La Ristori, die glutäugige Italienerin mit der vollen, warmen Stimme. Nun erging es mir wie einst Mademoiselle Mars: Die jüngere bedrohte meinen Thron.

»Verlaß Paris«, hatte mein Vater mir geraten. »Wenn du fort bist, werden sie dich vermissen. No, sie werden dich um so mehr lieben, wenn du dich entziehst.«

Ich war vierunddreißig Jahre alt, krank und müde, doch eine Rast konnte ich mir nicht leisten: Ich hatte einen Sohn und eine Großfamilie zu versorgen. Raphael, mein junger Impresario, Rébecca, eine Schauspielerin in meiner Compagnie, die ich für die großen Tourneen unterhielt. Wovon sollten sie alle ohne mich leben? Das Theater wurde zur Industrie, mein Name ein Markenzeichen, Familie Félix ein Unternehmen. Und so machte die erschöpfte Rachel sich eben wieder auf die Reise. Nein, wir reisten nicht mehr im Eselskarren, wir jagten mit der Eisenbahn durch die vorüberfliegenden Landschaften. Auch dieser Kreis hatte sich geschlossen. Wir waren dort angekommen, von wo wir ausgezogen waren: Wanderhändler, Reisende, Getriebene; beständig unbeständig, immer unterwegs.

Ein blutroter Sonnenaufgang begrüßte uns am 21. August vor Neuschottland. Die Küste war gesprenkelt von den Segeln kleiner Fischerboote. Bald passierten wir Staten Island und die Quarantänestation. Die Gesundheitspolizei kam an Bord, und dann, um sieben Uhr morgens, fuhren wir in den grandiosen Hafen von New York ein. Wir kamen drei Stunden zu früh. Statt der Gardes Lafayette und der französischen Haute Volée, die einen festlichen Empfang vorbereitet hatte, stand nur ein einzelner Mann am Pier: mein Agent.

Er komplimentierte uns in die Kutschen, und wir fuhren zum Hotel St. Nicholas, einem Marmorpalast am Broadway, extravagant und laut wie die ganze fremde Stadt. New York erschien mir bunt, schrill, anstrengend, von Lärm und Tempo überfüllt. Eine Stadt, in der überall die Kaufhausschilder ins Auge sprangen, die sich an Größe, Farbe, Form übertrafen. Wohin man auch schaute, überall wetteiferten die Reklamen. Menschen aus allen Erdteilen drängten sich in den unendlich breiten Straßen, die widerhallten vom Geschrei der Ladenschwengel, den Schellen der unermüdlich dahintrabenden Maulesel vor den Pferdebussen. Wenn ich das Hotel verließ, hatte ich das Gefühl, einen Rummelplatz zu betreten. Der Ansturm der Bilder machte mir Kopfschmerzen, und ich verstand kein Wort von diesem seltsam breiten Englisch. Zum Glück war Französisch in der Stadt ganz à la mode, und jeder bemühte sich, mir entgegenzukommen.

Unser erster Auftritt war für den 3. September 1855 im Metropolitan Théâtre festgesetzt. Die Presse begrüßte uns freundlich. »New York Herald«, »Daily Tribune« und »Courrier des Etats-Unis« warben mit täglichen Kolumnen. Doch die Umgebung im Metropolitan Théâtre erschreckte mich: die riesige Menschenmenge in diesem neuen, im Gaslicht strahlenden Theater, alles so modern, so ganz anders als unser morbider Tempel der Kunst. Auf der Bühne dann, kaum hatte ich die ersten Sätze gesprochen, gab es ein lautes, erschreckendes Geräusch, das mich aus dem Takt brachte. Ein Blick ins Publikum, und ich begriff: Hunderte von Zuschauern hatten im selben Moment eine Seite in ihrem Übersetzungsheft umgeblättert. Die New Yorker verstanden meine Sprache, die Sprache Europas, so wenig wie ich die ihre – fremde Neue Welt!

Dennoch reagierte das Publikum begeistert. Die Presse übertraf sich in den Lobeshymnen, aber mich konnte das alles nicht freuen. Ich fühlte mich verloren und unsagbar müde. Alles erschöpfte mich, selbst die Freundlichkeit. Ich sehnte mich nach meinem kleinen Traumzimmer, zu Hause in der Rue Trudon.

Ich wollte in Ruhe träumen.

Von Kanada her zogen schon die ersten Schneestürme auf, und mich verlangte es nach der Sonne des Südens: Meine Lungen stachen schon wieder, der Doktor hatte mir absolute Ruhe und Wärme verordnet. In Charleston hoffte ich beides zu finden. Am 27. November 1855 stiegen wir in den Zug.

Vor uns lag eine tausend Kilometer lange Strecke, vier Tage Rattern durch Tannenwälder und Baumwollfelder, eine Fahrt, die ich größtenteils verschlief. Erst in New Orleans fühlte ich mich fähig, in den Speisewagen zu gehen. Der Steward setzte mich zu einem dicken Bankier aus Louisiana an den Tisch, der eine seltsame Geschichte erzählte: Bei einem Indianerstamm sei ein weißer Knabe aufgewachsen, den man Eleazar Williams nannte. Seine Züge erinnerten an Louis den Sechzehnten. Der Missionar, der ihn zu den Indianern gebracht habe, behauptete, er sei der Dauphin, Frankreichs verloren geglaubter Thronfolger.

»Das behaupten viele von sich«, warf ich ein.

»Good.« Der dicke Bankier bediente sich am Zahnstocher. »Aber er bekam Besuch von einem Mitglied irgendeiner königlichen Familie. So ein armer Prinz, der sich lange mit Williams unterhielt und ihm seither Bücher schickt.«

»Wie«, fragte ich schwach, »heißt dieser Prinz?«

Der Zahnstocher hielt in der Bewegung inne. »Joinville, glaube ich. Aber Miss, fehlt Ihnen was? He, Steward, die Miss hier braucht dringend Hilfe.«

Am 1. Dezember, um vier Uhr morgens, erreichten wir das Herz der Sklaverei: Charleston, die heimliche Hauptstadt der Baumwollfelder, schien mir trotz allem ein hübscher Ort zu sein. Villen mit Säuleneingängen, Rosenbüsche und Orangenbäume in den Gärten, schwarze Mammas in den Straßen, die viel lachten und große Pfeifen rauchten.

Ich bezog Quartier im Hotel Mills House, das mich mit jedem erdenklichen Luxus empfing. Bei offenem Fenster träumte ich vor mich hin, genoß die Wärme und Stille. Mein Husten besserte sich, ich schlief ohne allzu viele unruhige Träume und war schließlich dazu in der Lage, ausgewählte Besucher zu empfangen, reiche Farmer zumeist.

Eines Tages machte mir ein kapriziöses Mädchen in einem grün geblümten Musselinkleid seine Aufwartung. Sie hatte tanzende blaßgrüne Augen und ein flirrendes Lachen. Wir tranken Zuckerwasser und plauderten, bis sie mir schelmisch verkündete: »Sie sind ja nicht unser einzig hoher Gast aus Frankreich. Ein richtiger Prinz ist in Charleston.«

Ich richtete mich in den Kissen auf. »Ein Prinz?«

»Und so gut sieht er aus«, zwitscherte sie. »Wie ein Seeräuber! Was für ein Jammer, daß er schon verheiratet ist!«

Joinville! Für einen Moment wurde mir ganz schummerig, aber im selben Moment hatte ich einen Entschluß gefaßt. Wenn er nicht zu mir kam, bien, dann mußte ich ihm entgegenkommen!

Raphael wurde blaß, als er von meinen Plänen erfuhr. Er wollte das Risiko nicht auf sich nehmen, der Doktor hatte es strikt untersagt. Ich sollte mich unbedingt schonen! Was würde er Maman erzählen, wenn er ohne mich nach Frankreich kam? Ich hörte mir seine Einwände an, doch ich blieb hart.

Bald hingen überall in der Stadt Plakate aus. Der »Daily Courier« feierte meine Entscheidung. Ich würde die Adrienne Lecouvreur spielen, die Rolle der großen Tragödin, die in leidenschaftlicher Liebe zum Grafen Maurice de Saxe entbrannte. Am Ende wird sie von der standesgemäßen Rivalin, Prinzessin von Bouillon, vergiftet.

Ich wußte, Joinville würde kommen. Wenn noch ein Funken Liebe in ihm war, dann mußte er es tun.

Am Morgen des 17. Dezember war ich so aufgeregt wie zuletzt nur als junges Mädchen. Wie damals mußte Rose mir das Haar bürsten, bis es glänzte, mußte mich baden und mir duftende Essenzen bringen. Das Fieber und die Aufregung zauberten mir Farbe ins Gesicht, meine Augen hatten einen brennenden Glanz. Ja, ich würde schön sein für ihn, eine verglimmende Schönheit.

Von meinem Hotelzimmer aus, keine hundert Meter vom Theater entfernt, konnte ich zusehen, wie die Menschen sich vor dem Eingang drängten.

Das Zimmermädchen klebte andächtig am Fenster. »So viele feine Damen, Ma'am, hab ich noch nie auf einen Schlag gesehn.«

Bald war mir kalt, bald war mir heiß. Ich wurde vom Husten geschüttelt. Je näher die Stunde der Aufführung rückte, desto mehr schwand meine Kraft. Ich hatte Schweißausbrüche, die Schminke lief in breiten Rinnen mein Gesicht hinab.

Und wenn er nicht kommen würde?

Und was, wenn er kam?

Man schleppte mich mehr zum Theater, als daß ich hätte gehen können. Hundert Meter, die mir endlos schienen. Ich wußte, daß ich Fieber hatte, doch ich mußte es verbergen. Sie hätten mich sonst nicht spielen lassen. In meiner Garderobe angekommen, bat ich sie alle, mir ein wenig Ruhe zu gönnen. Alle schickte ich fort, selbst Rose.

Eingehüllt von der Stille, dachte ich zurück an das junge jüdische Mädchen von einst, das vor siebzehn Jahren voller Hoffnung und Träume in seine erste Künstlergarderobe eingezogen war. Die inneren Bilder zogen an mir vorüber, und noch einmal war ich das kleine Mädchen aus Lyon, das die verzauberten Schmetterlinge tanzen sah.

Es war sehr still um mich in diesem Augenblick, so, als wollte die ganze Welt für ein paar Sekunden mit mir schweigen. Bevor der Gong ertönte und mich zur Bühne rief, stand ich schwankend auf. Ich nahm mich zusammen. Ich wollte es machen wie einst: durch jenes Loch im Vorhang blicken und ihn suchen und finden.

Wie schwer war mir jeder Schritt, doch tief in mir hüpfte die Seele eines Mädchens, eines kleinen Mädchens in einem Fiebertraum. Ich hörte das Gemurmel aus dem Zuschauerraum und schleppte mich die Treppe hinauf zur Bühne. Der Weg war wieder so weit und lang wie damals in Lyon, als ich zum ersten Mal über diese Bretter gegangen war, magisch angezogen von jenem Vorhang. Nun wußte ich, was sich dahinter verbarg. Ich kannte das Geheimnis. Nie hatte es für mich die Magie verloren.

Hélas, ich schaffte es nicht, bis zum Vorhang zu kommen. Mich packte ein eiserner Griff. Der weise Chéry, der zur Compagnie gehörte, hielt mich besorgt zurück.

»Sparen Sie sich die Kraft, Mademoiselle Rachel.«

Mademoiselle, ein Wort, das wie ein Zauber wirkte. Mademoiselle, das war ich für Joinville gewesen, damals, als Paris, als die Zukunft uns gehörte. Nun war Mademoiselle eine todkranke Frau.

Das Spiel begann. Ich sah Joinville nicht, spürte auch nichts. Vor mir war nur eine dunkle Wand; in mir der fiebrige Wunsch, der Adrienne Lecouvreur die letzte, flackernde Kraft zu schenken. Joinville sollte in ihr meine niemals erloschene Leidenschaft, die ganze Kraft und Macht der Liebe erkennen.

In der Pause taumelte ich in die Arme meiner guten Rose, die mich in einen Mantel hüllte und mir das Gesicht mit einem feuchten Handtuch abtupfte.

»Wir müssen abbrechen.« Ich sah, daß in Raphaels Augen Tränen standen.

»Ich kenne die Krankheit«, hörte ich Chéry flüstern. »Meine Nichte ist daran gestorben. Es wird ihr letzter Auftritt sein.«

»Ist er da?« fragte ich.

»Wer?«

»Joinville.«

Vielleicht überlegte Raphael, ob es Sinn hätte, mich zu belügen, aber dann begegneten die Augen meines kleinen Bruders meinem Blick, und er nickte traurig.

»Wo?«

»Zweite Reihe links. Parkett.«

Zum letzten Akt, in dem Adrienne Lecouvreur aus dem Leben scheidet, schaffte ich es nicht allein auf die Bühne.

Ich mußte mich von Chéry hinauftragen lassen. Wäre der Gedanke an Joinville nicht gewesen, hätte ich mich nicht auf den Beinen halten können. Allein der Gedanke an ihn gab mir die übermenschliche Kraft, diese Verse zu sprechen, die ich an ihn richtete, an ihn und an mich.

»Das Leben! Das Leben! Vergebliches Mühen! Vergeblicher Stolz! Meine Tage sind gezählt! Ich spüre, wie die Kräfte und das Leben mir entgleiten!«

Das Fieber betäubte mich. Mein Rücken schmerzte, die Knie gaben nach. Ich hatte kaum den Atem, einen Satz zu sprechen, wurde geschüttelt von unterdrücktem Hustenreiz, der mich die Hand in Krämpfen auf die Brust drücken ließ und mir die Tränen in die Augen trieb.

»O Triumphe des Theaters! Mein Herz wird nicht mehr für deine Leidenschaften schlagen! Und meine Kunst, die ich so sehr geliebt habe, nichts wird davon bleiben! Nichts von uns überlebt … nichts als die Erinnerung.«

Meine Stimme drohte mir zu versagen, aber ich sprach die letzten Sätze der Adrienne Lecouvreur, sprach sie für ihn, irgendwo da unten im Dunkel. Alles Gefühl legte ich hinein, alle Sehnsucht und Bitternis.

»Sie, die ich so sehr geliebt habe, helft mir, rettet mich …« Meine Stimme brach. »… ich will nicht sterben.«

Dann sah ich ihn, sah sein Gesicht in einem Licht, das jemand, etwas für mich leuchten ließ. Das Gesicht, das ich in Träumen beschworen und niemals losgelassen hatte. Joinville hatte sich verändert. Er wirkte älter, gezeichnet.

Unsere Blicke trafen sich, und wie bei jenem Blick bei unserer ersten Begegnung schien die Zeit stillzustehen. Jahre wurden zu Schatten. Eine kleine Ewigkeit, in der wir versanken.

Was hätte sein können?

Ich sah uns, lachend, vereint, auf einer Frühlingswiese; er hielt mich an der Hand.

In diesem Moment wußte ich es. Wir würden uns finden.

Am anderen Ufer würde ich warten.

Einige Tage später erschien im »Mercury« folgende Kritik: »Nein, es war nicht Adrienne Lecouvreur, die wir gesehen, die wir in diesem letzten Akt gehört haben. Es war Rachel selbst, und sie sagte adieu zu den Triumphen des Theaters, zur Liebe, zum Leben; es ist Rachel, die niemals wieder eine Bühne betreten wird. Ihre glanzvolle Karriere ist zu Ende. Keine Fiktion kann einen solchen Tonfall hervorbringen; ihn gibt es nur in der unversöhnlichen Wirklichkeit.«

# Epilog

Zwei Jahre nach diesem letzten Auftritt, am 3. Januar 1858 starb Rachel nach langem Leiden im südfranzösischen Le Cannet. Eine Hand hielt ihre Schwester Sarah, die andere ein alter Rabbiner aus Nizza. Mit unendlicher Geduld hatte er ihr das Schma Israel Zeile für Zeile vorgesprochen.

»Schma Israel, adonai elohenu, adonai echad ...«

Die wunderbar begabte Tochter Israels kehrte heim in ihrem Glauben. Nachbarn sagten später aus, sie hätten im Augenblick ihres Todes kleine Flammen im Wind über dem Haus tanzen sehen.

Am 11. Januar kam Rachel zum letzten Mal zurück in die geliebte Stadt Paris. Es war ein feuchter, kalter Morgen. Hunderte von Kutschen und Zehntausende von Menschen folgten dem Sarg, der mit drei Kronen geschmückt war, eine aus Lorbeer, eine aus Gold und eine aus Zweigen von Zypressen. Auf dem Friedhof Père Lachaise hielt Grand Rabbin Isidore die letzte Rede, so, wie Rachel es sich gewünscht hatte. In ergreifenden Worten würdigte er, daß die Tochter Israels ihren Glauben nie verloren und geleugnet habe. Auch Samson, der Priester der Schauspielkunst, weinte am Grab, so gebrochen wie Rachels Vater. Ihr kleiner Sohn Alexandre umklammerte links die Hand seiner Großmutter, die sich starr und aufrecht hielt, und rechts die Hand von Michel Lévy, ihrem alten Gefährten aus Kindertagen.

Später ließ die Familie im jüdischen Teil des Friedhofs ein Grabmal in Form eines Tempels errichten. Die Inschrift lautet: »zu früh«.

Nirgends stand jene Beobachtung geschrieben, die ein Friedhofswärter in den Kaschemmen des Marais bis zu seinem Tod erzählte: Spät, als alle am Tag der Bestattung das Grab Rachels verlassen hatten, sei ein schlanker Mann im schwarzen Umhang aus der Dämmerung getreten. Auf das Grab habe er nach jüdischer Sitte einen Stein gelegt. Nach einem langen, stummen Gebet sei der Mann zu Boden gesunken, habe seinen Leib aufs Grab gedrückt und die Hände in die Erde gekrallt, als wolle er sich verzweifelt mit ihr vereinen.

# Nachwort

Meine ersten Lebensjahre verbrachte ich bei meiner Großmutter, deren Mutter Elisa von einer jüdischen Familie aus dem deutsch-französischen Grenzgebiet abstammte. Immer wieder hat meine Oma davon erzählt, wenn ich bei ihr in der Küche stand und beim Kochen zusah. Geschichten, die mich damals schon in ihren Bann schlugen: die Vergangenheit der Rabbinerfamilie Herzog, die durch die Gegend wanderte und auf der Straße lebte, und die Geschichte des Rabbi Samuel Hillman aus Metz, der angeblich vom Schriftgelehrten Raschi aus Troyes und somit von König David abstammte.

Vor zwei Jahren mußte ich aus beruflichen Gründen nach Straßburg ziehen. Auf dem Buchmarkt unterhalb der Kathedrale entdeckte ich durch Zufall einen alten Stich, der etwas in mir berührte: ein ausdrucksvolles Gesicht mit intensiv blickenden Augen, das auf eine fast schon beunruhigende Weise an die Gesichtszüge meiner mütterlichen Familie erinnerte. Unter dem Bild stand nur ein einziger Name: Rachel. Ich kaufte den kleinen Stich für 20 Francs und stellte ihn auf. Das Bild nahm mich gefangen. Es faszinierte und irritierte mich. Schließlich kapitulierte ich gewissermaßen und ging in die öffentliche Bibliothek, um herauszufinden, wer diese Rachel gewesen sein mochte: eine Jüdin aus einer Rabbinerfamilie, die im 19. Jahrhundert zum größten Star des französischen Theaters geworden war. Wie meine Urgroßmutter hieß sie eigentlich Elisa Glücklich (Félix). Und wie sie stammte sie aus Metz.

Leider konnte ich meine inzwischen verwirrte Großmutter nicht mehr nach der Geschichte fragen. Aber ich forschte in meinem Gedächtnis nach allem, was sie mir immer erzählt hatte. Von da an wurde Rachel zu einer Obsession, fast schon zu einem Dämon. Auf der ganzen Welt suchte ich nach biografischem Material, las mich durch Rachels Briefe und fühlte mich ihrer Stimme auch im Sprachduktus sehr nah. Ihre Zerrissenheit zwischen Kunst und Leben, zwischen Ironie und traurigem Pathos, ihre Zerstrittenheit mit sich, der Familie und der Welt, die beständige Unbeständigkeit – in all diesen Eigenschaften glaubte ich mich selbst zu erkennen.

Ich wußte, daß ich ihren Roman würde schreiben müssen. Und

so machte ich mich auf eine Reise in die Vergangenheit: Da Rachel eine außerordentliche Berühmtheit in ganz Europa genoß, da sie der erste richtige Star des Theaters gewesen ist, gibt es zahlreiche zeitgenössische Quellen. Einmal ihre Briefe, in denen ihre Leidenschaftlichkeit am unmittelbarsten aufscheint. Aber lebendig wird sie auch in literarischen Dokumenten, zum Beispiel des Dichters Alfred de Musset, der sie verehrte. Auch Délphine de Girardin, der sie Muse und Freundin war, oder Théophile Gautier haben sie eindrucksvoll beschrieben.

Zahlreiche Zeitungsartikel zu ihren Auftritten stammen aus der Feder des »Reich Ranicki der damaligen Theaterkritik«, Jules Janin, der ein riesiges Echo hervorrief, denn im Paris um 1840 kam gerade die Massenpresse auf. Und auch jenes Phänomen, das die Forschung später als modernen Antisemitismus beschrieb: Jene – im Roman nicht namentlich gekennzeichneten – Kritiker verraten mehr über ihre eigene Gesinnung als über Rachel.

Eine gewisse antisemitische Grundhaltung ist auch in den zeitgenössischen Biografien – wie etwa jener der Madame de B. – zu erkennen; sie zieht sich noch im 20. Jahrhundert durch die ansonsten sehr lebendige Lebensbeschreibung von Bernard Falk, die 1935 in England erschien. Erst Sylvie Chevalley, Kustodin am Théâtre français, vermochte es in ihrer detaillierten und bedeutsamen Biografie »Rachel«, das Phänomen dieser kämpferischen Frau auf eine menschliche und moderne Weise zu beschreiben. Interessant und prall von Wissen auch die postmoderne Annäherung der US-Wissenschaftlerin Rachel M. Brownstein, deren Buch »Rachel – Tragic Muse« mir ebenfalls sehr nützlich war.

Die Arbeit einer Romanautorin unterscheidet sich natürlich deutlich von der einer Biografin. So habe ich zum Beispiel die jüdische Kindheit Rachels in den deutschen Provinzen ausgeschmückt, denn über die Wahrheit ist wenig bekannt. Man weiß nur, daß die Familie mit ihrem Trödlerkarren im Rheintal unterwegs war. Irgendwann muß der Entschluß gereift sein, nach Frankreich auszuwandern. Wodurch ausgelöst, weiß niemand. Beim Schreiben versuchte ich immer, mich wenigstens weitgehend an die historischen Fakten zu halten. Mit einer bedeutenden Einschränkung: Die Liebesgeschichte mit dem Prinzen von Orléans hat sich zwar tatsächlich ereignet, aber die Biografen messen ihr eine weit weniger große Bedeutsamkeit zu als der Roman. Dabei spricht viel dafür, daß es eine große Jugendliebe war. Noch im hohen Alter schrieb der Prinz in seinen Memoiren sehr zärtlich über die einstige Geliebte, und aus seiner Feder sind wehmütige, wunderbare Liebesbriefe erhalten, die ich zum Teil auch zitiert habe.

Viele Informationen über den Prinzen habe ich aus der hochinteressanten Louis-Philippe-Biografie des Duc de Castries. Tatsächlich warf der Prinz sich in die Schlacht von Mogador, tatsächlich ging er später nach Amerika. Bekannt ist nicht, ob er je um Rachels Hand angehalten hat und ob die beiden sich bei Rachels großer Reise ans ferne Ufer der Welt noch einmal gesehen haben. Allerdings stammen diese Zeilen wirklich von Rachel: »Du warst meine erste, meine einzige Liebe. Ich werde niemals mehr lieben, niemals mehr leben.« Der Originalbrief ist von Tränen befleckt.

Was Rachels letzte Reise an den Nil betrifft, so habe ich mich zum einen an die Beschreibungen von Sylvie Chevalley und Rachel selbst gehalten. Zum anderen wäre die Schilderung einer Nilreise zur damaligen Zeit wohl kaum möglich gewesen ohne die so lebendigen Eindrücke des Fürsten Pückler-Muskau, der mit seltener Präzision und ohne jeden eurozentrischen Dünkel das Land der Pharaonen darzustellen wußte. Bei aller Recherche, bei allem Bemühen kann man natürlich dennoch fragen, ob ich Rachel in ihrer Vielschichtigkeit tatsächlich gerecht geworden bin.

Ein Wort des Rabbi Barslai von Bremen bleibt mir im Gedächtnis, den ich aufsuchte, damit er mir bei der Recherche der jüdischen Vergangenheit half. Er sagte, man sollte dem eigenen Wissen vertrauen. Und sich klarmachen, daß jeder Bildhauer immer unwissentlich das eigene Antlitz erschafft. Ein schöner Satz, der meiner Meinung nach sehr genau den Unterschied zwischen Biografie und Roman beschreibt.

Da Rachel mich so sehr berührte, überlegte ich während des Schreibens auch immer wieder, ob es nicht sinnvoll sein könnte, mich auf die langwierige Suche nach den Dokumenten meiner Familie zu begeben, um herauszufinden, ob wirklich eine reale Verwandtschaft zwischen Rachel und mir zu belegen wäre. Letztlich kam ich jedoch zu dem Schluß, daß – mindestens für den Roman – die Seelenverwandtschaft das eigentlich Wesentliche ist.

Nun hoffe ich, das Vermächtnis meiner Großmutter erfüllt zu haben in dem Versuch, ein Stück Vergangenheit lebendig zu bewahren.

*Ulrike Mirjam Wilhelm*